此书出版得到集美大学学术专著出版基金资助

得到集美大学文学院学术基金资助

集美大学文学院行健学术丛书
第二辑

文学批评原则论

姚 楠 著

中国社会科学出版社

图书在版编目(CIP)数据

文学批评原则论／姚楠著 . —北京：中国社会科学
出版社，2015.7
ISBN 978 - 7 - 5161 - 6606 - 2

Ⅰ. ①文… Ⅱ. ①姚… Ⅲ. ①文学评论 Ⅳ. ①I06

中国版本图书馆 CIP 数据核字(2015)第 160118 号

出 版 人	赵剑英
责任编辑	任　明
特约编辑	乔继堂
责任校对	邓雨婷
责任印制	何　艳

出　　版	中国社会科学出版社
社　　址	北京鼓楼西大街甲 158 号
邮　　编	100720
网　　址	http：//www. csspw. cn
发 行 部	010 - 84083685
门 市 部	010 - 84029450
经　　销	新华书店及其他书店

印刷装订	北京市兴怀印刷厂
版　　次	2015 年 7 月第 1 版
印　　次	2015 年 7 月第 1 次印刷

开　　本	710×1000　1/16
印　　张	26. 75
插　　页	2
字　　数	425 千字
定　　价	68. 00 元

凡购买中国社会科学出版社图书，如有质量问题请与本社营销中心联系调换
电话：010 - 84083683

总序：在遥远的海滨

苏　涵

　　展现在您面前的这套丛书，是由一个居住在遥远海滨的学术群体——集美大学文学院的教师致力于各自学科的研究，近期所推出的部分学术成果。这套丛书的内容涉及中国古代文学、中国现当代文学、语言学、文艺学、比较文学与世界文学等若干学科方向，分界交融，见仁见智，各立一说，从不同角度体现着这个学术群体所做出的勤劳而智慧的工作。

　　这套丛书之所以能以这样的形式出版，并且冠以"集美大学文学院行健学术丛书"之名，是因为一个必须铭记的事实：它是由吕行健先生捐资设立的集美大学文学院行健学术基金资助出版的。吕行健先生是集美大学文学院的校友，毕业后曾经留校工作，后来求学于北京，驰骋商海，再将自己所获得的财富回报于母校，支持母校的学术事业，其行其意都令人感佩。

　　当然，不论是这个学术群体所作出的努力，还是吕行健先生对母校学术研究的支持，都与集美大学源远流长的精神传统与学术传统有着密切的关系。

　　远在 1918 年，著名的爱国华侨领袖陈嘉庚先生就在他的家乡——集美创建了集美师范学校，1926 年又在集美师范学校设立了国学专门部，我们将此视为集美大学的前身 。虽然那个时候，这"前身"仅仅是师范学校的格局，而非陈嘉庚先生所期望的"大学之规模"，但是，却有着卓越的教育理念与学术思想。这些，都绝非我们今天所认识的同等学校可比拟，甚至值得我们今天具有"大学之规模"的诸多学校管理者借鉴与思考。

　　在当时的集美学校，校主陈嘉庚先生不仅倾尽自己在海外经营所获得的财富，在内忧外患的年代里，倾力支持集美学校的发展，而且倡导以最优厚的待遇聘任优秀教师，支持他们的学术研究。先后聘任过诸如国学家钱穆、文学家王鲁彦和汪静之、教育学家朱智贤和罗廷光、哲学家王伯祥和杨筠如、生物学家伍献文、经济学家陈灿、地理学家盛叙功等到校任教。这些或盛名于当时，或享誉于后来的学问大家，在这里教书，在这里做学问，培养了一批批杰出的人才。翻开至今保存完好的当年出版的《集美周刊》，几乎每一期！都刊登了当时师生的学术论文、文学作品，以及大量的学术活动与教学活动的报道，使读者可以感受到一股扑面而来的学术气息，感受到朴实而充满灵性的学术研究品格。

20 世纪 50 年代之后，陈嘉庚先生创建并维持了近半个世纪之久的集美学村里门类众多、规模巨大的所有学校，逐渐归属于国家所有，并以"大学之规模"迅速发展，才有了今天作为福建省重点建设高校之一的集美大学，也才有了正在蒸蒸日上的集美大学文学院。

正是在这样的地方，我们的教师融洽相处，切磋砥砺，致力学问，锐意进取，不断提高着自己的学术境界，也不断扩大着自己的学术影响。到目前为止，我们学院已经拥有中国语言文学一级学科硕士学位授予权，拥有一大批颇具影响或崭露头角的优秀学者。他们在中国古代小说、中国戏曲文学、古代文艺理论与批评、西方小说史、英美当代文学、现当代文学批评、现当代纪实文学与乡土文学、应用语言学、文字学、方言学、文艺学基本理论、民间文艺学等研究方向上都作出了优异的成绩。尤其值得一提的是，这个学术群体有着非常明晰的学术发展理念，那就是：以中国语言文学的基础研究为主体、为根基，做扎实的学问；以现实文化问题研究为辅翼、为延伸，增强学术研究对社会现实的介入可能。在这一学术理念的引导下，我们近年不仅获得了一大批国家社科基金、教育部社科基金、省社科基金项目，而且获得了来自社会的有力支持，正在开展着大方向一致而又丰富多彩的各种系列研究。

也正是因为这样，我们才决定组织出版全由我们教师自己研究推出的"集美大学文学院行健学术丛书"。我们计划，这套丛书，每年一辑，每辑可以根据情况编排不同的数量。而每一辑的丛书，既可能是不同作者在不同方向上的撰著，也可能是围绕相同或相近方向，不同作者的各抒己见。但不论如何，我们都希望它成为一个见证，从一个角度见证我们学院教师的学术努力，见证我们不断向更高境界前行的足迹。

我们不可能停留在学术研究的某一个层面上，维持现状，我们期待的是在这个前行的过程中，不断地向自己挑战。因为只有这样，才有学术上的真正创造和持续发展。

虽然我们遥居海之一隅，但是，这里不仅有着由陈嘉庚先生亲手创建并在后来日益扩大、愈臻优美的校园，而且有着陈嘉庚先生用一生的言行所体现的伟大精神为我们注入持久不竭的精神动力，我们一定能够不断地达到我们追求的一个个目标。

从集美大学文学院的楼顶望去：近处，红顶高楼林立于蓝天之下，湖泊花园散布于校舍之间，白鹭翔集，群鸟争鸣，正乃自然与人文交融为一的景象；远处，蓝色大海潮涌于鹭岛之外，连通着广阔的台湾海峡，交汇汹涌的太平洋洋流——有时暖气北上，幻变成风雨晴阴，有时台风遥临，呼唤出万千气象，恰是天地造化之壮观。置身于斯，不生江湖之远的感慨，反而令人常常想起李白的名句："阳春招我以烟景，大块假我以文章。"

是为序。

2012 年 6 月 29 日
于集美大学文学院

目　　录

导语 …………………………………………………………………… （1）

　　一　为什么要研究"文学批评原则" ………………………… （1）

　　二　以往的"文学批评原则"研究 …………………………… （2）

　　三　本书作者的理念与追求 …………………………………… （4）

　　四　本书的形成 ………………………………………………… （5）

上编　文学批评要论 …………………………………………… （8）

　　一　文学 ………………………………………………………… （8）

　　二　文学批评与文学研究 ……………………………………… （9）

　　三　文学批评的要素 …………………………………………… （11）

　　四　文学批评的目的 …………………………………………… （17）

　　五　文学批评的现象 …………………………………………… （20）

　　六　文学批评的标准 …………………………………………… （23）

　　七　文学批评的评价 …………………………………………… （25）

　　八　文学批评的功能 …………………………………………… （27）

　　九　文学批评的本质 …………………………………………… （29）

　　十　文学批评的特殊性 ………………………………………… （31）

　　十一　文学批评的综合性 ……………………………………… （32）

　　十二　文学批评的可能性 ……………………………………… （33）

　　十三　文学批评的现实性 ……………………………………… （34）

　　十四　文学批评的必要性 ……………………………………… （35）

　　十五　文学批评的学科性 ……………………………………… （37）

　　十六　文学批评的历史性 ……………………………………… （37）

　　十七　文学批评的规律 ………………………………………… （38）

中编　文学批评原则总论 ……………………………………（42）

　一　什么是原则 …………………………………………………（42）

　二　文学批评原则的定义 ………………………………………（46）

　三　文学批评原则的特征 ………………………………………（52）

　四　文学批评原则的意义 ………………………………………（54）

　五　文学批评原则的形成 ………………………………………（57）

　六　文学批评原则的构成 ………………………………………（60）

下编　文学批评原则分论 ……………………………………（69）

　一　文学批评的审美原则 ………………………………………（69）

　二　文学批评的理想原则 ………………………………………（83）

　三　文学批评的真实原则 ………………………………………（92）

　四　文学批评的理性原则 ………………………………………（103）

　五　文学批评的情感原则 ………………………………………（118）

　六　文学批评的自由原则 ………………………………………（127）

　七　文学批评的公正原则 ………………………………………（135）

　八　文学批评的平等原则 ………………………………………（145）

　九　文学批评的善意原则 ………………………………………（149）

　十　文学批评的尊重原则 ………………………………………（157）

　十一　文学批评的宽容原则 ……………………………………（172）

　十二　文学批评的合作原则 ……………………………………（183）

　十三　文学批评的权力原则 ……………………………………（192）

　十四　文学批评的责任原则 ……………………………………（202）

　十五　文学批评的建设原则 ……………………………………（214）

　十六　文学批评的创新原则 ……………………………………（219）

　十七　文学批评的文体原则 ……………………………………（228）

　十八　文学批评的趣味原则 ……………………………………（237）

　十九　文学批评的智慧原则 ……………………………………（247）

　二十　文学批评的理解原则 ……………………………………（258）

　二十一　文学批评的整体原则 …………………………………（273）

　二十二　文学批评的重点原则 …………………………………（283）

　二十三　文学批评的复杂原则 …………………………………（285）

二十四　文学批评的美刺原则 ……………………………（302）

二十五　文学批评的比较原则 ……………………………（313）

二十六　文学批评的修辞原则 ……………………………（323）

二十七　文学批评的表达原则 ……………………………（329）

二十八　文学批评的快乐原则 ……………………………（338）

二十九　文学批评的争鸣原则 ……………………………（345）

三十　文学批评的历史原则 ………………………………（353）

三十一　文学批评的局限原则 ……………………………（360）

三十二　文学批评的效益原则 ……………………………（367）

三十三　文学批评的价值原则 ……………………………（377）

三十四　文学批评的互补原则 ……………………………（379）

三十五　文学批评的评价原则 ……………………………（381）

三十六　文学批评的主体原则 ……………………………（390）

结语 ……………………………………………………（394）

主要参考文献 …………………………………………（401）

后记 ……………………………………………………（416）

导　语

　　本书由三部分组成：上编为"文学批评要论"，是对于"文学批评"的总体认识。中编"文学批评原则总论"，是对于"文学批评原则"的整体思考。下编为"文学批评原则分论"，分别论述文学批评的具体原则，计36条。

　　本书的突出创造有二。一是对于"文学批评原则"的性质及其体系的原创性的整体思考。二是对于文学批评36条具体原则的提出及其论证。这36条文学批评原则，是作者以四十年来个人从不自觉到有意识的批评实践及批评理论思考为基础，立足当下中国文学批评实践活动和理论建构的理想需求，对中外古今文学批评史的部分批评实践和理论主张进行概括，所形成的迄今为止中外文学批评史上"文学批评原则"的最全面的表述。

一　为什么要研究"文学批评原则"

　　文学批评活动必须遵循一定的原则。文学理论应该确立一定的原则。可是，以往文学理论著述对于"文学批评原则"，或者谈及比较少，或者不予讨论。在少数著作中偶尔见及，并无细论。即便在专门论及文学批评理论的著作中，也并非普遍讨论。

　　在20世纪后期至21世纪初期的中国文学界，文学批评正在不断地被更多地注意和关切。文学批评理论的总结，也逐步地深化与细化。同时，在一些研究者的著述中，文学批评原则开始被突出论述。在一些文学批评家的批评理论建构和批评实践中，文学批评原则正逐步地显现出来。关于文学批评原则的重要性、自觉性，正在不断地强调。可以说，对于文学批评原则的论述，正在逐步细致、丰富；正在逐渐自觉、自省；正在逐级复杂、深化。

　　20 世纪世界最重要的批评理论家之一瑞恰慈提出：为了使批评家胜任愉快，维护公认的标准并缩小这些标准与通俗趣味的差距，必须提出一种总体性的价值理论。而不能仅仅停留在"这是好的，那是坏的"一类说法上。这类说法不是含糊就是武断。① 这种"总体性的价值理论"，可以理解为理论原则——文学批评原则。

　　在以往的文学批评理论研究中，对于"文学批评原则"的研究，重视不够。系统的、理论的关于文学批评原则的全面研究，还没有充分展开。而这个现状，与文学批评实践和文学批评理论探讨的格局，并不相称。随着对于文学批评原则问题的自觉认识和深化的要求，文学批评原则的讨论就显得更加必要。

　　文学批评现实的发展，出现了关于公正、批判、整体、肯定与否定等各种问题的讨论，需要在理论上研究、总结和确立为新的重要的文学批评原则。21 世纪的文学批评，已经有了十余年的历程，现实的转型期的文学批评向人们提出了应该怎样看待批评、如何建设良好的批评的迫切问题。文学批评原则的确立，逐渐成为批评家的自觉意识，关于批评是否应当公正、应当具有批判精神等话题，一再为人们所提起。实质上，是对于建立文学批评的公正、建设等原则的呼唤与倡导，也说明了文学批评实践对于重要的文学批评原则研究的需求。这些问题，需要我们在研究中予以界定和认知。

二　以往的"文学批评原则"研究

　　国内对于文学批评原则的系统研究，以往的讨论虽然比较少，我所见到的还是有如下一些方面。

（一）提出文学批评的总原则——马克思主义文学批评原则（历史的和美学的原则）

　　1. 王先霈、范明华著的《文学评论教程》（华中工学院出版社

---

　　① ［英］艾·阿·瑞恰慈：《文学批评原理》，杨自武译，百花洲文艺出版社 1989 年版，第 31 页。

1988 年版）。

2．童庆炳主编的《文学理论教程》（高等教育出版社 1992 年、1998 年、2004 年版）。

（二）论说文学批评的一般原则

1．王先霈、范明华著的《文学评论教程》（华中工学院出版社 1988 年版），将文学批评原则分为四个具体方面：从客观实际出发；以历史和美学的观点的统一为评价尺度；把阶级观点同历史主义结合起来；通过整体比较来判定作家作品的价值。

2．童庆炳主编的《文学理论教程》（高等教育出版社 1992 年、1998 年、2004 年版），论说文学批评家的态度有三个具体方面：坚持实事求是的科学态度；坚持客观全面的公正态度；坚持艺术民主的平等态度（曹廷华执笔）。这些，我们可以理解为三条原则。

3．王确主编的《文学理论教程》（人民教育出版社 2003 年版），在第十一章"文学批评"（贾怀鹏执笔）中，第一节是"文学批评的性质和意义"，第二节是"文学批评的原则和方法"，其中的原则有三条：（1）应从艺术形象的分析入手；（2）必须坚持实事求是的原则；（3）应有全面的整体的观点。可以概括为艺术分析、实事求是、全面整体等原则。

4．杨文虎主编的《文学鉴赏新编》（文汇出版社 2003 年版），在第六章"文学评论"（杨文虎执笔）第四节这样概述"文学评论的原则"：评论必须是一种创造；评论应该全面；评论应该实事求是；评论应该深入浅出。计四条。而在第二节这样概述"文学评论的标准"：真实性；典型性；政治性，艺术性；真善美；美学和历史的。计六条。这里，原则可以看作一种精神、态度、方法。而标准，既是衡量尺度，也是原则。

5．张利群主编的《文艺学教程》（广西师范大学出版社 2005 年版），在第十章"文学批评论"（陆以宏执笔）中，第三节是"文学批评的原则和方法"，"文学批评的原则"有三条：（1）审美把握原则；（2）整体把握原则；（3）实事求是原则。在"文学批评的方法"中，包括"美学—历史的批评方法"，是以恩格斯的观点为基础。这样，方法、标准和原则的相互通融，便又有新证。恩格斯关于"美学的和历史的"文艺观点，既可以概括为马克思主义文学批评原则，也可以概括为马克思主义文学批评方法，同时，也是批评的标准。

（三）论说具体文体的批评原则

杨劲在《普通小说学——把握小说的公开或隐秘的特质》（江苏文艺出版社 2011 年版）第十四章"小说批评"第二节"小说批评的方法与原则"中，提出了小说批评的两条原则：作品阐释原则，作品评价原则。"小说作品由它的艺术事实和艺术价值双重构成。小说批评必须兼顾这二者才是完整的、健全的。批评家在批评时可以有偏重，但是确实存在一个基本的原则是，坚持二元论原则，既对作品进行阐释，也对作品进行评价。阐释对应于作品的事实部分，评价对应于作品的价值部分。"

以上这些例证说明，文学批评原则研究已经有了良好的开端和继续深入研究的基础。

三　本书作者的理念与追求

本书作者的理念与追求，追随先贤，有所创造。

刘勰的《文心雕龙》，既有文学理论（创作论、批评论），更有文学历史、文体史的论述，被称为体大思精的百科全书方式的论著。他在论述自己的写作时，先从立德、立功、立言说起。不能立德、立功，则求立言，以卓越的理论成果在创作、批评理论上作出了突出的贡献。我有追求先贤的愿望，却自知无过人之才。只好在批评理论中的原则论方面，做小的综合的探讨。在批评理论的建树中，以旧署唐代司空图所作的《二十四诗品》，二十四条"风格"（如雄浑、豪放、含蓄、悲慨等）来概括古代诗歌的创作、鉴赏、批评原则，作为导引和范例。

本书作者在研究中力求以马克思主义理论和有中国特色社会主义理论为指导，以西方文论和中国古代文论、现代文论为重要资源，从全球化语境出发，立足中国学者的文化立场和宏观视阈，考察社会转型时期文学批评实践中的关键问题和重要原则，从中国当代文学批评的实际出发，注重当代文学批评的实践经验和文学理论的当代价值诉求的紧密结合，对批评实践和批评成果进行多维透视（也融入了自己的文学批评实践与理论思考），将文学批评原则研究置于文学批评的现实与流变中予以考察和反思，认识文学批评原则的创立与文学批评实践发展的规律，论证文学批评原则的重要性、具体性，借助文艺学、语言学、结构学、修辞学、伦理学、政治学等学科的研究成果，从不同角度来探讨、确立重要的文学批评原则，构建文学批评的开放的分层次、分类别的原则体系，为文学理论、文学批评理论的丰富提供思想成果。

我们在这里，在一定程度上追求可能性的文学批评原则体系。正确处理文学批评原则体系内部及与外部的复杂关系、文学批评的总原则与基本原则之间的关系，正确处理文学批评原则与批评标准、批评方法等方面的关系。在整合复杂、多向的文学批评思想、理论、方法等问题时，科学地处理它们之间的内在关系与异同，取之合理，不伤其髓；使文学批评原则用之方便，观之清晰。我们所证明和确立的文学批评基本原则，与中国文学批评实践的关系密切，有可信性、操作性，能够触及文学批评实践中的核心与关键问题。

本书作者追求理论建构与现实关切相统一，把理论研究与文学批评实践研究融为一体，从文学、语言学、结构学、修辞学等不同角度来对文学批评原则进行探讨，以解决当代中国文学批评所面临的发展问题，提供具有建设性的理论、方法为目的，希望实现理论研究对现实问题的观照与引导，把文学批评实践活动作为理论构建的现实依据，既注重文学理论的广阔视野与现代哲学阐释的结合，又注重把对现实状况的把握与文论发展规律的分析相结合。

本书的重心，以批评实践为基础的原则探求。避免从理论到理论，成为空泛的谈论，于事无补。作者自我警惕，避免成为对于文学、文学批评的不合理的限制与框约。而努力追求促进文化、文学、文学批评的活力创造与多元繁荣。

四　本书的形成

本书《文学批评原则论》的形成，是作者由初期（2006 年）对于部分的局部的原则的认识、体验，感到亟待注意的若干条原则（如公正、宽容、善意等），需要积极论证并提醒批评家予以注意开始，到确定"文学批评原则十论"（2007 年）。至今，陆续写作发表了几篇文章①。而称"原则"还是"规则"，则要追溯到 2000 年。作者曾经想到，对于文学批评中存在的不讲原则和规则的现象，写作一本"文学批评规范论"，并且列举了初步的提纲。后来，由于时间的原因和注意力的转移，以及什么为"规范"的法律规范、学术规范、文学批评规范，更多考虑的是外界的他律，最后还是转向了现在所论的"原则"。原则既是中性词，又能够在文学批评的各个部分展开。到中期（2009 年），随着思考的扩大范围和逐步深入，达二十余条。作者所在的工作单位集美大学文学院，近年开始在集美大学资助的基础上，加大对于学院教师专著的资助。这使自己开始了对于文学批评原则是否可能形成体系的思考，从而决定出书整体表述。先是决定本书由两部分组成：上编为"文学批评原则总论"，整体表达对于"文学批评原则"的思考；下编为"文学批评原则分论"，分别论述文学批评的具体原则。后来，考虑到没有对于"文学批评"的总体认识，有些方面不便说清楚，又增加了"文学批评要论"作为上编，便形成了现在这样的格局。而"文学批评原则"的具体数目，经过增加、减少，合并与整合，由最初的十六条扩充到三十条（2013 年 8 月），最终增补、改动、确定为三十六条（2014年 5 月）。这全部的三十六条，有的思考时间比较长，论证相对充实。而后来补充的一些原则，价值有重要性，但是或者因为感受、思考的不足，或者因为时间的紧迫，论证相对粗疏。希望读者并不因为对其论证的不足，而忽视它们本身在实际上的必要和重要。

刘勰的《文心雕龙》，共五十篇，用四十九个专题论述文学的基本问题。合于《易经》的大衍之数五十（即天地的数字，包括太极加另

---

① 《评价文学批评的基础标准》，《湖南社会科学》2006 年第 3 期；《论文学批评的审美趣味》，《河北大学学报》（哲学社会科学版）2010 年第 6 期；《文学批评与修辞学》，《福建师范大学学报》（哲学社会科学版）2010 年第 6 期。（中国人民大学报刊复印中心《文艺理论》2011 年第 4 期全文转载）《论文学批评的表达原则》，《文艺评论》2011 年第 7 期；《论文学批评的尊重原则》，《文艺评论》2012 年第 5 期；《文学批评的理解原则》，《河北大学学报》（哲学社会科学版）2013 年第 1 期。

外的四十九，天地、日月、四时、五行、十二月、二十四气。参见周振甫《〈文心雕龙〉译注》）。《二十四诗品》，合二十四气。这里的"文学批评原则"三十六条，则没有天地之间的数字关联，也未若欧阳修的《六一诗话》和司马光的《续诗话》，都是二十八则，正巧与星宿数目相合。① 只是自己目前所意识到，并且可以作出论证的罢了，偶然形成，没有深意。

作为对于"文学批评原则"的认真探索，我并不避讳自己认识的局限与粗浅。自己有良好之心学习，却无深厚功力达成。愿意以真诚的劳动，向读者请教，在历史上发出声音。

---

① 张葆全：《诗话和词话》，上海古籍出版社 1983 年版，第 14 页。

上编　文学批评要论

　　本编"文学批评要论"，是对于文学批评重要的核心问题的简要论说。讨论文学批评的原则，有其出发点，即关于文学与文学批评基本问题的基本看法。这是讨论文学批评原则的前提和基础。

　　这里分作十七个问题分别简述。

一　文学

　　文学批评，是文学活动的一部分，是对于以文学作品为中心的各种文学现象的认识和评价。因而，认识文学批评，首先要认识文学。

　　文学是人类把握世界、反映社会、表现自身的一种审美方式。文学以语言、文字作为表现手段和存在方式，以美为尺度艺术地展示自然、社会、人生及人的心理等所有与人有关的多重内容。文学表现的重点是人，是通过人（创造者）的具体眼光去表现一个丰富多彩的精神世界影像。这种只在人的脑海存在的影像在语言文字未记载下来之前，只能存在于创造者的头脑之中，经过创造之后，凝结在以语言文字为基础、具有社会惯例认可的文体形式之中。欣赏者（读者）通过语言文字的内涵和社会文化规则以想象性的活动生发于自己的头脑，从而与作者以及其他读者一起来感受这个形象、生动、富于情感的艺术世界。

　　文学的共同本质特征主要有以下这些：以语言文字作为表现形式和传播载体，以美的尺度将富有形象性、情感性的人生图景艺术化，作为表现内容，以特定的文化形式（文学体裁）来反映创作者对社会、自然界、人生和人性的认识、情感和评价。

　　为了便于艺术创造和艺术接受，便于文学研究，人类社会逐渐形成了诗歌、散文、小说、戏剧这样四大类文学体裁。这种体裁划分是文学研究者根据历史形成的文学样式总结出来的，又有极大的开放性。比如，可以将后来的非韵文类归入散文。可以将后来兴起的电影文学剧本、电视文学剧本划归到戏剧文学的门下。电影文学剧本、电视文学剧本既是对戏剧文学的补充，又有相应的独立性。

广义的文学，包括文学创作、文学欣赏、文学批评。再细分的话，还包括文学媒介、传播、翻译等一切与文学直接相关的部分。

所以，文学批评是广义的文学的一部分。讨论文学批评，不可能完全脱离文学。有时候，文学批评和文学是要明确加以区分的；而更多的情况下，文学和文学批评是不能分开和割裂的。

二　文学批评与文学研究

文学研究，又称为文学评论。广义的文学评论与文学研究是等值同量的，是一事（物）二名（词）。狭义的文学评论，也被认作文学批评。

文学研究，除国别、历史阶段之别以外，很多研究者认同三分法：文学批评、文学理论、文学史。

（一）文学批评

对现时的作家、作品的分析、研究和评价，兼及文学思潮、流派、事件、文学运动等。它的研究者自觉不自觉地受一定的文学理论观念指导（或者影响），有一定的文学史知识作参照，对文学创作、文学欣赏、文学理论研究、文学史研究都产生一定影响。

文学批评的最大特点，是与时代同步，与作家及时相呼应，与读者形成互动，最大程度影响普通读者的阅读、欣赏和理解、评价。

文学批评的重要的创新的理论成果，对于文学理论，有积极的补充。文学批评理论，也是文学理论的重要组成部分。而随着文学理论的体系形成和细化，文学批评理论的作用会更多地被认识和在实践中发挥作用。

文学批评，是当时当世的批评家对于一定历史时期文学现象的认识和评价，其中的一些优秀成果，可以成为文学史研究的一部分。

（二） 文学理论

研究文学的各种表现形式及其本质、规律、特征，将文学现象与历史发展的基本规律合乎逻辑地抽象出来，使其理论化。随着文学研究的日益复杂和成熟，对文学如何研究也形成了自身的理论，即文学研究理论（乃至文学批评理论），也被涵盖在文学理论之内。它也在一定程度上影响文学创作、文学鉴赏、文学批评和文学史研究。

文学理论的最大特点，是其理论形式的抽象性与概括性。相当于文学美学或者文学哲学。

（三） 文学史

文学史，亦称文学发展史，是人类历史的一部分。它指的是文学从其产生之后，经过漫长时期发展至现代以后，所包含的一切有关文学创作、欣赏、评论、传播及其相关背景的总体过程的各个方面，是关于它的对象的所有个别的和全体的方面（空间），从头至尾的全部过程（时间）的总体。

文学史研究既为现实文学批评提供参照，在现实中或潜或显地显现着自身存在。对文学史的借鉴、总结，为现实的文学发展提供了立体的参照系；也为文学理论提出积极的证明或者反证。当代人的文学理论创造，可以在现实与历史的文学发展中得以验证真伪、得失、成败、优劣。

文学史研究在时间段落上，正好与文学批评相衔接。一个指向过去的历史，研究已经凝结为历史的却与现实相关的现象与问题；一个指向现时的文学现象，关注文学的现实存在以及与历史的关系。在方法上，它们各有其特点。在内容上，也有当代文学史的提法与研究实践。学术界还有"当代文学不宜称史"观点的存在。但是，当代文学一旦成史，或者作为文学史来研究，就不是文学批评了。有些学者（如程光炜等）在 21 世纪初开始，呼吁划清当代文学史研究与文学批评的界限，就是积极的建设性的主张。

每一个文学批评家都无法摆脱文学史对他的影响（既有积极方面，也有消极方面），从而使文学史在现实的文学活动中发生作用。

　　三者都可以是学术研究成果。同样，三者形式表现的也可能是非学术研究成果。关键在于那个成果的学术含量，而不仅仅是其学术研究成果的形式。

三　文学批评的要素

　　现代许多学科的理论研究，开始应用要素分析。这借鉴了现代系统论的思想方法，是 20 世纪人类思维的进步，带来了哲学、自然科学和社会科学许多学科研究的深化。

　　文学批评的理论研究，从要素的角度分析，是可行的。这里，本书作者在研究中受到教育实践的探索者、教育理论的建构者姚鸿璋教育理论探索的启示。他著有《教学的基本要素及其结构》（见于《教育科研文集》1985 年第 2 期）一文，在分析教学的基本要素时，是按照教育者、受教育者和教学内容以及教学方式几个方面，以自己的理解予以分析、研究。[①] 文学批评的要素，是文学批评系统存在的基本独立单元。通过要素的认识和分析，可以进一步了解文学批评这个复合系统的综合性与复杂性。

　　著名作家沈从文在《我对书评的感想》（1937 年 1 月）中，论及书评，涉及这样一些部分：批评（活动）；作家；读者；编辑家；出版家。[②] 我理解，书评可以包括文学作品的批评。在此基础上，我们可以分得更细致一些。

　　批评（可以分解为批评家——作品的批评者、批评成果、批评理论）；作品；作家（作品的创作者）；读者（作品的欣赏者）；编辑家；出版家；再加上批评媒介、批评环境。

　　批评不是批评家和批评成果的简单相加，而是由多种批评要素在一定条件下所构成的众多的、具体的、复杂的、复合的综合关系。当严肃认真地讨论批评的时候，应该明确：要讨论的是批评的什么？

---

　　① 姚鸿璋（1928—1988 年），吉林省榆树人，1949—1982 年（"文化大革命"中的 1966—1972 年除外）在黑龙江省佳木斯师范学校（中专；1979 年后发展为佳木斯师范专科学校，大专），从事教学、教育管理工作。

　　② 《沈从文全集》第 17 卷，北岳文艺出版社 2009 年版，第 123 页。

我们把文学批评的要素概括起来，大致分为以下七个部分。

（一）批评主体

1. 批评家

批评家（也包括所有读者、作家），是作品的评论者。凡是对于文学现象的批评意见，只要表达出来就是批评。同时，包括被批评（评论）作品的作者的反批评。当然，人们在通常的意义上，是称呼那些有连续的批评活动、水平比较稳定、质量比较高超、有一定的社会和学术影响的批评参与者。普通读者（不发表专门的评论见解）中各行各业的不同职业，都可能成为批评家。就像医生、海员都可以成为作家一样。

实现批评的功能，就不能不依靠批评家们。因为顺理成章，是批评家在创造批评成果。人们对于批评不满意，并非与批评家过不去，而是不满于现实的批评成果。所以，批评家们应该既负起个人的责任，也担当时代的使命，为我们的社会，创造无愧于时代的文学批评成果。

批评家们批评观念和方法的改进、改善，也是相当重要的。获得积极的改善，有助于批评成果的丰富与提高。

2. 读者

读者（也包括作家本人和其他作家，是潜在的评论者），作为欣赏、评论、评价的一方。一方面，可能是广泛的松散的同盟者，内部也是观点交错。另一方面，则可能成为意见相反甚至极端对立的论敌。这是自然的，符合社会发展中认识的多样化和复杂化。

批评家和读者的意见能否保持一致？有不同的观点。认为应该保持一致者，可能体现为对于读者的尊重和信服。认为不应该保持一致者，可能体现为对于批评尊严感的确立和信仰。其实，问题没有那么简单。首先，读者是由形形色色的人群构成的。和读者的意见一致，而读者有不同的观点，要和哪些读者的意见保持一致呢？如果先要确定一部分读者，那么，还要假定——这个部分的读者意见是统一而且不变的。而读者群意见是统一而且不变的，在现实中能否找到——在可以自由享有意见的条件下，值得怀疑。其次，如果坚持与一部分先前确定的读者保持一致，就意味着放弃作为批评家个体的独立性，而成为部分群体的代言人。他不需要独立的思考，只需要调查意见的内容。最后，如果他对于调查意见的内容，在表达时不能满足这个特定群体的意见，那么，他随时可能被撤换，也就不能代表这个特定群体的意见。所以，与所有不同观点的读者的意见保持一致，是不可能的。与特定群体的读者意见保持一致，是极其困难的，难以有结果的。

那么，批评家是否应该考虑读者呢？这应该由具体的批评家本人来回答。不想做特定群体代言人的批评家，人们很难要求他们。

但是，有必要提醒有社会责任的批评家，应该考虑读者的意见。有社会责任的批评家，批评活动不是率性而为，不是单方面表达批评意见之后就万事大吉，关门睡觉了。而是希望自己的批评活动实际发生影响。那么，他就应当：第一，尊重批评成果的阅读者。使他们乐于接受、便于接受自己的批评主张。第二，尊重具体批评对象的阅读者。在与他们交流、相互理解的基础上，调整、深化自己的批评主张。第三，在表达自己的批评主张时，追求批评成果的精神效益的最大化。在成果质量、风格、艺术诸方面，达到最佳，尽最大努力。不尊重读者，就不能与读者进行积极广泛的交流，就不能真正地学习读者、影响读者。因为，读者的意见，是特定社会的思想的一部分，甚至可能是重要的组成部分。不能了解时代的社会氛围、美学潮流、阅读兴趣的批评家，除了天才，很难高明，更难创造出重要的批评成果、发挥重要的批评影响。

（二）批评对象

所有纳入批评家视野并予以批评的对象，都是批评对象。具体来说，有以下主要方面。

（1）作品。首先是阅读对象、评论对象。

（2）作家。作品的创造者。

（3）以作品的创造和作家的活动为中心的所有文学现象的总和与各个侧面（活动、事件、社团、编辑、出版、媒介等）。

（4）各种批评现象。包括批评家、批评成果等的侧面与综合，也是批评对象。

（5）相关的文学媒介、文化环境、社会环境。

批评对象是相互联系、密不可分的。世界著名文学批评理论家艾布拉姆斯在总结世界文学批评史的各种研究方法之后，提出"每一件艺术品总要涉及四个要点：作品、艺术家、世界、欣赏者"。分别形成批评理论的四个中心：作品、作家、世界和读者。①

（三） 批评观念、理论

一般地说，批评观念，是批评家关于批评的认识、思路和想法的总和。这些观念，在有些人那里，是系统的、完整的；在另外一些人那里，则可能是零散的、随机的。而批评理论，则是一些批评观念的系统的具有理论形态的表述。

（1）批评的观念和方法、标准和目的。历史、理论、常识都表明，批评理论的发展、批评观念的变革、批评方法的改进、改善，有利于批评成果的丰富、提高。不重视批评观念和方法的批评家，是有的。不自觉地运用批评观念和方法的批评家，也是有的。但是，只有积极重视、自觉运用先进的批评观念和方法的批评家，才可能有大的作为。

（2）批评理论。是批评观念和方法、标准和目的等，所有关于批评的系统的、自觉的、明确的表述，加以论证的知识形态。具有系统性、严密性、逻辑性等特点。批评家可以没有系统的理论。但是，不可以没有自己的思想——独特、深刻、系统的观念。没有论证的思想，不是理论。

（四） 批评实践

批评实践是批评家在从事批评活动时的具体行为。批评实践活动，包括批评实践的过程和批评结论的产生。批评实践活动，以作品欣赏为基础，从欣赏之后的思考、推理、判断直至形成稳定的批评成果——系统的、稳定的、有可见性的文章（或者著作以及其他）形式。这些物质形式，可能是可见的书籍、报刊文章，也可能是录音的讲话；可能见于有形的物质形体，也可能储存于电子产品、网络空间，借助一定的技术手段、媒介才能阅读。

---

① ［美］艾布拉姆斯：《镜与灯——浪漫主义文论及批评传统》，郦稚牛等译，北京大学出版社 2004 年版，第 4 页。

批评家的实践过程，从阅读、感受、思考到收集资料，进行分析、取舍、论证，一直到形成批评的结论，并且把它们公布，是完整的、不可分割的。但是，具体批评家的具体实践过程，具有私密的性质，可以不予公布。只要当事人不想公开，则他人无法得知。而当事人有意公开的部分，是否经过了删节和局部隐藏，他人是无法判定的。认识和评价批评家的实践，只能根据其批评的成果予以推断和分析。

批评实践与批评理论的关系，是相互关联的。批评理论是批评实践的结果。批评实践可能促进批评理论的发展，批评实践也可能在原有理论观念的束缚下，墨守成规。

批评实践，本身包含理论的因子。批评理论一方面是批评家的理想心愿，另一方面则是要解决批评实践所遇到的问题，还是对于批评实践经验的总结和概括。批评理论可能有积极的一面，也可能有消极的另一面。批评实践，是群体的，也是个体的。

对批评实践的评价，不能以批评者（当事人和评价人）的言论为评价依据。而应当以实践的、具体的、综合的、整体的效果为依据。这应当成为重要原则，也是合乎实际和逻辑的原则，却常常被忽略，甚至稀里糊涂地以当事人（研究对象）和其他评价人的言论为评价依据。这是极端不负责任的，也无法说明问题与真相。

批评理论影响批评实践，在批评实践中，批评家的批评理论也可能获得改变。

（五）批评成果

批评成果，是批评家意见表达的集中体现，是批评内容的显现，是批评活动的结果。

批评成果，可以是个体的、具体的，又可能是整体的、无数个体的批评成果的组合。意见纷纭，差异有大有小，有时候甚至截然相反。我们希望于批评的，最重要的，是出现更多、更好、更有效的文学批评成果。让文学批评成果满足人民（读者们）对于文学的丰富和发展、文学的认知与欣赏、文学的公正评价等方面的需求。批评成果能够在积极地促进文学发展和文学批评提升方面作出的重要贡献。

批评成果的形态，可以是理论的，也可以是杂感的；可以是单篇文章，也可以是鸿篇巨制、系统的著作（在实际中发生的往往是前者，后者则是稀少的）。

批评成果的分类，包括：宣传、介绍、感受、分析与评价。也可以分为文学、商业、人情、政治、宗教、教育、派别，等等。

（六）批评媒介

批评媒介，是批评成果与关心批评成果、评价结论的读者之间的联系平台。传统的媒介，包括纸质书籍、报刊，广播、电视，等等。而在20世纪90年代以后，多媒体的网络、手机、计算机等传播方式，成为新的媒体。

媒体在现代社会，也被认为是一种权力。

媒体本身，并不直接说明文学的问题、批评的问题。而在并不充分民主的条件下，独断的媒体可能会压抑不同的声音。因此，媒体的状态也影响着媒体传播的内容。在效用上，可能积极，也可能消极。当然问题并不像正负数那样简单，而很可能、很常见的是积极中的消极、消极中的积极，呈现十分复杂的情况。只有具体分析与评价，才能具体说明媒体积极的或者消极的作用、价值。

（七）批评环境

批评环境是批评家从事批评获得所处的必要条件——一定的、历史的社会的空间。在这个空间中，批评主体和批评对象建立相关的联系，批评才能进行。批评环境作为批评的重要组成部分，应该予以充分的重视。

（1）文学的内部环境。对于文学的生产、传播、评价起具体直接作用的相关环境。

（2）文学以外因素对于文学的制约和影响。即整个社会环境，包括政治、经济、新闻传播出版、商业、文化、风俗、各个行业、体制，等等。

在一定条件下，批评家的批评有时候可能并不是与其自我的内心完全一致的。第一种，批评观点并不代表自己，批评家是团体的代言人。第二种，批评观点并不代表自己的情愿，而是迫于环境的压力。可见，批评环境的因素对于批评的重要性——在某些时候，还带有极端的重要性。

批评成果和批评环境的关系是复杂的。批评的积极成果并非一定会依附良好的学术环境。众所周知的别林斯基，所处的环境就不能说很好。别林斯基的成就告诉我们，批评家也是他所处环境的一部分。批评家积极参与的批评实践和批评成果，都在一定程度上参与批评环境的证明或者改善。特别是，良好的学术环境不是自然的存在，而是各方面力量共同努力的结果。建设良好的学术环境，批评家有自身的责任。"文学批评要有公信力，健康评论环境不可缺。"①

作为批评的自觉和成熟，对于批评的反思，批评家、批评成果、批评理论（观念、方法）、批评环境，它们都可以成为批评对象。

四　文学批评的目的

文学批评的目的，即是要通过批评达到什么样的企图和效果。这种目的，可以分为两类：一是批评界内部的目的；二是外界对于文学批评界的要求、希望和规范要达到的目的。这两者，可能重合，也可能存在分歧。

批评者各有各的目的，不可强求。但是可以分析、认识。

批评家谢冕曾经指出这样的事实，"在中国现代文学中，历来存在文学目的的分歧"。② 可以预见，随着社会文明的进步，文学目的的分歧，可能越来越多。应当说，公民自己选择的自由越大，文学目的的种类也就越多。但是，那种你死我活的目的之争，则应该废止。强迫他人服从自己一方文学目的的想法和做法，应该消除。

文学批评目的是文学目的的组成部分。文学批评目的是实现文学目的的方式、方法、手段。它无法单独存在，可以独立认识。

---

① 刘秀娟：《文学批评要有公信力，健康评论环境不可缺》，《文艺报》2008 年 6 月 28 日（1 版）。

② 谢冕：《论中国当代文学》（1995 年 12 月），见《回望百年》，作家出版社 2009 年版，第 137 页。

（一） 文学批评目的不同性质的区分

文学批评目的有文学目的与非文学目的。两者不能完全分开，但是能够有所侧重。我们在认识这种现象的时候，将其分开，是为了方便认识其内在的多元化和复杂性。

（1）文学目的的文学批评。是以文学批评的方式，推动文学和文学欣赏、评论的进步和发展。主要以文学本身的存在为基本目的。

（2）非文学目的的文学批评。是以文学本体以外的目的开展的文学批评方式。如人生的，文化的，政治的，民族的，国家的，宣传的，商业的，个人私情的，亲友之间、师生之间的亲情和友情的，团体利益的，等等。非文学目的的文学批评，也是文学批评的重要组成部分。它们在历史上曾经大量存在，也会长期存在。我们需要提醒读者的是，要学会将它们按照实际的本来面目，分门别类。有意混淆，是不道德的；无意分开，是不明智的。当个人私情的、团体利益的等类别的文学批评作为学术形式的判断，不公正的评价结论使上当的读者损失的不只是时间和精力，还有对于严肃的学术性的文学批评、真情实感的文学批评的失望。人生的、社会的文学批评，是文学接受之后的自然结果。政治的、宣传的、商业的文学批评，也并不都是消极的，并不能一概而论。应当认识它们的性质，也认识它们具体的内容，从而作出真实准确的判断。积极的政治性的文学批评，推进社会的民主、进步，是有利于社会以及文学的发展的，应该欢迎。读者厌倦和反对的，是那种空泛的政治，挤压民主、科学、自由的政治批评。合于实际的商业性的文学批评，也为读者了解文学现象提供了方便之路。而那种不讲道德、违背事实的商业性文学批评，则应该给予揭露，还事实以本来的面目。宣传的、介绍的文学批评，有其存在的理由，却没有批评家滥用的权力。与事实相差太远的宣传和介绍，可能愚弄读者一时，却毁坏了制作者的一世名声。

（3）交叉。以文学目的达到非文学目的，或者以非文学目的达到文学目的，这两个方面是相互交叉、相互渗透的。比如，以文学为目的的文学批评，因为名声显著，使作者成为有广泛社会影响的名人，就可能使作者达到文学以外的目的。而不以文学为目的的文学批评，目的虽然不在或者主要不在文学，却可能对于文学产生重要的影响。当然，这种影响可能是积极的，也可能是消极的，甚至有害的。在一些商人那里，文学很轻，金钱很重！在一些政治家那里，文学很轻，政治利益很重！

（4）综合。兼有文学目的和非文学目的。

（二）文学批评目的不同类型的区分

文学批评目的的类型有：体验的，规范的。

（1）体验的。个人体验。是对于文学批评对象的自由的个人意见的表达。至于表达之后，被评论者是否接受，是否按照自己的意见予以改进，则不大考虑。重在自得其乐，重在沟通、表达、彰显而已。

（2）规范的。是把文学引向自己要求的方向。强调自己的意见表达之后，被评论者不仅要接受，而且要按照自己的意见予以改进。重在施加影响。

规范的批评，可以分为个人规范、群体规范、政府规范。

个人规范，是属于个人的对于文学的要求。让其走向符合自己审美标准或者社会标准的方向（有时候，署名个人的批评言论，并非仅仅代表个人。可能意味着是作者身份背后的群体或者集团。这就应该认作是群体规范，或者政府规范）。

群体规范：一定的群体（有组织的团体或者非组织的松散群体），流派、阶层、阶级等。

政府规范。在一定社会的一定阶段，政府也对于文学、文学批评进行规范。将其引导、规定、要求走向自己认为合理的方向。有时候，在一定社会的一定阶段，政府以文学批评形式或者政治方式（政策、法规、通知、文告等），对于文学、文学批评提出要求。

（三）文学批评目的不同范围的区分

文学批评的目的，在范围上，有的是为了个体，有的是为了群体（或者作为群体的代言人）。一般地说，为了群体可能受到本群体的欢迎；为了个体，只要于人类文化的多样性有益，不妨害他人，也应当得到尊重。而为了全人类的整体，则应该得到最高的地位。

批评家谢冕认为："我觉得文学的目标在于提高社会的、全民族的精神质量，揭露黑暗，同情弱者，反对非正义和不公，让我们的生活因为文学而优雅起来，健康起来，高尚起来，充满爱心。"① 他说的主要是文学的社会目的：促进社会的文明、进步，促进人的素质的提高。这也应该包括文学批评的目的。

文学批评的文学目的：促进人的审美素质、文学素质的提高，促进文学的繁荣和发展，提升文学欣赏的水平，完善文学批评的建设。

五　文学批评的现象

现象与规律，存在密不可分的关系。复杂现象的背后，有规律性的体现。现象是认识规律的基础。没有现象，或者不通过现象，规律无法予以认识。

文学批评现象所体现的内容极为丰富、复杂。简单化的认识，难以作出恰当的评价和准确的认识。现象具有复杂性、多样性、随机性。我们简要地认识其中的一些重要方面。

文学批评的现象有不同的构成，因此是复杂的、多样的，甚至其中一些部分是相互冲突的。

（一）对于各种文学现象的感观

从批评家与批评对象的关系来说，它是对于各种文学现象（包括批评现象）的感应、认知、选择、评判。

1. 感应

文学批评与文学理论、文学史，同为文学研究。所不同的是：文学史是对于以往文学的历史现象做研究，就时间来说，则不那么迫近。文学理论是研究文学生产、传播、发展、评价等根本理论的，并不专门针对近期的文学现象。而文学批评，则是对于当前文学现象、新近作品的即时反应。这种感应，体现了批评家对于现实的文学、社会现象的特别关注。同时，绝大多数批评家往往充满感情，带有对于文学的热心与责任，希望以自己的努力，影响文学向自己认为积极的方向发展。批

① 谢冕：《世纪之交中国文学的艰难前进》，见《回望百年》，作家出版社 2009 年版，第88 页。

评——这种特殊的文学研究，与创作者、阅读者的互动，特别活跃，带来了多方面、多功能的效果。是文学现象，也是文化现象、社会现象。有时候，成为波澜壮阔的奇景，令人观赏，也令人惊喜或者哀叹！

2. 认知

文学批评是对以文学作品为中心的文学现象的认知。以批评家自己（或者所代言的某一方面）的角度，对于所论文学现象进行认识和分析，形成具体的意见。

3. 评判

文学批评是对以文学作品为中心的文学现象的评判。只有感受，没有评价，可以是文学欣赏。而文学批评，应该作出明确的价值评判。在以相对明晰的认知和比较明确的有条理的基础上，进行是与非、美与丑的性质和程度、特征等方面的评判。当然，这种评判不是最后的评判，不是法规式的硬性规定，而是反映出美学的、学术的、文学的评价。

文学批评的评价，没有封顶，只有积累。没有任何一个人，或者团体、机构，享有对于文学现象的最终裁定权。同时，由于作品及文学现象的丰富性，由于批评家及群体的不同认知结构、不同观念和人生经历，更有不同时代的历史时期的社会境遇，对于文学的具体现象的评判，只要人们有兴趣，就可能作出新的认知和评判。只要是合情合理的，有所创造的，都可能在批评的园地里留有一席之地，可能成为丰富人类认识的智慧成果。文学作品及文学现象评价的开放性，使一个人、一部分人甚至一个时代，也无法概括完全作品的内含和外延。这不是文学批评的悲哀，正是它的神奇！当代文学批评无法做完的事情，留给了历史，转换为文学史的研究。正因此，世世代代有无数的人，投身文学研究的队伍之中，为人类的文学、文化、文明，做积极的努力。

4. 选择

文学批评是对于文学现象的选择。文学现象包罗万象，林林总总，拉拉杂杂，鱼目珍珠混杂。文学批评所评论的，是批评家从复杂多样的文学现象中选择出来的。所评论的是，为选择结果；所评论的非，亦为选择结果。

批评家还选择出自以为优秀的、拙劣的文学作品，加以评判，显示自己的文学主张和社会观念。在个别批评家那里，评论对象可能偶尔是随机的。但是，又难以否认，它们不是出自大量的现象之中，是一种特别的选择结果。

（二） 对于文学观念以及其他思想文化观念的表达

重点在对于自身理念的表达。借助文学表达自己的看法。所谓借酒消愁：借"文学"之酒表达对于"文学"的看法（形成文学理论观点）或者"某某学"（可能为哲学、心理学、伦理学、社会学等）的看法（形成某某学的理论观点）。

从批评家自身来说，批评是对于自己文学观念、社会观念以及文化、哲学、心理学等思想观念的表达。可以这么说，有些批评家是对于文学和文学现象说话；有些批评家则是对于文学以外的现象说话，或者自说自话，借题发挥。

对于自己文学观念的表达，和对于文化、哲学、心理学、社会等思想观念的表达，都可以对于文学和文学以外的领域产生影响。只要能够促进人类文明的丰富、进步，就值得肯定。

1. 文学观念为中心的批评

对于以文学观念为中心的批评，首先作用于文学创作、欣赏、评论文学的人，也可能间接促进社会的发展。

2. 思想文化观念的批评

以文学为材料，表现人生感受，也可能有益读者和社会。有些著名的哲学家，更是以文学作品、文学发展现象为基础，成就了自己的事业，完成了思想的创造。哲学家黑格尔、康德、尼采、海德格尔等，都无意于做文学批评家，从事文学批评的事业。他们通过以文学作品剖析为核心的思想的创造和表达，成就了自身作为人类思想家的光辉业绩。弗洛伊德，则以古希腊悲剧和莎士比亚悲剧，说明了他对于人类的隐秘心理的研究和创造性发现。

那些贬低文学批评意义的言论，表明了论者对于文学批评和文学批评史的无知。可以谅解他们，却不应该认同他们的有悖于事实的观点。

（三） 作为复合的复杂现象

文学批评是不同人群、不同角度、变通方法、不同理论和不同立场、不同利益人群关于文学活动的感受、评价的综合体。

美国作家、批评家艾略特（1888—1965 年）说过，如果我们稍微认真观察一下就会发现，批评界根本不是一块经过深耕细作、繁花似锦并能预兆丰收、精心铲除了莠草的土地。它倒更像公园，所有的人都可以自由出入，甚至为鸡毛蒜皮的小事而拼命想压倒对方而互相争吵。[①]认识到批评现实的复杂状态，才有可能正确看待批评、分析研究批评，得到对于批评的真知灼见。

因此，那些抓住文学批评的杂乱部分，否定整个文学批评成绩的看法，那些只以文学批评的一部分现象作为文学批评全部的看法，都离实际太远，也无法客观、明确地认识文学批评的现象和本质。

六 文学批评的标准

文学批评的标准、方法有观念形态的一面，也有物质形式的理论展现的另一面；有自觉性的，也有非自觉性的。

文学批评的标准，是批评者在从事批评活动时内在的衡量作家、作品及各种文学现象的尺度。是或者自觉或者不自觉、或者成体系或者零散的关于文学和社会什么是优、什么是劣的感受和理解。

（一）文学批评的标准

文学批评的标准，是批评者在从事批评活动时内在的衡量作家、作品及各种文学现象的尺度。或者自觉或者不自觉、或者成体系或者零散的关于文学和社会什么是优、什么是劣的感受和理解。文学批评标准，是在从事文学批评活动时所参照的一些核心的重要的衡量尺度，有时特归纳为一些原则。

不同人群，有不同的文学批评标准。

文学批评的不同标准，主要体现于：

1. 文学的人性标准

人生的文学，是人性的；不是兽性的，也不是神性的。是人类的，

---

① 《批评的功能（1923 年）》，见惠特曼等《美国作家论文学》，刘宝瑞等译，生活·读书·新知三联书店 1984 年版，第 170 页。

也是个人的。……可称为人道主义的，也可称为理想主义的。名称尽有异同，实质终是一样，就是个人以人类之一的资格，用艺术的方法表现个人的感情。代表人类的意志，有影响于人间生活幸福的文学。① 文学的人性标准，在于以是否表现了理想的复杂的人性，来衡量文学的成就，评价文学作品成就的高低。

2. 文学的民族文化标准

作家、批评家沈从文认为，民族遭遇挣扎的方式的得失，和从痛苦经验中如何将民族品德逐渐提高，全是需要文学来记录和说明的。② 文学的民族文化标准，在于以是否表现了民族文化的丰富内涵来衡量文学的成就，评价文学作品成就的高低。

3. 文学的思想文化标准

文学的思想文化标准，在于以作品表现了什么思想，是否符合批评家的思想文化来衡量文学的成就，评价文学作品成就的高低。

4. 文学的艺术标准

文学的艺术标准，在于以作品表现得是否有艺术性，达到了什么样的艺术水准，是否符合批评家的艺术理念，来衡量文学作品的成就，评价文学作品的成就高低。

5. 文学的社会标准

文学的社会标准，在于以作品表现的社会内容是否符合批评家的社会理念（政治、文化、伦理、历史等），是否符合自身领会的社会效益，来衡量文学作品的成就，评价文学作品成就的高低。

文学批评的标准：是否促进文学的繁荣和发展，提升文学欣赏的水平，完善文学批评的建设。这也应当是文学批评在文学方面的根本标准。以此来判断批评是有成就还是有缺陷。

（二）文学批评标准的特点

1. 标准的确定性与灵活性

不同的人、团体，可能有不同的标准，也可能有相近的标准。同一

---

① 周作人：《新文学的要求》，见张明高、范桥编《周作人散文》（第 2 集），中国广播电视出版社 1992 年版，第 136—140 页。

② 《沈从文全集（17 卷）》，北岳文艺出版社 2009 年版，第 376 页。

个人，在不同的时期，标准可能变化也可能变化不大。

标准的不同会形成评价结果的不同。

2. 同一标准的运用

同一标准的运用，在不同的人那里，可能产生不同的结果。因为批评活动是相当复杂的思维过程，既受到评价对象的限制，也受到评价主体知识、方法、阅历等方面的限制。

即便是同一个人，同一标准的运用在不同的条件下，也可能出现不同的状况。

3. 标准的灵活性

标准的运用在不同的条件下，可能出现不同的状况。这就需要批评者灵活地运用标准，而不能把标准凝固，成为希腊神话中魔鬼普罗克鲁斯特的铁床那样，让"人"（作品）适应"铁床"（标准），把短小的人拉长，把高大的人截断，让所有的人都和自己的"铁床"（标准）一样长短。美国作家诺曼·梅勒（1923—），就批评过有些批评家像希腊神话中的普罗克鲁斯特床那样，将文学作品的各自特点放到上面，截长补短一番。①

七 文学批评的评价

（一） 评价方法的独特性与局限性

批评方法，对于不同的批评家，有自觉与无意识的区分，有单一与综合的运用。各种方法存在互补与交叉的可能，不同方法各有特长与局限的可能，没有一种方法是万能的。方法与对象之间有一定的适应性。原有方法与新的对象的不适应；某些方法与某些的对象的不适应。好的方法如果运用有误，也会产生不良的批评后果，不能在批评活动中作出正确分析，取得恰当的评价。

---

① ［美］诺曼·梅勒《诗歌的社会功能》，见《美国作家论文学》，第392页。

（二） 评价结果的明晰性与模糊性

1. 明晰性

我们提倡评价结果的明晰性。明晰的表达，才能有效和准确地传达表达者的意愿，使接受者不至于感到误解和混乱。

表达的明晰，不意味着拒绝含蓄和委婉。能够让人在通常情况下得以积极的大体理解的含蓄和委婉，是必要的，也反映了表达者和接受者之间的智慧和乐趣。

评价结果的明晰性，并不意味着评价的简单化。评价复杂的对象，自然不能简单地处理。复杂的对象，复杂的结论，只有明晰的表达，才能获得读者的认知。这不仅是交流的必要，也是证明自身水平的需要。人们正是通过评价者的评价活动以及结论，认识和衡量评价者的。

2. 模糊性

评价结果的模糊性，有两种情况：认识的模糊和表达的模糊。

认识的模糊，自然不能在表达时清晰、明白。表达的模糊，或者没有认识清楚无法明晰表达，或者虽然认识清楚却无法明晰表达。认识是基础，表达是对于认识的传达。没有清晰的认识，自然不可能做到明晰的表达。

评价结果的模糊性，应该促进评价者反思，是在哪个环节出了问题。及时的调整，既是与接收者的沟通，也是对自我的检验。

（三） 评价结果的差异性

评价结果的差异，既是必然的，也应当是互补的。

1. 必然性

评价结果的差异性，具有必然性。不同的人、派别，对于一个对象有不同标准、不同的认识，是自然而然的，有其必然性。我们应该尊重评价结果的差异性，进而认识差异的方面，分析差异的原因。

评价结果的差异性，反映了认识的差异性，也是认识的丰富。

一个对象，只有一种认识，或者只能有一种认识，并不能够有利于对复杂现象的深入认识和正确评价。

在文学批评中，我们应该积极鼓励评价结果的差异性，促进认识的丰富。在差异性中，在多角度的认识中，逼近认识的准确和深刻。

2. 互补性

评价结果的差异性，既是客观存在，也有积极意义。

评价结果的差异性，反映了认识的多样、丰富。这些不同的认识，尽管有的可能对立和矛盾，也有可能成为互补，丰富人们的认识，促进人们的思考。

只有鼓励认识的差异，才有可能走向真正的丰富与深刻，解决文学复杂的问题，提高文学批评的水平和能力。

八　文学批评的功能

文学批评的功能，是指它本身有什么作用，或者说能够发挥什么作用。

（一）文学批评不同功能的区分

文学批评的功能：有文学的、非文学的。

认识文学和社会；思想发现与创造；受到人格教育和文学、文化教育；记录文学和历史；完成审美与提高审美；感受娱乐；获得愉悦。

是个人和集体、集团的用具、工具、玩具。

有功利性的一面，也有非功利的另一面。

文学批评既有对于文学的功能，还有对于文学以外的功能，文化的以及其他的：政治、经济、心理、教育、娱乐等。

促进文明发展的，促进人类社会的发展与提升。或者相反，阻碍与破坏人类文明与进步。

（二）文学批评功能的要点

批评的功能之一，说明和认识文学以及文学相关的现象与内涵、本质、规律。

批评的功能之二，认识人与社会。

批评，有时仅仅指向文学，有时则借文学说人生，批评社会。曾镇南认为：评论，借文学去感知世情和人心。① 谢冕指出：文学原是文化良知的一盏明灯，又是社会病变的显微镜，有时也能成为一副菌剂。②

批评的功能之三，说明真相。

世界著名思想家、文学家纪伯伦，曾经讲述了一个故事。名为《三件礼物》。

从前，贝查莱城有位仁慈的王子，深受臣民的爱戴和称颂。

可是，有个穷得精光的穷汉却竭力跟王子作对，经常用刻毒的话语贬损他。

王子知道此人，但总在心中忍着。

最后，他还是想起了此人。一个冬夜，王子的仆人背着一袋面粉、一包肥皂、一块蔗糖，来到穷汉门前。

仆人说："王子送你这些礼物，留作纪念。"

穷汉沾沾自喜，以为得到了王子的敬重，他不无骄傲地找到了主教，告诉他此事，并说："你看不出王子多想讨我的欢心吗？"

主教回答："噢，好一个聪明的王子！你根本就不懂，这礼物是有所暗示的：面粉填你空空的肚腹，肥皂洗你肮脏的皮肤，蔗糖治你苦苦的嘴舌。"

此后，穷汉变得自惭形秽，他对王子的恨更甚了，然而更恨点破王子暗示的主教。

但他终于收敛了嘴舌。③

这里，主教的解释可以理解为文学批评。他的解释，使事件获得了意义的实现。否则，人们只是看到现象，没有看清内涵。

---

① 曾镇南：《泥土与蒺藜·后记》，百花文艺出版社1983年版，第350页。
② 谢冕：《一份刊物和一个时代》，见《回望百年》，作家出版社2009年版，第221页。
③ ［黎巴嫩］纪伯伦：《人子耶稣》（《纪伯伦全集》第5卷），薛庆国译，中央编译出版社2011年版。

九　文学批评的本质

文学批评的本质，即是批评主体依据一定的批评观念（有的是明确、自觉、有条理的，有的是比较模糊的）以及标准、方法，在一定的具体的批评环境中，通过批评媒介，把自己对于具体批评对象的批评结果表达出来。

文学批评的本质，是一种创造性的审美活动。这已经是学术界的共识。[①] 作为一种创造性的审美活动，文学批评的本质有两个重要方面：一是审美活动，二是创造性。

（一）作为审美活动的文学批评

文学批评是文学活动的重要组成部分。文学活动的核心部分是文学创作和文学欣赏，加上文学批评（有时称为文学评论）。文学批评是在文学欣赏的基础上，对于批评对象的感受、体验、思考、认知与评价。在这个审美活动中，审美对象——以文学作品为中心，是审美思维和审美创造活动的结果——审美结晶，包含着审美的要素：形象与情感，美的形式与内涵。

欣赏活动是对于文学创作成果的品鉴，直接的反应和感受。欣赏活动中，主体对于文学创作成果的感受，充满了想象的创造、情感的起伏、美的体验。

文学评论则是将文学欣赏中对于作品以及其他文学现象、文化现象、社会现象等感受、思考的材料，通过反复辨认、推敲、推理，形成自己的理性认识，将它们有条理地表达出来。只有表达出来的才是文学批评。而文学欣赏是读者与文学作品的阅读同时存在的，是对于文学创作成果的作品的直接反应和感受，仅仅存在于与文学作品相接触的那个时间里。而文学批评则与文学作品以及文学现象有一定的距离，是将对于文学现象（以文学作品为中心）的感受材料经过分析、整理，形成有条理的思维成果，并且转告于他人，可以相应地在一定程度上独立存

---

① 参见许道明《中国现代文学批评史新编》，复旦大学出版社 2002 年版，第 324 页。

在。文学欣赏则只是读者的个体体验，可以不与他人发生关系（除去创作作品的作家以外的精神联系）。文学欣赏一定要有欣赏对象的存在。而文学批评则把评论对象变成了自我表达的一部分，分散地成为说明的材料和分析结论的对应物。

（二） 具有创造性的文学批评

文学批评，从学术的角度则必须有原创性——表达出来的评价是个性的创造性、独特性。否则，可能被认为是抄袭，或是重复劳动。

於可训认为：我赞成批评是一种创造性的精神劳动，在某种意义上，它同作家的劳动一样，也是一种创作。——批评家的批评是以作家的作品为媒介，通过对作品的感受、理解和发现，以完成他对生活所进行的理性的再创造。区别在于，作家的思考、创造和表达，将结果诉之于形象的体系；批评家则将结果诉之于概念的体系。[①] 文学欣赏，是一种创造性的审美活动。只有通过一定的创造方式，欣赏者才能把作家所创造的以文字为基础、为媒介的文学世界予以认知——想象性地在自己的头脑中构建。没有一定的创造，文学作品只是文字的排列而已。文学欣赏是一种创造，但是可能获得共同的或者相似的体验。

文学欣赏的创造，是把文字变成文学世界，在头脑中感受一个丰富或者不丰富、多彩或者不那么多彩的艺术世界。同样的作品，在不同的头脑中可能或者说完全可以产生不同的艺术影像。文学批评的创造，是在对文学作品的认识、评价的过程中，留下一个个独创的印记。文学欣赏是读者把创造放在头脑里，是独自的品味。如果与别人分享，也无不可。一旦表达出来，就可以作为批评。而表达出来的文学批评，就要受到有没有原创的认知和评价。

文学欣赏和文学批评是两种不同的创造，是需要明确区别的。文学欣赏和文学批评是两种不同的活动，尽管都是文学活动。文学欣赏，必须有欣赏者和欣赏对象的同时在场。举例说，在剧场看话剧（舞剧、京剧等）是欣赏。而离开剧场对于话剧（舞剧、京剧等）的观感，就不是欣赏，而是文学批评了。文学批评可能与批评对象有某种间离，可以

---

① 於可训：《批评的视界》，中国文学出版社 1994 年版，第 336 页。

谈论批评对象，但是却离开了批评对象，而把对象作为材料。当然，可以说，文学批评是文学欣赏的延伸，文学欣赏是文学批评的基础（没有经过欣赏的作品，不能进行文学批评），同是文学活动。但是，不能不说有严格的区别和差异。

十　文学批评的特殊性

文学批评有自身的特殊性。

1. 后发制人。批评总是在创作完成之后。因而，在文学创作的成果定型之后，有更广阔的视野和讨论空间。

2. 单边出场。批评成果总是单独存在。只有在极少情况下，与文学作品同时存在。因此，批评成果的读者往往不能同时对于作品的优劣作出判断。这也是一定程度的片面性。因而，评价文学作品，不能简单地由发言的评论说了算。还要参考各种声音，特别是看评价对象——作品本身。

3. 二度创作。对于作品的转述、缩写，已经包含了隐性的评价，带有转述、缩写者的主观认识、理解甚至情感。那已经不是作品本身。

4. 三角关系。作品连接着创作者和评论者，形成作家—作品—批评家的三角关系。作品是中介，既是作家的创作成果，成为客观的独立存在，也包含着作家的思想、情感和意向。批评家在阅读（欣赏）和评论时，既受到作品（作家）的影响，又有批评家自身的观念和认知。批评家的批评成果，并不能够改变作品本身的内涵，却可能对其他读者（甚至作品的创作者）形成影响。当然，也可能无法形成影响。这肯定要由具体的情况而定。有些（虽然是少数）批评家的批评成果，能对各种读者（创作者、读者、批评家）形成影响，也是重要的历史事实。将来，也会部分存在。

5. 多种内涵。批评具有丰富的内涵，应该积极认识文学批评的丰富与复杂。应该认识文学批评的积极方面，警惕文学批评的消极方面。

在现实中，常常有一些批评活动的参与者和接收者，看到或者接受其中的一些方面，而忽略另外一些方面。比如，由于有些权力政治对于批评家和一些积极批评成果的打击和戕害，使许多批评家厌恶消极政治对于文学和文学批评的消极作用，进而忽视政治批评作为文学批评的一个特殊品类，也可以发挥有学理的讲学术的政治批评在分析和评论政治性质浓郁作品方面的特长。

6. 隐含性质。批评有时候具有隐含性质。

编辑，是特殊的、隐性的评论。发表什么样的作品、评论，就意在提倡、弘扬某一种精神、风格、倾向和态度。评奖，也是一种评论和导向。是评选者对于大量（或者一定数量的）评选对象的选择和评价。

选本（即选择有代表性的作品辑在一起，可以是单人的，也可以是多人的），也是特殊的批评。顾农曾经就"选本"发表意见：早期批评具有随意和零散的特点，后来找到一种有效的形式——编撰文学作品的总集，选家将自己认为好的作品选入，评论意见也就寓于其中。他以《文选》在文学史发展的作用为例，说明选本往往比理论专著更有读者、更有影响。① 这些隐含的特点，往往使一些读者忽略了编辑、选家的观点和意向。

十一　文学批评的综合性

文学批评的综合性，体现于多方面。

（一）情感和理性的统一

文学批评，既要有情感，还需要理性，是两者的综合。

（二）私密和公开的统一

文学欣赏是个人的私密行为和内心体验。批评家（欣赏者）真正的感受与其公开的表达之间，可能具有并不一致的状况。当然，我们更多地相信和希望其一致性。可是，历史和现实的复杂性，以及呈现出来的一部分实际发生的情况，可以确认一些批评家的心口不一。这既是这些批评家的悲哀（可能有些并不悲哀，还因为心口不一逢迎某些个势力，获得了利益、好处而自得其乐），无法表达真实的意见；也是听者的悲哀，社会公众难以获得真实的判断。

作为外界的他人，无法深入表达者的内心，求证其真实的心态和想

---

① 顾农：《从〈文选〉看选本的力量》，《中华读书报》2010 年 8 月 11 日。

法，只能以其公开表达出来的结果，作为衡量其思想活动的外在依据。

（三）个体和群体的统一

批评是一种个体活动，更是一种群体活动。

是个体对于群体（包括个体）对象，群体对于个体（不仅仅是个体）对象，群体对于群体对象的批评活动。这里的个体、群体，都是无数的。既难以计数，又无限展开，形成开发的地域和历史的延伸空间。

（四）脑力和体力的统一

郜元宝认为：批评毕竟是车尔尼雪夫斯基所说的"行动的美学"，需要旺盛的精力和体力，需要和每天发生的文学现象近距地接触、碰撞、对话乃至顽强的肉搏，需要不停地忙碌并在忙碌中保持头脑清醒。[①] 一个积极参与批评活动的批评家，劳动强度大，费用心血多，时间安排紧。阅读的书籍多，写作的任务重。

（五）文学和社会的统一

文学批评，还体现为文学和文学以外两个方面的综合。

文学观念与文学以外的观念是水乳交融的。文学观念与人的人生、美学、语言学、社会学、哲学、心理学、文体学、历史学等方面的观念、知识，也是交叉、互渗，不能完全彻底分割的。

人与文学、文学批评，都存在于社会之中，是历史与现实交会的复杂环境的产物。

十二　文学批评的可能性

批评的可能性与否，常常是一个被讨论的问题。批评家艾略特，就有惊人之语：诗不可解。这是他以作家诗人的身份所说的。他又不断地解诗

---

① 郜元宝：《不够破碎》，吉林出版集团 2009 年版，第 263 页。

（评论），这是他以批评家的身份所做的。① 批评的可能，在于其现实的存在。现实中，无论读者还是作家，都有很大一部分人群需要文学批评。

批评是否可能，很重要的问题在于批评活动的展开，批评成果的保存与传播。当社会中的部分人群，借助物质条件，保存和传播一部分批评成果，并为一部分人群所认知，批评就不再仅仅是可能，而转化为现实。

十三　文学批评的现实性

批评又是在现实中实际存在的。

批评的可能与现实，常常是矛盾甚至对立的。对于批评寄予希望的人，往往对于批评很是失望。这是因为，有些关注批评的人，对于批评的复杂性和包容性认识不足。批评，就其可能性来说，是多向的；对于现实来说，是确定的。而一旦从个人希望的角度看待现实的批评，就有可能存在理想的批评未能实现的现实真实状态。这是需要明确和注意的。

批评的复杂性和包容性在于：（1）可能与不可能的希望，与现实存在着的复合与冲突。（2）理想与现实的和谐与矛盾、冲突。（3）高端（高质量）批评和低劣批评的同时存在，其间还有大量的中间值。更难以断定的是，哪些是高端，哪些是低劣，在不同的观念、理论和立场，甲认定的高端完全可能被乙看作低劣。反过来，乙认定的高端完全可能被丙或者甲、丁看作低劣。（4）严肃的批评与随意的批评同在。有的批评以生命为依托，以事业为操作；有的批评可能是生命律动的反应，也可能是游戏的一时之快乐或者痛苦等情感的宣泄，甚至可以是违心的应付了事。（5）局部与整体的判定。以高端为代表，还是以低劣为全局。其他，应该还有许多。严肃的批评研究者应该面对现实，批评的整体的复杂存在与多样保存，很可能是长期的，不是良好的愿望就能够改变的。如果在这一点上弄不清楚，常犯糊涂，就不可能正确地看待批评现象和批评现实的全局，甚至纠缠于劣质的批评，白白浪费精力。当然，不是说对于低劣的批评视而不见，而应该是把主要精力放在那些

---

① 参见［美］韦勒克《近代文学批评史（1750—1950）》（修订版）第 6 卷，杨自武译，上海译文出版社 2009 年版。

优质批评的推荐与弘扬，只有当那些劣质的批评被误认是优秀批评或者形成主要的倾向时，才去处理它们。劣质的平庸的批评大量存在，是难以逐个解决的。就像平庸的作品大量存在一样，不应该成为批评关注的重点。它们也代表不了一个时期文学创作和文学批评的水平。

十四　文学批评的必要性

在讨论文学的特征时，别林斯基说，哲学用三段论说话，文学用形象和图画，一是证明，二是显示。[①] 即哲学以推理、论证的形式直接表达思想，文学以形象来间接表达。在这个意义上，文学批评即是批评家以哲学的方式概括出自身对于某文学作品中蕴含的思想的论证，是将形象的形式转换为思想或者理论的形式。

这里蕴含着一个重要问题，即文学作品是以形象感染和情感熏陶来起作用。其内涵的丰富的意义，是要依靠读者的理解来完成的。不同的读者，自然有不同的理解。这种理解，要转换成为明确的思想来表示出来。批评自然就根据需要而产生、发展起来。

文学批评的必要性，首先是因为：作品多，需要选择性介绍；作品好，需要评析、推荐；作品不好，需要明辨。

文学批评的必要性，大的方面有两个：一是认识的必要性，二是交流的必要性

（一）　文学批评作为认识的必要性

为了认识文学，需要将对于文学的理解，转换为理论的语言。文学以形象的创造表达意义，但是，这种意义有多义性，而且并不能直接转化成为理论的话语，这需要批评家将自己理解的文学形象所表达的意义（可能是，也可能不是其义），以转化的理论话语表达出来。於可训提到，文艺之所以要"批评"，大约是因为它所要表达的观念和情感的隐蔽性。这种观念和情感被深深埋藏在所谓艺术的形象或形式之中。"我

[①]　参见朱寨的《艺术思维是意象思维》，见白烨主编《2006 年文学批评新选》，文化艺术出版社 2007 年版。

赞成批评是一种创造性的精神劳动，在某种意义上，它同作家的劳动一样，也是一种创作。……批评家的批评是以作家的作品为媒介，通过对作品的感受、理解和发现，以完成他对生活以及文学所进行理解的理性的再创造。区别在于，作家的思考、创造和表达，将结果诉之于形象的体系；批评家则将结果诉之于概念的体系。"① 南帆认为，批评向各种作品索取的是各种意义。批评的阐释即提炼或者解放文学内部各种深藏不露的意义。"文学生产形象，批评生产意义。"② 总而言之，文学批评是发现意义，又以另外一种区别于文学形象本身的话语，将其表达出来。以小说闻名的作家张炜，在谈到自己的创作时，有这样一段话："我从创作之初就一直在写散文和评论，三十年下来了，（散文和评论）成为我更直接的声音。"③ 这表明，文学创作和文学评论是文学中相互关联的两个系统。文学以形象表达思想，评论以概念、术语论证所发现、认识的思想——是思想的直接表达。

（二）文学批评作为交流的必要性

不同的读者（批评家），有通过批评成果的交流来进行沟通的需求。通过交流，既满足自己也满足他人的认识、理解的愿望，也在客观上丰富了人们对于认识对象的理解角度、程度、层次。在有些时候，一些操持"批评"的批评家，否认批评存在的必要性。这其实是难以成立的。事实上，一些读者本身不需要批评，认为自己完全既可以独立地理解、批评作品及各种乃至一切文学现象，这也可以理解。但是，当另外的读者有对于文学批评的需求时，文学批评活动自然就存在和发展。（这些论者很可能忘记了：一个没有自我封闭的文学欣赏者、评论者，只有依靠先前的文学理论和批评成果，才能建立比较丰富、高远、细腻的文学观。以后不需要文学批评的人，不能否认以前对于文学批评的需要；从来不需要文学批评的人，不能否认他人对于文学批评的需要。就像宣布"文学死亡了""文学批评死亡了"的批评家、理论家，他们尽

---

① 於可训：《批评的视界》，中国文学出版社 1994 年版，第 312、336 页。

② 南帆：《当代文学与文化批评书系·南帆卷》，北京师范大学出版社 2010 年版，第383、384 页。

③ 张炜：《精神的背景》，华中科技大学出版社 2013 年版，第 107 页。

可以高调高声宣布，却无法清除"文学"和"文学批评"的继续存在
和发展！）

可以说，人类只要有认识、评价文学的需求，只要有交流、相互理
解的愿望，只要有文化、文学的教育的要求，文学批评就有必要。至
少，对大部分人完全有必要。

十五　文学批评的学科性

文学批评作为学科，是否可能？

文学批评作为审美活动，是文学活动的一部分。

文学批评作为理论，属于文学理论（通称文艺学）的学科。

文学批评的审美活动，以其实践不断给文学理论以丰富的新鲜的经
验作补充。

文学批评的理论成果，则给文学批评实践以借鉴和影响。

文学批评学科具有丰富性、开放性，不仅以文学理论为主体，而且
和美学、艺术学、语言学、社会学、哲学、心理学、文体学、历史学相
互渗透，在融合中不断发展。

文学批评学科的存在与发展，取决于文学批评活动对于社会中的人
类群体的需要程度，精神的需要与文学的消费。

十六　文学批评的历史性

文学批评的形成与发展，是历史的过程。

有创作，就有批评。早期文学批评的混合特征是：与哲学历史相
伴。中期，附庸于文学理论。近期，趋向独立、自觉。

近百年来，文学批评体系处于建设、构建的过程。重视不够。难度
很大。

随着文学批评学科的建设和发展，文学批评史的研究，更加被有识
者所注重。

温儒敏在谈到中国现代文学批评历史研究时说："批评史的研究更深
入地触及文学发展中的某些关键的或敏感的问题，而缺少了解文学批评的

状况，就不可能完整地认识整个阶段的历史风貌。"① 文学批评史，是文学批评的历史镜鉴。许多现实的问题，可以从文学批评的历史发展中获得参考。同时，文学批评史并不是僵化的古董，而以多种形式影响着现实。

文学批评史的研究，既有益于弄清历史真相，使人们直接受到启示，也启发现实中批评家的心智，还可以为文学批评的理论建设提供丰富资源。

十七　文学批评的规律

这里所说"文学批评的规律"，我以为，可以作为文学批评的前提。认识规律，可以帮助我们自觉地获得文学批评的内在原理。

对于文学创作规律的认识，一直是文学理论研究的重点。周扬有文章《论艺术创作规律》，周勃有文章《论艺术创作规律的独特性》。② 这是可以理解的。但是，文学批评的规律，却很少被人专门提起。更难以见到关于文学批评规律的研究成果和积极、概括的表述。这个现象值得思考。到底是什么原因，让批评家以及批评理论家望而却步，或者视而不见，或者视之乌有。

事实上，有的优秀批评家已经提出了这个问题。批评家谢冕曾经在回顾中国当代文学研究 50 年历程时指出："学术自身的独立性和它的特殊规律，应当受到尊重。"《中国文学研究五十年》（1995 年 12 月）（谢冕：《回望百年》，作家出版社 2009 年版，第 128 页）这已经涉及文学批评（文学研究）的规律——特殊规律的问题。问题在于，谢冕先生说到这里就停止了，没有专门谈出来（或许他在别处谈过我没有看到）。

批评规律，特别是其内在的规律，往往被文学以外的政治权力、商业资本、媒体霸权所冲击和掩盖。而健全、完整的文学批评理论，是无法绕开、不应避开批评规律（外部加内部）的。

（一）规律的隐秘性、反复性

规律具有隐秘性，反复性。

---

① 温儒敏：《文学史的视野》，人民文学出版社 2004 年版，第 193 页。
② 许道明：《中国现代文学批评史新编》，复旦大学出版社 2002 年版，第 368、404 页。

　　规律具有隐秘性，在于其并不直接显现，而是隐藏在现象背后，需要研究者的探寻才有可能获得。有可能，是说具有可能性，而不是必然性。是否通过探寻，认识和发现了规律，还要依靠实践的检验。

　　规律具有反复性。规律反映了事物的发展趋向，因此是可以反复出现，并被事实所能够证明的。

（二）批评规律的多方面

　　批评规律，至少要研究其中的若干方面：

1. 批评家

　　其一，批评家自身。他（们）的成长，沉浮。

　　其二，批评家与读者的关系。

　　其三，批评家与作家的关系。

　　其四，批评家与批评环境的关系。

2. 批评理论

　　其一，如何生产。

　　其二，与批评活动的关系。

　　其三，与批评环境的关系。

3. 批评环境

　　其一，对于批评整体的影响。

　　其二，对于批评家个体的影响。

　　其三，对于批评的积极作用。

　　其四，对于批评的消极作用。

4. 批评内部与外部各个方面之间的关系

（三）批评规律的六条概括

　　这里提出来的是规律，希望可以获得共识。

1. 作品多义律

　　作品具有内涵的丰富性，寓意的多义性。

　　对于一般的艺术作品，粗略的分解就可以有基本意义、习俗意义、内在意义三层。一个优秀作品的意义不仅有多个层面，而且每一个层面的意义也不是一种，而是多种。每一种都可能是合理的和正确的。[①]

具体的评论，只能指出、论述其中的一部分（论者认为重要的或者必要的）。对于其他读者、评论者来说，可能总是不全面的。

不可能在一个具体的评论中，获得全部的评价。

也不可能由一个具体的评论者，获得全部的评价。

总体的评论，不断丰富的、发展的，没有终点的开放性的评论，才能形成对于一个具体作品的全面认识。

认识没有终点。具体的评论总是相对局限的。评论者没有必要为此对于自己的不完全而羞愧；也没有必要对于他人的不完全而多怪。

（作品的多义性并不是任意性。参见本书下编"文学批评的理解原则"。）

2. 作家水平曲线律

作家创作作品，限于具体的条件，具体的人，具体的创作过程、创造对象、创作结果，不可能都是直线上升。有的处女作是起点，不断上升提高（一般趋向）；有的处女作是最高点，不再上升和提高。即便是趋向不断上升、提高的作家，也不能保证每一部作品都是一部比一部好与强。因此，对于作家的期望，并不能够作为现实衡量的要求。只能在具体的评价中，做具体的分析与评价。

3. 读者差异律

读者是不同的，是必然有差异的。要求读者一律，或者假想读者一律，是完全不现实的。因为读者不同，自然会有不同的反应、理解和评价。

4. 评论侧面律

任何评论，都是也只能是对象的一个或者几个侧面。要求评论的完整和全面，如果不是误解，也是苛求。

（1）具体批评的只是侧面，不能全面。

（2）众多评论的共同互补，不断丰富对于作品以及文学现象的认识和理解。

（3）有与无：作品表现的有，总是小于作品之外的无。因此，以

---

① 滕守尧：《审美心理描述》第 8 章，四川人民出版社 1998 年版。

作品没有表现的来衡量作品，作家永远是失败者。衡量、发现作家在优秀作品中的创造，是批评家的本职——称职。一般地说，批评家没有必要为不值得批评的作品、作家耗费精力，从而也影响其他读者去做不必要的阅读。批评家面对值得批评的坏作品：一是有比较大的恶劣影响；二是造成读者的比较大的误解，需要辨认。没有误解、没有影响的坏作品、差作品，随它去吧！

5. 评论转换律

评论需要完成多种方式的转换。

（1）从欣赏到评价的转换。

（2）从形象创造到理性发现的转换。

（3）从零散感受到系统判断的转换。

（4）从感悟到论证的转换。

6. 评论根本律

文学批评的根本目的是促进认识的深化，促进文学的丰富、发展，促进思想的发展（自由与解放），肯定、鼓励艺术的多样和创新，与人类文明共同进步。这是文学批评的根本定律。

中编　文学批评原则总论

本编"文学批评原则总论",是对文学批评原则的总体论说。涉及什么是文学批评的原则、文学批评的原则与相关概念的关系、研究的意义,等等。

一　什么是原则

什么是原则?我们试图从原则的语义、意义、变化及特性等方面,予以讨论。

（一）原则探求

1."原则"的语义

关于汉语中的"原则",① 以及相关的词语,我们试着加以梳理。

原则:原,最初的,开始的;本来、原来。则,规则（总则、细则、法则）;规范（准则）。综合起来,原则,即根本的法则或者标准,是用来衡量事物的要点。

总则:总的原则,总的、根本的、最重要的原则。偏重于核心,是根本的概括。是比较抽象的极少数核心要点的提炼、概括。

法则:规律、法规。法规,偏重于外在的要求和规定。规律,事物之间的内在的必然联系,不断重复出现。偏重于事物的本质关系和运行、发展、变化的趋向。

规则:规定出来供大家共同遵守的制度或者章程。偏重于外在的要

---

① 本书的词语分析,参考中国社会科学院语言研究所词典编辑室编《现代汉语词典》（商务印书馆）,加入自己的理解。

求和规定。点点认为：规则是大家共同的承诺，人们认可的协议。要接受约束，承担义务。公平，离不开规则。它是正常活动的前提，约定。规则，不是限制发展，而是规范行为。①

要则：主要的重要的简要原则，偏重于重要和核心。

原理：最初的基本的核心的道理。重在论说基本的形成框架的骨干性道理。

道理（道）：一是合乎道义的理（原则），二是比较有理性的明确的明晰的说明（或者阐释）。道理可大可小。原理则基本是大的方面。

哲理：对于原理在思维、方法上的形而上的概括、抽象，往往可以超越学科，有根本性的理解。

规范：约定俗成或者明文规定的准则。偏重于外在的要求。

标准：衡量事物的准则，偏重于外在的比较和认知。

准则：作为标准来衡量的原则，偏重于比较、评价。有时与"原则"等同。有研究者在论述"艺术生产的准则"时，具体来论，就是"原则"。彭修银等《现代艺术学引论》，② 第三章"艺术生产论"第四节"艺术生产的准则"，在文中论述时，就是以情感、真实、创造这三个原则来展开的。

通过细致品味和比较，我们在这里讨论的，称为"原则"，正是充分考虑原则在文学批评活动中的客观性与主观性的中性含义，既不是硬性的外在要求，也不是内在的自我条文。把它设定为公共的、客观的、理论的支撑基点。

2. 原则的意义

人类古代先贤就重视哲理、条理的认识和概括，在中国现存最早的古文献《尚书》中，随处可见原则、要则。如皋陶总结的"为政九德"（《尚书·皋陶谟》）。而在中国古代最富体系的文学批评著作《文心雕龙》中，隐性原则处处可寻，明显提出的"六义""（《宗经》）"六观"（《知音》）就是原则。原则至今仍然是认识、论证道理的方法。

原则，是观念、理论、重要（基本）思想、方法的概括。

---

① 点点：《规则》，《中国青年报》1997 年 12 月 27 日。

② 中国社会科学出版社 2011 年版。

原则，是思想方法、思维方法、分析方法的基点。没有原则，就没有办法进行思想、展开思维，从事分析活动，也没有可能得到系统、明确的结论，并予以评价。

当然，作为原则，在不同的人群和个体，可能具有不同的形式和状态：自我意识与否？自觉，明确意识到的；不自觉，未明晰地察觉。是否有条理？经过概括，有相当的条理；未经概括，零散分散，而不集中、突出。是否有道理？正当而有理性，可以质疑、诘问；不恰当，缺少理性的支撑，经不起推敲。

"为了达到平等对话的目的，达到言说的有效性，言说者必须遵守一定的话语规则。"① 这种规则，也就是相应的原则。

我们所讨论的原则，坚持原则的概括性、原则的自觉性和原则的明晰性。

（二）文学批评原则的变化与恒定

1. 原则的历史性

人类文明的早期，不仅"文"（文学）与"艺"（艺术）不分，而且"文学、历史、哲学"，甚至心理学、逻辑学、美学、教育学，都相互交织，相互渗透。并不存在独立的文艺，更何论专门的文学理论。

在文学理论的逐步形成、独立的初期，关于文学批评的理论是隐蕴其中的。真正的比较明显的独立，一般认为是 20 世纪开始的。所谓 20 世纪是批评的世纪，就是包含了批评的独立与相对强盛的事实。

但是，不能够说，批评理论和原则，是这个时期才开始有的。而在实际上，它是与文学、文学批评活动共同发展的。只不过在发展的过程中，越来越明晰、系统和完善罢了。可以说，文学批评原则的发展，经历了由隐含到明确、由简单到复杂、由依附到独立、由零散到系统（至少我是把它们看作是一个系统的）的过程。在 21 世纪初，已经有了比较丰富的多方面的积累。我们应当以自觉的意识，加以梳理、论证与建构。

我们探讨文学批评原则，就包含了从历史的发展中，汲取精神营

---

① 李壮鹰、李春青主编：《中国古代文论教程》，高等教育出版社 2005 年版，第 15 页。

养，总结和梳理批评原则的内容与方法。

2. 文学批评原则的源

原则的源，可以从实践和理想两个方面予以认识。

（1）实践的总结

在文学批评实践的过程中，许许多多的批评家（理论家），在探索与论证的过程中，对于自身或者他人的批评实践，进行了认真的总结与思考，通过对于经验的概括和论证，初步地和逐步地，有意地、自觉地或者不很自觉地，提出了分散的不同方面、层次的思想、观念。这些关于文学和批评的思想、观念，就蕴含着文学批评的原则。这些原则，是文学理论、批评理论的宝贵财富，值得我们认真的继承和借鉴，并在此基础上从事创造和发展。

法国剧作家克洛代尔（1868—1955 年）认为，不是艺术作品产生于规则条文，而是规则条文源自艺术作品。① 同理，文学批评的原则、条文，是源自文学批评活动及其成果。

（2）理想的追求

文学和文学批评的理想，对于批评理论的建设，也是有重要的影响和巨大的作用。理想往往高于现实，是对现实的超越和提升。在文学和文学批评现实没有达到的地方，理想也起着建设理论和提高实践的不可缺失、不可忽视的力量。

有些方面的理想，虽然有可能在短期内未必可以达到和实现，却不应成为拒绝的理由。因为有的可能将来能够实现，就可以努力去追求；即便绝对的难以完全实现的理想，其积极的方面或者因素也是人类文明的目标，是需要不断努力的。比如公正，是人类文明的终极目标。限于历史条件，不可能在现阶段完全实现。即便到了人类未来的高级阶段，也会有新的更高的追求与标准。但我们不能因此就失去追求的权利和实现的希望。放弃公正的理想和现实的努力，人类便会堕落、沉沦，陷入不断下降的深渊。而只有积极的努力，才有可能前进与进步，走向文明。

---

① 宫宝荣：《法国戏剧百年（1880—1980）》，生活·读书·新知三联书店 2001 年版，第159 页。

（3）历史的积累

现实的实践和理想，是不断积累的。逐步形成了丰富的历史。

研究、总结、发展和构建文学批评原则体系，既需要现实的实践与理想的成果，更离不开历史上丰富的宝贵的理论资源与实践经验。

只有认真借鉴和全面总结历史的资源，才有可能获得更丰富、更深入的理论启示，达到更高的境界。

（三）原则的共通性与人类性

何星亮认为，文化的民族性是各种文化的个体性、独特性，它使世界上各民族的文化互相区别开来。世界上的人类文化，都以民族文化的形式而存在，它们的存在和发展呈现不同的形态。世界上各民族的文化之中又贯穿着一般的东西，即共同的、普遍的属性，也就是文化的世界性。文化的世界性是各种文化普遍具有的属性，即世界各种文化的共性。[①]樊星认为，有形形色色的民族性，在这形形色色的民族性深处的，是人类性。民族之间的互相沟通、理解、互通有无的能力，是建立在人类性的心理基础上的。[②]因此，可以说，人类的思想、文明成果，有共通的方面。这是我们展开深入的研究的重要前提。

文化的民族性与世界性，相互联系，相互促进，和谐相处，才能发展。

文学批评原则的建构，不仅需要民族的文化遗产，也需要世界范围内的文化创造成果的继承和借鉴。莫论古今中外，只要有益于人类，有益于文明，就努力自觉地吸收，在广博的基础上，进行创造，进行发展。解决现实问题，促进文学和文学批评的发展。

二　文学批评原则的定义

文学原则与文学批评原则是相关的，又是有区别的。因此，讨论文学批评原则，不能不认识文学原则以及它与文学批评原则的关系。

---

① 何星亮：《文化的民族性与世界性》，《光明日报》2002 年 12 月 14 日。

② 樊星：《中国当代文学与美国文学》，中国社会科学出版社 2009 年版，第 276 页。

（一）文学原则

文学原则是关于文学的哲学观、美学观、艺术观、道德观、价值观、人生观、发展观、社会观、形式观、欣赏观、批评观等多方面思想观念的综合体现。对于具体的个人来说，其文学原则（思想）可能是自觉的，也可能是不自觉的；可能是系统、有条理的，也可能是零散的、未总结的、不明确的。

文学原则在文学理论的表达和论述中，可以分为文学创作论（文学创造原则）、文学发展论（历史发展的特征与规律）、文学文体论（体裁的形成与特点）、文学本质论（对文学本质的概括认识）、文学欣赏论、文学批评论、文学传播论等范畴。这样，广义的文学原则就包括：文学创造原则、文学发展原则、文学欣赏原则、文学批评原则，等等。童庆炳主编的《文学理论教程》第八章，论说了"文学创造原则"：是以"艺术真实与艺术概括"（第一节）和"情感把握与形式创造"（第二节）展开论述的。[①] 文学原则的核心，是文学精神。我们所认识和理解的文学精神，是人类文明发展过程中不断积累的、崇高的人文精神在文学方面的集中体现。它包含了真善美的核心内容，是对于美的追求，是审美的创造和提升，是大爱的弘扬和宣示，是指文学活动（包括文学创作、欣赏、研究评价、传播等方面）、文学作品、文学理论所体现对于人类发展起到积极作用的文明、进步、创造、审美等方面综合的文化精髓。文学精神，既包含对现实美的礼赞，也有对现实丑的批判，还包含对理想美的向往，应当是真善美的统一，是理想与现实的统一，赞美与批判的统一，是文明、进步、创造、审美等方面的统一。

文学精神不是抽象的，而是具体地体现于具体文学作品中作家的创造之中，批评家与社会公众的文学阐释之中。

文学精神，是认识文学的基础。有了积极、文明的文学精神，才有可能尊重文学的基本的核心的价值，尊重文学的创造者，尊重文学的创造（创造性的劳动）精神，尊重文学创造的成果，尊重文学的发展、

---

① 童庆炳主编：《文学理论教程》，高等教育出版社、人民出版社1998年版，第195—223页。

进步与丰富。

应当看到，在现实中和历史上，某些文学批评以及社会活动中，存在粗暴地对待作家、作品，严酷地打击作家文学创造的现象，就是践踏文学精神的体现。这不仅损害了作为文学创造的生产者的权益和形象，也是对文学精神的严重伤害，对文学事业的粗暴，对人类文明的严重损害。

（二）文学批评原则的定义

以往，对于文学批评原则，既很少有专门、系统的探讨和论述，更少有关于文学批评原则本身的定义。

1. 文学批评的多义性与单一性

广义的文学批评，即是文学研究。包括了狭义的文学批评，和文学史研究、文学理论研究。我认为，文学研究既有具体的专门区域和特点，更有共同的方式、理念与精神。它们有许多内在的相通与联系。

狭义的文学批评，即是对于当前的文学现象的及时的反应与评价。

本书文学批评的使用，是在狭义的范围内，又适当地与广义的文学研究相沟通。保证文学批评理念的理论概括，带有更广泛的基础。也就不是简单地拘泥于具体的批评方法，而着眼于文学的精神和文学研究理论的概括、理解、提升。

2. 文学批评原则的定义

什么是文学批评原则？

文学批评原则是文学批评参与者在文学批评活动中，所遵循的价值评判的基本思想准则、尺度、依据，是自觉不自觉的哲学观、美学观、文学观、道德观、价值观、人生观等多方面思想的具体体现。它体现于文学批评活动的各个方面。文学批评原则有两个指向：一是指向文学（文学批评的对象），如何对待文学的各种现象、研究对象。二是指向文学批评本身，如何进行批评活动，开展文明的批评，是否能够推动文学和文学批评健康发展，促进文学繁荣和文学批评的积极效应。

这个定义，是参考了国内外理论、批评实践，结合自己学习、思考，所得出的。

童庆炳等：文学批评的原则是指文学批评原则所遵循的价值评判尺度。[①] 於可训：一定的文学批评原则和标准制约着对批评方法的选择、创新和运用。[②]

（三）文学批评原则与文学原则的关系

1. 整体与部分的关系

我们所要讨论的文学批评原则，就是文学批评观的一部分，又与文学观的其他方面相联系。只不过是侧重于文学批评活动的主要的方面。这是因为，它们之间并不是截然孤立的、分散无关的。我们分系统讨论，当然是为了研究和表述的方便。

文学批评原则是文学原则的一部分。是文学批评观的一部分，又与文学观的其他方面相联系。只不过是侧重于文学批评活动的主要的方面。但是，不仅仅限于批评论，而是对于文学原则的、综合的、具体的、灵活的运用。

2. 各自相对独立

文学批评原则是文学原则的一部分。这是从整体上来说的。具体来说，又有各自相对的区别意义。

文学批评原则，可以是对于文学批评这一专门部分的认识与分析、衡量与评价。而习惯上，许多人将文学原则仅仅应用于文学本身的一部分，只是创作部分。这种现实的习惯，也使我们在研究讨论中不能不予以考虑。

3. 互相影响、制约

文学批评原则理论是文学理论的重要组成部分，对于它的认识，可以丰富、发展文学理论，帮助批评者进行自觉的批评活动，提高批评的质量和效能。

文学原则的认识深化，有助于文学批评原则的深化。文学批评原则的丰富与发展，也是文学原则总体的丰富与发展。

两者互相影响、制约，不可能截然分割。很难想象，一个对于文学

---

① 童庆炳等：《文学理论》，高等教育出版社、人民出版社 2009 年版，第 224 页。

② 於可训：《文学批评学基础写作提纲（征求意见稿）》（打印稿，约 1990 年前后）。

的观念、原则知之其浅者，能够在批评活动中有深入的认识与作为。

批评活动本身，就是文学活动的一部分。批评活动如何，也在一定程度上反映了文学活动的质量与状态。文学批评原则，可能以理论形态存在，也可以天然地、自然地体现于文学批评活动之中。它们的应用、发展，也推动文学研究、文学原则的研究与发展。

（四）文学批评原则与相关概念

1. 文学批评原则与文学批评观

文学批评观，是指批评者对文学批评的总体认识与具体看法。对文学批评的认识，要以对于文学的认识为基础。因而，批评观和文学观不可分割，但是又有各自的重点。

批评观，可以概括、体现为一定的原则。

而批评原则，就是一定的批评观的概括与体现。

本书的批评原则，是关于批评的根本标准（总原则）和具体的人文精神、伦理态度、批评方法及表达要求等批评观念的具体整理、论证和表述。可以说，是批评观的一部分——特别针对如何批评、如何对待批评、如何评价批评这些方面的基本的重要的观点。

批评观，除了以上的一些方面以外，还可以包括：文学批评的本质（本性、本体、性质）、特性（特质、特性、属性）、规律、作用、目的、功能、范畴等一系列根本性问题。

批评观，有两种情况。一种是自觉的、系统的、明确的，另一种是朦胧的、零散的、不自觉的。

批评原则，则是经过整理的明确的条文。

2. 文学批评原则与文学批评标准

文学批评标准，是批评（衡量）文学现象（作品、作家、文学思潮等）的尺度。文学批评原则：批评（衡量）文学现象和文学批评自身应当遵循的原则。前者，用来衡量文学及文学现象。后者，用来概括、衡量文学批评运行的基本观念、方法和实践。

标准是原则，但不是原则的全部。在文学批评体系中，既有文学标准与文学批评标准，还有文学批评观念、态度、方法等。其中，文学观念、方法、标准与文学批评观念、方法、标准，相互融通；即便是文学或者文学批评的自身，态度、方法、标准是包含着观念的，而观念也不是僵硬的独立的存在，是体现于态度、方法、标准之中。所以，没有纯粹的原则，只能是互为支撑、相互交织、融为一体。运用之时，混为一体；分析之时，专门加以分别探讨。

我们所要讨论的文学批评原则，主要在于文学批评观念、态度、方法。至于文学批评标准，我们这里不专门予以讨论，而是隐含于整个原则的论述之中。这是因为，文学批评的总原则，可以视为基本标准。同时，在具体的基本原则的讨论中，也具体涉及评价的观念和方法问题。它们之间并不是孤立的、分散无关的。我们分开或者系统讨论，是为了研究和表述的方便。

文学批评的原则是指文学批评所遵循的价值评判尺度。（童庆炳等）

文学批评标准是指分析评价文学作品思想艺术价值所依据的尺度。[①]可以看出，在有些学者那里，原则与标准是同一的、互通的。

3. 文学批评原则与文学批评方法

批评原则有方法的原则，也有态度、伦理的原则。方法，既可以体现为实践，也可以概括为原则。就方法的实践来说，重在分析和运用。就方法的原则来说，重在理性和概括。

态度、伦理的原则，本书涉及尊重、善意等原则。

方法的原则，本书涉及整体、比较、公正、真实、审美、整体、肯定、否定、修辞、表达等原则。

4. 文学批评原则与文学基本问题

文学批评原则与文学基本问题是问题的两个方面。批评原则与文学问题相互之间可以转化或者内化。

转化　讨论"原则"，在具体的范围内加以展开。这时，文学批评原则转化为具体问题。

内化　讨论"问题"，是"原则"的系统、专门体现。这时，文学基本问题则包含着文学批评的原则。

张利群主编的《文学批评原理》[②]，没有专门论及文学批评原则，

---

① 张利群主编：《文艺学教程》，广西师范大学出版社 2005 年版，第 292 页。

② 张利群主编：《文学批评原理》，广西师范大学出版社 2004 年版。

分为文学批评的本质论、活动论、功用论、标准论、思潮论、对象论、主体论、写作论、方法论、文体论、传播与接受（论）、发展论等十章。可以视为关于文学批评的本质（原则）论、活动（原则）论、功用（原则）论等。而在同一学者张利群主编的《文艺学教程》中，在"文学批评论"一章的第三节，专门讨论"文学批评的原则和方法"。这可以理解为，文学批评原则是包含在标准、思潮的研究之中。但是，是否专门论述或者把它们作为"原则"系统、集中论述，则可能有不同的见解和处理方式。张利群主编的《文艺学教程》，"文学本质论"可以视为"文学本质原则"；"文学的特征"可以视为"文学特征原则"。

三　文学批评原则的特征

（一）文学批评原则的公共性

文学批评的公共性，是指文学批评原则的公共原则，是文明原则、伦理原则和学术原则的综合与体现。文学批评原则，应当在现实中，通过理想的衡量、实践的检验，反复探索与论争，达到相应的共识，成为衡量文学批评的一般尺度，作为文学批评理论与实践的公共财富。

公共意识是现代文明的标志之一。……公共规范意识、公共利益意识、公共环境意识、公共参与意识，构筑了现代文明的底座。① 就基本情况来说，文学批评是一种公共活动。在公共活动中，如何开展有益公众的文学批评，建立有所共识的普遍原则，是文学批评原则建设的应有之义。文学批评的公共性，就是积极的选择。

（二）文学批评原则的多义性、交叉性

文学批评原则具有多义性，是指文学批评原则内涵的丰富。许许多多条具体的文学批评原则，构成了文学批评原则的丰富。而某一具体的批评原则，又与其他不同的批评原则相互关联。例如，公正的问

---

① 《人民日报》评论部：《素质提升需要培育公共性》，《人民日报》2013 年 8 月 14 日。

题，不仅在文学批评的评价原则中是核心，在文学批评的责任原则中也是根本。

文学批评原则的交叉性，是指许多具体的文学批评之间，相互沟通，密不可分。例如，尊重原则与宽容原则，就是交织的。没有宽容（原则），就不能实行尊重（原则）和理解（原则）。

（三）文学批评原则的模糊性

文学批评原则的模糊性，并非都是论者思维的模糊。

模糊性有两种内涵：一种内涵是，概括的原则简约而指向复杂、丰富，这反映了理论的抽象概括对应其现象的多样存在，在应用上的灵活与创造。另外一种内涵是，原则的概括、表述、论证方面的模糊，不能说清问题。反映了现实中有些论者思维的模糊：一是并不明确自己的批评原则；二是对于原则与其他相关概念、观念的区分，不够明确。

文学批评的原则与方法、标准、观念，的确有相互的兼容、交融，形成了认识的模糊与论证的难度。然而，学术研究的深化，一方面在于区分、细化相关的概念，并做明晰的表述；另一方面，则要看到研究对象的相关性与模糊性。

而这些事实，正反映了原则研究的必要性和迫切性。

（四）文学批评原则的概括性

原则，是基本的思想的要则，不是思想观念的一般体现，而是主要的、重要的思想观念的突出方面的体现。原则，就是概括出来的要点。一旦概括明确出来，就是有条理的思想。

基本的——非偶然的、非一般的，而是比较重要、关于基本方面的、比较常用或者重要的、概括的（非零碎的）。

思想的——观念的，自觉或者非自觉的，理论或者非理论的。

要则——衡量、分析、判断的要则（与基本相关），最重要的核心的几条。

四　文学批评原则的意义

文学批评原则有多方面的意义，它是批评遵循的基本原理，衡量批评的重要依据，批评理论的有效构成，文学理论的组成部分。

（一）文学批评原则的意义

1. 对于文学批评自身的意义

批评必须讲原则。认识和评价批评现象、批评实践和批评理论，也必须有相应的相关的原则。

如果失去了规范和准则，失去方向和推动力，文学创作就会陷于无序的混乱状态。[①] 同理，如果失去了规范和准则，失去方向和推动力，文学批评也会陷于无序的混乱状态。

文学批评原则，对于文学批评原则的建设，就是规范和准则的思考和确立，力求防止文学批评活动陷于无序的混乱状态。

自觉的文学批评原则，有利于批评活动的自觉性、明确性、方向性。不自觉的原则，可能模糊，可能混乱与散漫，不利于集中地讨论问题，阐发题旨。

现代批评的理论建构，一个重要特征就是，理论的自觉性、明晰性。原则的确立，就不能不有突出的地位。

西方现代文学批评的奠基人之一、大批评家瑞恰慈提出了批评的两条原则。表明，现代文学批评中，原则的必要性、简约性和论证性。论证，就不能简单，如同格言，只是提出，不加论证。

2. 文学批评原则的学科理论意义

文学批评原则理论是文学理论、文学批评理论的重要组成部分。

在学科位置中，文学批评原则理论是批评理论的重要构成，在现代文学理论中具有重要地位。它的深入、广泛、全面、系统的认识和建构，显示了文学批评理论和文学理论的成熟与自觉。

被称为"新批评"鼻祖的英国批评理论家艾·阿·瑞恰慈，在批

[①]　南帆主编：《文学理论新读本》，浙江文艺出版社 2002 年版，第 116 页。

评、语言学、美学这三个人文学科领域，作出了富有独创性的突出贡献。（杨自武：译者前言）他提出"批评理论所必须依据的两大支柱，便是价值的记述和交流的记述"。这两大支柱，即是基础的重要的原则。他还指出，如果缺乏一个总体理论和一套明确原则，有益的批评就难以存在下去。为了使批评家胜任愉快，维护公认的标准并缩小这些标准与通俗趣味的差距，必须提出一种总体性的价值理论，而不能仅仅停留在"这是好的，那是坏的"一类说法上。这类说法不是含糊就是武断。[①]重要的文学批评原则，能够构建文学批评的开放的分层次、分类别的原则体系，为文学理论、文学批评理论的丰富提供思想成果。

构建文学批评原则的基本体系，使文学批评原则在理论上得以提升，成为文学理论、文学批评理论的更重要、更突出的分支。这既有利于文学理论的完善，又有助于文学批评实践的健康发展与理性评价。向学术界提供有研究深度的文学批评原则理论，促进文学批评水平的提高，丰富文学理论，为文学理论研究提供参考，

本书从多方面认识、概括和总结文学批评原则，是使文学批评原则形成系统的努力，力求为文学、文学批评的理论建设提供有价值的参考，为文学批评活动提供积极的参照。

3. 文学批评原则的实践意义

科学的美学的文学批评原则，对于促进文学批评理论、实践，促进文学发展，具有积极的重要性。它既影响批评活动的方式、水平、效果，又反映着批评者的精神面貌和批评质量。

深入、明晰了解文学批评原则在文学理论和文学批评理论与实践中的重要作用，帮助文学批评的实践者，认识、反思自己和他人的文学批评活动，有助于为我国文学批评活动及成果的评价提供参考性的坐标，提供理论支持和方法评价，有利于建立中国的社会主义的民族的有效的文艺理论体系，通过提高中国文学批评的水平，促进、推动社会主义文学的繁荣和发展。

通过文学批评原则的角度，可以衡量批评效果，分析批评的成绩与

---

① ［英］艾·阿·瑞恰慈：《文学批评原理》（1924 年），杨自武译，百花洲文艺出版社 1989 年版，第 19、29、31 页。

问题，可以为批评的研究、评价提供理论依据。

历史和现实的文学批评表明，那些粗暴、愚昧、混乱、消极的文学批评实践和理论，正是背离了文学批评的原则。

（二）研究文学批评原则的意义

1. 文学批评的现实需要

面对复杂的文学和文学批评现象，研究文学批评原则，提炼核心要点，既可以用以进行自觉、有效、有益的文学批评，也能通过合理的原则衡量文学批评自身的优劣。

坚持文学批评中的积极原则，是批评家遵守公德、具有高尚人格的体现。实践积极原则的文学批评家，自然也会获得广大读者、作家和其他批评家的尊重。不尊重他人及他人作品，不尊重学术规律、学术原则、社会公德和社会规则的批评家，既难以达到批评的高水平、高境界、高效率，也难以获得他人的尊重。有作为的批评家，应该清醒意识到这个重要问题。

特别是对当前的文学批评实践有重要影响的一些原则，进行讨论和确立，为中国文学批评的健康和谐发展，提供有益的思想资源，提供可资借鉴的理论方法。对当下文学批评中的不良现象，深入的认识与及时的纠正，在文学理论研究中文学批评原则研究这一领域，取得收获。

面对文学批评新的复杂的现实，研究那些影响文学批评实践的重要文学批评原则，初步构建文学批评原则的基本体系，使文学批评原则在理论上得以提升，成为文学理论、文学批评理论的更重要、更突出的分支。

2. 文学批评发展的需要

文学批评原则的深入研究，既有利于文学理论的完善，有助于文学批评实践的健康发展与理性评价，向学术界提供有研究深度的文学批评原则理论，促进文学批评水平的提高，丰富文学理论，为文学理论研究提供参考，又能使社会各界深入、明晰地了解文学批评原则在文学理论和文学批评理论与实践中的重要作用。可以帮助文学批评的实践者，认识、反思自己和他人的文学批评活动，有助于为我国文学批评活动及成果的评价，提供参考性的坐标，提供理论支持和方法评价，有利于建立中国的社会主义的民族的有效的文艺理论体系，通过提高中国文学批评的水平，促进、推动社会主义文学的繁荣和发展。

（三）　研究文学批评原则的原点

研究文学批评原则的目的，是为文学和文学批评的发展服务，为作者、读者、评论者的文学活动服务，为认识和评价文学批评活动、批评理论服务，为社会文明的提升服务，特别是为了文学批评的文明、发展、丰富与提高。

研究文学批评原则的原点，是文学批评的现实需要。研究文学批评原则，应当从现实出发，从实际问题出发，不能从理论到理论，仅仅限于理论、概念、观念的推导。

文学批评原则的研究，应当遵循三条规律，一是促进人（作家、读者、批评家）的精神丰富和提升，和谐发展；二是促进文学、文学批评、文学理论的发展；三是促进人类文明的发展。[①]

五　文学批评原则的形成

文学批评原则的形成文学批评原则的形成，一方面在于理论与实践，另一方面在于现实与理想。同时，还有历史的积累和发展。

（一）　历史的积累和发展

从古至今，许多学者、专家、贤人、思想家、理论家，对于文化、文学、文学批评，不知疲倦地进行了探寻与思索。举例来说，孟子提出的"知人论世""以意逆志"之说，今天依然是我们的（文学）阐释活动所应遵循的基本原则。[②]

---

① 这里参考了教育规律研究的成果。陈光前认为，学校始终应该是为学生的发展和教师的发展服务的。……教育必须遵循两条规律，一是适应并促进人的身心和谐发展，二是适应并促进社会的发展。（王珺：《新生代校长的风度、速度和力度》，《中国教育报》2005 年 9 月 27 日）

② 李壮鹰、李春青主编：《中国古代文论教程》，高等教育出版社 2005 年版，第 15 页。

中国文化早期，孔子的文艺思想中，就包含着文学批评的思想原则。孔子的删诗订礼是中国文艺批评的源头。孔子虽然述而不作，关于文艺批评的话语只散见于语录之中，没有成书，却是集大成的批评家。① 孔子说："诗三百，一言以蔽之，曰：思无邪。"（《论语·为政》）用一句话来概括《诗》（后人称为《诗经》）全书的要点、特点，可以看作是整体原则的体现。而孔子评价《韶》"尽美矣，又尽善也"，《武》"尽美矣，未尽善也"（《论语·八佾》），则包含了比较原则（《韶》与《武》的比较）、审美原则（以美为评价标准）、善意原则（以善为评价标准）。到了六朝梁齐，刘勰的《文心雕龙》，批评原则就更丰富了。其中，公正原则（《知音》中的"平理若衡，照辞如镜"），至今仍然为许多理论家所遵奉。

而欧洲古希腊的先哲苏格拉底、亚里士多德等，在其美学思想中，也包含着整体原则、审美原则、真实原则、理想原则。（参见孟庆枢、杨守森主编《西方文论》）亚里士多德的《诗学》，被后来的学者概括为：情节整一性原则、文体原则。② 到罗马时期，贺拉斯明确提出了借鉴、理性、合式、寓教于乐等原则③，显示了理论的发展与成熟。

（二）现实的总结与理想的调整

在当今一些批评家的论述中，也逐步增强了理论内涵、理论支撑，体现着文学批评的具体原则。

批评原则的形成，是先有批评实践，再有批评理论的总结与在理想之光照耀下对理论的调整与提升。

1. 批评家雷达的《当前文学症候分析》④，就包含了以下一些原则。

关于整体原则。以偏概全，不能全面、完整地评价。（第47页）整体否定，必须以具体的分析为基础。（第15页）

关于理想原则。文学应当描写崇高、理想精神。（第75页）提倡表

---

① 郁达夫：《略举关于文艺批评的中国书籍》（1933年3月），见《郁达夫文集》（第6卷·文论），花城出版社、三联书店香港分店1983年版，第149—152页。

② 王峰、王茜主编：《艺术美学教程》，华东师范大学出版社2011年版，第142页。

③ 参见孟庆枢、杨守森主编《西方文论》高等教育出版社2007年版。

④ 北京，作家出版社2009年版。

现时代民族命运、强烈的人文关怀、人的尊严、崇高人格的作品。（第 51 页）

关于复杂原则。对于复杂的作品，不能用一种简单而鲜明的东西来概括。（第 19 页）某作品，既有错误的思想，也包含了深刻思考，而且艺术形象的描绘精彩，富于原创性。（第 15、16 页）

关于真实原则。人们渴求于文学的，无疑是真情。……人们最需要的是呼唤真情的作品。（第 14 页）

2. 批评家李建军的《文学因何而伟大》①，也包括了许多文学批评的原则。

关于公正原则。别林斯基对于伟大作品的充满公正性和客观性的赞美，对于失败之作的尖锐而同样客观的批评。（第 220 页）公正的奖励能够鼓励年轻作家创作的信心，激发他们的热情。（第 221 页）文学主于正气。正气是文学的灵魂和精神。（第 216 页）

关于善意原则。批评的善，是一种更高意义的善，不是庸俗的不讲是非的善。（第 187—190 页）

关于理想原则。文学批评是对文学理想的守护，对文学信念的捍卫。（第 199 页）

关于真实原则。批评家要讲真话，尊重事实，努力维持言说与经验、判断与真相的一致。（第 188 页）

3. 蒋述卓、洪治纲主编的《文学批评教程》②表明，文学批评原则在批评理论的著述中，也有所体现。

关于整体原则。以整体的思维把握文本，……把文本视为一个艺术的整体。（第 74—75 页）

关于文体原则。在批评中，既要尊重已有的文体规范，展开合于文体特点的评价，也要保持灵活的姿态，审慎地对待那些具有创新意识和开拓意味的文本。（第 73—74 页）

关于善意原则。批评家应当有温和善良的批评态度，从善意出发，而不是从恶意出发。（第 60 页）在建设性的批评的背后，透露出的是批

---

① 北京，华夏出版社 2010 年版。

② 武汉大学出版社 2010 年版。

评家的善意。（第 61 页）

关于创新原则。批评是富有魅力的审美发现，追求批评的独创性。（第 272—274 页）

（三）　当代文学批评原则创造的一个实例

文学批评理论家王先霈在 20 世纪 90 年代，提出了"圆形批评"的理论。① "圆形批评，是一种批评观念，是一种批评原则，是一种阐释方式。（第 12 页）"这是以中国古代的圆形批评（实践，并无这一概念）为基础，对于其有效部分的合理吸收，剔出其局限部分，结合中外（世界）文学批评的理论成果和实践经验，根据中国文学批评 20 世纪 50 年代、70 年代、80 年代的文学批评成功经验与明显教训，废除直线形的批评思维（各执一端，各偏一隅），以审美为基础、以科学为参照，形成的现代批评思想理论。特别是从"中国古代的圆形批评的两个系列，一是司空图为代表的，得环中而超象外，以主体为中心描述作品鉴赏获得的感受和印象；一是刘勰为代表的，圆照之象，以广博的学识和丰厚的体验为基础提炼理性智慧"（第 23—24 页），获得感悟和深知。形成以个体批评家为中心、以整体的民族和时代批评为拓展，既有视野的圆形和观念的圆融，又有方法的圆通，包容纵向发展的圆、横向贯通的圆的现代批评思想理论。

我的理解，"圆形批评"的理论，是复合、纵深的。既包含了"审美""理性"和"科学""整体"等原则，也内涵着鉴赏、批评等方法。

王先霈"圆形批评"理论的创造，启示我们，批评原则的总结和创造，既要结合现实的文学批评问题，还要继承中外的批评理论资源。

六　文学批评原则的构成

本书对于文学批评原则的构成，主要从分类、结构、体系三方面予以论说。

---

① 王先霈：《圆形批评论》，华中师范大学出版社 1994 年版。

（一）文学批评原则的分类

对于文学批评原则分类，是为了认识原则的不同层面、作用。从原则的作用来说，有些原则在整个原则体系中属于最高层次，具有根本性、指导性、概括性的核心地位和指导作用，因此我们称为总原则；而有些原则具有具体性、单一性、专门性，我们称为基本原则。本书把文学批评原则分为两类：总原则和基本原则。本书中编，对文学批评总原则加以讨论，而文学批评的基本原则、具体原则，则在本书下编分别予以专门的讨论。

（二）文学批评总原则

文学批评的总原则，在不同的批评家、批评理论家那里，是不同的。实际上，在文明的发展中，可以有大体的相近，难以有完全的相同。我们在这里介绍文学批评总原则以往最有影响的三种表述。这三种文学批评总原则分别是：美学和历史原则，真善美原则，人类性原则。

1. 美学和历史原则

一般认为，美学和历史原则是马克思主义创始人提出的美学和历史学的观点，被认定是马克思主义文学批评总原则，是文学批评原则的核心，具有指导地位。

提出文学批评的总原则——马克思主义文学批评原则（历史的和美学的）的，有王先霈、范明华著《文学评论教程》[1]，童庆炳主编《文学理论教程》[2]。

人们常常引用的恩格斯的两段话：

> 我是从美学观点和历史观点，以非常高的即最高的标准来衡量您的作品的。（恩格斯《致斐·拉萨尔》，1859 年 5 月 18 日）[3]
>
> 我们决不是从道德的、党派的观点来责备歌德，而只是从美学的历史的观点来责备他；我们并不是用道德的、政治的或人的尺度

---

① 华中工学院出版社 1988 年版。

② 高等教育出版社 1998—2008 年版。

③ 北京大学中文系文艺理论教研室编：《马克思、恩格斯、列宁、斯大林论文艺》，人民文学出版社 1980 年版，第 101 页。

来衡量他。(《诗歌和散文中的德国社会主义》,1847 年)①

有人将人类把握世界的方式概括为三种:科学方式,自然科学的认识、理解方法;人文方式,人文社会科学的认识、理解方法;艺术方式,审美的、情感的、艺术的方式。

美学,是人类把握世界的一种审美方式,也是艺术方式。用这一原则认识、理解、评价文学现象(包括文学批评现象),意味着:要把文学作为审美对象;尊重文学的审美特征;遵循文学特有的审美方式。历史学,则重视文学的历史发展、历史深度、社会内容、创新与继承、形式与艺术等方面的宏观整体背景。而这两者的结合,并特别强调,就更突出了文学的丰富内涵、艺术方法与社会内容这个总原则,偏重于社会角度和美学特征,在形式与内容的综合上认识和整体把握文学。

2. 真善美原则

真善美,是全人类思想文化的结晶,人文精神的核心。因此,以真善美原则去衡量文学、文学批评,也是重要的核心标准。这里:美,可以理解为审美方式和审美内容、特征;善,可以理解为对于人类的有益和正义;真,则是情感体验的真,认识理解的真,艺术表达和艺术评价的真。

东西方学者提出人类具有基本的、潜在的而且是跨文化的价值标准,如真善美、正义等,都是人类的内在本性。这符合马克思早在 19 世纪 40 年代就指出的论断:人的生产与动物生产的区别是文化学的,人不仅按照任何物种尺度及内在固有的尺度来生产,而且按照美的规律来生产。② 列夫·托尔斯泰认为,真正的艺术品必须要有三个条件:正确的道德、形式的美、真诚的爱憎。③ 概括起来,就是真善美。

文学的人文向度是明确的,那就是人性向往真善美的至善至诚。这也是人类精神世界的终极目标。通向这个目标的路注定是漫长的。文学

---

① 北京大学中文系文艺理论教研室编:《马克思、恩格斯、列宁、斯大林论文艺》,人民文学出版社 1980 年版,第 40 页。

② 刁培萼:《马克思主义关于人类教育基本观念的发展与更新》,《南通大学学报》(教育科学版) 2006 年第 3 期。

③ 〔俄〕列夫·托尔斯泰:《莫伯桑文集·序言》,《文学研究集刊》第 4 册,人民文学出版社 1956 年版。转引自杨江柱《西方文海一勺》,长江文艺出版社 1984 年版,第 209 页。

是人类探索真善美的文化积累，对文化人来说，贵在担当。① 艾青在《诗论》中提出：我们的诗神，是驾着纯金的三轮马车在生活的旷野上驰骋的。那三个轮子，闪射着同样的光芒，以同样庄严的隆隆声震响着的，就是真、善、美。② 他说的艺术的创造精神，实际上也是文学标准的内核。

周来祥认为：若从我们时代新型的美的理想和艺术形态看，还是真（历史的尺度）、善（思想的尺度）、美（真善统一的艺术尺度）三个尺度并提，比较符合客观实际。③ 真善美原则，是统一的。杜书瀛认为，"优秀的文艺，真、善、美三者缺一不可。"④ 它体现了内容与形式的统一，更重视即时的、感受的、多维度的评价，是比较普遍化的价值标准。

3. 人类性原则

人类性原则，也可以称为人性原则。一般认为，是以人类性的普遍性价值准则来做衡量标准。它既和真善美原则有内在的一致性，而又更为偏重人类的灵魂美丑、善恶的两极冲突。它既是人类共同的，又是个人所具有的。其普遍性在于如夏中义所说：人性并非纯粹的水晶，而是"德性"对于"兽性"的控制、超越，是人的合于理想的升华。⑤ 人们通常所说的人性，是合于人的理性和理想的部分，是表现了人的文明发展的理想存在和精神高度，是包括了对于人对于"兽性"的控制、超越和提升。

作为德国人的马克思，是世界范围的思想家、哲学家、政治家，他是在世界实现共产主义的理论创始人。他多次提及英国的莎士比亚：你就得更加莎士比亚化，而最大的缺点就是席勒式地把个人变成时代精神的单纯的传声筒。⑥ 恩格斯也特别赞赏莎士比亚剧作具有情节的生动性

---

① 范文：《半生悟道》，文汇出版社 2011 年版，第 54 页。

② 艾青：《诗论》人民文学出版社 1980 年版，第 171 页。

③ 周来祥：《文艺美学》，人民文学出版社 2003 年版，第 417 页。

④ 杜书瀛：《新时期文艺学前沿扫描》，中国社会科学出版社 2012 年版，第 28 页。

⑤ 夏中义：《新潮学案》，上海三联书店 1996 年版，第 12 页。

⑥ ［德］马克思：《致斐·拉萨尔》（1859 年 4 月 19 日），见《马克思、恩格斯、列宁、斯大林论文艺》，第 91 页。

和丰富性。此外，多次提及关于莎士比亚剧作人物形象性格、语言、人物形象的社会背景，福斯塔夫式的社会背景等。① 显然，这既有世界的广阔的观察范围，也有人类的一般标准。值得我们深入思考。

恩格斯说："我们决不是从道德的、党派的观点来责备歌德，而只是从美学的历史的观点来责备他；我们并不是用道德的、政治的或人的尺度来衡量他。""不是从道德的、党派的观点来责备（批评）歌德"，这便是超越了党派的狭隘范围，有更广阔的视野与更普遍的原则。当时所论"不是用道德的、政治的或人的尺度来衡量"，即包含了另外有"人的尺度"（可以理解为人性、人类性）、政治尺度、道德尺度等的语义和内涵。

周作人所提出的文学的人性标准：人生的文学，是人性的；不是兽性的，也不是神性的。是人类的，也是个人的。——可称为人道主义的，也可称为理想主义的。名称尽有异同，实质终是一样，就是个人以人类之一的资格，用艺术的方法表现个人的感情。代表人类的意志，有影响于人间生活幸福的文学。② 中国作家、学者曹文轩认为，古今的文学创作包含着一个共同的命题，这就是"人的生存境遇、欲望、情感、行动"。"道义的力量、情感的力量、智慧的力量和美的力量"感动古今无数的读者。③ 实际上，这里表达的是人性之本、之精华、之升华。可以理解为文学的人类标准。

中国作家迟子建，也曾经提及文学的人类标准。她认为，真正的文学，有它自己的尺度，自己的价值。在于唱颂民族独有的歌谣、具有神性的色彩、漫溢人性的光辉，能给读者带来心灵泉水。④ 美国批评家哈罗德布鲁姆认为，研究莎士比亚这样伟大的作家，是在探寻文学研究的最终目的，得到超越一时社会之需及特定成见的某种价值观。⑤

---

① ［德］恩格斯：《致斐·拉萨尔》（1859 年 5 月 18 日），见《马克思、恩格斯、列宁、斯大林论文艺》，第 98、100 页。

② 周作人：《新文学的要求》，见张明高、范桥编《周作人散文》，中国广播电视出版社 1992 年版，第 136—140 页。

③ 曹文轩：《追随永恒》（《草房子·代跋》），《草房子》，作家出版社 2009 年版。

④ 迟子建：《阿来的如花世界》，《中华读书报》2011 年 11 月 9 日。

⑤ 哈罗德布鲁姆：《西方正典》，江宁康译，译林出版社 2011 年版，第 48 页。

　　章培恒、骆玉明主编的《中国文学史》①，即申明在写作中以人性的发展作为文学演变的基本线索。

　　人民性，是人性的最大规模的群体特性。没有现实的人民性，就无法实现人类性。在不同社会制度中，人民的边际是流动、变化、发展的。它包含了创造物质文明和精神文明的劳动者，有底层群众的劳动者，也有统治阶级中的进步代表。人民带有不确定性，处于不断变化、发展中。同时，具有社会、政治色彩，总有可能不被包含者。人性，既有合于理想、发展的善良一面，也有未进化完成的某些阴暗、落后的另一面。具有充分的复杂性。人性，其光辉、伟大的一面，是不断进取、不断克服人的落后。对于恶者，也有善的影响。文学以及文学批评，不仅表现和揭示人性和人性的局限，而且力求将人性与社会性结合，克服抽象的人性；将人性与人类性的结合，克服单独的个人性。以尊重个人为基础、着眼于全人类的发展，不能伤害其他人（可能的少数）。

　　朱德发提出：建立"一个原则三个亮点"的价值评估体系。"一个原则"是以人道主义为文学评价的最高原则。马克思将人道主义与共产主义等同起来，人道主义当然是一切原则中的最高原则，无疑也包括文学在内。"三个亮点"，是以真善美为文学评价的价值尺度。② 人道主义即是人性精神的崇高之道。这在我们看来，是人性标准和真善美标准的结合。

　　西方学者提出人类具有基本的、潜在的而且是跨文化的价值标准，如真善美、正义等，都是人类的内在本性。这符合马克思早在19世纪40年代就指出的论断：人的生产与动物生产的区别是文化学的，人不仅按照任何物种尺度及内在固有的尺度来生产，而且按照美的规律来生产。③ 俄罗斯著名画家西多罗夫说：不仅俄罗斯的诗人普希金、叶赛宁等对我有很大的影响，中国唐代诗人李白、杜甫等，我也非常喜欢。那

---

① 复旦大学出版社1996年版。

② 朱德发：《现代文学史书写的理论探索》，山东人民出版社2010年版，第212页。

③ 刁培萼：《马克思主义关于人类教育基本观念的发展与更新》，《南通大学学报》（教育科学版）2006年第3期。

些作品表达了人类心中共有的美好感情。[①] 世界著名音乐家马勒的交响乐《大地之歌》，使用中国的唐诗作歌词，其中有李白、孟浩然、王维的诗句。这些唐诗有对于自然的赞美，更多的是人间真情的流露。在天地之间，说着不同语言、生活在不同时代和地域的人们，他们的心灵和感情是可以相通的。[②] 这都说明，作为人类的主体和整体，包含着共同的文明理想的追求和内在的沟通的现实存在基础。不应以各种理由视而不见。

我所理解、提出的文学批评总原则是：审美、自由、真实、公正。[详见本书"结语"第一节第（二）点]。

（三） 文学批评原则体系

各种文学批评原则，由于密切的相关性，构成体系。由于人们认识的丰富和深化，又具有开放性。

1. 文学批评原则的体系性

我所理解的文学批评原则，可以构成一个相关的体系。之所以成为体系，在于这一体系内部构成的相关性，各个原则之间存在必要的联系。

文学批评原则之间的关系，包括文学批评的总原则与基本原则之间的关系，基本原则相互之间的关系。

文学批评的总原则和基本原则的关系。总原则是纲领，有指导性；基本原则是总原则的体现，具有更明显、突出的应用性、具体性、专门性。

文学批评基本原则之间的关系，有的是并列的，有的居于不同的领域和层次。

有学者认为，文化建设不能局限于线形的和局域形的思路。线形思路的特点是简单，不能应付复杂的问题；局域形思路的特点是分散，注重于个别领域或个别方面，不能兼顾其他，难以形成力量。对于诚信文

---

① 施晓慧：《"我是人民的艺术家"——访俄罗斯著名画家西多罗夫》，《人民日报》2013 年 2 月 17 日。

② 赵丽宏：《音乐，给我们插上了双翼》，《光明日报》2013 年 2 月 8 日。

化建设，应当以统合思维的思路进行全面推进。① 依此，文学批评原则之间的关系，就不仅是线性的和局域性的，而是复杂的网状关系，盘根错节的连接和纵横上下的影响。它们等待有信心的研究者去揭示，去发现，去梳理、去总结。

2. 文学批评原则体系的开放性

文学批评原则的体系，不是封闭的，而是开放的。根据现实的需要和研究者的认识，而变化、发展、丰富、深化。

原则的认识、梳理和论证，反映了研究者对于文学批评原则的认识范围、论证能力和表达方式。既然是从文学批评的现状出发，概括、总结自己的认识与理解，也就包含了具体条件的选择与提炼。

因此，同其他方面的认识一样，具有认识对象的客观性，也有认识结果的主观性。

这样说来，不同的研究者，就会有不同的文学批评原则的认识和表述。而获得公认的部分，则积累和稳定下来。在认识、理解、丰富和选择的动态变化中，文学批评原则不断地得到扩大与简化。

只要人们的认识没有停止，文学批评原则的研究就不会停止，对它的研究的结果，就是开放的过程。

3. 文学批评原则的分类

本书对于文学批评的基本原则予以分类论述。

这个选择，首先取决于现实的文学批评实践与理论的需要，同时又具有论者的可能性展开。

作者在认为可以立名立则的各个原则确立以后，发现应当把它们归于不同的领域。这有利于文学批评原则的讨论，也易于文学批评原则的理解。

关于人文精神的，有公正、平等、理想、自由、智慧、快乐、理性、真实等原则。

关于伦理态度，有尊重、宽容、善意、责任、情感等原则。

关于批评关系，有权力、合作等原则。

关于批评方法，有整体、比较、理解、美刺、复杂、评价、争鸣、

---

① 余玉花：《以统合思路推进诚信文化建设》，《光明日报》2013 年 10 月 7 日。

创新、局限、历史，等原则。

　　关于艺术方式，有审美、趣味、文体等原则。

　　关于表达要求，有表达、修辞、效益等原则。

下编 文学批评原则分论

本编为"文学批评原则分论",分别论述 36 条文学批评的具体原则。

一 文学批评的审美原则

美学,是人类把握世界的一种审美方式,也是艺术方式。用这一原则认识、理解、评价文学现象(包括文学批评现象),意味着:要把文学作为审美对象;尊重文学的审美特征;遵循文学特有的审美方式。

许多批评家重视文学批评中的审美原则。别林斯基指出:"确定作品的美学上的优劣程度,应该是批评家的第一步的工作。"① 刘川鄂认为:"文学批评最关键的地方,在于揭示文学的独特性质和价值,探寻人性和审美创造的价值。"②

(一) 文学批评的本质是审美活动

审美对于文学批评具有重要的意义。

文学批评的对象是审美的产物。文学批评的本质也是审美活动,也必须坚持审美原则。"文学批评具有审美特质,从根本上是一种美学批评。"③ 审美原则(或者美学原则),是对待美的创造、欣赏和评价的根本点和出发点。从这个意义上说,审美原则是文学批评的基点、高点和特点。没有审美,就没有文学。

---

① [俄] 别林斯基:《别林斯基论文学》,新文艺出版社 1958 年版,第 261 页。

② 刘川鄂:《小市民、名作家——池莉论》,湖北人民出版社 2000 年版,第 222 页。

③ 张利群主编:《文艺学教程》,广西师范大学出版社 2005 年版,第 287 页。

　　没有审美的文学批评，可以是侧面的批评或者文学以外的批评，有其存在的理由。却不可能是文学的整体批评，更不是本体的、本质的评价，是必要而非必然的、是单项而非全方位的批评。

　　马克思主义创始人总结人类文学批评的文明成果，强调地提出了关于文学批评的美学和历史学的观点。恩格斯说："我是从美学观点的历史观点，以非常高的、即最高的标准来衡量您的作品的。"（《致斐·拉萨尔》1859 年 5 月 18 日）① 作为"非常高的、即最高的标准"，被文学理论家认定是马克思主义文学批评总原则——美学和历史原则，是文学批评原则最核心和最重要的原则，具有指导地位。② 美是人类自始至终的追求。人类早期就开始探讨美的问题。例如，在没有语言之前的岩画和早期其他艺术品，还有艺术意味的各种制品，都包含美的观念和实践。而后，美更是从思想家到普通人群的追求。老子说，天下皆知美之为美，恶已（《道德经》第二章）。

　　审美，自然包含着这样的重要内涵：形象、艺术、情感。

　　形象，是审美的艺术形象。艺术，是讲究内容和形式的艺术。情感，是审美的艺术的与形象交织的情感。离开形象、艺术、情感的批评，就难以称为审美的文学批评。

　　美国作家、批评家艾略特（1888—1965 年）认为，批评应该永远为一定的目的服务，这一目的就是解释艺术作品和培养审美感（《批评的功能》1923 年）③。

　　陈思和认为：批评家应该有审美意识的自觉追求。……真正在审美感觉上与鲁迅、莎士比亚相通的批评家，才能对他们的作品给以审美把握。④

　　文学批评回到文学审美，标志了批评的自觉和主体地位的确立。⑤

---

　　① 见《马克思、恩格斯、列宁、斯大林论文艺》，第 101 页。

　　② 编写组：《文学理论》高等教育出版社 2009 年版，第 219 页。

　　③ 惠特曼等：《美国作家论文学》，刘宝瑞等译，生活·读书·新知三联书店 1984 年版，第 170 页。

　　④ 陈思和：《从批评的实践性看当代的发展趋向》，见郭小东等《我的批评观》，漓江出版社 1987 年版，第 55、54 页。

　　⑤ 陆贵山、王先霈主编：《中国当代文艺思潮概论》第七章"审美特性的重探"（景国劲执笔），中国人民大学出版社 1989 年版，第 214 页。

南帆指出："文学的意义之一，坚持以审美的观点看待世界。"①
"文学奖要把'文学性'放在心尖尖"，这是一篇文章的题目。② 同理，
文学批评也是如此。不讲"文学性"的文学批评，就不是审美的批评，
也难以成为"文学"的批评。"文学性"是审美的文学批评的重要内
涵。关于文学的批评，有很多。关于文学的文学批评，却是专门的特别
的一种。

同时，"任何对文学审美的消解，都是对文学研究的致命伤害"。③
而"文学批评回到文学审美，标志了批评的自觉和主体地位的确立"。④

好的文学批评，能够用温润的心去接受、理解和把握作家作品，同
时能够站在时代审美判断力的制高点对批评对象做俯瞰式的审视，去发
现作品中深藏的潜在意义。⑤

在 20、21 世纪之交，"技术理性主义、工具主义的语言观，把交流
的语言作为明确的内容，使人文的诗意被无视。对隐喻与象征的驱除，
也就排除了审美"。⑥ 社会和文化、文学以及文学批评中审美的丧失，
或者说审美意识、审美含量的稀缺，更说明了审美批评的必要性和重
要性。

"诗化的、审美的诗评，是回到诗歌本性，着重诗学本性即审美本
性的批评。"⑦ 刘延年对杨朔散文的一组评论：《经霜枫叶色愈浓——赏
〈香山红叶〉的写人艺术》，《冒雨樱花花更鲜——析〈樱花雨〉的朦胧
美与波澜美》，《茶花怒放寄真情——〈茶花赋〉意境探幽》，《蜜蜂一
梦舞翩翩——赞〈荔枝蜜〉的情致美》，从写人艺术，到意境探幽，从
朦胧美到情致美，在审美上努力做足文章。⑧

相反，离开了审美原则，极其容易导致粗暴的对艺术的践踏。罗振

---

① 南帆：《冲突的文学》，江苏大学出版社 2009 年版，第 12 页。

② 韩浩月：《文学奖要把"文学性"放在心尖尖》，《中国青年报》2011 年 8 月 16 日。

③ 宁宗一：《心灵投影》，商务印书馆 2013 年版，第 26 页。

④ 陆贵山、王先霈主编：《中国当代文艺思潮概论》第七章"审美特性的重探"（景国
劲执笔），中国人民大学出版社 1989 年版，第 214 页。

⑤ 陈剑晖：《新时期文学思潮》，广东高等教育出版社 1989 年版，第 232 页。

⑥ 耿占春：《书的挽歌与阅读礼赞》，北京大学出版社 2012 年版，第 220 页。

⑦ 谢望新：《立足审美，独立发见》，《文艺报》2007 年 9 月 11 日。

⑧ 刘延年：《当代中国文学丛论》，黑龙江教育出版社 1993 年版。

亚在总结新时期朦胧诗的理论论争时指出，心灵的隔膜、艺术的隔膜，必然导致理解的错位。他以关于朦胧诗歌的粗暴批评为例，总结批评的历史教训。……朦胧诗论争的意义不可估量，留下了以政治裁判取代学术争鸣的沉痛教训，也在深化诗歌理论、触及以往很少讨论和模糊的理论课题、反思和发展诗歌观念、激活诗坛的热烈民主气氛等方面有所促进。①

另外，离开了审美范围，也就不再是审美批评。楼昔勇指出：文学艺术审美活动不能离开艺术形象的具体环境。否则，就从审美批评转向了其他领域，如道德批评、政治批评和社会批评，等等。②

（二）以审美的方式审美

马克思的《一八四八年经济学哲学手稿》提及：人有"主体的、属人的惯性的丰富性，即感受音乐的耳朵、感受形式美的眼睛"。③感受能力，不是天然产生的，而是后天逐步培养的。没有"感受音乐的耳朵"，难以欣赏复杂、细致、丰富的现代音乐；没有"感受形式美的眼睛"，难以体验现代绘画的复杂和繁乱。所以，马克思直接指出，"对于非音乐的耳朵，最美的音乐也没有意义"，"如果你愿意欣赏艺术，你就必须是一个有艺术修养的人"。④

作家张炜认为：好的阅读者如果有能力去捕捉文字当中的隐秘，就要从文字中还原一些东西，从词汇和标点符号开始，进入一个作家在那个特殊时刻的激动、喜悦、幽默、微笑，还有愤怒，等等。现在有的人之所以越是好的文学作品越是读不进去，就因为他没有这样的想象力和还原力，没有悟性能力，没有进行文学阅读，完全把文学作品当作普通的文字制成品。⑤看来，没有审美的角度和能力，就无法进入文学世界，难以进行审美活动。

---

① 罗振亚：《中国现代主义诗歌流派史》，北方文艺出版社 1993 年版，第 182—183 页。

② 楼昔勇：《美学导论》，华东师范大学出版社 1996 年版，第 7 页。

③ 参见李思孝《马克思恩格斯美学思想浅说》，上海文艺出版社 1981 年版，第 269 页。

④ 李思孝：《马克思恩格斯美学思想浅说》，第 217—218 页。

⑤ 张炜：《文学阅读永不消亡》，《浙江日报》2006 年 10 月 16 日。白烨主编：《2006 年中国文坛纪事》，文化艺术出版社 2007 年版，第 182 页。

　　正确的方法是以审美的心（方式）审美。散文作家林清玄的《柔软心》讲了一个故事：追鹿的猎师是看不见山的，捕鱼的渔夫是看不见海的。眼中只有鹿和鱼的人，不能见到真实的山水，犹如眼中只有名利权位的人，永远见不到自我真实的性灵。要见山，柔软心要伟岸如山，要看海，柔软心要广大若海。①

　　而在具体解析文学作品时，文学史家宁宗一说：从政治眼光看，谢天香（关汉卿杂剧《谢天香》中的主人公）的思想和行动是很难理解的，但从审美眼光看，谢天香的性格形象却是很真实的，因为形象内涵本来就是矛盾的，而人的情感态度也常常是矛盾的。②

　　诗人顾城这样说：以机械的眼光看事物的表象，艺术与非艺术会是完全一样的。而在曹操、李白那里，喝酒、月光变成了艺术。③

　　杜甫有诗《古柏行》，说到"孔明庙前有老柏，柯如青铜根如石。霜皮溜雨四十围，黛色参天二千尺"。对此，一般认为：四十围，二千尺，皆假象为词，非有故实。（即为想象、夸张的文学性词语，并非实际的客观描写。）古代科学家沈括在《梦溪笔谈》对其做了议论：径四十围，乃是七尺，与树高二千尺不成比例，"无乃太细长乎？"谓此"文章之病也"。〔即认为，诗中的树，直径（七尺）与高（二千尺）的比例不能成为现实，是严重的缺陷。〕也有论者对于沈括的说法予以驳斥，认为：按照古制，径四十围，就是直径一百二十尺，这样比例是相宜的。又有论者对于树高二千尺提出质疑，认为树的高度在现实中是不可能的。④

　　这是一个典型的对于艺术作品审美与非审美的不同方式。杜甫的诗《古柏行》，说到孔明庙前的老柏，直径"四十围"，高"二千尺"。对于文学的审美方式者，应将其看作假象之词，非为写实，是想象、夸张的文学词语，并非实际的客观描写。对于文学的非审美方式者，沈括等

　　① 林清玄：《心美，一切皆美》，国际文化出版公司2012年版，第142页。
　　② 宁宗一：《心灵投影》，商务印书馆2013年版，第301页。
　　③ 顾城：《顾城哲思录》，重庆出版社2012年版，第58页。
　　④ 杜甫著、仇兆鳌注：《杜诗详注》卷之十五（附注：本书作者对此事例原来有所闻，写作本书却未在资料中查到。有幸请同事孙桂平博士相助，他在杜诗海洋查到仇兆鳌注《杜诗详注》的卷之十五中有此金针，热情明示予我，才能在这里详细使用这个例子。特此志谢）。

人从现实的物理维度，否定杜诗描写的非真实性，谓"文章之病也"，另外的为杜甫辩护者挖掘古代资料，实质上也是陷入以物质尺度看待艺术想象的误区，是一种非审美甚至反审美的方式。人类的文学艺术历史的发展与现实，基本承认艺术想象的夸张、反常与超越现实。如果不承认或者取消这些，文学艺术的世界将会枯燥无味、僵化呆板。我们不排除有人自己有枯燥无味的情趣、僵化呆板的思维。但是，如果有人以自己的趣味去强制性要求他人，是不道德的，也是反人性的。

如陈剑晖所论：有一种文学批评，以僵死的定义、概念和法则来替代具体的艺术分析和审美把握。①

（三）分清美丑的根本区别

审美的美，不是单纯的"美"（美与丑的"美"的部分），而是审美的"美"（包括美、丑、崇高、优美、怪诞、静穆等一切审美对象和范畴）。②

审美活动中美与丑的关系，并不是简单的，而是复杂的。文学批评要在根本上分清楚：一是美与丑不能混淆，不能以美为丑，不能以丑为美；二是美与丑不能在比例上绝对化，美与丑的分布，是复杂的状态；三是对于美与丑不能简单化。阿拉伯文学和世界文学的重要思想家、作家纪伯伦曾经在《衣裳》中，以"美"与"丑"两个形象在海洋游泳，上岸后穿了对方的衣服的故事，告诫人们：美与丑可能表里不一，具有认识的复杂性。希望人们予以警惕。③

丑，有现实的丑，和美学、文化的丑。它们相互联系，又必须予以明确的区分。一般认为，在美学上"美是理想的感性形象的体现"。美是理想的，又是凝聚在形象中的富于感性色彩的。丑，则是对于美的背离、压制和破坏。在文化上，"美是高于正常的理想形象，丑是低于正

---

① 陈剑晖：《新时期文学思潮》，广东高等教育出版社 1989 年版，第 227 页。

② 参见各种美学史，可见朱立元《谈谈美学和审美活动》，《江苏行政学院学报》（哲学社会科学版）2003 年第 2 期，第 126—131 页。

③ ［黎巴嫩］纪伯伦：《人子耶稣》（《纪伯伦全集》第五卷），薛庆国译，中央编译出版社 2011 年版。

常的畸形现象"。① 现实的丑和文化的丑，不宜直接进入艺术品。在美学中，在文学艺术的创作中，现实的丑、文化的丑需要作家根据自己理解的人文精神予以批判和审视，通过"美"的光辉的照射和艺术处理，使"丑"成为"美"的艺术品的组成部分，成为"美"的对照和衬托。这时，现实的丑，就不是"丑"本身而成为艺术"美"的一部分。

　　值得特别注意的是，一些创作者或者因为缺少基本的人文精神的高度，难以积极把握和准确处理"现实的丑"和"艺术的丑"的关系；或者在创作观念上不能分清"艺术表现"和"生活再现"的关系，错误理解艺术表现、反映现实的"真实"方式，使一些作品美丑不分、丑为中心，难以成为美的艺术品。在这种情况下，如果文学批评缺失了批评的审美原则，不能对于批评对象做深入、深刻的美学剖析，就会影响批评的有效性和正义性，丧失批评家的责任——弘扬美！

　　美国作家、批评家赫姆林·加兰（1860—1940 年）认为，作家描写现在的丑恶，是渴望美与和平的时代早日到来。②

　　在 20 世纪 80、90 年代，文学领地被丑的足迹放肆地玷污了。美的防线失守之后，丑带着嘲弄的神情大肆骚扰人们的审美活动。在这种表象的后面，审丑意识是一些作家对于现实与人生的严格省察，是对于现实世界复杂的另一方面的积极补充，是文学对于世界真相的新发现。③

　　在世界范围内的现代、当代的文学创作中，美与丑的关系变得异常复杂，其界限也越来越模糊。但是，这不是否认和消除美与丑的关系及其界限的理由，反而是在理论和实践中提出问题予以深入反思的原因。

（四）审美：从现实到艺术的转化

　　审美，既有现实的，也有艺术的。艺术审美，要完成从现实到艺术的转化。

　　艺术，包括文学的艺术，是"理解现实并且将之转化为美学形式"。④

---

① 张法：《美学和文化视野中的"丑"》，《光明日报》2011 年 8 月 16 日。
② ［美］赫姆林·加兰：《破碎的偶像》（1894 年），见《美国作家论文学》，第 83 页。
③ 南帆：《冲突的文学》，江苏大学出版社 2009 年版，第 126 页。
④ 饶翔：《新闻结束的地方，文学如何开始》，《人民日报》2013 年 5 月 17 日。

艺术审美，需要恰当地对待实与虚。

审美，具有美的规定性。还有艺术创造的假定性。如果把艺术简单地当作生活，就会违背美的规律，闹出荒唐的笑话。

求全责备、吹毛求疵，是一种恶习。朱铁志曾经评论：春江水暖鸭先知，他会问，难道鹅就不知吗，鱼就不知吗？一轮明月照姑苏，他会问，难道就不照上海吗，就不照南京吗？① 脱离了审美的条件与范畴，来谈论美，就不能欣赏和感受美，反而破坏了美的形象和情趣。

鲁迅有言，感情已经冰冷的思想家，即对于诗人往往有谬误的判断和隔膜的揶揄（《诗歌之敌》，1925 年）。唐朝诗人杜牧有诗《江南春》："千里莺啼绿映红，水村山郭酒旗风。南朝四百八十寺，多少楼台烟雨中。"有古代评论者言："千里，何以见到；四百八十寺，如何一眼望尽？"加以否定。就是犯了审美的大忌。过于以实际生活限制审美想象。闹出了文学的历史笑话。

审美原则，就不能简单地用社会现实来衡量艺术作品。"小说、传奇如果用生活对号，有许多纰漏可以指责，例如，武松三拳打死一头猛虎，贾宝玉十一二岁就有复杂的性心理。"② 是的，有人提出，武松打虎的方法是不科学的，在现实中不但不可能把虎打死，而完全可能被老虎吃掉。问题在于那些人混淆了审美的美和科学的真之间的关系。文学艺术有假定性，可以在达到心理过程的真实的基础上，进行合情的虚构。③

文学要具备一种提升人、鼓舞人的超拔的力量，而不能沦落到对生活原生态的复制。④

这些，正在成为许多批评家的共识。具有现实的真理性与理想的重要性。

---

① 朱铁志：《文风琐谈》，《人民日报》2002 年 11 月 24 日。

② 彭放：《彭放文论选》，北方文艺出版社 2000 年版，第 251 页。

③ 孙绍振：《文学经典：审美价值和人文价值的结晶》，见陆挺、徐宏主编《人文通识讲演·文学卷（一）》，文化艺术出版社 2012 年版，第 145—156 页。

④ 杨利景：《一种游离的写作》，《文艺报》2007 年 6 月 21 日。

（五）　尊重美的多样性

美的存在形式有：社会美、自然美、形式美、艺术美。① 审美不应当忽略美的任何一个方面的，包括社会的美。

林清玄在《云散》中有这样的描写：清晨滚着金边的红云，是美的。/午后飘过慵懒的白云，是美的。/黄昏燃烧炽烈的晚霞，是美的。/有时散的干净的天空，也是美的。/那密密层层包裹着青天的乌云，何尝不美呢?②

关于美的多样性，人们常常引用马克思在《评普鲁士最近的书报检查》中说过的一段话："你们赞美大自然悦人羡慕的千变万化和无穷无尽的丰富宝藏，你们并不要求玫瑰花和紫罗兰散发出同样的芳香，但你们为什么却要求世界上最丰富的东西——精神只能有一种存在形式呢?"这个比喻是鲜明、生动的，也是异常有力的。③

南帆认为：人们没有必要将审美解释得过于狭隘。文学包含了对于世界现状的强烈关注，对于人的生存境况的种种思想，同时，文学的语言形式也不可能彻底斩断与意识形态的联系。……文学显然更为重视人性的深度，重视人的情感经验，重视人的感性、欲望、命运、精神自由；换言之，尽管文学的功能并不仅仅局限于审美，但是文学总是天然地将审美作为一种进入世界的方式。……文学所承担的责任已经让人们意识到，必须将审美从一种消遣、娱乐或者技术效果引入生存原则，视为生存的范畴之一。……文学始终以审美的方式庇护着相应的精神基因，这将保证人们心智的某些重要方面可能避免逐渐地枯竭与萎缩。……文学天然地倾心人文精神，天然地尊重人道主义，天然地站到人的全面解放这一立场上。④

林清玄认为：现代诗与古典词，各有其美。胡适的诗《八月四日》，是根据周邦彦的词《关山令》改写的。胡适的诗一点也不比周邦

---

① 杨辛、甘霖等：《美学原理》（第四版），北京大学出版社 2010 年版，第 102 页。
② 林清玄：《心美，一切皆美》，国际文化出版公司 2012 年版，第 86—89 页。
③ 朱铁志：《文风琐谈》，《人民日报》2002 年 11 月 24 日。
④ 南帆：《冲突的文学》，江苏大学出版社 2009 年版，第 11 页。

彦的原词逊色。(《云散》)①

尊重美的多样性,不仅是尊重美的多种存在的可能性与合理性,也尊重不同的人对于美的多样的喜爱和创造。不能整齐划一,予以强制;不能以自己的观点强加于人。当然,这有一个前提:不损害他人和公共利益。在不同意识冲突的条件下,美学的艺术的问题,应当在人文底线上予以学术的探讨。

(六) 认识美的层次性

美的层次,是多层面的。宁宗一认为:优秀的文学作品,既有美的内涵,又有美的形式,才能成为人们的审美对象。……一件精美的艺术品可以包含三个层次,形式美的表层形式、意象美的意象内涵、意蕴美象征的哲理。②

美的多样性,是指美的形态具有丰富的内容和形式。美的层次性,是指美的内涵有不同的功能和地位,并非可以一概而论。一般说来,壮美、崇高,能够给更多的人以振奋和鼓舞,而秀美则常常滋润人的心灵,帮助人获得宁静和休憩。各有其作用,都是佳境。同时,在一定的意义上,"美"也体现为不同的层次。喜剧艺术家黄宏对于喜剧的层次划分,值得注意。黄宏对于喜剧做了层次的划分,如同金字塔,由低到高,分别是:噱头、滑稽、幽默、诙谐、机智。③这样的划分,并非完全科学或者尽意,(例如,有人曾经把幽默认作喜剧和人生的最高境界。)但是其中包含的层次之别的思想,是可以成立的,也是在从事批评活动时应当注意的。美的层次性,是以对于美的多样性的尊重为基础,同时也是对于美的多样性的区别认识和对待。美的层次性,提醒欣赏和批评,不能忘记不同质的美的不同功能与内涵,在从根本上区别美与丑的同时,也区别大美、中美和小美,分别不同美的作用和地位,从而分别给予客观、准确的评价。

含蓄与隽永,则体现了美的内涵的深层次。德国思想家、文艺理论

---

① 林清玄:《心美,一切皆美》,国际文化出版公司 2012 年版,第 86—89 页。

② 宁宗一:《心灵投影》,商务印书馆 2013 年版,第 379、380 页。

③ 李韵:《文艺轻骑兵,不待扬鞭自奋蹄——曲艺家探讨曲艺的发展现状和未来前景》,《光明日报》2011 年 8 月 5 日。

家、戏剧家莱辛（1729—1781年），高度评价这样的作品："不是让人一看了事，而是让人品味，反复地品味。"① 从审美的角度，这也是重要标准："让人品味"的作品，胜过没有内涵的浅露作品；让人"反复地品味"的作品，有更积极的价值。许多被称为"经典"的作品，就有这样的魅力。而没有受到美学教育（包括自学）的欣赏者，如果仅仅以是否"好懂""好看"作为唯一标准，轻易地否定那些让人"反复地品味"的作品，是实实在在的误解和自弃。

（七）　重视对象的审美特征

文学批评要重视对象的审美特征。择其要，这里讨论几个方面。

1. 个人的审美经验

个人的审美经验永远是文学批评题中应有之义。② 在文学批评活动中，重视个人的审美经验是非常重要的。个人的审美经验，既有原初性的一面，是审美活动直接的获得，又是公共的审美经验的基础。公共的审美经验的丰富性，依赖于个人审美经验的个性和创造。对于这一点，应该并不难于认识和理解。可是，在实践中，往往存在着粗暴的情况：把自己的个人的审美经验作为公共的审美经验，强制他人予以接受；或者不尊重甚至践踏他人的审美经验，轻易地予以否定和抹杀。

作为批评家，应该既重视自己的审美经验，也尊重他人的审美经验，更能够在个人的批评活动中，保持审美经验的个性和创造性。

2. 创造性的审美想象

"审美批评使我们回到文学想象的自主性上去。"③

在审美活动中，必然伴随着审美想象。"缺乏想象力无疑是文学所忌讳的批评"。④

审美想象是基于审美活动的想象。因此，审美想象是艺术想象，是带有审美活动参与者的个性的审美想象，是创造性的审美想象，还是超

---

① 正文引自晓雪《关于散文〈白鹭〉》，见《散文家喜欢的散文》，北京十月文艺出版社1997年版。

② 南帆：《冲突的文学》，江苏大学出版社2010年版，第264页。

③ ［美］哈罗德布鲁姆：《西方正典》，江宁康译，译林出版社2011年版，第8页。

④ 南帆：《冲突的文学》，江苏大学出版社2009年版，第224页。

越现实的物质世界和社会存在的审美想象。

审美想象的丰富和个性，成为审美想象不断发展和变化的源头。可惜，这样的常识并非所有的批评家都能够懂得。如果借助文化权力或者政治权力，扼杀、践踏他人的审美想象，自然会造成文化灾难，甚至社会灾难。这样的历史教训，是值得不仅是批评家而且包括社会学家、政治家、法学家等公众予以注意的。

审美中的各种想象性活动是对于人类异化的一种解放形式。① 它的含义是，审美想象是对于自由的追求，是对现实的升华。在人类的活动特别是精神活动越来越受到物质化制约的 21 世纪，这种提示更是充分、必要和迫切。

3. 积极的审美愉悦

审美活动的特性总的说来可以归为两点：一是能够使人产生愉悦感，二是没有直接的功利目的。②

作为文学的主要属性的审美性，与趣味性是分不开的。凡是对读者具有吸引力的作品，总是或隐或显、程度不等地包含着令人赏心悦目的趣味美。……钟嵘的滋味说、严羽的趣味说，梁启超的文学的本质和作用最主要的就是趣味，表明他们都认识到趣味美是直接关系到文学魅力的重要因素。③

4. 应关注艺术

审美批评应关注艺术，在批评中注意作家作品的艺术内涵与艺术水准。

季羡林说：窃以为评定文学作品的首要标准是艺术性。有艺术性，斯有文学作品。否则，思想性再高，如缺乏艺术性，则非文学作品。……因此，我认为，写文学史，应置艺术性于第一位。只要艺术性强而新，即使思想性差一点，甚至淡到模糊接近于无，只要无害，仍能娱人，因而就是可取的。④

---

① 南帆主编：《文学理论新读本》，浙江文艺出版社 2002 年版，第 111 页。

② 王峰、王茜：《艺术美学教程》，华东师范大学出版社 2011 年版，第 20 页。

③ 徐型：《丰子恺文学创作研究》，伊犁人民出版社 1999 年版，第 137 页。

④ 季羡林：《现代中国文学史研究回顾（1995 年）》，《东方之子大家丛书·季羡林卷》，华文出版社 1998 年版，第 431 页。

批评家李子云对文学作品有着敏锐、细腻的审美感受力。……品评作品善于从形象体系出发，完整地把握作品审美效果的综合性，注意美感的整体性。……能够在评论中敏锐地捕捉作家和作品的艺术特点，做出审美评价。①

审美批评，在注重艺术时应该关注细节。法国雕塑家罗丹在分析米开朗基罗的雕塑作品《奴隶》时谈到，这些奴隶是被用很细的绳子捆绑的，似乎很容易挣断。雕塑家是要说明奴隶主要是受到精神上的束缚表现囚徒的灵魂，人类想冲破自己的躯壳，以期获得无限的自由。②

艺术形式，也是审美批评的重要对象。"传统的社会历史批评，因为轻视艺术（形式）的分析而在特别需要艺术（形式）分析的时候，显得捉襟见肘甚至发生读解错误。"③ 艺术形式的审美，使形式有相对的独立性，有积极的美学价值，可以专门地单独研究和有侧重地欣赏。但是，不宜忘记，这种独立性是相对的。形式不仅仅是形式，不应将其简单化、绝对化，完全脱离一定的内容而做过于抽象的认识和评价。

文红霞在评论李锐的小说集《太平风物》时，称作品"在极其凝练的形式下承载了极为厚重苍凉的内涵，展现出历史的沧桑与现实的困境"。④ 形式，不仅仅是形式本身，它承载着相应的内容。有时候，这些内容是与形式无法完全分开的。尽管在某些时候，形式可以在一定程度上进行独立的审视和评论。

5. 要重视技巧

审美批评要求重视技巧，但是不能单纯地把技巧作为第一位的内容。批评家也在提醒作家和批评家："单纯的游戏可能使作家的真诚悄悄丧失，玩弄技巧的人可能被技巧所玩弄。"⑤

早在 20 世纪 30 年代，作为作家、批评家的沈从文，专门著文《论

---

① 顾骧：《她是她们的知音——读李子云〈当代女作家论〉》，《光明日报》1984 年 12 月 27 日。

② 王向峰：《文学的艺术技巧》，春风文艺出版社 1981 年版。

③ 於可训：《批评的视界》，中国文学出版社 1994 年版，第 324 页。

④ 文红霞：《叠影在诗与思之间——论李锐的小说集〈太平风物〉》，见王肇基、肖向东主编《底层文学论集》，人民日报出版社 2008 年版，第 251 页。

⑤ 南帆：《冲突的文学》，江苏大学出版社 2009 年版，第 179 页。

技巧》，提示文学作家和批评家、读者："文章徒重技巧，于是不可免转入空洞，累赘，芜杂，猥琐的骈体文与应制文产生。文章不重技巧而重思想，方可希望言之有物，不做枝枝节节描述，产生伟大作品。懂得文学技巧，又能运用技巧，才可能写作出杰作。……艺术同技巧原本不可分开，莫轻视技巧，莫忽视技巧，莫滥用技巧。"[①]

（八）处理好审美原则与其他原则的关系

文学批评中有审美批评、政治批评、文化批评、道德批评、心理批评、人类学批评，等等。每个批评家都有其选择的自由。

文学史家温儒敏，曾经对于当今现代文学研究中热衷于思想史研究而忽视文学史审美特性的倾向表示担忧，[②] 在全国范围内引起了广泛的回应。《文艺报》在 2007 年 6 月 21 日第 2 版，发表了关于文学研究中的审美问题的一组文章。就是回应的一种。《文艺报》编者按语："近年来，现当代文学研究中出现了注重思想和文化，回避或者背离审美的空心化的倾向。"吴兴宇认同温儒敏的观点："思想史不能取代文学史"，文学研究不应当只谈思想意义，而忽略了具体的审美价值。潘盛认为：文学研究不应"背对文学作品"。栾梅健则强调，让文学感觉贯穿（文学研究的）始终。

文学批评的主体，应该是以文学为中心的审美系统。这既有学科的规定性，也有文学批评的主要功能的确定性。因此，既宽容大度地对待关于文学的各种批评（包括并非审美的批评），又不被各种批评的纷纭涌现而失去学科的特定区域，才是合于学科发展的正常学术之路。

作家郁达夫认为：审美的批评是以审美的学说为批评之准则者。其要在辨别艺术作品之美，而分析、证明、测度一艺术品之迷人之点。要亦如印象批评一样，范围太狭，而兼顾不周。[③] 郁达夫的提醒，告诫我

---

① 沈从文：《论技巧》（1935 年 8 月），《沈从文全集》第 16 卷，北岳文艺出版社 2009 年版，第 471、373 页。

② 温儒敏：《思想史能否取代文学史》，《中华读书报》2006 年 10 月 31 日。

③ 郁达夫：《批评的态度》（1933 年 6 月），《郁达夫文集》（第六卷·文论），花城出版社、三联书店香港分店 1983 年版，第 164 页。

们审美批评有其自身的局限。但是，不能因此否定审美批评原则。

不懂审美、艺术规律，不能深入作品的艺术世界，仅仅看到语言外部的皮毛，就自以为是，肯定会误解作品，误己害人、酿成惨剧，破坏文学发展，毁灭文化，甚至戕害人性，草菅人命，一些道德家、学问家、政治家在历史和现实中都留下了实例。

这里，我们还要指出，在进行文学批评的时候，应当注意：审美原则与历史原则的互补。有一种观点认为：中国现代文学中"京派批评"的不足，在于缺少历史意识。不论这一观点是否成立，它给予批评家以认真的提醒。

二 文学批评的理想原则

批评理想是批评理念的核心部分。没有批评理想的批评家，难以成为境界远大的批评家。没有高尚批评理想的批评家，难以成为高尚的批评家。批评理想的品格、品位，与批评家的品格、品位，关系极大。批评理想对于批评活动中的实践发展与理论建设，也相当重要，值得特别关注和认真讨论。

（一）理想的意义

理想有双重含义：一是对于未来美好的描绘，可以为在艰难和困惑的现实中行进的人们，提供希望的、光明的前途；二是在对理想的追求中体现出来的超越现实的批判精神。[①] 对未来的理想憧憬，是努力改善现实的积极动力。对现实的批判，是朝着更美好目标的前进。

朱永新认为："理想创造辉煌"，不仅是人生的一种动力，更是一条"教育定律"（他著作中的九条之八）。[②] 可以理解为，在教育活动中，理想可以使教育者达到更高的目标，使受教育者达到更高的境地，创造共同的辉煌。同理，在文学批评活动中，理想可以使批评家达到更高的目标，使批评对象达到更高的境地，创造共同的辉煌。

---

① 董四代：《呼唤健康的乌托邦精神》，《福建日报》2011 年 3 月 29 日。
② 朱永新：《享受幸福：教育随笔》，人民教育出版社 2004 年版，第 463 页。

理想与现实既矛盾又统一。理想与现实存在着差异性。一般地说，理想完美，现实残缺；理想有虚幻之处，现实尽是实在成分；理想神奇，现实则平淡、神奇同在。理想与现实应该统一。理想是从现实出发的憧憬与希冀。理想是为了提升不完美的现实。如果理想完全脱离现实，或者全是虚幻，则难以实现。如果理想不能超越现实，则没有意义。

（二）文学理想与文学批评理想

文学理想与文学批评理想，既相关联，又有区别。广义的文学理想，可以包含文学批评理想。文学批评理想也不能完全脱离文学理想。

1. 文学理想

文学本身就带有理想性质。

文学本身就具有乌托邦的批判力量。从马克思主义到当代社会批判理论，都把文学作为一种理想主义的重要思想资源，作为批判的武器的武库。①

文学是对于现实的积极超越。王元骧认为：当作家一旦有了理想和追求，在他的作品中，描写卑琐、空虚、平庸就成了对卑琐、空虚、平庸的超越；描写罪恶、苦难、不平就成了实现对罪恶、苦难、不平的超越；描写压迫、剥削、奴役就成了达到对压迫、剥削、奴役的超越。——理想源于人们追求超越的渴望，才能成为引导人们前进的火炬。②

形象思维创造出一个人类理想中的社会，这个理想世界弥补现实的不足，使人类的精神和心灵更加丰富和完美。……有些理想在现实中暂时无法实现，只能处于想象之中。③ 这些人类理想，有政治方式、社会组织方式、经济方式等，也有的表现在文学作品中。

作家孙犁总结，历史上的许多作家，为了文学事业惨遭不幸，而又如飞蛾扑火，奋不顾身，究其实质，是他们有文学的理想，为正义斗

---

① 耿占春：《书的挽歌与阅读礼赞》，北京大学出版社 2012 年版，第 169 页。
② 王元骧：《审美超越与艺术精神》，浙江大学出版社 2006 年版，第 223 页。
③ 吕汉东：《审美思维学》，中国文联出版社 2001 年版，第 131、135 页。

争，为人生斗争。(《金梅〈文海求珠集〉序》，1981 年)① 显然，作家的文学理想，是和社会理想、人生理想联系在一起的，核心是正义。

文学作品，既表现创造者的社会理想，也包含文学理想——对于文学最佳状态、最高境界的追求与表述。段崇轩认为，鲁迅的文学理想与社会理想是一脉相通、相辅相成的。社会理想孕育、衍生了他的文学理想，文学理想丰富、具象化了他的社会理想。鲁迅把自己的社会理想，化为艺术形象和诗的语言，融入了他的各类文学作品，特别是中短篇小说中。② 此言极是。即便是文学批评，他的社会理想、文学理想也带有诗意和灿烂。人们所熟知的《白莽作〈孩儿塔〉序》中的名言："这是东方的微光，是林中的响箭，是冬末的萌芽，是进军的第一步，是对于前驱者的爱的大纛，也是对于摧残者的憎的丰碑。……" 既有对于诗人白莽社会理想、文学理想的概括和理解、评价，也有自己社会理想、文学理想的隐含和抒发。

2. 文学批评理想

文学批评理想是以文学理想和社会理想为基础，在文学批评活动中用以衡量文学批评对象是否处于完美、完满的理想状态、境界的参照。施战军认为：文学批评对于个人来说，是一种文学理念和文学理想的表达。……折射批评家个人的文学理想。③

批评理想是批评精神的核心。批评理想是人文理想的组成部分，是关于人类从现实向未来发展的希望与目标。人文理想是人文精神中最核心、最宝贵的理想层面，居于人文精神的最高点。批评的理想，不仅与文学、文学批评有关，也与社会、文化的进步和发展密切相关。只是为了讨论的方便和学科内容的主要规定性，这里更多谈及批评这部分。

批评理想是批评家对批评应具有的精神内容和风范的不断认识和阐述。批评理想除了有其具体的内容，受制于特定社会现实及历史发展的限制以外，还包含超越现实、张扬历史合理性、提升人的精神境界的积极方面。这其中，自然还包括现实的内容和积极合理的理想成分。

---

① 孙犁：《金梅〈文海求珠集〉序》，(1981 年)，见金梅、李蒙英编《孙犁文论集》，人民文学出版社 1983 年版，第 332 页。

② 段崇轩：《仰望鲁迅的"理想"》，《文艺报》2009 年 1 月 6 日。

③ 施战军：《活文学之魅》，吉林出版集团 2009 年版，第 20 页。

对于批评家来说，批评理想是极为重要的。它决定着自身的精神风貌。有了高昂、向上的人文理想，可以成为前进的精神动力，成为提高人格水平的重要推动力，促进自身对现实的认识与实践。由于历史条件的限制，人不断地以理想的尺度来促进社会向前发展，现实中文艺现象的合理因素与不合理因素，在人文精神与批评理想的映照下，才看得异常清晰。有了它的烛照，对现实合理因素的肯定会更加有力，对现实不合理因素的批判与否定会更加深刻。

3. 理想的批评家

学者房喻对于教育家做了理想的描述："闪耀智慧之光、洋溢仁爱之美，"有人文情怀、自由精神、批判意识。①

借用过来，"洋溢仁爱之美"，即理想光辉；"闪耀智慧之光"，能够聪慧面对现实。是既能够有理想抱负、眼光远大、充满爱心的，又能够正确、积极、智慧地处理现实。

李建军认为，一个真正的批评家，都有一种由浪漫主义情调和理想主义精神构成的堂吉诃德气质，一种充满内在热情和实践勇气的英雄气质。批评家应该体现着平等精神和独立人格的民主气质。(《文艺研究》2005 年第 9 期)

对于批评家来说，批评理想是极为重要的。它决定着自身的精神风貌。有了高昂、向上的人文理想，可以成为前进的精神动力，成为提高人格水平的重要推动力，促进自身对现实的认识与实践。由于历史条件的限制，人不断地以理想的尺度来促进社会向前发展，现实中文艺现象的合理因素与不合理因素，在人文精神与批评理想的映照下，才看得异常清晰。有了它的烛照，对现实合理因素的肯定会更加有力，对现实不合理因素的批判与否定会更加深刻。

4. 理想的批评

我这样看，批评的理想重在未来的高远，是实现的可能性。理想的批评，一般地，偏重于批评的未来时，将要达到的理想状态的批评境界。有时，也具体指涉现实的批评中合于理想的部分。理想的文学批

① 谢湘、孙海华：《师范教育应造就有个性的教师——专访陕西师范大学校长》，《中国青年报》2007 年 9 月 5 日。

评，是批评家为了超离现实而建立更完善的高远目标的努力，既是对现实批评的一种对照，映出现实批评的不足与缺陷，又是对于现实的一个提升，指引批评应该具有的方向。

理想的批评重在未来与现实的同一状态的实现，是可能性变为现实性。由此，理想的批评，一方面在未来，是希望的美好状态；另一方面在现实，是理想的某些局部的实现。

5. 共同理想与个人理想

每个胸怀未来的批评家，都有自己的批评理想。这是批评的个人理想。有许许多多的批评家，为了人类文明、文化、文学的发展，他们有着各自的批评理想。这些个人理想的崇高部分，可能构成批评家关于未来批评的共同理想。共同理想不是若干个人理想的简单相加，而应该是批评家们关于批评的未来如何更好的理想目标的理论建构。理想的批评，应该具有现实发展的基础与可能，更应该是有益人类文明、文化、文学的发展，推动社会进步和精神提升的精神追求。具体批评家的个人理想，如果融入批评家们关于未来批评的理想目标，并且在批评实践中予以努力，可以促进批评的共同理想的早日实现。

批评家个人的理想，批评家之间各自的个人理想，可能互相冲突，也可能有可以共通、相融的部分。如何处理个人理想与共同理想的关系，是以个人理想凌驾共同理想，还是将个人理想与共同理想相互磨合，构建崇高的共同理想，是批评家必然要面对的问题。只不过是自觉还是不自觉，意识到与未意识到而已。

孟繁华认为：理想并非只有一种形式。愚弄人民的"理想"的被解构，并不应该成为否定合理的崇高理想的理由。新的理想的重建，应该包括人类的基本价值，对现实的理性认识和批判精神，对人类灵魂关怀的真诚，显示作家的创造力和想象力，表现人类对爱与善的永恒需求。[①]

章德益提出，我们呼唤更有力量、更高于世俗、更富于现代意义和理想光芒的作家的出现。[②] 这是以文学理想为参照，对优秀作家、作品

---

① 孟繁华：《重新发现理想》，见愚士选编《以笔为旗——世纪末文化批判》，湖南文艺出版社1997年版，第267页。

② 章德益：《对"新市民文学"之质疑》，见愚士选编《以笔为旗——世纪末文化批判》，湖南文艺出版社1997年版，第341页。

的积极而又现实的要求。

对批评家来说，理想的模式是为现实发展建立的趋向完善的目标。理想的批评既是对现实批评的一种对照，映出现实批评的不足与缺陷，又是对于现实的一个提升，指引批评应该具有的方向。批评家所呼唤的理想的批评是多方面的。

（三）批评理想与批评现实的调整

批评家如何处理理想的批评与现实的批评，是很重要的问题。

批评不仅要提出理想，还要面对现实，在现实与理想之间获得良好的调整，解决批评理想与批评现实的矛盾。

一个批评家怎样理解、对待文学现实和文学批评现实，采取什么样的态度，如何充分发挥批评理想的精神作用，与学术成就关系密切。

1. 理想的取向与效果

（1）理想的取向

理想的取向，是确定理想的历史维度。

对于理想的历史维度，可以有大致的两种趋向：

向前看的理想——以发展到未来、从来没有过的希望状态，作为理想的目标。

向后看的理想——以先前曾经有过的史实状态，作为理想的目标。

对理想取向应该做辩证的认识。并非回到过去的某个时期，就一定是完全没有价值。回到过去的某个“黄金”时期，是不可能的。但是，这其中包含了否定现实某些部分的理想主张。对克服、否定现实的缺陷，仍然可能具有积极意义。对于发展到未来的理想、希望状态作为目标，还应该看其具体的内容与实质。总体来说，理想包含着对于现实的部分否定。但是在具体认识和评价具体理想时，还是要看其内涵，主张什么、否定什么，是否符合艺术的发展与人类文明的进步。

崇高而丰富的文学理想和文学批评理想，应当得到充分的肯定与弘扬。

（2）理想的效果

理想的效果，需要以实践中的作用为认识依据。

理想的效果，促进社会进步和文学繁荣，产生积极影响，就应该认为它有正面价值。不能促进社会进步和文学繁荣，反而有碍，产生消极影响，就应该认为它有负面价值。

认识文学批评理想，要看其效果，看其在实践中的作用，不能以个别人（特别是理论主张者本人及其信奉者）的言论作为认识依据。

2. 批评理想与批评现实的关系

批评理想如何转化为理想的批评，转化为现实的批评，不仅是单纯的理论问题，更是一个复杂的实践问题。在批评实践中发现问题，并且在理论的引导下解决问题。是批评家的精神之路，也是批评家的生命行程。

作为教师，对于学生，对于更年轻的教师，既有热情的鼓励，又有无情的批评，正是理想主义的体现。①

文学批评，作为"理想主义的体现"，既包含"热情的鼓励"，又具有"无情的批评"。"热情的鼓励"，是对于现实中合于理想的积极方面的肯定。"无情的批评"，是对于现实不合理性的缺陷部分的否定。这是一枚硬币的两面，缺一不可，互为补充。

批评理想的理想化、完美化，与现实包含的复杂因素和多种成分，既有相和谐之处，又有相矛盾之点。批评理想推动着现实的批评家投身于现实并发展现实，使现实变得更加合理和美好，带有理想的期盼与现实的批判。王蒙认为：文学渲染人的理想。理想是非常美好的。因此文学往往对现实表达出各种各样的挑剔、各种各样的批评、各种各样的批判，乃至于各种各样的不满。……文学的世界里往往充满了真善美、充满了世界上最美好的东西，最纯洁的东西。你用这个最纯洁的、最美好的东西来衡量现实的生活，也许你就会发觉现实生活中有很多不尽如人意的东西，有许多不够理想的东西。② 同于此理，以文学的理想、文学批评的理想来衡量文学，也会有许多不能如意的方面。没有理想，就不能超越现实、高于现实，就不能推动现实向更高的层次发展。同时，也不宜此理想来苛求现实的具体的文学作品作家。

我们，也不能仅看到理想中的积极的意义，而忽视其可能存在的某

---

① 李清：《教师是理想主义者的职业》，《中华读书报》2010 年 8 月 11 日。

② 王蒙：《文学是必要的吗》，《汕头大学学报》（人文社会科学版）2002 年第 2 期。

些局限。例如,某些理想的虚幻、不切实际,等等。

批评家是立足现实而开展批评,以对现实文学现象的认识和评价为基础。文学现实,对批评家来说,既是人生基础,也是学术支点。

对现实的深刻理解,有助于批评家提高对社会、人生的深刻把握,从而更深入地认识、理解、对待现实。一个批评家怎样对待现实,如何充分发挥批评理想的精神作用,对他所取得的成就关系密切。正是有了对现实社会进步的热忱,注意从现实发展中汲取精神营养,才会有更大成就。

3. 对现实的态度

批评家以自己的理想参与文学批评活动,是推动现实,还是否定现实? 是提升文学,还是苛责文学? 批评家在批评实践中,自然会有意无意、自觉不自觉地面对这个问题,做出自己实际的回答。

（1）推动,还是否定现实

批评家立足文学（包括文学批评）现实而开展批评,是以对现实文学现象的认识和评价为基础。

文学现实,是批评家的学术支点。

推动文学现实的发展,是批评家的责任。为推动文学现实的发展,批评家可以采用弘扬优势的肯定性批评,也可以采用否定缺陷的否定性批评。两者都能够达到积极的效果。

但是,把文学现实的缺陷放大,把缺陷看作整个文学现实,从而完全否定一个时期所有的文学,这种方法并非明智之举。往往因为看不到具体时期文学的积极方面,横刀乱砍,一笔扫荡一切,描绘成一团漆黑,不仅不能促进文学发展,反而影响普通读者对于文学现实的判断。事实上,完美的文学,只是对于极少部分优秀文学作品的辩证理解。在思想充分自由、文学兴趣多样的条件下,能够满足所有人群的完美作品,是非常有限的。庸常的作品总是绝大多数。选择最优秀的作品,发现一般作品的优秀之处,是批评家的大道。夏志清说:"对优美作品的发现与批评,永远是我的首要工作。"① 道理正在于此。

---

① 季进:《对优美作品的发现与批评永远是我的首要工作——夏志清先生访谈录》,《当代作家评论》2005 年第 4 期。

从现实出发，以理想提升现实，而不是简单化、绝对化地全面否定现实。现实中，大量的无大名声的作家，为文学作出了积极的贡献。没有他们，文学就不能存在与发展。

不宜以理想完全否定现实。应该提升现实，而不是全盘否定现实。没有了现实，也就没有了未来。好作品、好作家、好文学，不会从空中突然降落下来，必然的路径是，从现实发展而来。全盘否定现实，就不可能达到理想的未来。

（2）提升文学，还是苛责文学

提升文学，还是苛责文学？也和批评家的理想相关。

不宜以理想苛责他人。可以提醒他人，而不应当完全贬低他人。没有意义的评论对象，可以不予理睬。应该专注最美、最好的文学和作家，以及有希望、有潜力的作家。

有的批评家认为，批评家如果采取"矫枉过正"的策略对作家来一个警醒，以自己的批评理想去要求作家，给作家以棒喝，力挽整个写作界的颓势。是在实践上没有把握好"度"，过火而失去理性，是批评策略的失误。（邰科祥，《南方文坛》2005 年第 1 期）这种提醒，应该予以理解和尊重。

（四）批评家应当坚持批评理想

批评家应当坚持崇高的理想。

在 21 世纪初，经历了后现代主义的解构之后，美学家、批评家呼唤："不要放弃'美的理想'。""美的理想"是人类走出原始蒙昧、向更高级的文明发展的产物。"美的理想"具有跨民族文化的差异性、丰富性。①

田广清认为：理想有天真烂漫的一方面。最理想的理想，是建立在科学基础上的展望，是符合社会发展规律的预测，而不是不切实际的空想、狂想。……在理想方面，正确的做法应当是，在提出理想模式后，致力于现实的发展与创新，不断开辟通向理想的道路，使理想越来越科

---

① 肖鹰：《不要放弃"美的理想"》，《人民日报》2012 年 2 月 21 日。

学，成为现实。①

这提示我们，既坚持高扬的理想，又注重理想的调整，认识到理想高于现实，划清崇高理想与空泛理想的界限。理想的非现实性，有空想的可能。正确处理共同理想与个人理想的关系，认识不同理想的差异、冲突与兼容。即便认为自己的理想是先进的，也不能够强加于人。况且，是否先进、正确，还要受到历史和实践的检验，还要看其是否推动文学的发展、繁荣。繁荣的重大特点之一，是多样化。如果以某种个人的理想抑制、压制、强制他人的理想，就会造成文学的单一，就不可能形成真正的繁荣。

切记：批评家面对的一个极其重要的现实是，作家不会为批评家的个人理想而写作。

检验批评理想的，最重要的是人类文明的丰富、多样，自由、民主。

二　文学批评的真实原则

文学批评的真实原则，一方面是尊重、肯定、弘扬文学和文学创作的真实精神，面对现实（并非只有现实生活）和时代的革新精神和批判精神。另一方面是批评本身如何坚持和体现真实的原则和精神。好的批评不可能脱离真实的原则和精神！

（一）哲学、文学和文学批评的真

1. 哲学的真实

哲学家杨国荣对于"真"，做了这样的表述：中国文化观念中的"真"，有作为真理的"真"，与谬误相对；作为人格、德行和行为的"真"——真诚，与伪相对；作为认识论的"真"——真实，与假相对；作为存在的"真"——真实，与"妄"（不实、虚妄）相对；作为审美的"真"——自然、本然，与矫饰相对；作为终极意义的"真"——真如、真宰，与俗相对，是对于世俗世界的超越，带有理想

---

① 田广清：《中国人治传统的学理批判》，《江苏行政学院学报》2003 年第 4 期。

的意义。……讲真话、敢直言意义上的"真"，既指如实反映事实的真相，涉及外部世界；又指表达自己真实的思想和意愿，关乎自我的内在世界。……以诚相待，作为处理人与人之间关系的一种原则，同时体现为交往的双方如实地表达自己的意图、观念等。……注重真诚的交往原则，对建立人与人之间相互信任、彼此和谐的关系，无疑具有重要的作用。①

2. 文学、审美的真

对于文学、审美的真，童庆炳这样认为：艺术的真实性，用最普通的字眼来说，就是"合情合理"。"合情"，是指作品的艺术形象反映了人们真切的感受、真挚的感情、真诚的意向，指的是主观性方面。"合理"是指艺术形象应符合生活逻辑，具有（审美）假定情境下的可能性，指的是客观性方面。"合情""合理"结合在一起，才能达到艺术真实性的要求。②

艺术真实，不同于生活真实和科学真实。艺术真实，是作家对社会生活的认识和感悟的产物。是表现社会本质的多层次的内蕴的真实；是以艺术假定性展示的假定的真实。是主观的真实，诗艺的真实。③ 文学的真，具有感情的真、合理的真，同时在部分文体中具有想象、假定、虚构性质。不能以客观现实的社会的实际存在，作为否定审美、文学的形象真实的片面依据。（关于文学的审美想象，参见本书"文学批评的审美原则"。）

3. 文学批评的真

真实的批评，包括真诚。诚，既有诚信，也有诚恳。诚恳，是内在的真诚态度。诚信，则是使外界相信自我的坦诚。如果文学批评没有诚信，就没有读者相信，便丧失了公信。文学批评本来是读者（批评家是特殊的能够表达自己意见的读者）与读者之间、批评家与作家之间的交流。这种交流如果没有真意、真心，便无人相信。那么，作为表达信息

---

① 杨国荣：《中国文化观念中的真》，见陆挺、徐宏主编《人文通识讲演录·文化卷》，文化艺术出版社 2012 年修订版，第 189—212 页。

② 童庆炳：《艺术真实性问题漫议》（1985 年），见《文学审美特征论》，华中师范大学出版社 2000 年版，第 78—84 页。

③ 童庆炳主编：《文学理论教程》，高等教育出版社 1998 年版，第 136—141 页。

的活动，便是无效的，难以产生积极意义的。而当诚信在批评家群体大量地丢失，整个批评活动的无效性就相当严重了。这会增加人与人之间的不信任，影响文学批评的信誉和批评家的形象，形成文学交往秩序的混乱。① 所谓一些批评"丧失了公信力"的惊叹，就是对文学批评应当坚守诚信的提醒。

文学批评的真，包括发现、肯定文学创造的真，表现自身坚持真理、真实客观评价的真，以及人格、心灵、情感的真。客观的真，认识的真，态度的真，表达的真，在文学批评中是相互联系、不可分割的整体。文学批评的真实观，是以文学的真实观、社会的真实观为基础。从根本上，有一致性。在具体上，有可能具有差异，需要具体对待和具体分析。邵燕祥指出："说真话的文字不都是杂文。但杂文必须说真话。""杂文不但要说真话，还要尽力揭穿假话——一切虚伪、欺骗的人和事及其在语言文字上的表现。"② 批评家必须坚持说真话，还要尽力揭穿假话——一切虚伪、欺骗。以往，许多论者注重于第一个方面。而许多论者忽略了第二个方面，反对和揭穿假话——一切虚伪、欺骗，也是说真话的重要方面——不可缺失的方面。

社会的失信，不仅在文学批评中存在，在社会的其他方面也不可忽视。有学者认为，我国目前的诚信状况不容乐观，有三个突出特点：一是大众对"信用"的认识水平低；二是对"信用"的实践层次低；三是信用的整体发展还处于低级阶段。③ 这种状况对于文学批评来说，大致不差。批评家对于自己的信誉缺乏爱惜。殊不知，一次人情面子的失信，夸大的失实的赞美，会缩小、矮化自己的形象。批评家偶尔看"走眼"，可属例外。如果经常看"走眼"，那就是在自我塑造"低能者"的形象。就必然失去读者的信任。文学批评中"信用"的实践，往往仅仅停留在理论探讨，缺少严肃、严厉的有针对性的评价。

---

① 参见彭凯平《失信让社会交易变得昂贵》，《光明日报》2011 年 8 月 5 日。

② 邵燕祥：《邵燕祥集·自序》，见《邵燕祥集》（中国杂文百部），吉林出版集团 2013 年版，第 5 页。

③ 参见章政《诚信状况有"三低"》，《光明日报》2011 年 8 月 5 日。

（二）　文学批评真实的意义

文学批评对于真的全面追求，有重要意义。真实，是对批评的原初要求，也是批评的重要标准。

真诚是艺术的第一要义，也是文学批评的第一要义。批评家面对文学作品、作家，应当真诚，在思考、表达的各个方面，也需要真诚。

文学批评的真，包括发现、肯定文学创造的真，表现自身坚持真理、真实客观评价的真，以及人格、心灵、情感的真。

1. 肯定文学之真

对于文学创作中"真"的发现、肯定。

人们公认丰子恺散文最显著的特点，一向是"率真"。"率真"，即不做作，不虚伪，向读者交出一颗真心。旗帜鲜明地表明自己的看法。[1]

在批评家看来，作家范小青一直在做这样一件事情：用小说追寻生活中日见稀薄却又永恒存在的真情与温暖。[2]

2. 情感态度的真

真诚，是情感和态度的"真"，对于文学批评也是重要的。

"感动自己才能感动别人，自己相信才能说服别人。……这是每个文化创造者应该深思的问题。"[3]

作家裘山山特别提到，不管写作者是专业人士还是非专业人士，能真正被人们喜爱乃至能四下里流传的，依然是那些真诚的文字[4]（在文章中，这文字既包括文学，也包括非文学的其他方面，我理解自然包括文学评论）。

3. 信息客观之真

真实是文学的生命。真实也是文学批评的生命。文学批评不真实，就没有人相信，就失去了存在的积极价值。

在看问题的角度上，应当"把全面、客观、真实的信息告诉公众，

---

① 徐型：《丰子恺文学创作研究》，伊犁人民出版社1999年版，第142页。

② 马季：《苦难中那些温暖的往事》，《文艺报》2007年5月22日。

③ 范正伟：《〈舌尖上的中国〉何以走红》，《人民日报》2012年5月21日。

④ 裘山山：《从心里走过》，《人民日报》2012年3月13日。

秉持科学、理性、辩证、公正的分析研究方法"；还要有解决问题的程度。①

从这个角度，批评家应当以真诚的态度、真实的情感、科学的方法，把真实的信息和结论，通报给社会和读者。

既信任读者，又使读者相信：批评家的成果以及各种信息的真实性，具有可信性。通过树立批评的威信，提高批评的公信力。

4. 学术尊严之真

真实，限于各种条件，并不能够轻易获得。

求真是构成学术尊严的重要条件。……批评贵能得其平，尤贵能得其实。②

文学批评作为学术的组成部分，求真同样是构成学术尊严的重要条件。没有求真，难以获得可信度。不可信的文学批评，就没有学术尊严。作为严肃的文化活动，批评家内心与表达是否一致，可以展示自身人格的高低。

（三）文学批评真实的要素

文学批评真实的要素，由以下几个主要方面构成。

1. 真实对象

批评家所批评的是真实的作品本身，也应该是作品的真实状况。由于批评活动的主观性较强，将批评者的情感因素、理性参与融于其中，又加上需要完成形象转换（由作家书写的文字形象经批评者阅读之后创造为本人所内视的精神形象），因而，批评家所感受到的文学形象，有时与实际存在的文学读本相去甚远，有时甚至会完全相反地感受到作家的褒贬态度。因此，批评家要注意到自身的阅读，能否真切地对准作品的本身，而不是经过自我意识渗入其中后在很大程度上变形的另一个形象。实际上，这种现象在20、21世纪之交的中国文学批评中，并不难遇到。普通读者的阅读感受，往往会与某些批评家所表述出来的作品面貌，截然相反。这种情况并不能简单地说明谁对谁错。有时，批评家的

---

① 纪东冲：《"理性中国"从哪里来》，《人民日报》2012年6月26日。
② 徐复观：《中国艺术精神》，春风文艺出版社1987年版，第493、345页。

创造性认识会赋予作品以新的意义，使作品被发掘出全新的意义。批评家的失误，也会不能真实地解释、评判作品。但是，衡量对作品的解读，不能离开作品本身的实际状况，这是我们应该首先注意的前提。

2. 真实问题

真问题，即从实际出发而产生的问题。是为了解决问题去研究、分析和思考的问题。真问题，是有实际意义、学术意义的问题。特别是重大理论问题、迫切需要解决的实践、理论问题。

伪问题，无学术意义、现实需求的问题。伪问题的泛滥，不仅干扰学术的正常进行，浪费文化资源，而且破坏学术的规则和健康的学风。

有学者提出，当前社会科学研究中存在一些值得警惕的现象：真正的社会热点问题，是"真问题"，却不能深入下去，在书斋中陷入空谈和概念，落入"真问题、伪研究、虚结论"的窠臼。改变的办法是"真问题实现真理论"发挥理论的社会作用。[①]

真的理论也要得到有效传播和转化。同上。将学术研究成果转化为社会效应，学术之花才能开得更为绚丽夺目。

3. 真实情感

19 世纪初，英国的华兹华斯提出了真实的创作观，真实的语言，真实的情感。[②]

批评家是一个普通读者。这是就根本意义说的。当然，批评家也是一个特殊读者。这里的特殊，是指批评家可以将自己的阅读感受以批评成果的方式表达出来，或者说，创造性的表达比一般的其他读者更有独特性。但是，这丝毫不意味着批评家有某种特权，可以拿腔拿调，不顾及阅读时的真实体验，抛弃阅读时所获得的审美情感，而以评判官的身份、冷漠的语意宣判或者以宣传家的身份给其他读者奉上甜美的商标。

批评，是每一个读者在现代社会的权利。阅读，是获得批评资格的前提。不以作品的真实存在为基础的批评，不可能达到积极的效果。不能针对具体作品发言的批评家，他是在卖弄自己，也是在嘲弄大众。

---

① 吴晓林、姜永熹：《重拾社科学者的历史责任》，《中国社会科学报》2011 年 12 月 1 日。

② ［美］艾布拉姆斯：《镜与灯——浪漫主义文论及批评传统》，郦稚牛等译，北京大学出版社 2004 年版，第 131 页。

　　魏晋时期，左思写作《三都赋》，被世人讥笑。文学家张华看后，称"可三"。意思是与班固的《两都赋》、张衡的《二京赋》三足鼎立。果然在文学史有大名。同时代，庾阐（仲初）写作《扬都赋》后，庾亮出于亲族之情，称"可三""可四"。与《二京赋》一起可称与《三京赋》，与《三都赋》一起可称《四都赋》。超出了实际成绩的评价，受到严肃评论家的冷静批评。① 事实证明，一时之评，并不能够确认《扬都赋》在文学史上的地位。出于亲情的虚美评论，只能在历史上留下瑕疵。

　　4. 追求真知

　　南帆认为："许多人对于批评家的要求仅仅是说真话，这显然是一个比较低的标准。……我希望可能提高一些标准，我希望批评家有能力说出真知灼见。"②

　　郭宏安认为：批评家既不专事挞伐，也不止于观照和欣赏，而以探索真理为目的。③

　　李大钊认为：人生最高理想，在求达于真理。李大钊改动了明朝谏臣杨继盛的一副联的一个字：将"铁肩担道义，辣手著文章"，改为"铁肩担道义，妙手著文章"，作为自己的座右铭。④ 李大钊和杨继盛都认同"著文章"要"担道义"，用"铁肩"，显示"道义"不易"担"，需要用"铁肩"，仍然要担当。这种精神值得我们敬重！

　　批评的真实判断，合于实际的评价结果，合于正义的认知。有时，在利益关系的冲突中，并不容易坚持。因此，特别需要肯定和鼓励、赞赏那些坚持真知的批评家。

　　5. 真诚表达

　　批评家张燕玲曾经谈道：希望自己的每一篇评论都能说出自己真实的想法。……尊重批评的本义，把自己深切的艺术感觉放在批评的首位，尽可能摆脱身上的俗念，如水行山谷，绕过弯道，直奔大川，做到

---

① 刘义庆：《世说新语·文学》。
② 南帆：《关系与结构》，吉林出版集团 2009 年版，第 300 页。
③ 郭宏安：《文学批评断想》，《同济大学学报》（社会科学版）2006 年第 2 期。
④ 王君超：《储瑞耕现象》，《光明日报》2013 年 4 月 6 日。

真正的有所为有所不为。成为有生命力的批评。[①]

真诚的表达，既包括真实的想法，也包括真诚的态度。

（四）文学批评真实的评价

1. 社会衡量

以社会的合理性衡量作品。

王安忆论小说的创作原则，虚构要从现实出发。"当我们去虚构我们的小说时，我们有一个原则——还是要从我们的现实出发，因为现实它实在是出于一个太伟大的创造的力量。这种创造力超过我们。我们所做的一切全都是认识和模仿大自然的创造力。"[②]

2. 美学衡量

文学的真和批评的真，要有美学、艺术的标准。

批评的真，要善于区别和评价社会生活的真与艺术形象的真。艺术形象的真，和一切问题一样，具有复杂性。艺术形象，具有虚构的特点，批评则有得到真实评价的要求。认知对象的真与评价结果的真，往往具有矛盾的方面。

从美学的标准进行艺术批评，这个"真"，要合于艺术规律，也能丰富、提高人类的情趣、情感。不宜用狭小群体以至个体的感受，作为评价的唯一标准。不能以个人的美学、艺术观念，草率、粗暴地毁坏和剿灭他人的艺术创造。

3. 心理衡量

关于真实的评价，具有一定的客观性，也有相应的主观性。真实，是否出于真心？推论应当慎重。同一个结论：可能违心，可能真心。

每个人都有各自的真实，如何沟通？

个人心理的真实，如何成为相互交流的美学体验，而不是否定他人、唯我独尊，只能通过合作、沟通和尊重基础上的表达，加以争鸣，获得共识，保留异见。

应该强调，个人的心理，有不稳定、易变动的特点，未经充分论证

---

① 张燕玲：《写出自己的"金蔷薇"》，《文艺报》2007 年 6 月 19 日。
② 王安忆：《小说课堂》，商务印书馆 2012 年版，第 269 页。

的个人感受，不宜成为要求他人、评价他人的尺度。

（五）文学批评真实的实现

文学批评真实的实现，批评家需要做好各个方面。

1. 提高自身修养

必须坚持说真，提高自身修养，练好内功，具有发现"真"的能力。

丁国强认为：任何思想和真理都只能建构于真理和常识之上。因此，历史学家既要有关切真问题的历史情怀，更要有发现历史真实的能力和技术。[①]

2. 认识复杂现象

人格与作品往往不能同一。

南帆指出：许多时候，判断一部作品的成功与否，远比判断作品人格的高尚、卑下复杂得多。这个事实同时证明，人格与作品的价值判断很少重叠……愈是深邃的作品愈是如此。[②]

（1）人与文的矛盾性

人与文的矛盾与统一。

汉代思想家、辞赋家扬雄，提出"言，心声也；书，心画也"。（《法言·问神》）这是对于文学艺术的美学论断，也是追求人与文的统一的重要美学主张、积极的审美导向。许多优秀的作家、批评家，以人格和文格的统一，树立了人与文统一的典范。

辽金时代的诗人、文论家元好问，又有诗"心声心画总失真"（《论诗绝句》），认识、概括出人（作家、艺术家）的"心"（内心思想）与"声""画"（作品表达）之间存在的差异，总会有"失真"（不一致）的可能性。而"心声""心画"的统一，只能是部分的现实，是一部分作家、读者的善良愿望与理想，不可能改变现实中那些"心声""心画"不统一的现象。

元好问还有诗："高情千古闲情赋，争信安仁拜路尘。"（《论诗

---

① 丁国强：《在历史的深处》，《福建日报》2012 年 4 月 10 日。
② 南帆：《敞开与囚禁》，山东教育出版社 1999 年版，第 24 页。

绝句》）。是人们评价以潘岳为代表的人与文的突出、严重矛盾甚至分裂的一种尺度。一方面，是作品的千古盛名，让读者感动情怀激荡心扉；另一方面，是作者的卑劣低下，被读者羞于谈论耻于为伍。说明在一定的条件下，人与文是很难统一在一起，文品与人品是高低相悖的。

（2）人自身的复杂性

潘岳为代表的作家与作品的突出、严重矛盾甚至分裂的状况，反映出少数作家的历史与现实的境况。需要在批评时认真对待。这表明了人的复杂性。一是在共同时间的复杂性，即作家在同一时间内的作品、人品的分裂状态。二是在不同时间的复杂性，即作家在不同时间、人发展的不同阶段的作品与作品之间、作品与人品之间的分裂状态。周作人，是既特殊又典型的例子。如何看待其"五四"时期的文学作品与理论主张，如何评价其成为汉奸及其以后的作品、主张，如何整体地做客观、公正地评价，是研究者不可回避的重大问题。

如何对待人格与作品的不统一。

我认为，应当在正视人的复杂性的同时，看到其有共时性（同一时期）的复杂状态，也有历时性（不同时期）的复杂状态。正视人类文明发展中的这一重要现象，在美与丑、善与恶之间，有明确的是非观念和标准，旗帜鲜明地肯定美与善，否定丑与恶。不以人——具体的人，作为衡量是非的标准。无论是何人，只要他对于人类文化、文明的创造有所贡献，就应该给予肯定。不因为创造者的历史污点或者问题，而简单对待和粗暴否定人类文化创造的积极部分；也不因为创造者对于人类文化创造有积极的贡献，而夸大成绩，甚至减轻或者忽视、否认创造者的历史污点或者问题。

学者胡金望的《人生喜剧与喜剧人生——阮大铖研究》一书[①]，在研究上是很有难度的。既追求历史真实，又正视研究对象的复杂性。

3. 勇于表达真知

"说真话的文字不都是杂文，但杂文必须说真话。""杂文不但要说真话，还要尽力揭穿假话——一切虚伪、欺骗的人和事及其在语言文字

---

① 胡金望：《人生喜剧与喜剧人生——阮大铖研究》，中国社会科学出版社 2004 年版。

上的表现。"①（批评家必须坚持说真话，还要尽力揭穿假话——一切虚伪、欺骗）以往，许多论者注重于第一个方面。而许多论者忽略了第二个方面，反对和揭穿假话——一切虚伪、欺骗，也是说真话的重要方面——不可缺失的方面。

坚持真实需要胆识！艾青说：诗人必须说真话。说真话会惹出麻烦，甚至会遇到危险。但是，既然要写诗，就不应该昧着良心说假话。②

艾青在诗歌《镜子》中，表层是歌颂镜子，实际是表达了对于真实的歌颂："它最爱真实/绝不隐瞒缺点"；"有人喜欢它/因为自己美//有人躲避它/因为它直率//甚至会有人/恨不得把它打碎"！③

的确，对于真实，有人喜欢有人厌，更有人恨。这在于不同的立场。因此，批评家不能怕他人的喜欢与厌恶，而应该以真实、真理作为追求的重要价值。

汪曾祺表达了他对于直言批评的肯定：从历史的角度评价一个作家的方法，我是赞成的。只有从现代文学史和比较文学史的角度来衡量，才能测出一个作家的分量。否则评论文章就是一杆无星秤，一个没有砝码的天平。一般评论家不是不知道这种方法，但是他们缺乏胆识。他们不敢对活人进行论断，甚至对死人也不敢直言。……现在的评论大都缺乏科学性和鲜明性，淡而无味，像一瓶跑了气的啤酒。④

4. 展示自身形象

对于评价者的衡量，评价者是以自身的批评活动、批评成果来展示自身的人格、能力、水平和智慧。评价者在评价对象时，也展示自身。这是需要批评家自省的。没有人可以逃避社会、历史的评价。每个批评家都是以自身的言论、行为，给自己做成自画像的。千姿百态、形形色色，区别只在于自觉不自觉而已。

真诚面对自己，也是批评家的重要选择。周建忠是当代楚辞学研究

---

① 《邵燕祥集·自序》，《邵燕祥集》（中国杂文百部），吉林出版集团 2013 年版，第 5 页。

② 艾青：《诗论》，人民文学出版社 1980 年版，第 5 页。

③ 《艾青诗选》，人民文学出版社 1984 年版，第 274 页。

④ 汪曾祺：《致汪家明信》（1982 年 3 月 27 日），《人民日报》2013 年 4 月 29 日。

的拓荒者，系统工程学家。他的《当代楚辞研究论纲》（湖北教育出版社，1992 年），以 16 位富有成果的中青年学者为评论对象。有意回避了自己。这是符合文学研究的积极传统的。① 把自己的成果留给他人评价，显示了在文学研究中真诚面对学术，面对研究者、读者，是道德的自谦，也是学术的自信。有意回避对自己的评价，是有积极意义的明镜，有鉴照作用。比较起来，有些批评家在学术述评中，借机推销自己、抬高自己、突出自己，就看出了高下之别。

真实、真诚，是合理批评的基础。没有它，一切都可能是空中楼阁。真诚的批评未必保证结果的合理公正。而合理公正的批评必须是真诚的。

值得批评家注意和思考的是，真实并不解决一切问题。但是，严格的真实，是讨论问题、认识真相、寻求真理的基础。同样真实的材料，在不同的理性、方法的处理之后，往往会得到完全相冲突的结论。这提示文学批评的关注者，真实的批评原则，还需要与其他原则结合起来加以综合运用，才可能获得积极、客观、公正的效果。

四　文学批评的理性原则

文学批评必须具有理性。弗·克鲁斯认为：广义而论，文学批评是对文学作品以及文艺问题的理性思考。（"文学批评"，《不列颠百科全书》条目）② 周来祥指出：艺术欣赏是感性的观照，艺术批评是理性的判断。③

文学是以形象展示世界、社会和人生及人的情感，作为审美对象，供读者阅读和思考。它本身并不直接展现作家的思考结论，而将其隐蕴于其中。文学批评，一是要概括、认识其中的理念，二是要论说证明所概括结论的合乎逻辑。这两个方面，都需要理性。

李大钊在论说历史研究时，发表过这样的见解："史学家应有历史

① 张庆利：《文学的研究与研究的历史》，吉林文史出版社 2003 年版，第 250—270 页。

② 转引自江西省文联文艺理论研究室等编《外国现代文艺批评方法论》，江西人民出版社 1985 年版，第 555 页。

③ 周来祥：《文艺美学》，人民文学出版社 2003 年版，第 412 页。

观，然后才有准绳去处置史料，不然便如迷离飘荡于迷海之中，茫无把握，很难寻出头绪来。"① 这个历史观，就是理性。在文学批评的研究中，没有理性，也会像没有理性的历史学家研究历史一样，"迷离飘荡于迷海之中，茫无把握，很难寻出头绪来"。英国批评家瑞恰慈认为，批评家应当对自己提出进一步的要求，保持神智清明。② 神智清明，就是讲的理性。

在 21 世纪初坚持理性，似乎有落伍之嫌。本书讨论理性原则，是在已知一些后现代理论家们对于"理性"彻底否定的前提下，对于理性的坚持。

（一）我们所理解的理性

理性，是近现代的哲学、人学命题。

但是，在中国、在人类的传统文化中，含有理性的因素。林非认为，《孟子》中的有些命题，如"尽信书则不如无书"，带有反对盲目服从、主张独力思考的可贵思想。……身处清朝的龚自珍、黄遵宪，在清代统治的专制主义高压之下，依然发出尖锐的评判封建专制、否定奴性主义的理性声音。③ 在今天看来，孔子对于四种态度的弃绝，虽然是两千年以前的话语，"毋意（意，臆测）；毋必（必，武断）；毋固（固，固执）；毋我（我，自以为是）"（《论语·子罕》），仍然包含着理性的精神，具有合理的内涵，值得思考和借鉴。

1. 一般理性

理性是什么？理性是人类在漫长的认识和掌握自然界和人类社会及思维活动的过程中，逐渐获得的符合客观事物本质及发展，帮助人认识对象的推理、判断的意识、规则和能力。凭借理性，人类从动物类别逐渐划分出来，成为独立的社会。它至今仍然是人类意识活动的基本准则、认识和改造社会的基本工具。

人是具有理性的，这是人区别于其他动物的根本要素。作为人类认

---

① 李大钊：《史学与哲学》，《李大钊史学论集》，河北人民出版社 1984 年版，第 183 页。

② ［英］艾·阿·瑞恰慈：《文学批评原理》（1924 年），杨自伍译，百花洲文艺出版社 1992 年版，第 204 页。

③ 林非：《读书心态录》，中国言实出版社 2002 年版，第 37、85 页。

识世界和改造世界的有力工具，理性是人类行为的基本前提。①

　　人类在逐渐确立了基本的理性思维和准则之后，并不完全排除和放弃非理性思维。非理性思维对于人类生活同样具有重要的积极的作用。理性思维与非理性思维互相补充，共同体现于人类的意识和外在活动之中。理性思维的基本特征是形式逻辑。非理性思维的体现则是情感、想象。一般说来，理性居于人的思维的主导方面，非理性则常常受到理性的控制。人类的理性思维和规则，在形成以后并不是一成不变的。理性也是不断发展和进化的。（这里参考了李珥平关于创作心理的论述）②

　　理性，是人类摆脱动物的限制而走向文明的结果，也是意识到自身的能力和思维的表现。没有理性，人的思维和行为就没有条理和秩序，人与人之间也难以沟通。没有了非理性，人就可能成为机械的动物，缺少情感，不见喜怒哀乐，丧失了意趣和灵动。在某种意义上，理性就是人性，是脱离了兽性的文明精神；是不再盲目崇拜英雄为神，提升人类整体的平等精神。

　　有论者认为，理性是理性存在者将自身和他人看作具有同样的认识和理解能力，并对事物与人的关系有相应的可能隐含的内在规律和本质存在的人。他们按照所理解的理性法则，（由少数人发现、论证的"理"说服他人）共同认知、确立一定的理性法则。他们既是法则的创立者、认同者，也是法则的实践者、服从者。③ 由此，我们可以感受到："理喻"，是人对于达到一定理性的人之间能够沟通的前提条件。不能"理喻"，就无法沟通。

　　理性是人类长期不断努力的漫长过程。一般认为，构建完成了哲学理性的基本体系的，是康德。康德通过"三大批判"，论证了启蒙、理性、主体诸问题。启蒙就是把主体从宗教神学与自身无知的控制中解救出来，最终实现主体的自我确立、自我解放、自我批判与反思。但是，在资本主义的现代进程中，以康德为代表所确立的理性理论并未在现实

---

　　①　参见武宸、洪成文《异地高考制度风险分析及规避机制研究》，《清华大学教育研究》2013年第3期。

　　②　李珥平：《创作动力学》，百花文艺出版社1992年版，第20—25页。

　　③　参见甘培聪、李萍关于法则的论述。甘培聪、李萍：《法则对于自由的胜利》，《福建论坛》（人文社会科学版）2013年第2期。

中得到证明，反而在社会现实表现为分裂与对抗。工具理性—科技理性—技术理性的畸形发展，反过来成为压迫人类的异己力量。对于理性及理性主义的批判，成为强大的潮流。① 韦伯将理性划分为工具理性和价值理性。马尔库塞则进一步强调，克服工具理性（技术理性）对人的奴役，回归价值理性。②

对于理性的批判与否定，理性所包含的现代性转化，以及后现代对于现代性的批判，是人类对于理性的反思。不论肯定理性，还是否定理性、理性主义，都是对于理性的认知和破解。否定理性的，也是理性的某种形式或者内容的体现。因为各方的论证，从本质上说，是人类关于自身整体发展的主体思考——理性的追求与论证。没有理性的论证，任何"主义""理论"，都不免混乱不堪，无"理"可讲。从根本上说，他们所反对的不是"人类的理性"本身，而是各种各样理论家的"理性"理论或者"理性主义"。

2. 理性的几种关系

（1）理性与非理性

与理性对应的几个方面：

理性与兽性。当理性为人性的时候，对应的是兽性。"兽性"——人性中未完成的进化的粗暴与野蛮。人类的文明进程，就是战胜兽性，不断发展和提升理性。

理性与无意识、直觉。当理性为人的自觉思维时，对应的是无意识、直觉。无意识、直觉，反映了人的心理活动不直接被思维控制的部分。这是人的自然本能。

理性与情感。当理性为人的思维、推理活动时，对应的是情感。作为外界刺激下人的心理自然的反应，其具体产生有某种无法预见的不可控性，但是其产生以后又有可能被感受主体具有某种方向、程度的可控性。

理性与非逻辑。当理性为人的有目的有条理的逻辑性成果时，对应

---

① 参见李开晟《超越现代性的困境》，《广西大学学报》（哲学社会科学版）2009 年第 1 期。

② 参见吴长春、王洪彬《马尔库塞技术理性的批判与反思》，《河南师范大学学报》（社会科学版）2012 年第 6 期。

的是非逻辑。人类在艺术、美学等方面的创造、欣赏、认知，就有非逻辑但是合于人类文明的部分（只是部分）。

理性在不同条件下，具有不同的含义。只有确认其具体的条件及内在涵义时，才有可能做具体的分析和判断。上面所列，除了兽性，都有其自然、合理的可能部分，与处理不当引起消极后果的可能部分。因此，不能简单地一概而论。

（2）理性与主体性

当理性作为人的自觉、自立意识而明确以后，它与人的主体性、独立性、人格，以及相应的骨气、正气等，都联系在一起。人有了自觉的理性，就开始独立思考，认识、发现和评判社会各种现象，而不再被强制接受或者表达既定的观念和结论。哲学家黄楠森认为：主体的能动性，不仅包括主动性、积极性，也包括选择性、创造性。[①] 有了自觉的理性，才有可能产生创造性。哲学家张世英认为，主体性除主观能动性之外，还有自由意志、独立思考、尊重个人的独特性和才能，不以出身、血统论人的高低等内涵。[②]

主体的独立性与奴性截然相反，不再盲目服从和被迫屈从不合理的权力。谢有顺认为：奴性反映了无知、愚昧的积习。而理性则有勇气在现实面前表现出良心、人格和尊严。[③]

（3）理性与真理

理性精神的内核，即是求真理，寻真相，摆脱愚昧，获得精神的自主和自由，认识事物内在的规律和秘密。

理性与真理相关，与启蒙、良知有重合。

理性就是求真知、真理，摆脱愚昧的过程。自从欧洲启蒙哲学产生以后，启蒙理论成为人类文明、文化最宝贵的核心。广义的启蒙，并非仅仅限于欧洲或者近代，实质上是人类不断摆脱黑暗走向光明的历史进程。"科学家的任务就是创造，好比擎着一盏明灯，去照亮眼前的'无知黑幕'。每照亮一片，人类文明就前进一大步。"[④] 广义的科学家，包

---

① 黄楠森：《对认识的反思》，《光明日报》2001 年 2 月 27 日。
② 张世英：《西方哲学东渐百年之反思》，《江苏行政学院学报》2003 年第 3 期。
③ 谢有顺：《活在真实中》，中国电影出版社 2001 年版，第 35 页。
④ 秦春华：《什么样的大学才能培养出领袖人才》，《光明日报》2013 年 10 月 9 日。

括一切思想家、哲学家、自然科学和社会科学的各个学科的专家学者。许苏民指出：启蒙的实质，是使每一个人都能自由地运用其理性：启自我之蒙，即自由地运用自己的理性；启他人之蒙，即唤起他人自由地运用其理性。①

理性也是良心、良知。"良心是人类与生俱来、明辨是非善恶的本能。"② 只有坚持理性，才能实现和传达、确认良知（至于是否与生俱来，这里不讨论）。作为理性负载者的学者、智者，社会良知的代言人，诤言是许许多多时候的自然表达。良知可以表现为在恰当时机的美言，但绝不是媚言，更重要的是表现为清醒而理智的诤言——直言——对于现存问题和缺陷的鞭辟入里的剖析和一针见血的概括与批评、批判、否定。

理性还要求坚持真理，修正错误。及时地修正错误，也是理性的正常的理所当然的品质。

追求真理，理性还表现为胆识，具有勇气，百折不挠。③

理性还意味着在追求真理、认识真相的过程中，摆脱前人的束缚和局限。孔范今指出：所谓学理性的学术性立场，在历史观和方法上，是要走出历史当事人的立场和与之同在的排斥性的价值局限，在对象世界的阔大时空中把握住对象之复杂构成及历史发展的完整性。④ 只有超越历史上当事人的局限，看清本来的复杂性，采取客观的认识立场，才能保证公正性，达到理性和学术性。

（4）理性与批判意识

批判在学术上有两个主要义项：一是否定，即对于指涉对象的否定；二是解析，即对于研究对象的分析与认识。由于中国文化的特殊语境，以及历史延续，批判的第一个义项往往传播得更广泛。以至一提起"批判"，许多人只认作是彻底否定的"批判"，往往作为否定乃至全面否定的代名词。而作为解析的义项（学者金克木曾经有所论说），则不

---

① 许苏民：《人文精神论》，湖北人民出版社 2000 年版，第 661 页。

② ［美］史蒂芬·柯维：《高效能人士的七个习惯》，顾淑馨、常青译，中国青年出版社 2002 年版，第 230 页。

③ 栾勋：《中国古代美学概观》，漓江出版社 1984 年版，第 119 页。

④ 孔范今：《近百年中国文学史论》，人民文学出版社 2008 年版，第 237 页。

大提起。在学理上，作为解析的义项，实际上更为重要。在分析的过程中，应当既有肯定，也有否定，即"扬弃"——应当肯定的，则肯定；应当否定的，则否定；通过辩证方法"扬弃"，"扬其优""弃其劣"，才能比较客观地认识和处理，有所继承，有所创新，解决实践和理论的问题。

马克思主义，就是具有批判精神的。批判就是理性考量和辩证扬弃。批判精神是马克思主义理论科学性和革命性的集中体现。批判精神彰显了马克思主义的魅力，辩证法对于事物的肯定和否定，是辩证统一在一起的，在肯定中有否定，在否定中有肯定，是积极的、批判的，是推进事物的积极变革与发展，而又从现实出发肯定事物的合理内核。①

（5）理性与现实

理性作为真理的追求，是走向真理的过程，还具有理想的成分。

理性与现实的关系，就包括肯定现实的积极方面——卫护现实的合理性，否定现实的消极方面——批判现实的不合理。谢有顺认为：鲁迅精神的重要意义，鲁迅的存在，就在于他面对现实，直面人生的勇气。面对中国的问题，不回避，不软弱，而做出独立的思考和表达。这是中国知识分子这几十年来最需要的。②

聂锦芳认为：理论与现实、时代的关系体现在三个方面：一是诠释现实，从宏观、抽象的角度对重大而复杂的社会问题给予客观、全面的梳理和合理性说明与解释；二是审视现实，理论应当以一种反思性的态度对现实提出质疑，看出其不足和缺陷；三是超越现实，而非脱离现实，从现实出发示范和引导时代。③

（6）理性与理论

凌晨光认为：学术话语以其对专业知识的关注与掌握而显示出独特而倔强的存在，建立在学术话语基础上的学术性批评运用学科逻辑顽强

---

① 参见杨成敏《批判精神与马克思主义魅力的彰显》，《河南师范大学学报》（哲学社会科学版）2012年第6期。

② 谢有顺：《活在真实中》，中国电影出版社2001年版，第61页。

③ 王珊、周晓菲：《〈湖北社科界讨论理论自信〉在首都引起热议》，《光明日报》2013年4月17日。

地抗拒着政治独断论的侵入，通过遵循学科本身的规范赢得了一片不依附于政治的知识天地。批评的学术性在于，以一种具有专业特点、逻辑性强而思维缜密的话语表达方式，运用专业的概念和标准，对批评对象作出独立的学术评价。①

王元骧指出，排斥理论的倾向具有严重的危害。文艺批评如果缺乏坚实的理论支撑，就必然是肤浅片面的，不但难见深度和力量，而且在纷繁芜杂的现象面前无所适从，只是跟着感觉走，以至批评主体达到完全丧失的地步。②

在学术研究中，分析因果关系非常重要。这也是文明的常识，理性的要求。然而，并不是所有的文学批评成果都经得起因果关系分析的检验。有些批评成果要么没有分析；要么分析不够充分，难以说服人。这是值得充分注意的。

（7）理性与暴力

真正的理性是理智的、平等的。

理性，无法一定与权力必然地捆绑在一起。权力者打着理性的旗帜，这并不是理性的错误。正如公正、自由也被无数次地利用一样，并不能把对公正、自由的追求也彻底否定。

王元化认为，思想不能强迫别人接受，思想也不是暴力可以摧毁的。③ 这不仅是学者的人生准则、心灵之光，也是社会良心，前进灯塔。

理性一旦强制，就背离理性，成为暴力。单纯地压制不能让人信服、心服，只有道理才有可能让人信服、心服。所谓以理服人的"理"，是真理、道理，也是理性。

（8）理性与信仰

在理性之上，还有信仰。信仰是对于人类终极价值的坚持和追求；在一些人，表现为宗教；在一些人，表现为人文精神。不论如何信仰，只要是为了全人类的进步、生存、发展、丰富和完善，不危害他人，都

---

①　凌晨光：《当代文学批评学》，山东大学出版社2001年版，第71页。这种意见，许多学者都曾经积极表达过。

②　刘永：《提升文艺批评的理论品质》，《文艺报》2013年9月6日。

③　王元化：《思辨发微序》，见钱谷融、陈子善主编《太阳下的风景》，中国社会科学出版社1995年版，第1—5页。

可能得到对于现实的积极推动。

（9）理性与后现代

理性，也被称为现代性的核心。而在"后现代"的理论看来，理性是"对人的宰割和压迫"，"现代社会的种种野蛮暴行均源于极端理性的疯狂"。

按照"后现代"理论，启蒙（理性）是个"神话"，由理性建构到理性崩溃。后现代思想家从理性与权力的共谋关系入手，控告理性对人的宰割和压迫，认为现代社会的种种野蛮暴行均源于极端理性的疯狂。甚至宣称：欺骗就是理性的标志，在欺骗面前，理性暴露出它的局限性。（霍克海默·阿多诺语）[1]

我阅读了一部分后现代的理论书籍，到目前为止仍然认为：理性本身并不是罪恶。所以，仍然有坚持和弘扬理性的必要。理性的对立面，是"兽性"而不是"人性"。理性是"人性"的核心。关于"理性"的理论可以讨论，"理性精神"也可以调整。某一种现存的、以往的理性理论，没有不可讨论的禁区。但是，不讲具体内涵，没有历史发展的观点，全盘否定理性，既不科学，也不理性，是对于人类历史发展中理性积极作用的误解和偏见。认为"现代社会的种种野蛮暴行均源于极端理性的疯狂"的看法，至少是偏激的。在我看来，"现代社会的种种野蛮暴行"并非"源于极端理性的疯狂"，而恰恰是丧失了理性的"兽性"。那些打着"理性"旗号的"兽性"，并不是理性本身的问题，而是暴徒对于理性的侵害、盗用的欺骗性，以及对于"兽性"本质的误解。而那些"现代社会的种种野蛮暴行"，正是"兽性"——人性中未完成的进化的粗暴——的后果。人类战胜兽性，不能放弃理性，而必须发展和提升理性。那种误解，把"兽性"和"理性"混杂，并且毁坏"理性"，是非常消极的。如果认真实行起来，后果是极端严重的。"共和"制度，是人类文明史的进步，是对于奴隶制度、封建制度的否定和提升。如果有人因为在共和国制度的名义下发生了野蛮的暴行，荒诞的丑闻，可笑的愚蠢，专制的悲剧，就归咎于共和国制度的文明本质，显然是不妥当的。同理，理性的缺陷，或者运用理性的缺陷，并不能否认

---

① 参见宋伟《后理论时代的来临》第三章，文化艺术出版社 2011 年版。

理性的合理意义。南帆认为，现代社会、现代哲学的发展，人们已经认识到理性的局限，那些重视情感、形象的哲学、思想，就是对于迷信理性、理性缺陷的积极补充。①

同时，即使是否定理性的否定者，后现代性理论家在表达、讨论问题时，也必然要运用理性的原则、概念、逻辑、思维，否则意义难以表达清晰、明白，论证无法成立、难以证明。

总的说，理性需要调整，需要补充。但是，绝不能放弃理性，改变理性的引导，偏离理性的积极方向。

（二）文学批评理性原则的基本要求

理性是文学批评的基础。刘川鄂认为：严肃的批评，是批评家基于良知、基于学理，对批评对象的客观评价。② 宁宗一认为：文艺研究者，应该是具有先进世界观的独立而深刻的思想家。③ 陈春生认为："陈美兰的批评特色之一，是对于学理性的坚守。"④

1. 主体独立

在文学批评活动中，批评家主体自身应当是独立的，主体之间的关系应当是平等的。凌晨光论及：在文学交流中，交流的双方都作为主体而存在。⑤

在 20 世纪后期和 21 世纪初期，陈寅恪所倡导的"自由之思想，独立之精神"，一直为许多坚持探索精神的学者所津津乐道，反映出对于学术自由的追求和向往。这也是学术理性的核心与内涵。

批评家主体独立，才能在批评活动中坚持独立思考，积极追求真理。主体独立，要求批评家在批评活动中，既不盲从，也不屈从。盲从，是没有主见地附和他人，仅仅是说些人云亦云的废话。屈从，是被迫地违心地表面服从权势者的意见或者按照权势者的要求表达有利于他

---

① 南帆：《敞开与囚禁》，山东教育出版社 1999 年版。
② 刘川鄂：《严肃的批评不是酷评》，《中国青年报》2001 年 3 月 13 日。
③ 宁宗一：《教书人手记》，大象出版社 2002 年版，第 165 页。
④ 陈春生：《当下视野，史家立场——读〈我的思考〉》，《海南师范大学学报》（社会科学版）2012 年第 6 期。
⑤ 凌晨光：《当代文学批评学》，山东大学出版社 2001 年版，第 43 页。

们的意见。权势者，可能是资本的权利，金钱（物质利益）的力量；也可能是学术权利，能够给他人带来学术上的利益的有权者；也可能是政治权利，能够给他人带来某种便利或者压力的有权者。

批评的求真、求新，达到公正的评价，都需要批评家从实际出发，通过理论思维做出独立的合于实际的判断。没有主体的独立，就谈不上正确的认识、恰当的评价、公正的结论。

盲从，是轻易放弃了批评家独立思考的权利；屈从，是被迫放弃了批评家独立思考的权利。盲从或者屈从于他人，都不可能获得主体的独立，不可能有人的尊严、批评家的尊严，更无法真正地从事现代的文明的追求真理的活动，彰显真善美的文学批评。

应当敬重权威，而不迷信权威；服从真理，而不是服从个人以及权力和压制。

2. 思想高扬

文学批评应当注重艺术，但是不能忽视思想。

思想是艺术家的创作动力之一，也是艺术品的生命和灵魂。[①] 从理论和实际来看，思想是批评家写作的动力之一，也是文学批评的生命和灵魂。没有坚实的思想，批评难以获得生命和灵魂。

贺绍俊认为：作家应该成为思想家，但同时作家不能代替思想家。相反，作家经常要从思想家那里吸收思想资源。许多优秀作家的成功创作，与当时整个思想界的思想氛围和思想境界大有关系，是充分吸收了当时思想家的思想的结果。作为批评家的阿诺德远远超过了作为诗人的阿诺德，在于作为批评家的阿诺德紧紧抓住了文学的思想力量，努力去发现文学中蕴含的思想，并让文学作品中的思想通过批评的创造力得以激发和成长。[②]

张炜认为：作家是人类的发声器官，他发声，他才有美，有真，有力量，有不绝的继承。……我这儿，永远也不会将叙事作品看得一定高于其他形式的作品。因为我只尊崇人的劳动，人的灵魂。[③] "尊崇人的

---

① 叶子：《思想是艺术家创作动力》，《光明日报》2013 年 3 月 22 日。
② 贺绍俊：《小说：为时代生产和储存思想》，《人民日报》2012 年 8 月 3 日。
③ 张炜：《古船·后记》，上海人民出版社 2013 年版。

劳动，人的灵魂"，是作家的伟大追求。也自然地应该成为批评家的伟大追求。在伟大作品里，我们看得见人类灵魂的颤动。我们同样希望，在批评家的评论中关注人类的灵魂、民族的灵魂、人性的灵魂。雷达在概括新时期中国文学的主题时，以"民族灵魂的重铸"为线索，就表现了这种追求和关注。

3. 尊重客观，追求真理

理性之理，是客观的真理，而非自我的、主观的、随意、肆意的认识、感受或者臆想。真理，是对于客观存在的真实认识和评价。它不依认识者的身份如何，而仅仅以认识对象的客观性作为检验尺度。

理性地认识客观对象、发现真理、表达真理，在社会法制文明条件不高的条件下，还需要承担一定的风险。不用说中世纪的自然科学家哥白尼，即便是 20 世纪 50 年代的胡风、60 年代的邵荃麟，这些批评家就曾经因为自己的文学批评理论主张而被投入监狱。[1]

追求真理，就有一个如何对待真理的问题。不能不考虑坚持真理的命运。历史证明，50 年代胡风的文学批评、60 年代邵荃麟的文学批评，他们可能有各自的理论局限，但是他们为真理所做的努力，为探索真理所付出的代价，铭记在文化的丰碑上。获得了历史的认可。[2] 他们的名字和所体现的求知精神，永远是文学批评珍贵的精神财富。

4. 注重论证

在理性思维活动中，遵循思维规律和逻辑，用概念进行分析、推理、判断，是必要的和重要的。[3]

文学批评活动中的概念，既有文学的、文学理论的，还有社会科学、人文科学的各个学科的。没有概念，推理和判断无法形成。同时，正确地使用概念，创造新概念时遵守逻辑规则和学术规则，也是非常重要的。不能正确地使用概念，或者创造新概念时未能遵守逻辑规则和学术规则，就会大大降低批评的严密和有效。

文学批评活动中的判断，往往是对于研究对象的性质、程度、关系

---

① 许道明：《中国现代文学批评史新编》，复旦大学出版社 2002 年版。

② 朱寨主编：《中国当代文学思潮史》，人民文学出版社 1987 年版。

③ 参见吕汉东《审美思维学》，中国文联出版社 2001 年版。

等方面的评价结论。判断应当符合实际，应当有所创新，是文学批评的一般要求。没有明确判断的批评（虽然有些批评追求诗意的朦胧，或者委婉的隐含，毕竟也是有意向存在其中），不是好的批评。批评的判断，应当做到是非分明，有根有据。让读者得到明确的启示和准确的告知。

文学批评活动中的推理，是判断形成的重要根据。在文学批评中，应当显示一定的推理过程（至少是粗线条的），否则难以对读者产生有说服力的影响。对于读者来说，最核心的是批评家的判断。这个新的判断（如果它真是新的），首先应该合于事实、有根有据。这不仅要举出实例，例子还要恰当，有代表性。其次，还要表现分析、论证得没有错误，合乎逻辑，推理过程简明可靠。没有显示推理（论证）过程的判断，即便十分美妙，也难以有充分的说服力和可靠性。

在文学批评活动中，概念、判断、推理应当是统一的，明晰的。不宜随意分割，也不可能完全隐藏起来的。在这方面，不仅是批评家的外在能力的表现，也是其内在素质的流露。真伪、正误，都可以质疑、怀疑，并展开讨论和论证。

5. 面对现实

理性是实际存在的，而非仅仅存在于观念中，存在于批评家头脑之中的幻想和幻象。

批评家陈思和曾经指出，有些批评家由于身居学院，往往与当下的生活与文学现实比较"隔"，常常用一大套概念术语把生动的文学变成了教条和理念。[1] 这些批评家实际上是误解了理论的本来意义。

理性与理论相关。而理论并非一定要是脱离社会现实的空谈或者语言游戏、概念推论。理论应当面对现实，研究问题、在理论上说明和解释实践中必须解决的问题。朱刚认为：如果批评理论面对新的社会现实而无法发挥"继续思考"的作用，无法适应新的社会变化，找不到新的理论兴奋点，就会出现不景气，遇到各种"麻烦"——理论的困境。[2]

---

① 梁艳：《学院批评在当下批评领域的意义——文艺理论家陈思和访谈》，《文艺报》2012 年 11 月 23 日。

② 朱刚：《男孩、女性主义、批评理论的"麻烦"》，《文艺报》2007 年 9 月 18 日。

　　理性不仅是理论、概念、原理和推理及其应用，更是以理性精神、理论武器（或者称为工具）对于现实中实际问题的积极认识和恰当说明的新探索。教条化和理念化的所谓理论，可以自娱，却难以说明问题和解决问题，难以服人和具有效力。

　　文学批评离不开种种专用的概念、术语。没有相应的概念、术语，理论无法确立。没有新的概念、术语，理论无法发展、创新。宁宗一认为，原理、范畴、概念是人类对于无限的客观世界不断认识的历史的产物。无论观念、原理，抑或范畴、概念，既有其自身统一、连贯、不可分割的继承性和持续性，也有其产生、发展过程中的时代性、阶段性的本质差异。……概念的贫困反映了思想的贫困、哲学的贫困。最优秀的研究文章，常常能够提出属于自己的鲜活的概念，并用这概念来发表新鲜的见解。……而现实是，一方面概念（并不就是术语）的运用陈旧、混乱，另一方面新概念的不被认可、显得生疏，或者运用得不够成熟。① 这提示我们，要正确、合理地对待概念和思想的关系。"新鲜的见解"是核心。"鲜活的概念"是手段。"陈旧的概念"要恰当运用。新的概念要论证得清楚、明白，不宜生吞活剥、囫囵吞枣。同时，也应该以宽容的心态看待新概念的运用。概念的运用在于来"发表新鲜的见解"。没有"新鲜的见解"是概念的游戏。新概念的运用是为了表达"新鲜的见解"。

　　专用的概念、术语在运用中可能有多种情况：一是运用得好，学术界懂得，学术界以外懂得比较多；二是运用得好，学术界懂得，学术界以外懂得不多；三是运用得不好，学术界多数不懂得，学术界以外更难懂得。此外，还有通常的概念、术语，与新潮流、新创建的概念、术语之分，情况是相当复杂的。显然，批评文章能被懂得的人越多越好，但是，专业论文和普及文章毕竟不是一回事。不能要求所有的批评论文像晚报文体那样"妇孺皆知"。对于批评文章的不懂，应该做具体分析。对于新的概念、术语，使用者应该注重读者的接受，而读者也应该努力学习、理解，宽容运用的生疏，反对滥用和生造。理论发展，包括创造新的概念、术语及理论体系。若要理论创新，必须面对新的概念、术

----

① 宁宗一：《倾听民间心灵回声》，山西古籍出版社 2003 年版，第 86 页。

语。同时，也应该鼓励面对普通读者的批评文章。即便是面对普通读者的批评文章，也有概念、术语运用的问题。况且普通读者对于批评文章的需求也是多样的，不可一概而论。

6. 辩证认知

理性，不仅是理论，更不是抽象的教条、教义，而是辩证的道理，能够面对复杂情况有效处理具体问题的放大镜（能够看清楚）和显微镜（能够细致分析、有所发现）。

在现代哲学看来，文学批评的学科化、学理化，是现代性理性在文学领域的产物。存在着理性的文学批评的确定性，与文学批评的对象——文学的不确定性之间的矛盾。应该坚持理性，却不应该迷信学理，不应该把学理当作神圣的教条加以信奉。[①]

把理论当作神圣的教条加以信奉，理论只能是空洞的外壳，批评家就丧失了理性的精神，成为呆板的傀偶，不由自主了。

法国批评家马塞尔莱蒙疾呼：用法文写作而不是用术语写作。[②] 这是提醒，文章写作中的术语，是服从于表达的内容和论题，而不是单纯的术语堆砌，概念推演。值得批评家重视和警惕，防止行文的概念化和形式化倾向。

7. 善待情感

文学批评是理性与情感的统一活动，既离不开理性，也不能回避情感。如何处理理性与情感的关系，是批评的重要方面。没有情感，无法进入文学之丰富、整体的艺术世界，进行体验和感受。放纵情感，背离理性，则无法正确地认知作品、作家，合理地表达公正的评价。

关于情感的原则问题，我们在"文学批评的情感原则"中做专门的讨论。这里只提示几个要点。尊重文学批评活动中的情感，不否定情感，不让情感冲击理性，不以理性压抑情感，而是适宜地以理性调整情感。

---

①　时萍、吕雨竹：《对当下学院派批评"学理主义"倾向的思考》，《辽宁师范大学学报》（社会科学版）2013 年第 2 期。

②　郭宏安：《让·斯塔罗宾斯基与居斯塔夫·朗松》，《中华读书报》2011 年 2 月 23 日；李静编选：《2011 中国随笔年选》，花城出版社 2011 年版，第 97—104 页。

五　文学批评的情感原则

　　审美活动是一种情感活动。在审美活动中，人们会不由自主地陶醉在情感的海洋之中。[①] 在文学批评活动中，批评家既要体验、分析、评价作品中人物的情感，还要感受和分析、评价其中隐含的可能复杂的作家的情感，还要对于自身的情感，予以分析和分辨、筛选和评判。这是比较复杂的情感与理性统一的审美过程。

　　别林斯基在讨论文学创造活动的特征时说：激情，产生着一种创造性的催动。把观念的智力理解，变为热情追求的爱；把没有实体的精神，转化为生动的创造物。[②] 如果把文学批评作为文学活动，这个说法对于文学批评也是成立的。这种概括，符合文学批评活动中常常出现的状态（之所以用"常常出现的状态"，就是防止这个概括过于宽泛，把一些批评家并不认可的状态、"没有激情的文学批评"排除出去）。

（一）情感与审美活动

　　人类情感是丰富而又复杂的。汉语有"七情六欲"之说，言其种类很多。古籍《礼记》中有"人禀七情：喜怒哀惧爱恶欲"的论说。在世界范围内，心理学家则不断对于情感的种类和性质做出认识和概括。[③] 至少如喜乐、悲哀、忧愁、羡慕、同情、痛苦、嫉妒、羞涩、恐惧、绝望、厌恶、爱慕、愤怒等，都经常在生活和艺术中看到。"作品中的人性美，是人性中生动情感的形象显现。"[④] 一位作家表达，作品中凝结的是"记忆中的乡土之情、骨肉之情、山村小伙伴之间淳厚朴实的友爱之情"。[⑤]

---

　　① 楼昔勇：《美学导论》，华东师范大学出版社 1996 年版，第 3 页。
　　② 参见朱寨《艺术思维是意象思维》，见白烨主编《2006 年文学批评新选》，文化艺术出版社 2007 年版。
　　③ 楼昔勇：《美学导论》，华东师范大学出版社 1996 年版，第 360 页。
　　④ 田川流：《关于艺术批评标准的当代思考》，《文艺报》2008 年 6 月 17 日。
　　⑤ 任大星：《把感情和艺术情趣放在第一位》，《文艺报》2008 年 6 月 28 日。

　　世界著名心理学家阿·阿德勒（1870—1937年）把人的情感分为两大类：一类是亲和性的，包括快乐、同情、羞赧等；另一类是厌恶性的，包括气愤、悲伤、嫌恶、恐惧和不安等。① 亲和性的与厌恶性的情感，各有积极和消极的后果。

　　人类的情感，还可以分为日常生活的自然表现和通过艺术活动、艺术作品展示的艺术表现，这样两大类。两者既相互关联，又有所区别。人类的情感表现是极为复杂的。有时简单，有时复杂；有时明确，有时隐蔽；有时激烈，有时平和。艺术情感可能比自然情感更复杂，也比自然情感更集中、更强烈、更隐蔽、更多义。不同情感，有不同的表现。同一情感，也可能有不同的表现。②

　　没有审美情感，就没有审美感兴活动。这个审美感兴，说的是客体（审美对象）引起审美主体的审美注意之后的审美活动反应的整个过程，包括审美期待和知觉、审美感受与想象、审美领悟与回味，等等。在这个过程中，始终伴随着审美情感。同时，审美情感还发挥着创造功能、定向功能和调节功能。③ 在这个意义上，文学批评活动就是审美感兴活动。美学理论为文学批评提供了理论依据。

　　中外批评家都注意从理论上认识文学以及文学理论的激情问题。苏联的波斯彼洛夫指出：文学作品中的激情，是一种非常复杂而多方面的现象。……现代文学理论对其感到兴趣，但不能将其简单对待，缩小范围。④ 这意味着考虑情感的复杂性、多样性。

　　有理论家素养的作家、做过文学教授的老舍说：我们要想批评文学，必先认识文学。……文学的形式，理智、道德、感情。……文学最重要的条件，文学的唯一特质，感情。⑤

---

　　① ［奥地利］阿德勒：《阿德勒谈灵魂和情感》，石磊编译，天津社会科学院出版社2011年版，第251—261页。

　　② 滕守尧：《审美心理描述》第6章，四川人民出版社1998年版。

　　③ 叶朗主编：《现代美学体系》第四章第二节，北京大学出版社1988年版。

　　④ ［英］波斯彼洛夫：《文学原理》（1978年），王忠琪等译，生活·读书·新知三联书店1985年版，第245页。

　　⑤ 老舍：《怎样认识文学》（1934年），见张桂兴编注《老舍文艺论集》，山东大学出版社1999年版，第27—28页。

（二）文学批评的情感特征

文学批评作为审美活动的一种，必然要有感情参与。这是从整体上说的。并不排除个别批评家不投入感情或者情感隐含以及稀少。

1. 文学批评离不开情感

作为读者，我们希望读到各种各样的批评。而我个人，和一些读者，更喜欢富有激情的批评，以及充满热情、柔情、温情、同情、友情以及体贴、关爱、叹息等各类健康正常情感的表达与含蕴。当然，反对那些在公共话语中传递私情和人情的作品，以及无益于健康的其他情感。俄国理论家普列汉诺夫指出：艺术不仅用生动的形象来表现人们的思想感情，而且要表达高尚的情感。① 文学批评，就要肯定作品中高尚的情感。

作为批评，对于那些被认为（只是被认为，很可能并不真正是）有错误的作品或者作品的错误部分，无情的批评是否用得上呢？我认为，特别注意，谨慎使用。批评即使针对的是实在的错误，那也不是纯粹的物质，而是作家、读者、批评家及各类相关人群的观点或者产品。批评面对的，从根本上说是作者和读者，应当以人与人的沟通，作为基本方式。面对错误（真假、大小）可以无情，绝不能转换为对于人（作家、读者、批评家及各类相关人群）的无情。

有人对于文学作品、文学批评文章的情感丰富，能够勾起读者的感情，称为"煽情"。这需要分析。就"煽情"本身来说，难以判定是对是错。文学作品的重要元素，就是"情"——作者之情、作品之情、作品中的人物之情。文学作品的重要功能，就是发作者之"情"，与读者沟通"情"，引导读者产生、宣泄"情"。作品之"煽情"，理应如此，完全可以。

我们可以分析、讨论，作家、作品之中的情感是真是假，是健康还是病态、变态，却不应该抽象或者一概而论地否定作家、作品、读者的宣泄感情，更不应该以作品是否"煽情"作为评价标准。

对于部分批评家来说，如果自己不喜欢感情浓郁的作品，就去赞赏

---

① 《普列汉诺夫美学论文集》，曹葆华译，人民出版社1983年版，第308页。

或者评论理性见长的作品。而不应当剥夺另外一些作家、读者喜好情感浓郁、丰富的作品的权利。

20 世纪 80 年代，风靡中国大陆的美学家苏珊·朗格的著作《艺术问题》，就称"艺术的本性就是将情感形象地展示出来供我们理解"。①其实，即便没有理论家的概括，谁又能够否认文学活动、文学批评活动包含着丰富的情感呢？於可训就说过：批评不可没有心灵的参与和情感的反应。②

人的情感世界是丰富的。随着人类文明的发展，不仅丰富，而且复杂。那些优秀的文艺作品、文学作品，一方面表现了人物形象（或者作家本人）的丰富情感，另一方面也熏陶、熔冶读者的情感，是作家与读者的情感交流。在文学作品欣赏时，既有欣赏者的情感活动，又有理性活动。而在评论的思考、认识、评价和表达过程中，如何认识具体作品的情感、作家特定的情感含蕴，如何回味、反思、分析、确认欣赏时的情感，论定作品的情感含义，都是批评家的应有之义。

2. 文学批评是情感与理性的统一

理性而又饱含情感，是中国文学批评的一贯传统。

木斋认为，文学批评论文，理性而又饱含情感，其实正是中国文学批评的一贯传统。阅读陆机的《文赋》，刘勰的《文心雕龙》，乃至司空图的《诗品》，它们无不美轮美奂，读来令人满口余香，词句警人，本身就是优美的散文诗。③

李子云的评论，交融着她对作品的感受、想象、体验，寓评于赏，赏评结合；融情于理，入理见情。这是情感和理性相统一的审美活动。④

王蒙认为，作一个评论家是不容易的，他需要动情也需要冷静，需

---

① ［美］苏珊·朗格：《艺术问题》，中国社会科学出版社 1983 年版。

② 於可训：《批评的视界》，中国文学出版社 1994 年版，第 351 页。

③ 木斋：《傅璇琮先生在中国诗歌写作史的重要地位》，见卢燕新等编《傅璇琮先生学术研究文集》，商务印书馆 2012 年版，第 48 页。

④ 顾骧：《她是她们的知音——读李子云〈当代女作家论〉》，《光明日报》1984 年 12 月 27 日。

要棱角也需要公允，需要直言也需要探讨的分寸感，需要科学态度也需要灵活性，需要在与作家的关系中保持友谊感更保持方正感。①

3. 作者情感影响读者情感

文学作品需要以情感人。吕汉东认为：艺术家往往把全部深情和心血，灌注在自己的作品中。这样的作品才能感人，才能伟大。② 文学批评不仅需要以理服人，也需要以情感人。

批评家将自己的情感，蕴藏在作品（批评文章）之中，读者在阅读过程中，受到一定的影响。贺兴安谈道：自己写作批评文章，是作家的激情点燃了我的激情，作品的情思引动了我的情思。③

文学心理学指明：作家在作品中表现了自己的情绪，又通过作品影响读者的情绪。④ 这个作家，可以包括批评家。这个作品，包括批评文章。

傅璇琮先生的学术立场无疑是理性的、实事求是的，但是，他还毫不掩饰地表达其劝善惩恶的立场和感情倾向性。而读者在阅读中，既可得到理性的认识，还能受到情绪的感染、润泽和激励。⑤

4. 情感反应的复杂性

读者（包括批评家）在阅读时，情感反应是复杂的。

（1）情感反应和情感评价的统一

读者在阅读文学作品、文学批评文章时，所引起的情感，包括情感反应和情感评价，它们是统一在一起的。

文学心理学认为：在读者欣赏过程中，有两种情感因素：一是对于作品内容的情感体验；二是对于作品内容有所评价的情感反应。⑥

---

① 王蒙：《对于当代新作的爱与知（代序）》，见曾镇南《泥土与蒺藜》，百花文艺出版社 1983 年版。

② 吕汉东：《审美思维学》，中国文联出版社 2001 年版，第 129 页。

③ 贺兴安：《评论：独立的艺术世界》，长江文艺出版社 1990 年版，第 260 页。

④ 钱谷融、鲁枢元主编：《文学心理学教程》，华东师范大学出版社 1987 年版，第 175、345、348 页。

⑤ 吴怀东：《学术理性和文学精神的会通》，见卢燕新等编《傅璇琮先生学术研究文集》，商务印书馆 2012 年版，第 107 页。

⑥ 钱谷融、鲁枢元主编：《文学心理学教程》，华东师范大学出版社 1987 年版，第 345 页。

（2）情感反应的倾向性、复合性

情感反应的复杂性，还表现为倾向性和复合性。

一方面，是情感的倾向性，做出肯定反应或者否定反应。

文学心理学认为：在读者欣赏过程中，……情感表现出强烈的倾向性，凡是符合主体需要的，或者同主体观念认同的，便给以肯定的态度，反之，就持否定的态度。……即便同一欣赏者，对某部作品或某个人物也可能产生极为复杂的情感反应，同情与憎恶、怜惜与不满，往往交织在一起。①

另一方面，是情感的复合性，不同情感交织在一起，同时出现于内心。文学心理学认为：在读者欣赏过程中，……即便同一欣赏者，对某部作品或某个人物也可能产生极为复杂的情感反应，同情与憎恶、怜惜与不满，往往交织在一起。②

5. 批评要分析、评价情感

批评的任务之一——分析、评价情感。

於可训认为：文艺之所以要"批评"，大约是因为它所要表达的观念和情感的隐蔽性。这种观念和情感被深深埋藏在所谓艺术的形象或形式之中。③

（1）评价作品的情感

美国作家、批评家艾略特（1888—1965 年）认为，将诗歌中感受到的极其模糊的感情明朗化，进行精确的衡量、分析和检验，是批评的特殊价值（《批评的功能》，1923 年）。④

（2）评价作者的情感

评价作者的情感是通过评价作品来实现的。人的情感不但有真实虚假之分，还有健康卑下之别。

何永康认为："真正有魅力的艺术作品，都是艺术家的动情之作。"

---

① 钱谷融、鲁枢元主编：《文学心理学教程》，华东师范大学出版社 1987 年版，第 348 页。

② 同上。

③ 於可训：《批评的视界》，中国文学出版社 1994 年版，第 312 页。

④ 见惠特曼等《美国作家论文学》，刘宝瑞等译，生活·读书·新知三联书店 1984 年版，第 178 页。

他提出了通过作品的艺术形象来体察作者情感的几个要点：第一，看作者注入形象的情感是否有深沉性；第二，看作者的情感是否丰富复杂、统一和谐；第三，看作者倾注的情感是否跌宕起伏，在读者的审美心理上产生一种紧迫感；第四，看作者注入形象的情感能否形成一个"焦点"，使深沉丰富跳荡的情感流水汇聚到一起，形成一个内涵深广、传神的"泉眼"，勾摄鉴赏者的魂魄。①

茅盾在纪念吴敬梓逝世 200 周年纪念会的开幕词中，评价了作家吴敬梓的情感态度，他热情赞美底层富于反抗精神和创造才能的小人物，深恶痛绝那个虚伪、卑鄙、腐朽和愚昧的封建王朝。表现出爱憎颇为分明。②

（三）文学批评要正确对待情感

文学批评是理性与情感的统一活动，既离不开理性，也不能回避情感。如何处理理性与情感的关系，是批评的重要方面。

1. 文学批评中对待情感的错误倾向

文学批评中存在着对待情感的错误倾向，不可忽视。

（1）忽视情感

在哲学理念和哲学研究中，有"只重认识（知），不重情、意"的现象和倾向。而人本来是一个知、情、意以至下意识、本能等相结合的统一体。③ 与此相近似，在文学批评中，这种"只重认识（知），不重情、意"的现象和倾向，在相当长的时间里以至目前，还突出存在。

"作品中的内容，经过了作家思想情感的熔铸。"④ 在文学批评中忽视情感，显然不能完整理解和把握作品。

（2）感情伤害理智

"在学术研究中，感情伤害理智，会导致研究的错误。是一项

---

① 何永康：《文艺鉴赏写作要义》，南京大学出版社 2009 年版，第 179 页。

② 《茅盾评论文集》（上），人民文学出版社 1978 年版，第 40 页。

③ 张世英：《西方哲学东渐百年之反思》，《江苏行政学院学报》2003 年第 3 期。

④ 栾勋：《中国古代美学概观》，漓江出版社 1984 年版，第 58 页。

常识。"①

谭学纯认为：一旦批评失去了宁静的学术心态，很难想象会有公允的学术评判。批评话语的疯狂和亢奋，就会偏激。②

南帆指出：一些批评沦为令人反感的广告术，过分的赞誉代替了严肃的分析与阐述。这来自不负责任的友情。③

2. 文学批评要正确对待情感

文学批评需要正确对待情感。

（1）尊重情感，珍视情感

在评论（包括欣赏）活动中尊重情感，珍视情感。

在评论活动中，正确认识各种情感（对象的情感和自我的情感）。每种感情，各有其长短。激情，易产生动力，促发新思想、新感受，但是，不易稳定；柔情，宜细心品味，但是，缺少深层感动；温情，合理距离，冷静观察，不易深入；热情，贴近融合，难以冷静。

在评论的思考、认识、评价和表达过程中，如何认识具体作品的情感、作家特定的情感含蕴，如何回味、反思、分析、确认欣赏时的情感，论定作品的情感含义，都是批评家应当自觉面对，勇于面对，恰当处理的。对待研究过程中的各种情感，要认识其复杂性和变易性。欣赏中的复杂感受，对于情感反应中表象与内质的一致与差异，情感评价过程的感觉与错觉，应该有足够的心理准备与分析、判断能力。做出批评判断时，如何对于情感的丰富性进行提炼、选择、思考，特别是如何发挥自身的情感力量，使批评具有充沛的情感和充分感染力，也应该有比较强的把握能力。在形成结论、表达意见时，能够努力排除影响客观、公正的情感。

（2）尊重理性，控制情感

情感与理性互补，不可偏废。

在文学批评中，理性参与了对于感性冲动——阅读思考中感情生

---

① 马执斌：《莫让感情伤理智》，《中华读书报》2010 年 8 月 11 日。

② 谭学纯：《文学和语言：广义修辞学的学术空间》，上海三联书店 2008 年版，第 79 页。

③ 南帆：《敞开与囚禁》，山东教育出版社 1999 年版，第 144 页。

发、起伏、波动的调解。"在康德那里，理性对于感性冲动有统辖的功能。"① 没有理性的参与，阅读仅仅是体验，难以上升为明确的分析和理解，更无法做出有条理的判断、评判。

在评论的理性思考、判断阶段，适当控制情感，不因为情感而影响对于作品、作家和文学现象的公正评价。运用理性，并不否定、排除情感；尊重理性，不任由情感。

（3）放弃私情，公正评价

在批评的表达过程，排除各种妨害客观认知的情感干预，做真诚直言的公正评价。

师情、亲情、友情等，是人生宝贵的精神财富。然而，在一定情况下，如果因为这些情感妨碍了文学批评的公正性，则会玷污珍贵的情感。值得批评家警惕和戒备。

作家老舍在评价好友同是作家的巴金时，说：巴金兄是我的朋友，我希望我的意见不被这个"兄"给左右了。……他的《电》，青年男女人简单了，太可爱了。毛病就坏在这个太上。……这使人难以相信在现实生活中的存在，太理想了。整个作品太过于收敛，没有恣肆；得到了完整，同时也失去了不少感染力。② 老舍具体评价的结论，是可以具体讨论的。他不以友情而直言评价的公正追求，给批评家树立了典范。

贺兴安指出：大批评家别林斯基的批评，以视野宏阔、感情澎湃著称。这种视野和热情，乃是他将整个生命献给文学的一种表现。他那火山喷发式的批评文字，正好抒发了他那涌动于内的岩浆似的感情。这是对祖国、人民、真理和文学、文学批评的充沛情感。有无限的热爱，也有深切的憎恨，以及无限的惋惜，更有尊敬与愤怒、服膺与凛然等的复杂结合。（1986 年）③ 批评家的情感，真正地与人民、与民族文化发展、与人类进步在一起，形成共鸣，是根本性的重要问题。像别林斯基这样伟大的批评家，敢于歌哭，带着丰沛的情感歌哭，爱其所爱，憎其所

---

① 甘培聪、李萍：《法则对于自由的胜利》，《福建论坛》（人文社会科学版）2013 年第 2 期。

② 老舍：《读巴金的〈电〉》（1935 年），见张桂兴编注《老舍文艺论集》，山东大学出版社 1999 年版，第 395 页。

③ 贺兴安：《评论：独立的艺术世界》，长江文艺出版社 1990 年版，第 163—169 页。

憎，给予社会和人民留下真情的记录。这样的批评文章，将是真诚的和珍贵的。

六　文学批评的自由原则

批评自由，是批评家心灵的自由，发现、创造的自由，肯定和赞赏自由的文学和文学批评；是对于批评对象，对人的自由、文学和文学批评多样化的尊重。

（一）自由是人类的基本价值

自由是人类的美好追求、珍贵价值、基本价值，是人的最高理想。"自由、公正、法治等，是人类共有共享的价值。"[①] 自由是人类的一种极其重要的公共价值，是人类的文明追求；是认识和创造的必要条件。自由，既是对于以往不（完全）自由的挣脱与解放，更是对于以后更加自由的争取与奋进。自由，没有终点，是不断向上的梯级进步。

中国哲学原创者之一庄子，在《逍遥游》中所创造的在天地间自由翱翔、展翅高飞的大鲲鹏形象，就是人类追求精神解放、心灵解放和肢体解放的集中表现，是自由的极致状态。

西方哲学也追求人的精神自由：心灵的无拘无束，在精神世界、美的世界、理想世界的反对专制、限制与压制、压迫。

未来共产主义社会，"每个人的自由发展是一切人自由发展的前提"（《共产党宣言》）。马克思认为，人的自由全面发展是人的内在本质力量的充分发挥，是人类全部力量的全面发展，而人的本质则是一切社会关系的总和。人的自由全面发展，归根到底是人的社会关系的全面丰富、发展，以及人的主体性的不断提升和人的能力的全面提高。[②] 马克思主义从本质上，是关于全人类实现解放（包括每个人全面而自由发展）的学说。社会主义是对资本主义社会普遍存在的奴役、剥削和压迫

---

① 万资姿：《社会主义核心价值观研究三题》，《光明日报》2013 年 2 月 23 日。

② 贾真：《马克思恩格斯交往理论与和谐社会构建》，《光明日报》2011 年 8 月 14 日。

等不自由现象的反抗，是追求自由的伟大事业。①

自由是人的本性、本质或存在状态，被看作一种值得追求的特殊价值和美好事物。这一点自近代以来已越来越为人类所认同。自由观念已经成为现代价值观念的基础与核心。②

自由，对于主体来说，意味着，境界的提升，自由的境界是最高境界；意味着，责任的担当，负起自由的创造与自由的表达；意味着，相互的尊重，和谐相处、同存共生，彼此能够相融，才是真正的自由。一旦有对于他人或被他人的压迫，就不存在自由了。

自由是人的本性，是人的根本规定。人类社会的最高理想是，将每一个人培养成为具有崇高德性、高尚精神、丰富个性、追求人生的意义和价值而不被物化和奴役、不成为任性和欲望的奴隶、不成为他人意志的傀儡的自由人。自由，是自主、自觉、自为、自立，而不是愚昧、狭隘、奴性。自由，既存在人身是否自由的问题，也存在心灵是否自由的问题。心灵是否自由的问题，在现代更为突出和重要。③

（二）自由与文学、与文学批评

1. 自由对于文学

没有自由，就没有文学。文学本身对于许许多多的人（作者和读者）来说，就是对于自由的追求和表达。贺绍俊指出：文学的诞生就源于人类心灵的自由表现。从本质上说，自由是文学的生命之源。主要是指心灵和精神的自由。文学的自由，凝聚着人类文明的精华，具有清晰的价值判断。④

在优秀的作品中，是美的追寻、真的求证、善的弘扬，是对于自由的追求和表现。

---

① 戴木才、彭隆辉：《倡导"自由"：高扬社会主义核心价值观的理想旗帜》，《光明日报》2013 年 4 月 18 日。

② 宁团红：《中国传统伦理思想与现代契约精神》，《江苏行政学院学报》2003 年第 3 期。

③ 参见杨建朝《自由教育的历史流变与意蕴新释》，《宁波大学学报》（教育科学版）2012 年第 6 期。

④ 贺绍俊：《网络文学：关于自由的文学神话》，《文艺报》2009 年 12 月 10 日。

诗人郑敏表示：当我有了独立思考的条件，我解放了自己，在无拘无束中写了不少自由自在的诗。①

作家莫言说道：文学创作中的自由和人在社会中的自由，有一些共同之处。在文学创作上，完全的自由也是没有的。写小说还是要遵循一些小说的基本规则。前提是必须能够让人看懂，哪怕是多数人看不懂，也要让少数人看懂。……文学创作上的自由也是"带着镣铐在跳舞"，一种限制的自由。②

郁达夫在讨论"文学必须成长在自由的空气里"这一问题时，提醒人们：当重压之下，文学也何尝不可以产生？西伯幽而演《周易》，仲尼退而修诗书，太史公腐而《史记》以成，诗必穷而后工，这些又岂不是我们中国文人习熟的故事？……现代中国文学衰落的绝对理由，缺失在一般人没有坚固的信念。不能鞠躬尽瘁，死而后已。一看现代的那些人，朝谈杨墨、夕归孔子，就可以知道大文学是不会产生在中国的。③郁达夫当年的观点，对于我们认识文学的自由，有启迪意义。那就是，心灵的自由与坚定的信仰，是文学自由的重要构成。对于作家、批评家来说，不能以外在的环境自由与否，作为放弃努力的口实。当然，郁达夫在谈到"中国目前为什么没有伟大的作品产生"时候，明确指出"政治的压迫是种种近因中间的一个"④，就是对于外界的不自由会影响优秀文学作品出现的认知。

2. 自由与文学批评

比起文学创作，朱寨认为："评论是更需要自由的。作家们可以躲在艺术的青纱帐里，隐蔽自己，打游击战，搞评论的可不能隐蔽自己的观点吞吞吐吐，只能赤膊上阵。没有评论自由，就不可能有大胆探索、敢于直言的勇气。"⑤

---

① 郑敏：《闷葫芦之旅》，《作家》1993 年第 4 期。

② 莫言：《碎语文学》，作家出版社 2012 年版，第 215 页。

③ 郁达夫：《文坛的低气压》（1935 年 9 月），《郁达夫文集》（第六卷·文论），花城出版社、三联书店香港分店 1983 年版，第 290 页。

④ 郁达夫：《中国目前为什么没有伟大的作品产生？》（1935 年 9 月），《郁达夫文集》（第六卷·文论），花城出版社、三联书店香港分店 1983 年版，第 212 页。

⑤ 朱寨：《感悟与沉思》，人民文学出版社 1995 年版，第 49 页。

在 20 世纪后期和 21 世纪初期，文史专家陈寅恪的"自由之思想，独立之精神"，一直为许多坚持探索精神的学者所津津乐道，就反映出对于学术自由、批评自由的追求和向往。批评家张新颖直言："没有自由的表达，哪里会有批评呢？"① 批评家谢有顺强调：批评的精神应该是自由的，不盲从的，反奴性的，有好说好，有坏说坏，而它的专业基石正是理性和智慧。②

批评理论家郭宏安，以李健吾的《咀华集》（1936 年）和《咀华二集》（1942 年），作为积极的例证：提倡一种自由的批评。称批评家李健吾是以精神的自由和独立获得了批评的尊严。③ 李健吾在 20 世纪30 年代，就坚持：一个批评家，第一先得承认一切人性的存在，接受一切灵性活动的可能，所有人类最可贵的自由，然后才有可能完成一个批评家的使命的机会。④

李健吾所论文学批评的自由，一是批评家自身的自由，二是对于批评对象自由的尊重。他说："一个批评者有他的自由。……他的自由是以尊重人之自由为自由。……他知道个性是文学的独特所在，他尊重个性。"（李健吾：《咀华二集·跋》，1942 年）

（三）文学批评自由的内涵

1. 批评自由的分类

康德认为，审美活动是一种自由活动。审美活动的自由，有两个方面：人具有审美活动的能力，能够进入审美领域自由地活动；人的审美活动的自由得到保证。可以说，一是内在的自由能力；二是外在的自由条件。⑤

在文学批评方面，也是这样。一是批评的外部环境的自由，二是

---

① 张新颖：《无能文学的力量》，吉林出版集团 2009 年版，第 262 页。

② 谢有顺：《被忽视的精神》，吉林出版集团 2009 年版，第 326 页。

③ 郭宏安：《文学批评断想》，《同济大学学报》（社会科学版）2006 年第 2 期。

④ 李健吾：《咀华集·边城——沈从文先生作》，《咀华集·咀华二集》，复旦大学出版社 2005 年版，第 24—29 页。

⑤ 李思孝：《马克思恩格斯美学思想浅说》，上海文艺出版社 1981 年版，第 219—220、264 页。

批评家的内心自由。两者都很重要，而后者则更为重要。没有批评的外部环境的自由，有些优秀的批评家依然保持了内心的自由。而批评家没有内心的自由，即便有了外部环境的自由，也难以抒发自由的心灵，达到自由的批评。广东作家黄心武曾经在 20 世纪 80 年代的一次戏剧创作研讨会上指出，以往在创作自由的问题上，我们对于外部自由呼吁得多一些，而对作家的内心自由却没有引起足够的注意。由于现代迷信的束缚，封建思想、奴性心理等这些民族文化积淀的影响，使作家不能用自己的心灵去感受世界，不能用自己的头脑去思考人生，不能充分地表达自己的情感，不能自由地展开想象的翅膀。他希望作家精神解放，呼吁作家改变那种消极被动的、随风摇摆的、战战兢兢的消极文化人格，形成积极主动、有人格力量、不屈服心理之外的任何有利的恢宏开阔的新型文化人格。①

文学评论，在自由的环境中得到了蓬勃的发展。只有那些具有独立思想的评论家，才能写作出具有独立见解的文学评论。②

2. 批评主体的自由

作家张贤亮认为："文学创作的首要条件是作家心灵的自由。"③ 对于批评家来说，也是如此。

（1）发挥主体性

主体性是人作为活动主体在与自然界、社会的关系中，所表现出来的能动特性。人的主体性有三种特质：自主性、主动性和创造性。④

自主性，是批评家在批评活动中体现自己、实现自己，不断完善。主动性，是批评家在批评活动中对文学世界的选择，对对象特长、特征的选择；创造性，是批评家在批评活动中获得独到的认识、深刻的分析，得出合乎逻辑的结论，以理想对现实的超越和提升。

李福亮在《一个自由的精灵在歌唱——张抗抗：1978—1987》，一文中，将张抗抗那十年的创作概括为"一个自由的精灵在歌唱"，同

---

① 杨雪英：《一次研讨戏剧创作的盛会》，《剧本》1986 年第 6 期。
② 樊星：《中国当代文学与美国文学》，中国社会科学出版社 2009 年版，第 236、240 页。
③ 《彭放文论选》，北方文艺出版社 2000 年版，第 139 页。
④ 裴娣娜：《现代教学论》（第一卷）人民教育出版社 2005 年版，第 66 页。

时，也显示了评论家自己"一个自由的精灵在歌唱"。① 作家张抗抗在创作历程中逐渐实现了自由，而批评家也是以自由的精神、自由的心灵与作家对话，是作家、批评家两个"自由的心灵"在对话。

（2）选择的自由

选择自由，包括选题的自由，是发挥特长的重要体现。

当然，征文选题也应该发挥主体的自由创造。

吴俊：文学批评的选择是自由的，这也同时赋予文学批评的多向度价值诉求的正当权利和充分可能。②

选择自由，包括选择评价对象的自由；评价高低的自由。

以主体的认识和理解为准则，而不是外界的要求与压力为限制。"批评家有充分的自由进行严厉的评价。没有作家享有免受批评的特权。"③ 当然，批评家也有充分的自由进行温和的评价。可以讨论评价得是否得当，这同样是自由的。不应该、不可能、不必要进行怎样批评的限制。承认、默许限制他人的自由，就是承认、默许限制自己的自由。

选择自由，包括反批评——给予论敌的自由；研究方法——可以使用任何学术研究的方法，甚至可以创造新的研究方法的自由。

（3）表达的自由

话语权是"一个独立的社会个体，在特定的社会场域中，自主地对现实生活、实践活动进行真实、具体的表白，理性或感性地反映自己的思想、态度、价值的权利"。④

不自由的表达，有两种情况。没有权利表达，是看得见的不自由。而被迫或者不自觉的表达他人的现成的见解，则是看不见或者不易看见的不自由。

话语权的异化有两个方面的表现：一是没有说话的权利；二是没有

---

① 李福亮：《一个自由的精灵在歌唱》，黑龙江人民出版社1994年版，第52—68页。

② 吴俊：《向着无穷之远》，吉林出版集团2009年版，第46页。

③ ［美］哈罗德布鲁姆：《西方正典》，江宁康译，译林出版社2011年版，第149页。

④ 王春燕：《试论话语权利——构建民主多元话语教学活动的思考》，《幼儿教育》2005年第1期。

说自己话的权利。①

郜元宝提到：许多批评家见到稍微有权势的作家就不敢说话，更谈不上说"真话"。……批评的目标应当是洞悉并批评各种有形无形的权势压抑精神自由的真相。②

表达的批评成果是衡量心灵是否自由的一把尺子。真正的批评自由，不仅仅有"是"和"美"的表达，还应当有"不"和"刺"的权利。

3. 对于文学自由的肯定

批评自由包括对于文学自由的肯定与卫护，肯定作家创作的自由和作家对于人类、人民自由的向往与歌颂；对于任何压制自由的反抗与抨击。

德国作家赫尔曼·黑塞（1877—1962 年），1947 年获得诺贝尔文学奖。他的传教士父亲曾经希望他继承自己的事业成为一个牧师，然而，他为了追求心灵的自由，走上了作家之路。他在表达心灵自由的时候，把所有的抗争、奋进、渴望、呼唤和呐喊，都诉诸笔端，不只是对社会良知、个体灵魂的叩问和思考，更是对社会与自身心灵的无情剖白。③

艾青在诗歌《墙》中，表达了对于人类、人民自由的歌颂：自由！自由的思想！像"天上的云彩、风、雨和阳光"，像"飞鸟的翅膀和夜莺的歌唱"，"比风更自由"，不可阻挡！④

心灵表达的复杂性、多样性，提醒我们，可以不认同、不喜欢他人的自由，却不可以不尊重他人的自由。更不能破坏或者损害他人的自由。作家为了自我和社会表达的心灵，和读者可能重合，也可能冲突。不应该也不可能让作家服从批评家，也不应该由着批评家去肢解作品、阉割自由的心灵。

尊重作家心灵自由的释放。可享受，不可限制。可以评价，不应当傲慢。

---

① 王金娜：《知识观与儿童话语权》，《南通大学学报》（教育科学版）2006 年第 3 期。

② 郜元宝：《不够破碎》，吉林出版集团 2009 年版，第 257 页。

③ 王玲：《诗画一体的黑塞》，《光明日报》2013 年 4 月 14 日。

④ 《艾青诗选》，人民文学出版社 1984 年版，298—299 页。

（四） 文学批评自由的限制

批评自由受到一定的限制。在评论时，受评论对象具体存在的限制。评论作家，受到作为评论对象的作家具体条件的限制；评论一切文学现象，受研究对象的关系限制。文学批评从作品、作家及文学现象的实际出发，而不是任意解释。尊重作家的选择，而不是让作家屈从批评和概念。

这种限制，不是限制研究者的思维，而是限制研究的针对性。不能离开研究主体与研究客体之间的存在关系，而无边、无限地表现自己的脱离具体对象的言说。

如南帆论及：倘若批评失去批评对象的具体制约和限制，一味地走向个性的极端，理论上的绝境将随之而来。如同王晓明曾经担心的那样，当相对主义以绝对的面目出现之后，任何批评判断都将失去意义。一切对话的链条均已中断，人人都只能独白，天才的远见与粗暴的臆想将因为无所辨别而成为等值，所有平庸凡俗的思想都可以因为出自个人而高视阔步。这个时候，个性主义批评将失去批评的基本职能而淹没于混乱之中。……阐释的自由如果没有限制，真知灼见与任意猜测甚至胡言乱语之间就没有了界限。恪守作家的创作意图已属过时之举，维持作品的一个基本面目却仍属必要。①

思想史专家蔡尚思指出：真正的自由是社会的共同的，而非个人的个别的。如果自由仅仅限于个别人个别的条件，就没有成为或者达到真正的自由。② 这说明，自由不是少数人的或者多数人的，而是全体的、社会的。

在强迫的条件下，也没有自由。学者鲍鹏山提醒：我们没有强制修正别人的权力。……强迫他人，哪怕是强迫他人向善，哪怕这种强迫是出于为他好的善意，都会导致人类的核心价值受损：这个核心价值，就是人的自由和人的尊严。③

---

① 南帆：《冲突的文学》，江苏大学出版社 2010 年版，第 262、248 页。
② 蔡尚思：《中国思想研究方法》（1939 年初版），上海古籍出版社 2013 年版，第 171 页。
③ 鲍鹏山：《修正别人的权力》《光明日报》2013 年 4 月 17 日。

邓小平曾经在《在中国文学艺术工作者第四次代表大会上的祝词》
（1979年10月30日）中指出：文艺这种复杂的精神劳动，非常需要文
艺家发挥个人的创造精神。写什么和怎么写，只能由文艺家在艺术实践
中去探索和逐步求得解决。在这方面，不要横加干涉。[①] 这在理论上说
明了文艺、文学、文学批评的创作自由问题。强调文艺创作的自由只能
"由文艺家在艺术实践中去探索和逐步求得解决"。而文艺批评、文学
批评的自由在批评实践中的探索和解决，则需要由批评家"在艺术实践
中去探索和逐步求得解决"，需要依靠文学艺术界与社会各方（而不仅
仅是文学界一方）的共同努力。

七　文学批评的公正原则

文学批评是对于文学作品、文学现象、文学批评等研究对象的评
价。评价是否得当，自然离不开公正的问题。

社会需要文学批评的公正评价，而现实中存在文学批评不公正的现
象，要求文学批评公正的呼声愈加强烈。文学的、文学批评的理论建
设，需要将公正的理论问题纳入视野。

（一）对于公正的理解

1. 公正的定义

公正是公平、正义的总称，有时候与正义同义。是人类的基本的核
心价值。公正，与客观相联系，与公道相联系。公道的道，是道理，道
义，最核心、最概括的天道、人心。公平正义价值，不仅仅是核心价
值，而应该是最高价值。中国文化中的"义"，就是正义，"义薄云天"
的本义：正义之气直上云霄高达于天，形容正义的精神极其崇高。正义
无价！

从人类早期有文献记载的时候起，就有许许多多先哲关于公平、正
义的论述，反映了思想家所代表的人类各民族，对于公正的理想期盼和
现实追求。中国古代周时的"大道之行也，天下为公"（《礼记·礼

---

① 《邓小平论文艺》，人民文学出版社1989年版，第10页。

运》），是我们中华民族早期社会理想的核心。以"公"为最高的政治理想，也是全面的社会理想与基本价值。至今仍然有高度的文化价值。古希腊的思想家提出正义即善、心灵正义（柏拉图）、正义即目的（亚里士多德）等命题。①关于公正的理论和实践，林林总总，构成了人类文明的宝贵的思想资源和理论武器。

当代最有影响的社会学家罗尔斯，在公正理论和制度设计中提出了机会平等和差别原则。②罗尔斯的正义论其实质是公平的正义，奠基在平等的基础上，要实现正义的政治伦理。他制定和阐释：秩序优先的个人主义原则和旨在保障社会公平的差异原则。③

公正包含了丰富的内涵。具体来说，可以分为：

（1）公。一定范围的公共利益、公共愿望。最大范围的公共利益，是全人类的文明、发展与进步。（主要体现于内容方面）

（2）公平。包含形式公平、实质公平。（既有内容要求，也有形式体现）

（3）正确。包括恰当、准确、合乎实际，符合正义。（偏重于内容方面）

（4）正义。符合真理、道义。（偏重于内容方面）

总结起来，可以将"公正"分为观念、立场、标准、方式和结果几个方面。

观念的公正：是精神层面的愿望、理念、标准。

立场的公正：认识、评价的角度、出发点。

标准的公正：是衡量的准则、尺度。

方式的公正：形式、方法和程序。

结果的公正：判断或者行为及结果被确认合乎公共的利益和价值标准。

立场是外在的制约与内心的选择。观念和标准互为体现，观念是标准的灵魂，标准是观念的体现和外化。方式是基础与保证。结果是目的

---

① 明辉、姜小蕾主编：《西方法律思想历史教程》，对外经济贸易大学出版社 2012 年版，第4—10 页。

② ［美］罗尔斯：《正义论》，何怀宏等译，中国社会科学出版社 1988 年版。

③ 李蜀人：《道德王国的重建》，中国社会科学出版社 2005 年版，第 290—292 页。

和最后的完成。

形式公正和结果公正是认识公正的核心。道义公正是最核心的内涵。形式公正是实质公正的基础。只有达到结果的公正，才是最终的公正，才能实现真正的符合道义的公正，才能达到正义的深处，有利于文学和社会的长远发展，实现公正最高级、最珍贵的价值。

2. 公正辨析

公正，不是单纯的公共推选，以人数多少为依据。不是仅仅依靠权威的个人（或者少数群体）意见。

公正，是准确的评价，是平等的对待，是正义的弘扬。一般地说，如果不涉及具体作品、作家，那么，在原则上，我们应当追求这样的评价。至于具体的标准，则可能有很大甚至相反的分歧。

公正，不是单纯的主观感受，更需要以事实基础通过分析、论证而确认。需要特别指出的是，同一事实，不同人依据不同立场、方法可能获得不同的认识结果。感受的不平衡，方法、过程、结论的不同，感情发生的状态、体验、效果、描述的不可测定。公正的评价，是否出于本心，难以与外人道。

（二）文学批评公正的内涵

1. 文学与文学批评的公正

针砭时弊、抨击黑暗、为民请命、同情弱者、伸张正义，一直是文学最基本的使命所在，是文学最深厚的传统所在。21 世纪以来，呼吁文学关注底层的声音成为文坛的强音。这是人道主义的呼喊，是正义的呼声。①

文学公正是社会公正的重要方面，它包括：文学描写的内容和主题等符合正义原则；文学评价的结论公正；文学作品和文学评论发表的机会公平；文学创造和文学评论的立场公正。全社会要共同促进文学公平，而文学研究者尤其义不容辞。文学批评是文学活动的一部分。可以说，文学公正包括了文学批评的公正。而文学批评公正是广义的文学公

---

① 樊星：《试论近年关注"底层"文学的当代性》，见王肇基、肖向东主编《底层文学论集》，人民日报出版社 2008 年版，第 17、24 页。

正的组成部分。

2. 文学批评公正原则的含义

西方近代三大批评家之一英国的阿诺德认为，我们把那批评的法则概括起来，一言以蔽之——公平无私。①

批评公正，是以思想文化的公平、正义为核心，肯定文学、文学批评的公正内涵，遵循文学批评活动的公正程序，追求文学批评的公正评价，显示批评家自身的公正形象和品德内质。具体来说，可以包括：

（1）坚持人文精神的正义（道义公正）

文学批评的公正，首先要坚持人文精神的正义，达到道义的公正。以人类文明的最高价值——真善美，作为终极追求和评价标准。

（2）平等地对待一切评价对象（程序公正、态度平等）

文学批评公正的前提，要平等地对待一切评价对象，做到程序的公正。不以情感的亲疏作为评价尺度，也不以作者的身份作为评价作品的前提或者附加条件。真正以作品本身，作为评价的基础和中心。

（3）区别对待评价对象（范围公正）

文学批评的公正，还体现于区别对待评价对象。自然，一切评价对象都是平等的。这是总的原则。但是，同时还有一个重要的补充原则——第二原则：差别原则（即区别对待原则）。对于成名作家，应该严格要求。名作家的庸常之作，不宜鼓励；新作家（不是年龄，而是文学活动的新作者）的创新作品，则应该有更多的宽容与鼓励。这是文学发展的需要，也是促进文学繁荣和多样化的保证。我们应当公平地评价无名者，既不过低评价予以抑制，也不过高赞扬名不副实。

（4）对评价对象做准确评价（结果公正）

文学批评的公正，最基本的，最有说服力的，是准确的、恰当的评价。没有准确的、恰当的评价，公正就不能实现。

3. 文学批评公正的普遍价值与特殊性质

评价的公正，是文学活动参与者的共同、普遍要求。

文学批评的公正，面对的是千差万别的精神创造的主体和客体及现象。因而，如何公正，能否保证公正，以何为评价标准，不能不影响人

---

① 龙协涛编：《鉴赏文存》，人民文学出版社1984年版，第79页。

们对于这一问题的思考与担忧。

对于批评公正的担忧，明显存在于这样一些方面。一是，实践中可能以普遍的公正理性，扼杀了个人的文学创造与文学欣赏、文学批评的个体的合理感受与情感差异、认识多样。担心以理念的统一，将丰富的文学整齐划一。而文学是心灵的，各种不同体验有其合法性、正当性。应当肯定差异性。① 这需要我们对于文学批评公正给予恰当的界说与合理的定义。二是，有很多时候，以公正为旗帜的评价，并不能够保证批评的公正结果，得到正确的合于实际的结论。三是，有人认为：对于真正的批评来说，没有客观不客观、公正不公正的区别，只有是否专业、是否站在良心的立场上说话的区别。② 四是，有的批评家以法官判案自居，将自我的批评结论当成说一不二的判词，引起反感。

文学欣赏、文学批评具有特殊性——个人性、情感性、偶然性、隐秘性（内心感受）。如何概括与表达，如何评价，是非常大的难题。文学情感接受、评价的复杂性，创造性的全与不全，探索的成功与失误的交织，形成了评价的难衡—难论—难断。

4. 文学批评公正的实质

文学批评公正的实质：更多的是人文精神、价值原则，是合乎逻辑的方法，尊重和保障文学、文学批评创造的丰富与繁荣的伦理原则和学术法则。

文学批评的公正，关键在于批评家要有正义感。美国作家海明威（1899—1962），在1958年接受一家杂志社的采访时说，一个作家应该具有两种品质：正义感和不会被任何震惊所摧垮的洞察生活全部卑鄙龌龊的能力。美国作家吉林斯认为，这是作家特别需要具备的两种品质。③ 事实上，这也是批评家特别需要具备的珍贵的核心品质。具体来说，文学批评的公正，体现于以下方面。

（1）文学批评的公正，并非意味着所有的问题，都只能仅仅有一种认识和评价结果。文学批评的公正，不应该是消除理解的差异和多

① 这里受到了2011年8月3日南开大学宁宗一先生与笔者谈话的启发。

② 谢有顺：《话语的德性》，海南出版社2002年版，第289页。

③ ［美］惠特曼等：《美国作家论文学》，刘宝瑞等译，生活·读书·新知三联书店1984年版，第430页。

样，而是保护每个理解者，都能够自由地表达合于实际的有创造性的见解。文学批评的复杂性，文化的、非文化的暴力是难以取消、不能取消的，也无法取消得了。

（2）文学批评的公正，并不是由于一个或者某个集团、阶层甚至权威，所判定的法律结果。如果文学批评家与法官相比，有什么一致的话，那就是追求公正的理想精神和勤于律己的职业操守。批评的结论，不仅不是必须执行的法律文书，而且还是可以商榷的文化文本。文学批评的公正，使由无数批评活动的参与者，在多次、反复的思想碰撞、理论交锋中得以完善，没有最终的结论。

（3）文学批评的公正，也不是一个短时期就能够完全确定的。它更需要经过历史的检验。在历史的长时段，排除了近距离的世俗的干扰与影响，有了多方面的认识和反复的比较，才更有可能接近公正的认识和评价。当然，这并不是说，让公正的文学批评留给历史，放弃当世者的历史责任。而是确认：公正，不是本时期独有的唯一权利。每个评价结论是否公正，都必须接受历史的检验。

（4）文学批评的公正，并不仅仅是依靠感觉得到的。它更需要在思想交锋和充分论证的基础上，才能获得。是否公正，不是仅仅依靠认为，更重要的是：论证和说服。公正，不是选举出来的。不以人数多寡分胜负。公正，是对于民主、自由精神的认可和依存。专制、暴力，本身就是不公正的体现。是公正的对立面。

（5）文学批评的公正，也不是强加于人的。而是理论的影响与论证的信服。即便自己认为是公正的，也不能够强加于人。如果把自以为是的结论强加于人，本身就意味着不公正，走向了公正的反面。况且是否公正，还要受到历史和实践的检验。

（6）文学批评的公正，并非只能肯定，不许否定。"明辨是非，是正义的基本要求。"[1] 恩格斯在评价敏·考茨基的《旧人与新人》时写道，为了表示公正，我还要指出某种缺点来。[2]

谈论批评的公正，具有历史传统。曹丕在《典论·论文》曾经谈及

---

[1]　王利明：《人民的福祉是最高的法律》，北京大学出版社 2013 年版，第 302 页。

[2]　李思孝：《马克思恩格斯美学思想浅说》，上海文艺出版社 1981 年版，第 164 页。

批评的公正问题。"各以所长，相轻所短"，以长比短，难以公正。"文非一体，鲜能兼备"，求全责备，难以公正。"贵远贱近，向声背实"，"阂于自见，谓己为贤"，标准不当，以自我为中心，都难以公正。如刘勰所说，"平理若衡，照辞如镜"（《文心雕龙·知音》），才是公正评价的关键。达到平——公平、明——客观，才能公正。

（三）文学批评公正的意义

文学批评的公正，具有多方面的意义。

能够是非分明，保护美的文学，辨别丑的文学及其现象。保证文学批评合于人类的文明方向。保证人类文明的发展与弘扬，宣传道义。

可以沟通读者与作家，推动文学和文学批评发展，成为促进社会文明与进步的重要因素。在为社会服务、创造良好的社会氛围方面，作出积极的贡献。

对于批评自身的信誉有非常的重要性，是维护批评声誉的最佳方式。它在赢得读者信任的同时，也能够获得作家的尊重，保证文学批评的公信力。公正，令人信服的文学批评，才能促进文学的繁荣、促进文学理论、文学批评理论的发展。

（四）影响文学批评公正的多种因素

文学批评公正的主体，是人民大众和批评家（从事批评活动的参与者）。文学批评公正的质疑、追问主体，是包括批评家在内的社会公众。

文学批评是否能够公正，受到多种因素的制约和影响。

1. 客观环境对于批评家在评价时的作用，不能予以忽视。在专制、不民主的条件下，批评家难以自由表达自己的见解，公正的评价则难以出现和维持。在社会民主条件下，批评家的正当权益受到法律保护，有了良好的社会氛围，公正的评价才可能充分实现。当然，也不是说，良好的社会氛围，评价就一定能够保证公正。这还要受其他方面因素的影响与制约，例如社会负担、情感处理、利益限制、认识水平、审美能力，等等。在俄国沙皇统治时期，别林斯基的文学批评，不流俗、不媚世，依然保持了批评家的独立人格，也说明了批评家自身在批评活动中如何保持公正、独立的立场的重要性。

2. 评价对象也在一定程度影响批评家的认识与评价。批评对象的复杂、难以认识，就不易达到准确的评价，难以公正。由于批评对象的复杂、难以认识，不能达到公正的评价，这不能由对象来承担，而只能由批评者来负责。批评对象的复杂、丰富，显示了文明、文学的多层内涵，是人类发展的积极成果，也为批评家的大显身手提供了难得的机遇。

3. 批评家是文学批评活动的重要主体，是批评公正的主要承担者、实现者。批评家只有观念的公正、立场的公正、标准的公正、方式的公正，才能达到结果的公正。观念的公正，在于坚持高标准的公正观，不以批评作为谋私的手段和目的，而把批评作为人类的文明、文化事业，是求知、论理、审美的方式，是净化灵魂的通道，分辨美丑的平台。立场的、标准的公正，在于以人类的文明、发展为出发点，抛除私心与小圈子的利益所限。方式的公正，是采用科学（并非意味着以自然科学、社会科学为准绳，而是提倡不迷信、讲究实事求是，坚持客观、整体地看待对象，合乎逻辑与尊重事实）的方法。

4. 公正的观念是出发点。没有公正的观念，就不能得到公正的评价。文学史家孙玉石先生认为：20 世纪 40 年代，有的批评家在批评曹禺的《雷雨》时，作出脱离实际、不公正的评价，是因为走向了比较偏狭的美学观念。[①] 早在魏晋时期，傅嘏就指出，"贵同恶异，多言而妒前"（喜欢和自己意见相同，而厌恶与自己意见不同，嫉妒超过自己的人），是恶德。[②] 当然，也是导致评价不公正的原因之一。

5. 研究方法的不当导致不公正。包括：一是引文失实，就歪曲了作者原意。一段话"经研究者随自己观点的需要拦腰截断，就完全成了相反的意义了"。二是理解的主观和片面。以研究者的主观需要而不是客观事实为基础。三是版本使用不当。以作者后来修改过的作品版本，来讨论作者当时的思想和精神，是一种不科学的方法。四是以讹传讹，不掌握第一手材料。[③] 学者俞兆平在论述中国现代文学的浪漫主义时，

---

① 孙玉石：《孙玉石文集·现代文学漫议》，北京大学出版社 2010 年版，第 75 页。

② 刘义庆：《世说新语·识鉴》。

③ 孙玉石：《孙玉石文集·现代文学漫议》，北京大学出版社 2010 年版，第 241—244 页。

也涉及评价不公正的几个方面的来源。一是思维中的非此即彼。高尔基在美学史上第一次把浪漫主义割裂、界分为两大类别：积极的与消极的。因为托尔斯泰不符合积极介入政治斗争的正确，而被称为消极的人生态度的宣传者。二是狭隘政治观念对文学丰富性的剪切。破坏了文学的丰富性、复杂性、审美性。三是沿袭旧说。中国文学界沿用苏俄"积极的浪漫主义"与"消极的浪漫主义"的概念，相当时期里在对待传统文化的认识、对于作家作品的评价方面，陷入巨大的误区。四是无视史实。俞兆平以八则史实质疑旧说，说明一些论者没有从实际出发，忽视史实。①

另外，在方法上：以偏概全、误解本义、以效果推论动机，都将导致不能准确、公正评价。

具体的评价，受到情感、方法、立场、利益的制约，如果不能出以公心、不能恰当方法，就难以公正。

（五）如何保证文学批评的公正

文学批评的公正，既要依靠批评家，还要依靠人民大众。批评家应当代表社会的良心。因此，批评家的自律，就显得非常重要。

1. 批评家的自律

所谓"自律"，就是批评家的自我约束。批评应当是自由的。批评也应当是合乎文明规则、规范的。自由，是创造的多方面显现。自律，则是对于批评家自身的提醒、提示和反思。

美国作家、批评家艾略特（1888—1965）认为，批评家应当尽量抑制私人的偏见和个人的好恶（谁能没有私人的偏见和个人的好恶呢？），对作品做出正确的评论（《批评的功能》，1923年）②。自律的关键是，能够出于公心，抑制私心。批评的公正源于公心。儿童文学批评家束沛德，年轻时就不畏名家权威，具有敢陈己见的胆魄。③ 批评家不公正的

---

① 俞兆平：《浪漫主义在中国的四种模式》，广西师范大学出版社2011年版，第172—175页。

② 见《美国作家论文学》，刘宝瑞等译，生活·读书·新知三联书店1984年版，第170页。艾略特，一说英国人，因为已经入籍。这里因为选本的书名，故称美国作家。

③ 樊发稼：《束沛德：结缘儿童文学六十年》，《中华读书报》2011年9月14日。

部分，往往形成短板，影响全局、整体，损害自身形象。在实际生活中，最有代表性的成就、高度，并非能够保证被所有读者（评价者）看到、意识到。就像一本严肃的学术期刊，有可能被其中的几篇质量低的文章影响整体形象一样。即便不是最有代表性，却有重要影响。事实上，许多有影响、有一定水平的批评家，正是忽略了自己少量不严肃文章的负面影响，而不能爱惜自己的声誉。这是很可惜的。

近年来，一些中国批评家针对文学批评的现状，提出文学批评家要加强自律、严于自律，[①] 反映了这方面的要求，是可贵的自省。

2. 社会的他律

他律，即社会对于批评家的监督与提示。他律，一方面表现为批评界的内部，由其他批评家对于某一个批评家的不公正批评予以提示和商榷。另一方面则表现为批评界的外部，提出争鸣和讨论。公正，有时候依靠第三方，无利益关系或者比较少的利益纠葛，可能会获得更充分的实现。这并非对于批评家的不信任。倒是从历史和现实中总结的珍贵经验。人，包括批评家，并不可能完全生活在理想中，现实总是复杂的关系。适当脱离现实的羁绊，就能够有可能更充分地发展。

孟繁华认为："维护批评最高正义的有效途径，纠正当下批评被诟病的最好手段，是让批评发出真正有力的声音，让批评有是非观、价值观和立场。"[②] 发出真正有力的声音，这既有批评家的内部讨论，也有社会对于批评的监督。可以看作"自律"和"他律"的结合。

一千多年以前的先贤、文艺理论家刘勰说："无私于轻重，不偏于憎爱，然后能平理若衡，照辞如镜矣。"（《文心雕龙·知音》）如天平一样准确，如明镜一样真实可信，才能公正。今日的批评家如何不愧对祖先，又合于时代要求，需要用实践来回答。

3. 从不公正中发现价值

从不公正的评价中发现意义和价值，有益于将不公正的现象，通过分析、解剖，转化为积极的文化资源。

王蒙曾经论说："即便评论中确有苛刻乃至不够公允的地方，仍然

---

① 石一宁：《力倡求真务实的文学批评》，《文艺报》2005 年 3 月 24 日。
② 孟繁华：《中国当代文学通论》，辽宁人民出版社 2009 年版，第 448 页。

有一定的意义，至少是评论家经过深思熟虑提供了评价作品的另一个角度。"①

公正有很大的难度！公认的世界文学艺术大师，也有可能出现严重的失误，偏离公正。托尔斯泰的《论莎士比亚的戏剧》，以宗教意识作为最好的感情、评价标准，否定莎士比亚的成就。认为他的创作是非宗教的；歌颂国王、贵族；人物缺少感情（宗教感情）。② 这既反映了公正评价的困难，需要克服偏见；也说明了公正并非仅仅需要艺术水平的高超，和思考的深入，还在于评价标准的适宜，避免先入为主。这是托尔斯泰的局限，也留下了更广泛的警醒。（托尔斯泰的《论莎士比亚的戏剧》，并非一无是处，也有积极方面，请参看本书"文学批评的复杂原则"。）

老子说：知常容，容乃公，公乃全，全乃天，天乃道，道乃久，没身不治（《道德经》第十六章）。意思是：智者常常胸怀宽阔，宽容就会坦然公正，公正就能周全，周全才能符合天道，符合天道才是长久的认知，永远不会偏离（真理）。今天的批评家应当从中获得启迪。

八　文学批评的平等原则

文学批评的平等问题，与自由、尊重、公正、权利等问题，交织在一起。可以在相关原则的讨论中，不断获得关于平等的理念。

文学批评的平等问题，之所以单独加以讨论，就在于它应有的突出的重要性。也有必要予以突出地强调。

（一）文学批评平等的核心

文学批评的平等，核心是精神的平等、人格的平等，然后才是处理问题时具体的平等。

法国思想家卢梭（1712—1778）在《论人类不平等的起源和基础》

---

① 王蒙：《对于当代新作的爱与知》，曾镇南：《泥土与蒺藜》，百花文艺出版社1983年版。

② 刘宁主编：《俄国文学批评史》，上海译文出版社1999年版。

（1755 年）中论证，人类存在着两种不平等：一种是自然的或生理上的不平等，它是基于自然，由年龄、健康、体力及智慧或心灵的性质不同而产生的；另一种是精神上或者政治上的不平等，包括一些人由于损害别人而得以享受的各种特权，例如，比别人更富有、更光荣、更有权势，甚至有能力使别人服从他们。①

这种由于"自然的或生理上的不平等"，我们称为"自然差异"。而那种由于"损害别人而得以享受的各种特权"，形成的精神上或者政治上的"不平等"，我们称为"后天不平等"。这种"后天""不平等"则是我们要着重讨论的。

精神上的"不平等"与政治上的"不平等"，关系紧密。政治压迫会影响精神压迫。精神压迫的一个根源，是政治压迫。通常，政治压迫会加强精神压迫来维护、巩固政治压迫。但是，也有例外，政治压迫之下仍然会有精神的反抗和独立。如清朝末年的一些思想家们，更不用说民国年间的鲁迅。

文学批评的平等，核心是精神的平等、人格的平等。

没有精神的平等，文学批评家如同奴隶没有自己的独立性，如同奴才不能自由表达自己的思想，文学批评何以能够获得真知和妙论！

没有人格的平等，文学批评家在作家、政客、资本家及各种权势者面前，如同奴隶一样战战兢兢、如履薄冰，整天看着别人的脸色，揣测他人的心思，文学批评家何以能够获得他人的尊重和信服，他们的批评成果又能有什么价值可言！

在社会发展的现阶段，很难说能够完全实现精神的平等、人格的平等，这就更需要包括批评家在内的全体社会成员，努力奋斗，做好每个人、每个行业以及全社会的事。

（二）文学批评平等原则的体现

文学批评平等原则的体现，至少有这样一些方面。

1. 主体平等

不论直接参与还是间接参与或者没有参与批评活动的人，作为主

---

① 译文参见张秀章、解灵芝编《卢梭的忏悔》，吉林人民出版社 2012 年版，第 17 页。

体，批评家与批评家之间，批评家与作家之间，作家与作家之间，读者与作家之间，读者与批评家之间，读者与作家之间，在精神上、人格上和权利上，理应都是平等的。这种平等，如果体现得不明显，就说明还不能充分实现，还需要继续努力，让其及早在更大程度上实现，以至完全实现。贺兴安认为：作家对（自己）作品的看法，与读者、批评家处于同等地位。批评家应该听取和尊重作家的看法，但是应当以作品作为主要观照对象和基本的出发点（1986 年）。[①]

2. 对象平等

文学批评的对象，应当都是平等的。

批评家有在平等条件下，自由选择批评对象的权利。但是，没有权利把作品先行分为三六九等，再歧视性地划分。

批评对象有差异性，有先天的不同。这种可能存在的价值内涵的不同，并不是它们在分析、评价之前，就划分成等级的理由。

歧视某些批评对象，与有意抬高批评对象，人为地划分等级，是不平等的观念和错误的方法。

南帆指出自己在批评的过程中：不因为对象在社会已经有的定位与印象，而带有成见地贬抑或褒扬——不因为"先锋派"曾经是现代主义的别名而伴随着某种感情，也不因为"大众作家"时常被视为畅销书乃至通俗文学的作者而报以学究式的蔑视。[②] 对于自己批评对象的"先锋派"和"大众作家"，同等看待，是现代的文明的文学批评平等观，也是一个严肃批评家的正当选择。

3. 成果平等

如何看待文学批评家的批评成果，特别是不同文学批评家的批评成果，也体现着是否遵循和实现平等原则。

批评成果是由批评家创造的。由于对批评家创造的尊重和保护，具体的批评成果是与具体批评家联系在一起的。如果在认识、评价批评成果的时候，把批评成果的创造者放在批评成果的前面，甚至以批评成果创造者的身份高低（如果有人这样来分别，或者以职称、以学问、以职

---

① 贺兴安：《评论：独立的艺术世界》，长江文艺出版社 1990 年版，第 165 页。
② 南帆：《冲突的文学》，江苏大学出版社 2009 年版，第 149 页。

务、以职业等的分别）来评价批评成果的高低，都是批评的不平等。

显然，批评成果与批评家是相联系的。但是，常识表明，由于精神创造的复杂性，并不能够保证某种身份一定会有什么样的成果。人类文明史、科学发展史、思想发展史等，都表明了思想创造、科学发现并非一定与职业职称相关。

所以为了遵循和实现平等原则，在看待文学批评家的批评成果时，应该把文学批评家的身份放在后面，优先注重认识和评价批评成果本身的创造性与价值。

4. 平台平等

文学批评平等原则，在表达平台的体现上，应当是不论身份看成果。

从形式上看，图书、报纸、广播、电视以及互联网，每个公众都有同等的权利。但是，在实质上，不可能每个人的各种意见都能够获得同时表达的空间。因此，如何在实质上保证批评家能够享有共同平等的平台，并不是简单的问题。

平台平等，是批评家的权利平等的具体实现（相关内容参见本书"文学批评的权力原则"）。

没有批评平台的平等，批评家的权利平等就不可能真正实现。

平台平等，需要建设。一方面，批评平台的主持者、管理者应当以人文精神提升自身；另一方面，批评家应当发挥自身的积极责任，促进批评平台的更加公平、平等。

显然，没有平等的批评平台，暂时居于平台垄断地位的批评家，也不能保证获得公正的评价。

（三）平等基础上的价值问题

在文学批评平等的问题上，还有一个方面需要予以讨论：价值与平等的关系。

文学批评的平等，重要的是批评主体、批评对象、批评成果和批评平台的平等。平等只是问题的一个方面，也是非常重要的方面，是从事批评活动的基础。但是，还有其他方面，即同样平等的批评主体、批评对象、批评成果，并非都具有同样内涵的价值。

　　由于不同的具体情况，不同的批评主体、批评对象、批评成果，在审美价值、历史价值方面，并不等同。这并非歧视，也并非不平等。对于不同批评（研究）对象不同价值的辨析、确认，不仅反映客观存在的对象属性和主体的审美需求，也是对于创造者的积极肯定。

　　在文学史、文学批评史和文学批评中，确认那些在实质上最有价值的文学作品和文学理论作品，也是平等。这就是在平等原则基础上的评选，而不是先在地以对象本身以外的方面，作为批评理由和基础。就批评理论成果而言，曹丕和刘勰，一个是皇帝，一个是僧侣，他们并不因为身份，而是因为其文学批评理论成果，而受到分析和评价。在这方面，一些封建社会的批评家甚至比现实的批评家，更为明确。特别值得批评理论家和实践者的深思。

九　文学批评的善意原则

　　善是人生最基本的价值观念之一。[①] 也应当是文学的正面的积极价值，是文学批评的重要原则。

　　善，批评家之善，包括肯定、理解批评对象（作家作品）之善；表达自身心灵之善；追求和体现行为之善；实现社会效果之善。

　　善，对于文学批评家来说，是基本要求，是高尚尺度，无可回避。伦理的善，是文学批评善的核心。心理动机的善，是文学批评善的出发点。方法的善，是文学批评善的实现路径。成果的善，是文学批评善的基本载体。效果的善，是文学批评善的完成目的。

　　如果说，教育伦理的最终目的是"善"在教育中的实现，教人向"善"[②]，那么，文学批评伦理的最终目的是"善"在文学批评中的实现，让人们在理解、感受文学之"美"的同时充分理解文学中的"善"，努力发扬文学批评中的"善"，加强文学的"善"对于公众的影响。

---

① 李德顺：《价值论》，中国人民大学出版社 2007 年版，第 145 页。
② 杨岚岚：《试论教育伦理的本质》，《南通大学学报》（教育科学版）2006 年第 4 期。

（一）文学的善与道德的善

道德的善，即是真善美的善，是人生的核心价值。文学的善，即是文学作品所表现的善。一般的，它以正面弘扬的方式，艺术、形象、隐含地表达作者的道德理想或者社会观念。有时，也可能通过对于恶的否定，达到对于善的肯定。

善有两个含义．　是善意，二是善义。善义：即是以善良为核心的道义，可以称为正义。本书在"公正原则"中对于公正、正义予以论述。这里着重讨论善意。

善意，是善的内心，善良的意愿。是内心与外现的共同组成。文学的善，是作家在文学创造中体现作品中的精神价值和倾向，蕴含在作品中——在艺术形象中体现的善。也可以说，作家的善，体现在艺术形象之中。它应当是崇高的精神、文明的伦理。既体现于社会的理想实现，也包含在人际的伦理关系：以友待人，以理服人，以情感人，反对（包括精神、文化方面的）野蛮和暴力。

吴中杰认为：善是指作品的思想水平和道德观念，看这部作品引人向恶还是引人向善。[①]

南帆指出：人类文化已经产生了一系列抑制恶的规范，从而维护人类自身的存在。在这个意义上，文学往往以善与美的方式潜移默化地规约着人们的精神。[②]

王跃文强调：文学的精神内核是善。文学可以表现恶，但它的精神内核必须是善。作家更重要的是唤醒人们去寻找和捍卫温暖、美好、善良与欢笑。[③]

（二）文学批评的善

文学批评的善，是文学的善的组成部分，是文学批评家的批评活动及其结果，人生、社会活动的善的共同体现。傅谨认为：文艺评论家的

---

① 吴中杰：《文艺学导论》（第三版），复旦大学出版社 2008 年版，第 239 页。

② 南帆：《冲突的文学》，江苏大学出版社 2009 年版，第 118 页。

③ 王跃文：《文学的精神内核是善》，《文艺报》2009 年 3 月 10 日。

道德操守，关系到他是否能够客观公正地评价文艺作品。群体评论家的操守，则关系整个评论界的公信力和权威性。① 批评家善的涵养（伦理水平）如何，其重要性是不可低估的。

自古以来批评家们就很注意对善恶的评价。从亚里士多德的《诗学》论及悲剧有净化感情的功能，到康德的美学著作，始终把审美判断和道德判断联系在一起。②

1. 文学中善的类别

文学的善，是人性的善在人类文化中的显现，在文学中的显现。它包括作家的善，作品的善，读者与批评家的善。

作品的善：在艺术形象中体现的作家的善。作家的善：一方面体现在艺术形象创造中对于善的理解、塑造及表现（表达），另一方面体现于自身的社会行为。读者与批评家的善：体现在欣赏与批评中对于作家、作品的理解和尊重，对于研究对象体现的善的弘扬、恶的抨击，也体现于自身的社会行为。

作品的善意，是在艺术形象中体现的作家的善意。作家的善意，则体现在艺术形象中。

2. 文学批评中的善

"在作家的心里，永远有一把辨别是非、善恶的尺子。"③ 同样，在批评家的心里，也应该永远有一把辨别是非、善恶的尺子。

文学批评的善，是批评家在批评活动所表现的善。一方面，表现于对于作家、作品的善的肯定，另一方面，表现于批评活动中自身善的显现。在批评活动的人际伦理关系中：以友待人，以理服人，以情感人，反对野蛮和暴力。更重要的是，对于文学、文学批评、社会的善的弘扬和坚持。

文学批评的善意，有利于达到批评的积极的学术效果，实现学术目的。

文学批评的善意是文化的善意，人格的善意，正直、真诚，不受到

---

① 傅谨：《评论家的操守》，《文艺报》2008 年 7 月 1 日。
② 吴中杰：《文艺学导论》（第三版），复旦大学出版社 2008 年版，第 239 页。
③ 杜书瀛：《新时期文艺学前沿扫描》，中国社会科学出版社 2012 年版，第 34 页。

外界干扰。

　　文学批评的善，体现了批评家对于文学、文学批评、人类的爱。既充满了善意的关怀，心灵的温暖，也包含了质疑与追问、探寻与求索。是对于真理、真相的不疲倦的拷问！

　　文学批评的善，并不回避恶与丑，扬善惩恶，是它的不可缺少的两个重要方面。

　　（1）正面肯定文学的善

　　对于善的肯定和弘扬，就是对于恶的否定和批判、抨击。英国作家高尔斯华绥[①]认为："一个小说家应该通过性格的塑造而对人类的道德伦理的有机发展作出有益的贡献，了解这一点将始终是一件令人引以为快的事。"他在《小说家的讽喻》的寓言式文章中，叙述一个名叫西塞罗（英文"看透"的谐音）的守夜人，手执灯笼巡视街道，以灯光照亮了暗中的陷坑与危险，将善与恶一一照得分明。他通过比喻表明，文学应该毫无偏见，无所畏惧地反映社会生活，使生活中的善与恶、美与丑现出本相。高尔斯华绥一生就像那个守夜人，用他的小说与戏剧的光辉在漫漫长夜中将他生活的时代和社会一一显现出：无论是善与恶、美与丑，都一一照得分明。[②]

　　（2）通过惩恶而扬善

　　批评活动实现社会的善和文学、文学批评的善，还有一条途径，就是通过对于文学中恶的剖析、抨击，来弘扬善。

　　文学中对于恶的描写，有时候也可能是善的光芒的映照。法国小说家巴尔扎克，在其小说中大量地描绘丑与恶，将其作为审美对象来加以发掘，是开放在垃圾堆上的恶之花。同时代的大作家雨果、大批评家泰纳给予充分的肯定。雨果称其"发掘恶习，解剖热情"。泰纳则从四个方面阐释巴尔扎克是将生活中的丑与恶，转化为艺术美。[③] 小说家巴尔扎克，对"恶"的审美化，加以聚焦、放大，是以"善"为对照的。显示了文学的光辉、思想的光辉。从巴尔扎克，到司汤达和梅里美，以

---

①　英国作家（1867—1933 年），1932 年获得诺贝尔文学奖。

②　侯维瑞：《现代英国小说史》，上海外语教育出版社 1985 年版，第 82—100 页。

③　杨江柱：《西方文海一勺》，长江文艺出版社 1984 年版，第 180—185 页。

至波德莱尔，通过描写恶之花，来进行审美评价、展开社会剖析，是文学的重要潮流。通过描写"恶"来揭示"恶"、否定"恶"，具有深刻的社会意义与审美价值。法国诗人、文学理论家波德莱尔，以其文学作品和文学理论"否定的是资产阶级以善为内容的说教，而肯定了以恶为内容的揭露与批判"。① 值得批评家认真对待和慎重处理。

善恶是文学最基本的、也是最永恒的话题。反映人性恶的伟大作品，至少具有一个共同特点，那就是对于人性恶的否定。……对于恶的抑制就是对于善的培养，多提供一些美好的东西就是善行。文学应该为人性导航，向着真善美永远地航行。②

（3）文学批评立场的善

善意的立场，出发点是对于人、人类的信赖，目的是促进文学、文学批评的健康发展。是表达深刻的理性认识，不是随意的感性认识。是人自身的善意、心灵的善意，也是对于他人的善意。如老子所说："善者，吾善之；不善者，吾亦善之，德善。"（《道德经》第四十九章）对于善者，吾善待之；对于不善者，吾亦善待之，达到道德的完善。

批评家在表达对于他人的善良时，也表现了自身的善良与境界。

批评家贺绍俊认为，批评家应当有温和善良的批评态度，从善意出发，而不是从恶意出发。在建设性的批评的背后，透露出的是批评家的善意。③

作家莫言也希望：创作者能够善意对待别人的批评。应该以一种真实的、不虚伪的态度来对待批评，应该用善意去想别人，不要把别人的意图往坏里想。不管问题提得多么尖刻，不管批评多么粗暴，都应该从善处去想，都应该从自身来找问题。希望批评家更多地在批评中表现善意，在可能的情况下，把批评文章写得委婉一点。用委婉的与人为善的方式写出来的文章更容易让人接受。如果委婉为文，会让大家更钦佩他的胸怀，更能显示批评家的风度。④

---

① 郭宏安：《波德莱尔美学论文选·译本序》，见《波德莱尔美学论文选》，郭宏安译，人民文学出版社 2008 年版，第 9 页。

② 李美皆：《容易被搅浑的是我们的心》，人民文学出版社 2006 年版，第 102、106 页。

③ 蒋述卓、洪治纲：《文学批评教程》，武汉大学出版社 2010 年版，第 60—61 页。

④ 莫言：《碎语文学》，作家出版社 2012 年版，第 288、315 页。

批评家的善意，体现在批评中对于作家、作品的理解和尊重；对于其他批评家的理解和尊重。尽管有并不善意的批评，"人们从那些特别刻毒的或嘲弄的文字、特别轻蔑的或狂妄的态度、特别偏执的或武断的观点中，可以看到一个批评家在人格上的欠缺"。① 我们还是不能轻易地随意地从并无积极善意的批评成果中，得出恶意的结论。"我们在判断批评的善意与恶意，本身也应该多一些善意。"② 批评家还是应当避免以恶待恶，不至于陷于恶的泥潭之中。

（4）文学批评方式的善

批评方式（方法）的善，是善于选择适当的批评方法。

批评家的善意，还体现在批评中批评方式的善意表达。方法不当，结论难以说服人。善意的表达，能够使批评家的善意得以充分实现。

文学批评表达的善意，春风化雨，胜过暴风骤雨。对别人提意见，有洗脸的比喻。为了帮助他人，洗去脸上的灰尘或者污痕，温热适度的水和柔软蓬松的毛巾，效果最好。而如果水温太热或者太冷，既不利于洗去灰尘，更难以去掉污痕。用脸盆洗，与向脸上泼，甚至身上泼，更是大不一样。批评不是哄小孩，也不是去献媚。但是，文学批评应当有对于作家的最起码的尊重和宽容。表达，不仅要出于善意，更要体现善意。

批评家阎晶明的批评特色，具有充沛的诗情，温暖的善意。阎晶明在批评韩石山的《徐志摩传》时，是这样表达的：这本传记里，徐志摩一生中的主要经历，求学的、政治的、文学的，都写到了。……不过，徐志摩毕竟首先是一个诗人，然后才是其他。韩著在介绍、分析和评价徐志摩诗歌和其他创作的成就、特色与地位方面，笔墨似乎少了一些。这些也许并不是一个传记作家必须要回答的问题，却应是一部诗人传记作品不应当缺少的（《"寻得出感情的线索"——读韩石山的〈徐志摩传〉》）③。这其中，有对于不足的批评，有委婉的提示，也有些许的理解，还有微微的遗憾。已经比较充分地表达了对于作品不足部分的

---

① 蒋述卓、洪治纲：《文学批评教程》，武汉大学出版社 2010 年版，第 68 页。

② 陈冲：《批评的善意与恶意》，《文论报》1997 年 10 月 2 日。

③ 阎晶明：见《独白与对话》，山东文艺出版社 2004 年版，第 289 页。

不同意见，且包含了对于作家创作的尊重。

批评方式的善与表达形式有关。文学批评的表达，要讲究艺术。文学批评的直抒胸臆，是观点的明确，并非不讲方式，不注重艺术。

（5）文学批评效果的善

文学批评的善，应该自觉处理好内容与形式、认识与效果的关系。通过善的愿望、方法，达到善的效果，积极的学术效果和社会效果。

何西来在谈论到文艺批评和文艺创作的关系时认为，这实际上是批评家与作家、艺术家的关系问题。能不能真正建立起和谐的良性互动关系，需要双方的培育和努力，不是靠一个方面能解决得好的。然而，从文艺批评家方面来说，首要的就是善意。……善意的批评就是要实事求是，一是一，二是二，好处说好，不好处说不好，既不溢美，也不藏丑。这样的批评，既是为作者负责，也是为读者负责，更是为文艺事业负责。①

作家也是批评家的陈冲提醒：批评家们是否也该扪心自问，你们的批评是不是总能与作家坦诚相待，总能目光敏锐、分寸得当、精到内行、言之有理或哪怕只是言之有物？②

（三）文学批评的善恶关系

善是战胜不善、洞察邪恶的表现。文学批评应当善恶分明、扬善惩恶。

阿拉伯文学和世界文学的重要思想家、作家纪伯伦曾经在《善神与恶神》中，以"善神"与"恶神"在山巅对话的故事，说明人们常常把"善神"误认为"恶神"，或者把"恶神"误认为"善神"。告诫人们：分清善恶。对于善恶在认识上的复杂性，予以警惕。

1. 文学批评善恶的几组关系

文学批评的善，有几组关系应当辨明。

善与深刻的关系。深刻不等于尖刻。深刻的善，在于直抵人的心灵，在于大是大非的界限分明，在于对恶的警惕和剖析，在于对善的坚

---

① 何西来：《论文艺批评的和谐》，《文艺报》2007 年 4 月 3 日。
② 陈冲：《批评的善意与恶意》，《文论报》1997 年 10 月 2 日。

持和弘扬，并非一定要尖刻。尖刻往往和刻薄相伴。深刻则是认识的深入。尖刻和刻薄，可以使表达者获得语言的愉悦，却完全可能造成对于相关者的伤害。那正和善相悖反。

善与否定的关系。善要讲是非。不是一团和气，而是是非分明，讲究原则。应该否定的，不能含混不清。

善与尺度（程度）的关系。善意的批评可以是严厉的。不过度，而是适度。

善心与恶意的关系。善心，是促进事物向好的方面发展。恶意，则因为私心而具有破坏性。善心，因为方法不当，可能产生不良后果。知错应当速改。而恶意，则难以具备建设性，往往一意孤行。

善言与恶语。有理不在声音高低，平等讨论最为高尚。善言，不是花言巧语，而是给人以温暖，是心灵的沟通。恶语，以贬低他人为乐，以否定美好为本，是精神的暴力。

2. 善的坚持

善的坚持，在于不断的努力。

王蒙曾经论说，完全有理由对于作家（批评家）提出更高的要求。不应仅仅以底线作为高标准。

善的坚持，不可过度要求他人，应该大力提倡严格律己。

鲁迅，被他人误解的善，依然坚持向善，才能达到更高的境界。

3. 善于对待复杂的善恶

对于作品中的"恶"，不能简单对待，而应当具体分析，认识其复杂性。例如，法国剧作家日奈（1910—1986）创作的戏剧《阳台》《黑人》等作品，在舞台上高祭"恶"字大旗，通过将恶传达给观众来宣泄痛苦和净化灵魂。甚至将罪恶当作礼赞的对象。……在客观上赞扬了人民的反抗殖民统治的斗争。①

美国当代左翼作家、文学理论家苏珊·桑塔格的艺术论，是以"坎普"为中心的。而"坎普"（音译），借雌雄同体的方式，使善与恶无区别，打乱审美与道德的界限，让曾经荒诞不经的东西变得司空见惯，

---

① 宫宝荣：《法国戏剧百年（1880—1980）》，生活·读书·新知三联书店2001年版，第305—318页。

违背常理的东西成了日常生活的新秩序。她以性的艺术、形象，表达政治意图。① 因此，具有相当复杂的内涵。其中，既有对于现实的反抗，也有反抗的偏颇。不宜简单对待和评价。

老子说：善者，吾善之；不善者，吾亦善之，德善（《道德经》第四十九章）。启示我们，在现代文明的境域中，对于不善者，亦努力善待。当然，不是无原则地不讲是非，而要辨别是非，遏制心灵的道德的恶，阻止实践的恶！从善意，到善果。使不善、不完全的善，小的善，发育、发展成为更大的善！

善并不能解决文学、文学批评以及社会的全部问题。仅仅有善是不够的。然而，没有善，无论对于文学、文学批评以及社会，都是不行的。

十　文学批评的尊重原则

尊重是现代文明的重要原则。它不仅在人的一般活动中占有重要位置，也是文化学术活动的重要原则。

一般认为，尊重属于伦理学的理论范畴。在《简明伦理学辞典》②和《中国伦理学百科全书·德育伦理学卷》③ 中，都有"尊重"的词条。

在文学批评中，讨论问题时提倡尊重，已经成为越来越多的一种比较自觉的现象。但是，把"尊重"作为理论范畴来进行专门的探讨，还难以见到。那么，在文学上批评中讨论曾经是专属于伦理学理论范畴的尊重原则，是否适当呢？文学批评是一种文化活动，也是具有伦理原则的社会行为。在文学批评活动中，如何处理相应的人际关系及其他关系，是应当注意的重要问题。这里，从文学批评理论建设的层面，对文学批评活动中的有代表性的伦理原则"尊重"予以探讨，既有从古到今批评成果的理论依据，又有现实的文学批评活动发展的社会需求。有

---

① 参见王予霞《苏珊·桑塔格与当代美国左翼文学研究》第五章第三节，中国社会科学出版社 2009 年版。

② 编辑组：《简明伦理学辞典》，四川省社会科学院出版社 1985 年版。

③ 甘葆露主编：《中国伦理学百科全书·德育伦理学卷》，吉林人民出版社 1993 年版。

评论家认为："对于伦理，文学需要保持的敬意应当是永恒的。"文学应当"接受伦理维度的规约"，"置于伦理视阈加以观照"。① 同理，文学批评也离不开伦理价值的联结。有必要进行伦理的思考和评估。

文学批评学的尊重原则，既是文学批评理论建设的重要内涵，也是当代文学批评现实所提出的迫切课题。现实中存在某些文学批评的霸权、霸气。如批评家吴俊所说，出现了一些批评家趾高气扬的局面，一副凌驾于一切之上无所不能的姿态，霸气十足。② 这是不能在文学批评中实行尊重原则的现象，也是违背现代文明的现象。

在文学批评的领域里强调尊重，是历史上一种有力的声音，有历史依据。早在曹丕的《典论·论文》中，就批驳了"文人相轻"，是对文人相互尊重的积极弘扬。尊重也是近年来许多作家、理论家的话题，他们分别作的提倡和强调，说明了这个问题的重要性和现实呼唤。这些，是我们讨论文学批评尊重原则的前提和理论资源，也证明了这一问题进行理论探讨的必要性。同时，也增强了我对讨论这个问题的信心，支持了我从文学批评实践的现实提出并且论述这个问题的信心。

本节把尊重原则作为文学批评的重要理论范畴来探讨，从一般的对于尊重态度的呼唤，提升为一种批评的伦理原则、研究方法、言语系统，加以论证。

（一）尊重的多重意义

1. 尊重的词义

尊，在甲骨文、金文中为"人的双手捧酉（酒）形"，酉即尊。《说文解字》曰："尊，酒器也。"段玉裁注曰，从酒器引申为尊卑的尊；在周礼中，六尊为"祭祀宾客之礼"。③ 在历史发展中，"尊"由特定的名词酒器，引申为一般名词礼仪形式，再引申为情态动词的尊重。

"尊重"在《现代汉语词典》中释义，是"尊敬或重视"。④ 对于

---

① 路文彬：《视觉时代的听觉细语——20 世纪中国文学伦理问题研究》，安徽教育出版社 2007 年版，第 5 页。

② 吴俊：《遮蔽与发现》，上海文艺出版社 2007 年版，第 235 页。

③ 许慎撰、段玉裁注：《说文解字注·十四篇下》。

④ 《现代汉语词典》，商务印书馆 1990 年版，第 1549 页。

对象的尊意和重视，是礼仪和敬重。"尊重"的同义词有"尊敬""敬重""尊崇""崇敬"等；反义词有"歧视""轻慢""鄙视""无视"等。①

2. 历史上的尊重

在历史上曾经有过的尊重，并不是现代意义的尊重。历史上有尊君、尊贵的传统。中国文化传统中有尊君重民的文化传统。尊君，是绝对地尊重君王，臣民对君王必须唯命是从，是专制主义的体现。② 重民，是在统治管理中重视民众对于社会安定的重要性，而不是尊重民众本身。普通民众并不具备与统治者同等尊贵的地位，更不用说人格的独立与尊严。可以说，传统意义上的"尊重"，不是平等意义上的，而是有着尊卑的不同地位的人们之间的单向活动，不是双向的对等。所谓"天尊地卑，君臣定矣；卑高已陈，贵贱位矣"（《乐记·乐礼篇》）。③就是指的社会等级关系，已经被天然地确定了。天地有尊卑，人间有贵贱。何来平等意义上的尊重呢？

中国文化传统的一元独尊，导致的是尊帝王、尊权力，破坏文化学术创造和思想自由，阻碍社会文明的发展，危害极大。因此，在现代，要获得文化和学术的创造，获得思想的自由发展，就需要打破以往的"一元独尊"，确立现代的尊重观念和规则，并且赋予学术上的实践。

3. 尊重的现代意义

在现代，伦理学上的尊重，"是一种基本的道德要求，指以真正平等、重视、诚恳的态度待人"。"要求承认他人的人格尊严，肯定他人的权利、自由，重视他人的智慧、才能、知识，认真对待他人的信念、意向、情感，相信他人等"。"对人的尊重是建立在人人平等基础上的。"④

尊重，与尊严、尊敬是密切相关的。尊严，突出的是人格的不可侵

① 林玉山：《简明同义反义词典》，海天出版社1986年版，第529页。

② 张岱年、方克立主编：《中国文化概论》（修订版），北京师范大学出版社1994年版，第361—364页。

③ 北京大学哲学系美学教研室编：《中国美学史资料选编》（上册），中华书局1985年版，第62页。

④ 编辑组编：《简明伦理学辞典》，四川省社会科学院出版社1985年版，第333页。

犯和贬抑，也不形成对他人的侵犯。尊敬，突出的是情感和交往方式上的态度，具有敬意和礼貌。尊重，综和了待人的态度与行为，既有内心的敬意，又有行为的真诚，其内在核心是人与人之间的人格平等。尊重，是对于他人尊严的真诚敬意，从而也是对于自身尊严的积极卫护。

与历史上的尊重比较，现代意义的尊重，具有普尊同重的特征。普尊，是指尊重的普遍性，没有被尊重者的等级区别。是以公民的权利平等为前提的。同重，是说尊重者与被尊重者具有同样的人格尊严。不应存在对于他人的歧视和傲慢。

现代意义上"尊重"的核心，是平等。这也是区别于以往"尊重"的重要标志。特别是人格平等。即便是经济地位和社会地位比较低的人，也不容许有丝毫的蔑视。"卑微的生命也有尊严"。① 同样需要给予人格的尊重和社会的关怀。

尊重是人的现代素质的体现。人的现代素质，包括人与人之间的尊重，也包括尊重并愿意考虑各种不同的意见。②

尊重还是现代文明的体现。文明是对野蛮的不断超越和提升。尊重具有现代文明所具有的人人平等、互相礼敬的积极内涵。

（二）尊重原则的内涵

文学批评中的尊重原则，比较突出地体现于平等、客观、礼敬这几个方面。具体来说，平等是批评中人与人之间、作品与作品之间的关系；客观，是批评中崇尚真实、尊重真理的方法；礼敬，是批评中对研究对象的真诚态度。

1. 平等

在文学批评活动中，参与批评活动的人，与他人、他人作品相互之间的关系，应当是平等的。这其中至少包括了以下几个方面的关系。

（1）批评家与作家的平等

批评家对于作家作品，不是依附的关系。批评家不是作家作品的奴隶或者随从，不是仰作家鼻息生存的寄生者。作家是以创作文学作品的

---

① 关雅荻：《〈立秋〉：卑微的生命也有尊严》，《文汇报》2008 年 2 月 6 日。
② 郑杭生主编：《社会学概论新修》，中国人民大学出版社 2003 年版，第 340 页。

形式来参与文化创造的，批评家是以对文学作品及文学现象进行阐释的形式来参与文化创造的。在文学批评史上和文学发展的现实中，曾经有过许多突出的作家敌视、蔑视批评家的事例。同样，在现实的与历史的文学批评活动中，也不乏将作家视为阿斗与顽童的批评家。这种对于对象缺乏理解和尊重的现象，不仅有悖于现代文明精神的人格观念，而且也没有理解文学正常发展条件的学术理念。

对于他人作品缺乏理解和尊重的现象，在本质上是没有平等地对待他人，常常是固执地认为自己高人一等，唯有自己是高明的。批评者不能处理好与批评对象的平等关系，自然会影响批评的学术质量。

（2）批评家与批评家的平等

批评家与批评家之间的平等，同样是非常必要的。固执地认为自己高人一等的批评家，难以对自身作出深刻的反思，不能与其他批评家友好相处，不能欣赏他人的正确观点。批评家有批评的权利，却没有傲慢地敌视他人的理由，没有强迫他人接受自己观点的权利。在不平等的关系中，即使正确的观点也不容易被别人接受和理解。

批评家的立足，不是靠夸张的语气和言而过当的判词，而是依靠批评成果的真理性内质，是以理服人，而不是以势压人、以声吓人、强加于人。

认为唯有自己高明的批评家，是一种客观存在的文化现象。把自己的自信发展为极端的自负，是会与真正高明的批评家远离的。只有众多优秀批评家的共同参与，才能推动文学事业的共同发展。

批评家与批评家之间的尊重，是一种客观存在的文化现象。批评家与批评家之间的不尊重，同样也是一种客观存在于历史与现实之中的文化现象。

（3）不同作品之间的平等

对不同的作品，批评家自然有不同的评价。但是，应当平等对待不同的作品。对于不同的作家，不同题材、体裁、风格的作品，应当运用统一的审美的艺术标准，作为衡量的尺度。而不是以批评家与作家的友情，用个人情感牺牲了对于公众的社会责任；不是以批评家自己单一的审美趣味，作为评价其他审美趣味的唯一标准。也不是以品格来换取金钱，降低了批评的格调。也不是以商业化的运作，来销售批评者的名声。以不平等的态度看待作品，得到的是一时的利益，失去的是对于社会的切实责任和对文化的高尚追求。

2. 客观

文学批评学中的尊重原则，还表现为客观地对待作家作品，实事求是的评价方法。一是一，二是二。不夸大成绩，也不忽视缺点。

在这方面，我们应该认识到，只有采取尊重的态度，才能比较客观地评价作品，特别是看到其积极的创造方面。反之，轻蔑地对待作家作品，往往会只看到缺陷，看不见作品的优点与创造。

实事求是的"是"，应当是规律、真理，而不是一己之利、一派之利的"利"。

客观地评价作家作品，在于真诚、真实地评述和论说。服从于真知，坚持肯定积极的方面，否定消极的方面。在事实和逻辑面前，不怕改变自己的观点。

"说真话不仅是对批评对象的尊重，也是对自己的最起码的尊重。有好说好，有坏说坏，是批评的灵魂所在。"①

3. 礼敬

礼敬，是平等基础上的礼敬。礼貌相待，敬重创造，是尊重文学精神、文学创造和创造者的真诚态度。

礼貌地对待作家作品，既是尊重作家的人格，更是敬重作家在文学活动中的创造。客观地对待作家作品的成就，是礼敬。严肃地对待作家作品的缺陷，也是礼敬。

礼敬，是对待作家作品的真诚和敬意。不是像有些批评家在批评活动中体现出来的——为展示自身的傲骨而对于批评对象的傲慢。也不是像有些批评家那样的低首谄媚，失去了人格平等意义上的礼敬。礼敬，源于对待作家作品的真诚和对作家在文学活动中创造的敬意，源于与批评对象的平等地位，源于对文学发展和人文精神的追求。

礼敬的反面是傲慢和敌视。在文学批评中，即使是傲慢地轻蔑作家作品的缺陷，也是不应当的。因为在实践中，傲慢的批评不仅有失批评家的风度，也达不到批评的最佳效果，往往让人难以接受，还伤害正常

---

① 黄发有：《因为尊重，所以苛求》，《南方文坛》2005 年第 3 期。

的人际关系。况且，一时、一人所认知的"缺陷"，有时也是靠不住的。得理宜需让人。纠错不宜伤人。

（三）尊重原则的体现

尊重原则在文学批评中，体现为尊重文学精神、尊重研究对象、尊重其他研究者、尊重文学规律和社会文明规则，等等。

1. 尊重文学精神

文学批评中的尊重原则，十分重要的是体现为尊重文学精神。我们所认识和理解的文学精神，是人类文明发展过程中不断积累的崇高的人文精神在文学方面的体现。它包含了真善美的核心内容。是对于美的追求，是审美的创造和提升、是大爱的弘扬和宣示，是指文学活动、文学作品、文学理论所体现对于人类发展起到积极作用的文明、进步、创造、审美等方面综合的文化精髓。文学精神，既包含对现实中美的赞美，对现实中丑的批判，也包含对理想中美的向往。是真善美的统一，是理想与现实的统一，赞美与批判的统一，是文明、进步、创造、审美等方面的统一。

文学精神不是抽象的，而是具体地体现于具体的文学作品中作家的创造之中，批评家与社会公众的文学阐释之中。

文学精神，是认识文学的基础。有了积极、文明的文学精神，才有可能尊重文学的基本的核心的价值，尊重文学的创造者，尊重文学的创造（创造性的劳动）精神，尊重文学创造的成果，尊重文学的发展、进步与丰富。

应当看到，在现实和历史的某些文学批评中，粗暴地对待作家、作品，严酷地打击作家的文学创造，就是践踏文学精神的体现。这不仅损害了作为批评的具体对象的权益和形象，也是对文学精神的严重伤害，对文学事业的粗暴，对人类文明的不敬。

2. 尊重人

研究者在研究过程和研究成果的表达中，应该体现对于人（特别是对他人）的尊重。

尊重需要是对自己尊严和价值的追求。包括希望得到别人的重视和尊重，个人对自己的尊重。尊重需要是人的自我需求，是人的高层次的精神价值。心理学家马斯洛的关于人的需求理论，已经获得了普遍的认同。① "人性中最深刻的需求是得到尊重，也就是被肯定、认可。人与人（即便是密友）之间也需要维护双方的自尊。"② 在文学和文学批评领域内，也毫不例外。

（1）尊重作家

尊重作家，首先是对于作家人格的尊重。批评家首先要面对的是作品。而实质上，不能不是对作品的创造者——作家的评判。因此，不应该在批评活动中，做出有损作家人格的举动。否定作品可以，贬低作家的人格不应该，也不文明。

批评家对作家的尊重，可以建立相互信任的平等、友好关系。如果没有相互理解的正常关系，即使批评家正确的意见，也难以被接受，会影响批评的效能。

有的作家因为自身修养的关系，常常表现出对于批评和批评家的傲慢和鄙视（正常的对于无理、粗暴的批评的学术反驳，应当不在此范围）。这不能成为批评家，也降低自己的人格，而同样采取不尊重他人的理由。批评家和批评的尊重，不是为了换取他人采取的同样态度，而是提高自身、影响社会文明的需要，也是建设正确的学术原则和良好氛围，达到积极的批评效果的需要。

尊重作家，就要真正了解作家，客观评价作品。艾青在 1942 年就强烈地呼吁"了解作家，尊重作家"，强调对于作家歌颂光明和抨击黑暗的双重职能的完整认识，"保卫人类精神的健康"，有"普遍、持久、深刻"的意义；对于作品的评价，应该恰如其分，才是真正的尊重。③

尊重作家，也对作家的创造成果予以尊重。尊重作家，"不该以贬低写作者的地位为代价"，应当"饱含尊重别人劳动的心态"。④

不仅尊重作家的劳动和创造，也尊重作家的情感，尊重作家的成功与失误，劳动与创造，个性与风格。茅盾在担任期刊编辑时，"深深了

---

① 叶浩生：《心理学通史》，北京师范大学出版社 2006 年版，第 357 页。

② 宋振韶：《朋友亲疏源于个性差异》，《中国青年报》2007 年 9 月 2 日。

③ 艾青：《了解作家，尊重作家》，见《中国新文学大系 1937—1949·杂文卷》，上海文艺出版社 1990 年版，第 171—174 页。

④ 谢有顺：《对话比独白更重要》，《当代作家评论》2008 年第 1 期。

解并理解作者对自己作品的感情"，"尊重作者，珍视任何一部作品"。①编辑应该如此，读者和批评家也应该如此。

（2）尊重批评家

尊重批评家——文学研究者，也是文学批评尊重原则的重要方面。尊重文学研究者，实际上不仅是尊重他人的劳动，也是对作为学术研究的文学批评的深入理解。学术活动，不是由一个人几个人、少数人可以完成的，也不是由某个人来做最后的结论，而是无数代学术研究者，不断地丰富、深化已有认识的历史过程。每个研究者只是学术发展史的链条中的一个，尽管可能有突出成就的研究者，却不可能终结研究过程。尊重其他研究者，既是尊重作为个体的学术研究者，也是尊重作为事业的学术活动，尊重人类的文明，尊重人类认识的发展与丰富。

尊重文学研究者，就要尊重前人的创造成果。吴福辉先生强调，在文学研究中应"对历史上的著作及前人表示起码的尊重"。② 而现实的情况是，有些研究者在研究中"往往为了强调自己的研究课题的创新价值，对于以前研究过同一课题或相关课题的人，不是充满敬意地去褒扬前人的筚路蓝缕的成果，而是装作视而不见，甚至刻意贬斥一番，以显示自己成果的重要、系统和完整"。③

尊重文学研究者，就要尊重其他人的不同观念和选择。文学史家钱理群在评价另外一位文学史家解志熙的时候，说了这样一段话："我觉得更加难能可贵的是，志熙在作出了自己的选择以后，对不同的选择，也能抱有理解的同情与尊重。"④ 对于其他研究者的"不同的选择，也能抱有理解的同情与尊重"，是一条重要的文学批评原则。

尊重文学研究者，就要尊重年轻人的挑战。一些新生的学术力量（特别是突出优秀的年轻学者），是生气勃勃的学术创造者，他们不断向学术史提出新问题，是敢于向权威及其理论挑战的学术新军。应该尊

---

① 骆玉安：《茅盾的期刊作者观与编辑思想》，《郑州大学学报》（哲学社会科学版）2007 年第 5 期。

② 吴福辉《"主流型"文学史写作是否走到了尽头》，《文艺争鸣》2008 年第 1 期。

③ 陈思和：《时代·文学·个人》，《当代作家评论》2008 年第 6 期。

④ 钱理群：《诤友，坚守与宽容——解志熙对我的提醒和我对解志熙的提醒》，见解志熙《摩登与现代——中国现代文学的实存分析》，清华大学出版社 2006 年版，第 12—13 页。

重、鼓励他们的创造与探索，也尊重他们的歧见和失误。学术研究本身就是一种永无止境的探索过程，谁也不能保证所有的探索都会成功。

所尊重的文学研究者，还应该包括学术论争中的论敌。严肃的论敌，有时还是净友。不同的歧见，在学术上不都是坏事。切磋，正是不同观点之间的讨论。对于不同意见的持有者，应该平等地相待。尊重对方的人格与权利。那种谩骂、贬低不同意见者的劣迹，应当说在现实的文学批评和学术争鸣中还没有绝迹。它不仅是个别批评家的表演，也在败坏学术和社会的风气。是和文明的发展与建设背道而驰的。

（3）尊重读者

尊重读者，是尊重文学作品的阅读者和文学批评成果的阅读者。读者——是包括文学作品和文学批评论文的接受对象，有一般读者，特殊读者（作家、批评家）。

尊重读者，就要注重发挥文学批评的积极功能，让它成为推动优秀文学作品的普及和欣赏的力量。批评家作为特殊读者，并没有超越一般读者的特殊权利。尊重读者，就要尊重读者的人格，尊重读者的智力水平和审美习惯，不能把自己的见解强加于人。批评家作为特殊读者，可能有突出的审美感受和超常见解，也可能有误读和偏差。既不需要盛气凌人，也不可能一贯正确。尊重读者，应该成为批评家的自持和自省。

尊重读者，就要重视文学批评的社会效益，使文学批评满足广大文学读者认识文学评价文学的正常需求。许多文学批评脱离了文学的实际，成为批评家的自言自语，自我欣赏。已经引起了许多文学批评研究者的注意。这样的问题不解决，不仅会影响批评的自身建设，也必然会影响批评在社会上的信誉。

尊重读者，就要使文学批评在社会的文明发展中，发挥积极作用。文学批评家面对的不仅是文学，还要面对社会的文明发展，要有自觉的承担。在中外文学批评史上，都曾经出现过以文学批评促进社会的文化进步、文明发展的先例。虽然不可能每每做到，却可以作为理想追求。

尊重读者，也是批评家对自己批评成果的广泛传播所做的积极努力。"现代出版的特征是传播，而一切传播都是以受众为前提的。没有对读者的理解和尊重，传播将陷于无奈和无效。"① 尊重读者，心有读者，熟悉读者，才能得到读者的尊重，才有可能使自己的批评成果得到读者的接受和认同。

（4）尊重自我

尊重自我，既是要自尊，也是要尊重他人。尊重他人，是一种重要方面的尊重自我。一个不尊重他人的人，不可能获得他人的尊重。

尊重自我，是要尊重自己的人格，肯定自我的价值。作为现代的公民人格，应该保持精神的独立和人与人之间的平等关系。不屈从于他人的压力，不迷信任何的权威，不出卖自己的社会良心。尊重自我，还要尊重自己的劳动成果。批评家的成果，不仅仅是朋友圈里的自我娱乐，不仅仅是论敌间的个人恩怨。在现实的文学批评活动中，有的批评家忽视了批评成果具有社会影响的客观性、公益性、推动文学事业发展的有效性。违背真情、没有真知、夸大其词的赞美与否定，媚于俗众的低级趣味和欲望，把自己的劳动成果作为换取金钱与利益的简单商品，既不能很好地尊重研究对象，也不能正确地尊重自己，不仅损害了个人自身的人格形象，也影响了批评家整体的社会声誉。

自尊，不是妄自尊大，把自己看得高于他人，重于他人。而是要平等待人，礼貌待人，尊重他人。蔑视他人，并不是维护自己的尊严，而可能形成对他人的侵犯。不仅会扰乱批评家之间的和谐关系，还背离了以学术活动为中心的宗旨。不可能与文学批评本身有益。

3. 尊重研究对象

对研究对象的尊重，是对于劳动者的劳动和创造成果的尊重，其实质，也是对于人、对于文学精神的尊重。研究对象，既包括人（作家、批评家、读者），也包括作品（文学作品和创作谈、批评论文等）（尊重人已经在前面谈及，这里主要涉及作品）。

（1）尊重作品

作品是作家的劳动成果，这是毫无疑问的。批评家所面对的作品，并非纯粹物质化的实物，而是作家劳动的成果，作家人格的化身。面对的是作品，实质上面对的也是作家。

---

① 郝铭鉴：《品位细节》，《编辑学刊》2007 年第 4 期。

优秀的作品需要尊重。被认为差的作品，也需要尊重，它同样是劳动成果。被认为差的作品，是可以批评的，也是可以严厉批评的。但是，许多差的作品，是没有批评价值的。有胸襟的批评家不应当为此花费精力。

比较差的作品，只有在两种条件下，才有被批评的价值：一是有大的影响、有代表性的作品，已经成为倾向性的潮流，而其中的问题不被认识和注意；二是可以成为文学理论的负面典型，具有充分的阐释价值。优秀的批评家在批评差的作品时，不仅指出其差的方面，而且还分析原因，说明同时期普遍的倾向性的问题。单独差的作品，没有批评价值。差的作品，不是可以用批评清除得完的。也不必要对每篇差的作品贴上标签。如何选择差的作品，也有一个作为有眼光有胸襟的批评家，怎样运用自己的才华和智慧的问题。志向远大的批评家，不应该将自己宝贵的精力，过多地放在那些糟糕的作品上。

批评更多的应该是对于优秀文学作品的发现与阐释。不应该对于相当差的作品投入宝贵的精力。

（2）尊重个性

尊重个性，就是尊重作家、作品的差异。尊重差异，包容多样，才能够正确地开展文学批评，客观地评价作家作品。吴亮认为，对于作家的尊重，不仅是对作家辛勤劳动的尊重，更是对于其个性的尊重。①

尊重作家、作品的差异，首先是尊重文学的多样性。只有多样性的文学，才能保证文学的丰富性，才能保证文学的发展和提高。文学的多样性，必然是包容各种有差异的作家作品。尊重差异，还要尊重文学观念、方法、风格的不同。这不仅要在理论上加以确认，更要在批评活动中得到落实。例如，诗歌史的研究，就应该"尊重诗的艺术特质"，尊重在美学风格方面，繁复矛盾与单纯和谐可以并存。②

有的批评家，几乎忽略了这一重要原则。往往以自己认同的单一的文学观念、方法、风格，来约束甚至否定不同的作家作品。这在理论上

---

① 吴亮：《批评的发现》，漓江出版社 1988 年版，第 113 页。

② 洪子诚、刘登翰：《中国当代诗歌史》（修订版），北京大学出版社 2005 年版，第 3 页。

是有缺陷的，在实践上则是非常有害的。

尊重差异，就是尊重作家、作品的个性。胡风的文学批评，"尊重作家的个性，尊重他们对自己熟悉的题材内容的选择"。在评论文学新人澎岛的作品时，给予宽容和鼓励。①

在艺术上，尊重个性还意味着尊重少数人的意见和创造。② 这是实现民主的有效方式。在现代社会，民主不仅是多数人的霸权，还要尊重少数人的意愿。在这个意义上，尊重是艺术民主的重要原则与前提，是否定艺术、文化、思想专制的重要方式，是创造丰富、多样的文学的必要条件。

（3）尊重缺陷

尊重作品，不仅尊重其中的优点和创造，而且尊重其中的缺陷和失败。尊重作品的缺陷，可以使"社会多一些宽容度，容忍一些异端的存在，却是产生天才的土壤"。③

尊重缺陷，并非要肯定缺陷，而是要正确认识对待缺陷和失败。失败是成功的基础。缺陷是优点的衬托。可以分析缺陷和失败，却没有必要轻蔑与嘲笑。文学常识表明，作家是不可能每一部作品都必定成功的。一部作品比一部作品好，只是读者的期望而已。若以此要求作家，只能徒生烦恼，不符合文学规律，也是文学历史上从来不曾存在的。胡风在评论文学新人澎岛的作品时指出"虽然有些是写失败了"，却从中可以看出"作者视野底广阔"。认为"这种有时还显得粗糙的东西却还有意义，……应该得到积极的评价"。④

尊重并非就是一味地不讲原则的廉价的赞美。严肃的具有否定性意见的批评，也是尊重的重要表现。对于缺陷，是应当批评的。但是，应该具有充分的善意和有力的说理。具有否定性质的批评，应当明确缺陷在作品中的位置和分量，以及批评它们是否对于文学发展有普遍的意义。

尊重缺陷，也给真理、正确的意见以生长空间。真理在最初，并不

---

① 艾晓明：《中国左翼文学思潮探源》，北京大学出版社 2007 年版，第 161—165 页。

② 吴亮：《批评的发现》，漓江出版社 1988 年版，第 55 页。

③ 雍容：《有缺陷的天才们》，《文汇报》2008 年 1 月 17 日。

④ 胡风：《胡风评论集》（上），人民文学出版社 1984 年版，第 148 页。

可能都是公认的。允许缺陷，也给真理与错误的辨认留下了余地。真理、正确的意见，在最初，往往不被普遍认可。只有允许错误意见的存在，才能给予可能不是错误的真理，以存在的理由和生长的空间。这是人类思想文化史的宝贵经验。不能够再视而不见了！

4. 尊重文学规律和社会文明规则

文学批评中的尊重原则，还体现为对于文学规律、学术原则、社会公德和社会文明规则的尊重。

这实际上，是要突出地把文学批评活动置于比较广泛的文学研究空间，强调批评家应当在学术研究中遵守学术原则、社会公德和社会文明规则。

文学批评不是个人对于文学作品、文学现象的随意的意见，而是作为严肃的学术活动，有责任对于文学的真知，对于社会文明和进步的推动，自然也包括了对于现有社会文明规则的尊重。相反，那些对于文学规律、学术原则、社会公德和社会规则有所违背的批评，不仅会漏洞百出，自然也会引起众人的非议，也是没有积极效益的批评，没有学术分量的、缺少积极价值的批评。例如，要求作家的作品一定要一部比一部好，要求作家的创作应该服从批评家所信奉的文学、政治理念，认为批评家自己是聪明的而所评论的作家是愚蠢的，等等，都是违背文学规律和文学历史的。

（四）尊重原则的多重意义

尊重是重要的人文关怀原则。童庆炳先生认为，"人文关怀有三要素：尊重人的不同经验，捍卫人的尊严，尊重人的不同思想"。① 这些，刚好体现于我们前面的论证之中。也是这个论题合理性的有力证明。

文学批评中的尊重原则，有多重的社会意义。

它有助于文学批评实践的健康发展。尊重原则的贯彻实行，可以促进批评家之间、批评家与作家之间和读者之间的尊重。"在研究者与被研究者之间建立一种彼此尊重、互信的关系，从而贴近研究对象、体察

---

① 童庆炳：《文艺学边界三题》，《文学评论》2004 年第 6 期。

研究对象，这既有助于评价的客观公允，更有助于研究的拓展深化。"①

它可以促进文学批评成果的积极传播，提高文学批评的有效性，避免某些不必要的纠纷。具有尊重精神的文学批评，即便是否定的意见，也易于为社会公众所接受。而缺少尊重精神的文学批评，即便是有合理的因素，也不易于为社会特别是被批评者的认同。往往有些争议，出现于局部的枝节问题。意气用事，常常因为被批评者对于批评态度的反感，导致精神资源的浪费。

它是文学繁荣的重要保证。文学批评的尊重原则，可以通过批评关系的调整，批评实践的改善，达到文学环境（文学生产、文学阐释、文学传播等）的优化。实际上，只有批评家之间、批评家与作家之间和读者之间的相互尊重，才能形成良好的文化环境与社会环境，才能有助于优秀作家作品的大量涌现，并被积极地认知和传播。

它有助于文学批评理论的建设。在通常的文学批评理论中，对于伦理方面的现代阐释，不是很系统、很充分。在文学批评中确认尊重原则，将其进行充分的阐释，不仅有助于批评理论的扩展与深化，也有助于批评理论贴近实际，面向实际地解决问题。

它对于社会和谐的推进，文明氛围的提高，公民文明素质的提升、道德修养的养成，都有积极的重要作用。互相尊重，才能产生彼此信任。②

文学批评中的尊重，是正常、正当的文学批评的本义。是批评家遵守公德、具有高尚人格的体现。实践尊重原则的文学批评家，自然也会获得广大读者、作家和其他批评家的尊重。不尊重他人及他人作品，不尊重文学规律、学术原则、社会公德和社会规则的批评家，既难以达到批评的高水平、高境界、高效率，也难以获得他人的尊重。有作为的批评家，应该清醒意识到这个重要问题。

尊重不是天然就会具有的。"尊重，和自由、平等都是需要通过学习才能够领会的"。③让我们在实践中学会尊重，看到更多的批评家实

---

① 邹红：《田本相与新时期曹禺研究》，《中国现代文学研究丛刊》2007 年第 2 期。

② 陈伟平：《尊重才能产生信任》，《文汇报》2008 年 2 月 29 日。

③ 胡印斌：《师生本不应相视如寇仇》，《中国青年报》2008 年 10 月 30 日。

践文学批评的尊重原则。

十一　文学批评的宽容原则

　　宽容，作为社会伦理原则，是社会文明进步的产物，又对社会文明以影响。宽容，是文明的过程与状态。宽容是伦理学、社会学、政治学、法学、宗教学等学科共同面临的理论和实践问题。作为文学批评原则的宽容与社会伦理原则的宽容，既是密切相关的，又是有所不同的。

　　这里讨论作为学术问题的文学批评的宽容原则，主要限定在思想文化领域里的理论与实践之内，以期获得文学批评理论建设的启示。

（一）讨论文学批评宽容的必要性

1. 讨论的前提

　　宽容在当代中国，与"文化大革命"的结束、告别和否定"四人帮"的法西斯专制主义有关。荷裔美国人房龙的《宽容》一书①，在"文化大革命"结束以后的新时期，曾经在中国大陆风靡一时，并且陆续有了许多版本，反映了文明的进步与文化的需求。

　　在近年的文学批评实践中，宽容成为比较可喜的正常的学术文化现象。同时，使用这一概念日益频繁，逐渐增多。

　　有批评家的使用。雷达认为：文学批评要富于现实感，要有正确的价值立场和是非观，要有博大的爱心和宽容精神。②红孩说："一个批评家对待作家应该能做到宽容，这种宽容仅仅限制在文学本身的实践上，而不是其他。同样，一个作家在对待批评家上也应该能采取宽容的态度，其宽容的限度在学术探讨，而不是人身攻击和打棍子、扣帽子。"③何平呼吁，网络作家与传统作家之间应该多一点宽容和理解。④

　　有文学史家的使用。孟繁华在《中国当代文学通论》中指出：进入

---

　　①　［美］房龙：《宽容》，连卫、靳翠微译，生活·读书·新知三联书店1985年版。

　　②　雷达：《当前文学症候分析》，作家出版社2009年版，第63页。

　　③　红孩：《2003年中国争鸣小说精选·序》，见《2003年中国争鸣小说精选》，长江文艺出版社2004年版，序第2页。

　　④　马季：《数字化阅读中的网络文学》，《光明日报》2011年1月25日，第13版。

21世纪，包括文学在内的文艺批评，取得了巨大的历史进步。元理论的终结和多样性批评声音的崛起，从一个方面表现了当代中国巨大的历史包容性和思想宽容度。① 在文学史中，宽容也是评价的尺度。程光炜指出：20世纪80年代，部分批评家对作家作品采取了"异常宽容"的批评立场。②

有文学理论家的使用。张福贵认为，现代社会应该建立一种宽容的道德哲学，现代知识分子必须具有宽容度。宽容，对于人类，是一般价值（即核心价值）；对于个人，是一种人生的价值观。③ 更是将宽容从文学批评现象的具体层次，上升为人性与文明社会建设的层面予以思考，呼唤宽容哲学的建设。

2. 不宽容现象的严重存在

尽管不少作家、批评家在坚持宽容的文学原则并从事文学批评，提倡建设宽容的社会文化环境，但是不宽容的社会文化现象，在现实中还是严重存在的。以文学而言，作家李国文说："为文学计，宽容应是第一位的。……在作家这一行里，具有这种狭隘偏见的不够开明的充满妒心的同伴，他们的思维方式就是：不能容忍别人比自己好，更不能容忍自己比别人差，永远看不到自己的不足，永远挑别人的不是，总是以自己的长处，比别人的短处，总是酸溜溜以绿色的眼睛看待别人。从古至今，一直到文学新时期，这种人从来是不乏见的，而且有弥来愈甚的趋势。"④ 在文学批评方面，被称为"酷评"的文学批评现象，就有攻其一点，不及其余，以局部否定全体的严重失误，是文学批评不宽容的突出表现。王剑冰指出，有的批评家"棒子一舞，抢倒一大片（作品）"。⑤

对于文学批评中不宽容的现象，不能视而不见，不能低估其所产生的负面的消极影响。

---

① 孟繁华：《中国当代文学通论》，辽宁人民出版社2009年版，第448页。
② 孟繁华、程光炜：《中国当代文学发展史》（第二版），中国人民大学出版社2009年版，第165页。
③ 张福贵：《宽容的道德哲学》，《文艺争鸣》2005年第2期。
④ 李国文：《大雅村言》，东方出版中心2004年版，第270页。
⑤ 王剑冰：《散文时代》，河南文艺出版社2008年版，第25页。

　　3. 文学批评中存在对于宽容的误解

　　对于宽容在文学批评中起到什么作用，有不少严重的误解。有些意见是将文学中存在的问题，看作文学批评（或者读者）宽容的结果。

　　洪治纲认为：回避必要的"苛求"（严格不留情面的价值判断）而实行过分"宽容"的文学批评，是导致 20 世纪 90 年代以来批评越来越失去公信力和科学性的一个潜在原因。[①] 陈武认为："当前或许是文艺创作的发展太过迅猛，文艺批评出于不能及时跟进而显得缺位。面对当下现代主义、后现代主义、商品经济等因素影响下的文艺创作倾向和文艺现象时，文艺批评正在以'包容'的名义，越来越成为创作的附庸而缺乏自己应有的独立品格，缺乏明确的价值立场。""文艺批评应该是包容的。出于对艺术个性的尊重，文艺批评的包容是必须的。……在面对一些已经伤害到文艺自身的现象时，如果还是以听之任之的态度来'包容'的话，那就显得不合时宜了。"[②] 李道新认为：由于营销者的鼓吹与消费者的宽容等因素，这些"无文写作"（忽略辞章和文采，最终消泯、丧失了人义精神和灵魂气息，这样的写作，姑且称为"无文写作"。）仍然被送到了所有意欲接受的观众面前。[③] 这些有代表性的言论，我以为是误解了宽容的基本意义。

　　文学批评中"宽容"概念的使用越来越多。虽然频繁使用，但很少作出说明，更缺少理论阐述。文学批评中不宽容现象的存在，需要在学理上分析问题。有些论者将文学的负面问题归咎于文学批评的"宽容"或者"包容""过度宽容"，是明显的误解。这些现象提示我们：讨论文学批评中宽容问题的研讨，特别必要和十分迫切。

（二） 关于宽容的一般问题

　　1. 什么是宽容

　　宽容是古今中外普遍认可的一种社会美德。中华民族十大传统美德

---

① 蒋述卓、洪治纲主编：《文学批评教程》，武汉大学出版社 2010 年版，第 309 页。

② 陈武：《文艺批评要敢于说"不"》，《光明日报》2011 年 1 月 31 日。

③ 李道新：《从无人文滑向无良品》，《光明日报》2011 年 1 月 3 日。

之一"笃实宽厚"，体现为宽容大度、宽宏大量。① 法国哲学家孔特—斯蓬维尔，将宽容作为人类的 18 种美德之一。②

在现代文明条件下，对于个人，宽容是历史发展的应该具备的高尚人格。③ 对于国家、民族，宽容是处理相互之间关系的"全球伦理"的四条重要原则之一。"坚持宽容的文化和诚信的生活"。④ 关于宽容词义的解释，邓伟志这样分析："宽容"的"宽"，是相对于狭小、狭窄而言的，"容"则是指容器、容量的意思，将二者联系起来，就表示容纳、吸引、接受的程度、范围和能力特别强大。对于宽容的主体和客体来说，宽容不是熔化对方、消除对方，而是彼此共同存在，相互具有容忍和宽恕的巨大容量（《社会宽容论·序》）⑤（笔者以为，其基本意义是恰当的，但是把宽容与包容、宽恕融合在一起，有不严密之处。本文在后面将专门讨论"宽容与包容、宽恕"的区别）。

在社会学的意义上，李振认为，宽容是现代开放社会中多元共存社群的必然要求。它要求人们承认在趣味、偏好、信仰、身份、观点等方面的诸多差异，在相互平等、彼此尊重的条件下，维护各种的差异权利。⑥ 邓伟志指出：宽容的主体应是拥有自由平等地位的公民。不平等不会产生真正的宽容，更不会和谐。自由、平等、民主和法制是实现社会宽容的重要根基。⑦ 这里实际上也提出了现代宽容的基本特征：人的平等，从而划清了与传统社会中宽容（不是真正意义的现代宽容）的界限。现代宽容与传统宽容的重要分界，就在于宽容的主体是否平等。

---

① 张岱年、方克立主编：《中国文化概论》（修订版），北京师范大学出版社 2004 年版，第 212—219 页。

② ［法］孔特—斯蓬维尔：《人类的 18 种美德：小爱大德》（巴黎，1995 年），吴岳添译，中央编译出版社 2006 年版。18 种美德是：礼貌、忠诚、明智、节制、勇气、正义、慷慨、怜悯、仁慈、感激、谦虚、单纯、宽容、纯洁、温和、真实、幽默、爱情。

③ 叶舒宪：《文学与人类学——知识全球化时代的文学研究》，社会科学文献出版社 2009 年版，第 27 页。

④ 何怀宏：《伦理学是什么》，北京大学出版社 2002 年版，第 200 页。

⑤ 邓伟志：《社会宽容论·序》，李振：《社会宽容论》，社会科学文献出版社 2009 年版。

⑥ 李振：《社会宽容论》，社会科学文献出版社 2009 年版，第 231 页。

⑦ 邓伟志：《社会宽容论·序》，李振：《社会宽容论》，社会科学文献出版社 2009 年版。

现代宽容是平等的宽容，相互之间的宽容。当讨论的双方居于不平等的地位时，真正现代意义上的宽容就不可能实现，而真理的探求就非常困难。

2. 与宽容相关词语的辨析

（1）宽容与包容、宽恕

宽容与包容、宽恕，有时在使用中被看作同义词。就施行的主体来说，都具有宽大的心胸与雅量，但是实际上却有着具体实施的明显不同，有所区别。宽容，重在容，是容许存在，而并非认同，是和而不同，是差异性的同时存在。包容，则偏重包，是把相关的部分包括在内，有时则同而化之，表现为缩小分歧。宽恕，突出恕的道德姿态，强调对于过失与大错的谅解。

如果消弭了它们的界限，并不有利于对这些问题的认识和处理。宽容，是客观看待，容许存在，并保留一定意义的尊重，偏于客观；宽恕，是主观认识，认定可以谅解，偏于主观。包容，是此主体对于其他主体的思想、观点的涵盖，包而括之。虽然有对于他人观点的吸收，却使他人的某些观点为己所用。宽恕，是对犯错者（在认错后）的谅解，更具有宗教意义和道德功能。

（2）宽容与纵容

有人把宽容当作纵容，认为宽容导致错误丛生，就是纵容。

宽容的本质是，尊重人，尊重真理，给予真理存在的空间。宽容，既容忍错误，更保护真理，特别是处于弱小条件下的萌芽状态的创新与创造。宽容讲是非，对于差异、错误，正视存在、容许存在，是保护不同观点的存在与表达，分清是非。纵容，是对于是非不问，是对于错误的支持和鼓励，只注重保护某一种倾向，对于错误的盲目支持和积极鼓励，不讲原则、是非，使错误发展，危害严重。

现代文明的宽容观认为，青红皂白都有表达的权利，然后辨别是非。纵容是不论青红皂白，只要自己认定的，就予以支持、鼓励，不去辨别是非。

（3）宽容的反义词

宽容的对立面：不宽，等于偏狭；不容，等于苛求，合起来就是偏狭、严苛，或者苛刻。

偏狭，偏，是单独注重一方面。狭，是狭隘，范围小，不宽广。反映出了难以公正和全面。

严苛，或者苛刻，是过于严厉，条件过高，超越了实际的可能。①

不是宽容，而是偏狭、严苛、苛刻，就不可能正确地分析问题，公正地对待评论对象。

（三）文学批评中的宽容

文学批评，应当肯定文学中的创造，有益于文学的丰富与发展。只有宽容的文学批评，才能积极地促进文学的丰富与发展。诚如批评家贺仲明所言："文学批评的本质应该是理解和宽容，而不是偏激和粗暴。"② 批评家吴亮对于宽容有比较突出的论说：宽容是发自内心的仁慈，是人类及他们的自由个性得以共存的天然律法，并非向权威乞讨来的恩赏。……宽容使人博大恢宏，使人深沉豁达。扩张批评胸怀所需要的正是宽容。……宽容不是倡导一种无原则的迁就，更不是鼓吹丧却主见的敷衍。宽容不是宣称所有意见都对，而是承认所有意见都可以存在。③ 我们讨论文学批评中的宽容，不应忽略也无法回避文学历史上宽容的理论与实践。早在中国新文学发生之初，周作人就有《文艺上的宽容》（1922 年）一文，以世界思想文化史的事实为出发点，说明宽容与不宽容的历史现象，分析不宽容的原因（"在于主张自己的权利而不承认他人中的自我"），从文艺的本质、本性上论证"宽容是文艺发达的必要的条件"，申明"宽容不是忍受"，提醒有了发展的新生力量不能再去阻遏后来的新兴潮流。④ 这些论说，至今仍然有积极的重要意义。他不仅建立了一种宽容的批评观，还有具体的文学批评实践，被论者称为"范例"⑤。值得我们认真总结和借鉴。

---

① 本节关于宽容以及相关词语（同义词、反义词）在语义上的认识，参考了《现代汉语词典节》（修订本），商务印书馆 1999 年版，又加入了个人的理解。

② 蒋述卓、洪治纲主编：《文学批评教程》，武汉大学出版社 2010 年版，第 203 页。

③ 吴亮：《批评的发现》，漓江出版社 1988 年版，第 134—135 页。

④ 周作人：《自己的园地》，北新书局 1927 年版。

⑤ 止庵：《关于〈自己的园地〉》，见周作人《自己的园地》，北京十月文艺出版社 2011 年版。

我们这里讨论文学批评中有关宽容的一些具体问题。它们是：宽容的范围、宽容的方法、宽容的意义和宽容的实施。

1. 宽容的范围

文学批评宽容的范围，涉及批评所有的对象。

在创作方面，对于作家的不同观念、不同的创作方法、艺术方式，不同流派，作品的不同风格；在批评方面，对于批评家的不同观念，批评成果的不同结论、风格，都应该以宽容之心、宽容之法，予以对待。而在具体方面，尤其应当注意一般宽容中的特殊方面。

宽容探索者。文学是需要创造的。因为创造，就要探索，就有可能成功，也可能出现失误、失败。对于创造性的探索，应该总结，分辨是非。对于探索道路上的成功，固然应当积极鼓励，对于探索道路上的失误，应当予以理解和宽容，不宜采用打击和嘲讽等粗暴方式。

宽容年轻者、新作者。年轻者无经验或者少经验，有的可能早熟，有的可能稚嫩。因年轻，应当特别的宽容。新作者也许年轻，也许年老。不论年纪老少，因为初试写作，应当给以宽容，鼓励他们从事文学的创造。

宽容名作家，也宽容普通作家。名作家因为已经取得的文学创造的高度，往往给予读者更高的期待。名作家因为继续创造，就要继续探索，也不可能每一次的新作品都能够保证成功。而普通作家，"如果没有成千上万个作家来维持文学的生命的话，便根本不会有文学了，便不会有大作家了"[1]。他们也应该受到宽容的评价。否则，损伤的就不仅是具体的作家，而是会造成对文学的伤害。

周作人在《文艺上的宽容》中，谈及"不是新兴的流派""遵守过去权威的"旧派，因为不合发展个性的条件，不在宽容之列。[2] 在今天看来，显得处理问题的某种简单化。

宽容的范围，不在于新、旧，而在于发言者的学术权利。周作人在文章中强调的是对于不宽容的旧派压制新派的抗争，但表述为不宽容旧

---

① 蒂博代：《六说文学批评》，赵坚译，生活·读书·新知三联书店 2002 年版，第 61 页。

② 周作人：《自己的园地》，北新书局 1927 年版。

派，则混淆了宽容中的是非之辨与申辩之权。实质上，对于"论敌"的不宽容，可能导致的，不是以理区分，而是以人画线，不从具体实际出发的逢"敌"必反，可能反掉正确的内容，更可能从根本上把宽容当作一种政治策略，而不是作为一种坚持真理探索、保护学术发展的常态思维。

2. 宽容的方法

（1）宽容差异

差异、同一，是事物之间经常存在的基本类型（当然，还有更多复杂的各种类型）。差异与同一，也是我们认识事物基本特征的参照。陈新认为，在现代乃至后现代，源于近代的历史主义的思想资源，强调事物的个别性和特殊性，正是事物彼此的差异确保了那些特殊性之为特殊，已经成为观察、认识事物的基本精神。强调差异带来对于个人的尊重。尊重差异成为现代社会学术、文化思潮的核心、主旨。① 尊重差异，才能尊重他人。尊重他人的选择权利，也尊重思想文化存在、发展的多样。在文学批评中尊重他人，对不同的对象不宜使用刚性尺度，用一把尺子绞杀标准之外的"东西"。不能如同希腊神话中普罗克拉斯提斯的"铁床"那样，把各种对象统一成为僵化的单一材料，同时丧失了对象的个性与生命。不幸的是，在 21 世纪初的现实中仍然有批评家在忽略文学的精神个性，总是自觉或者不自觉地以自己的是非为评价标准，否认他人差异存在的合理，常常把差异性的个性和特性，作为异端加以剪除。那就不是园丁的护花，而是粗暴的辣手摧花了。

（2）宽容创新

邓伟志认为：宽容是创新的土壤②。完全正确的新，在现实中可能性很小，即便在理论上设定为有，也必然是非常少的一部分。在宽容的讨论中，特别需要的是如何面对有某些缺陷乃至于错误的创新。雍容认为：社会多一些宽容度，容忍一些异端的存在，却是产生天才的土壤。③ 创新可能成功，也可能四不像，或者不伦不类。文学批评只有宽

---

① 陈新：《历史认识——从现代到后现代》，北京大学出版社 2010 年版，第 250—252、257 页。

② 邓伟志：《社会宽容论·序》，李振：《社会宽容论》，社会科学文献出版社 2009 年版。

③ 雍容：《有缺陷的天才们》，《文汇报》2008 年 1 月 17 日，第 7 版。

容创新，才能鼓励创新，保护创新的积极性，为成功的创新做准备、打基础。

（3）宽容错误

宽容失败，人们往往说得很多。有人理解，失败是成功之母，是寻找成功路径的路标，鼓励失败之后继续奋斗。而宽容错误，则往往不被人们重视，甚至有所误解。今天的"错误"，有几种可能：或者错误中可能包含有正确的部分，不宜全部否定；或者是可能在以后被证明是正确的，或者是没有可以吸收的积极内容，却可以为以后的探索打下基础。无论是哪样的情况，都应当宽容对待，鼓励前进。

宽容，不鼓励、不支持错误，而更强调容许错误，"给谬论一个生存空间"。① 应当开展对于正确与错误的讨论。没有正常讨论的基础，先定谁对谁错，反而有利于错误的存在与发展。甚至酿成更大的错误，无可挽回。学术历史上，这样的悲剧是不少的。

宽容错误，关系创新，关系发展，关系文明，应当成为文学批评的原则和风气。

3. 宽容的意义

宽容是批评家的美德之一。郁达夫指出："率真、宽容、同情、学识，为批评家之四德。"② 文学批评中应用宽容原则，可以提高批评者的境界，提高批评的水平。甚至可以说，没有宽容，就没有优雅、高超的文学批评。孙玉石、蓝棣之两位学者对于中国现代诗歌的批评，之所以取得很高的成就，具有宽容的美德是要素之一。由于富有宽容的批评精神，孙玉石在研究李金发等诗人时③，蓝棣之在研究穆旦等诗人时④，透过面对新诗歌现象中的生涩、隐晦，分析、发现了各自批评对象的成就与特点，内质与不足。这启示我们，没有宽容，就不能正确对待文学作品或者作家的缺点；就不能越过"缺陷"去体验作品深部的妙处。波德莱尔的《恶之花》，是法国文学史上具有划时代意义的优秀作品。

---

① 邓伟志：《社会宽容论·序》，李振：《社会宽容论》，社会科学文献出版社2009年版。
② 郁达夫：《批评的态度》（1933年6月），见《郁达夫文集》（第六卷·文论），花城出版社、三联书店香港分店1983年版，第165页。
③ 孙玉石：《带向绿色世界的歌》，北京大学出版社2010年版。
④ 蓝棣之：《现代诗的情感与形式》，人民文学出版社2002年版。

而今，在法国文学史乃至世界文学史上有其不可掩饰的地位。但是，在150多年前刚刚问世时，却被冠以污名，甚至以"道德风化"被问罪，罚款，责令删除部分内容。他们不能认识，《恶之花》是病态之花、奇特之花、恶中之花，在强烈的冲突中蕴藏恶中之美。[①] 如果没有宽容的文学批评精神，就无法超越所描写的现象、形象中的恶，去发现、感受作品的美和真。

实行宽容的文学批评，对文学批评理论和实践，有积极的社会现实意义和理论建设意义。有利于良好批评环境的建设，有利于批评家人格的提升。消除对文学批评中宽容问题的误解，开展积极的文学批评实践和学术建设。

4. 宽容的实施

如何实行宽容，是复杂的。这里讨论其中几个突出的方面。

（1）胸襟宽阔

胸襟宽阔，能够容许多种不同观点、特点、风格的同时存在；能够容许错误的存在；也特别能够容许对自己的批评（包括错误的不合理的批评）。

李国文认为，不兼收并蓄，无以成大家。海，所以伟大，因为它能容纳一切。拒绝宽容的偏狭心态，最起码也是一种心灵软弱的表现。人们要是能把要求别人的严格移到自己身上，把要求自己时的宽松用到别人那里，也许会少却许多矛盾和不必要的纠纷。[②] 宽阔的胸襟，可以使批评者有宽阔的境界，处理好各种复杂的关系，尊重他人、尊重学术、尊重科学，有利于文学批评的良好发展。

（2）善待对象

善待批评对象，对于作家、作品、批评家及批评成果，不苛刻要求。

以完美要求文学和文学批评，但不苛求。任何人、任何作品都不可能完美。如果以完美的标准要求他人，常常会是双刃剑：可能促进他人

---

① 郭宏安：《论〈恶之花〉》，见［法］波德莱尔《恶之花》，郭宏安译，北京燕山出版社2005年版，第1—126页。

② 李国文：《大雅村言》，东方出版中心2004年版，第220页。

提高，也可能扼杀创造、打击自信。苛刻，不是深刻，而是脱离实际的过分要求。否定性的批评，不都是苛刻。只有那种脱离作品实际的否定性的批评，才是苛刻。以作品局部性的缺陷，否定整个作品，才是苛刻。尖锐的合乎实际的否定性的批评，并不是苛刻，而是深刻。

正确看待否定性批评。前面提到，宽容并不意味着不能批评。持有否定性批评的意见并非就不宽容了。应当具体分析、正确看待否定性批评，处理宽容与批评的关系。

防止以宽容为名反对正常的批评。也调整把苛刻、尖刻当成深刻的误解。深刻不是尖刻、苛刻。深刻是指出深入的道理，或者问题的本质。苛刻，是过于严格的要求，超出一般的程度；过于完美的尺度，放大缺陷的比例。尖刻，是在说出道理时，声音尖利或者附加刻薄。有时显得高人一等。有时似乎以发现别人的缺陷幸灾乐祸。

善待批评对象，就要善待错误。对错误的或者暂时被认为是错误的观点，应该予以尊重和容忍。它可能是错误的，能够给正确的认识以参考；它可能包含着正确的因素或者萌芽，需要认真辨别，仔细区别对待；它也可能是正确的，只是目前未被理解而已。如果对于这些被认为是错误的各种情况，没有宽容的对待，就有可能扼杀了真理的产生与存在。

在认识真理的过程中，有可能把正确的当成错误的。对错误的、正确的观点都要宽容，才能鼓励认识上的创新和思想上的探索。

（3）辨明是非

开展学术讨论，坚持是非原则，不能取消善恶界限。

宽容是文明发展的支柱和手段，不是目的。实行宽容的目的，是尊重真理、保护创造。宽容是容许各种意见，而不是盲目认同。现代的宽容，并不取消是非原则，而鼓励学术争鸣，辨明是非。那种认为宽容就不能批评的观点，是对于现代宽容精神的误解。提倡宽容精神、实行宽容原则，是为了发现真理，是为了给真理更好的生存条件。是与非、正与误，是在讨论和鉴别中，不断明确的。不争鸣，难以辨明是非。无宽容，真理难以容身。

不宽容现象在人类历史、文化思想历史、学术历史上，造成了许多悲剧，留下了深刻的历史教训。现实中还存在不宽容的社会现象，有许多需要我们注意的问题。在理论上阐发宽容的现代文明精神，就更加必要和迫切。

应当以宽容作为衡量尺度，看待文学批评的境界。陈新认为，学者绝不应该认为自己的研究是唯一正确的。应当反思自己的立场，同时理解他人的研究及立场选择的差异，从而保留一种宽容之心。……宽容作为一种尺度，衡量作品是否能够传达平等和宽容的现代精神，并且帮助读者培养一种平等与宽容的人生态度。① 这适宜现代学术的一般学科，文学批评也理应如此。文学批评以宽容为尺度，可以在实践中促进现代文明。一方面看作家、文学作品、批评家是否宽容，另一方面也显示评论自身的宽容程度、文明程度。同时，还帮助读者（包括作家、批评家在内）培养一种平等与宽容的人生态度。

实行宽容具有特别的复杂性。宽容本身并不解决所有的问题，而是给解决问题留下了广阔的空间，留下了充分的余地。在历史和现实中，有大量的事实告诫我们：主张宽容者，未必会获得所有人的宽容。鼓吹宽容者，也未必会宽容所有理应宽容的人。但是，我们还是应该呼唤和传播宽容，建设宽容的现代文明（观念、制度和方法），建立包含宽容在内的现代文明的健全人格。我们应该警惕而深思：学术史上，常常有那些有意无意拒绝宽容对象的文化人物，不久就成为宽容反面——苛刻、专制的牺牲品。拒绝宽容他人，也就意味着每个人都可能不被宽容！学术史上文化史上留下了多少惨痛的教训！

宽容是文明的基石。宽容，显示灵魂的提升，境界的拓展，人格的高尚。人类没有宽容，就没有社会的前进和发展。文学批评没有宽容，就没有文学的繁荣、丰富与发展。

十二　文学批评的合作原则

英国现代批评家艾·阿·瑞恰慈认为，批评理论所必须依据的两大

---

① 陈新：《历史认识——从现代到后现代》，北京大学出版社 2010 年版，第 250、257 页。

支柱，便是价值的记述和交流的记述。① 两大支柱，便是两大重要原则。交流的记述，即是对于交往、合作中感受、思想的记录和表达。

合作，是两个以上主体的共同活动。

文学批评，需要批评家通过作品与作家共同完成，也包括了无数读者的广泛参与。在实际上，作品是作家与读者、批评家共同合作完成的。作家对作品的完成，只是文学活动的一个段落。批评家通过对作品的解读、阐释，挖掘、丰富作品的内在意义，才是与作家共同完成了一个更大段落的文学活动。而且对于优秀作品来说，这个过程是没有终点的。没有合作，文学活动是难以进行，更不能深入和发展。

关于文学和文学批评的合作，我们还可以借鉴哲学、教育学的理论。

从哲学的角度，张康之做出了这样的论述："（在人类社会）合作的本性并不是先定的，而是在进化中获得的，是人类文明化的结果。……合作既是理性的又是扬弃了工具性的人类群体共存、共在和共同行动的形式。"② 教育学中也有关于合作的理论。裴娣娜等认为：教学交往的合理化，在于促进双向理解；展开平等对话；体验交往的美，等等。……合作交往的原则包括：交往的主体，平等独立；交往者的身份，既是主体，也是客体；交往是以符号为中介的意义理解过程；交往中的反思，以他人为镜子，解读自我，反思自我获得相应的发展。③ 李森认为：交往教学模式，强调参与者的自我实现和个性的发展；突出双方的交流关系；强调双方的主体性④。

文学欣赏和文学批评，是一种人与人之间文化的交往、社会的交往、个体的交往、情感的交往、信息的交往。在文学欣赏和文学批评中的交往，应当遵循合作的原则。合作，即是交往中的合作。合作原则，即是探讨交往中如何合作、怎样合作的基本要点和规范。借鉴哲学、教育学的理论，参考文学理论、文学批评实践以及批评理论家的一些观

① ［英］艾·阿·瑞恰慈：《文学批评原理》，杨自武译，第19页。

② 张康之：《论合作》，《南京大学学报》（哲学人文社会科学版）2007年第5期。

③ 裴娣娜主编：《现代教学论》（第二卷），人民教育出版社2005年版，第180—184、146—160页。

④ 李森：《现代教学论纲要》，人民教育出版社2005年版。

点，我们对文学批评的合作原则予以论述。

（一）文学批评的本质是合作

文学批评的本质是合作。文学批评不是个人活动，而是群体活动，是作家与读者、批评家的共同参与，相互促进。批评的判断，不是一个、几个人的专断，不能由一部分人自我确认完成，而是共同体的确认。

批评的特性，是人与人的交流，是读者通过作品与创作者的交流，不是读者自我的内省。

文学欣赏、文学批评，是一种交往的过程，也是读者与创作者的合作过程。

1. 合作主体

批评合作的主体，是批评的参与者：作家与读者、批评家。

（1）主体交往

不同社会角色之间的交往合作，构成四种基本关系。

其一，读者（批评家）与作品，最基本的对话与合作，既是基本形式，也是重要内容。合作是"以符号为中介的意义理解的过程"。① 读者通过作品认识作品，与作家（创作者）形成合作关系。读者、批评家与作品的合作，有相同之处，即阅读过程中与作品、与作家的情感、心灵的交流。

其二，批评家与作家，是批评家通过作品与作家进行对话。"对话乃是作家与批评家之间的合理关系。"② 读者、批评家与作品的合作，有不同之处。读者与作品的合作，主要存在于阅读、欣赏过程中，而批评家与作品的合作，则表现于批评家的批评成果对于作品评价的表达。

其三，批评家与批评家。批评家与批评家之间的关系，也是合作关系。他们共同认识、评价作品，尽管可能存在不同的体验和见解。

其四，批评家与读者。在文学批评活动中，批评家表达自己的见解，影响读者；读者选择和评价不同的批评家及其主张。既可能有共同

① 裴娣娜主编：《现代教学论》（第二卷），第15页。
② 南帆：《冲突的文学》，江苏大学出版社2010年版，第248页。

的立场，又可能有一定程度的分歧和冲突，形成特殊、复杂的多种合作关系。

（2）主体需求

文学批评的合作，既是理性的需要、理想的状态，也有现实的需求。既有作家方面，也有读者方面、批评家方面的需求。

作家需要在文学批评的合作中，获得对于作品批评的真知和作品被评价信息的反馈。潘向黎表示：当我在小说里暗暗埋下一点秘密，被读者发现，一语道破，惊得我无言以对，那是幸福得无言以对。① 王蒙提到：看到近年南帆、吴亮、蔡翔、周政保、何志云等关于当代作家作品的评论，我不能不为我的这些同行们获得的理解而感到无比的安慰。看到黄子平对林斤澜的饱含深情与独具慧眼的理解与推崇，我甚至感动得想掉泪。这使我想起那年读到李子云评宗璞的文章时的心情。宗璞在复我的信中曾说，她也有逢知音之感。……没有哪个作家不需要从好的评论中得到启发，得到激励，得到精神生活、智力劳动的快乐，至少也得到某种安慰和友谊。② 作家对于积极的合作，有积极的渴望。那就是对于知音的期待。诗人郑敏说：在经历了误解、粗暴以后，我希望对任何人都不要抱感情上的苛求与偏见。我渴望有知音，能听到智慧的谈话。……（还有对于未来知音的期盼）我的所有的诗，记载了我心态中的阴晴喜怒，也许在将来有人为了了解 20 世纪一个中国知识分子所经历的精神旅行，会有兴趣挖掘一下埋在那表面平易的诗行深处的那些曲折复杂的情思吧。③ 从这一点看，批评家应当挑战困难，力求在现今（而不是留给未来的批评家）去认识和挖掘深藏于作品底处的复杂的内涵，不要让作家等到无可预期无法见到的未来。

批评是作家、批评家共同参与的精神活动。优秀的评论，不仅让被评论者本人获得收益，也使其他作家、读者、批评家获得益处。

读者需求在文学批评中，获得新知和反馈。许多读者常常寻找，哪里有好的、可信的批评，提供有价值的信息，去读好的作品，去认识作

---

① 李君娜：《潘向黎：古典情怀都市行走》，《解放日报》2006 年 9 月 24 日。

② 王蒙：《读评论文章偶记》（1985 年），《王蒙文存》第 23 卷，人民文学出版社 2003 年版，第 116—117 页。

③ 郑敏：《闯葫芦之旅》，《作家》1993 年第 4 期。

品如何好的论证。

在文学批评活动中，批评家之间既需要竞争，充分发挥各自的潜能，更需要合作在互相磨砺中探索、切磋。

2. 合作的核心

合作的核心，是对话与交流。

没有对话，难以构成主体之间的合作。

没有交流，难以形成主体之间的沟通。

文学欣赏和评论，应当是心灵的交流和情感的沟通、理解与互补。

（1）对话

谭学纯认为：对话体现了人类生存哲学。对话建立了一种相互敞开、相互依存的关系。对话是生命的相互烛照，是存在的相互趋近，是自我与他人共同在场的相互审视和相互认证。生命在对话中敞亮，存在在对话中展开，主体建构在自我与他人的对话中实现。……跨越时空的人类对话，能够体验哲人的智慧，激发思想的创造。① 宁宗一这样看对话：文学评点和赏析的要义在于将心比心。即以自己的心去捉摸作家的文心，透过字里行间，穿透纸背去体验、把握作家的创作心态、爱与恨等。这是一种真切的内心体验，是一种平等的对话关系。② "文学批评是作家和批评家两个主体间的对话。批评家通过作家的作品来和作家对话，而且是多次往复不已的对话。……等同的东西不必交流。需要和可以交流的只能是等值的东西。这种等值其实是主体间差异中的同一。"③这是总结了许多优秀的批评大家的理论获得的真知灼见。

（2）交流

英国作家萧伯纳曾经说过，两个人交流思想和交换苹果不一样。交换苹果，每个人手上只有一个苹果，而交流思想，每个人同时有两个思想。④ 瑞恰慈认为：一个心灵影响另一个心灵，在第二个心灵中出现一种经验，它和第一个心灵中的经验是相像的，而且多少是由前者的经验

---

① 谭学纯：《文学和语言：广义修辞学的学术空间》，上海三联书店 2008 年版，第 275—276 页。

② 宁宗一：《教书人手记》，大象出版社 2002 年版，第 352 页。

③ 郭宏安：《文学批评断想》，《同济大学学报》（社会科学版）2006 年第 2 期。

④ 朱清时：《机遇与一个人的成功》，《光明日报》2002 年 9 月 6 日。

所引起的，这种时候交流便发生了。……交流需要共同经验的超常积累。交流的才能表现为有主动性和接受能力。① 李建军在《小说修辞研究》中，引入文学理论家英加登的"积极读者"的概念。"积极读者"不仅理解句子的意义，而且理解它们的对象并同它们进行一种交流。……在此基础上加以引申，提出自己关于"积极读者"的理解——那些思考型的批评型的读者，有较为丰富的阅读经验，有一定的思考力和判断力，不把阅读当作被动的观看，而是把它当作积极的参与，当作与作者进行对话的一种方式。②

3. 合作的空间

作家张抗抗将合作放在比通常（或者以往）更加广阔的空间来讨论。

以往批评家所说的合作，主要在作品与读者的互动，包括作家与批评家的互动。

张抗抗所说的合作，包括四个方面的互动：作品与媒体的互动，作品与市场的互动，作品与读者的互动，作品与批评界的互动　是最核心最关键的组成部分。③ 这种"互动"的合作，突出了媒体和市场，应当予以重视。

（二）文学批评合作的原则

合作原则有几个方面突出的体现。

1. 主体平等

凌晨光论及，在文学交流中，交流的双方都作为主体而存在。④ 南帆也强调：主体的独立是对话的前提。在平等的基础上，批评家与作家分别发出自己的声音，相互交流。除了肯定共同看法，双方还将坦率地阐明分歧。多种声音并存，而不是定于一尊。⑤

---

① 《文学批评原理》，百花洲文艺出版社1989年版，第178页。

② 李建军：《小说修辞研究》，中国人民大学出版社2003年版，第96、270页。

③ 张抗抗：《新世纪的"互动"新空间》，《中华读书报》2010年10月20日。

④ 凌晨光：《当代文学批评学》，山东大学出版社2001年版。

⑤ 南帆：《冲突的文学》，第252页。

　2. 互补深入

　　对话是对对方话语的积极反应，而不是一种不断重复的简单回声。[①] 对话的结果应当不断深入，而不是一再重复、低水平的无效活动。通过对话，促进对话双方，进一步思考，在差异的基础上，互通互补，生成新的成果。

　　蒂博代指出，对话能够由初级的混乱到后来的秩序：在对话的初级阶段，许多互相对立的意见，相互抵消。包括了智慧和理智，以及背道而驰的思想，还有狂热和仇恨。而后，它释放出有益的东西，消灭了有害的东西。智者从中获得智慧。[②] 王蒙：创作中有许多激情的东西、直觉的东西、即兴发挥的神来之笔。一般地说，作家未必能完全理解自己的作品。……希望评论大致准确而且有所发挥、发展，有作者未曾自觉的发现，有令作者大为叹服的解释，使作者击掌：原来我写的是这么回事！[③] 对话也能够促进反思：以他人为镜子，反思自己，获得相应的发展。

　3. 多样方式

　　文学批评合作的方式，并不是有人想象得那样简单。瑞恰慈批评：有些人对于交流理解的简单化，像一个便士能够从一个口袋移到另一个口袋那样。[④] 因为不同的目的与方式，个体与群体之间的沟通与差异，在合作中既有共识，也会有异见。有分歧，是正常的。获得部分的统一，也有可能。

　　合作的方式，是复杂多样的。就其基本方面，可以概括为以下几点。

　（1）对抗与协调

　　读者通过阅读作品，同作家进行艺术交流，参与艺术创造，分享审美的愉快。

　　彭放认为：读者同作家进行艺术交流，有适应性的一面，即合作；也有不适应、对抗性的另一面。……读者同作品不适应、对抗性的时

---

① 南帆：《冲突的文学》，第 252 页。

② ［法］蒂博代：《六说文学批评》，赵坚译，第 69 页。

③ 《王蒙文存》23 卷。

④ 瑞恰慈：《文学批评原理》，第 154 页。

候，可能是两种情况。一是作品不能达到读者的水平。二是作品高于读者的审美水平。① 对于合作的双方来说，绝不能把前进的作家的创新拉回原处。而应当努力提高读者的审美水平。

李健吾认为：作者的经验和批评者的经验，最理想的时节，虽二犹一。而往往龃龉。二者相间，进而做成一种不可挽救的参差，只得各人自是其是，自是其非，谁也不能强谁屈就。②

（2）竞争与合作

文学批评既需要竞争，充分发挥批评家各自的潜能，在互相磨砺中探索，更需要批评家之间的切磋、合作，需要批评家与作家、与读者之间的切磋、合作。

竞争需要合作。正因为有竞争，才催生了协作和彰显了协作的意义。③

张同吾提醒：警惕竞争过程中的排斥意识："虚假与粉饰、逢迎与吹捧、狡诈与欺骗、贪婪与掠夺，以层出不穷的手法胁迫人的灵魂。"④虚假的合作，是粉饰、逢迎与吹捧。

恶劣的不合作，是对抗、谩骂与攻击。

（3）封闭与开放

社会的开放性是合作的基础。一切合作都是建立在平等基础上的。……封闭是合作的最大障碍。⑤

宁宗一主张：在文学研究中勇于开拓，而不是在自我封闭的心态中进行思维，在与外界的对话中不断摄取新的信息并调整自己的理论意识。⑥

4. 友好态度

文学批评的合作，其基本方式是对话和交流。文学批评应当是合作

---

① 《彭放文论选》，北方文艺出版社 2000 年版，第 521—523 页。

② 李健吾：《答巴金先生的自白》（1939 年），《咀华集·咀华二集》，复旦大学出版社 2005 年版，第 14—16 页。

③ 张康之：《论合作》。

④ 张同吾：《闲情悠悠云中走》，《厦门日报》2002 年 7 月 27 日。

⑤ 张康之：《论合作》。

⑥ 宁宗一：《倾听民间心灵回声》，第 378 页。

主体（作家、批评家、读者）之间坦诚、善良交流的体现。

合作，当然不是一团和气，你好我好，好好好，没有原则的捧场与逢迎；而是一种姿态：尊重、沟通。

文学的评论，也同样如此。

批评家与作品、与作家、与批评家之间的合作，是以文学阅读为基础的。"阅读不仅是一次发现和探险的旅程，一种跨时空的创造，而且是一种信任，对他人经验与智识的信任；一种延续，一种人类文明的承续和绵延。"① 阅读是心灵的沟通、灵魂的对接。著名的日本文学翻译家林少华，认为翻译是"心灵通道的对接、灵魂解剖面的对接"。其意义正在这里。

张燕玲指出：没有以"同情之理解"与批评对象对话，批评也就无从谈起。是的，批评也是一种对话，是一种批评之心与文本之心的交流。②

（三）文学批评合作的意义

批评的合作，具有多方面的意义。

首先，可以避免误解。"对于张洁的散文《拣麦穗》这样一篇并非一目可以了然的作品，有的读者有所误解，感觉'怪'。评论家李子云能够洞幽烛微，透彻地道出其底蕴——对于生活解剖与评价的深沉、让人揪心的酸楚、留有温馨的余味。"③ 除了避免读者的误解，还可以避免批评家之间的误解。在合作中交流，相互理解。

其次，使文学批评更加民主。南帆关于对话的言说，在《冲突的文学》中，做了多方面的论述。对话无限延伸，没有终结，取消了某个批评家最后定夺的机会；避免了形式抬杠或者互捧；预防独断。④ 对话无法阻止偏执乃至谬误的观点出现，但对话内部却隐含了矫正偏执与谬误的机制。对话中各种意见可以相互补充、相互辩驳、相互牵掣，使各种

---

① 陈洁：《阅读的意义》，《人民日报》2011 年 7 月 12 日。

② 张燕玲：《写出自己的"金蔷薇"》，《文艺报》2007 年 6 月 19 日。

③ 顾骧：《她是她们的知音——读李子云〈当代女作家论〉》，《光明日报》1984 年 12 月27 日。

④ 南帆：《冲突的文学》，江苏大学出版社 2010 年版，第 253 页。

观点可以比较，偏执与谬误的观点得到反驳。①

最后，克服孤岛效应，促进批评不断创新，更加有效。批评家与作家、读者，在合作过程中，改变相互之间缺乏沟通，陷于各自孤岛的信息封闭状态，坚持正面的积极发展，消除负面的消极效果。

十三　文学批评的权力原则

陈思和认为，作为一个知识分子，首先不能放弃独立思想的权力，其次不能因为顾忌现实环境放弃表达自己思想的权力。② 每个写作者都有权表达他自己的认识和看法。③ 现代的文明的理想社会，应该充分发挥个人的才智，尊重个人价值，个人也有权利要求得到发展。④ 权力与权利，有重合的部分。广义的"权利"包含了"权力"和狭义的"权利"。"权力"是对于他人的影响力支配力和自身的能力。狭义的"权利"，是权力者的责任、义务和利益。这里主要论述的是权力原则，也涉及一点相关的权利。但是，在所引用的他人论述中，则可能有语义的差别和混同，提请读者注意。

（一）权力与权力意识

从政治学的观点来看，权力是指对其他人的行为进行遏制和影响。⑤ 权力是一种能力，一种资格，表现为影响力和支配力。⑥ 作为一种能力，是运用、获得和支配；作为一种资格，表现什么人才能取得，如何取得；作为影响力和支配力，是如何影响、支配他人，自己如何被他人影响、支配。

21世纪重要的思想家池田大作和汤因比指出：不论以什么理由，只要有一次准许权力的干预，就会祸及思想自由，其结果必然是：凡是

---

① 南帆主编：《文学理论新读本》，浙江文艺出版社2002年版，第255页。

② 陈思和：《就95人文精神论争致日本学者·1995年》。《愚士选编以笔为旗——世纪末文化批判》，湖南文艺出版社1997年版，第33页。

③ 宁宗一：《教书人手记》，大象出版社2002年版，第221页。

④ 杜书瀛：《新时期文艺学前沿扫描》，中国社会科学出版社2012年版，第281页。

⑤ 《清华大学教育研究》2013年第3期。

⑥ 林强：《把权力关进制度的笼子》，《福建日报》2013年3月26日。

当权者认为非正统的东西，都不能兴旺发达，甚至连正统的学术也会枯萎，知识分子只能成为权力的奴仆，政治也就成了极权政治。①

作为公民，其与臣民的本质区别在于有自觉、理性、强烈持久的权利意识。没有权利意识，就不可能有自觉的权利享有和对应有权利的追求。因此，就一定意义上讲，权利意识比权利本身更重要，权利意识深刻影响着人们权利享有的质和量。……公民仅仅有权利意识还不够，还要有义务和规范意识。在一个相互关联的社会，某个人的权利，要由其他人的义务履行来保障，而其他人的权利，需要他的义务履行去对应。如果权利意识增长，而义务和规范意识弱化，就会使权利意识的发展产生扭曲。……社会成员的权利意识越普及、越深入、越自觉、越理性，则义务和规范意识越能牢固构建起来，最终达成权利义务的平衡，完成由臣民向公民的角色转换，并形成公民社会。②

（二）文学权力和文学批评权力

批评家程光炜在论说"文学的权力"时，引用福柯的理论。福柯认为，权力是通过规训与惩罚的形式，把自己变成渗透到社会每一个角落的普遍的力量。③

规训与惩罚，是极端权力的形成与存在的特殊形式或者普遍形式。说其特殊，是说它是对于平等权力的合理理想和珍贵价值的变异；说其普遍，是说它在社会的许多地方成为现实存在。规训，反映了权力不平等条件下大权力对小权力的影响与剥夺，通过强力规范的压力使他人放弃权力达到服从。惩罚，是使他人放弃权力达到服从的手段。没有惩罚，规训难以实现。若要达到对他人的规训，就要采取惩罚的手段。法国思想家、哲学家福柯（1926—1984 年）深刻揭示了在不平等社会极端权力实现与存在的本质。福柯的"权利/知识"理论，是在培根"知识就是力量（权力）"、尼采"知识是权力的一个工具"的理论基础上，

---

① 《展望二十一世纪——汤因比与池田大作对话录》，参见田广清《中国人治传统的学理批判》，《江苏行政学院学报》2003 年第 4 期。

② 董敏志：《从臣民到公民：角色转换界及其生成与发展》，《江苏行政学院学报》2003 年第 3 期。

③ 程光炜：《文学的权力》，《文学的今天和过去》，吉林出版集团 2009 年版，第 46 页。

面对知识膨胀、人被异化的现实而创造出来的。福柯认为，知识和真理都是权力的共生体，知识、真理都是权力的形式，权力离开知识、真理也就不成为权力。① 应当说，福柯发现了在社会结构和知识生产、运作内部深层的复杂权力关系，并将其普遍化，意在反抗社会不合理、不平等的现实。这样，他一方面揭示了部分存在的借助权力产生的"知识/真理"出现的荒谬性，是有重大贡献的。另一方面则进而否定所有"知识/真理"存在的纯洁性和客观性，是有一定局限的。

与福柯不同，我们这里讨论的是正常条件下，平等权力的实现与运用。同时希望在社会向更高文明的发展过程中，逐步限制极端权力对于他人权力的不合理的限制。

文学批评的权力，是公民的政治权力、文化权力在文学领域的运用，是言论、出版自由的具体体现。中国现代文学理论家周作人曾经指出：研究本国的古文学，不是国民的义务，乃是国民的权利。……有害的评论，妨碍我们阅读（古文学）的享乐。把诗（文学）的真意完全抹杀。②

在我的阅读中，南帆关于知识权力—权力话语—批评话语部分的论述，比较集中。可以作为我们论述文学批评的权力原则的起点和部分理论依据。

南帆认为，福柯关于知识与权力关系的论断，打破了这样一种幻觉——知识是一种公理系统，知识的客观和中性是对个人或者集团狭隘利益的抑制。而知识可以通过对于知识对象的主宰，实现权力的控制或者影响。知识就不再仅仅是纯粹的知识，而转化为一种权力——话语权力。话语权力的基本含义是，话语主体的身份、地位、权力、声誉可能投射到他的话语之中，成为语义之外的附加因素。许多时候，这些附加因素的分量甚至超过语义的作用，从而使话语产生一种超额的影响。类似于韩少功的长篇小说《马桥词典》中的"话份"：话语的权力者，不仅仅体现于身份，而主要体现于在语言活动中的主导，而使他人只能采

---

① 马新国主编：《西方文论史》（修订版），高等教育出版社2002年版，第479—480页。

② 周作人：《古文学》，见《自己的园地》，转引自张明高、范桥编《周作人散文》（第二集），中国广播电视出版社1992年版，第191—193页。

用服从的方式，追随话题的操纵者。在文学领域，话语权力可以分为文学话语和批评话语。文学话语是文学创造的形象、文体以及传播的表达、影响。① 批评话语是对于文学的鉴别、判断、分析和阐释，形成对于文学话语生产的督察：肯定其中一部分，否定另外一部分。批评话语与文学话语形成复杂的对话。批评话语不仅影响具体的作家，而且影响文学话语再生产的文化环境。批评话语，在内部包含各派别力量的影响、冲突和变异，可能是从已有权威的控制下的解放，也可能形成对其他批评话语的控制与影响；通常，某种权力话语具有某种阐释代码，不同的阐释代码代表了不同的权力话语。在与外界的关系中，与政治话语、商业话语存在着复杂状态，互补与纠缠、冲突或反抗。南帆主要论述了批评话语权力的两种表现。一是，命名"新"现象的权力。二是，"大概念"创造、使用的权力。两者之间有着千丝万缕的联系，都是一种理论权力，在于抢夺话语的制高点。后者是前者的基础，"大概念"往往笼统，比如"后现代"之类。前者是后者的部分体现，"新"现象的命名不仅仅是概括新现象，更在于夺取命名权，比如一些关于各种新现象的命名："新写实""新状态""新体验"等。仅仅是内容单薄的勉强表述，论证匮乏。命名的强制性，导致命名暴力。批评话语具有一定的独立性，包含了不可替代的文化功能。权力的滥用，在压迫他人、他种话语时，权力就转化成为暴力。反抗权力压迫的正确道路，是平等对话、共享权力。②

文学批评的权力，既有个人权力，也有群体权力。文学批评的权力，如果不是像韦伯那样从哲学上，像福柯那样从政治上，像马尔库塞那样从文化上（当然，这种区分是勉强的，不过为了说明是除文学以外），而从文学这个情感、形象、心灵体验以及审美、艺术这些角度的话，文学批评只是批评者的个人权力，他阅读、体验作品以后，经过思考对于作品的判断。通常，这种权力仅仅属于他本人。作品的创作者和

---

① 关于文学话语，是笔者对南帆见解的表述，包含笔者的理解。如不适当，请勿怪罪南帆。——附注

② 以上观点主要见于南帆的四篇文章：《〈马桥词典〉：敞开与囚禁》、《批评：话语再生产》、《话语权力与对话》、《大概念迷信》。收入南帆《敞开与囚禁》，山东教育出版社1999年版。

其他欣赏者、评论者可以听，予以采纳；也可以不听，不予以采纳，仅此而已。但是，当文学批评不仅仅是批评者的个人意见，而是他背后的群体、组织的代表时，权力就成为群体的权力。其他人可能会面临一定的压力，从而影响讨论的走向。

在现代文明条件下，一定的群体和个人，在宪法的范围内活动，不应当滥用权力，不能造成对于其他个人正当权力的侵害与扼杀。

文学批评的权力，在保护自由、争取自由方面，有其天然的合法性。是宪法赋予的正当的民主权力。可以是政治权力、社会权力、文化权力的综合与具体体现，应当获得自由运用和充分表达。

（三）　文学批评权力

1. 权利人

（1）资格

什么人有资格进行批评？只要能够独立阅读、认识和理解作品及相关现象的读者，都有表达自己思考结果的权利。

只有通过阅读和欣赏，有了表达与评价对象相关的具体内容才有表达的权力。没有具体阅读的批评，是无效的批评。毛泽东有一篇著作，题为"没有调查研究就没有发言权"。我们可以借用："没有阅读就没有批评权。"没有具体阅读的批评，是无价值的、可悲的、荒谬的批评。阎纲曾经发现，有的批评家在研讨会上的发言，针对作品的发言口若悬河，滔滔不绝，然而却并没有读作品。而另外一次，发言看似有备而来，没有离开作品。后来知道，更可恨的是：霸占了他人的劳动成果，将别人的稿件掠为自己的创见（《评坛一绝》）。[①]

作为一种资格，文学批评的权力常常表现为谁有资格进行批评。资格，是一个进入的门槛。文学批评种类繁多，每个有一定文化、文学基础的人，都有可能获得批评的资格。可以是受到专业的训练，也可以自学自修。

作为一种能力，文学批评的权力常常表现为谁能够运用这个权力，

---

① 愚士选编：《以笔为旗——世纪末文化批判》，湖南文艺出版社1997年版，第716—719页。

能否恰当地运用权力。文学批评作为民主的权力，公民的权力，在运用权力时，应当发挥批评家的创造性和针对性，同时也应该考虑社会的需求。文学批评的权力一旦背离创造性、针对性和社会的需求（包括文学发展、文化发展、文明建设的需求），这样的文学批评成果难以被认可，权力自然不能得到很好的运用。

关于谁有权力、资格的问题。沈从文在论说新文人时，"希望新文人，权利和义务同等担当。鲜明地表示爱憎。并无比别人了不起的地方。所不同是，他以文学作为一种宗教，以殉道者的态度有志于文学，担当社会责任"。[①] 这种"新文人"，以作家为主要核心，也自然包含了批评家等其他文人。沈从文说的，主要有三点：一是权利和义务同等，获得了权利也要履行义务；二是权利人的资格是开放的，每个公民都可以自然获得，获得了权力也和别人（从事文学的其他人和不从事文学的其他人）平等，并不高人一等（并无比别人了不起）；三是获得权力还要有信仰还要行使责任。

（2）身份（地位）

不论读者是何身份，有何地位，只要他愿意表达，都有同等的权利。即"真理面前人人平等"。这个"真理面前"，即讨论、表达对于真理的认识；"人人平等"，即每个人都有发现真理、剖析谬误的平等权利。不因为谈论者的身份而到影响对讨论内容的评价。

当有人在以谈论者的身份、地位作为对讨论内容评价的尺度、标准或者因素时，就已经不是在讨论问题，而是在排列座次。已经离开了问题的讨论。

现在被称为文学理论家的刘勰，曾经做过幕僚，又为僧侣，著《文心雕龙》不朽于史。曹丕，曾经为曹魏皇帝，史称"魏文帝"，著《典论》百余篇，是做太子时的作品[②]，其中的《论文》也是文学史上的重要篇章，在文学本质论、创作论、作家论、批评论、文体论等方面，都有文学批评史上的开拓性。如果说在曹丕作为太子、皇帝的当时，有些人会以其身份作为评价的因素，那么，而今人类文明的进步，曾经为僧

---

① 《沈从文全集》第17卷，北岳文艺出版社2009年版，第41页。

② 李宝均：《曹氏父子与建安文学》，上海古籍出版社1978年版，第37页。

侣的刘勰也同样取得了和曹丕那样的地位。那就是：人们更看重学术创造者所作的贡献本身，把他们看作是文学理论家。作家、评论家孙犁认为，《典论·论文》是一篇非常完整、非常透辟、切合文章规律的文论。所评中肯切实，功过得当。富于感情，低回绵远。因此传流千古。……文人虽有时求助于权威，而权威实无补于文艺。① 权威实无补于文艺，即说明了文学、文学批评的名声，并不依靠权威所长久。

（3）权利的平等

权利的平等，不是表达时间、次数、数量的平等（在某个特定时间、场合，如会议，可能例外，否则会议无法有秩序地进行）。基本的核心，乃是讨论者地位的平等。讨论者，不论作为意见相同者，还是意见相反者，都有同等的表达权利。

权利的平等，是真正民主的学术道德。没有这一条作保证，现代性质的学术讨论无法展开。而权利的平等一旦失衡，暴力、压制就自然产生。

权利的平等，并不意味权力的执行人，具有同等的意义。也并不意味权力人的表达内容有同等的价值。很明显，这是另外的问题。批评家有同等的权力，可以同样进行批评活动。压制他人的权力，都是非法的，反文明的。在实践中，并不能够保证所有的批评家都能够获得同等价值的创造。这不是压制他人权力的理由。而一旦出现对于其他批评家压制的可能，就是对所有批评家权力的扼杀。因为有批评家被限制正当的权力，可能被限制的就是任何一个人，尽管这个实现的途径也许来得或早或晚，或你或他。

2. 权利的种类

批评，是批评任何其他人（相关者）的权利。批评不相关者，是权利的滥用。滥用批评的权利，既不合乎道德，也会搞乱问题。

批评的权力，可以大体分为批评、反批评。

（1）批评，是单向的表达。对于作品、作家、批评家、批评成果的批评。被批评，是每个表达者可能面临的境遇。一个人，只要在社会

---

① 孙犁：《耕堂读书记》（1980 年），见金梅、李蒙英编《孙犁文论集》人民文学出版社 1983 年版，第 478 页。

公开表达了自己的意见或者创作了作品，就自然有社会的反应。评论自然产生。或者赞同，或者反对，或者赞同一部分、反对一部分。

（2）反批评，是被批评者对于批评自己的回应，同样是正当的权利。被批评的作者，他们有反批评的正当权利，可以随时发布自己的意见。也可以保持沉默，让作品本身来做回答。反批评，却并非他们的义务。他们可以做，也可以不做。但是，不论什么人，只要他参与批评，就应当遵守批评的文化规则、学术规则、道德规则，等等。批评，没有特权。一旦参与批评，就有可能被批评。成为反批评的对象或者作者。批评需要的是，社会的文明，地位的平等。当失去了正常批评的基本条件时，批评就无法正常展开了。

在文学的问题上，批评应当是自由的选择。同样，反批评也是自由的选择。只要遵守学术规则，参与反批评不是固执己见。因为每个人都有坚持自己主张的权利。不参与反批评，也不是自命清高，因为每个人都有自己的处置权利——这也是一种权利：选择使用何种权利的权利！如何使用权利的权利！

3. 权力的实现

（1）批评权力的实现

有四个相关条件：

①权力主体。行使表达自己关于文学批评意见的人。

②表达内容。通过阅读和欣赏，获得具体的与评价对象相关的具体内容。

③表达平台。即能够把意见表达出来的载体。在过去，载体是图书的出版、报纸的刊登。后来，广播、电视以及互联网，都是表达的平台。

④接受主体。通过媒体接受某种批评意见的人。一般地说，权力主体通过平台以自己的意见影响接受主体。同时，在一定条件下，接受主体也可能一定程度反过来影响或者制约某些权力主体。

（2）批评权利的不平衡

①单方面的存在

批评与创作是不同的话语，在批评发言时，作品往往不在场，容易造成听众的错觉，以单方面的意见为唯一。

②不同主体的权力不会同等实现

不同主体的权力，不会同等实现。从形式上看，图书、报纸、广播、电视以及互联网，每个公众都有同等的权力。但是，在实质上，不可能每个人都能够获得同时表达的空间。除非每个人都能够自己办出版社、报社、广播电台、电视台以及互联网媒体，即便如此，由于财力和受众的多少，也可能影响权力影响的范围。

这样，由于媒体的不同需求，各种意见不可能都获得同等的处置，在表达的平台上，就有了不同的情况：有些意见在重要位置；有些意见在次要位置；有些意见甚至没有位置。专门表达某种有利于某方面的意见，就有可能形成霸权、专制。

作为影响力和支配力，文学批评的权力常常表现为这种影响力是天然的学术的，还是带有压力和不自愿的；这种支配力是强加给对象的，还是文化、思想方面的以理服人。

当一部分权力主体不能自由表达，或者不能自由选择不同意见时，权利一旦丧失——暴力即刻登场。

③暴力

暴力，是压制他人的权力。对于正当权力的限制与剥夺。

一是不能有个人意见（这里指可以与众人不同的意见）；二是不能自由发表个人意见；三是没有可能在表达的平台自由表达，或者在平台上不能自由表达。

暴力——除了言语（话语）暴力，还有资本暴力、政治暴力、媒体暴力。暴力具有有限性：依据一定的特殊手段和条件，不可能持久。当暴力失去力量，真理真知会自然成长。应当相信，人类整体有向善求真爱美的内在力量，追求自由、光明、公正、平等的终极价值。

杜书瀛将以权力政治解决美学、文艺问题，称为"权力政治美学"。用权力政治解决美学、文艺（包括文学、文学思想）、学术问题，必然酿成悲剧。既有文化、美学不同观点精神果实的凋零，更有生命之花的凋谢和败落。① 应当说，学者这样的称谓，还是比较含蓄、留有情面的。"以权力政治解决美学、文艺问题"，已非"美学"，只剩下"暴力"。

---

① 杜书瀛：《新时期文艺学前沿扫描》，中国社会科学出版社 2012 年版，第 202 页。

"文化大革命"中批判者对于《海瑞罢官》《三家村札记》《李慧娘》等"毒草"的批判，是出于偏狭的政治意图，扣的全是无端的政治帽子，出语皆是不实之词，所恃的是政治权力。而所恃的政治权力一旦瓦解，一时的话语权力消亡，反理性的不合科学原则的"大批判"，势必不攻自垮。①

还有一种把文学批评、文学研究作为暴力的观点："所有的研究都是对研究对象的抽取、概括，所有的理论都是对现象的一种切割，因而都是语言暴力。"如果以张洁研究来看，"在研究可能清晰地呈现张洁创作的价值的时候，同样会遮蔽或偏离一些作品原有的意义和价值"。② 如果说，在批评（研究）呈现一方面的价值，而可能遮蔽另一方面的价值是理论的自觉，是对于研究的局限的提示，应该说有相当的道理。（同时，在具体的语境中也包含了这位论者的自谦。）我在20 世纪90 年代，曾经读到王蒙关于具体评论只能是一个或者几个侧面的见解。这应该是反映了"英雄所见略同"。然而，如果将批评（研究）统统称为暴力，则非常不恰当，把问题绝对化、简单化了。这一方面夸大了批评（研究）的局限性和缺陷性，把局限和缺陷当成了整体；另一方面则是对于"暴力"理解的泛化。"暴力"，在学术的定义之内，应该只限定于其对他人的"（过度）侵害"（不是一般的伤害），和"消极的限制"（使他人难以自由）。而不应该把研究和理解的侧面（个体、群体的具体研究，永远只能是"侧面"。个体、群体的具体研究的总和，才构成了永远无法完整、完全的"全面"），作为消极的内容予以贬低和否定。

4. 权利的保护与限制

应当保护正当权力，限制不当权力，铲除暴力以及滋生暴力的土壤。

没有正当、平等的批评权利，就不可能有公正的批评，正确的批评，合理的批评。所以，应当保护正当的批评权力。

---

① 王向峰：《坚持文学批评的科学性原则》，《文艺报》2009 年1 月6 日。

② 周志雄：《生存境遇的追问：张洁论》，人民文学出版社2012 年版，第230 页。这里参考了俞春玲的文章《作家论的难度与意义——评周志雄〈生存境遇的追问：张洁论〉》，《海南师范大学学报》（社会科学版）2014 年第1 期。

　　对于不当的权力应当予以限制。有两个方面应当注意。一是以批评对象为基础和衡量体系。批评没有权力歪曲、臆测批评对象（作品或者文章）原意的权力。二是不能越权，不能压制他人的权力，不能以暴力对待他人及他人的劳动成果。

　　南帆指出：投入知识领域之后，个性不能凌驾于知识共同体的基本准则之上。无视知识共同体的基本准则而独断专行，与其说是个性挑战权威，不如说是行使特权。① 特权也是暴力，同样应当限制。

　　南帆指出：政治话语、商业话语作为两大巨头正在兴高采烈地瓜分、操纵大众传播媒介的权利。如果学术话语不再竭力捍卫自己应有的社会位置，它将被迅速地逐出传播媒介，消失在文化地平线之外。学术话语比任何时刻更需要明白自己的社会职责——只有社会职责才是捍卫社会位置的真正动力。②

　　批评权力，即是学术权力。批评家和广大读者，应当格外珍惜自己的权力，善于运用和维护自己的权力，诚挚尊重他人的权力。

十四　文学批评的责任原则

　　文学批评的重任，主要担在批评家群体的肩上。批评家雷达指出：作为当代文学潜在的导航者和守夜人，文学批评重任在肩。③ 文学批评家应当有自觉的清醒的责任意识。怎样的责任，如何担当？是我们在文学批评的责任原则所要讨论的重要内容。

　　在这里，责任包含了使命。从语义上，"责任"与"使命"有相通之处。都有"被赋予的要做的事情"之意。所不同的是，使命是个大词，往往用在庄重的场合或者重大的任务。责任，则可能或者大或者小。

　　为了讨论问题的方便，这里使用的"责任"一词包含了"使命"。事实上，许多对于批评"责任"、"使命"的讨论，也往往是意义互通的。

---

　　① 南帆：《当代文学与文化批评书系·南帆卷》，北京师范大学出版社 2010 年版，第 380—381 页。

　　② 南帆：《文学的维度》，中国人民大学出版社 2009 年版，第 240 页。

　　③ 雷达：《当前文学症候分析》，作家出版社 2009 年版，第 64 页。

如果细致讨论这个词的语义的话，责任与"职"相关，有时候称为"职责"。一般理解，有什么"职"就有什么"责"。可是，批评家的职务比较特殊。在中国（大陆），以"批评家"为专门的职务（作为生活来源），在目前是极为稀少的。那些从事批评活动的"批评家"，基本是业余的身份，往往由宣传工作者、教育工作者们来担当。这种业余之"职"的特殊性，就形成了两个方面的特点：一是一些批评家不计名利，以虔诚的精神和心态，奉献于文学和文学批评的是崇高和谨慎，体现的是高贵之"责"。二是由于缺乏专门的职业性质，有的批评家缺乏敬业的道德精神，以游戏、商业的方式从事文学批评的精神活动，表现出的是求利和争名，不讲什么"责"。

责任体现于两方面：外界的赋予，自身的承担。韩志明认为：敬业，就是专心致志以事其业，认真负责做好本职工作，以虔诚的态度对待自己的职业，对事业有执着的追求、坚定的信念和崇高的理想，尤其是要有责任心和使命感。……敬业的根基是个人责任。①

（一）批评家责任的实现

贺绍俊认为：从批评者主体来看，文学批评是批评者实现自己的社会职责的具体方式。②

批评家的责任，主要是通过文学批评活动的实践来实现的。胡良桂认为：批评家的责任与使命，是通过对于文学作品文化内涵的阐释，引导人们的精神走向，推动文艺大繁荣大发展，评判、辨析、弘扬、肯定作家艺术家创作的精神价值，为培养人们良好的道德情感，提高人、改变人的生存处境。（《批评家的责任与使命》）③ 毕光明等则这样论述：批评家在与文学创作的对话中发扬人性中的善，满足心灵对美与自由的渴望，帮助更多的人获得对生命本质与人生价值的认知，从而在想象性的内心生活中生成人格自我，抵抗物质生活与权力对世风的破坏，使社会的溃败得以恢复，就对社会尽到了自己的一份责任（同时，直接参与

---

① 韩志明：《敬业精神的社会建构》，《光明日报》2013 年 4 月 18 日。
② 贺绍俊：《重构宏大叙述》，吉林出版集团 2009 年版，第 6 页。
③ 胡良桂：《文学主流的多维空间》，人民出版社 2011 年版，第 267—269 页。

其他的社会生活，也可以尽到另外的公民责任）①。这即是说，作为文学批评家，这一群体是通过进行文学批评活动来发挥自身责任的。文学批评家的责任，既包含文学责任，又包含社会责任。这两者，密不可分。文学责任并非不包含社会责任。社会责任则是包含了文学责任的广泛责任。作为文学批评家的公民，发挥社会责任与其他群体并无有什么区别。

宁滨认为：人才的社会创造力能否得到充分发挥，社会价值能否得到充分体现，有时候并不是专业技术的高低决定的，而是取决于社会责任感的大小。② 从这个意义上，批评家社会责任的增强，可以充分发挥自身的创造力，充分发挥自身的价值。

（二）批评家的文学责任

批评家的文学责任，主要是对于文学繁荣发展的责任。孙犁认为：文艺评论是要促进文学艺术的繁荣发展。……评论家的职责在于从作品中，无所了遗地钩索这些艺术见解，然后归纳为理论，归结为规律（《金梅〈文海求珠集〉序》，1981 年）。③

张学昕认为：作家、批评家的敬业精神，体现为对文学的敬畏之心。……文学批评的主要工作，应当是一种率直、真诚、无私、富有激情、富有学理的阐释。它是一件严肃的崇高的工作。……不应愧对作家真纯的写作，愧对批评家真诚的使命。真诚地走进作家、走进作品，发现有才华、有境界的作家，发掘出有分量的、能高度概括生活的大作品，是文学批评工作真正的责任。④ 这里，他说到两个方面：对于作家的，对于作品的。这也是批评责任最核心的部分。

综合批评家们的论述，以我们的理解，可以把批评家的文学责任粗略地分为以下几个方面。

1. 对于作品的责任

批评的责任，突出体现于推荐、评价好作品；抨击文学创作中存在

---

① 毕光明、姜岚：《纯文学的历史批判》，北京大学出版社 2013 年版，第 320 页。
② 宁滨：《提升行业大学软实力》，《光明日报》2013 年 4 月 10 日。
③ 金梅、李蒙英编：《孙犁文论集》，人民文学出版社 1983 年版，第 332 页。
④ 张学昕：《话语生活中的真相》，吉林出版集团 2009 年版，第 305—306 页。

的不良倾向。

发现、宣传优秀作品，准确、公正地予以评价。对于作品的分析和评价，不夸大、不缩小成绩，也不夸大不掩饰缺陷，才是真正地负起文学批评家的责任。

谢冕认为，批评家的职责就是对作品进行客观而理性的评述。①

程光炜认为：文学批评的责任之一，倾心揭示作品中善和爱的力量；重心在经典的解释、挑选和定位；重视作家的想象力、创造力，揭示优秀作品认识生活的能力。②

高玉提出：敢于批评文学作品的错误，而不姑息迁就，严肃的"挑毛病"的文学批评，改变文学批评的平庸状态，促进文学批评的繁荣，才能尽到文学批评家的真正责任。③。

2. 对于作家的责任

胡风认为：进步的批评能开拓作家的视野，能给作家以认识现实的引线，成为伟大的作品之一助。如果批评真是错误的浅妄的，作家尽可以凭他的自信和勇气，走自己的路的。④

周坤认为：文学批评应推动作家的艺术创作，力推优秀作品，推动审美风尚，树立审美理想。⑤ 批评家对于作家，应该真诚相待，一视同仁。不以作家身份的高低（如果有人这样看，以为作家的身份有高低）和社会地位的高低，作为衡量作品水平高低的标准。只是以文取文，而不是以人取文，把人作为衡量作品的先在条件。

对于已经获得成功和有影响的作家，应该高要求、高标准。批评家有责任提醒作家，他们的作品还有可能的发展空间，还存在着缺陷，以促进他们向更高的方向发展。例如，刘川鄂评价作家池莉早期的部分作品，"人文精神处于一种弱化的景象。五四以来中国新文学作家张扬的

---

① 见赵宇《让文艺回归心灵——来自北京文艺论坛的声音》，《光明日报》2011年8月5日。

② 程光炜：《文学批评的一点责任》，《文艺报》2013年12月9日。

③ 高玉：《提倡"唱反调"的文学批评》，《内蒙古社会科学》2006年第2期。

④ 胡风：《目前为什么没有伟大的作品产生——答〈春光〉杂志问》（1934年），《胡风评论集》（上），人民文学出版社1984年版，第56页。

⑤ 周坤：《文学批评应推动作家的艺术创作》，《文艺报》2013年12月18日。

现代性——自由、民主、理性、人权等价值非常薄弱"。① 对于新作家，应该有鼓励、帮助的责任，帮助她们提高、发展。作家、评论家孙犁，强调培养年轻作者，保护年轻作者。他以普希金帮助果戈理、契诃夫关心高尔基、鲁迅奖掖青年作家的实例，提出培养新的作者，是文艺期刊编辑光荣的责任。② 许道明认为：批评家的责任，体现于扶植文学新人成长。③ 批评家胡风的重要贡献，就是扶植文学新人，在文学史上给以应有的地位，并为新文学的发展推波助澜。当小说家张天翼、欧阳山、艾芜、端木蕻良和诗人艾青、田间等，还刚刚崭露头角时，胡风就给予热情的评论和积极的推荐。他们中的许多人，后来成为文坛的主将。他们在文学史上的地位和成就，由于他们的创作所决定。但是，与是否得到正确的理解和公允的评价，有直接的关系。胡风的评论，是发现者、举荐者，对他们以后的创作也有影响。④

无论赞美优点，还是批评缺点，都是对于作家的提醒，都是负起批评的责任。

无论肯定成名作家的新创造，指出他的不足；还是鼓励新作家（不分年龄），保护他们的文学创作热情，都应该着眼于文学的繁荣发展。既提高文学的整体水平，也珍视文学创作人才队伍的发展、壮大，都是在负起批评的责任。

3. 对于读者的责任

批评的责任不仅在于提醒作家，还在于提升读者。刘川鄂认为："文学批评家应该举起左手来指出作家的描写失误，还应该举起右手指导读者的审美趣味。"⑤ 谢冕认为，文艺批评不仅提高艺术家创作的质量，还要引领广大的受众。⑥ 对于读者，应该平等交流，真诚相告。既不欺骗也不隐瞒，告知读者文学历史和现实的真相，以作品、作家及文

---

① 刘川鄂：《小市民、名作家——池莉论》，湖北人民出版社 2000 年版，第 219、224 页。

② 孙犁：《论培养》（1953 年），《文学短论》，人民文学出版社 1978 年版。

③ 参见许道明《中国现代文学批评史新编》，复旦大学出版社 2002 年版，第 126 页。

④ 朱寨主编：《中国当代文学思潮史》第五章第四节，人民文学出版社 1987 年版。

⑤ 刘川鄂：《小市民、名作家——池莉论》，湖北人民出版社 2000 年版，第 221 页。

⑥ 赵宇：《让文艺回归心灵——来自北京文艺论坛的声音》，《光明日报》2011 年 8 月 5 日。

学形象的实际为基础，用事实说话，以理服人，以情感人。客观公正地加以评价和介绍，指明问题，区分优劣。既为读者服务，也和读者共同参与，建构积极的文学评价共同体。

刘川鄂认为：批评家站在学科的前沿，对文学作品的批评具有极强的思想渗透力，由文学辐射到的社会广泛的精神生活，帮助读者通过文学形象进行思想。① 提升读者的审美素质和欣赏水平，从而促进社会文明的普遍提高。

4. 对于文学批评的责任

批评家不仅对于作品、作家和读者负有责任，对于文学批评也有责任。

文学批评的现状，有批评环境的原因，也不能说没有批评家的责任。两者，有各自的责任。

批评家应当有勇气担当自身的责任。批评家一味指责他人和外部环境，并不是勇于负责；而不敢批评他人和外部环境的缺陷，也不是勇于负责。批评的现状和水平，是由批评家群体决定的。批评家群体是由个体构成的。批评家群体的责任，离不开每个批评家的具体实践。当某个批评家指责批评现状的时候，不应该忘记，自身也是这个群体的一部分。没有勇气批评潮流性错误的批评家，难以担当自身的责任。

批评家应当积极参与文学批评理论建设。王元骧认为，没有理论功底和理论深度的、就事论事的感想的文艺批评，是不能真正承担起文学批评的使命的。② 理论功底和理论深度既体现于文学批评的实践，也包含文学的批评的理论建设。如此，才能有效地减少某些就事论事的感想的文艺批评，真正承担起文学批评的使命。

促进年轻批评家的成长，也是批评家的责任。钱理群指出：樊骏为年轻一代学术发展空间的开拓，不遗余力。他从学术发展的角度，重视对年轻学者为学科发展所作的贡献和意义。满怀喜悦地一一分析他们的长处，有鼓励、提醒，又有严格的要求和严厉的批评。③ 批评家何其

① 刘川鄂：《小市民、名作家——池莉论》，湖北人民出版社 2000 年版，第 222 页。

② 刘永：《提升文艺批评的理论品质》，《文艺报》2013 年 9 月 6 日。

③ 钱理群：《樊骏参与建构的中国现代文学研究传统》，《文学评论》2011 年第 1 期。

芳，对待青年学者非常的宽厚。即使对一篇失败的文章，也从未报以轻蔑的态度，使用讥诮的字眼。往往是首先肯定文章的长处，再指出缺点和毛病，与作者耐心地商量怎样修改提高。① 作家王蒙，也是有成就的批评家、理论家，在当代文学批评中，他的文章中出现了一系列年轻批评家的名字：南帆、吴亮、蔡翔、何志云、许子东、季红真、宋耀良、杨文虎、殷国明、李庆西、刘齐、邹平、陈思和，等等。② 他对于年轻批评家的评点、推荐，热情鼓励和直言忠告，值得铭记和总结。

批评家的责任，还在于关注、参与文学批评学科建设。钱理群指出：樊骏"在个人的研究长处（老舍研究）和关注学科发展之间，逐渐转向后者，随时留意和反复思考这门学科的变化，以学科的总体建设作为主攻方向。显示了高度的责任感"。③

吴俊提出：有必要呼吁文学批评自觉担当文学的生态和环境保护的责任。④ 文学生态、文学环境，与以上论及的，以及没有涉及的，凡是与文学生产、传播、评价直接相关的方面，都是文学批评家的责任范围。

（三）批评家的社会责任

新时期文学批评的一个论题，提倡作家的社会责任感和注重作品的社会效果，并将二者统一起来。⑤ 作家的社会责任感，也包括批评家的社会责任感。"注重作品的社会效果"问题，我们在效益原则中予以讨论。

林非认为：具有良知和社会责任感的学者，不能不严肃地思考我们整个民族未来的命运。⑥ 谢冕认为："我们在拥有自由的时候，不要忘记文学应该负起的责任以及我们对社会、对民心的承诺。"（《世纪之交

① 朱寨：《中国现代文化名人纪实》，海南出版社1997年版，第65页。
② 王蒙：《读评论文章偶记》（1985年），《王蒙文存》第23卷。人民文学出版社2003年版，第116—129页。
③ 钱理群：《樊骏参与建构的中国现代文学研究传统》，《文学评论》2011年第1期。
④ 吴俊：《向着无穷之远》，吉林出版集团2009年版，第46—47页。
⑤ 张炯、蒋守谦等：《新时期文学六年（1976.10—1982.9）》，中国社会科学出版社1985年版，第49页。
⑥ 林非：《读书心态录》，中国言实出版社2002年版，第181页。

中国文学的艰难前进》)① 批评家的社会责任，最重要的是：区分与褒贬、评价文学的美丑、善恶、真假，提升社会的审美水平、推动社会文明的进步。

1. 社会建设的责任

法国批评家蒂博代指出：批评的职责就在于建设理想的、有思想的、易于掌握的现实。② 中国批评家南帆指出：批评的使命，不仅鉴别和评判文学，而且分析那些意义正在配置的如今的生活。③ 丁帆指出：历史不会按照知识分子的人性和良知来运行。知识分子不应该背离良知和批判的职责。④ 批评家无论讨论文学问题还是社会问题，即便是相对纯粹的文学问题，也不能忘记、放弃自身对于社会的责任。应当有勇气担负起关于社会、时代、民族、人类的责任。

2. 文明建设的责任

前面所论，批评家对于读者的文学责任——提升读者的审美素质和欣赏水平，从而促进社会文明的普遍提高——与提升读者的文明水平这一批评的社会责任，是密不可分的。通过文学批评"培养人们良好的道德情感，提高人、改变人的生存处境（胡良桂语）"，"发扬人性中的善，满足心灵对美与自由的渴望，帮助更多的人获得对生命本质与人生价值的认知，从而在想象性的内心生活中生成人格自我，抵抗物质生活与权力对世风的破坏"（毕光明语），既是文学责任，也是社会责任。

提升人类文明的普遍水平，也是批评家的责任。贺昌盛指出：文学作为展示人类精神蕴含的方式之一，具有其他文化形式无可取代的独有特性。当人的精神蕴含仍旧显示着某种程度的普遍的幼稚、单纯与贫乏时，文学所承担的精神文明建设功能恰恰需要进一步的彰显。这也正是当代汉语文学的职责所在。⑤

---

① 谢冕：《回望百年》，作家出版社 2009 年版，第 88 页。

② ［法］蒂博代：《六说文学批评》，赵坚译，生活·读书·新知三联书店 2002 年版，第 187 页。

③ 南帆：《当代文学与文化批评书系·南帆卷》，北京师范大学出版社 2010 年版，第 384 页。

④ 丁帆：《高尔基告诉作家一切在于人，一切为了人——十月革命前后高尔基论》，《随笔》2013 年第 1 期。

⑤ 贺昌盛：《现代性与"国学"思潮》，广西师范大学出版社 2013 年版，第 109 页。

这里表述的文学（广义的文学）所承担的精神文明建设功能，作为文学职责，也包括了文学批评的职责。

颜敏在论说"当代文学批评的症候"时，也强调：批评家应当负起"参与现实社会的思考和精神文化的建构"的责任。[①]

3. 建设良好风气的责任

批评家有承担建设良好风气的责任。

批评家温儒敏指出：人文学者要有承担意识，有责任抵制不良学风，改善学术生态。[②] 作为人文学者的批评家，在抵制不良学风、改善学术生态方面，责无旁贷。既要勇于担当，还要善于建设。

建设，要有勇气、有智慧，有韧性、有毅力，敢于探索，承担挫折，非一日之功，需百折不回。

4. 承担历史的责任

批评家要承担重大的历史责任。

一个时期的批评家，集体做出关于自身责任的历史答卷。作为个体的批评家，也会面对历史的检验和评价。

所有批评家的实践活动和理论成果，构成了一代批评家历史责任承担的见证。是否有效、积极地推动文学繁荣；是否准确、客观地评价了作家、作品以及文学现象；是否在文学批评理论、批评方法上有所创新，形成新理论、新方法；是否对于当时的社会进步有所推动，等等。

（四） 批评家责任的自我选择

梁启超曾经专门著文论说《敬业与乐业》。他认为：敬业，是职业责任。乐业，是职业态度。"凡职业没有不是神圣的，所以凡职业没有不是可敬的。""敬业，于人生最为必要，于人生最为有利。"只有敬业，负起责任，才能做好事业。[③]

张新颖认为：鲁迅终生的写作，之所以克服万难、坚持到底，最根本的原因，在于内动力——对于现实世界的自由责任。鲁迅直至生命终

---

① 颜敏：《当代文学批评的症候分析》，《文艺报》2013 年 11 月 29 日。

② 温儒敏：《文学史的视野》，人民文学出版社 2004 年版，第 328 页。

③ 梁启超：《敬业与乐业》，《饮冰室合集》。

止才不得不放弃的杂文，这种交织着他人的毁誉、褒贬，消耗着自己的精血和心神的杂文，这种与平庸、烦琐、肮脏甚至是令人愤怒、厌恶、绝望的现实血肉粘连的杂文，写作它的最根本的内在动因，包含在这一信息之中——这一切都是出于一个主体对于现实世界的自由责任。① 如果把他这段话中的"杂文"，理解为写作，或者我们要讨论的文学批评，也是成立的。他的这一概括，把一个人文学者、思想家的内在动因，做了根本的说明。责任，不仅是工作负责，事业实践；最高的境界还是生命投入，精神寄托。

一个批评家如果想要成为有成就的人文学者、思想家，应该像鲁迅那样，负起对于社会的责任。而真正的责任，并不是一种外在的压力，更是在价值方面的自我选择。

1. 选择当时当世，还是永久永恒

责任是一种选择。法国思想家卢梭（1712—1778 年）说过：在一味趋时的学者被轻浮的少年们左右自己文风的时代，有的艺术家为了博得别人的赞赏，他会做什么事情呢？他就会把自己的天才降低到当时的水平上去的，并且宁愿写一些生前为人称道的平庸作品，而不愿写出唯有在死后很长时期才会为人赞美的优秀作品。（《科学与艺术的复兴是否有助于敦风化俗》）② 在三百多年以后，卢梭所说的那样的艺术家和批评家依然存在。那就是，还在"宁愿写一些生前为人称道的平庸作品，而不愿写出唯有在死后很长时期才会为人赞美的优秀作品"。

批评家的责任，也是自身的选择。是选择活在当下，风风光光，物质利益、荣誉名分搜罗得最全，还是面对现实更面对历史，争得永恒的光辉（至少无愧于历史和人格），是批评家不可回避的现实选择与历史判断。具体的批评家可以无知，可以不屑一顾，但是却无法逃避历史的严酷的选择与评判。散文家（杂文家）朱健国和文学批评家文学武③在论及 20 世纪文学现象时，不约而同提起陈寅恪，表达了对于陈寅恪先

---

① 张新颖：《有情：现代中国的这些人、文、事》，上海书店出版社 2012 年版，第14 页。

② 张秀章、解灵芝编：《卢梭的忏悔》，吉林人民出版社 2012 年版，第 62 页。

③ 文学武：《风雨中的野百合——中国现代文人的悲剧命运》，湖北人民出版社 2011 年版。

生崇高精神的敬仰。朱健国认为：陈寅恪生前受到冷落，他的人生观，是追求"历史人生"，要活在整个中国历史之中，既活到古代，也活到将来，于是他心甘寂寞，沉于学术，奉守良知，勤奋创造。尽管在"文革"中含恨辞世，后来却受到弘扬，载入史册，令人景仰。而另外一些同时代的学者，以快活在当下为主要追求，虽知某些活动在历史上并非光彩角色，依然乐此不疲。死后的命运正好与陈寅恪相反。① 在现代文明的视野里，哈耶克认为：责任不应当是强制的。他认为，个人只有承担责任才能获得自由。②

对于文学的社会责任，存在着一种误解，以为如果研究不能直接联系社会，就是逃避社会责任。赵勇等在《反思文艺学》一书中做出了反驳。以陈平原所论"尊重学术的选择与独立"，南帆所论"自主的学术是对专制的反抗"，表明学术有其内在的规律和特点。③ 这说明，社会责任不是单纯以眼下的权宜利害、效益大小作为唯一的评价标准，而应该看其学术活动及成果对于人类文明、社会发展、文学发展、文化繁荣以及科学认识等方面是否有积极的促进。

2. 选择重大、中国、现实问题，还是其他

解决现实亟待解决的重大问题，才能负起批评的重大责任。朱光潜指出："选题一定要针对我国当前的文艺动态及其所引起的大家都想解决的问题。"④

南帆认为：一些中国学者的"思想很难摆脱'中国问题'的纠缠"。长期置身于这片土壤，许多问题不仅时时扑入眼帘，还激动着学者的思想和神经。这种激动在许多场合转换成了学术思考。一代学人长期处于社会旋涡，使他们对于中国问题具有切肤之感，也使他们承担了历史赋予的社会责任。⑤ 南帆所揭示的学者应当面对中国问题现实的问

---

① 朱健国：《朱健国集》（中国杂文百部），吉林出版集团 2013 年版，第 38 页。

② 哈耶克：《通往奴役之路》，王毅明等译，中国社会科学出版社 1997 年版。这里参考了王立平、韩广富的研究成果：《个人责任与社会保障——哈耶克的社会保障思想及其理论渊源》，《内蒙古大学学报》（哲学社会科学版）2009 年第 6 期。

③ 陈雪虎、赵勇：《反思文艺学》第十一章，北京师范大学出版社 2009 年版。

④ 朱光潜：《谈美书简》，上海文艺出版社 1980 年版，第 8 页。

⑤ 南帆：《敞开与囚禁》，山东教育出版社 1999 年 7 月。

题，显然更突出地提出了学者的责任问题。这启示我们，在文学批评领域，责任——在积极的范围内，应当重视研究中国的现实问题。这并不是否定研究文学的国际问题或者人类问题，也并非一定要把所有的具体文学问题上升为"国家""中国"的问题。而是在学理上确认，研究现实发展的重要问题、迫切问题，既是学者的责任，更是解决问题的必由之路。人生，就要面对和解决现实的重要问题；学术，也要面对和解决现实的重要问题。

谢有顺针对否定鲁迅的部分意见，旗帜鲜明地指出：鲁迅当然有缺点、缺陷，但是我们要追问一个问题，鲁迅所认识的中国，是不是最真实、最深刻的中国？他所反对的一切，今天是不是还应该进一步反对？他那种直面人生的勇气，是不是中国知识分子这几十年来最需要的？① 他以设问的方式，肯定了鲁迅精神的重要意义。鲁迅的存在，就在于他面对现实，面对中国的问题，不回避，不玄虚，而做出独立的创造性的思考和表达。

批评家有选择不同责任的权利，其他批评家、文学批评史家、社会大众也有客观、真实、准确予以评价的权利。一个有重要贡献的批评家，就在于其背负重大责任，解决重要问题。

（五）责任与能力

实现责任，需要依靠批评家自身具有的能力。责任越重，要求能力越大。只有较大的能力，才能负起较重的责任。房喻认为：大学培养的人，首先要有责任心，其次就是要有能力。② 实现责任，依靠能力。没有社会责任，能力只是限于自我的内在乐趣，于社会发展、人类文明，难以有大的促进和积极意义。

这提示和要求，批评家要承担重大的历史责任，就要练好内功和外功，提高自身的能力。

批评家承担责任，需要能力，也需要素养。我们借鉴高校青年教师应具备的素质，加以说明。王妍在《新时代高校青年教师应具备的素质》一文中，列举了五个方面：对学术的敬畏之心；对学生的挚爱之

---

① 谢有顺：《活在真实中》，中国电影出版社 2001 年版，第 61 页。
② 谢湘、孙海华：《师范教育应造就有个性的教师》，《中国青年报》2007 年 9 月 5 日。

心；对社会的感恩之心；对民族文化的传承之心；对教育工作的创新之心。① 参照这五个方面，稍微调整，我们把可以把批评家应具备的素质表述为：

（1）对人性、文学、学术的敬畏之心；

（2）对人类、文学和创造的挚爱之心；

（3）对社会文明、文学繁荣的推动之心；

（4）对民族文化和人类文化的传承之心；

（5）对文明、文化和文学批评的创新之心。

以上五点，未必全面。愿以此作为展开讨论的铺垫。

十五　文学批评的建设原则

文学批评的建设原则，也可以称为文明原则、积极原则。之所以没有使用后者，是因为整个文学批评都应当是文明的、积极的。

法国批评家蒂博代曾经就批评做专门的演讲，他以建筑师为喻，说明批评家作为"有趣味而又懂得建设的人，才能无愧于建筑师的称号"。"如果一位伟大建筑师的趣味是有助于建设的，那么他的建筑便是创造的。批评也和其他文学体裁一样，只是因为它有创造因素，所以才得以成长和存在下去。"……批评只有努力同一种创造运动的延续过程相吻合，才能进行建设。他指出，善于建设和善于给人以教益，是批评的另一种行为。……批评的职责就在于建设理想的、有思想的、易于掌握的现实。②

（一）建设是文学批评之本

在人类文明的发展、进化、提升中，建设是根本的方式。"建设"的价值取向是注重新质基础上的量的积累，强调的是发展和完善。③ 黄颂杰认为，康德对（人类）理性的批判在深度和广度上都远远超出经

---

① 王妍：《新时代高校青年教师应具备的素质》，《光明日报》2007 年 5 月 19 日。

② ［法］蒂博代：《六说文学批评》，赵坚译，生活·读书·新知三联书店 2002 年版，第 195、194、172、187 页。

③ 张澍军：《新时期德育思维的视角转换》，《中国教育报》2001 年 10 月 3 日。

验论者，因为他对理性的批判实际上是对理性的功能和作用进行了前所未有的发掘和发扬，是积极的、建设性的批判，而不像经验论者那样是消极性、破坏性、限制性的。(《李蜀人〈道德王国的重建〉序》)① 这实际上概括了文明进程的两种方式：积极性、建设性的与消极性、破坏性的。

作为人类文明成果的组成部分，文学批评的发展，在根本上也是积极性、建设性的。文学批评的建设性，就在于从目的、方法和效果等方面，使文学和文学批评的发展，在现实的基础上，更好、更丰富，而不是专门地挑剔和摧毁。

孙犁认为；文艺评论是要促进文学艺术的繁荣发展。对花木可以进行修剪，但不能一味地诉诸砍伐（《金梅〈文海求珠集〉序》，1981 年）。②

王蒙：我们现在非常需要这种建设的精神，就是对人类文明所创造的一切文化成果采取一种爱护、发掘、吸收、探讨的态度，不能用爆破的方式去对待。③

郜元宝以《又一种破坏文化的逻辑》，说明文学批评是建设而不是破坏，宽容而不是专制。批评有些论者将研究对象对立，而忽视他们在整个文化生态中的联系与互补。④ 南帆认为，当代文化不仅包含战斗、攻击与破除的一面，有所建树的要求在当代文化中日益明显。⑤ 早在 20 世纪初，中国现代文学批评的理论建设初期，《新文学大系（1916—1926》的理论一集，就称为"理论建设集"。在中国现代文学批评理论的建构中，陈独秀、胡适等作出了重要贡献。陈独秀的炸雷之响——论文《文学革命论》，提出了著名的"三大主义"："推倒……，建设……；推倒……，建设……；推倒……，建设……"胡适最初的理论文章《建设的文学革命论》，不仅仅名之为"建设"，在文中一口气提

---

① 李蜀人：《道德王国的重建》，中国社会科学出版社 2005 年版，序第 3 页。

② 孙犁著，金梅、李蒙英编：《孙犁文论集》，人民文学出版社 1983 年版，第 335 页。

③ 王蒙：《共建我们的精神家园——与陈建功、李辉的对谈》，1995 年 6 月，《王蒙文存》第 17 卷，第 271 页。

④ 郜元宝：《小批判集》，复旦大学出版社 2008 年版。

⑤ 南帆：《冲突的文学》，江苏大学出版社 2010 年版，第 266 页。

出了"八不"。"不"的另一面，即是"是"。在根据此文基础上修改又有更大社会影响的《文学改良议》，则进一步提出了"八事"，有"要"有"不"，破立结合。而当十余年后，在为《新文学大系》（理论一集）编辑命名时，则直接以"理论建设集"称呼之，富有深意。①

成仿吾指出：批评是建设的，独创的。还有专门论述《建设的批评论》。②

（二）只有建设，才能发展文学批评

在文学批评声望低迷之时，"救救文学批评"的声音常常被喊出来。这体现了对于文学批评的关心，希望，思考。但是，研究文学批评，不仅仅要有口号，更重要的是实际行动。提高或者发展文学批评，依靠什么？如果"救救文学批评"，谁来救？怎么救？

给文学批评开药方，不容易。要望闻问切，要对症治疗。更不容易的是，如果真正有聪明的伟大的深刻的批评家，开的药方是对症的，那么，怎么治疗？谁来吃药？他、他们是否信任"医生"？是否肯吃？如果生病的不只是几个批评家，而是整个批评，那么，仅仅批评家就算是同意吃药的话，整个批评的病，能够那么容易祛除吗？

如果批评患的病是感冒。是由于外寒引起的内热。仅仅让批评家吃药，而不达到强身健体的内力，还是难以发出健康的声音。同样是外寒的客观条件，就偏偏有人不感冒。即使是流行性病毒横行，也难以使他、他们躺下。他们因为有强健的体力和精神，照样可以健康生活，发出健康的声音。重要的是，改变气候条件——改善居住环境，同时，让健康的人发挥积极的更大的作用；帮助体力不佳者早日恢复健康。因为批评的工作，不是依靠几个人，而应该依靠更多的人。

这样说来，解决批评的疾病，重要的不是开药，而是依靠建设。创造条件：鼓励、肯定和选择已经存在的好的批评，让更多的人参与积极的良性的竞争。特别是，那些知道批评的病症的批评家，应该积极地参与批评，投入建设批评环境的工作之中。而建设良好的批评环境，创造

---

① 《新文学大系》（理论一集），良友出版公司 1937 年版。

② 参见许道明《中国现代文学批评史新编》，复旦大学出版社 2002 年版，第 70—71 页。

更多优秀、良好的批评成果，以建设的精神和努力，是改变批评不如人意的最根本的方式。

更有一个关键的重要问题，建设什么样的批评？许道明的《中国现代文学批评史新编》指出，在自觉建设一种批评体制时，一些批评家体现了诚笃与娴熟，却不能排除在那种境况中，批评成为"狂热残酷，扑杀异己"的粗暴武器。① 这是值得深思和警惕的。

（三）文学批评建设原则的内涵

1. 坚持文学批评的文明方向

好的批评都是建设性的批评。建设性的批评，不是消极地拆除、破坏、毁灭，而是积极地创造、补充、完善。

建设性批评的目的，在于促进文学和文学批评的丰富、多样化，向更好的方向发展。

建设性批评的心态，应该不在于关注批评家自身，而在于关注批评事业、文学事业的发展。

建设性批评的效果，不仅仅在于动机，更在于实效。

"面对批评对象的不完善，批评家没有任何理由嘲讽和谩骂，而应当通过分析、论证，促使其更加完善。体现一种建设性姿态，努力产生积极的效果。"②

2. 在建设性中正确处理肯定与否定

建设性批评的方法，应该是肯定正确方面与否定错误方面的统一。

邓伟志等认为：在文化发展上，既有破字当头、立在其中的一面，也有立字当头、破在其中的一面。"否定会给人带来痛苦，可这痛苦是创新的代价。"③ 这个道理不难理解：立是建设，破也是建设。否定错误也是建设。它们相辅相成，共同构成了建设的两个方面。但是，不能忽视共同的基础是建设，而不是简单的破坏。

即便是否定错误的批评，也应当是建设性的。张均认为：就个人写

---

① 许道明：《中国现代文学批评史新编》，复旦大学出版社 2002 年版，第 357、347 页。
② 蒋述卓、洪治纲：《文学批评教程》，武汉大学出版社 2010 年版，第 68 页。
③ 邓伟志等：《建设和谐文化需要处理好几个关系》，《光明日报》2006 年 12 月 8 日。

作而言，谈论一位写作者的失败经验，应当是建设性的、有反思价值的。①

建设过程中的否定，是否定影响发展的错误和认识不当的错误，而不是全面否定和横扫一切，不是形成一片废墟。批评的建设，需要面对现实，面对文学批评的复杂关系，面对历史的文化传统，而不是把现实看成或者变成一片废墟。

凌晨光认为：求疵的批评其结果可能是破坏性的，也可能是建设性的。纯粹破坏性的批评是一种恶意的批评，它以过分苛求而否定了文学创作实绩，阻碍了文学的不断发展。……建设性的批评，首先要有善意，使批评对艺术的发展有所助益，在尊重文艺规律的前提下区别良莠，对艺术的稗草加以扫除。② 有些批评缺乏一定的善意，实在是问题的重要方面。作为建设性的批评及其原则，首先是批评家的建设愿望和动机，并且付诸实践达到建设的效果。批评家如果没有建设的愿望和动机，在批评实践中自我膨胀、自以为是、唯我独尊、唯我独是，全面否定他人、横扫一切，就会把整个文学批评看成一片废墟，如果形成潮流，就会真的造成一片废墟。难以达到文学批评作为建设的职能和效果。

在建设中反对意见也是良药。水利工程学家潘家铮就工程建设发表感受：那些对工程建设提反对意见的人，往往是对工程建设贡献最大的人。他说：正是由于反对意见的存在，才使我们的决策更趋科学合理，使我们对事物的认识更接近本质。③ 物质工程建设是这样，作为精神产品的文学批评建设也是这样。倾听反对意见，尊重和包容不同的声音，在精神领域更为重要。况且，对于一个事物，反对的意见并不都是错误，肯定的意见并非都是合理。只有在多方意见的比较、交流中，合理与不合理才能逐步展示其清晰的面貌。这不仅是襟怀和道德，更是人格与道路——真心坚持真理，还是表面的不以实际行动走向真理。

---

① 张均：《底层的诗学》，王肇基、肖向东主编：《底层文学论集》，人民日报出版社2008年版，第163页。

② 凌晨光：《当代文学批评学》，山东大学出版社2001年版，第133、134页。

③ 高驱：《反对意见也是良药》，《人民日报》2011年8月17日。

3. 建设性效果的多样性

批评的建设包括多方面。蒂博代提出包括：建立理念、体裁、系列和各代人对于一代文学、批评现象的概括、认识和建构，以及对作家现象的构造、对于一个地区文学面貌的概括的认识。①

宁宗一指出：在古代小说研究的学科建设中，必要而必需的是，学术上自由竞争的精神。在具体方法上，应提倡多侧面、多层次、多角度、多途径、多目标、多问题、多要求、多方法，互相补充，互相完善。② 这里的多，已经不少了。这也并非全部。真正在实践中，会是更丰富、复杂、多样。

批评建设需要肯定多样的追求，需要广泛的争鸣，需要依靠更多批评家的智慧和心血。

真正的建设，需要百花齐放、百家争鸣，达到万、亿乃至无穷。不能像叶公好龙那样，一旦百花、百家将至（不用说万花、亿花，万家、亿家遥远），就难以面对。人类的精神解放和创造，是永远大于个别人、部分人的想象和限制的。

十六　文学批评的创新原则

法国批评家蒂博代指出："批评家不仅要欣赏，他还要理解和创造。……批评也和其他文学体裁一样，只是因为它有创造因素，所以才得以成长和存在下去。"③ 中国当代批评家也越来越突出地认识到："文学批评的特征之一，是创造性。创造性是文学批评的重要品格。"④

（一）文学批评需要创新

文学批评需要创新。创新是文学的生命，也是文学批评的生命。

---

① ［法］蒂博代：《六说文学批评》，赵坚译，生活·读书·新知三联书店2002年版，第190—194页。

② 宁宗一：《倾听民间心灵回声》，山西古籍出版社2003年版，第88页。

③ ［法］蒂博代：《六说文学批评》，赵坚译，生活·读书·新知三联书店2002年版，第165、195页。

④ 张利群主编：《文艺学教程》，广西师范大学出版社2005年版，第289页。

创新，是创造性的劳动成果，是文学批评的本质需要。面对文学发展的新现象，文学批评需要做出新概括，文学批评的理论和实践需要新发展。

创新，既是文学批评发展的内在需要，展示批评家的个性；也是文学批评外在的需要，有了多样性的有新意的成果，才能发展文学批评自身，才能促进文学的发展和繁荣。

文学批评需要创新，是要改变批评中存在的一些缺乏创新的现状。批评家雷达多次强调：当前文学创作和文学批评都面临着创新的难题。① 南帆看到：尽管一些识见不凡的批评家赢得了思想解放，但多数批评家却是退而重复陈旧的经验之谈。② 批评家以外，一位著名作家指出，很多批评家在批评中所使用的武器、所具有的文学意识是落后的。③ 尽管这些作家、批评家当时所指的现象会时过境迁，但是，从批评家所面临的具体的常态来说，批评家要不断追踪批评对象的千变万化，不断更新批评理论和方法，不断获得新知和新论，创新是永远的主题。

（二）文学批评如何创新

文学批评的创新，包括创新意识（观念）、创新思维、创新方法、创新能力、创新成果等方面。我们从这几个问题展开讨论。

1. 以独立人格和批判精神创新

潘明德认为，批判精神与创新精神在本质上有很多相同之处，它们都是人的独立人格与个性存在的表现，都需要独力思考和藐视权威的勇气，都源于对现状的不满。④

申丽娟等以中国当代科学家侯光炯为例强调："学术创新更重要的是，学者要不盲目崇信古人、洋人以及所谓学术'权威'，而始终保持

---

① 雷达：《当前文学症候分析》，作家出版社 2009 年版，第 63 页。

② 南帆：《冲突的文学》，江苏大学出版社 2010 年版，第 265 页。

③ 周新民：《"人"的出场与嬗变：近三十年中国小说中的人的话语研究》，中国社会科学出版社 2008 年版，第 322、323 页。

④ 潘明德：《文本模式与创新模式的互动》，《河北学刊》2009 年第 4 期。

内心的自由和人格的独立。"①

现代的科学要求的创新，包括这样几个方面：为了求知和摆脱愚昧，不是为了单纯的实用目的。为了探索现象背后的原因，不满足现象的表面。用理性思维观察、分析和解决问题。以怀疑和批判精神，标新立异。②

2. 在原有的基础上创新

创新，是在原有基础上的新创造。创新，要尊重传统，善于继承和借鉴。带有开放性，才能视野广阔，充分发展，富于成果。创新需要尊重原有的基础。或者以传统为基础，或者是在前人研究成果的基础上创新。"在文学理论发展中，每一种理论往往都包含着以前某些理论的痕迹和未来某些理论的萌芽。"③ 同样，批评家的创新也往往受到先前批评传统的影响。

马克思指出：人们自己创造自己的历史，但是他们并不是随心所欲地创造，而是在直接碰到的、既定的、从过去继承下来的条件下创造。(《路易·波拿巴的雾月十八日》，1852 年)④

源远流长的中华文化所积淀的文化精神包含四大基本精神：一是"以人为本、以德为体"的道德人文精神；二是"经世致用、济世安民"的政治实践精神；三是"开放兼容、和而不同"的多元和谐精神；四是"实事求是、革故鼎新"的务实创新精神。⑤ "革故鼎新"的创新精神，是宝贵的文化遗产，也是现实社会的永远需求。

马克思、恩格斯的美学思想，在对待形式上的创新有三种方式：一是利用旧形式，表现新内容；二是改造旧形式，表现新内容；三是创造新形式，表现新内容。⑥ 显然，新形式的创造，不是凭空而来的，而是

---

① 申丽娟等：《学风建设"四要"》，《光明日报》2013 年 10 月 2 日。

② 钱兆华：《我们离诺贝尔自然科学奖有多远》，《江苏大学学报》(社会科学版) 2003年第 4 期。

③ 马新国主编：《西方文论史》(修订版)，高等教育出版社 2002 年版，第 458 页。

④ 《马克思、恩格斯、列宁、斯大林论文艺》，人民文学出版社 1980 年版，第 71 页。

⑤ 吴光：《社会主义核心价值体系综合了"全人类智慧"》，《光明日报》2013 年 10 月9 日。

⑥ 李思孝：《马克思恩格斯美学思想浅说》，上海文艺出版社 1981 年版，第 275—279 页。

借鉴、改造、利用原有基础，继承传统的结果。

创新，并不意味着要彻底否定传统。有论者认为，畅销世界、版本无数、印数逾亿的长篇小说《百年孤独》，既有创新，更有"保守"，有古老《圣经》结构在其中复活，还凝聚着原始生命冲动的各色神话。这种保守是对美好人文价值观的一种坚守，是古今文学经典的一个基本取向，或许是其在世界畅销不衰的缘由。[①] 这种保守，并不是对于传统的僵化理解，而包含着丰富的复杂信息。告诫人们，不能唯"新"是取，而应该新旧同存，在传承中发展，在发展中传承——坚守人类最宝贵的人文精神传统。

拒绝传统最有代表性的，要数俄国 20 世纪 20 年代的"无产阶级文化派"，他的代表人物符·基利洛夫（1890—1943 年）在诗歌《我们》（1917 年）中扬言："为了我们的明天，我们要烧掉拉斐尔，拆毁博物馆，踩死艺术之花。"这在实践上和理论上都是极端的、有害的。[②]

黄科安在认识研究孙犁精神世界的复杂性时，在郭志刚、金梅、杨联芬等学者的研究基础上，做出了自己的理解和新认识。他从"女性、战争与美的极致""农民、土地与家园意识"和"知识者的文化立场：从'颂歌'到'孤愤'"三个方面予以论说。对于孙犁充满矛盾的性格、对于复杂的抗日生活的理解、人生经历与时代的不合时宜以及作品在不同时期（特别是后期创作的变化）的具体实际，孙犁从"审美"走向"审丑"，从"颂歌"走向"孤愤"，直至走向最后的沉默，留给人们无限的思考和感慨，予以评论。[③] 即是在原有的基础上创新。

3. 勇于探索、不怕创新失败

创新需要坚固的基石，超前的意识，探索的精神，是智力探险。——著名经济学家张五常，把他的学术随笔集命名为《学术上的老人与海》，认为学术研究如海明威的小说《老人与海》中的老渔夫，勇于探索，在风险中搏斗，既需要坚定的信念和毅力，也充满了不确

---

① 陈众议：《〈百年孤独〉何以畅销》，《人民日报》2011 年 7 月 8 日。

② ［俄］卢那察尔斯基：《论文学》，蒋路译，人民文学出版社 1978 年版，第 621 页。

③ 黄科安：《延安文学研究》第七章"孙犁：在主流文学中的边缘性言说"，文化艺术出版社 2009 年版。

定性。①

批评家谢冕认为：“创新意味着探险。”“当代文学研究这个学科，曾经是这样的布满雷阵的危险地带。”②

创新，不仅要有精神、方式，还要有积极的成果。

没有积极成果的、失败的创新，也值得鼓励。应鼓励这种探索精神。创新精神，不能代替成果。创新方式，也是一种成果。

创新，不一定都会成功。成功，一定要创新。

4. 勤于学习，多方面创新

创新，需要勤于学习，勤于实践，持之以恒。创新，还要敏于思考。创造性需要容纳多种学科、多种观点、多种途径。只有博采众长，择其善者而融化于个人见解之中，才能取得新成就。③ 多角度创新，“对文学的解读和学术研究，在具体方法上，应主张多侧面、多层次、多角度、多途径、多目标、多问题、多要求、多方法，互相补充、互相完善”。④

在蔡翔的批评中，显示出他是一位相当有个性、相当富于创造力和具备主体意识的批评家。他不断选择文学批评的尺度、范畴和模式。有时候，采用丹纳式的科学实证和文艺心理分析相结合的方法；有时候，偏重于从历史文化角度来考察文学，还渗进一点接受美学的因素；或者在进行社会学分析的同时，还侧重整体性的艺术分析和美学把握；或者综合考察某一类文学现象，进行深入思考和新的艺术概括。⑤

杜甫主张学诗应该出入诸家，“转益多师是我师”。诗歌创作以及文学创作如此，文学批评又何尝不是如此。只有转益多师，才能达到“诸体俱备”的“自成一家”，而不是文章千百，“皆只一体”。那样，既单调乏味，又难以适应批评活动的千变万化。

创新，要坚持多种创新方式。一般认为，创新有三种普遍的形式：局部创新；集成创新；全面、整体创新。

---

① 参见李国涛《钓大鱼，钓小鱼》，《厦门日报》2002 年 7 月 27 日。

② 谢冕：《回望百年》，作家出版社 2009 年版，第 199 页。

③ 高镇同：《勤于实践、敏于思考、勇于创新》，《人民日报》2002 年 11 月 24 日。

④ 宁宗一：《教书人手记》，大象出版社 2002 年版，第 35 页。

⑤ 陈剑晖：《新时期文学思潮》，广东高等教育出版社 1989 年版，第 229 — 230 页。

学者邓伟志等指出：创新思维的方式很多，延长是一种，逆向否定也是一种。延长式，是在前人的基础上，继续发展。否定式，是对于前人的某些方面予以否定，得到新认识。"否定会给人带来痛苦，可这痛苦是创新的代价。"① 我们可以补充一种：另立式，从另外的角度或者领域予以突破和创新。它具有更突出的原创性，也是最困难的。

学者谭学纯指出：有些学人习惯"照着说"，少有"接着说"、"对着说"和"换一种思路说"的学术勇气和理论准备。……学术研究，需要广泛吸收同类研究成果的智慧，同时善于走出同类研究的思路和模式，避开"照着说"的路径，开发"接着说"的空间。使自己的研究不重复他人的劳动。……学术空间的拓展，多一分越位之思，就会少一分同类研究的同层次重复。多一分越位之思，就会多一分理论创新的可能性空间。②

5. 选题的创新

创新的选题在于发现问题，去解决问题。发现问题是前提。问题贵在发现，也难在发现。要善于在司空见惯的现象背后挖掘有价值的问题。能够发现问题是有水平，善于解决问题是高水平。解决问题是目标，解决问题是发现问题、研究问题的出发点和落脚点。③

董乃斌在总结文史专家傅璇琮先生的学术研究经验时，概括出学术研究选题的三种方式：一是从读书思考中自然产生；二是从考察学术史或受学术现状刺激而生；三是从学术理性和战略布局的需要而生。④

在一些研究的选题中，存在这样的现象："一方面忽略了太多的问题，而另一方面又过于注意某些问题，以致一般性的问题不断重复，而许多特殊的现象、专门的问题却被排除在视野之外。"⑤ 选题的不均衡，忽略了许多重要问题或者在批评（研究）中排除了重要方面。选题的重复，过于注意某些问题，一般性的问题不断重复，也都难以创新。

---

① 邓伟志等：《建设和谐文化需要处理好几个关系》，《光明日报》2006 年 12 月 8 日。

② 谭学纯：《文学和语言：广义修辞学的学术空间》，上海三联书店 2008 年版，第 285、272、267 页。

③ 参见陈喜庆《说说"问题"》，《求是》2012 年第 12 期。

④ 卢燕新等编：《傅璇琮先生学术研究文集》，商务印书馆 2012 年版，第 13 页。

⑤ 蒋寅：《关于清代诗学史的研究方法》，《江苏行政学院学报》2003 年第 4 期。

6. 在规范中创新

创新，是在规范与反规范的互相博弈中，获得曲折的前进。按照南帆的解说，规范是艺术规律的体现。同时，反规范也是艺术规律另一侧面的显形。规范与反规范形成了中国当代文学之中的交错运动。他认为，真正的一流作家是前无古人的。在一些主要方面，反规范、反法则、反技巧乃是他们之所以成为一流作家的根本理由。[①]

尽管其中可能存在夸大反规范作用以及程度的倾向，但是包含着：作家、批评家的创造、创新，必须超越一定的规范的事实。可以令人接受的说法应该是，优秀作家、批评家能够驾驭规范、突破原有的部分规范，在一定程度上创造新的规范。

（三）文学批评如何对待创新

文学批评如何对待创新，是多方面的。

1. 保护、尊重创新

批评家应该保护、肯定、推动作家和批评家的创新，尊重他们的探索。当然可以不同意他们的某些实践中存在的问题或者弱点，但需要满怀善意地去讨论。彭放认为，"批评不应该脱离人物性格所能达到的境界去苛求作家。"文艺创作和批评不应该从定义出发，而应该研究实际生活。不应该超越时代去苛求作家。[②]

批评家应该尊重创新的多样性。朱铁志曾经这样谈道：认为真理只有一种表达，而且模式一旦形成，就带有统治一切文体的天然权利，不许别人说不同的话，也不准别人采用别样的表达方式，这是一种非常荒唐可笑的逻辑。也是马克思早已痛斥过的书报检查制度。他在《评普鲁士最近的书报检查》中说过："你们赞美大自然悦人羡慕的千变万化和无穷无尽的丰富宝藏，你们并不要求玫瑰花和紫罗兰散发出同样的芳香，但你们为什么却要求世界上最丰富的东西——精神只能有一种存在形式呢？"……今天类似的思想观念在一些人的头脑中还很顽固，还有市场。这种观念窒息创新的思想，泯灭创造的灵魂，最为改革开放的时

---

① 南帆：《冲突的文学》，江苏大学出版社 2010 年版，第 215、251 页。

② 《彭放文论选》，北方文艺出版社 2000 年版，第 157、158、107 页。

代所不齿，早该彻底抛弃了。①

许多批评家具有充分、热烈的个性，应当受到尊重。陈剑晖评价：许子东轻松自如、灵动潇洒；蔡翔生命情致、气势韵律；吴亮激情文采又哲学思辨；黄子平雍容大度和随意诙谐；南帆明晰机智、细致绵密；季红真有情采而不浮，有理性而豁达，等等。②

2. 恰当评价创新

在辨认、总结、评价创新时，努力做出合乎实际的判断。

在创新的性质、范围、程度方面，实事求是，既要有宽广的视野，认识创新成果的独异性，不能视若不见；又能够做出恰当评判。既鼓励、肯定创新，又能够恰当地评价创新的层次、范围和性质。在 20、21 世纪之交的中国文学评论，往往是对于普通的一般的创造性，做出夸大的评价。既影响了在广泛的范围内的比较与识别，也降低了批评的客观性与信誉、公信力。这是值得有责任的批评家注意的。

创新不能盲目追求新潮。"在我国文学理论界，存在着'跟风赶潮'、'追新逐异'的现象。即一味地追求新潮、时尚，跟在西方学者之后亦步亦趋，满足于一知半解的搬用和卖弄。"③

刘勰主张："酌奇而不失其贞（真），玩华而不坠其实。"（《文心雕龙·辨骚》）强调创新不能只限于玩弄花样。陆机在《文赋》中，也批评了"或遗理以存异，徒寻虚而逐微"（意思是指不顾内容追求新奇，离本逐末仅仅注重形式，那样的创新是不正确的）。④ 唐朝诗僧皎然在《诗式》中，批评"以诡怪而为新奇"的文学现象。当代批评家依然坚持：文学不宜"过度追求文学技巧的革新，玩弄形式上的花招"。⑤

在恰当评价创新时，应该把握问题的实质，到底是脚踏实地的探索，可能失误、失败的探索，还是仅仅作为表层的倡导、呼喊和简单的模仿。新说法和旧论点，正确与错误，局部正确与全部正确，局部

---

① 朱铁志：《文风琐谈》，《人民日报》2002 年 11 月 24 日。

② 陈剑晖：《新时期文学思潮》，广东高等教育出版社 1989 年版，第 242 页。

③ 王元骧：《文艺理论的现状与未来之我见》，《汕头大学学报》（人文社会科学版）2004 年第 5 期。

④ 参见郭绍虞主编《中国历代文论选》的注释，上海古籍出版社 2001 年版，第 79 页。

⑤ 李利芳：《中国精神：六十年中国儿童文学经验》，《中华读书报》2009 年 12 月 9 日。

错误与全部错误……复杂地纠葛在一起。如果加上论者的情感因素和道德水平，可能更加难以互相认可。这就更加需要准确认识、公正评价。

3. 尊重、宽容创新

尊重、宽容作家、批评家的创新

法国诗人波德莱尔的《恶之花》，惊世骇俗。死亡、吸血鬼、腐尸、淫荡，不仅是题目，还是意象。一时间反对声音并起，当时的法国法庭甚至将诗人审判、罚款。然而，一个多世纪之后，他成为法国最重要的一位诗人。对诗人的审判也予以撤销。① 从文学史的角度看，怎样对待文学以及文学批评的创新，是值得重视的大问题。

4. 正确看待模式

批评有理论模式。当某种理论或者几种理论综合成为一种指导思想，作为基础去处理各种关系、各种问题，而发挥整体的功能时，就可以看作是一种理论模式了。②

模式有积极的方面，简明、便利，经过以往实践的部分检验，获得正确的效果。有批评家坚持对于模式的认同。吴亮："没有模式的批评是不可确证的，没有范畴的思想是不可能被思想的，没有尺度的判断是不可能成为有意义的判断的。因此，文学批评不可能不选择模式，选择范畴，选择尺度。"③

模式也有消极的方面。模式只能说明局部现象，不一定能够完全说明新的研究对象。

5. 认识创新的深刻与片面

在批评理论方面，黄子平于20世纪80年代提出批评可以是"深刻的片面"之说：个人选择具有不可避免的片面，而那种深刻的片面可能穿透平庸的全面，从而引起认识的飞跃。（《深刻的片面》）④ 问题不在于对于"片面"的强调，而在于对"深刻"的呼唤与宽容。

---

① 参见郭宏安的论文。详见本书第152、180页注释①。

② 参考石明兰关于教育模式的概括。《新基础教育的教育公平思想探析》，《南通大学学报》（教育科学版）2006年第4期。

③ 吴亮：《文学的选择》，浙江文艺出版社1985年版，第261页。

④ 黄子平：《沉思的老树的精灵》，浙江文艺出版社1987年版。

　　创新往往是深刻的片面的。李清照的《词论》，强调"词别是一家"，在文学（词学）发展史上对于词体个性特征的认识和研究，作出重要贡献。但是，她对于苏轼、柳永的评价，从当时词风已经转变的历史条件看，未免显得偏执保守。① 更不用说从历史发展的比较、认知（这是不可苛求的，却是学术研究不能不考虑的），也缺乏宽容的多样化思路。因此，既有深刻的一面，也有片面的因素。

　　夏中义认为：任何新思想在其冒尖之初，皆不免锋芒与粗砺为伍，质朴与稚嫩相随，既深刻又极端，但"极端"未必动导致"深刻"，"深刻"也未必源于"极端"。……理论的彻底和深刻，不在于愤思偏执，而在于能否用最明晰的概念去逻辑地拥有尽可能大的涵盖面。② 这个极端与片面，是有同样的缺陷，片面的最大值就是极端，极端是片面的集中体现。

　　片面是无可避免的。深刻是应当努力追求的。在对待创新方面，我们不能因为其见识的深刻，而忽略其片面的部分；也不能因为其存在片面的部分，而忽略其见识的深刻。我们应当积极、辩证、全面地对待和公正、客观、准确地评价。

　　西班牙作家塞万提斯在其名著《堂吉诃德》中，以人物桑丘的名义讲了一个意味深长的故事。有两个人被请去品酒。一个说是陈年好酒，但是从中品尝出了酒香中的皮子味道。结果受到现场人们的尽情嘲笑。另外一个，不顾嘲笑，在肯定好酒的同时，直言不讳地说自己尝到了铁味。同样，收获了挖苦。在酒桶的酒倒干以后，人们在桶底发现了一把旧钥匙，上面拴着一根皮条。③ 故事的意味深长在于，嘲笑别人荒唐与不可能的感受，不是从事实的真相出发，嘲笑者也被事实所嘲笑。

十七　文学批评的文体原则

　　在文学批评中，关于文体的批评非常重要，它既占有重要地位，还

---

① 张葆全：《诗话和词话》，上海古籍出版社1983年版，第111页。

② 夏中义：《新潮学案》，上海三联书店1996年版，第174页。

③ 参见林同华《美学漫谈：献给大学生》，江苏人民出版社1984年版，第240页。

具有重要意义。

（一）　文体在文学批评中的重要性

文学批评家，在一定程度上，都是文体批评家。首先，文学批评的对象，都是以具体的文体形式凝结的作品及其作者。文学不是抽象的空洞物。文学作品都体现为一定的具体的文体形式。其次，绝大多数批评家，都在相当程度上显示出自己在特定文体方面的批评才能或者特长。

文体，包含两个方面的内涵。文体的类别和文章的风格。文体的类别，通常指文章的体裁（由历史形成的按照惯例比较稳定的又不断发展变化的专门的文章样式）。文学的文体在现代以小说、诗歌、散文、戏剧（文学剧本）为基本分类。同时也可以做更细的划分。如小说，还可以细分为短篇小说、中篇小说、长篇小说等。散文，可以进一步划分为随笔、杂文、报告文学、抒情散文等。文章的风格指作者的个人特色。后者的研究，称为风格论。前者的研究，称为文体论。我们这里主要讨论前者。

关于文体，中国古代有悠久的文体批评传统和丰富的研究成果，许多古代批评家留下了珍贵的思想。曹丕的《典论·论文》对于八种文体的特点进行了概括、比较和区别："奏议宜雅，书论宜理，铭诔尚实，诗赋欲丽。"陆机的《文赋》："诗缘情而绮靡，赋体物而浏亮。"涉及10种文体。刘勰在《文心雕龙》，更是对于35种文体的源流、特征和各种文体代表作品的优缺点，进行了详细分析和论述。①

南帆强调，批评家应当察觉到一个必要的循环：只有深刻地了解文学形式，批评家才可能深刻地了解作品含义——包括作品所表现的社会现实；同时，只有深刻地了解社会现实，批评家才能深刻地了解文学形式。② 这文学形式，自然包含了文学的文体。

另外，许多作家也重视在文学创作中文体的自觉。"许多小说家都高度重视文体这个文学元素。""文体形式的创新，给叙述带来了活力，

---

①　参见于非主编《中国古代文学》第三编第六章"魏晋南北朝的文学理论"，高等教育出版社 1988 年版。

②　南帆：《冲突的文学》，江苏大学出版社 2010 年版，第 263 页。

反映着文学的一种自觉，成为实验与探索，写作的自由。意味文体成为一种更高级的文学因素。"① 而批评家如果对此不予以重视，显然是不应该的。这将丧失文学批评的自觉，难以使文学批评具体地、深入地予以开展，从而影响批评的质量和效果。

杨劼强调文体批评的重要性：在小说批评中，文体批评对于小说艺术实践的影响最大、最直接。它的成熟与否甚至可能影响小说的创作水平。②

对于批评对象的文体关注，既是批评的应有之义，也是批评表达的深刻自省。一方面，批评应当注意文学的文体形式，另一方面，批评家应当注重批评表达的文体风格。即是说，对批评家而言，文体既是对象的，也是自身的。不可忽视、不可回避！

（二）批评家的文体批评实践

20 世纪 80 年代以来，文体问题成为许多文学理论家和文学批评家的关注点。从理论的角度，总结历史和现实的文体创造和文体研究成果，形成文体理论学（不同形式的不同成果）。从批评的角度，认识、总结现实的文学创作经验，形成具有文体特色的文学批评成果。这两个方面，是互相联系的。文体理论学为文学批评实践提供理论武器。文学批评实践的理论成果为文体理论学提供新鲜材料。在文学理论研究中，童庆炳先生有专著《文体与文体的创造》③，专门讨论文学的文体理论，成为许多批评家评论、研究文体的理论资源。在中国当代文学批评中，谢冕的诗歌批评，雷达的小说批评，留下了许多重要的篇章，启人深思。我们这里主要论述的是，文学批评中应当具有自觉的文体意识，在批评活动中不可轻视文体的意义并且能够善于处理批评中的文体问题。

新时期，20 世纪 80 年代，马德俊对于郭小川新诗艺术的探索，就概括了诗人所创造的五种诗体形式：楼梯式、民歌体、新词赋体、散曲

---

① 张学昕：《话语生活中的真相》，吉林出版集团 2009 年版，第 193、35 页。

② 杨劼：《普通小说学——把握小说的公开或隐秘的特质》，江苏文艺出版社 2011 年版，第 277 页。

③ 童庆炳：《文体与文体创造》，云南人民出版社 1994 年版。这是童先生主编的"文体学丛书"一套五种中的一种。

式、政论体。①

90 年代，李福亮曾经论述：新时期引人注目的文学作品，几乎都是文体变革的实绩。新时期各领风骚的作家，几乎都是文体实验的先锋。在黑龙江，张抗抗和王阿成的文体意识最为自觉。②

陈晓明在评论新世纪以来的长篇小说创作时，便涉及贾平凹、莫言等作家的文体问题。③

周志强在概括分析 21 世纪初现实主义长篇小说的文体类型时，则描述了五类文体构成的文体图景。④

在国外的其他民族，同样重视文体的重要意义和特征。从亚里士多德的诗学，到黑格尔的戏剧诗体，都是重视戏剧的文体，把戏剧看作诗的最高样式，并且概括为文体原则。⑤ 事实上，许多哲学家同亚里士多德、黑格尔一样，是以文体为基础来论证艺术哲学、构建自己的艺术和哲学体系的。⑥ 如尼采、海德格尔等。

（三）　文体原则的内涵

文体原则的内涵，至少应当有以下一些重要方面。

1. 辩证而开放的文体意识

辩证，是意识文体的历史发展的流动性、稳定性。开放，是正确面对文体的越界与守界。

文学文体是历史形成的。反映了人类文化、文学在发展过程中，对于表达内容、表达形式、接受形式的自觉注意和不断调整；表达需要和接受方便；自然形成与自觉更新。文体，由最初的相对不完全自觉，到逐渐的比较自觉；由最初的相对不稳定，到逐渐的比较稳定；由最初的变化不完全自觉，到逐渐的比较自觉地突破与调整。每个文体（例如小

---

① 马德俊：《当代诗歌艺术》，河北人民出版社 1989 年版，第 106 页。

② 李福亮：《一个自由的精灵在歌唱》，黑龙江人民出版社 1994 年版，第 130 页。

③ 陈晓明：《自觉与新变：新世纪的长篇小说创作》，《社会科学》2012 年第 8 期。

④ 周志强：《新世纪现实主义长篇小说的文体类型》，《中国社会科学报》2013 年 1 月 4 日。

⑤ 王峰、王茜：《艺术美学教程》，华东师范大学出版社 2011 年版，第 142 页。

⑥ 参见孟庆枢、杨守森主编《西方文论》，高等教育出版社 2007 年版。

说、诗歌、散文），都有各自的产生、发展、演变史，又都有自己与其他文体的冲突、兼容、交融史。

散文家、理论家耿占春，关于文体有许多思考。他认为：有许多迹象表明，文体的地位与相应的尊严在改变。小说作为叙事文体的主要地位开始衰落，电视剧继承了小说的叙事功能，但远没有得到小说曾经获得的文化尊严。小说才从道听途说这之流上升、沦落，开始成为诗歌一样的文体上的贵族。……如果每一个时期人类社会、人类的思想情感都会有一种主要的表达媒介和文体形式，那么诗歌文体显然已经过了与人类思想情感表达关系之间的蜜月了。……在互联网上，诗歌如此高贵的文体似乎不合适人们表达通俗的感情了。①

2. 平等而各有所长的文体观念

关于文体观念，在批评中应当重视以下方面。

文学的载体是具体的文体。

文体既是表达形式，也是批评对象。

文体不分优劣，各种文体同等重要。

各种文体各有长短。每个作家所使用的文体，也各有所长，同时，各有所短。

不以此种文体衡量他种文体。

作家潘向黎谈及自己的小说、散文创作，涉及文体与表达内容有重要关系。她说：人生阅历中，有一些东西散文不能承载，必须另外找途径表达、宣泄。就在小说里表现。② 曹丕在《典论·论文》中指出："文非一体，鲜能备善"（不可能全长、皆通）。他批评有些文人"各以所长，相轻所短"。自然也包括了以自身的文体所长，轻他人的文体所短"（特定作家、作品不能成为衡量其他作家、作品的标准）。

并不是每个批评家都会对文体采取平等的态度和公平的认识。如有些批评家认为，每一个时代都有一些体裁比其他文体更具经典性。经典

---

① 耿占春：《书的挽歌与阅读礼赞》，北京大学出版社 2012 年版，第 193、216 页。

② 李君娜：《潘向黎：古典情怀都市行走》，《解放日报》2006 年 9 月 24 日；白烨主编：《2006 年中国文坛纪事》，文化艺术出版社 2007 年版，第 281 页。

与体裁等级密切相关。①

如果说，每一个时代或者每一个年代，都有一些文体比其他文体更受到某些作家、批评家的关注，这是事实。但是，这并不能说明，被关注的文体就一定有高于其他文体的充分理由。否则，就无法说明，在一定的历史阶段过后，又有新的文体，更替地受到作家、批评家的注意和重视。被重视和关注的文体，既有读者时代风尚的选择，也有社会技术条件的限制与推动。某种文体风行的变动，并不因为文体的"高"或者"低"，更不存在由"低"向"高"的必然趋向。以长篇小说为例，它具有容量大、情景丰富、变化多等特点，在中国古代的发展，离不开印刷方式的发展与读者休闲时间的增多。即便是20世纪90年代，印刷方式的发展与读者休闲时间的增多，同样也起到了不可忽视的作用。长篇小说的风行，是许多方面因素的共同作用。很难说，是这种文体的高贵。在今天，电视连续剧的风行，似乎又压倒了长篇小说无上尊贵的地位。但是，明确宣扬电视连续剧剧本的文体高于长篇小说的学者，显然居于少数。

当然，我们不能轻易否定他人尊重长篇小说作为高贵的文体的信仰。同样，人们也有视各种文体平等的权利。

文学体裁之间是平等的，并无高低、尊卑之分。任何一种体裁的写作，都意味着巨大的挑战，都可以证明作家的才华，都可能产生堪称经典的作品和第一流的大师。有司马迁、杜甫、苏轼为证。将某一种体裁抬高为至高无上的贵宠，是一种偏见。可能导致"体裁歧视"。②

李健吾曾经论说：就艺术的成就而论，一篇完美的小品文也许胜过一部俗滥的长篇小说。然而一部完美的长作大制，岂不胜似一篇完美的小品文？不用说，这是两个世界，我们不能用羡赏小品文的心情批评一部长作大制。不错，我们不能强自索求。（《〈鱼目集〉——卞之琳先生作》1939年）③

近年的文学现象提醒中国当代文学的读者和作者，小说并非文学的

---

① ［美］哈罗德·布鲁姆《西方正典》，江宁康译，译林出版社2011年版，第17、28页。

② 李建军：《"长篇崇拜"的盲目及后果》，《人民日报》2013年6月14日。

③ 李健吾：《咀华集·咀华二集》，复旦大学出版社2005年版，第58—69页。

全部，中国文学未来的发展可能还是各种文体并重。小说一超独霸，并非从来如此，也不必永远如此。①

3. 尊重文体的稳定，善待文体的演变

批评家应当自觉参与文体的建设与发展，促进文体建设的积极进行。既尊重传统，又鼓励创新、探索。

耿占春描述文体的变化："在历史上，小说从道听途说之流上升，后来成为诗歌一样的文体上的贵族。……当前，则有许多迹象表明，文体的地位与相应的尊严在改变。小说作为叙事文体的主要地位开始衰落，电视剧继承了小说的叙事功能，但远没有得到小说曾经获得的文化尊严。"②

4. 文体创新与规范的矛盾统一

文体创新与文体规范，是矛盾的，又是统一的。文体规范是对于文体的历史创造、积累的认识与确认；文体创新则是在表现新内容，适应新的表达主体、接受主体的新创造。有矛盾、冲突的方面，更有包容、适应的可能。两者是能够统一的。

景国劲认为：文学文体是文学审美化的生成物，它既是文学内容发展演变的沉积形式，又是一个不断冲破自身规范的可变的秩序。在文学作品中，体现了作家的审美意识和审美创造。作家的文体探索，还常常包含着时代和社会的文化与哲学观念的演变。③

在文体规范问题上，作家与批评家常常产生矛盾。刘锡庆指出："许多作家总是理论规范的天然反对者，认为艺术创作无限自由。尽管这种看法从写作的天性上不能说没有一点道理，但是从艺术效果上，却造成了四不像的东西随处可见。并不能够给文学艺术的创作带来繁荣的局面和成功的作品。因此，刘锡庆主张，文学创作应该有适度的文体感。鲁迅主张文体的分类，认为它有助于对于文章的揣摩。我认为就是

---

①　郜元宝：《近二十年上海文学：七路沪军成一股》，《人民日报》2013 年 4 月 23 日。

②　耿占春：《书的挽歌与阅读礼赞》，北京大学出版社 2012 年版，第 193 页。

③　陆贵山、王先霈主编：《中国当代文艺思潮概论》第七章"审美特性的重探"（景国劲执笔），中国人民大学出版社 1989 年版，第 230 页。

有助于对读者阅读时理解的帮助。"①

　　文体的规范与反规范，相辅相成。规范，在于理解内容和确认文体的相应形式，对于惯例的尊重。

　　突破规范，在于丰富表现手段和发展形式。张学昕认为：真正令人震撼的思想和丰富情感必然需要恰如其分的文体来承载。思想、情感的内涵与文体的新颖、创新是互动的。思想、情感、故事可能撑破文体的限制与禁锢，寻找适于表达的方式。②

　　评价文体创新，应看其是否有益于表现文学内容的审美内涵。景国劲认为：在新时期文学发展中，一些作品在文体探索过程中，有意无意伤害了文学内容的审美价值。以至于形成了"形式大于内容"的现象。……而形式大于内容，艺术创造成为玩弄技巧，也就破坏了审美特性。③

　　规范，是辨别、剖析、评判，是促进创新的积极发展，是对文体探索消极方面的认知、总结和预防。

　　5. 文体不能脱离表达内容而独立存在

　　文体是文学作品整体的一部分，有独立评论的可能，却不能脱离整个作品内容而单独存在。

　　文体具有相对的独立性，却没有绝对的独立性。有批评家提醒：文体形式作为小说创作的一个重要方面，最终还是无法取代小说的精神性价值。④ 文体的意义不容低估，怎么高估也不过分；文体的创造性值得鼓励和肯定，任何促进都有理由。然而，文体作为精神文化的载体，它与承载内容的关系，同样也是不应该忽视的。

　　文体研究，不仅仅是文体本身。通过文体，可以研究作品，研究文化，还可以研究作家。贺昌盛在《闻一多与鲁迅比较研究论纲》中，通过文体研究作家：鲁迅在文体上的多向度突进，暗示着他生命奔突的

---

　　① 刘锡庆：《散文：处变不惊，暗波涌动》，《文艺报》2006 年 10 月 31 日；白烨主编《2006 年中国文坛纪事》，文化艺术出版社 2007 年版，第 115 页。

　　② 张学昕：《真实的力量》，山东文艺出版社 2004 年版，第 145 页。

　　③ 陆贵山、王先霈主编：《中国当代文艺思潮概论》第七章"审美特性的重探"（景国劲执笔），中国人民大学出版社 1989 年版，第 242、213 页。

　　④ 张学昕：《话语生活中的真相》，吉林出版集团 2009 年版，第 35 页。

焦虑与渴望，显示为繁复及对自由的张扬。闻一多在文体的自觉体现为文体自律上，对于格律诗、"三美"等理论的强调及执着探索，是在将某种自律性的限制推向极端的过程中，展示生命的激昂和热烈，强烈而集中的爆发。① 由作家的文体特征，分析、发现、论证作家的创作状态和人格特性及生命仪态。这启示读者和批评家，对于作家作品的研究、评论，可以有不同的角度和方法，也能够有互相的印证与集中的审视。既要重视文体，又不囿于文体，又能够超越文体，认识文体的运用。同时关注文体形式中的内容表现、情感表达、形象创造和精神展示。

6. 文学批评促进文体的创造与稳定

批评家的批评，既是评价，也是发现。

刘锡庆在《散文：处变不惊，暗波涌动》中，既对余秋雨的文体意识模糊进行分析，又对其文体的创造进行总结。将系列散文《文化苦旅》放在"五四"以来周作人、丰子恺、林语堂、梁实秋等随笔的发展进程中，看到其在随笔文体的革新上确有新变，有得有失：既有发展贡献，也有严重遗憾。

他还从文体上，肯定李元洛独创的一种崭新的文体——"诗旅随笔"在当代散文文体革新发展的重要意义。李元洛的《唐诗之旅》、《宋词之旅》、《元曲之旅》等，将山水游记、文学评论、诗词札记、文化随笔、艺术散文等多种文体因素熔于一炉，是民族传统文化的赓续，是当代随笔的重大收获。②

张学昕也肯定作家的文体创新，认为：真正的文体创造、文体出新是作家潜心探索艺术的独特追求，也一定是作家超越功利的智性表达。③

实际上，批评家在评论文体时，也在显示自身的智慧。既有对于创新的肯定，对于创造的理解，突破的赞赏，也有对于文体探索不成熟的谅解，从探索中发现成功的萌芽。更有对于文体创造成功的总结和保护。

7. 重视批评文体的艺术性和多样性

批评文章也是一种文学体裁。这是批评家应当记住的常识，也应当

---

① 贺昌盛：《现代性与"国学"思潮》，广西师范大学出版社 2013 年版，第 168 页。

② 刘锡庆：《散文：处变不惊，暗波涌动》，《文艺报》2006 年 10 月 31 日。白烨主编《2006 年中国文坛纪事》，文化艺术出版社 2007 年版，第 112—113 页。

③ 张学昕：《真实的力量》，山东文艺出版社 2004 年版，第 158 页。

成为批评家以外所有读者应当知道的常识，

法国批评家蒂博代早就指出："批评就代表了一种文学体裁。……批评也和其他文学体裁一样，只是因为它有创造因素，所以才得以成长和存在下去。"①

有很高理论素养的作家王蒙在 20 世纪 80 年代初，就呼吁：把文艺评论的文体解放一下！②

解放文艺评论的文体，即是让批评的创造不仅表现于内容，还表现于批评文章的形式。实现文章语言、文体风格的丰富和多样性。达到灵活多样、异彩纷呈，表达丰富又吸引读者、启发读者。而不是让读者感到文章的生硬，引起厌烦。

十八　文学批评的趣味原则

文学批评中的审美趣味，是文学批评理论和实践中一个很重要的问题。

"趣"—是中国古代文论重要的审美范畴，既是古典文学研究的重镇，也是文学理论、文学批评研究的重要对象。历代文学理论家、批评家使用和发掘了诸如意趣、兴趣、理趣、天趣、机趣、奇趣等等审美形态，显现了极为丰富多样的人生体验和审美理想。③

法国批评家蒂博代，曾经就批评的趣味等专题做专门的演讲，进行充分论述。他认为：趣味是批评的起因。趣味应该是批评的主要组成部分，批评家不仅要欣赏，他还要理解和创造。他以建筑师为喻，说明批评家作为"有趣味而又懂得建设的人，才能无愧于建筑师的称号"。④这是对于文学批评中趣味问题的重要论述。

---

① ［法］蒂博代：《六说文学批评》，赵坚译，生活·读书·新知三联书店 2002 年版，第 42、195 页。

② 王蒙：《把文艺评论的文体解放一下》（1981 年），《王蒙文存》第 21 卷，人民文学出版社 2003 年版。

③ 胡建次：《归趣难求——中国古代文论"趣"范畴研究》第一章，百花洲文艺出版社 2005 年版。

④ ［法］蒂博代：《六说文学批评》，赵坚译，生活·读书·新知三联书店 2002 年版，第 195、165、168 页。

审美趣味是审美主体在审美活动（包括文学鉴赏与批评活动）中体现的审美感受与倾向。它在文学批评中起到很重要的作用。在文学批评活动中，审美趣味总是存在的。所不同的是，有人是比较自觉的，有人是不自觉的。通过对审美趣味的讨论，可以帮助文学批评活动的参与者，既重视对审美趣味的自觉，也重视审美趣味的社会性，提高批评的水平和质量。

以往对审美趣味的讨论，比较多地体现丁美学理论（如朱立元主编的《美学》①）、艺术鉴赏理论（如朱光潜的《艺文杂谈》②）中，而很少存在于文学批评的理论建设中。许多文学批评学的著作，都没有明显地突出审美趣味对于批评的重要地位。这既影响到批评理论自身的发展，又制约文学批评实践的提升。

讨论文学批评的审美趣味，具有重要的社会现实意义。现实社会存在着不健康的文化现象，存在不良的审美趣味。同时，确立文学批评的审美趣味原则，也是文学批评理论建设的需要。有助于在文艺学、文艺批评学的建设中，得到更多对审美趣味的认识，丰富和发展文学理论及批评理论。

（一） 文学趣味与文学批评趣味

讨论文学批评趣味，离不开文学趣味的问题。

1. 文学趣味

文学趣味是审美趣味的一种，表现于文学作品的创造、欣赏、批评活动中。文学趣味，反映出文学作品的创造者、欣赏者、批评者的审美趣味。文学趣味，是文学作品中存在的并且给读者以影响的美学意义上的精神乐趣，对感受者是一种积极性的满足性的体验。（当然，有时也有例外，可能表现为消极性的体验。）审美趣味则不仅仅是文学趣味，还是广义的审美活动中的多种趣味。（审美活动，不仅以文学为对象，还以其他艺术、自然等为审美对象。）

文学趣味是人类生存的精神需要。作家冰心在《文学家的造就》

---

① 朱立元主编：《美学》，高等教育出版社 2006 年版。
② 朱光潜：《艺文杂谈》，安徽人民出版社 1981 年版。

（1920 年）曾经说过："文学家在人群里，好比朗耀的星辰，明丽的花草，神幻的图画，微妙的音乐。这空洞洞的世界，要他们来点缀，要他们来描写。这干燥的空气，要他们来调和。这机械的生活，要他们来慰藉。他们是人群的需要！""假如人群中不产生若干的文学家，我们可以断定我们的生活，是没有趣味的。我们的感情，是不能融合的。我们的前途，是得不着光明的。"① 文学家用他们众多的文学作品，给人们以多种文学趣味，满足人类精神的需要。优秀的文学作品，往往是生动有趣的，常常使许多读者如醉如痴、废寝忘食。文学趣味，是阅读的先导，引领读者走向艺术世界，流连忘返；又是阅读的调味品，丰富了读者的精神世界，感受了精神的快乐和审美的情调。

　　文学趣味是文学作品的应有之意，也是文学读者的重要关注点。苏涵认为：趣味是文学审美的先导，特别是小说。许多小说读者希望阅读能给他们带来精神的超越，为平淡的世俗生活注入审美的光彩。小说作者自然就要通过小说的趣味，满足读者的审美需求。② 作家、作品、读者，都有趣味的因素，批评当然无可回避。任何否定和轻视文学趣味的观点，都是不恰当的，也不符合历史与现实的文学状态。

　　文学趣味在实践中呈现出复杂的状态。如何认识和评价文学趣味，是文学批评面临的重要问题，需要在理论上明确地把握。文学趣味对于批评家非常重要。谢有顺认为："当一个批评家的趣味出了问题，他的任何技术分析都是可疑的。"③ 徐岱认为：没有一个批评家不受到其主观印象与审美口味的影响，任何试图否认这一基本事实而追求上帝般的客观公正的做法，或者是出于善良意图的无知，或者就是居心叵测的江湖骗子。④

　　2. 文学批评趣味

　　文学批评趣味和文学趣味既是相关的，又是有区别的。

---

　　① 冰心：《冰心全集》（第 1 卷），海峡文艺出版社 1994 年版，第 147 页。

　　② 苏涵：《民族心灵的幻象——中国小说审美理想》，人民文学出版社 2000 年版，第 47 页。

　　③ 谢有顺：《活在真实中》，中国电影出版社 2001 年版，第 167 页。

　　④ 徐岱：《边缘叙事——20 世纪中国女性小说个案批评》，学林出版社 2002 年版，第 369 页。

文学批评趣味是广义的文学趣味的一部分。具体来说，文学批评趣味是文学批评活动中批评者的文学趣味的显现。它表现为两个方面，一是如何对待批评对象（作品、作家等文学现象）的文学趣味，二是在批评活动中显现批评者自身的文学趣味。

文学批评如何对待文学趣味，批评家在文学批评中如何对待自己的和他人的文学趣味，是文学批评理论发展和现实批评实践中的重要问题。

在批评活动中，批评家的审美趣味不仅仅是个人的兴趣，不仅仅是他个人的事情，还应当承担着代表某种社会的要求和呼声，积极地影响艺术家的创作和读者与观众的审美趣味及思想观念的责任。同时，批评家在批评活动中，又不可避免地受到自身审美趣味的制约，常常因为个人的兴趣而对自己的批评活动产生推动。

文学批评趣味和文学趣味的区别，在于文学批评趣味不是一般的文学趣味，而是批评家在文学批评活动中体现的对于他人（作家、批评家）文学趣味的批评（肯定或者否定的态度），也是自身文学趣味的流露。文学批评趣味，更多地体现于批评家如何对待批评对象（作品、作家等文学现象）的文学趣味，同时也要自然地受到他人的评价。批评家没有天然地不被评价和质疑的权利。

3. 文学批评与文学趣味的关系

文学批评与文学趣味的关系，是文学批评理论发展和现实批评实践中的重要问题。这里提出几个基本的关系。

（1）文学批评离不开文学趣味

朱立元主编的《美学》，是这样给艺术批评作定义的："艺术批评是批评家根据自己的审美趣味和价值标准，对各种艺术现象和艺术作品所做出的判断和评价。"[①] 艺术包括了作为艺术的一个门类的文学。因此，艺术批评也包含了文学批评。上面这个定义对文学批评也是适宜的。

批评家在从事文学批评活动时，对各种艺术现象和艺术作品所作出判断和评价，一方面会自觉不自觉地流露自己的审美趣味和价值标准，

---

① 朱立元主编：《美学》，高等教育出版社 2006 年版，第 338 页。

另一方面又会自觉不自觉地以自己的审美趣味和价值标准，对他人的审美趣味和价值标准作出判断和评价。

（2）文学批评包含对文学趣味的辨别、评价

朱光潜先生曾经指出："文学作品在艺术价值上有高低的分别，鉴别出高低而特有所好，特有所恶，这就是普通所谓趣味。辨别一种作品的趣味就是评判，玩索一种作品的趣味就是欣赏。"①

对文学作品的趣味进行辨别、评价（与评判是同义词），是文学批评所包含的重要内容。批评家在文学批评的准备阶段，在鉴赏文学作品时，要感受作品的文学趣味。还因为文学趣味而影响到对批评内容、方向作出的选择、评价，显示批评的倾向性。批评家在评论文学现象时，要认识文学趣味，对不同的文学趣味做鉴别与分辨；要阐释文学趣味，对文学趣味的高低作出评判。

（3）文学趣味常常是文学批评的动因

在文学批评活动中，文学趣味的感受与冲击，常常成为批评家产生批评冲动的开端。当然，我们不能因为强调文学趣味的重要而夸大其在文学批评中的作用，但是也不可否认，许多批评活动的触发，正缘于某种文学趣味的兴起。在批评实践中，或者是同好的文学趣味引起对作品热烈肯定的情绪，或者是不满的文学趣味引起对作品强烈否定的欲望，文学趣味常常充当了批评活动先行的引导者。

（4）文学批评显现文学趣味

在文学批评中，批评者的文学趣味表现为对于具体文学趣味的选择与评价。一是选择什么样的文学趣味作为批评对象。这其中正是有意无意表现出对于这种趣味的关注。二是进一步的，对于它的肯定或否定。选择什么，固然重要，而更重要的是对于选择对象的评价原则与判断。当文学批评在评价对象的文学趣味时，就在自觉或不自觉地透露出批评者自身的文学趣味，或者高尚，或者不那么高尚；或者健康，或者不那么健康。

（二）对文学趣味的美学理解

文学趣味是文学批评中很重要的一个问题，应当对文学趣味做完整

---

①　朱光潜：《艺文杂谈》，安徽人民出版社1981年版，第1—6页。

的美学理解。

1. 美学上的审美趣味

美学上的审美趣味，既与生活、文化、思想等方面的趣味相关，又有不同。

从美学理论的意义上说，审美趣味是个人在审美活动和审美评价中所表现出来的主观爱好和倾向。[①] 审美趣味是审美主体在审美活动中，依据自己的审美需要和审美理想以及艺术修养，对审美对象所表现的复杂的多样的审美感受和审美评价。

长期以来，对于审美趣味这一概念有两种不同的理解方式。一种是像康德那样把审美趣味看作主体的鉴赏力或审美能力，这实际上意味着审美评价；另一种则是把趣味看作和兴趣相近的同一方面，这样，审美趣味指的就是主体在审美中的爱好和品位，这实际上意味着审美兴趣。这两种理解实际上分别是审美趣味的两个方面：能力或鉴赏力是审美趣味的内在方面，兴趣和品位是审美趣味的外在表现。完整的理解应该把这两个方面结合起来。[②]

对审美趣味评价的完整理解，既包括审美兴趣，又涉及审美评价。

2. 对审美趣味的评价

对审美趣味的评价，涉及审美评价的标准。

朱立元先生主编的《美学》中提出：判断审美趣味是否健康的标准有两个因素：一是联系具体对象，反映对象的客观特点；二是判断审美理想的主观性及其高度。[③] 评价的标准，既要顾及主观的方面，又要考虑客观的方面。仅仅考虑其中的一个方面（只考虑审美主体或者审美客体），就不能对审美趣味做出积极的合乎实际的评价。

对审美主体的评价，即是对审美主体主观方面的评价。一方面，看认识主体的审美理想、审美趣味，是否健康、积极，是否合乎社会的文明与进步的要求与趋向。这首先是要从好与不好的角度来区分。另一方面，是看判断审美理想的主观性及其高度。特别是在审美能力或鉴赏力

---

① 朱立元主编：《美学》，高等教育出版社 2006 年版，第 81 页。

② 同上。

③ 同上书，第 83 页。

的程度或者层次，予以认识和评价。这是要从比较高还是比较低、一般还是优秀的高度来区分。

对审美客体的评价，则在于认识具体审美对象的趣味，看其反映了什么层次的审美理想及内在属性和特点。除了好与不好，即是否健康、积极，是否合乎社会的文明与进步的要求与趋向，还要从审美对象的趣味是否合乎文明、健康的审美理想，反映了什么层次的审美理想，来进行评价。

（三） 如何对待文学趣味

批评家在文学批评中如何对待他人的文学趣味？这里提出五条原则，供大家参考。

1. 尊重审美趣味的多样性

批评家在文学批评中，要尊重审美趣味的多样性。

审美趣味具有多样性。审美趣味是一种主观的兴趣，是人对审美对象所表现的复杂的多样的审美感受和审美评价，是主体鉴赏力或审美能力的体现。"由于审美趣味是在个体生理和心理条件的基础上形成的"，① 个体条件的差异性必然导致审美趣味的多样性。

对于审美趣味的多样性，应当予以尊重。这显示出人们对不同趣味存在的宽容与理解。尊重个人的审美趣味，是社会文明在进步过程中的积极结果，是现代文明的必然要求。历史的经验值得记取。胡建次指出：中国古代文学批评论争的重要经验之一，某些论者流于门户意气，试图以单一的批评取向（趣味）取代文学审美的多样化。② 审美趣味的多样性，体现了人类的广泛、多样的需求，也体现于审美对象的形式种类、内容分类方面，是比较粗略的方向所指。例如，有人对京剧喜欢，有人则爱唱流行歌曲；有人喜欢喜剧，有人愿看悲剧。一般地说，是大的方面的趋向，而不大涉及具体内容的评价。不是说喜欢京剧的一切剧目，所有的具体的方面。审美趣味的多样性，在这方面是"无可争

---

① 朱立元主编：《美学》，高等教育出版社 2006 年版，第 83 页。

② 胡建次：《归趣难求——中国古代文论"趣"范畴研究》，百花洲文艺出版社 2005 年版，第 338 页。

辩"的。

审美趣味的多样性，既是客观的存在，又是文学批评追求和保护的目标。审美趣味具有多样性，审美世界才能丰富多彩。而文学批评的职能，正在于促进文学的繁荣、丰富、多彩。

尊重审美趣味的多样性，不仅是对多样化的审美趣味的尊重，也是对他人人格的尊重。只有尊重他人，才有可能在平等的基础上进行学术探讨和意见交流。文化才能发展、繁荣。

2. 分辨审美趣味的层次性

批评家在文学批评中，要分辨审美趣味的层次性。辨析审美趣味的层次性，评价对象的具体内容，是文学批评的具体职能。

审美趣味具有层次性。审美趣味的层次性，反映的是人们的审美趣味存在不同的层次。由于审美趣味具体内容的差异，它具有好与坏、健康与病态、积极与消极的内涵，反映了不同层次的审美理想。审美趣味的层次，是客观的存在。它是在历史的发展中形成与变化的。这既与个人的文明程度有关，也与社会的、群体的一定局限有关，是人类文明在发展中的不平衡。

尊重审美趣味的多样性，并不是说对审美趣味是不能讨论的，对他人的审美趣味是不能评论的。分辨审美趣味的层次性，是对社会人群的审美趣味作出具体的认识与评价，对审美趣味所居于的层次（高低、好坏）加以分析和判断。

"趣味无可争辩"之说，在审美趣味的多样性方面，是合理的。在审美趣味的层次性方面，是不合适的，有缺陷的。"趣味无可争辩"是趣味多样性的自由，但不能成为拒绝评价审美趣味的遁词。"趣味可争辩"，是要在尊重个人选择多样性的基础上，保留认识和评价其社会性和层次性方面的权力。

3. 尊重审美趣味的个体性

批评家在文学批评中，要尊重审美趣味的个体性。

审美趣味具有个体性[①]，是个人审美趣味的追求与展示；在个人性的审美空间中，每个人都有自己选择的自由。在社会性的审美空间中，

---

① 朱立元主编：《美学》，高等教育出版社 2006 年版，第 82 页。

每个人都有展示自己个性的自由。个人的审美趣味，在没有进入社会视野的时候，可以不被讨论。而社会中的审美趣味，则不可避免地要受到评价。这是社会上不同的审美趣味的交流、冲突与磨合。当一个人与社会发生关联的时候，社会性是必然存在的。

个人的审美趣味，在面对各种不同的审美对象，不同文体、不同题材、不同流派等形式的多样性时表现出的爱好和倾向，一般情况下是无可争议的（在历史上也发生过在一定社会、时代，个人审美趣味受到社会暴力限制的情形，这是特例）。"趣味无可争辩"在这个意义上即是正确的。

个人的审美趣味，一旦进入主题、情感等具有浓厚的文化内容时，一旦被社会所关注时，"趣味"的"争辩"就开始了，也是有意义的。对相同的或不同的审美趣味群体，就有可能作出肯定或否定的评价。或者是同一文化群体之内的肯定，或者是不同文化人群之间的冲突。这是文明进步的需要，也是现实权力和利益的碰撞。对某种审美趣味的肯定与否定，对其所做的定位性分析、评价，是在审美趣味的层次上进行的认识。

尊重审美趣味的个体性，是尊重审美趣味的多样性的基础。没有个体性便没有多样性。尊重审美趣味的个体性，也是尊重审美的自由和精神的自由，才能够真正保证审美趣味的存在与发展。

批评者如果不能尊重他人审美趣味的个体性，也就不能保证自身的审美趣味能够受到别人的尊重。

4. 重视审美趣味的社会性

批评家在文学批评中，要重视审美趣味的社会性。

审美趣味还具有社会性。①

审美趣味的社会性，是审美趣味所包含的社会内容和社会对于不同的审美趣味的认识和评价。审美趣味的社会性，是不可否认的客观存在。人是社会中的人。人的审美趣味自然地存在着社会性的内涵。即便这种社会性的内涵有时在意义方面显得淡薄一些，却是不能无视其存在的。

---

① 朱立元主编：《美学》，高等教育出版社 2006 年版，第 82 页。

在批评活动中，应当重视审美趣味的社会性。批评是一种社会活动，是艺术感受的交流，是艺术评判的探索，需要超越一般读者的社会责任感。批评家如果忽视审美趣味的社会性，是难以承担积极的社会责任的，更难以对社会的文明进步有积极的贡献。否认审美趣味的社会性，并不真正能够使审美趣味更为纯粹。倒有可能忽视了现实社会中审美现象的复杂状态，丧失或者降低对审美趣味的辨别能力。

5. 区别文学趣味的不同含义

批评家在文学批评中，要区别文学趣味的不同含义。

（1）区别文学趣味的新奇与陈旧

新奇的文学趣味，反映出的是新的文学创造。面对新奇的文学趣味，批评家应该对创造性予以尊重与理解。文学趣味的新奇，是创作对读者审美需求的满足与服务。但是，对于新奇，却不应当盲目地不讲分析地一概肯定。因为尊重新的文学创造，并不意味着一定要不加分析地以新为是、盲从时尚。同时，对陈旧的文学趣味，也不宜盲目否定。陈旧不是陈腐。传统的文学趣味，既有被 部分读者不满足、希望改变的方面，也有另外一些读者习惯于已有的文学趣味，而愿意继续欣赏的方面。还有更重要的，是对健康的文学趣味的卫护与坚持。不论文学趣味是新奇的还是陈旧的，更多要考虑的是分辨审美趣味的层次，作出比较合理的判断与评价。对积极性的文学趣味给以肯定与理解；对消极性的文学趣味予以否定与认知。

（2）区别文学趣味的复杂状态

批评家应当从广阔的文化、艺术和美学视野，来判定审美主体与审美客体的审美趣味，认识其具体情况与复杂状态。

文学趣味有不同的性状：有谐趣、情趣、理趣。当读者对不同性状的文学趣味感受时，会有不同的审美体验。批评家需要尊重他人的文学趣味。

文学趣味在不同的艺术中有不同的体现：喜剧、悲剧、正剧，都有各自的趣味。批评家不能以自己的好恶，简单地要求他人改变和放弃自己的文学趣味。

文学趣味在不同的时期有不同的体现：在文化专制的时候，趣味被固定，以无趣当有趣，以一趣当多趣。在商业运作超过了现代文明制约的时候，趣味可以被变异，有人会以肉麻当有趣，用低级充高雅，把无聊当诙谐。这正需要批评家挺身而出，为社会的文明和文学做出贡献。

作家孙犁认为：群众有高级的心理、情操，也可能有低级的心理、趣味。人可以有作为人的本能，也可以有来自动物的本能。文学艺术，应该发扬其高级，摒弃其低级，文以载道，给人以高尚的熏陶。塑造英雄人物，扬励高尚情操，是文学艺术的理所当然的职责。（《耕堂读书记》，1980年）[1] 文学批评一要分别高尚与低级的情趣，二要鼓励、肯定高尚的情趣。

批评家在文学批评实践中，应当尊重他人的审美趣味，尊重审美趣味的多样性，不能以自己的文学趣味作为唯一正确的评价标准，成为扼杀趣味多样性的杀手。应当分辨审美趣味的层次性，不能作为不识趣味、不敢评价文学趣味的无为者。应当尊重审美趣味的个体性，尊重他人的精神自由，促进社会的和谐与自由。应当重视审美趣味的社会性，负起文学批评的社会责任，促进文学趣味的健康、多样，达到文学的繁荣、精致。

批评家对文学趣味的批评，应当是真诚的、慎重的、学理的，以理服人的。不应是霸道的、强制的。只有这样，才能使文学批评真正成为文学繁荣的促进者，而不是成为文学创造的扼杀者。

十九　文学批评的智慧原则

在文学批评的具体实践和理论创造中，如何提高水平、保证质量，有积极的创造，是每一个有追求的批评家不断思考的问题。文学批评家有了智慧，善于恰当地运用智慧，就能够提高批评的准确性，达到高超的境界。

宁宗一指出："批评家既需要一个开放而智慧的大脑，还要有一颗丰富而细腻的心灵。"[2] 我们这里专门讨论智慧的问题。

---

① 孙犁：《耕堂读书记》，见金梅、李蒙英编《孙犁文论集》，人民文学出版社1983年版，第489页。

② 宁宗一：《教书人手记》，大象出版社2002年版，第328页。

（一）智慧及其特征

1. 智慧的定义

（1）语义的解释

智慧，按照《现代汉语词典》的解释，是看得清楚明白。人们常常用洞察、洞若观火，来比喻、说明。洞，为物体中间的穿通或凹入比较深的部分。洞察，是说明即使在洞中或者凹入比较深的部分，也能够看得清清楚楚、明明白白。洞若观火，则是如同用火光照亮洞中那样，看得十分清楚。可以说，智慧是看得清楚，深刻、全面、广阔。

（2）心理学、教育学的解释

按照心理学、教育学的解释：

朱智贤主编的《心理学大词典》强调，智慧是人认识客观事物及其规律并用以解决实际问题的能力。[①]

《中国大百科全书》（简明版）：智慧是人的一种高级能力。有时与智力、智能通用。是指人们在获得知识和运用知识解决实际问题时所必需的训练条件或特征。[②]

智慧的本质是创造。[③]

（3）哲学的解释

学者刘志琴以《圣经》赞美"人有智慧，就有生命的源泉"为例，说明无论东方还是西方，人们都把智慧看作生命的一体，须臾不可分离。[④]

孔子曾经说"知（智）者不惑"（《论语·宪问》），早就认识到智慧的重要性。有了智慧，就不易于为表面的、复杂的事物所迷惑。

老子说"知人者智，自知者明"（《道德经》第三十三章）。说明智慧对于个人的两个方向：知人与自知。

哲学是人永恒地追求智慧而不是占有智慧。哲学作为智慧之学，从

---

① 朱智贤主编：《心理学大词典》，北京师范大学出版社 1989 年版，第 953 页。

② 《中国大百科全书》（简明版）第 11 卷，中国大百科全书出版社 1995 年版，第 6195 页。

③ 裴娣娜主编：《现代教学论》（第二卷），人民教育出版社 2005 年版，第 253 页。

④ 刘志琴：《千古文章未尽才》，中国人民大学出版社 2012 年版，第 172 页。

根本上是指人对智慧的追求，指人永恒的怀疑、讨论、辩难、探求思索人类生活真谛的努力。①

英国哲学家罗素所著的《西方的智慧》，就是荟萃了西方智慧的最高成就，偏重于思想、精神的哲学智慧。"亚里士多德很早就提出理论智慧与实践智慧的问题。理论智慧的对象是普遍的本质。实践智慧的对象是个别事件。"② 理论智慧，对于规律性的把握和理论沉思，以理论指导实践，具有反思、批判、创新的意识和精神。实践智慧，在实践中非凡的机智，独特与创新。③

2. 智慧的特征

朱清时认为："敏锐的洞察力，可以在复杂的情况下发现问题，在复杂的局面中抓住机遇。"④ 智慧，在于思考、发现、创造、独特，是积累的结果，是勤奋的努力，才能形成。方法选择的最佳、创新的深刻巧妙、超越误区和陷阱，这都是智慧的表现。

总括起来，人的智慧，既有生存智慧，也有精神智慧。既有理论智慧，也有实践智慧。文学批评、学术研究、文学鉴赏，就是精神智慧。既有理论智慧，也有实践智慧。智慧的要点在于：发现和创造；认识、思考和解决问题的能力；善于解决复杂的问题；选择达到最佳的方式、达到最佳的结果。

（二）智慧与文学、文学批评

文学作品是作家智慧的创造成果。文学批评是批评家智慧的创造与运用。

1. 智慧与文学

作家是一个民族或一个阶级的感觉器官，思想神经，或是智慧的

---

① 尚党卫:《追问哲学》,《江苏大学学报》(社会科学版) 2003 年第 4 期。

② 赵敦华:《西方哲学史》,北京大学出版社 2001 年版,第 78 页。

③ 李茂森、孙亚玲:《向智慧型教师发展》,《南通大学学报》(教育科学版) 2006 年第 4 期。

④ 朱清时:《机遇与一个人的成功》,《光明日报》2002 年 9 月 6 日。

瞳孔。①

　　"文学的哲学思考，关键就在于选择一个独特的视角去观察历史、人和他处的时代。"②

　　法国作家乔治·桑认为，智慧超越于艺术之上。在致福楼拜的信中说："你忘记了还有超于艺术之上的东西：例如智慧。艺术再高，也只是它的表现。智慧含有一切美丽，真实，善良，因而热情。它教我们观看我们以外的更高尚的事情，教我们因思维和赞美而渐渐和它同化。"（《致福楼拜信（1874 年 12 月 8 日）》）③

　　卞之琳的诗歌，"复杂难解，而又诱人"。其重要原因之一是运用了"'淘气'的智慧"。④ 即是以轻松的心态、艺术的创新、奇异的想象、个性的创造，而对诗歌进行艺术探索和实践。

　　"《智慧之歌》唱出了诗人（穆旦）最后的智慧。"⑤ 诗人（作家）把智慧融合在作品里，体现在艺术形象、艺术情境之中，等待读者去体验、解读。当然，不论作品中是否有"智慧"的字眼，它们统统包含作家的智慧。

　　文学智慧，（包括文学批评智慧），与智慧文学有所不同。文学智慧，是文学创造和批评认知、解读、评价和创造的智慧。祝帅介绍：智慧文学，一般特指古代东方民族日常生活中一种特殊的文体，以格言、谚语、诗歌、教谕等为主要形式，启示人们直面人生的终极意义和生存智慧的问题。⑥ 智慧文学，只是文学的一部分，也是文学智慧的一部分，是对直接启示智慧的那部分文学的称呼。而文学智慧，不仅仅贯穿于所有的文学作品，还贯穿于所有的文学欣赏、文学批评的整体之中。

　　文学智慧，主要体现于作家的智慧，作品的智慧以及读者的阅读智

---

　　① 艾青：《了解作家，尊重作家》，《解放日报》1942 年 3 月 11 日，转引自《中国新文学大系（1937—1049）·杂文卷》，上海文艺出版社 1990 年版，第 171—174 页。

　　② 宁宗一：《心灵投影》，商务印书馆 2013 年版，第 383 页。

　　③ 转引自李健吾《咀华集·咀华二集》，复旦大学出版社 2005 年版，第 39 页。

　　④ 罗振亚：《中国三十年代现代派诗歌研究》，国际文化出版公司 1997 年版，第 111、106 页。

　　⑤ 王学海、姚长辉：《在中西文化交融中思考与写作》，《文艺报》2007 年 8 月 9 日。

　　⑥ 祝帅：《智慧文学·译后记》，见［美］克利福德：《智慧文学》，祝帅译，华东师范大学出版社 2010 年版。

慧。作家的智慧，例如，《三国演义》、《水浒传》，就是通俗小说家的智慧。……作品的智慧，就是作品所体现的作家赋予的智慧，例如，《西游记》就是吴承恩创造的一个真正属于他自己的独特的艺术世界。包含了历史智慧、现实智慧、文学想象创造智慧等。① 读者的阅读智慧，既有个体读者、群体读者的阅读智慧，认知、想象与解读；也有作家通过作品与读者之间的博弈智慧，设局与解局，想象与沟通、情感与理性、意志与耐力、创新与守成、表层与寓意，等等。批评家的智慧，在批评作品中得以显现。例如，宁宗一在 1994 年为人民文学出版社出版的"世界文学宝库"之一种《西游记》撰写的"前言"，收入《教书人手记》时取名《智慧的较量》。② 细细读之，是认识作家吴承恩在创作中的智慧：小说家对历史材料和传说的创造性改造；以作品的复杂性反映社会生活和精神世界、艺术世界的复杂性；帮助世人认识社会真相和生活真谛，等等。从而达到了批评家的深刻发现，也是智慧显现。

2. 智慧与文学批评

文学批评是智力劳动，创造性的精神劳动，创新的追求，要选择和追求最佳的批评方法，达到最好的批评效果，最好的批评境界。

南帆论说：批评家的智慧与想象力很大程度上决定了作品阐释可能走得多远。……文学批评在攻击文学教条时，需要胆量和勇气，而在研究性的批评中，谨严的论证、周密的逻辑，则需要智慧与理论。③ 提出要重视批评中的智慧。

英国批评家约翰逊认为，批评是智慧文学的一个分支。……约翰逊本身就是一位原创性的智慧作家。在各方面都显示出一位智慧批评家应有的品质。④

作家也希望自己的作品能够获得读者、评论家智慧的评论。郑敏在经历了误解和粗暴以后说："我希望对任何人都不要抱感情上的苛求与偏见。我渴望有知音，能听到智慧的谈话。"⑤

---

① 宁宗一：《倾听民间心灵回声》，山西古籍出版社 2003 年版，第 187、191 页。
② 宁宗一：《教书人手记》，大象出版社 2002 年版，第 265—271 页。
③ 南帆：《冲突的文学》，江苏大学出版社 2010 年版，第 247、263 页。
④ ［美］哈罗德布鲁姆《西方正典》，江宁康译，译林出版社 2011 年版，148—149 页。
⑤ 郑敏：《闷葫芦之旅》，《作家》1993 年第 4 期。

　　宁宗一认为：文学智慧的欠缺、审美思维力的贫困，则难以阐释那些意蕴深邃的经典作品。①而哲学层面的沉思，则可能将文学批评提升到文化、文学、艺术的更高境界。

　　有些作品，如《红楼梦》《东藏记》（宗璞著）等，以含蓄典雅为主，叙事很少充分说明，常常一两句话点到为止，让读者以耐心和慧心来暗自忖度。②读者、批评家，只有通过智慧的解读，才能抵达作品的内部，与作家进行心灵的沟通。

（三）文学批评的智慧

　　"评价想象性文学的终极标准是智慧而不是形式。"③

　　1. 文学批评过程中的智慧

　　在文学批评的过程中，无论是选题、思考、创造还是表达，都需要智慧的运用。小机灵是智慧，大创造更是智慧。原则的坚持与灵活的运用，方法、表达的最佳选择，创新的追求：深刻、巧妙。尽可能绕过误区、陷阱和重复，实现最大努力的超越……都需要智慧。

　　2. 文学批评态度的智慧

　　（1）对待他人

　　尊重他人的智慧。"今人并不一定比古人更智慧和更高明，不要轻易地期许自我比前贤和历史就一定通透卓荦和智慧高明。"④除了古人，还包括今人中的他人。尊重他人的智慧，是尊重古今作家、读者、其他批评家——所有他人的智慧，不仅仅是写作的态度，分析、论证的方法，还有文章的口吻和结论。不是自作聪明把他人当作幼稚，唯我独智，而是共同探讨文学和人生、社会、宇宙。

　　①肯定作家的智慧

　　肯定作家的智慧，不仅是尊重和肯定，还包括鼓励作家的智慧。

　　尽管卢那察尔斯基是从否定的意义来看待智慧……作为明智、理

---

　　① 宁宗一：《心灵投影》，商务印书馆 2013 年版，第 238 页。

　　② 杨惠、方维保：《〈东藏记〉贬损商人了吗?》，《海南师范大学学报》（社会科学版）2013 年第 4 期。

　　③ ［美］哈罗德布鲁姆：《西方正典》，江宁康译，译林出版社 2011 年版，第 149 页。

　　④ 颜翔林：《我们需要何种救赎之道?》，《文艺研究》2005 年第 12 期。

智、理性的同义词。我还是认为他对于智慧的概括，具有启发意义。"任何一个世界文化天才都没有像莎士比亚那么仔细、那么聚精会神、那么天才磅礴地指明过世界上理性的出现，智慧的出现，智慧本身，被解除了束缚的智慧、达到顶峰的智慧的出现。"①

智慧，就是解放束缚，获得心灵和创造的自由。

文学批评要发现作家的智慧。孟繁华在评论青年作家徐虹的新作时，认为她的小说平和、有趣和智慧，含而不露但洞若观火，睿智、坦白又尖锐犀利。对于当下都市青年生活状态和精神状态，有极为独到的理解、体悟和把握。②

张学昕认为：理想的批评，既对作家、作品诉诸富有深刻智性的情感，又努力不为文本的魔力所覆盖、所吞噬。……批评被伟大的作品所照亮，也能照亮作家携带作品走来时的那条道路。③ 这里说的是，批评家既将智慧投入批评，批评作品，又受到作品的智慧所启发，能够发现作家创作的智慧、创作的道路。可以感受到，这位批评家的谦虚态度，保留了批评的另一个含义：实际上是，批评不仅仅是照亮作家携带作品走来时的那条道路，也能照亮作家的作品——以智慧发现和阐释作品。

以智慧发现智慧，是评论的一个重要方面。徐岱在总结、概括杨绛的小说创作特色时，以"大智慧和小文本"论之，将"智慧"作为对于小说家创作的直接、明确的概括。同时，以"城市的风景"和"真相的陷阱"，对女作家方方和池莉分别概括。④ 实际上，不论是否用了"智慧"的话语与名词，都是批评家智慧的运用和体现。

南帆评价：韩少功的长篇小说《马桥词典》，是一部重要的著作。它流露出不可掩饰的智慧和洞察力，流露出丰富的思想和情感。⑤

②尊重批评家的智慧

尊重、发现和赞赏其他批评家的智慧。王蒙在他的文学批评中，多

---

① ［俄］卢那察尔斯基：《论文学》，蒋路译，人民文学出版社1978年版，第422页。

② 孟繁华：《人民日报》2005年3月26日。

③ 张学昕：《话语生活中的真相》，吉林出版集团2009年版，第307—308页。

④ 徐岱：《边缘叙事——20世纪中国女性小说个案批评》，学林出版社2002年版，第115—127、247—264页。

⑤ 南帆：《敞开与囚禁》，山东教育出版社1999年版，第92页。

次赞赏、尊重和敬佩其他批评家，而不是一时和一处。①

（2）对待自己

假如有谁体现和确立了批评精神的话，那就是苏格拉底，因为他知道他一无所知。②

智慧者能够意识到自己的局限和所不知道的，不谈论自己所不知道的，能够保持相应的清醒。庄子说：知止其所不知（《齐物论》）。（智慧是智者知道在自己所不知道的地方停止。其含义是，不谈论自己所不知道的事情和领域。）

当代哲学家维特根斯坦也忠告过："对于不能谈的事物就应当沉默。"（《逻辑哲学论》）③ 提醒我们，没有万能的批评家。以万能的批评家自居，是浅薄，也是狂妄。公众也不应该相信，有所谓的什么都懂得、什么都知道、什么都可能滔滔不绝谈论的"万能的批评家"。

周介人明确地说：一个自以为全知全能的人，绝不会有问题来困扰他，因而绝无创造的激情。只有承认自己知也有限，并清醒地知道自己不知道什么的人，才会有精神的骚动和创造的渴求。周介人还认为：表达思想必须力戒炫耀。卖弄自己也搞不清楚的概念，表现超过自己实际具有的智慧，不会显得你的渊博，只会显得你的浅薄。④

（3）人类文明是共同创造的

智慧是人类各民族、各个历史阶段的共同创造。"文化，作为国家和民族的精神支柱，智慧渊源和道德矩范。……民族文化是我们中华民族智慧的集萃、意志与理想的体现。"⑤

其他民族的文化也是民族智慧的集萃、意志与理想的体现。只有尊重历史和其他人、其他民族，才是明智的态度和方法。

3. 文学批评智慧的创造

文学批评智慧的创造，体现于三个方面。

---

① 见于《王蒙文存》，人民文学出版社 2003 年版。

② ［法］蒂博代：《六说文学批评》，赵坚译，生活·读书·新知三联书店 2002 年版，第151 页。

③ 转引自《文艺研究》2005 年第 12 期第 134 页。

④ 周介人著，蔡翔、杨斌华编：《周介人文集》，广西师范大学出版社 2004 年版，第282、266 页。

⑤ 艾斐：《占据文化发展的制高点》，《人民日报》2007 年 5 月 17 日。

（1）实践的总结

在文学批评实践中，总结自己和他人的经验，包括成功的经验和失败、失当的教训。发现批评对象的创造，是智慧，发现批评对象的局限，也是智慧。如何对待批评对象的创造和局限，更是智慧。（参见本书"文学批评的美刺原则"。）

（2）理论的创新

在文学批评实践中，重视理论的同时，追求理论的创新。理论是过去实践的总结，而实践的发展又会突破原有的理论概括。理论的创新，不仅是理论智慧，也是实践的智慧，实践智慧的总结。

（3）吸收他人智慧

李叔同，中国新文化运动的先驱，卓越的艺术家、教育家、思想家、革新家，集诗词、书画、篆刻、音乐、戏剧和文学于一身，是文化大师、宗教泰斗。他的一生，声誉甚高，充满人生的智慧之光。他的人生启示我们：把智者的智慧，变成自己的智慧；把才子的才华，变成自己的才华。进而不断用学识熏染自己的品格与修养，做一个因学识而完美的人。[1]

虚心倾听批评，坦然接受批评，真心悦纳批评，并能从批评中获益，是一种大智慧。[2]

4. 文学批评智慧的运用

（1）创造性

智慧的本质是创造性，文学批评的智慧在于以创造性的观念、方法，达到创造性的批评成果——作品论、作家论、流派论、思潮论等。

智慧离不开知识，更重要的是对于知识的运用和创造。学者罗家伦（1897—1969 年）曾经专门论说《学问与智慧》。他辨析学问与智慧的关系。学问离不开智慧。仅仅有学问，不能融会贯通，不能灵活运用，跳不出书本知识，就说不上是智慧。智慧可以启发人的心灵，开辟人的思想。我们不但需要学问，而且更需要智慧——需要以智慧去笼罩学

---

① 刘军娣：《品读李叔同的人生智慧》，中国纺织出版社 2012 年版，第 191 页。

② 林清平：《禅思微箴言》，东方出版社 2012 年版，第 171 页。

问、透视学问、运用学问。①

（2）平等、独立

平等、独立是智慧的前提。"见仁见智的前提，是（研究）对象之与所有人的平等性。"②

从理论和实践的各个方面看，平等、独立是智慧的前提。没有平等、独立，人的智慧既难以发挥，也不能有积极的方向。

（3）求最佳

智慧，很重要的方面就是求得最佳方式和效果。"教学智慧包括问题设计巧、语言有魔力、轻松加有趣，用智慧引导、激发智慧。是独立思考的创造，在交流与探索中创生。"③ 问题设计巧、语言有魔力、轻松加有趣，用智慧引导、激发智慧，这些教学智慧都值得文学批评智慧予以借鉴。

智慧，还可以表现为：视野开阔，能够看到其他人看不到的东西。看得广，不仅是近周围，更有大的边际；看得远，不仅是今天和昨天，更有明大；看得深，不仅是表面和浅层，更有复杂中的事物的本质；不仅是单一的思维，更有不同的角度，运用综合创新的思维去解决新的问题。④

文学批评智慧，就要追求视野最广，认识最深，评价最准，力求最佳、最适宜、最有创造性的方法，努力实现最准确的评价和结论。

（4）原则性与灵活性

智慧包括坚持原则性，适度灵活性。

"人们必须灵活地认识和处理事物，灵活性是智能应有的一个特征。"⑤

原则性与灵活性，即是经与权的关系。"经"者，恒久之道，重大原则；"权"者，应变之策，随机灵活。有权无经，不顾原则，便可能

---

① 《理趣小品》，长江文艺出版社 1995 年版。

② 席扬：《文学思潮：理论、方法、实践》，上海三联书店 2009 年版，第 329 页。

③ 吴正宪：《如何走上教学智慧之路》，《中国教育报》2005 年 9 月 27 日。

④ 参见秦春华《什么样的大学才能培养出领袖人才》，《光明日报》2013 年 10 月 9 日。

⑤ 燕国材：《孔子说"知仁勇艺"的心理与教育内蕴》，《南通大学学报》（教育科学版）2006 年第 3 期。

放弃原则，突破底线，如相对主义，没有根本立场。有经无权，重教条、囿概念，不能具体分析、灵活应变，是教条主义，不能解决新问题。有经有权，就保持了坚定的原则性和灵活的策略性的统一。当然，"经"应当是哲学层面的重大原则，而不是永远不变的教条。真正的经，也是鼓励探索、坚持创新、保护失败、尊重发展。①

策略的灵活运用，在于处理好繁与简、难与易、表与里等各种关系。还在于处理好时机性：不失时机的赞美和批评，也体现批评的智慧。

（5）正向性

智慧，应当朝着正方向发展。以文明、道德对智慧进行控制与引导。

智慧，有积极和消极的两个方向。"策略，也就是计策。谋略，是个中性词。本身没有善恶，要看谁在用，用在什么地方。策略好像一把刀，用得好是救人的，用得不好就成了害人的。出于正义、公义，人们称它'神机妙算'。出于邪恶、偏私，人们斥之为'阴谋诡计'。"②

王向清、李伏清认为：冯契的"智慧"说哲学体系，其"智慧"有两翼：一为方法；一为德性。③ 卡莱尔认为，"如果没有道德，人就不可能有智慧。"④ 没有道德制约的技巧、思路，不能称为智慧，充其量只是讨巧而已。没有德性的智慧，不是真智慧，充其量只能是"负面智慧"，说是诡计也无妨。我们只把智慧的称号，送给那些有益人类文明的人。

在文学批评中，就有一些在方向上是负面意义的"智慧"事例。例如，周扬等人以批评家的身份，借助于党和国家层面的政治斗争，将20世纪三四十年代的文艺思想分歧、宗派对立情绪，刻意上升为政治斗争，从而给胡风、冯雪峰、丁玲等人在50年代以毁灭性的打击。这就有历史上"残酷斗争，无情打击"给他们提示的清除异己的智慧。⑤

---

① 参见李拯《领导干部的"经"与"权"》，《人民日报》2012年7月27日。

② 欧阳：《策略三题》，《领导文萃》2009年第5期（上半月）。

③ 王向清、李伏清：《冯契"智慧"说探析》，人民出版社2012年版。参见彭文佳《冯契"智慧"说哲学体系研究的新视角》，《光明日报》2013年2月2日。

④ ［英］卡莱尔：《英雄和英雄崇拜》，生活·读书·新知三联书店1988年版，第176页。

⑤ 许道明：《中国现代文学批评史新编》，复旦大学出版社2002年版，第365页。

文学批评史的经验，值得批评家认识和借鉴。坚持智慧的积极取向，批评家才能大有作为，有益于文学与文明的创造和发展，在历史上受到敬重和好评。

二十　文学批评的理解原则

文学的理解问题，不仅是文学中的一个重要问题，也是人类文化历史的恒久谜题。约 1500 年前，文学理论家刘勰就曾经深入探讨这一问题："知音其难哉！音实难知，知实难逢。逢其知音，千载其一乎！"① 知音，就是充分的懂得——完全的理解。遇到知音是极其难的。既有音难"知"（对作品准确的感受与评价），更有知音难"遇"（可称为知音的感受者发表了意见还能够被创作者所了解到）。"知"难，"遇"难，"知遇"更难！知音，是创作者与欣赏者的互相认可。而以往，"知音"特别强调的是创作者对于欣赏者的单向确认。在历史故事中，是伯牙（操琴者）对于钟子期（听琴者）这个知音的承认。

"理解"的词义，是"懂、了解"。"懂"的词义是"知道、了解"。② "理解"与"懂"的词义有相通的方面，有时，"理解"是"懂"的书面语言。为了表述的方便，我们即以"文学批评的理解"立论，探讨文学批评的"理解"（包括"懂"与"不懂"）的相关问题。"理解"在语义上还有"尊重"之义。"文学批评的尊重原则"，当然也是很重要的，需要讨论的。本书另外专论，③ 这里不谈。

"懂"是文学理论中一个最基本的问题。④ 解读文学作品，是一切文学研究最基础的工作，或者说第一步的工作。⑤"懂得"（理解）作品当然也是文学批评难以回避的现象。可令人难以置信的是，文学理论中关于作品解读、阐释的探讨方兴未艾，而文学批评理论中关于"理解"

---

① 刘勰：《文心雕龙·知音》。

② 《现代汉语词典》（修订本），商务印书馆 1999 年版，第 774、301 页。

③ 见本书"文学批评的尊重原则"。

④ 高玉：《中国现代文学史上关于"反懂"的讨论及其理论反思》，《学术月刊》2006 年第 7 期。

⑤ 钟振振：《"引发"与"容受"》，《文学遗产》2011 年第 1 期。

（"懂得"）的复杂关系的探讨，却很稀缺。可以说，对于"理解"问题从文学批评理论方面探讨的缺失，在很大程度上影响了文学批评中不同意见的交锋。

《红楼梦》的作者曹雪芹有诗："都云作者痴，谁解其中味？""谁解其中味"强调的是，"解其中味"的是"谁"？本文的思路是"怎解其中味"，说的是"其中味"怎么"解"，如何对待文学批评中的"解"（懂得）与"不解"（不懂得），即文学批评中的理解原则。

（一）文学批评的理解与不理解现象

"谁解其中味？"是曹雪芹发出的非常感慨。这千古之问，上接人类原初，后启无限深远。其中，既有创作者呼唤知音的殷殷渴求，更包含思想者难被理解的万般无奈。懂与不懂，理解与不理解，不仅在中国是问题。俄罗斯小说家、剧作家果戈理，在他创作的《钦差大臣》最初上演时，因为讽刺剧被剧团、观众当作闹剧来处理，产生了被人误解的痛苦，以致绝望地喊道："没有人，没有人，没有一个人理解！！！"[1] 俄罗斯诗人莱蒙托夫在诗歌《不，我不是拜伦，是另一个》中，悲怆地苦吟："海洋啊，阴郁沉闷的海洋，/有谁能洞悉你的种种奥秘？/谁能向人们道尽我的思绪？/是我，是上帝，还是谁都无能为力！"[2] 显然，"我"（莱蒙托夫）因为自己被看作另一个诗人拜伦，感到没有被恰当理解，引起内心深深的苦。这也涉及谁能够懂得作家的问题。令人吃惊的是，连"上帝"都无能为力！可以说把理解的难度提到了顶点。

理解问题实在非常有必要提出来。在现实（还有许多历史上的当时），常常有读者（包括批评家这些特殊读者）对于文学作品提出"不懂"的评价，也有作家认为读者对于自己（或者自己的作品）的评价是"不懂"。"懂"与"不懂"，常常影响作品与读者、作家与读者、读者与读者之间的沟通。"不懂"，可能限制了作品的传播，也鼓舞了一些有兴趣者不知疲倦、不惧艰辛的苦苦探索。不懂，对于自己，可能是

---

① 张健：《中国喜剧观念的现代生成》，北京大学出版社 2005 年版，第 209 页。

② ［俄］莱蒙托夫：《莱蒙托夫抒情诗选》，顾蕴璞译，外语教学与研究出版社 1982 年版，第 32 页。

一句轻松的无奈；对于他人，也经常成为没有经过分析、论证的某些"文学批评"的撒手锏，不经过宣判的致命的利器。以至常常以一句"不懂"，就轻易地成为评判他人对于作品没有"正确理解"的最终判词，或者是判定是他人作品很"差"（难懂）的一种标准。

当今，作家对于批评家普遍不满，抱怨说批评家越来越不懂文学了。使得不少作家正在逐渐失去对于批评家的敬意。① 值得注意的是，这里不是一个两个，而是不少作家的共同感受。

事实上，文学欣赏与批评的"懂"与"不懂"问题，在许多方面都存在。比如说，20 世纪 80 年代关于"朦胧诗"的激烈论争，就是由一些读者、批评家的"不懂"一种新的诗歌作品的文学潮流所引发的。可以说，"不懂"的问题有时仅仅限于读者的难以理解，有时还可能爆发为文学史上的"事件"。

就文学论争来说，关注的是"懂"与"不懂"引起的文学观念、文学内容、文学批评方法之论，而对于文学批评理论，则注意文学批评的理解现象与理论原则。批评史上留下的空白，只能由发展的现实不断提出问题由文学批评理论予以解决。

一般认为，中国现代文学史上废名的诗歌是不好懂、难懂的。不仅是他的诗歌作品，还包括卞之琳、李金发等人的部分诗歌。这不仅是普通读者的印象，还是在诗坛有很大成就和影响的诗人艾青的意见。② 可见，"不懂"可以出在千千万万普通读者身上，也可以是出自名家、专门家的真切感受。

"不懂"的提出，常常有三个角度。第一，出于作家对读者的角度。他认为读者（广义的读者通常包括批评家）表达的评论自己作品的意见，并没有真正理解自己的作品。第二，出于读者对作品的角度。他对于所阅读的作品不理解，不知道作家表达的是什么。第三，出于读者对其他读者的角度。认为其他读者表达的文学评论意见与自己的理解不一致，没有真正的理解。判断为他人的理解错误。

---

① 南帆：《文学、大概念与日常纹理》，《上海文学》2011 年第 1 期。
② 宫玺：《听艾青议诗》，见蔡玉洗、董宁文《凤凰台上》，译林出版社 2008 年版，第 225 页。

这就构成三种关系。

读者——→作品：读者认为作品不能懂得，难解其意。（这是单向的）

作家←——→读者：作家认为读者的理解不符合自己创作的目的、效果，作品不能被读者真正懂得；或者读者以为作品难懂，而不能理解。（这是双向的）

读者←——→读者：这些读者认为那些读者的理解不合于自己的理解，没有能懂得作品，即不符合作品本意。（这也是双向的）

这三种关系基本的核心，是作家、读者对于文学作品的解读与思考，出现了比较大的差异。而实质上则是人与人之间在文学方面的相互理解与沟通，遇到阻碍。认为对方"不懂"，实质上是以作品的认知为基础的理解差异。这可以概括为以作品为中心，理解了什么，理解了多少，理解的正误等诸多问题。其中，理解得"少"，也可能是被认为没有完整理解的"错误"。

高玉在对于中国现代文学史上关于"反懂"的讨论进行理论反思的时候，提出"懂"在文学理论的认识中，前辈作家、理论家概括了"懂"两个层面：感觉的"懂"、理性的"懂"。理性的"懂"，偏重于现实主义文学的创作、欣赏与批评。感觉的"懂"，偏重于现代主义、后现代主义文学的创作、欣赏与批评。① 这是一个非常有建设性的最基本的问题。既提出了"懂"本身的两个层面，又提示了不同创作方法之间的异同问题。

在讨论文学批评的理解（"懂"）时，我们还有必要区分文学批评与文学欣赏的"不懂"是相关而又相异。文学批评与文学欣赏都需要理解（"懂"）作品，感受作品的内容及形式。欣赏，可以不必把感受（可以是理性的也可以是感性的）介绍给别人，也就不用以理性的方式进行转换。批评，则必须形成确定性的感受与评价，并把它向他人介绍。欣赏，不论是否"懂"，"懂"多少，只要有阅读的感受就可以了。批评，则必须在"懂"的范围内进行相应的理性的讨论。

---

① 高玉：《中国现代文学史上关于"反懂"的讨论及其理论反思》，《学术月刊》2006年第7期。

（二）文学批评理解的复杂性

对于文学作品及其现象的认识和理解，在简单的"懂"与"不懂"的内里，包含着复杂的关系。不是"一言而定之"就可能解决的。

1. 理解作品

对作品的理解，是文学批评的基础和中心。

作品是什么？王安忆说："小说是一个独立的人他自己创造的心灵景象、心灵世界。"① 如果承认，小说是小说家创造的心灵景象、心灵世界。那么，谁能够真正理解这个心灵景象、心灵世界？如果说，作家理解作品本身，甚至包括作品没有写出来的隐秘的部分，那么，作品在社会中的意义、在文学史上的意义，此作品与其他作品的差异，也都由他来说了算吗？实际上，绝对不是那么简单。

文学批评理解的复杂性，使得有时批评家（包括创作者以外的其他作家）比作家本人对于作品的认识可能更复杂、更深刻。孙玉石在《一曲爱情与人生的美丽交响曲——穆旦〈诗八首〉解读》中，对于穆旦《诗八首》的解读，就涉及关于"理解"的许多问题。他对穆旦《诗八首》的解读，包括了作品多方面的复杂关系。其中有，复杂的渊源：外国现代派诗人叶芝、艾略特、奥登与中国"无题"诗的多元影响；复杂的内容：爱情的启示录、生命的赞美诗，人类恋爱的整体过程；复杂的情感：欢笑、痛苦、绝望、孤独、狂想、惊喜等；复杂的形式：意辞奇涩、词语变异等现象形成的多元关系与错综复杂的艺术情境。② 而这些，不仅普通读者难以说明白，即便作者本人也未必有兴趣把它阐释出来。更何况，不同的人一定会有不同的阐释结果。

2. 理解主体

文学批评的理解，不仅在于作品的复杂，还在于理解主体的多种情况。"只有训练有素的读者，才能理解作品深层次所埋藏与隐蔽的意义。"③

---

① 王安忆：《小说家的十三堂课》，上海文艺出版社、文汇出版社 2005 年版，第 10 页。
② 孙玉石：《诗人与解诗者如是说》，北京大学出版社 2010 年版，第 375—386 页。
③ 张辉：《试论文学形式的解释学意义》，《文艺理论研究》2011 年第 1 期。

在欣赏和评论中，单纯运用传统的现实主义文学的创作、欣赏与批评方法，去欣赏与批评现代主义、后现代主义文学的创作，就非常可能会遇到全然的"不懂"。这就不能简单地责怪作品的晦涩和作家的怪异，而应当具体地分析与特别地对待。借鉴有成就的学者的现代主义文学的研究，可以为读者对于一些复杂、难以理解的现代文学作品，提供非常有效的启示和帮助。孙玉石在评论中国现代的"象征派诗"时，概括了象征派诗人经常使用的五种方法：象征法、意象法、暗示法、通感法、省略法。其中的省略法，"一方面给象征派诗增加了晦涩难懂的毛病，造成读者理解和鉴赏的困难，另一方面也促进人们提高理解和鉴赏多种方法和风格作品的艺术能力"。[①] 而如果不懂得现代主义、后现代主义文学的创作和鉴赏的方法，是难以进行恰当的文学批评的。

对于理解主体来说，既要主动地理解他人，又要被他人所理解。常常有这样的情况：或者自己以为懂得，他人却认为自己不懂得；或者认为自己懂得，他人不懂得。或者认为个人懂得，群体不懂得；或者认为此群体懂得，其他群体不懂得。

由于理解主体的各自不同，在不同的读者那里，对于同一对象的理解很可能是不同的。人们熟识而且被很多人认可的鲁迅评说《红楼梦》：不同的读者，会看出不同的命意，"经学家看见易，道学家看见淫……"[②]

谭学纯、朱玲在《广义修辞学》中指出：接受者对于表达者的修辞结果的认知，是复杂的社会活动与精神活动。修辞结果，具有多种阐释的可能性。认知，可能是符合表达者的（大体）本意。阐释，也可能使接受者掉进陷阱，离表达者的本意及客观事实非常遥远。……修辞表达与修辞接受对等的可能性绝对地小于不对等的可能性。施受对位、错位的情况同时存在。[③] 文学作品是广义的修辞成果，文学欣赏是广义的修辞接受，文学批评的成果又成为广义的修辞成果。表达——接受的不一致，是文学欣赏、批评的常见现象。这使得批评的歧义必然产生。

---

① 孙玉石：《带向绿色世界的歌》，北京大学出版社 2010 年版，第 375—386 页。
② 《鲁迅全集》第 8 卷，人民文学出版社 1981 年版，第 145 页。
③ 谭学纯、朱玲：《广义修辞学》，安徽教育出版社 2001 年版，第 287、106 页。

　　文学创作的复杂性，常常使作品的呈现与作家的主观意旨并不一致。作家的主旨在此，而表现出来的却常常在彼。作品的形象越丰厚，寓意越复合，就越来越多地包含丰富的超越作家构想的更多可能。要求读者的理解与作家的构思一致，不仅是不现实的，也是不明智的。这是给文学想象建筑起篱笆，也是对于读者的思想限制，是对于文学的根本否定。读者理解的多角度、多方法，不仅是自由的权力，更是文学的福音。只有对于文学的丰富理解，才能尊重文学的创造，达到对于文学创造力的有效发掘。以单一的角度、方法理解文学、评判文学，不仅是戕害文学，而且是扼杀人类的想象力和创造力。

　　3. 理解偏差

　　理解的偏差，与理解的同一相互补充。同一，是指理解的结论与理解对象基本统一。偏差，则是指理解的结论与理解对象基本不完全一致，形成偏离。理解的偏差，几乎是必然的存在。它显示了文学创造和文学批评的复杂，表明人类精神生活的极其丰富与充满变化。

　　在文学批评中，偏差有两个向度。是由于误读表现为两种情况，一是洞见，真知；二是误解，错误的理解。并非一切误读都是洞见，真理和谬误有时仅仅一步之遥，却是不能混淆的。[1] 正确方向的误读，尽管在后果上，阅读者的理解与作家的本意有一定偏差，却可能是违背作家意图取得了突破原意的真知和创见。这并非歪打正着或者误打乱撞，而是充分显示出文学形象的丰富内涵的多向延展，表明文学评论主体智力的良性发挥。

　　偏见是偏差的根源之一。偏见会使偏差向错误方向加深和固化。[2] 如果是以偏见为基础的理解，错误的偏差就不能及时发现和纠正，就会影响对于研究对象的正确评价。正确的批评方法、态度，应该是"偏爱而不偏颇"[3]，扫除偏见、避免偏激和偏颇，努力获得积极的理解和良好的效果。

---

　　① 赵一凡、张中载、李德恩主编：《西方文论关键词》，外语教学与研究出版社 2006 年版，第 629 页。

　　② 张淑华：《社会认知科学概论》，光明日报出版社 2009 年版，第 217—222 页。

　　③ 姚文放：《现代文艺社会学》，社会科学文献出版社 2007 年版，第 143 页。

（三）　文学批评中理解的确定

认识文学批评中的理解，需要分析"理解"的基础、标准的确定和确定者。

1. 文学批评理解的基础

"在文学批评中，文学批评的对象必须是理解的对象。""文学批评是批评主体对于批评对象的理解和超越理解。""经由批评，被批评的文本在理解中生出了原本没有的东西。"① 已经成为基本的共识。

文学批评理解的基础是什么，需要予以讨论。我以为，文学批评的理解，至少有三个方面作为基础。

（1）批评对象的多义性。批评的对象，主要是文学作品。许多文学作品，包含了深浅不一的隐喻，指向复杂的寓意。在中国文学中，诗歌具有双关义、情韵义、象征义、深层义、言外义等。② 即便某一作品被这部分读者看作是意义简单的，也可能获得另外读者的不同阐释，从而具有不同的复杂、深邃的意义。对象的多义性，是批评家根据美学、艺术和现实社会、人生等的规律、法则、体验等，依据作品的实际材料，所做的理论阐发。多义性不是任意性。如陈卫平指出：确证《论语》语录的本义，并不意味可以作任意的解释。因为每字、每词是有确切涵义的，每段语录的基本精神根据孔子的总体思想也是可以有一定共识的。③

（2）批评发现的多角度。不同读者从相同或者不同方面欣赏作品、理解作品。每一种理解，都基于理解者特定的审美立场（甚至还有文化、政治、经济、宗教等立场），每一种立场都有可能由不同的主体发挥自身特长。批评可以求同，更需要存异。求同是获得共识，存异是达到丰富。

（3）批评理解的开放性。这种开放性，一方面体现于优秀作品具有丰富的内涵，可以不断地因为使用不同的方法而获得不同的认识和理

① 高楠：《批评的生成》，《文学评论》2010 年第 6 期。

② 袁行霈：《燕园论诗——中国古代诗歌论集》，北京大学出版社 2010 年版，第 1—17 页。

③ 陈卫平：《"三十而立"立什么》，《光明日报》2007 年 9 月 6 日。

解，使作品具有不断增值的可能性；另一方面体现于批评的复杂意见构成理解的丰富完整与矛盾交叉。在不同意见的交锋、磨砺中，吸收他人的合理意见，修正自身的不成熟观点，有生发出新见解的充分可能。

批评的评价，是读者对于具体文学作品理解的概括。作为概括，对于文学形象的抽象的理性的表述，自然是要突出作品本身的某些方面，或者论者感悟的突出方面。所以，具体的批评著作中，永远不可能"全面"，也不必要"全面"。这自然是一个难题。这是它的特长，也是它的局限。

批评对象的多义性、批评发现的多角度、批评理解的开放性的存在，使我们不能指望在一篇评论文章中，见到所有的义项，也不能企望几位或几十位、上百位批评家，可以穷尽批评可能的创造。

2. 文学批评理解的确定标准

文学批评理解的确定，应该有相应的标准。文学批评理解的确定标准，即理解的结论要符合相应的条件，应当具有这样几点。

（1）对应性。理解要符合作品本身。是否理解，应该以作品本身为依据。常常有这样的情况，理解本身似乎无懈可击。如果没有作品为参照，也可以认为头头是道。但我们特别不能忘记，我们要听什么。是与评论对象毫无关系的滔滔不绝，还是谈论某个作家的具体作品。如果说的是作品，难道可以不用作品加以对应吗？作品的不在场，并不意味着可以弃之不顾。中国当代文学批评自 20 世纪 90 年代以来，失去了某些公信力，其重要原因是，批评成果与批评对象的偏离。那些将一般化的作品吹捧上天的评论，正是因为不符合特定作品的具体实际，没有可信度可言，才受到了广大读者的遗弃。

（2）合理性。理解以合理性为基本条件。合理性包括自圆其说。选材、分析、概括、推理、归纳及结论之间的关系，都是严密的、精确的。令人信服的理解应当合乎逻辑，没有自相矛盾之处。童庆炳先生提倡，文化诗学的研究要坚持"自洽原则"，即应该是圆融的、能够自圆其说的。（《文艺学与文化研究丛书》总序）① 实际上说的也是文学研究（包括文学批评）、学术研究的普遍道理。这看起来是常识，却是现实

---

① 张健：《中国喜剧观念的现代生成》，北京大学出版社 2005 年版，总序 5 页。

中有的评论文章不能兑现的条理。有的评论文章结论新奇却没有说服力，原因之一在于只有结论，没有推理和证明，难以服人。理解的合理性，应合乎社会规律、历史发展、文明要求、文学原理、批评规则等方面的道理，而不是强词夺理、霸气十足。

（3）创新性。理解应当具有创造性，这是文学批评家的自律，也是社会对于文学批评的他律。人们要求批评家的理解，都是有创造性的。事实上，对于普通读者，是难以做到的。但是，我们在评价批评家的时候，必须以创新性的大小，作为衡量标准。只有如此，才有益于文学、批评、学术、文明的进步与发展。

在现实的中国当代文学批评中，如果具有影响的批评家和批评园地发表不是严肃探讨的批评成果，缺少具体，缺少创新，缺少公正，既会损害自身的声誉，也能败坏批评的信誉。这是显而易见的，也是值得深思的。

3. 文学批评中"理解"的确定者

谁是文学批评理解的确定者，换言之，谁来确定某种文学批评的理解是否正确，是需要讨论的。

在文学和批评的历史上，文学和文学批评的评价权威曾经不断的衍变。创作作品的作家自己，政治、宗教、行政、法律权威的部门、机构，或者政治领袖、思想权威，抑或销售数量的排行榜，都有可能对于理解文学作品的内涵，产生影响。这里我们做一些简略的分析。

（1）创作一方

作家本人，有时常常充当具有最高级的评价者的权利化身。这实际上是大有疑问的。有些作家，将自己视为自己作品的天然的权威的解释者，甚至是唯一的。实在是极大的误解。任何一个作家都有权利对于自己的作品，做解释和评价。但是，文学的历史已经充分证明，作家对于自己作品的偏爱，会妨碍判断的客观性。作家对于自己作品的评价，可以是通向作品的一个内部通道，却不能完全成为作品的外在评价的根本依凭。蓝棣之先生的研究表明：诗人艾青对于自己诗歌的一些判断，比如关于象征，并不符合他作品的实际。"总结艾青创作过程的经验，可以校正艾青的说法"①　这应该是具有普遍意义的一个样本。

作家亲友，因为熟悉作家本人，很容易将那些所掌握的以往不为人所共知的生活材料，作为解释、评价作品的金钥匙。他们具有其他人所不具备的先天优势。

采访者，是作家亲友的延伸。他们有的可能会与作家见解不同，甚至可能颠覆作家原有的形象。他们的长处，是能够通过调查了解作家的生活材料，来认识作家或者作品。

作品的意蕴，并非作家制谜与读者解谜。而要遵循文学的公则，来进行分析、发现。意蕴的内涵、制谜的揭晓，权利并非只掌握在创作者自己手里。文学不纯粹是隐语。在中国文学史上，战国时期有一种独特的文学样式——"隐书"，类似于后世之谜语。②　那毕竟是历史上某一时期的特定类别，不能作为通例的。

（2）评论一方

批评家，往往以评价作品为己任，因其掌握的理论优势和比较突出的艺术敏感、审美情趣，获得在社会上比较大的影响。批评家庞人的队伍水平参差不齐、观点互有对立。凡是结论都由批评家来定，这可能与合理吗？

读者人数以及销售数量，是评论的一种特殊体现。受到读者广泛欢迎的作品，应该被认为是好作品。可是，精神产品有其特殊性。在文学历史上，流传一时的，未必会流传百世。高雅的阳春白雪，往往曲高和寡。古代文学理论家刘勰，就已经在《文心雕龙·知音》中认识到文学作品在传播过程中具有"深废浅售"的现象。"作品含意深的不被理解而遭抛弃，意思浅陋的反而容易得到欣赏。"③　因此，简单地以读者数量作为衡量作品的标准，是单一的，不全面的。不能深刻说明作品的内在含义与特殊地位。

（3）社会一方

评价者的不同身份，在社会中会发挥不同作用。在现实中，有许多

---

① 蓝棣之：《现代诗的情感与形式》，人民文学出版社 2002 年版，自序第 5 页。

② 游国恩等：《中国文学史（一）》（修订本），人民文学出版社 2004 年版，第 85 页。

③ 郭绍虞主编：《中国历代文论选》第一册，上海古籍出版社 1979 年版，第 304 页。

读者比较关注表达者的社会身份，而缺少对于言论本身的主观判断和质疑。这在某种意义（也只限于某种意义）上可以理解。我们在求知的道路上，会依靠专家的帮助，使我们获得一些参考意见。问题在于，专家的身份与专业的区分是有条件和区域的。一个人并非能够对于所有问题，特别是对那些没有进行专门、深入研究的对象，都能够获得正确的结论，更不可能具有唯一或至高无上的权威垄断。同时，专家之间也会有不同的意见，甚至完全相反的观点，如何选择是不能回避的。这就有在观点与身份之间的比较与选择：角力还是较理。

角力还是较理？是人类文明之问，是寻求真理之思。所谓"理"，是文明的选择与理性的判断。所谓"力"，是道理之外的其他社会手段。在真知的探索、学术的讨论方面，并非以人数的多少、力量的大小起决定作用。有位科学家曾经说过，在真理的问题上，是多数服从少数。因为真理的发现者是少数。他们使我们服从于理性的光辉、杰出的创造。

一般说来，人们习惯用历史或者时间来说明文学作品的评判者。这大致是不错的，但是过于含混。如果解析一下，应当是，经过充分讨论之后，长时间许许多多人在没有压制条件下自由表达意见的理性选择，智性认知。

这样看来，每一方都有可能作为文学批评理解的确定者，又都有自身的局限。不能简单地由哪一方面确定。而在具体方面，则要看表达的意见是否合于作品实际，经得起驳诘和质疑。因此，不是一个或者几个人，而是无数专门参与者的历史选择、文化积累、共识凝聚，才能使那些经历反复检验的真知灼见，在文学发展史、文学批评史、学术史上逐渐积淀下来。

（四）　理解的要求

在文学批评中，如何对待"理解"是非常重要的，这里提出应当重视的几个基本的方面。

1. 追求理解的准确性

文学批评，首先应当追求理解的准确性。准确的理解，才能做出恰当的判断。在理解的准确性方面，鲁迅的论述给予我们宝贵的启示。他说，"倘要论文，最好是顾及全篇，并且顾及作者的全人，以及他所处的社会状态，这才较为确凿"。① 准确的理解，一是要完整，顾及全篇，而不是断章取义。二是要理解作家的整体，对于特定作家的所有作品（至少是有代表性的大多数）做出准确的具体的判断，而不能仅仅依靠选本。鲁迅曾经特意提醒"研究中国文学史的人们也该留意"：选本的影响力量是不小的，选本是保留合于（选者）自己意见的一面，掩去了另外一面的。会使读者"被选者缩小了眼界"。② 三是要理解作家的不同侧面，特别是对于创作的作品数量众多且内涵丰富、意义复杂的作家，要注意到其复杂甚至矛盾的状态。鲁迅论及陶渊明，他在"悠然见南山"之外，也还有"精卫衔微木，将以填沧海，刑天舞干戚，猛志固常在"之类的"金刚怒目"式。这"猛志固常在"和"悠然见南山"的是一个人，倘有取舍，即非全人，再加抑扬，更离真实。"③ 为我们提供了整体看待作家的一个范例。

2. 重视理解的创造性

学术活动在于追求新的认识，生产新的价值。没有新价值内涵的结论，即便是连篇累牍，也不能说明什么、证明什么、增益什么。近年有"学术垃圾"之说，即是指那些以"学术形态"（文章形式）表现的无新价值、无真意义的"论证"。其特点，一是浅薄，把人所共知的常识作为自己的创见；二是抄袭，把他人的劳动成果据为己有。这些不能为学术增加有益积累，不能对学科起到促进作用，不能启发人的思考的所谓"成果"，只能耗费人的精神、消耗物质材料。

孙绍振在"品读经典"谈及对于《三国演义》的理解时，不为文学史上的权威胡适、鲁迅的定见所囿，表达自己的复杂理解、深入思考，显示了独立的创造。④

后来者的理解，未必一定会代替前人的创见。前人与后者的意见可以成为互补，丰富文学的理解与评价。

3. 尊重理解的差异性

人们对于一部（篇、首）作品的理解，必然具有差异性。我们应当

---

① 《鲁迅全集》第 6 卷，人民文学出版社 1981 年版，第 430 页。

② 《鲁迅全集》第 7 卷，人民文学出版社 1981 年版，第 135—137 页。

③ 《鲁迅全集》第 6 卷，人民文学出版社 1981 年版，第 422 页。

④ 孙绍振：《多智、多妒、多疑的审美循环》，《人民日报》2011 年 2 月 22 日。

尊重不同人在理解上的差异。

孔范今在谈到文学史研究时指出：在中国新文学史的建构中，任何有价值的个性化的努力都应给予应有的尊重。人们完全可以从不同的时空切割、不同的对象限定和不同的价值侧重上进行各不相同的文学史建构。① 同理，文学批评也是如此，应该尊重"任何有价值的个性化的努力"。有创造性的文学批评在实践中丰富了对于作品的认识，形成对于具体作品的立体的认识和理解，是批评的成功，是精神文化的建设，应当予以欢迎。

理解可能具有共识，也有差异。差异是绝对的。共识是相对的。尊重差异，就是尊重现实，尊重历史，尊重客观存在，也是理解者之间的互相尊重。没有尊重，把有差异的不同意见者——论敌，作为死敌——你死我活、不共戴天的异己，把作为文明活动的学术，变成了原始、野蛮的精神的文化的屠场，杀来杀去，逆我者亡，实在是文化的悲哀。有一种看法：并不反对同一阵营内部的大方向一致的差异，只是反对具有敌对性质的差异。这种看法貌似有理，实际上并没有对于历史上学术论争经验教训的深刻记取。20 世纪四五十年代，对于胡风的文艺思想的批判，既有学术的内容，更有将他们作为具有敌对性质的政治坏人的粗暴、错误的打击。② 如果我们今天不改变这种错误的思维，就依然会重复历史的悲剧。野蛮的现象就还会大量出现。在学术问题上，当然应该辨明是非。但是不应该把不同的意见，轻易地判定为错误。对于正确与错误的判定，常常需要时间。时间已经证明，胡风和他的"集团"并不是敌人。对于冤案，已经获得法律上的政治上的纠正。而对于错误的思维——以歧异观点为错误、为敌人，则更需要纠正。错误的思维，自然会导致错误的行为。

对于不同的理解，应当以理权衡。每一方都有不同意他人观点的权利，但也应尊重他人不同观点存在的权利。应当抛弃以"力"服人的野蛮习气，而以"理"服人。声音大、嗓门高，铺天盖地的商业宣传，并不能在学理上站住脚。依靠学术以外的压力，并不能使人信服。语

---

① 孔范今：《近百年中国文学史论》，人民文学出版社 2008 年版，第 237 页。
② 李辉：《胡风集团冤案始末》，湖北人民出版社 2003 年版。

言、文化、权利的任何暴力，都不能永远起作用。谁也无法阻挡人们探求真知的进程。学术史终究还是要面对真相，回到理性立场。

不轻易否定他人的懂。更不能以自己的懂作为绝对标准，去衡量、剪裁他人的懂。理解，表现为多样的可能。谁的理解是最好的、最准确的、最高级的？不是一人一时就能够简单确定的。理解的侧面、层次是多而杂的。理解的差异是绝对的，理解的同一是相对的。他人的理解只要合乎理性的艺术的和审美的文明的逻辑、规律，就是可以存在的。

4. 尊重理解的局部性

不懂，或者懂得少，可能影响欣赏和理解，但是并不阻止欣赏。欣赏，是自得其乐；批评，则是以"乐"共享。批评，不容易全懂，也不必全懂。懂得某些部分，同样可以获得乐趣，获得价值。同时，也不能剥夺别人理解的权利。应当尊重他人或者自己的部分懂得。

薛庆国在解析埃及现当代文学名家黑托尼的小说《收成》时写道："小说似乎提供了一些线索，但都语焉不详，让人疑窦丛生。然而，弄清情节缘由并不重要，重要的是，老农阿卜杜勒茂朱德的形象非常清晰：一个质朴、善良、慷慨、宽容、执着得有点迂腐的埃及农民的形象，他的品质是埃及真正的精神所在。"① 理解作品其中的一部分，有所收获，就是成功，就值得。

事实上，懂与不懂是相对的。如果一个人认为自己全懂了某个作家、某部作品，别人未必会这样认为。问题不在于人们把懂或者不懂的帽子给谁戴，而在于具体地讨论问题与深入理解。作为认识（懂得），总是具体的、逐步的。对于一个问题的认识，特别是有意义的复杂的学术问题，总要有许多人不断地认识、反复地思考、探求。正是许多局部的不同角度的认识，构成了认识的整体，使得认识不断深化。对于文学的"理解"也是如此。

5. 讨论理解的具体性

在"懂"与"不懂"的评断中，有时是非常模糊的。被评价者也有权力追问："懂了什么"与"不懂什么"？

不懂得什么？不理解什么？不理解的是作品的哪个方面？

① 薛庆国：《一位中国学者的阿拉伯文学之缘》，《中华读书报》2011 年 2 月 16 日。

是作品本义吗？作品本义在哪里？

是作品主题（或者中心思想）吗？作品主题只有一种吗？由哪个具体人来确定呢？

是作品的谜底吗？作品的谜底（如果有的话）是文学批评的唯一探询吗？

是标准答案吗？文学作品的标准答案由谁来制定？

是作品单一意义，还是丰厚意义？

是作家的主旨吗？作家的主旨是文学批评的必要条件和唯一法则吗？

具体，就不能笼统。不能笼统的指责他人"不懂"，更不能简单地武断地以自己的理解作为唯一正确的标准，而轻易判定他人的理解为非。袁行霈指出，作品有许多层次：媒介层、组合层、描述层、修辞层、意蕴层等。① 如果说他人"不懂"，应当指出是哪个方面，应当具体地加以讨论。就作品的寓意而言，其指向有多方面的可能。每个欣赏者、评论者都有谈论作品某一方面的自由权利。他人没有与自己的认识一致，并不一定就是不理解（不懂）。只有具体的分析，而不是简单的否定，才有可能说服他人，才有益于学术讨论、精神交流。

在文学批评的实践中，应该正确、合理地对待他人的理解；应该清醒地认识到，自我的理解不过是大家共同理解的一部分，一个组成。每个人的理解，都有可能对或错。那么，就善待每一种（哪怕是错误的或者是将来可能被证明是错误的）理解吧！

毕竟，文学批评的目的，不止于确定对的是谁，更重要的，是探求对的是什么！文学批评应该是文明的探讨、探讨的文明！反对判断的武断性，尊重他人的人格和劳动，尊重他人的理解，是文明的学术的文学批评的应有之义。

二十一　文学批评的整体原则

在文学批评中应当注重整体，在理论上很少有歧义。但是，把整体

---

① 袁行霈：《燕园论诗——中国古代诗歌论集》，北京大学出版社 2010 年版，第 1—17 页。

作为批评的理论原则，则缺少深入、详尽的讨论。而在文学批评实践中，常常出现背离整体原则的现象，这是需要特别注意的。也说明了讨论、确认文学批评整体原则的重要和必要。

（一）文学批评整体原则的重要性

孔子曾经这样评价我国最早的诗歌总集《诗经》："诗三百，一言以蔽之，思无邪。"（《论语·为政》）可以说提出了整体的批评原则。孔子在另一个场合所论"谓《韶》尽美矣，又尽善也；谓《武》尽美矣，未尽善也"（《论语·八佾》）。可以说是尽善尽美的批评原则，也可以称为整体的（兼顾美善）批评原则。

许多批评家把"文学作品看作是植物的生长，是生命的有机体，是一个有机的整体"（柯尔律治语）。

整体，可以纠正偏颇，导向本质和真髓。例如，许多中国读者印象中的美国作家爱伦·坡，是一位贡献突出的小说家。而我们通过朱振武的《爱伦·坡研究》（人民文学出版社，2011 年），[①] 则可以进一步全面、整体地认识：他不仅是小说家，还是诗人。甚至可以理解为"他首先是一名诗人，其次才是大牌小说家"。他不仅是文学大师，有丰富的文学思想，还有独特的美学思想。他不仅对于美国、世界的文学（小说）艺术发展有重要贡献，而且还因为其作品深入到人类心灵的深处，其人文关怀、人文精神对当前的社会生存状况依然有警醒意义。英国作家维克多·雨果，也是如此。他的小说、诗歌、散文、政论、文论，都是贡献突出，创造多多。显然，如果单纯从一两个方面，是无法全面认识、准确评价雨果这样有多方面成果的优秀作家的。

对于苏轼的多面性，比较复杂、全面的描述，当属林语堂《苏东坡传·序》。林语堂这样描述他所理解的苏东坡：是一个多才多艺，在生活上多姿多彩的人。他是秉性难改的乐天派，是悲天悯人的道德家，是黎民百姓的好朋友，是散文作家，是新派的画家，是伟大的书法家，是酿酒的实验者，是工程师，是假道学的反对派，是瑜伽术的修炼者，是佛教徒，是士大夫，是皇帝的秘书，是饮酒成癖者，是心肠慈悲的法

---

① 苏少伟：《深入解读爱伦·坡》，《中华读书报》2011 年 9 月 14 日。

官，是政治上的坚持己见者，是月下的漫步者，是诗人，是生性诙谐爱开玩笑的人。可是这些也许还不足以勾绘出苏东坡的全貌。① 林语堂在描绘苏东坡的时候，已经注意到对象的复杂性、整体性，同时还可贵地保持了他的清醒，即"也许还不足以勾绘出苏东坡的全貌"。

李健吾论说：文学作品如建筑楼阁，砖须是好砖，瓦须是好瓦，能全盘拿得住，方有成就。远望固佳，近观亦宜，才是艺术。……应当尊重作者高贵的全人存在。②

评价一篇作品，认识一个作家，特别是比较丰富、复杂的作家，没有整体观察，就难以看到全貌，就不能做全面的了解和公正、客观的评价。

（二）文学批评的整体方法

在文学的整体批评方面，鲁迅的论述给予我们宝贵的启示。他说："倘要论文，最好是顾及全篇，并且顾及作者的全人，以及他所处的社会状态，这才较为确凿。"③

作家孙犁关于批评的整体问题，也有多次论述：看全篇，从全篇着眼；不仅看字面，还要看当时的生活；看作家的特异的性质、特殊的创造；看人和作品的主要倾向；从总体倾向上看，有没有进步意义。④

南帆提倡并论述"文学批评的有机整体意识"。这一观点的前提，出于文学批评这样的基本事实：文学批评在理论上的犀利往往伴随着形象丰富性的损失。批评家对于形象的概括，通常就是以理论的语言在整个形象体系中明确了什么，同时也舍弃了些什么。因此，提醒注意，当批评家在讨论作品的某一方面的意蕴时，还应同时意识到这种意蕴与作品其他意蕴的关系。在批评的结论中，要考虑所分析的片断，在作品整体中的作用、表现程度，并且和创作者对于现实和对于艺术的认识联系

---

① 林语堂：《苏东坡传》，群言出版社 2009 年版。

② 李健吾：《〈画梦录〉——何其芳先生作》，《咀华集》（1936 年）。

③ 《鲁迅全集》第 6 卷，人民文学出版社 1981 年版，第 430 页。

④ 孙犁著，金梅、李蒙英编：《孙犁文论集》，人民文学出版社 1983 年版，第 512、514、333、423、435 页。

起来。① 李兆忠提倡并论述一种"整体性的文学批评方法",要求评论家将批评对象作为文学整体的有机组成部分加以把握,在诸因素的联系中揭示批评对象的特质。②

显然,许多中外批评家已经从理论到实践,注意文学批评的整体意识和方法的重要性和必要性。这是我们论述的基础和出发点。

在具体方面,整体原则有如下体现。

1 认识全篇、全部作品

英国诗人、批评家柯尔律治认为,一件艺术品,它的材料在一个有机整体特有的相互依赖中联系在一起。它美的程度在于其内涵的复杂性和多样性。他引入生物学的理论和语言评论文学。把文学作品看作植物的生长,是生命的有机体,是一个有机的整体。如生命一样运动、生长。③ 郁达夫论说批评家的研究法:批评家著目(即注目——引者注)在大处远处,批评整篇文字的好坏,阐发一般人所看不出的优点和缺点,使作者和读者两受其益。④ 郁达夫不仅在理论上倡导整体的批评,在批评实践上也进行尝试。他在批评一部小说集时,采用了这样的方法。先是把全部八篇小说分为三类,然后对于作品分别分析。第三类,在介绍分析之后,说明"不是代表性的作品","不能看出作家的个性及其后来的倾向,没有十分重要的意义";第二类的作品,显示了作者的技巧,但还不是作者的特色;显示了作者特色的,是第一类的作品,因而作了重点分析、评论。在总结作家的特长与不足之后,概括出作品的特色和风格。并将其放在当时小说的两大流派中认识与评论,提出建议与希望。⑤

观察、研究全部作品,既能够客观、整体地认识,还能够达到创新性的发现。陈剑晖评论:南帆从王安忆前期的小说中看到,只有一个观

---

① 南帆:《文学批评的有机整体意识》,《当代文艺思潮》1984 年第 4 期。

② 李兆忠:《文学批评的对象、视角和方法》,《文学评论》1984 年第 6 期。

③ [美]艾布拉姆斯:《镜与灯——浪漫主义文论及批评传统》,郦稚牛等译,北京大学出版社 2004 年版,第 267 页、203—208 页。

④ 郁达夫:《怎样研究文学》(1935 年 5 月),《郁达夫文集》(第六卷·文论),花城出版社、三联书店香港分店 1983 年版,第 280 页。

⑤ 郁达夫:《读刘大杰著的〈昨日之花〉》(1930 年 12 月),《郁达夫文集》(第六卷·文论),(广州)花城出版社、三联书店香港分店联合出版 1983 年版,第 79—82 页。

察点，一类人物。是一种理性的创造。①

　　袁世硕这样总结研究的体会。"我读《聊斋志异》，首先做的工作，是对蒲松龄这个人做比较细致的了解：把他的诗文，特别是他的诗，全部读过；把他和一些朋友的关系、他的社会地位、他的处境、为人，了解得比较具体。当我了解完之后，再重读这部小说，有了许多新的发现。从而获得了自己新的认识和评价。"② 这是研究的正确路径，也是创新的基础。研究中顾及全文、全人、全社会以及已往的全部研究成果，在此基础上实现创新、获得新知，才有更大可能。

　　李福亮在《一个自由的精灵在歌唱》③ 一文中，对于张抗抗在1978—1987 年十年的创作，从整体上加以观察。有运动的观察，有静态的分析，有褒有贬，有小说有散文，有社会内容的思考，有文体形式的辨析，尽可能予以全面的认识和评判。是评价，也是交流和对话。

　　2. 认识作家的创作，要结合其理论

　　一个作家的理论著作，与其创作关系密切。一方面，理论观念对于其创作有引领作用；另一方面，从其理论可以认识其创作的内在涵蕴。杨海明在《张炎词研究》中，就注重这种方法。④ 实践证明，这是有效的方法。值得我们在文学批评实践中积极运用。

　　冯增义认为：在考察托尔斯泰的艺术观的时候，除了《艺术论》和其他一些论述文艺问题的文章和手稿之外，还必须统观他在作品、书信、日记中所表达的对艺术的见解。⑤

　　3. 认识全人，评价一生

　　温儒敏在批评中，肯定了黄曼君在《论沙汀的现实主义创作》中的整体视野，既顾及作家的全人，又重视作家的全部作品。不仅论述其暴

---

　　① 陈剑晖：《新时期文学思潮》，广东高等教育出版社 1989 年版。

　　② 袁世硕：《我读〈聊斋志异〉》，陆挺、徐宏：《人文通识讲演录·文学卷（一）》，文化艺术出版社 2012 年修订版，第 157—172 页。

　　③ 李福亮：《一个自由的精灵在歌唱》，黑龙江人民出版社 1994 年版，第 52—68 页。

　　④ 杨海明：《张炎词研究》（齐鲁书社 1989 年版），收入《杨海明词学文集》（第一册），江苏大学出版社 2010 年版。

　　⑤ 冯增义：《陀思妥耶夫斯基论稿》，上海文艺出版社 2011 年版，第 241 页。

露黑暗的作品，也注意其歌颂光明的部分。①

徐型在《丰子恺文学创作研究》中，坚持从整体评价丰子恺文学创作，依次分析、概括其各个方面：（1）特殊性。在中国现代文化史上，是一位富于爱国热情、具有高尚人格的优秀知识分子，在漫画、散文创作方面做出了重大成绩，同时，他一生离政治较远，身上有较浓的士大夫气息，是一个虔诚的佛教信徒。（2）阶段性。在不同阶段他有不同的创作和思想表现，在文学和艺术的创作题材、体裁方面，有不同的重点和特色。（3）辩证性。赞美儿童世界，同情劳动人民的苦难，肯定劳动人民的美好品质，坚决反抗阶级压迫和日本帝国主义的侵略，又有消极避世的人生态度和士大夫的隐逸情趣。（4）全面性。散文、儿童文学、诗歌等方面创作优异。着重指出"他首先是一位画家和散文家，其次才是诗人"。②

只有对于作品和人的全面观照，把握作家的全部历史和各个阶段，才有可能予以全面、准确的评价。

4. 认识人文同一与人文不一

在文学现象中，存在着文如其人统一在一起，也存在文与人的不统一，复杂的情况。

蔡京，是历史上有名的奸相，文章好，书法写得好，被许许多多的人认可，因为人被认为是大坏蛋，其文章、书法就不能流传。

周作人，五四时期新文化运动的大将，对于中国现代文学的创造与发展有重要贡献。因为其在日本侵略者占领中国北方时期，出任伪职附逆，并且去日本慰问侵华日军伤兵，为历史不齿，并且在抗日战争胜利以后被中国政府依法以汉奸罪审判、入狱。③ 有论者指出，过去投降日寇、政治上严重失节的一些作家，其著作因文采斐然、富有韵致，而大量刊印，并得到一些人的推崇。④ 如何看待作家的人与文，一致或者不一致，是整体批评要研究的重要问题。

---

① 温儒敏：《文学史的视野》，人民文学出版社 2004 年版，第 93 页。

② 徐型：《丰子恺文学创作研究》，伊犁人民出版社 1999 年版。

③ 参见钱理群《周作人传》，十月文艺出版社 1990 年版。

④ 钱中文：《序一》，见吴子林《经典再生产——金圣叹小说评点的文化透视》，北京大学出版社 2009 年版。

5. 认识文学的整体现象

在文学的整体现象中，既有大众文学的存在，也有先锋文学的存在。

如南帆所论：大众文学的存在为先锋文学赢得了自由。大众文学所承担的义务使先锋文学可能抽身专注自己的职责：探索精神王国的幽深，探索未来世界的征兆，探索艺术符号的潜力——极而言之，探索人的可能与世界的可能。……先锋文学的探索无疑意义深远。先锋文学所展示的意义迟早将传送回大众文学并使之发生相应的变化；大众文学也将以自身的状态提升着先锋文学的活动幅度。一旦觉察到先锋文学与大众文学的相互促进与相互规约，文学将在我们眼中成为一个动态的、浑然的、蔚为大观的整体。①

6. 搜集文学的整体文献

莫砺锋强调，研究一个时代的文学文献，只有整体把握，才能获得全面的认识：《全唐诗》计四万九千多首，经过后人搜集、整理，又发现了七千多首，比闻一多时代，就更加完整一些。钱锺书写作《宋诗选注》时，是20世纪60年代初期，《全宋诗》还没有编辑完成，21世纪初出版，计二十多万首。他选择吕本中的《兵乱后杂诗》，是从元代的选本中五首选二。而后来发现，吕本中的《兵乱后杂诗》，共有29首。如果是29首选二，可能会是另外的选择。对于研究者来说，必须面对所有的全部的文献。不然，阅读的片面会影响研究的质量。经过研究，人们发现，《全唐诗》中有误收入的宋诗。而《全宋诗》中，还收入了一位经历五代到宋的诗人在唐代写作的诗。也是误收。②

现代诗人、作家，进入当代，一些作品或者是为主动适应社会变化而积极改写；或者是被迫改写。研究者不能不考虑整体的流变过程，不能轻易地以某一个版本作为单独的存在。否则，必然会是误读和误解，误己又误人！

7. 把握历史整体发展

宁宗一指出：中国古代小说研究的整体意识，要求把研究对象置于

①　南帆：《冲突的文学》，江苏大学出版社2009年版，第161页。

②　莫砺锋：《唐宋诗词的现代解读》，陆挺、徐宏主编：《人文通识讲演录·文学卷（一）》，文化艺术出版社2012年版，第21—41页。

小说史的整体框架中来确认它的价值，辨识它的文学源流，并且在小说史的流变中探讨某些小说现象的规律和意义。……还要求我们用广阔的眼界考察整个中国小说艺术发展史，把它作为世界小说史的一部分。①

8. 瑕瑜同现，整体认知

李健吾在论及萧乾《篱下集》中的《放逐》、《丑事》，对于自己认为是瑕疵的地方，不予避讳，直言批评。看到的不仅是特长，而且是整体。② 万平近评论林语堂的女儿林太乙所著《林语堂传》，可以称为重视整体评价的积极例证。他既评论该书的精彩之笔，也不忽略其差错。尽管有些差错，有些部分不能令人首肯，有些地方有明显的缺陷，有损其学术品位，甚至有引用万平近自己所著《林语堂论》之处而没有注明之嫌，但是他以对待任何事物都不应以偏概全的原则，总体肯定这是一部难得之作，以女儿的视角表现传主的精神风貌和爱乡爱国之情，对于促进海峡两岸的林语堂研究有积极作用。③ 这种克服情绪化、具有广阔胸襟的情怀和境界，风范高标。

（三） 实行整体原则应当注意的问题

1. 忽视整体的错误倾向

（1） 以偏概全

孙犁指出：有一种错误的批评方法，在谈作品中的问题的时候，往往不从整个作品所表现的思想感情出发，而只是摘出其中的几句话，把它们孤立起来，用抽象的概念，加以推敲，终于得出了十分严肃的结论。这种思想方法和学习方法，我觉得是很不妥当的。（《关于小说〈荷花淀〉的通信》，1952 年）④

（2） 遗漏不全

朱寨指出：对于葛洛的一些评论，只是提及他的后期作品，而不提（有的可能根本不知）他以前的成名作，这不仅是重要的遗漏，也必然导致对于

---

① 宁宗一：《倾听民间心灵回声》，山西古籍出版社 2003 年版，第 91 页。

② 李健吾：《篱下集——萧乾先生作》，《咀华集》1939 年版。

③ 万平近：《读林太乙著〈林语堂传〉印象记》，《台湾研究集刊》1991 年第 2 期。

④ 孙犁著，金梅、李蒙英编：《孙犁文论集》，人民文学出版社 1983 年版，第 516 页。

后来创作的历史了解，不能全面。① 在作家前后期的把握上，陷于片面。

同样，《一代才子钱锺书》（汤晏著，上海人民出版社，2007 年），因为对 50 年代交代不清，就无法使读者完整了解传主一生的重要一段，被评论这是该书的遗憾之处。②

在 21 世纪初，"全集不全，遗漏、误收、删改，错误百出，已经到了令人瞠目结舌的程度"。③

显然，对于作家人生阶段、全部作品有意无意的遗漏，难以整体认识作家。

（3）视野狭窄

在批评中，看不到作品与整个世界的联系。

英国文艺批评家、诗人托·斯·艾略特（1888—1965）在《批评的功能》中阐述他的"总体论"，认为世界文学不是作家作品的汇集，而是有机的整体。作家和作品只有同这个整体联系起来才有意义。④

2. 模式批评

在批评中，将研究对象概括、综合成为一种比较抽象的理论公式，形成简要、突出、便于识别、区别和记忆的标签式框架。在这个基础上展开分析与评论，做出判断。最有影响的应该是"三角恋爱"和"大团圆"模式。

模式批评的积极方面，在于简明、便利，便于识别、区别和记忆。是对于以往的部分对象的概括和总结，可以获得正确的认识和积极的效果。消极方面，模式批评只能说明局部对象的部分特征，不一定能够完全说明新的研究对象。

批评的概括是牺牲对象部分特征而做出的近似整体性的判断。是不得已而为之的方法。过于粗疏的概括，可能会在认识对象的一部分重要特征时，遗漏另外一部分可能同样重要的特征。"三角恋爱"模式是对于一种爱情描写模式的简要概括，但是同样不能忽略的是某些"三角恋

---

① 朱寨：《感悟与沉思》，人民文学出版社 1995 年版，第 56 页。

② 桂杰：《九旬杨绛含泪增补家事感人至深》，《中国青年报》2007 年 3 月 26 日。

③ 钱理群：《樊骏参与建构的中国现代文学研究传统》，《文学评论》2011 年第 1 期。

④ 林骧华：《新批评派与艾略特》，转引自江西省文联文艺理论研究室等编《外国现代文艺批评方法论》，江西人民出版社 1985 年版，第 236 页。

爱"作品有其自身的独特性。

同时，一些模式批评在概括的准确方面，不足以反映研究对象的丰富性、复杂性。在此基础上的批评，往往针对的不是对象本身，而是已经抽象化了的"模式"。这种批评就离开对象十分遥远了，甚至已经根本不是批评对象本身了。这样的批评，由此获得的批评结论——不论否定性的还是肯定性的，大约都是难以服人的。

这值得批评家在运用模式批评时特别注意。

3. 批评整体原则的正确路向

（1）注意总倾向

批评一篇作品、一位作家、一个流派等文学现象，应当把握批评对象的整体的主要倾向，而不是抓住部分，代替整体，以偏概全。画家徐悲鸿的观点是，名家之作并不是幅幅完美、十全十美，即便名画也难免有不佳或未足之处。① 我们获得的启示，不因为有不完美，而否定全人、全作。

（2）认识内部复杂关系

有的批评对象，具有内部复杂多样的各种关系。不能简单化、绝对化地处理和概括。

（3）代表与代替

所选择的细节、例子，应当是能够代表整体某类特点的。然而，代表不是代替。任何一个例子，就是有代表性的例子，也不能够完全代替所在的整体。这就需要从主要、次要、个别，数量与品质等多方面，予以详细、有效、有理、有力的论证。不仅要自己认可，更要能够说服别人，让他人认可。古代理论家王骥德论曲，提出："当看其全体力量如何，不得以一二语偶合，而曰某人、某剧、某戏、某局似元人，遂执以概其高下。"（《曲律》）

（4）所有侧面构成全面

林清玄在《忧欢派对》中讲了一个故事：有两位武士在树林里相遇了，他们同时看见树上的一面盾牌。"一面金盾！""一面银盾！"两位

① 周积寅：《凝神达至美，会心成独旨——徐悲鸿的中国画收藏及其观念》，《人民日报》2013 年 10 月 6 日。

武士争吵起来，始而怒目相向，继而拔剑相斗，最后两人都受了致命的重伤，当他们倒下的一刹那，才看清树上的盾牌，一面是金的，另一面是银的。"这则寓言有极丰富的象征，它告诉我们，一件事物总可以从两面来看，如果只看一面往往看不见真实的面貌。"①

（5）整体与个体紧密联系

评价整体，不能忽略整体与个体的关系。它们之间存在极其紧密的联系。

李健吾在批评理论、方法建设中，既重视整体，又强调细节，提醒批评家、欣赏者不能忽视整体与细节的联系：在文学作品（如诗歌）中，忽略一个字，一个句子，你或许丢掉全诗的精英。一幅锦缎是一根丝一根线交织成的；抽去一根丝，毁坏全诗的精英。②

夏中义提醒学术研究者：学术批评应该兼顾局部与整体的关系，"见木又见林"，了解一个个树木，又能够认识树林整体，认识个体与整体的关系。不能如"盲人摸象"，以局部（鼻、腿、耳等）代替整体（全身）；不能"见林不见木"，也不能"见木不见林"。③

这是批评家在批评实践中应当充分注意的。

二十二　文学批评的重点原则

文学批评的重点原则，与整体原则相关，又有自己的特定内容。

整体原则是指批评不能离开整体，要有全面、整体、运动、历史的视野，在整体中突出重点，不能面面俱到。而重点原则，则是在整体观照的视野下，要注意有重点的评价和评价时的有重点。

（一）批评应该突出重点

文学批评应该突出两个重点。一个是有重点的评价，即评价"对象突出的重点"。评价一个时期的文学现象，不可能巨细无遗，价值同等。

---

① 林清玄：《心美，一切皆美》，国际文化出版公司 2012 年版，第 144 页。

② 李健吾：《答〈鱼目集〉作者》（《咀华集》1939 年版），《咀华集·咀华二集》，复旦大学出版社 2005 年版，第 70—78 页。

③ 夏中义：《新潮学案》，上海三联书店 1996 年版，第 257、161 页。

一个作家、一篇作品，也不可能处处皆好。评价应该把握并且突出对象的重点方面。另一个是"评价时的重点"。一个优秀的有丰富内涵的文学作品，是不可能被认识穷尽的。（参见本书的"文学批评的理解原则"。）批评的分析、评价，不可能也不应该面面俱到。

面面俱到的批评，看起来关涉面广，巨细不漏，左右兼顾，十分周全。但是如果没有重点，或者让读者看不清重点所在，等于一锅杂汤面，没有特色。既不能突出对象的重点特色，也不能显示批评家的创造主干，因此，并不是好的批评。

突出重点，看似不够全面。却也反映了批评活动的实际状况。批评突出重点，有这样一些根据。

1. 从批评主体方面

读者——批评家，在对于评论对象的感受和评价时，有着具体的印象和体验，有着独特的感触和思考。对于批评家来说，并不要求（要求也难以做到）对于对象整体的每一个方面，都有独到的创造性评论。有一个方面的创造性评论，就是好的评论。具有多方面的创造性评论，是更好的评论。

如果追求或者要求面面俱到的批评，看起来是好的，而实际上，等于给评论提出达不到的任务。如果勉强"完成"，也很有可能是肤浅的成果。为了求全面，放弃了求深入。不是走走过场，就是做做游戏。闲耍尚可，绝非认真、有深度的批评。

2. 从批评对象方面

批评对象是整体的丰富的，却又是有其具体的不平衡，有重有轻、有长有短。至于某作家自视其作品丰富无比、艺高绝伦，也无法强迫所有的读者都予以认可。

批评家就自身认为其重点的方面，有价值的方面，予以剖析和评价，自然不无不可。

3. 从批评成果的接受方面

批评成果的接受者，一般并不希望看到面面俱到的长篇大论。这样的文章，既不容易写好，也未必谁都能够写得出来。同时，批评对象的内涵、批评主体的认知，也不可能有非得一次、一文将全部（个体、一定群体暂时）获得的感受一股脑地表达出来。

从阅读经济的角度、从写作经济的角度，重点的认识、评价和表达，也是相当重要、不可忽视的。

（二）批评应该善于选择重点

文学批评应该是对于评价对象某一方面的系统评价。以重点的方式表现能够代表整体的那些方面。

文学批评对于评价对象重点的选择，对于主体自身创造重点的选择，不应该是随意的、随机的，而应该充分考虑对于社会和文学发展、批评深化有所需要的带有重要价值的方面。

重点的选择，表明批评主体的批评眼光、批评胸襟、批评风度和批评境界。

（三）批评应该以重点体现特色

既然文学批评是通过对于评价对象的重点，对于主体自身创造重点的选择而实现，那么，以什么样的重点来实施，就至关重要了。

刘勰的《文心雕龙》，在探讨文学的创作艺术时，提出了"以少总多"（《物色》）的艺术原则，批评的原则也应该如此。通过评论少数有代表性的方面，达到全面认识的努力和成果。抓住对象特色，不仅需要丰富、细腻、超常的艺术感应，更需要广阔的视野、大胆的探索。而主体特色的发挥，也需要艺术素养的广泛积累，文明历史的清晰观察，艺术人格的高度在文学批评实践中，求全则难以深入，创造的意义难以实现。有取有舍，才能达到专门和深化。

二十三　文学批评的复杂原则

对于文学批评的复杂原则的思考，源于批评的复杂性。无论批评主体、批评对象、批评过程，都可能是复杂的特别应当注意，批评中存在着一些明显的简单化现象。

（一）复杂思维与文学批评

在现代文明的社会方式下，人的思维方式发生了彻底变革，由传统的简单思维范式，变为复杂的思维范式。它不再是主客二分，人与自然的对立，而是要求整体的系统的思维范式来认识人与自然、人与社会、人与自身。① 如果补充我们的理解，以往的传统的简单思维范式，不仅仅是主客二分，人与自然的对立，还包括是非、敌我的简单对立，是一种非此即彼的认知方式。而复杂的思维范式，除整体的系统的以外，还包括辩证的认识。显示了现代思维的复杂特点。辩证的认识，很重要！它可以摆脱机械、僵硬的思维，而面对复杂的对象与问题。

复杂性思维是近 20 年逐渐兴起的一种科学研究与探索的新的思维方式。这种思维方式认为人、自然、社会存在的基本特征是：自组织性，不依赖于人的策划、组织与控制；自我调整性，并不完全依赖外界的要求而改变；非线性，运动、变化、发展是非线性的，具有错综复杂的动力结构；不可还原性，无非还原于其历时的状态。赵刚建认为，复杂性思维可以帮助我们认识文学理论性质的复杂性；文学理论研究对象的复杂性；文学理论研究方法的复杂性。② 我们还应该加上，认识文学理论研究主体复杂性，文学理论研究结论的复杂性。

作为批评对象的文学，在发展中生成了越来越复杂的状态；而文学批评本身，对人、社会以及文学的复杂性质与状态，也需要认知与处理。文学批评一方面要关注、重视批评对象的复杂，另一方面，则以复杂思维来对待复杂的对象。

（二）文学批评对象的复杂性

文学批评的对象是人、社会及文学、文学批评，具有复杂的性质与状态。

文学的复杂（作品、作家、各种现象）是由于社会的复杂、人的复杂、文学创作过程和作品内容和形式的复杂，以及文学与社会的复杂关系。在文学作品中，包含了隐秘复杂的情感。爱与恨、同情与厌恶、欣赏与反感、理解与不解，确信与犹疑，都可能交织在一起。作家孙惠

---

① 殷有敢、宋绍柱：《试论未成年人生态人格的塑造》，《南通大学学报》（教育科学版）2006 年第 3 期。

② 赵刚建：《复杂性思维与我国文学理论创新》，《文艺理论研究》2005 年第 6 期。

芬，在创作谈中说道：文学，绝不可以简单。在文学里，简单就意味着粗暴。[①] 这种"粗暴"，即是以文学方式对于人生、社会的复杂性的剪切，是有意无意对于读者的欺骗，对于人生、社会现象和实质的歪曲。

文学批评对象的复杂性，是多方面的。

1. 作品的复杂性

作品具有复杂的内涵。柯尔律治认为，一件艺术品，它的材料在一个有机整体特有的相互依赖中联系在一起。它美的程度在于其内涵的复杂性和多样性。他引入生物学的理论和语言评论文学。把文学作品看作植物的生长，是生命的有机体，是一个有机的整体。是生命在运动，在生长。[②] 当代世界最有影响的小说家之一米兰·昆德拉曾经论述："小说的精神是复杂的精神。每一部小说都对它的读者说：事情并不像你想象的那样简单。这是小说的永恒真谛。"[③] 当代小说有两大要素：一是多角度地揭示人生的复杂性。二是欲望叙事。[④] 如批评家李健吾所言："小说用的虽是简短的篇幅，表现的却是复杂的人生。"[⑤]

在陀思妥耶夫斯基的小说里，人性的无限复杂得到淋漓尽致的展示。《死屋手记》有地狱般的黑暗和恐怖；《罪与罚》是对人类灵魂的深刻剖析；《卡拉马佐夫兄弟》里罪恶和苦难、堕落和宽恕、爱和信仰，表现了复杂的双重性格，内心的折磨、冲突和忏悔。[⑥]

诗人郑敏说：我的所有的诗，记载了我心态中的阴晴喜怒，也许在将来有人为了了解 20 世纪一个中国知识分子所经历的精神旅行，会有兴趣挖掘一下埋在那表面平易的诗行深处的那些曲折复杂的情思吧。[⑦]

批评家李福亮在评论张抗抗的长篇小说《隐形伴侣》时发现，作品通过男主人公陈旭以恶向恶，求真而不避丑，女主人公肖潇以善向恶，

---

① 孙惠芬：《由"革命"失败开始》，《人民日报》2013 年 3 月 22 日。

② ［美］艾布拉姆斯：《镜与灯——浪漫主义文论及批评传统》，郦稚牛等译，北京大学出版社 2004 年版，第 267、203—208 页。

③ ［法］米兰·昆德拉：《小说的艺术》，唐晓渡译，作家出版社 1992 年版，第 19 页。

④ 樊星：《中国当代文学与美国文学》，中国社会科学出版社 2009 年版，第 225—226 页。

⑤ 《〈篱下集〉——萧乾先生作》（1936 年），《咀华集》，复旦大学出版社 2005 年版。

⑥ 伊甸：《"我怕配不上我所受的苦难"》，《中国文化报》2002 年 4 月 10 日。

⑦ 郑敏：《闷葫芦之旅》，《作家》1993 年第 4 期。

求美反人伪，就把真假、美丑与善恶之间错综复杂、难以理喻的关系，有血有肉地推到读者面前。这是我们现实生活中一个实实在在无法回避的课题。……同时，陈旭那表象的假丑恶之后隐隐地有一种更高层次的真善美。① 这里，真假、美丑、善恶之间错综复杂，不是直接描述和了然清晰的，需要读者深入的分析与思考，才能认识和理解。显示了作品的复杂性与阅读、评价的复杂性。

有的人物形象具有相当的复杂性。莎士比亚笔下的人物福斯塔夫，在伟大批评家的视野，是一位极其复杂的形象：他是个小偷、馋鬼、懦夫、吹牛者，动辄欺负打击弱小贫困者，恐吓侮辱胆小无助者。他阿谀奉承且心术不正，对奉承过的人总在背后讽刺挖苦。他自甘堕落又讨人喜欢。……他有许多糟糕的缺陷，又是一位光彩照人的角色，有大智慧，是深刻的思想家和真正的幽默家。②

法国启蒙思想家、文学家狄德罗的小说《拉摩的侄儿》，具有相当的复杂性。拉摩的侄儿，是一个极其复杂的畸形人物，在他身上，他的灵魂深处，人类的才智与愚蠢，高雅与庸俗，疯狂与沉静，正确思想与错误思想，卑鄙低劣与光明磊落，那么奇异地融为一体，能够深刻地意识到自我的矛盾和个人的双重人格。他对社会有深刻的认识，又自觉自愿地堕落。③

迟子建谈及自己的长篇小说新作《晚安玫瑰》时说，写作这个作品太艰难了，就是因为"太复杂了"。称这个作品是一个开放式的、复杂的文本。④

李舫评论莫言的话剧《我们的荆轲》："充满了华丽与戏谑，充满了真诚与荒谬，也充满了庄重与讥讽。……历史的多义和复杂再次展示了它的奇幻诡谲。"⑤

---

① 李福亮：《一个自由的精灵在歌唱》，黑龙江人民出版社1994年版，第46—47页。

② ［美］哈罗德布鲁姆：《西方正典》，江宁康译，译林出版社2011年版，第161、435页。

③ 参见王龙《"最是文人不自由"》，《随笔》2013年第2期。

④ 邓玲玲：《迟子建：我是在写生活的爱与痛，罪恶与救赎》，《新京报》2013年5月25日。

⑤ 李舫：《谁的荆轲》，《人民日报》2012年12月27日。

2. 作家的复杂性

作家的复杂性，在福楼拜的双重性格中，表现得非常突出，令人难以置信。一是情爱和性爱的双重性，既有精神爱慕的对象，又有发泄肉欲的对象。二是政见、荣辱、尊卑、爱憎自相矛盾。三是对创作既自负又自卑，对文友既接纳又排斥。敬重雨果这位文学前辈，却对他的名著《悲惨世界》口出不逊；与波德莱尔互相倾慕，对小他19岁的晚辈左拉有褒有贬；对自己的创作一直没有意识到有较高的地位这一事实。①

有些作家自身包含了相当的复杂性，不能简单概括。中国文学的散文大家张岱，在晚年经历了国家和社会、家庭的多重变故，回顾先前的国家之变，感慨万分，陷入难以解脱的深刻的矛盾之中，感知自己成为一个相当复杂、思想言行存在许多癖错的人。在《自为墓志铭》中，他"自评之，有七不可解"。② 评价自己，"有七不可解"，在别人看来，就可能更难理解。

林语堂在《苏东坡传·序》中描述他所理解的苏东坡③，已经注意到对象的复杂性，然而，林语堂还可贵地保持了他的清醒，即"也许还不足以勾绘出苏东坡"。

3. 文学思潮的复杂性

杨春时等学者在文学思潮研究中，面对百年中国现代文学思潮的历史，认识传统的"二分法"（仅仅看到现实主义和浪漫主义两大主潮）的不足；否定"剪除法"（忽略、否认、无视或者轻视启蒙主义、革命古典主义、现代主义）的缺陷，重新审视，进行了艰辛的学术探索，概括整理出启蒙主义、革命古典主义、浪漫主义、现实主义、现代主义、后现代主义等六种主要的文学思潮，予以梳理和论证。④ 显示了研究对象文学思潮的复杂性。也体现了研究主体复杂性的思维方法。

4. 文学与时代的复杂性

作家、作品与时代之间，存在着复杂的关系。王蒙曾经谈及：黄金

---

① 沈志明：《包法利夫人就是我（代译序）》，沈志明主编：《福楼拜文学书简》，丁世中译，北京燕山出版社2012年版。

② 参见何永康《文艺鉴赏写作要义》，南京大学出版社2009年版，第173页。

③ 林语堂：《苏东坡传》，群言出版社2009年版，引文详见本书"文学批评的整体原则"。

④ 杨春时等：《中国现代文学思潮史》，南京大学出版社2011年版。

时代并不会自动涌现出黄金一样的优秀作品。《红楼梦》的出现恰恰不是黄金时代的结果。(《文学：失去了轰动效应之后》，1988 年) 很难说曹雪芹、李白、杜甫的思想如何解放，当时的政策如何正确，但他们就是伟大的作家。(《答〈大众电影〉记者问》，1989 年)①

文体的等级变动背后，诗的萧条、电视肥皂剧的兴盛或者随笔的崛起，无不可追溯到经济。显示了文学演变与社会变动之间复杂的关系。②

5. 文学史的复杂性

李健吾评说文学的历史发展：在自然主义招牌之下，惠特曼异于左拉；尽管分道扬镳，各不相谋，雨果的浪漫主义拦不住他欣赏后生可畏的波德莱耳……正是这种奇异的错综变化，形成一部文学史的美丽；也正是这种似同实异、似异实同的复杂现象，临到价值鉴别，成为文学欣赏的艰难和喜悦。③

文学史家陈伯海认为："五四"之前整个中国文学史的进程，有三个大的周期：分别是上古至楚汉、汉魏至唐、宋至清。有三次大的高潮：周秦之交、唐宋之交、明清之交。有三个主要的社会力量：贵族、寒士、市民。大的周期之内有小的周期。大的高潮之外有小的高潮。主要的社会力量之外有其他的社会力量。④ 这一方面是认识历史的复杂性；另一方面也总结出所认识的历史周期性，既有相应的简明性，还是创新性的。

6. 阐释的复杂性

"文体与文字，同时放大瞬间、结构出世界的复杂性，也发展出多重阐释模式。"⑤

荒诞剧作家尤奈斯库（1912—1994 年）创作的戏剧《犀牛》，牛性战胜了人性，荒诞战胜了理性。其内在的丰富性和复杂性，使评论家们众说纷纭。有的法国导演处理成悲剧性闹剧；意大利人表现成痛苦的正

---

① 王蒙：《王蒙文存》第 23 卷，人民文学出版社 2003 年版，第 185、519 页。

② 南帆：《文学的维度》，中国人民大学出版社 2009 年版，第 286 页。

③ 李健吾：《〈画梦录〉——何其芳先生作》（1936 年），《咀华集·咀华二集》，复旦大学出版社 2005 年版，第 79—92 页。

④ 陈伯海：《中国文学史之宏观》，中国社会科学出版社 1995 年版。

⑤ 耿占春：《书的挽歌与阅读礼赞》，北京大学出版社 2012 年版。

剧；德国人加强了其悲剧性；美国人则将之变成一部笑剧……①

同一作品，进行不同的阐释，在一定条件下，各有各的理解和根据。也可能各有其存在的理由。至少，帮助人们从不同的角度认识同一对象，增加了丰富性。

7. 理论的复杂性

批评家南帆很重视文学理论的复杂性问题，曾经多次论述："当代文论所探讨的艺术现象，其广度、深度和复杂性都远远超出古代文论的论述范围。孔子面临的文学，就没有我们今天的文学这样复杂。"②

"在学科建设和实践发展中，简单的问题已经越来越少了，更多的是复杂的问题，难啃的骨头。"……文学理论的复杂问题，必须有一种复杂的处理问题的方式。……一些学者喜欢尽可能用简单的方式对待复杂的问题。或者将理论归纳为单纯的口号；或者将观点装扮得醒目，不顾论证上的疏忽与漏洞，而没有真正的洞察。……文学中的文化冲突，在很大程度上，其复杂性源于前现代、现代、后现代的三种"价值源"的复杂纠缠。③

8. 批评家的复杂性

有些批评家同样具有特别的复杂性。

周扬的复杂性，他既是"权力话语"的主要代表，也是有才气的评论家和文学史家。④

作为批评家的南帆，本身也是复杂的存在。他是到 2013 年为止，极少甚至可能唯一在重要文学奖项"鲁迅文学奖"中同时获得文学理论奖、散文创作奖的批评家、作家。他理论研究的领域之广达，思考之纵深，反应之迅急，创造之突出，知识之丰富，以 20 部分量极重的理论著作、成百篇论文为证。而在文学创作中的十余部特色鲜明、内涵丰富的随笔集、散文集以及长篇历史散文，涉及题材的广泛，表述趣味的

---

① 宫宝荣：《法国戏剧百年（1880—1980）》，生活·读书·新知三联书店 2001 年版，第304 页。

② 南帆：《冲突的文学》，江苏大学出版社 2010 年版，第 235、307 页。

③ 同上书，第 303、310、311、312 页。

④ 温儒敏：《文学史的视野》，人民文学出版社 2004 年版，第 32 页。

鲜活，思维反应的灵动，凝望历史的深远，异常丰盈。[①]他雄立、奔走于文学创作和文学批评理论建设两个平台。他勤奋、不倦地探索，他思考、创造、表述的综合的立体的语言世界与思想世界，值得深入而客观地总结与评价。而目前对于批评家南帆的已有研究显示，对于南帆批评实践和批评理论的复杂性，难以综合评论，遑论探讨其批评、理论和文学创作的复杂关系与内涵。不是他不重要，或者忽略他的重要，而是他的理论和文学过于复杂，对其概括、评价有相当的难度。当然，我们这里以南帆为例，说明批评家的复杂性，并不否认学者们已经做出的努力。而实质上，正是已有的对于南帆某些侧面的认识，是接近认识整体而复杂的南帆的基础。[②]

批评对象的复杂，理解的复杂，形成了万分复杂的难解关系。解读复杂的文学、文学批评现象，不仅需要勇气、需要智慧，还需要毅力和耐心。这提醒人们，要耐心地等待学术新成果的不断出现。

（三）文学批评的复杂原则

文学批评复杂原则的提出，正在于提醒批评家（评论者），意识到文学、文学批评以及人生、社会、世界的复杂性质，注意到在体验、分析、概括的时候，不能为了简要（简明扼要）而简单化地处理研究对象。

有些中国读者对外国文学名著的阅读，常常带入自己比较鲜明的个性眼光，而忽略了外国文学名著的丰富性、复杂性。[③]是值得我们注意和警惕的。

1. 理论的简化

史铁生在生前曾经提及："文学尊奉了一种复杂原则。理论要走向简单，文学却要去接近复杂。"在文学、人生中，"要看过程，从复杂

---

①　这里的数字出自对陈舒整理的《南帆文学年谱》的不完全统计，《文艺争鸣》2013 年第 5 期。

②　《文艺争鸣》2013 年第 5 期，刊载张学昕等评论家的三篇研究南帆的文章并《年谱》，正是这种积极的努力。

③　樊星：《中国当代文学与美国文学》，中国社会科学出版社 2009 年版，第 236 页。

的过程看生命艰巨的处境"《复杂的必要》（1995年2月）。① 我的理解，史铁生所说"文学的复杂""理论要走向简单"，并非是要求文学理论排斥、漠视复杂问题，而是认定和提倡理论应该明了、有条理，即简明。

　　理论的简化，是为了认识的清晰，理解的便利，但不应忽略、损害文学现象、文学作品、作家精神的复杂。

　　不能不简化，但不能简单化。简化，不是简单化，而是对于复杂的简要概括和表达。简单化，没有考虑对象的复杂状态和性质。不能认识事物的本质，把握对象的多种关系和要点。简单化，是对于复杂问题的表面认知、肤浅理解，甚至是不能反映事物本来面貌和内部关系及因果关系的错误处理与结论，妨碍客观、准确的认识。"有些社会科学家，常常犯有'过度简单化的谬误'和'化约论的谬误'。就是在认识对象时，把复杂多样的原因，简化为仅仅一种，忽略了事物的复杂性。"②

　　理论的概括性，表达的简易性，反映了思维的明晰。

　　认识主体和认识对象两个系统，应当互相联系、互相补充，使认识能够反映对象的基本特点与内部关系、因果关系。

　　探索的困难，既有本身的，也有认识的困难。"从表面上看，完全不同质的事物往往会呈现出现象上的相近。比如一个大手笔在创作上的自由境界和一个在创作上处于混乱状态，往往在表面现象上是相似的。故弄玄虚以掩饰自己的浅薄与真正的含蓄深刻的意韵是截然有别的，却又是'面貌'近似的。"③ 理论研究，就在于穿越复杂现象的迷雾，获得认识复杂性内部的真知。既是困难的，也是有吸引力的，能够获得乐趣的。

　　2. 理论概括的长短

　　理论的概括与简化的表达，使认识清晰，理解便利，反映了思维的明晰、结论的易识。即便在理论概括时考虑研究对象的复杂关系，还是不得不付出相应的代价。批评家雷达指出："对于复杂的作品，不能用

---

① 史铁生：《灵魂的事》，天津教育出版社2012年版，第211—213页。
② 陆挺、徐宏：《人文通识讲演录·文化卷》，文化艺术出版社2012年版，第55页。
③ 《王蒙文存》第23卷，第402页。

一种简单而鲜明的东西来概括。"同样，在批评的结论中，"激烈的言辞中不无合理的成分和某些严酷的真实"。① 这里既指出了评论对象的复杂性，也说明批评成果有时具有合理与错误同时存在的情况。

理论，突出了对象的某些方面，这是研究、认识、评价、表达的必要。同时，也无可奈何地放弃了某些方面。整体的概括，也不能不牺牲或者（有意无意）忽略了某些局部。蒋寅指出："在学术研究和历史认知中，不能为了追求逻辑的简洁和理论的自足而付出牺牲历史丰富性的代价。"②

在文学批评中，"概括和分析的方法是不可避免的与有力量的。这种概括给了我们以鸟瞰的方便与满足，给了我们探寻和理解的一把又一把钥匙。但是，这种概括又往往是以牺牲某些作家与作品的独特性与丰富性为代价的。作品写得越好，评论家的概括就越困难，就越容易显得挂一漏万与捉襟见肘，可能阉割文学的非规范的、例外的、更富弹性和普遍性、永恒性的内容"。③ 王蒙所说的是一种具体的宏观概括的评论文章，而在实际上，所有批评文章做的概括，在本质上也都是如此。每一种批评的认识和表达，都是对于评论对象某一或者某几个方面的概括。即便是整体的概括、认识，也只能一个角度。这一方面，是由于有些文学作品内涵的丰富性，可以提供不断的阐释；另一方面，不同时代、不同地区的不同人群，可以不断地予以创造性的新阐释。"说不尽的莎士比亚"，魅力正在于此。从这个意义上说，每个批评家的评论即概括，都是不完全的。然而，具体的不完全，构成了总体的相对完全。优秀作品的魅力，优秀评论的创造，及其相互作用、相互影响、相互促进、相互沟通，就在于此。

3. 理论的对应性

简化的理论，应当与研究典型——文学现象、文学作品、作家精神的复杂性，予以对应。否则，便是理论认识的失误。

批评家席扬，通过对于丁玲长篇小说《太阳照在桑干河上》的修辞

---

① 雷达：《当前文学症候分析》，作家出版社 2009 年版，第 19、15 页。

② 蒋寅：《关于清代诗学史的研究方法》，《江苏行政学院学报》2003 年第 4 期。

③ 王蒙：《读评论文章偶记》（1985 年），《王蒙文存》第 23 卷，人民文学出版社 2003 年版，第 118 页。

分析，认识作品所表现的生活、时代和人的复杂性，至少有这样一些方面：①生活、时代和人的复杂性。作品表现了土地改革的复杂性。②作家本人的复杂性，包括人物身份、经历的复杂性。作家丁玲人生的复杂性，她的人生道路、曲折经历、创作历程、与革命的关系、与延安的关系、与党的高级干部的关系，创作与解放区的关系，作品与作家被赞誉和否定的变化，等等。③作品人物设置的复杂性。以顾涌的社会关系的复杂性为例。④作品人物与作家本人之间的复杂性。小说中人物形象章品、文采、黑妮与作家的相似方面。⑤作品人物之间关系的复杂性。⑥作品主题提炼、评价的复杂性。⑦作品阐释的开放性。①

　　这个例子中，复杂性的分析，超出一般读者的设想，又具有作品所提供的材料作为支撑，有很大的说服力。读者可以不认同他的结论。但是，他的认真思考，可以帮助一些读者打开思路，是有积极意义的。

　　"文学作品之所以写出、表现了生活、时代和人的复杂性，在于写出了作家自己发现的东西，并且是一般人没发现或发现不深的东西，即表现了一个时代最本质、最精粹的东西。"② 丁玲和席扬，一位是作家，一位是批评家。作家通过对于社会生活的艺术创作，表现了生活、时代和人的复杂性；批评家通过对于作品的解析，认识作品和作家以及生活、时代和人的复杂性。他们以各自的努力，得到各自的创造性成果，是创新的实践，给文学创作和文学批评以深刻启示。

　　4. 论证的复杂性

　　在分析、论证时，要考虑复杂性。

　　在学术研究中，分析因果关系非常重要。因而，文学批评在因果关系的分析方面，应当充分考虑事物——研究对象的复杂性。例如，"直接原因与间接原因；单一原因与多种原因；决定性因果与概率性因果。在社会科学当中，由于事物之间的关系过于复杂，由一个原因导致必然结果这种模式几乎不存在。一个原因发生了只是增加了发生这一结果事件的可能性。……因果推论应该注意，不仅应该思辨和演绎，还要注重

---

① 席扬：《文学思潮：理论、方法、实践》，上海三联书店 2009 年版，第 301—315 页。
② 龚德明：《文事谈旧》，中国电影出版社 2000 年版，第 92 页。

科学和定量的规范研究，以获得可靠的因果关系；不能过度推论，把小范围的数据，简单推广到更大范围；理论假设需要严密，不能忽视重要的方面，形成结果不完善"。①

5. 复杂性与丰富性

复杂性与丰富性，互有关联，各有侧重。

丰富性的丰富，是多样的内容与形态。丰富性中，有的是多而并不复杂。有的是不很多的复杂，也有多而复杂。

电视剧《花木兰传奇》的主人公花木兰这一人物形象，体现了勤劳、善良、机智、勇敢、刚毅、质朴、光洁的优秀品格。② 这样多的性格特点，统一于花木兰一身，带有和谐的性质，并不矛盾而复杂。复杂，不仅仅在于多个侧面，更在于常常难以统一的多方面，有其内在的复杂性，却罕见地统一于某个人。

复杂性包含了丰富性。单一难以构成复杂。但是，却不是简单的丰富，形态的、种类的多样。

复杂性，即非简单、非简明的，即非常规、非常态的，即非模式、非规范的。因为"杂"（不统一），难以概括和认识。因为"复"（不单一），难以归纳和分析。

复杂性，或者是简单的数量和种类，或者是众多的数量和种类，呈现难以认识的复杂状态。

（四） 文学批评实践对复杂的不同处理

在文学批评实践中，对复杂对象有不同的处理方式。

1. 对于复杂对象的简单处理

学者林非论说：中国近现代学者、思想家、教育家蔡元培，在《石头记索隐》中，将小说《红楼梦》比附为排满的书籍，早已被公认是一种极不科学的说法。为什么这位杰出的启蒙主义大师、中国近代美学最为出色的奠基者，竟会如此荒谬地违背基本的美学常识呢？可见认识

---

① 辛涛、姜宇：《教育科学的因果推论：困境与超越》，《清华大学教育研究》2013 年第3 期。

② 高小立：《忠孝女郎，传奇再造——电视剧〈花木兰传奇〉观后》，《人民日报》2013年 8 月 9 日。

和评判复杂的精神现象，实在是太困难了。[①]

批评家张新颖指出一种批评现象：作家的丰富，被几种理解的模式套上以后，就形成了一个比较僵化的模式。如沈从文在许多研究者那里，只剩下了牧歌式的、田园的、反对工业文明的。[②]

另一位批评家张均也对于某种批评现象进行总结：批评界部分批评家、文学史家，排斥李准、路遥、陈忠实、张一弓等一大批企图在复杂历史环境中揭示人物命运的作家，使一些先锋作家产生错觉，以为对复杂环境、复杂人性的观察，不再是文学写作的必经之途。由批评界催生的误解，一些先锋作家丧失了面对复杂的能力。[③]

2. 对于复杂对象的复杂对待

学者贺昌盛在分析、评价杰克·伦敦小说对于中国的情感色彩时，以辩证的方法认识其复杂性。小说《空前入侵》（1906 年），以幻想的手法描绘想象中的 1976 年黄种的中国人，大举入侵西方世界，并被联合起来的西方人彻底剿杀的故事。这既有对于华人的厌恶，也有警惕和戒备。他对于中国人的厌弃，并不仅仅说明他是一个彻头彻尾的种族主义者，同时，综合他的全部创作，在更高的人性层次上，他对一切被异化的人性与普遍泛滥的物质主义均表示出极度的反感。在这一点上，显示了杰克·伦敦独特的复杂性与人性批判的深刻性。[④]

（五）文学批评复杂性的评价

复杂原则不是人为地复杂化。学者苏涵曾经论说，曹雪芹的小说《红楼梦》，开篇所写的"石头"，富于智慧、美学、艺术、哲学……却决然不会像某些专家所阐释的那样复杂，那样玄乎。小说研究，不论文化的，还是审美的，似乎不在于越玄乎越好。[⑤] 於可训曾经论述：反对

---

① 林非：《读书心态录》，中国言实出版社 2002 年版，第 95 页。

② 张新颖：《无能文学的力量》，吉林出版集团 2009 年版，第 278 页。

③ 张均：《底层的诗学》，王肇基、肖向东主编：《底层文学论集》，人民日报出版社 2008 年版，第 180 页。

④ 贺昌盛：《想象的互塑——中美叙事文学因缘》，南京大学出版社 2009 年版，第 28—29 页。

⑤ 苏涵：《民族心灵的幻象——中国小说审美理想》，人民文学出版社 2000 年版，第 256 页。

当代文学中的"过度阐释"，即防止将过于复杂的内涵，强加于本来清晰的并没有如此含义的文本。①

复杂原则在于提醒批评家积极主动地认识复杂，不能简单化地看待、处理复杂的事物和复杂的关系。而是应该把复杂弄清楚，变得清晰起来，实现认识的深入和扩展，在复杂的对象面前，不至于手足无措。提示批评家，在研究的过程，提炼结论的过程中，不宜因为过于简化而改变或者丧失原有的复杂状态。同时，也不意味着，以复杂的多方面来要求每一个具体的研究、批评，毕竟，批评总要有具体的角度和出发点，不可能面面俱到。

王蒙在《文学三元》中，论证文学并非只是具有一种性质，它是一种社会现象，一种文化现象，还是一种生命现象。② 这对于我们认识文学的复杂性，具有积极的作用，对于扩展人们对文学的认识，具有可喜的价值。但是，对于文学以及其他任何研究对象而言，无论怎样的多角度，在一篇文章中，都无法把对象的属性和特点概括完全。因而，我们不能对于一篇文章、一部书没有他人所认为的完全，而加以苛求。以王蒙的《文学三元》为例，他已经超越了一种角度，拓展为三种重要合理的角度，把一些学者、读者可能认识的仅仅一种现象，同时看作立体的三个重要、主要维度，是应当肯定的。假若某人以文学还是一种语言现象、教育现象或者娱乐现象，来予以苛责，称其没有论说完全，便是不恰当了。可是，类似的现象在文学批评中并不难以见到。人们乐于看到对于前面论者的积极补充，而不接受后面论者的简单化肢解。

林非以托尔斯泰在《艺术论》中否定莎士比亚的成就为例，论说某些在表面上看来是相当荒谬的东西，其实包含着非常合理的因素。③ 他比较深入、合理地解释和说明了一位世界公认的大艺术家托尔斯泰，如何坚定而毫不犹豫地否定一位世界公认的大艺术家莎士比亚的看似低级错误的问题。实则发生有因，而且多有启示。在具体方面，托尔斯泰的《论莎士比亚的戏剧》，如陈燊所论：有许多可取之处，既表达了托尔

---

① 2004 年，於可训曾经在《文学评论》发表文章，予以论述。

② 王蒙：《文学三元》（1987 年），《王蒙文存》第 23 卷，人民文学出版社 2003 年版，第 168—177 页。

③ 林非：《读书心态录》，中国言实出版社 2002 年版，第 32 页。

斯泰对于戏剧的许多精辟见解，还在否定莎士比亚戏剧的同时，深刻地指出其中许多优点。即便是在否定莎士比亚的方面，也包含了时代新的发展对于戏剧、艺术的更高的合理的要求。在这方面，英国的戏剧家萧伯纳高人一筹，他在看到托尔斯泰论文中的一些谬误见解的同时，指出文章对于当代戏剧、当代艺术的要求是正确的。[①]

　　按照学者钱理群的分析、总结，文学史家樊骏对自己的学术局限性，看得清楚，有更自觉的反省。但是，在经历了一定的历史发展之后，同样还有他所没有认识到的部分。樊骏的学术局限性主要体现于：对时代、历史发展的曲折，对学科的复杂性，认识不足。这与历史形成的个人的知识结构有关，与时代的精神氛围有关。更与历史发展的变化在当时没有明晰，或者还没有发展到特别突出的显现，有重要的关系。既是善良、天真的人们无法预料，也与思考者对于自己所生活的时代的复杂性不能真正把握，对于历史发展的曲折性缺乏足够的思想准备，大有关系。随着时间的推移，历史发展的内在矛盾及其后果逐渐显露出来，我们在今天就看得很清楚。[②] 这启示我们，对于复杂性的认识，与客观对象有关，也与主体准备有关。人们不能完全超越历史局限，却有可能以历史的智慧，为现实的迷局提供思考的路径，力求达到尽可能深入的认知。

　　洪子诚分析、发现：某些作品，将复杂的生活现象，条理化、清晰化为两种对立的道德体现者的冲突。[③] 这实际上是通过对批评对象——作品的简单化的认识，以自己所理解的社会生活和人生感受，超越了作品的简单，还原或者意识到了应当看到的复杂性。既是对于作家的提醒，对于作品的评判，也是对于读者的忠告。

　　如何看待作品中的"恶"。不能简单对待，而应当具体分析，认识其复杂性。例如，法国剧作家日奈（1910—1986 年）创作的戏剧《阳台》、《黑人》等作品，在舞台上高祭"恶"字大旗，通过将恶传达给观众来宣泄痛苦和净化灵魂。甚至将罪恶当作礼赞的对象。……在客观

---

　　①　陈燊：《译后记》，见杨周翰编选《莎士比亚评论汇编》（上），中国社会科学出版社1979 年版，第 520 页。

　　②　钱理群：《樊骏参与建构的中国现代文学研究传统》，《文学评论》2011 年第 1 期。

　　③　洪子诚：《中国当代文学史》，北京大学出版社 1999 年版，第 267 页。

上赞扬了人民的反抗殖民统治的斗争。①

由于对文学的复杂性有比较清醒的认识，所以茅盾在 1957—1958 年写作《夜读偶记》时，尽管有其明显的历史局限，却也在相当程度上坚持了可贵的理性精神。例如，他明确表示，并不同意先前对于——巴尔扎克作为政治上的保皇党，因为是伟大的现实主义者，就以创作方法克服了政治偏见，不得不以赞美的热情塑造了民主主义的共和英雄——这样的解释。他以高尔斯华绥的例子予以反驳，称"这个说法有讲不通的地方"，因为高尔斯华绥认识到自己所在的资产阶级的没有前途却没有改变仇视工人阶级的立场，也没有塑造民主主义共和英雄的形象。② 熟悉文学理论的学者应该知道，茅盾当年所不同意、认为"有讲不通的地方"的"这个说法"，正是许多人认为的是恩格斯所论。茅盾或者不知道这是恩格斯所论，以文学的复杂性来探讨文学重要问题；或者知道这是恩格斯所论，但是认为不能把恩格斯所论的具体问题无限制地推广到一切方面，成为文学理论的教条。不论如何，这种不人云亦云的理性精神，是可以存在的，是文学批评的必要的宝贵品质。

批评家夏冠洲评论作家王蒙时，将王蒙看作：一个丰富而复杂的作家；一个关注社会人生的作家；一个敏于用笔思考的作家；一个勇于探索创新的作家；一个大起大落富于传奇色彩的作家；一个在广阔文化领域有所建树的作家；一个善于自我调整、与时俱进的作家。③ 在认识其复杂的同时，认识他的优势，也分析他的局限。批评家郜元宝进一步指出：80 年代王蒙的复出，伴随着中国文学的复杂性的复出。终于他自己也成了复杂人物和众矢之的。看来怪就怪半个世纪以来当代中国社会太复杂，发展变化太快。④ 作品、作家的复杂性，显示了文学的复杂性，而这正是社会复杂性的存在与影响的结果。

如何看待作家的复杂性，学者胡金望的《人生喜剧与喜剧人生——

① 宫宝荣：《法国戏剧百年（1880—1980）》，生活·读书·新知三联书店 2001 年版，第 305—318 页。

② 《茅盾评论文集》（下），人民文学出版社 1978 年版，第 81 页。

③ 夏冠洲：《用笔思考的作家——王蒙》第一章，新疆大学出版社 1996 年 3 月。

④ 郜元宝：《不够破碎》，吉林出版集团 2009 年版，第 166 页。

阮大铖研究》一书①，在研究对象上是很有难度的，然而还是做了认真探索。阮大铖是明末清初的奸臣、政客，有着特殊的政治道路和曲折人生，为追求功名而不讲道德、不讲民族气节，是不择手段、助恶为虐的汉奸，已经被牢牢钉在历史的耻辱柱上。同时，他又是有才能的诗人，有成就的戏曲家，其戏曲创作名震剧坛，堪称一流。该书在总结前人研究与不研究（以阮的人为耻而耻于研究其文艺作品）的传统基础上，力求开掘这一充满矛盾的文化现象、社会现象，甚至可以说是人类史上的特殊现象。论著分别从阮大铖的人与文（诗歌、戏曲）的两个方面展开研究，又进行整体性的综合审视；既有分文类、分题材、分时期的局部分析为依据、依托，更注重全人、全文的总体评价。该研究成果给予我们多方面的启示。它拓宽了文学研究的领域。对于人类历史上的一种重要的特殊的文化现象——政治反动或者人品不当而精神创造特异者——勇于又善于研究和评价。它树立了人与文矛盾者的研究标尺，即不以人废文又以言观人、人文同重。将政治与艺术两个方面的研究，统摄为一体，又深入剖析其矛盾性、统一性。力求放弃单一的道德审判而进行分析的综合的学术批判。它确立了尊重前人而又突破前人的学术目标和努力。它整体地研究对象的整体，不回避任何一个侧面，也不用一个侧面掩盖另一个侧面。它清醒地认识艺术家政治身份与文艺创作的复杂关系，充分考虑统一性与独立性、依附性与混杂性、客观性与主观性的现实存在和具体、特殊的构成方式。

　　雷达在新世纪之初对于作家浩然的批评——《浩然，"十七年文学"的最后一个歌者》，特别注意批评对象的复杂性——作家、作品的复杂性，在这方面做出积极的努力，值得我们注意。他认为，在浩然的创作和经历中，显示了当代文学崎岖道路上汇聚的诸多历史痛苦和文学自身矛盾。他的《艳阳天》，一方面忠于当时的政治观念，夸大现实的阶级斗争人为造势；另一方面又忠于生活，有真切的生活韵味，人物大多有独立生命和生活依据。浩然既有附就政治观念的一面，又有坚持洞入灵魂、画出灵魂的另一面，把两种相悖的东西融合，使作品既真切又虚浮，既悖理又合情，是一部具有相当高的认识价值，也不乏艺术价值

---

① 胡金望：《人生喜剧与喜剧人生——阮大铖研究》，中国社会科学出版社 2004 年版。

的宏大建筑，至今焕发着动人的艺术光彩。① 雷达的分析，既注重《艳阳天》三部（第一部到第三部）作品的一以贯之，也指出《艳阳天》各部作品有各自突出的特点，并结合作家的三段创作时期和当代文学的衍变，从作品、作家和历史三个维度，将文学的复杂性，比较合理而有说服力地论证出来。既有审美依据，又有胆识和勇气；既显示历史的眼光和思考，又有细致的感受与分析。是中国当代文学批评的一个范例。

对于"复杂"的评价，也很复杂。既提醒批评家善于处理复杂的对象，保持自觉，也要求批评家能够反省，是否注意到要自觉地处理复杂的问题。

对于批评家来说，应该记取小说家米兰·昆德拉的这句话："事情并不像你想象的那样简单。"故，不应该把复杂思维、复杂原则放在一边而不顾。

二十四　文学批评的美刺原则

在文学批评中，批评家秉持不同的立场和观点，对于批评对象，自然可能得出肯定或者否定的结论。

我们在理论上探讨批评如何对待肯定或者否定的原则问题。借鉴中国古代文学、文化的传统，"'美''刺'是中国古代文学批评的两个主要概念"②，我们将肯定性质的意见称为"美"，将否定性质的意见称为"刺"，讨论文学批评中如何美、如何刺以及美与刺的关系。③

（一）文学的美刺传统与文学批评的美刺

《毛诗序》言"上以风化下，下以风刺上"，概括了《诗经》以来的文学传统。经过历代的发展、衍变，这一传统丰富、流行，成为民族

①　雷达：《当前文学症候分析》，作家出版社2009年版，第166—171页。

②　张奎志：《体验批评——一种新的文学批评观》，黑龙江大学出版社2008年版，第207页。

③　"文学批评的美刺原则"，受到蔡镇楚的《中国文学批评史》和张奎志的《体验批评——一种新的文学批评观》两书的许多启示。

文学、文化的重要特点。在《中国历代文论选》对于"美""刺"有这样的概括：在《诗经》中，表明当时的人们运用诗歌积极干预生活，或者讽刺丑恶的事物，或者赞美美好的事物。①

在文学批评方面，也逐步形成了两个趋向。或者是对于评价对象正面的赞美——"美"，或者是对于评价对象负面、缺陷的抨击——"刺"。

批评中美与刺的这两个方面，缺一不可。鲁迅就直言，批评应当好处说好，坏处说坏。② 法国批评家蒂博带，曾经将批评分为"寻美的批评"和"求疵的批评"。③

在20世纪末至21世纪初，中国社会对于文学批评的美与刺，有特殊的复杂的评价。有人认为，批评就是批判，求疵才能促进创作的前进。如果一味赞美，批评就成为"文学表扬"。有人认为，批评就是评价，应当坚持"好处说好，坏处说坏"。按照我的观察、理解和感受，一般的作家希望获得好评和赞美。有的希望劳动得到积极的评价，也有的作家希望获得比实际更高的赞誉。大众读者希望了解批评对象的优点与特色。不少的批评家，更愿意看到对于批评对象的不足方面的剖析。只有少数有实力有自信的作家，才真正希望看到深刻的批评与解剖。

批评中美与刺的这两个方面，互相联系。整个文学批评史，就是一部美与刺相互交织的历史。美与刺——肯定与否定，互相补充，此中有彼，彼中有此。在肯定中获得成功的经验，在否定中认识失误与教训。当然，肯定的批评，未必就是寻找到了美的真谛，也有可能是言不及义。而否定的批评，可能言之有据，也可能无法切中要点。这一切都不能一概而论，应当具体分析，认真对待。肯定性的批评，是否定了另外相反的方面。否定性的批评，是肯定了另外相反的方面。即是说，不能仅仅停留于肯定与否定的倾向性结论，更要有复杂细致的谨慎处理。这需要理论来解决，还需要具体去分析。关键在于肯定了什么、否定了什么，在于肯定与否定的合理性，而不在于肯定与否定的形式。

---

① 郭绍虞主编：《中国历代文论选》（一卷本），上海古籍出版社2011年版，第9页。
② 鲁迅：《我怎么做起小说来》，《鲁迅全集》第4卷。
③ ［法］蒂博代：《六说文学批评》，赵坚译，生活·读书·新知三联书店2002年版。

可以说，不仅在于批评方式、结论的美或着刺的本身，而更在于：是否合于是是非非，即美其美而丑其丑，是否合乎评价对象的实际情况。

（二） 文学批评美与刺同样重要

1. 美与刺的必然

文学批评，一方面是对于文学的性质、内涵、品位进行判定，区分是非、美丑、善恶、真伪，另一方面是发挥批评的功能，是其是而非其非，美其美而丑其丑。

鲁迅所说的，批评应当"好处说好，坏处说坏"，其实就是对文学批评美与刺功能的格言式概括。至今，仍然被许多论者所引用，有很强的生命力。

文学批评"美"的体现，对于优秀作品的培育与呵护。文学批评"刺"的体现，对于不良作品的抨击与解析。

批评，即是价值判定，不可能是离开对象的是非评价。没有是非评价的批评，模棱两可，让读者捉摸不定，不是好的批评。批评对象，也不可能是处处完美，无懈可击。如何面对美妙之处和瑕疵之点，是批评家无可回避的问题。

2. 美与刺都有必要

俄国诗人普希金说过："批评是揭示文学艺术作品的美和缺点的科学。"（《论批评》）指明了文学批评的本质，既有肯定美的方面，也要否定缺陷的部分。

社会和人，既需要批评又需要鼓励，文学方面也是这样。

林清平说：社会需要批评，也需要鼓励。批评是为了让社会进步，而社会的进步同样需要鼓励。对一个人老是批评，容易使这个人破罐子破摔；如果既批评又鼓励，这个人对批评就较容易接受，也会因鼓励激发自觉，有利于其心智的健全。① 这里的"批评"不是文学批评的"批评"，而是和表扬对应的批评，即否定性的意见。我们可以获得借鉴：否定性批评与肯定性批评，都是需要的。创作需要批评的鼓励与积极方

---

① 林清平：《禅思微箴言》，东方出版社 2012 年版，第 170 页。

面的肯定。

人类本来就有许多缺点，文化的许多方面也不可能完美。知识分子不满于现状，不安于现状，特别会批评。只有批评才会有进步，才会有改善。……对不美的东西要提出批评，尽量要做到美为止。[①]

（三）　文学批评美刺的功能、关系

1. 综合功能

综合认识文学批评的美刺功能，美刺缺一不可。

文学批评需要根据对象的性质、程度，做出美或者刺的具体而明确的判定。

（1）性质判定。对美丑、是非、善恶，作出是非分明的准确判断。

客观准确的认识，是美其美而丑其丑。赞美真正的美的方面，批判真正的丑的方面，分清是与非的重要问题。马振方在评论唐浩明的历史小说《曾国藩》时认为，作者在塑造曾国藩这一复杂的历史人物时，"睁大眼睛看历史，看曾国藩，顺应史料的烛照和指引，美其美而丑其丑，创造了一个既合于历史又超越历史的意蕴丰厚的艺术典型。这是辨证唯物史观在历史小说创作中的一次胜利"。[②]

与"美其美而丑其丑"相对立的现象，在批评实践中也有发生。①美其丑。把缺陷当成美妙。鲁迅曾经说到，有人将红肿之处，誉为"艳若桃花"，就是美其丑而以丑为美。②丑其美。以美为丑，加以鞭挞，大力讨伐，则是非不明。

（2）程度判定。是全部还是局部？是非常好（或者差）还是一般情况？

评论应该重视和把握对象的整体倾向、重要影响。分析和说明对象的主要方面。肯定与否定应当针对作品或者作家、文学现象的全局、整体。

---

① 黄维：《香港的大众文化与小众文化》，陆挺、徐宏：《人文通识讲演录·文化卷》，文化艺术出版社 2012 年版，第 93—105 页。

② 马振方：《首届姚雪垠历史小说奖作品漫评》，《在历史与虚构之间》，北京大学出版社 2006 年版，第 140 页。

有缺点的好书比让人无动于衷、无话可说的书，不知道要好多少倍。① 关键是要分清"有缺点的好书"还是"坏书"。有缺点的好书，就要在肯定好书的基础上，分析缺点的问题。同是缺点，对于好书的与坏书的缺点，处理方法应当判然有别。

批评家往往举出实际的例子，来说明评论对象的是非。有时看似言之凿凿，实际并非都能够令人信服。这其中的一个重要问题就是，例子能否有足够的代表性。如果将局部的问题，当作整体的问题，所谓以偏概全，既不能说明问题，也不能解决问题。另外，以全掩偏，因为整体应当肯定，而忽视其中的局部问题，当然也不是正确的方法。

（3）功能判定。美刺各异，各有其长，各有其短。

美——正面，看到成绩，提升信心。负面，忘乎所以，不能前进。

刺——正面，看到存在问题，明确差距。负面，受到打击，没有信心。

美刺同存，整体存在，互相补充。文学批评美刺的综合功能，在于面对批评对象的具体实际，肯定获得的积极方面，否定已有的不足方面。总结成功的经验，认识失误的教训。使文学得到积极的发展，达到不断的进步。因此，可以说，美与刺缺一不可。失去一方，将是不完全的。而没有另一方，则会造成批评生态的不平衡。

2. 辩证认识

整体的辩证认识，批评以美为主，还是以刺为主？

批评应当以美为主，这是全局的问题。批评家夏志清说："对优美作品的发现与批评，永远是我的首要工作。"② 老舍认为：艺术作品的成功实在太不容易。所以宜多表扬，给创作者以鼓励，而不便吹毛求疵，使他们扫兴。（《谈〈将相和〉》，1951 年）③

按照比例，好的、杰出的、优秀的作品，总是少数。这是因为，创作的复杂性使文学作品总难以全美，或多或少总会留下某种（某些）

---

① 雷达：《当前文学症候分析》，作家出版社 2009 年版，第 265 页。
② 季进：《对优美作品的发现与批评永远是我的首要工作——夏志清先生访谈录》，《当代作家评论》2005 年第 4 期。
③ 老舍著、张桂兴编注：《老舍文艺论集》，山东大学出版社 1999 年版，第 430 页。

遗憾。还因为，理想的完美，总是难于实现，具体的作品，无法满足所有的要求。此外，在绝对的条件下，一个具体作品无法适应所有读者的审美趣味。而超越大多数读者审美水平的，既少，又有可能被当时的读者所不理解。

批评的目的，不在于消除差的作品，而在于指明最好的作品好在哪里，为什么好。对于差的作品的批评，只有在两种情况下才有意义：一是，差的作品被吹捧得很高，干扰了正常的判断（如果没有干扰了正常判断的情况，不必予以关心）。二是，差的作品形成了比较大的全局性的消极影响。事实上，批评是无法消除差劣作品的。批评，不宜把精力放在一般的和差的作品上。那是才情和精力的浪费。

整体上倾向于肯定美、真美的批评，但并不是确定比例数。而要根据具体条件予以恰当的选择。周作人讲过一个故事，评论家如引读者看美丽风景的导游，应当以谈美为主。同时，为防止游人跌入山间，也不可忘记指明问题。①

曾镇南为自己评论集题名《泥土与蒺藜》，在《题记》做了这样的解析："泥土，有利于养育乔木、美花。""蒺藜者，言其惧也，不欲护其短也。"这即是说，批评，既有对于一些作家作品的赞美，也有对于一些作家作品失误的针砭，美与刺同在。王蒙在该书序言中对于批评家曾镇南这样评价：他有对一些作品的赞美之词，更是敢于和善于对一些作品提出批评，相当有见解，有时候相当尖锐、富有论战色彩，大多是言之有理、甚至可以说是击中要害的。（据说有几个作家对他感到头疼，这也是一种包含着褒贬两重意思的反应。）（《对于当代新作的爱与知〈代序〉》）②

3. 适度合宜

文学批评的美与刺，都要合宜。宜，适宜，合度，符合事实，不夸大，不偏重。郑板桥的诗句形象、生动也警醒："搔痒不著赞何益，入木三分骂亦精。"深刻、合宜的否定批评，是精当；不着边际的隔靴搔痒，赞美也是无益！

---

① 周作人：《批评的问题》（1925 年），见《谈龙集》。
② 曾镇南：《泥土与蒺藜》，百花文艺出版社 1983 年版。

（1）防止绝对，不单一判定

对文学批评美与刺的辩证认识，要放弃二元对立（非好即坏）的绝对思维，而坚持对立统一的辩证思维。摒弃要么全盘肯定、要么全盘否定——走极端的简单思维，认识事物的复杂性，以理性的机智分析、处理具体的疑难的问题。

（2）防止极端，不过度评价

汉代思想家王充有言：“誉人不增其善，毁人不益其恶。”（《论衡·艺增》），指明不宜过度评价的准则。

鲁迅旗帜鲜明地否定过度批评。他形象地把过誉的赞美称为“捧杀”，把过火的批评称为“棒杀”。如果说“棒杀”是“杀”，人们易于理解，而“捧杀”的“杀”，则是睿智的观察和深刻的提醒，特别值得批评家和作家铭记。

钱歌川也曾经指出：一味吹毛求疵的批评，任意谩骂，在作者失了鼓励，自难深造，即读者也就受着迷惑，只看见作品的坏处，而看不到作品的好处。（《什么是鉴赏的批评?》，1935 年）①

（3）防止空谈，不脱离实际

李健吾提醒批评家，不要做脱离实际的过誉和贬损。“一个批评家应当从中衡的人性追求高深，却不应当凭空架高，把一个不相干的同类硬扯上去。普通却是，最坏而且相反的例子，把一个作者由较高的地方揪下来，揪到批评者自己的淤泥坑里。”［《边城——沈从文先生作》《咀华集》（1936 年）］。②

文学批评应该注意“刺激要适宜，时机要掌握”。③ 批评的肯定和否定，要掌握刺激的力度和表达的时机。对于年轻的作家，应当及时鼓励创作和批评积极的方面，给以认真的分析和论证。不是简单的否定性意见的表达，而是尊重作家的探索，也能够宽容地对待他们的失败。和作家站在共同的发展文学的立场上，一同面对失败、解析失败的具体问题，让当事者和其他人能够从失败和教训中获得教益，才能以理服人，

---

① 龙协涛编：《鉴赏文存》，人民文学出版社 1984 年版，第 80 页。

② 李健吾：《咀华集·咀华二集》，复旦大学出版社 2005 年版，第 24—29 页。

③ 朱永新：《享受幸福：教育随笔》，人民教育出版社 2004 年版，第 63、65 页。

才能有助于文学和批评的发展、进步。

（四）文学批评中的"美"（赞美）

文学批评中的"美"——赞美，即法国批评家蒂博代所说的"寻美的批评"。

赞美的批评应当积极运用，同时还要准确评价。我们应当考虑鼓励对象的积极性，赞美其优点，就是重要的方面。一方面，我们应当不吝积极有效的赞美，特别是对于年轻作家的创作；另一方面，我们还应当不滥用赞美，不使赞美成为不恰当的无的放矢；甚至把庸常以至缺点当作优点来加以赞美。

真实的赞美，名实相当，有积极意义。既是客观评价，也鼓励积极的创造。虚假的赞美，评价超过了批评对象的实际程度，徒有虚名，倒人胃口。

批评不宜肯定一切。批评家成仿吾认为：只肯定作者的一切，并不能作为深入的批评。（《作者与批评家》）[1]

批评应当防止过高地评价。美国作家、批评家艾略特曾经说，提防过高地评价作品的危险。（《美国文学与美国语言》，1953 年）[2]

赞美不能夸大其词。晋代作家左思的《三都赋·序》，就有精彩论断："美物者，贵依其本；赞事者，宜本其实。匪本匪实，览者奚信！"（大意是，称物为美，可贵的是能够依靠其本身的内质；对事称赞，合理的是能够依靠其确实的存在。没有依据、没有真实，观察的人怎么能相信！）[3]

孙犁认为："胡吹乱捧，尤其容易毁掉一个青年。凡是吹捧，都对文学创作不利。"（《新年，为〈天津团讯〉作》，1979 年）[4]

魏晋时期，左思写作《三都赋》，被士人讥笑。文学家张华看后，

---

① 成仿吾的言论，参见许道明《中国现代文学批评史新编》，复旦大学出版社 2002 年版。

② 惠特曼等著：《美国作家论文学》，刘宝瑞等译，生活·读书·新知三联书店 1984 年版，第 178 页。

③ 参见王向峰《文学的艺术技巧》，春风文艺出版社 1981 年版，第 19 页。

④ 孙犁著，金梅、李蒙英编：《孙犁文论集》，人民文学出版社 1983 年版，第 136 页。

称"可三"与班固的《两都赋》、张衡的《二京赋》三足鼎立。果然在文学史有大名。同时代，庾阐（仲初）写作《扬都赋》后，庾亮出于亲族之情，称"可三""可四"。与《二京赋》一起可称与《三京赋》，与《三都赋》一起可称《四都赋》。却受到严肃评论家的冷静批评。① 事实证明，一时之评，并不能够确认《扬都赋》在文学史上的地位。出于亲情的虚美评论，只能在历史上留下笑柄。

（五）文学批评中的"刺"（否定）

文学批评中的"刺"，即蒂博代所说的"求疵的批评"。

批评家高玉论说《提倡"唱反调"的文学批评》②，就是坚持中外优秀文学批评传统的努力。他希望通过严肃的"挑毛病"的文学批评，改变文学批评的平庸状态，促进文学批评的繁荣，尽到文学批评家的真正责任。这在学理上，是有积极意义的。

1. 必要的否定

周作人认为：批评有苦口甘口。③ 苦口，相对于甘口，是使被评论者或听者感到不入耳的话语。甘口，与苦口相反，是使被评论者或听者感到入耳的话语。苦口，对于青年文学爱好者的关心，冷静的提醒，有可能是逆耳之言。所谓"良药苦口有利于病，忠言逆耳有利于行"，是千古格言。当然，劣药甘口，也治不了病。

陈剑晖认为：罗强烈的《评1984年全国获奖短篇小说的不足》，是带有主体意识和独特风格的优秀批评文章。④ 合于理性的否定，还是可能受到积极的肯定性评价。

2. 不当的否定

以为批评就是苛求，就是否定，是不恰当的。

周作人在《文艺批评杂话》（1925年）中指出：有人以为批评就是苛求，至少也是负的意思，所以必要说些非难轻蔑的话，仿佛不如此便

---

① 《世说新语·文学》。

② 《内蒙古社会科学》2006年第2期。

③ 周作人：《苦口甘口》，见张明高、范桥编《周作人散文》（第二集），中国广播电视出版社1992年版，第219—223页。

④ 陈剑晖：《新时期文学思潮》，广东高等教育出版社1989年版，第229页。

不成为批评似的。这是看错了批评的性质，不足取。①

　　张均认为：对于作品（或者其中人物）的鄙夷，过于苛刻的要求，实质是一种话语暴力。这种话语暴力和权势暴力一样，是残酷的现实。②

　　对待普通作家，不宜苛刻。蒂博代做了提醒："这一点尤为重要，如果不是由很快就默默无闻的成千上万个作家来维持文学的生命的话，便根本不会有文学了。换句话说，便根本不会有大作家了。善意的然而帮倒忙的批评家，像帮倒忙的熊打死苍蝇一样，会将普拉东（这样的普通作家）置于死地，但他同时也会将拉辛（这样的大作家）置于死地。"③专门挑剔的批评，也不恰当。林语堂曾经把"在好书中找出恶处，无关重要处"，称为"恶性读书"。④这是值得严肃的批评家思量的。孙犁指出：批评有一种错误的阅读和批评的方法、态度，即片面的态度。对于一篇大体上还好的作品，不是首先从它那里学习一点什么，而是要找出缺点。缺点是要指明的。但是不应该像为了读书写字，买来一张桌子，不先坐下读书写字，而是到处找它的缺点，找到它的一点疤痕，就一脚把它踢翻，劈柴烧火。（《关于小说〈荷花淀〉的通信》，1952 年）⑤崔卫平尖锐地指出了两类批评的弊病：一是"坏读"，读作品"读出来的全是粪便，好看的东西成了难看的东西"；二是"读坏"，"不把注意力放在那些比较起来更好一些的作品上面，在一些根本不值得的事情上施展自己的才华和精力"。专门发掘"坏作品"。（《文艺家与政客》）⑥这种告诫，值得批评家认真思考。

　　如果，用理想苛求现实，用教条剪切文学，用经典对待平凡作品，这样的否定，很难促进文学的健康发展。

---

　　①　周作人著，见张明高、范桥编《周作人散文》（第二集），中国广播电视出版社 1992 年版，第 207—211 页。

　　②　张均：《底层的诗学》，王肇基、肖向东主编：《底层文学论集》，人民日报出版社 2008 年版，第 172 页。

　　③　［法］蒂博代，赵坚译：《六说文学批评》，生活·读书·新知三联书店 2002 年版，第 61—62 页。

　　④　林语堂：《恶性读书》，见王兆胜主编《风行水上的潇洒》，花山出版社 2005 年版。

　　⑤　孙犁著，金梅、李蒙英编《孙犁文论集》，人民文学出版社 1983 年版，第 515 页。

　　⑥　愚士选编：《以笔为旗——世纪末文化批判》，湖南文艺出版社 1997 年版，第 658 页。

3. 如何否定

（1）否定什么

在批评中，否定什么，必须明确。否定是否合于是非？

否定的整体，还是局部？

（2）如何否定

否定的目的：是为了求真，辨是非、促发展，还是炫耀自己，获得私利。

否定的方式：尖利还是温和？偏执还是适中？苛求还是较真？

否定的效果：建设还是破坏，百家争鸣还是一家称霸？

（3）以何否定

在批评中，以什么去否定，也非常重要。如果以无知否定文明成果，以单一否定多样化，以陈腐否定创新，以刻板否定鲜活的现象，以局部的缺陷否定整体，等等，都是不恰当的。

郁达夫指出：一味挑剔寻过，原非批评之本意，只求欣赏快乐，也非创造文学者之初衷。①

不论肯定还是否定，单纯的形式判定是无意义的。关键是，促进还是阻碍文学及文学批评的发展、创造、深化。

（六）正确对待批评的美和刺

荀子曾经在《荀子·修身》中说："非我而当者，吾师也；是我而当者，吾友也；谄媚我者，吾贼也。故君子隆师而亲友，以致恶其贼。"（意为：批评我而恰当的，是我的老师；肯定我而恰当的，是我的朋友；一味奉承我的，是害我的小人。因此，君子尊崇老师，亲近朋友，而极其厌恶那些溜须拍马的小人）。② 这个道理，先贤已经讲了两千年，值得批评家和被批评的作家、批评家，认真思考。

是的，"庸俗的捧场，反映了灵魂的卑微。……真心指出你不足的人，恰恰正是你事业的知己者"。③

---

① 郁达夫：《批评的态度》（1933 年 6 月），《郁达夫文集》（第六卷·文论），花城出版社、三联书店香港分店 1983 年版，第 165 页。

② 白话译文，见鲁毅编著《学规菁华》，武汉大学出版社 2007 年版，第 184 页。

③ 王德进：《岁月的回忆》，对外贸易大学出版社 1988 年版，第 113、104 页。

现时有一种对文学批评美与刺功能的误解，即文学批评与"文学表扬"的划分。"文学表扬"，是伪问题。将文学批评的赞美，讥讽为"表扬"是戏言，却混淆了批评同时具有的肯定与否定的双重功能。把文学批评仅仅限定在否定性的一个方面，是对于批评功能的割裂，不利于文学与批评的建设和发展。可以否定不适当的赞美，却不宜否定赞美本身。

批评应该是健康的生命活动。批评既注重自身的健康，也要维护文学的健康，重视文学的肢体和灵魂。在对待文学整体的时候，不仅要拿起手术刀，还需要各种药品和营养品。那种简单的头痛医头、脚痛医脚，甚至动不动就杀头、剁脚，追求获得批评者自身快乐而不顾文学死活的批评，是要不得的，应该越少越好。

二十五　文学批评的比较原则

在文学批评中，比较是一种常见的、重要的方法。但是在文学批评理论中，则很少被总结成为理论原则，如何定义、理解"比较原则"往往缺少讨论与建构。在批评实践中，有些批评者的比较，存在缺乏客观评价而随意褒贬扬抑。这不利于文学批评的实践，也影响文学批评理论的丰富与发展。

（一）文学批评比较的历史传统

在中国文学批评中，早已有了比较的方法与原则。在长期的批评实践过程中，形成了有特色的基本方法。汉代的杨雄对于"赋"曾经论及："诗人之赋丽以则，词人之赋丽以淫。"对于不同类别（诗人和词人）的赋的创作特点，作了概括与区分。而再往前追溯，春秋时期的孔子是中国历史上有记载以来最初的文艺批评家。他评价两个音乐作品《韶》"尽美矣，又尽善也"，《武》"尽美矣，未尽善也"（《论语·八佾》），包含了文艺批评的比较原则。对于《韶》和《武》进行比较的结果，它们既有共同点："尽美"；又有相异处："尽善"与"未尽善"之别。通过概括其特征，进行认识和评价。

贺兴安充分强调比较方法在文学批评中的作用，把比较方法看作是文学史筛选作家作品的基本手段。他认为：文学艺术不是在比较中生存，就是在比较中消失。比较是文学评论的一个基本方法。它同文学研究一样古老。从审美制高点上使用比较的方法，恰当地、熟练地、多方面地进行比较，常常见出一个评论者的学力和才力。他呼吁，比较要真正地进行，而不能就事论事；要高水平地比较，以艺术眼光在广阔的时间和空间上，求证和反证出作品的种种优缺点。（《比较方法漫议》，1988 年）①

马克思主义创始人也非常重视比较的文学创作和文学研究方法。恩格斯曾经说：如果把各个人物用更加对立的方式彼此区别得更加鲜明些，剧本的思想内容是不会受到损害的。（《致斐·拉萨尔》，1859 年 5 月 18 日）他在评价优秀画家的一幅画时谈道："画面异常有力地把冷酷的富有和绝望的贫困作了鲜明的对比。"（《共产主义在德国的迅速进展》，1844 年）②

在西方文学批评史上，比较的实践与理论，也深含其中。意大利美学家克罗齐指出：比较方法是历史研究的一种简单的考察性方法，不仅普通、方便，而且也是文学研究不可或缺的工具。③ 艾略特说：对比和分析，是批评家的主要工具。（《批评的功能》1923 年）④ 当代批评理论家认为，在文学批评中，"不对竞争的三重问题——优于、劣于或等于——做出解答，就不会认识审美价值"。⑤

（二）文学批评比较的类别

在文学批评的实践中，比较是最常运用的方法，有各种各样的比较。

中国学者万平近认为：中外文学可以比较，同一类型文学之间也可

---

① 贺兴安：《评论：独立的艺术世界》，长江文艺出版社 1990 年版，第 119—131 页。

② 《马克思、恩格斯、列宁、斯大林论文艺》，人民文学出版社 1980 年版，第 98、19 页。

③ 转引自曹顺庆主编《比较文学教程》（第二版），高等教育出版社 2010 年版，第 8 页。

④ ［美］惠特曼等著：《美国作家论文学》，刘宝瑞等译，生活·读书·新知三联书店 1984 年版，第 179 页。

⑤ ［美］哈罗德布鲁姆：《西方正典》，江宁康译，译林出版社 2011 年版，第 19 页。

采用比较研究方法。同中有异，异中有同，探究其异同，加以比较，似乎更能了解其实质和特色。①

万平近在文学批评（研究）中，自觉运用了多种形式的比较。一是具体作品比较。《民族苦难时代的生活和情绪的历史——对〈四世同堂〉、〈财主底女儿们〉的比较分析》。② 二是同类作品比较。《现实主义传统和作家的独创性——茅盾与老舍小说的比较考察》。③ 三是作家比较。《从文学史视角看老舍和赵树理》。④

张恩和的《鲁迅和郭沫若比较论》⑤，采用多重比较方法，对于鲁迅和郭沫若两位作家总体特点进行了创新性研究和评价。

宗元的《魂断人生——路遥论》⑥，对于作家路遥的人生与创作进行评论。其中就特设"比较论"一章，分为"路遥与柳青"（是前后代作家之间的影响比较）、"路遥与贾平凹、陈忠实"（是同代作家之间的平行比较）、"路遥与外国文学"（是时间先后的影响比较）三节。

李建军的《宁静的丰收——陈忠实论》，是评价陈忠实创作的作家论。其中，以《白鹿原》为重心，分别与《静静的顿河》做景物描写的比较，与《日瓦戈医生》做主题及象喻的比较，与《百年孤独》做反讽修辞的比较。⑦

王安忆在《喧哗与静默——谈莫言小说》一文中，分析、评论莫言小说，也应用了比较方法，在三个方面对比。一是小说家莫言与刘庆邦的对比，在作家的层面上进行。二是莫言与刘庆邦两人笔下小孩形象的对比，在人物形象的层面上进行。三是莫言自己笔下带有静默特征的人物形象的对比，在人物形象的层面上进行。最后，总结了莫言作为小说家的创作特点，有道家的意味，而刘庆邦则如儒家，形成了鲜明的

---

① 万平近：《新文学比较研究·后记》，《新文学比较研究》，新加坡文艺协会，2006年版。

② 《抗战文艺研究》1986年第4期。

③ 《中国现代文学研究》1990年第2期。

④ 《福建学刊》1992年第5期。

⑤ 天津人民出版社1989年版。

⑥ 宗元：《魂断人生——路遥论》，上海文艺出版社2000年版。

⑦ 李建军：《宁静的丰收——陈忠实论》，华夏出版社2000年版。

对比。①

在国外，比较作为批评方法，也是普遍运用的。美国学者乔治·斯坦纳的《托尔斯泰或陀思妥耶夫斯基》，② 就运用了多种方法进行比较与分析。其中，既有托尔斯泰与陀思妥耶夫斯基各方面的比较，还有这两位作家及作品与其他作家（如莎士比亚、福楼拜）、作品（如《李尔王》、《包法利夫人》）的比较。

总结起来，比较的方法有以下这些。

1. 按照批评对象的比较重点，可以分为平行比较与偏重比较、交叉比较。

（1）平行比较

对于不同批评对象的差异性与相似性，做平行的认知与评价。例如，张恩和的《鲁迅和郭沫若比较论》，乔治·斯坦纳的《托尔斯泰或陀思妥耶夫斯基》，对于研究对象，是采取平行的方法，同为重点。

（2）偏重比较

对于不同的批评对象，在差异性与相似性的比较认识过程中，重点认知与评价其中的某一方面。例如，宗元的《魂断人生——路遥论》，"路遥与柳青"，是前后代作家之间的影响比较，偏重于路遥对于柳青传统的接受。李建军的《宁静的丰收——陈忠实论》，在将《白鹿原》与《静静的顿河》做景物描写的比较时，是以《白鹿原》为重点研究对象。都是采取偏重比较的方法进行的。

（3）交叉比较

不同的批评对象，在比较认识过程中，相互交叉，分分合合。例如，张恩和的《鲁迅和郭沫若比较论》，交叉出现、反复比较两位作家的各个方面，他们的关系、交往、论争，谈甲论乙，由乙论甲，在交错中比较，见出各自的特点。交叉比较，可以看作是平行比较与偏重比较的融通，但是更为复杂，往往处理比较复杂的比较对象。

---

① 王安忆：《小说课堂》，商务印书馆 2012 年版，第 164—185 页。

② ［美］乔治·斯坦纳：《托尔斯泰或陀思妥耶夫斯基》，严忠志译，浙江大学出版社 2011 年版。

2. 按照批评对象的比较范围，可以分为总体比较与专题比较。

（1）总体比较

对于比较的对象从总体特点方面进行比较研究和评价。例如，张恩和的《鲁迅和郭沫若比较论》，采用了多重比较方法，对于鲁迅和郭沫若两位作家总体特点进行了比较。需要说明的是，总体比较方法，还需要具体的专题比较做补充，进行细致、丰富的认识。但是，总体比较并不是专题比较的简单组合和堆积，而要体现研究者的总体构想和具体分析、论证。

（2）专题比较

对于比较的对象从同一特点方面进行比较研究和评价。例如，李建军的《宁静的丰收——陈忠实论》，对于《白鹿原》分别与其他名著做景物描写的比较，做主题及象喻的比较，做反讽修辞的比较。不同的专题比较，使对象的特点更为突出，便于认知。

在比较方式上，具体的实践并非是水火分明，格格不入的，而是灵活运用，相互交错。张恩和的《鲁迅和郭沫若比较论》，采用了总体比较、平行比较和交叉比较的多重方法。既有总体比较，对于两位作家总体特点的比较认识。又有平行比较，对于两位作家各个侧面（如政治观、哲学观、文艺观和文学创作等方面）的分别比较；在系统的、多层次的、双向的概括与综合、具体与深入的比较中，异中求同，同中见异，加深认识两位作家的总体特点和具体侧面，做了有益的探索和积极的尝试，在比较方法上有明显的突破。①王安忆在《喧哗与静默——谈莫言小说》一文中，将小说家莫言与刘庆邦的对比，是一种平行的比较，在分析的重点上，则是偏重于莫言这一方面；又是偏重比较，以正面论说莫言为主，对衬者刘庆邦也是带着尊重、敬重的态度来评析。达到一笔双花，互为衬托，使各自的特点突出。

3. 按照批评对象的比较内容，可以分为作品比较与作家比较、流派比较，等等。

---

① 黄侯兴：《作家比较的新收获——读〈鲁迅和郭沫若比较论〉》，《人民日报》1989 年 6 月 27 日。

（1）作品比较

①同一作品内部的比较

托尔斯泰的《安娜·卡列尼娜》中，安娜和渥伦斯基、基蒂和列文两对夫妇的比较。

②同一作家的作品比较

托尔斯泰的《安娜·卡列尼娜》与《战争与和平》的比较。

③不同作家的作品比较

《安娜·卡列尼娜》与《包法利夫人》（福楼拜）、《卡拉马佐夫兄弟》（陀思妥耶夫斯基）的比较。

（2）作家比较

①不同作家之间的比较。

托尔斯泰与陀思妥耶夫斯基的比较，贯穿整个作品。

②同一作家前后期之间的比较。

托尔斯泰前期与后期的比较。[①]

（3）其他比较

不同批评家、作家群、文艺社团、流派、文学思潮以及地域的文学现象之间的比较，等等。

（三）比较的定义与特征

文学比较，不是比较文学。比较文学，包含文学比较。但是，两者有互相沟通之处。

比较，是文学研究的基本方法。比较文学，是文学研究的学科分支。它们都用到比较的基本方法。杨周翰认为：比较文学，提倡有意识、系统的、科学的比较。[②]这样，比较文学所涉及的方面更广，更具有国家、民族之间比较的整体性。

1. 文学比较的定义

比较，是将两者（或两者以上）作为认识对象放在一起分析、研

---

① 以上例子参见乔治·斯坦纳《托尔斯泰或陀思妥耶夫斯基》。

② 赵冬梅：《溯源与比较——当代海峡两岸的小城小说》，北京大学出版社 2011 年版，第 10 页。

究，对他们的差异性与相似性做认知与评价。

比较，有时称为对比。将相对应的对象（或者其中的部分）加以比较。谈及文学中的"对立""对照"，也包含了比较的眼光，可以说是一种特殊的比较。

2. 比较的特征

总结起来，文学批评比较方法的特征可以概括为。

（1）深化认识，使被比较者各自的特色更加鲜明。（求异）

（2）认识对象共同的经验、成就，揭示创作规律。（求同）

（3）寻找、论证创造的成功与独特。（认优）

（4）认识可能的局限。（识劣）

比较，就是通过认识异同、认同优劣，总结经验，吸取教益，促进文学的丰富、繁荣，肯定、鼓励文学家、批评家的创造、探索。

（四）比较的相关性

1. 比较的可能

美学理论家易中天关于艺术能否比较的论说，很有价值。他认为：认真说来，艺术是不可比的，也是难以比较的。在实践中，又是不能不比较的。不可比，在于艺术的类别无等级之分。可比，是因为艺术品有优劣之分。他说，艺术是可比的，关键要有一个好的适合的标准。而设立标准的目的，是为了使艺术百花齐放、推陈出新。[①] 他强调：重要的是，艺术的比较，不能伤害艺术（类别和具体作品）的独特性和独创性。

2. 比较的目的

鲁迅曾经说过关于在批评中如何比较的意见。他认为：批评必须比较，但不宜比下他人，而是求其特色。（《〈八月的乡村〉序》）

作家孙犁关于文学研究的比较，也发表过具体的意见。他认为，中国文学的比较研究，古已有之，古已尚之，但并不完备，其方法也不太科学。自汉以后，有班马异同之论，唐以后有李杜优劣之说。在文学艺术领域，异同之论可取，在于比较研究的目的是为了阐明文学创作的规

---

① 易中天：《论艺术标准》，《厦门大学学报》（哲学社会科学版）2001 年第 4 期。

律，并非定其优劣。因为文学艺术要求异，并不要求同。异者愈众，风格不同者愈多，证明文学艺术发达繁荣。优劣之说不可取，是难以在作家之间定出优劣，若以近似儿戏的方法判定，对于文学艺术的繁荣，一点好处也没有。(《致罗宗强》，1981 年 10 月 5 日)[①] 归纳孙犁先生主张，比较的性质有两种：一是求同异，二是定优劣。异同之论可取，优劣之说不可取。

我们分别论说。

（1）求同异

钱锺书认为：东海西海，心理攸同；南学北学，道术未裂。(《谈艺录·序》) 说明对于文明大同的认识。求同，是认识文明成果的共同趋向。论异，比较、评价创造的不同、差异、特点。

①求异

求异，使比较对象各自的特色更加鲜明。

孙犁认为：文学艺术要求异，并不要求同。异者愈众，风格不同者愈多，证明文学艺术发达繁荣。(《致罗宗强》，1981 年 10 月 5 日)

②求同

认识创作的共同经验、成就，创作规律。

（2）定优劣

对于李白、杜甫的优劣比较，一直延续至今。

①认优

在比较中，认识何为优，分析何以优，判定是否优。

寻找、论证创造的成功与独特。

②识劣

比较作为手段，探讨批评对象可能的局限。

3. 比较的前提

比较的前提，是研究对象的可比性。可比，即具有相关性。

宁宗一认为："小说艺术的比较须遵循一定的原则，这就是确立两者之间的可比性，例如时代、题材、母题、思想倾向、结构、语言风格等某一方面确有相似之处，以进行同中见异，或异中见同的比较。既可

---

① 孙犁著，杨联芬编：《孙犁作品新编》，人民文学出版社 2011 年版，第 438—439 页。

以是横向的比较，也可以是纵向的比较。"①

陈惇、刘象愚认为："表面的相似，并不一定具有多高的研究价值；表面上风马牛不相及的事物，有时却存在着内在的可比性。"②

乔治·斯坦纳认为，是否有可比性、共同性，是比较的出发点（尽管有所不同，甚至有对立）。关于托尔斯泰和陀思妥耶夫斯基，他们的人生、他们的作品和作为小说艺术大师、最伟大的小说家，有其相关性。"通过对比关系，界定他们分别体现的天才的性质。研究他们取得的文学成就。"③

有可比性和一定的对比关系，才能展开比较的研究。比较，不能比附。不能生拉硬扯（捆绑）、牵强附会，把缺少比较可能性的不同对象，牵强地放在一起比较，所谓乱点鸳鸯谱、荒唐拉郎配。外表相似，不等于一定可比。简单差异，不等于内在可比。

研究的结论，应当是通过比较，获得新的成果。通过比较，扩大视野、丰富视角、调整思维、使认识深入，见出特色，更为清晰、明确对象。不能随意，不能牵强。

4. 比较的方法

（1）客观

去掉个人的偏爱和偏颇，在比较中求公正，讲事实，遵守逻辑，依靠论证，得出令人信服的结论。

（2）建设性

比较的目的是丰富已经有的认识，在效果上，获得更新的认识进展。获得合理性。肯定、保护多样化，而不是以某一种标准、趣味约束、要求另外的不同作家、作品。

关于李白、杜甫的评论，严羽所论，具有相当的合理性。"太白有一二妙处，子美不能道；子美有一二妙处，太白不能作。子美不能为太白之飘逸，太白不能为子美之沉郁。"（严羽：《沧浪诗话·诗评》）这个论说的精神内核，就是尊重各自的创造，不以自己的喜欢贬低不喜欢

---

① 宁宗一：《倾听民间心灵回声》，山西古籍出版社2003年版，第89页。

② 陈惇、刘象愚：《比较文学概论》，北京师范大学出版社2002年版，第25页。

③ ［美］乔治·斯坦纳：《托尔斯泰或陀思妥耶夫斯基》，严忠志译，浙江大学出版社2011年版，第5—11页。

者，揭示各自的特色。到了 21 世纪的今天，在中国的文学批评研究实践中，仍然存在忽略比较研究的优秀传统的一些现象，使比较带有偏颇而失去公允。在实践中，甚至达不到古人的理论要求。

（3）原创性

比较，一方面发现对象的特点，认识不同对象的异同，另一方面，展示批评家自身的思考、水平与创造。没有原创性，没有新的发现的比较，是缺少积极意义的。也往往缺少功效，形成资源浪费。

（五）比较的具体运用

1. 具体比较，综合思考

比较，应该是具体的，不是抽象的。应该进行综合思考。

比较，可以是单项，也可以是综合。思考、分析、判断，则应该是综合的。

批评家应该努力，以可比性为前提；以客观性为基础，不放大、不歪曲、不蔑视；以建设性为目的，不以剪除他人趣味作手段；以原创性为展示；以多样性为准绳。

2. 把握具体与整体的关系

具体与整体的关系，在比较中应当充分注意。

以整体为基础，以特色为表现。是批评家在比较时的着眼点。可是，如果在比较中过分注意所要论说的特色，忽略对象的整体特点和内部关系，往往会影响对于作品的整体认识和评价。

比较的方法，往往只是突出所比较的部分，不去展示全部。不可比较的方面，一般不予涉及，往往忽略整体的认识。这提示批评家，比较原则与整体原则相互补充，可以减少偏误的可能。

3. 尊重特色与创造

尊重特色与创造，不能以甲作为标准评价乙。

孙犁在评价《阅微草堂笔记》时，认为它是一部成就很高的笔记小说，有独特的写法，在中国文学史上，与《聊斋志异》是异曲同工的两大绝调。其写法的独特和作用，不同于《聊斋志异》，因此不能说其成就比《聊斋志异》低下。[《关于纪昀的通信》（1980 年）①] 王安忆在《喧哗与静默——谈莫言小说》一文中，在将小说家莫言与刘庆邦的对比中，以正面论说莫言为主，对刘庆邦也是带着尊重、敬重的态度来评析。

4. 重视比较的效果

比较，不能做样子，要取得新认识、新成果，获得积极的效果。

比较的结果，在于突出对方的特色，使它们更加鲜明。发现存在问题，有益解决。认识重点部分，便于相互交流。解决认识难点，有利于深入思考。

二十六　文学批评的修辞原则

我们把文学批评理解为是广义修辞的一部分，从现代修辞学的哲学层面扩大视野，认识和理解作为人类的文化活动和言语活动（交际活动）的文学批评。②

修辞学家谭学纯指出：在实际的修辞活动中，存在着表达者与接受者之间自觉和不自觉的行为，后者往往更常见。③ 不自觉的修辞行为，对于普通的社会生活来说，也许有时候关系不大。但是，对于文学批评家来说，没有自觉的修辞意识和修辞行为，应当是一个明显的不足。

在文学批评理论和实践方面，讨论修辞原则非常必要。

（一）修辞对人、文学、文学批评的重要性

修辞学理论的新成果对于人们认识世界、社会、精神活动，都具有积极的启发意义。

现代（或者当代）修辞学的理论新成果表明，修辞已经不再仅仅局限于"语言"、"篇章"或者"辞格"的古老领域。近年来，广义修辞

---

① 孙犁著，金梅、李蒙英编：《孙犁文论集》，人民文学出版社 1983 年版，第 469 页。

② 本条原则关于修辞学与文学批评关系的部分观点，与作者的论文《文学批评与修辞学》[《福建师范大学学报》（哲学社会科学版）2010 年第 6 期] 有联系，特此说明。

③ 谭学纯：《文学和语言：广义修辞学的学术空间》，上海三联书店 2008 年版，第207 页。

学在传统修辞学的基础上建立与发展，为其他学科的发展，提供了新的认识工具和广度的参照背景。①

1. 修辞对于人的重要

发现和遮蔽，是修辞的双刃剑。作为修辞的动物，人创造了修辞，又被修辞所缠绕。修辞洞开我们的思维空间，也堵塞我们的思维空间。修辞激活我们的感觉，也窒息我们的感觉。修辞聚集我们的经验，也扩张我们的经验。修辞规定我们的思考方向，也改变我们的思考方向。②在现代，修辞学已经发展成为一门带有哲学意味的交叉学科，或者称为综合性的人文科学。任何言语行为都视为修辞行为。修辞不仅是所有人类交往中生来就有的，而且活跃和制约着人类的思想和行为。修辞是参与交际活动的人对理想交际效果的预期、关注和努力追求。是人类关于自身的精神活动感知并交流的思维过程和行为过程，是人与客观世界人性地对话的交流系统、交流方式、交流过程。③

从这些意义和层次上讲，几乎所有的人类精神活动都是修辞活动。在哲学的层面，修辞参与人的精神建构，是修辞哲学。①

2. 修辞对于文学的重要

在文学历史上，流传一时的，未必会流传百世。高雅的阳春白雪，往往曲高和寡。魏晋南北朝时期的文学理论家刘勰，就已经在《文心雕龙·知音》中认识到，文学作品在传播过程中具有"深废浅售"的现象。"作品含意深的不被理解而遭抛弃，意思浅陋的反而容易得到欣赏。"因此，从修辞的角度，应该考虑如何把有意义的深刻，表达得便于接受和理解。不是简单抱怨他人不懂得，更要努力使得他人便于懂得。

五四时期的新文化运动，包含了一个重要层面：修辞革命。作为倡

---

① 谭学纯、朱玲：《广义修辞学》，安徽教育出版社 2001 年版。谭学纯、林大津主编：《修辞学大视野》，海峡文艺出版社 2007 年版。

② 谭学纯：《文学和语言：广义修辞学的学术空间》，上海三联书店 2008 年版，第 178、179 页。

③ 谭学纯、林大津主编：《修辞学大视野》，海峡文艺出版社 2007 年版，第 42、140、247 页。

④ 谭学纯、朱玲：《广义修辞学》，安徽教育出版社 2001 年版，序言第 4 页。

导白话文的最初号角，胡适提出的"八不"主义，即是从修辞革命开始。20世纪80年代中国新诗的崛起，是一个惊世骇俗的事件。而关于新诗的论战，恰恰是从修辞学开始的。[①]

3. 修辞对于文学批评的重要

文学批评是一种文学接受，而且是一种积极的文学接受。所谓"积极"，更在于接受者（批评家）主动地对文学现象加以阐释。文学批评又是一种文学表达。批评家对文学现象的阐释结果，又通过一定的表达方式，传达给读者。这种传达——表达本身，是一种修辞的过程。批评的一项工作，就是让更多的读者理解优秀作品——特别是那些深刻、丰蕴而难以理解的优秀作品。

文学批评是广义修辞的一部分，从修辞学的哲学层面认识和理解文学批评，可以帮助我们对于文学批评理论建设与实践活动予以丰富、深刻的理解，

修辞对文学批评的重要性有许多方面。这里，初步考虑到以下几个方面。

（1）修辞的成果、方法，为文学批评打开思路，提供方法。

（2）促进文学批评全面、深入认识评论对象的修辞方式和特点。

（3）帮助批评家自觉认识和运用文学批评的修辞方式和特点。

（二）批评的修辞观念、方法和效果

批评家在从事批评活动的时候，应该具有自觉、广阔的修辞意识，尊重表达主体和接受主体，对于有差异、可能是错误的批评成果给予理解和宽容，批评成果的表达应追求积极效果。

1. 广义修辞意识

南帆指出：修辞，不仅是语言学、文学和诗学的修辞，还有政治修辞、文化修辞，乃至抒情、现实权利等的修辞。反讽，是一种特殊的修辞。它意味着识别字面意义和背后的意义，还意味着对于现实政治辞令的某些嘲讽。[②]批评家席扬，对于丁玲的长篇小说《太阳照在桑干河

---

① 南帆：《文学的维度》，中国人民大学出版社2009年版，第75、86页。

② 同上书，第71—105页。

上》的修辞分析，就是从修辞角度认识作品所表现的生活、时代和人的复杂性方面的积极探索。他不是传统的语言修辞分析，而是包含了政治、文化、文学等一些方面修辞的剖析和评价。①

李建军对于小说修辞的研究，是从目的和价值、方法和技巧、实践与效果三个层面，来探讨小说的修辞问题。可以看作小说修辞的批评理论。②

由于修辞学在当代广泛、深入的发展，当代修辞学已经十分丰富，批评家应当予以充分地理解，可以自由地运用修辞理论和方法从事文学批评。

2. 主体平等

批评家在表达时是批评主体。但是，批评家在作为表达主体时，不能忽略接受主体（读者，包括一般读者和特殊读者——作家和另外的批评家）。文学批评的表达者和接受者同时存在于一个空间。说话者与倾听者是平等的。

修辞活动的表达者和接受者都是主体。接受者成为主体，不仅是对于表达者的积极提醒，强调表达的效益离不开接受者的良好反应，更是对于接受者的尊重，将两者放在平等交流的位置上，才能表现人类文明进程的和谐、创造与发展。

文学批评不是一次性的单独的最终裁判，是无数人无数次不断认识、讨论的过程和结果。

批评没有霸权，批评者与评论对象是平等的。批评成果也要经历批评。这就否定了批评的单一性、单边性，使批评家在从事批评活动的时候，需要自省、自警，需要尊重表达主体和接受主体。

3. 主体转换

主体关系的角度转换。是指主体可能变成客体，客体可能变成主体。

修辞活动"是一个双向互动、立体建构的多层级框架，是两个主体

---

① 席扬：《文学思潮：理论、方法、实践》，上海三联书店 2009 年版，第 301—315 页。
② 李建军：《小说修辞研究》，中国人民大学出版社 2003 年版。

（表达者/接受者）的双向交流行为"。①

　　修辞参与者在修辞活动中，主体身份的关系存在着角度的转换。②批评家在批评活动中，就存在主体身份的关系角度的转换。批评家在欣赏、理解文学作品（作家的修辞结果）时，是作为接受主体在理解了文学作品。这时候，作家是表达主体。当批评家将对于文学作品以及文学现象的判断形成批评成果，又作为表达主体，向另外的接受主体——批评成果的读者，表达自己对于具体作品的理解。

　　批评成果是批评家作为表达主体所创造的批评文本——修辞成果。但是，批评家先要作为接受主体（读者），去认知作家作为表达主体创造的文学文本——修辞成果。而后，再以批评文本经历接受主体（读者，包括一般读者和特殊读者——作家和另外的批评家）的认知和阐释。

　　4. 理解差异

　　对于文学作品和批评成果，理解的同一和差异，都是可能的。差异的存在具有必然性。

　　接受者对于表达者的修辞结果的认知，是复杂的社会活动与精神活动。修辞结果，具有多种阐释的可能性。认知，可能是符合表达者的（大体）本意。阐释，也可能使接受者掉进陷阱，离表达者的本意及客观事实非常遥远。……施受对位、错位的情况同时存在，修辞表达与修辞接受对等的可能性绝对地小于不对等的可能性。③ 批评的歧义自然产生。

　　文学批评的成果（评价结论），与评论对象之间的对应关系，可能有基本同一、部分同一或者完全不同，等多种情况。对于同一个批评对象，不同的批评家有可能获得完全不同的评价。批评成果的差异，本来是客观存在的。批评从不同角度获得结论，是正常的、必然的。批评的正解和误读，都是可能的。批评成果的正确与错误，存在着多种的可能性。我们理解了这一点，应该对于有差异、可能错误的批评成果，给予

　　①　谭学纯、朱玲：《广义修辞学·自序》，安徽教育出版社2001年版。

　　②　谭学纯、朱玲：《广义修辞学·自序》，安徽教育出版社2001年版，第117页。

　　③　谭学纯、朱玲：《广义修辞学》，安徽教育出版社2001年版，第287、106页。

理解和宽容。既容许别人出差错，也要反省自身是否有差错。批评的积极意义，在于对真知的探讨。对错误的认知，应该比较宽容地对待。

5. 追求最佳效果

修辞的目的，是参与交际活动的人为了达到理想交际的效果，对于修辞文本和修辞结果的预期的关注和追求。[①]

追求最佳效果，既是修辞的本意，又是修辞的手段。重要的问题有两个方面。一是批评家如何表达得更好。在内容上的选择与安排，在文体和风格上的运用和创造。二是如何说服批评成果的接收者。让他们听得清楚明白，并且信服。这两者既是相关的，又是各有侧重。一方面要考虑表达什么，怎么表达。另一方面还要考虑如何将表达的内容让接受者认可、接受、赞同。

追求最佳效果，进行自觉的修辞活动（运用方法）是有积极意义的。同时，也要注意防止修辞的过度。1978 年诺贝尔文学奖获得者，美国作家辛格（1904—1991）就明确提出：反对为追求所谓原创性而滥用修辞手段，玩弄象征符号。[②]

6. 重视效果的正负效应

修辞的目的，是希望在交际活动中达到理想的效果。文学批评的表达，追求积极效果，是应有之意。具有积极的效果，是衡量批评价值的重要尺度。

积极效果可以分析为两个方面，一是效果，二是积极。效果，是事物（及其内在因素）对于后来发展的影响。没有影响，是没有效果。影响比较小，是效果比较小。没有影响或者影响比较小的文学批评，是没有效果或者效果比较小的批评。积极，是正面或者正向的价值取向。一般地说，人们对于有正面或者正向价值的事物，给予更高的评价。这样说来，文学批评的表达，应当追求积极的效果，一是效果的影响比较大，二是具有积极正面价值。

批评效果是通过表达展现出来的，应该重视批评表达的完整、艺

---

① 谭学纯、林大津主编：《修辞学大视野》，海峡文艺出版社 2007 年版，第 247 页。
② 陆建德：《高悬的画布：不带理论的旅行》，生活·读书·新知三联书店 2011 年版，第 31 页。

术、有效，追求积极效果。批评效果的表达，既包含了形式，更在于内容。批评效果的影响，隐含了形式影响和内容影响两个方面。批评的影响，多半在于内容所包含的意义与评价是否准确，而不仅仅在于形式的怪异与音量的大小。

批评追求表达形式，是不错的。它可以帮助人们引起对于相关表达内容的注意。但是，如果忽略了批评效果是以内容为本的基础，仅仅让读者（受众）注意于表达的本身，或者甚至不去追求影响的积极方向，那么，无论如何，其声响再大、再怪异，也不是积极、有效的好的批评。

二十七　文学批评的表达原则

表达对于人具有重要的意义。表达的本质，是人的精神活动与相互交流。人的社会性，只有在人的相互交流中才能实现。人在社会活动中，必然要有需要沟通和交流的内容，需要表达以后才能达到相互了解、理解的目的。

表达对于文学批评具有重要的意义。"文学交流，是人类一般交流活动中的主要组成部分，又是一种特殊的表现形式。"① "文学批评实质上是人与人交流的一种形式。"②

文学批评中的表达原则，有必要认真讨论。

（一）文学批评表达的重要性

文学批评是一种在文学接受的基础上关于文学作品、文学现象等相关问题的理性表达。在表达过程中，应当遵循相关的学术规则。

1. 表达是文学批评的应有之义

文学批评是一种在交流中的表达。它既是一般的普遍意义的表达，需要符合相关的规则、规律，更是一种特殊的表达，有其独特的、具体的要求。

---

① 凌晨光：《当代文学批评学》，山东大学出版社2001年版，第8页。
② 张利群：《批评重构——现代批评学引论》，广西师范大学出版社1999年版，第33页。

在相当长的时期里，在文学批评与表达的关系问题上，缺乏积极的重视。或者在理论上缺少一席之地，或者在实践活动中有所误解。在当今文学批评需要深入认识和认真总结的时候，更有及时认识这一重要问题的必要。

2. 文学理论对于批评表达问题缺乏研究

在文学理论建设方面，现有的文学理论、文学批评理论著作对于文学批评的表达问题，没有应有的强调。对于批评的表达原则的关注，则更是非常匮乏。文学理论著作中对于文学批评的论述，一般是批评的本质、标准和方法三个部分。文学批评学理论著作的论述，一般是理论、方法、实践三个部分，或者是标准、方法和文体三个部分。限于研究者各自的理解和重点，这是可以理解的。但是，在总体的文学批评学论述中，缺少对于文学批评表达以及原则的专门、系统论述的情况，的确存在。

这个现实，既反映了理论建设的不足，也难以对文学批评中的表达现象做出积极的反应——评价，并且缺少评价的理论依据。

3. 文学批评中存在消极的表达现象

在文学批评实践中，存在着消极的表达现象。

有的批评家缺少批评的独立性，面临的是金钱、人情、（利益）集团对于批评家独立表达的压抑。有些"批评要么随心所欲，要么屈从于权力"。① 缺少独立人格、精神自由的学术表达。

有一部分批评家忽略接受者的存在，把批评意见的单向发布作为表达的完成，没有自觉去与接受者对话的意识，并且没有准备接受他人的评价。在相当的程度上和范围内，如同云德所论，批评成为批评家们自说自话的表演，使文艺批评不可避免在"自我封闭、自我循环的隔膜状态中逐渐滑向低谷"。②

有一部分批评家特别注意文学批评的表达形式本身，显现出对于文学批评表达的误解，常常以表达形式的特别（花样翻新）作为扩大批评家自身以及批评对象的社会影响的手段，把文学批评作为商业宣传的

---

① 张利群：《文艺制度论》，中国社会科学出版社2008年版，第269页。
② 云德：《重振文艺批评的雄风》，《文学评论》1996年第3期。

工具，相当程度忽略了其本身的学术意义。

这些现象，在很大程度上影响了批评的良好效果。

所以，无论从文学批评理论，还是从文学批评实践，都有提出和重视文学批评表达原则的重要性。

（二）文学批评表达原则的内涵

为了正确认识和评价文学批评的表达活动，我们应当确认以下一些重要的方面，作为表达原则的基本内涵。

1. 表达主体的独立

在文学批评表达的活动中，表达主体自身应当是独立的，主体之间的关系应当是平等的。凌晨光论及，在文学交流中，交流的双方都作为主体而存在，[①] 表达主体的独立，反映了学术的独立思考，追求真理的积极精神。而不应是说些人云亦云的废话，没有主见的附和。

在主体平等的基础上，就可以尊重客体（批评对象——作家、作品、其他批评家、其他观点）。在尊重他人的同时，合理地对待不同主体表达的不同学术观点。不同的表达结果，可能有不同的取向。一是同为正确的内容，只是在方向、角度上有所不同，是从不同的角度讨论问题或者谈同一问题的不同侧面，可以构成互补。二是同时存在正确与错误的因素，需要辨别与取舍。三是完全错误的表达，也有可能给他人以积极的启发。无论是哪一种情况，我们都应该尊重表达者严肃的学术探索，尽管有时面对的可能是与自己的意见很不相同的结论。在学术史上，正确的立论往往不一定能够在创建之初、表达当时，就获得众人或者多数人的认可。把正确当成错误，或者相反——把错误当成正确的例子，是可以轻易见到的。

主体平等，还意味着我们在讨论学术问题时，常常要把表达者的身份放在一旁，专心集中于认识表达内容，在真理的认知上，是没有垄断权和专利权的。在平等、尊重的基础上，正确与错误才能得到充分的辨析。

应当欢迎不同的表达结果，它们丰富了我们认识的内容与角度，启

---

① 凌晨光：《当代文学批评学》，山东大学出版社 2001 年版，第 43 页。

发了不同的表达者、接受者。那种见不得别人不同观点的态度，或者认为只有自己才能掌握真知的心态，是在文明进程中应当克服的消极内容。

2. 公共话语的运用

公话，即是公共话语。在文学批评中，实行公话原则，我们可以从废名说的一段话中得到的启示。

废名在 20 世纪 40 年代，评论既是诗人又是友人的冯至的诗集《十四行集》时说："如今论诗，老朋友反而觉得要客气些，难以下笔。大约这里要排除世俗的氛围，有不能不讲的一份公话。"和此相对应的，他还说到另外一个词，朋友之间的"私谈密语"。①

废名先生所论，文学批评应当"排除世俗的氛围，有不能不讲的一份公话"，而不是朋友之间的"私谈密语"。不仅显示了真正的批评家追求真理、寻求真知的勇气和信念，还成为我们应当学习的典范，也是宝贵的文学批评的理论资源。

我以为，公话，即公共话语，它体现于三个方面：公共平台、公共话语、公正评价。

公共平台——学者为求真知、立新论进行学术研究和讨论的公共空间，不是论者与被论者之间的私下议论，也非朋友、师生之间个别交流时礼节性的恭维和寒暄。学术乃天下之公器。学术不是个别人的玩具或者谋私利的工具。

公共话语——学术活动中公共认可的学术概念、合乎逻辑的推理原则，学术讨论的尊严和立场。恰当使用学术语言，表达关于真理、真知的言说。朋友之间的密谈，可以客气，可以说话过头。那是个人之间的"密语"。但是，如果在公共的场合，互相的或者单向的违背学术原则和精神的吹捧，就成为肉麻的私语，难以和公共有关了。

公正评价——是非明确、情感适宜、立场客观的学术评价。尽可能经得起学术的诘难与反驳。学术探索不能保证都是正确的结论。但是，首先应该抛弃个人的私利目的。无论甜蜜之吹捧，还是恶意之贬低，都背离了公正评价的尺度，不利于学术的建设与发展。

———————————

① 废名：《新诗十二讲——废名的老北大讲义》，北京大学出版社 2006 年版，第 202 页。

现在，有些评论明显是属于部分学者之间内部交流的性质，疑似于互相吹捧的礼尚往来，是碍于情面的违心赞誉（如一些序文中的不切实际的过誉之语）。这严重违反了学术活动的公共性质和原则。

从理论上区分清楚公话与私语，是十分必要的，是文学批评话语在功能上的细分与排列。学术活动的原则，要求在公共学术平台上，讲公话，去私语，持公正，忌偏私。

3. 文与物的对应状态

在表达中，表达意见要与表达对象对应，也是重要原则。陆机曾经提及，作文之患在于"意不称物，文不逮意"（《文赋》）。陆机所论，概括出表达的三个重要因素"文""意""物"的关系，实际上是关于表达时的对应原则。"物"，人的认识对象；"意"，人的认识内容；"文"，人的认识的表达结果。衡量"文"的，不仅是"意"，还有"物"这一重要因素。"意不称物"，实际上是"意"与"物"没有对应；"文不逮意"，是指"文"没有合于"意"，没有对应。这就是说，评价"文"的，不仅是达"意"，而且还要"称物"，符合客观事物的基本状况。

文学批评不仅要求论述本身没有逻辑上的错误问题，能够自圆其说，达到与意识内容的完整性、准确性相符（"逮意"），而且还要与评价的对象相吻合（"称物"）。在现实中，有些批评文章的问题，恰恰在于不符合批评对象——文学作品及文学现象的实际。或者过于甜蜜，评价太高，让读者看不到与作品相对应的论断，失去了阅读的可信性，也就丧失了具体批评家以及批评界的信誉；或者过于苛刻，评价过低，忽视了作品的积极方面，也就没有了说服力与可信度，同样不能树立批评的良好信誉。从这个角度上，陆机所提出"物""意""文"的关系，我们所理解的关于表达的对应原则，是值得批评家在表达时认真注意的。

就文学批评而言，表达意见（"文"）要合于表达对象（"物"），是天然之义。然而，由于批评意见表达的特殊情况（往往批评与作品等批评对象不同时在场），就形成了有些批评成果既物理地远离批评对象，又学理地远离批评对象的许多情形，就是有些"批评家们自说自话"。

因此，认识和强调对应原则是非常必要的。

4. 独创真实的内容

独创原则表现为真知与新知。真知直达真理，新知不断创新。这是学术活动（包括文学批评）的必然要求。

（1）真知

真知，是对于真理的认识和表达。批评家关于文学批评要表达真知，有许多真切的讨论。

"批评，是因为我要表达，是因为我有话要说。……要表达批评者自己的感悟、思考。"批评表达的内容，应当"是生命与生命的交流，而不是术语与概念的运作——真切体验作家创造的喜悦与艰辛"。① "批评要发出内心真实的声音，坚持说出真理、真实。"②

批评家在表达过程中，应该坚持对于真理的追求，像顾准那样"只服从真理，不管在情感上多么难舍难分，只要不符合真、善的标准，他都义无反顾地加以舍弃；只要有悖于真理，他都理直气壮地加以反对（吴敬琏对于顾准的评价）"。③

批评意见是表达经过批评家理性思考之后，深化了的认识，不是随意的感性认识。随意的不负责任的表达，不仅是对于批评对象的不尊重，也是对于读者的漠视和不恭敬，也会败坏批评者自身的信誉，损害文学批评的声望。

（2）新知

新知，不仅是正确的认识，还应当是创新的观点。

文学批评，是要对于新的文学作品、现象，做出评价；或者是对于已经被评价过的批评对象，做出新的认识。因此，就不能简单地重复已经有的认识，固守于通常的思维与方法。

批评要求有创见。优秀的批评家，"发人之所未发，言人之所不言"。④ 早年熊十力认为，有些著作，没有新意，"只是粗列若干条目，

---

① 《程文超文存》（1），中国社会科学出版社 2009 年版，第 317、304 页。

② 何向阳：《内心火焰的闪光》，《南方文坛》2009 年第 5 期。

③ 罗银胜：《王元化和他的朋友们》，湖北人民出版社 2009 年版，第 151 页。

④ 陈辽：《"巾帼岂无翻海鲸?"——追思李子云》，《人民日报》（海外版）2009 年 7 月 31 日。

杂取经论疏记的陈言，割裂其词，分缀单条，读者纵然反复览观，终无一径可通"。① 今天，这种现象也在相当的程度上存在。雷达面对当下文艺创作中大量的复制化、批量化、拷贝化、克隆化现象日益严重，提出大力肯定、倡导原创力，来反抗平庸、陈旧和重复，② 启示我们，大力提倡和强化批评的原创性原则，达到文学批评的深度。

5. 不断深化认识

文学批评表达的过程，是追求认识的不断丰富、不断深化的过程。

批评活动中"理解和阐释的有效性只是相对的"。③ 这也包含了文学批评表达的相对性。就个体的批评家来说，有不断深入发展认识的空间；就批评家的群体来说，也需要不断地深化认识。

在表达的过程中，对于对象的认识、理解，逐渐丰富、逐级深化、逐步确定。深入、深层的理解，往往不是一蹴而就的。文学批评作为一项事业，是文学研究者群体对于文学作品以及文学现象的学理性探求。这种探求，不是几个人或者几十个人就可以完成的。随着时间的积累，自由选择加入的人越来越多，文学批评成果越来越丰富，总的趋向是认识的不断深化。这并不是说，后来的批评者一定会超过具体的前人，而是说，人们在总体上将会获得不断丰富、深化的认识结果。在这个方面，后来的批评者只有做出更有创造性的成果，才能获得积极的意义。

在批评家具体的表达过程中，也是一个认识不断丰富、不断深化的过程。这有两方面的含义：一是在具体文学批评成果的形成过程中，为了表达，需要把思考、创造的结果进行整理和加工。这是一个深化的过程。有文学批评写作经验的人，都可能由最初的相对零散、浅显，到最后的集中、深入，逐步发展的过程，使表达的文本趋于相对完善和深刻。二是先前的表达和后来的表达，在认识上往往形成某种变化。这种变化，在表达者来说，如果不是出于外界的压力，一般而言，应当是基于认识上深化的需求或者追求。至于是否在客观上，真正深化还是倒退，则要具体分析，不可一概而论。作为特殊的例子，有的批评家甚至

①　罗银胜：《王元化和他的朋友们》，湖北人民出版社 2009 年版，第 29 页。
②　雷达：《当前文学症候分析》，作家出版社 2009 年版，第 70 页。
③　凌晨光：《当代文学批评学》，山东大学出版社 2001 年版，第 38 页。

在同一文章中，表达了自己的思考的深入、认识的变化过程。例如，废名在评论冯至的诗集《十四行集》时，最初对于《十四行集》的命名是"颇有反感"的。① 这对于友人的某种"不恭"（诤友之谓），却是出于良知的真诚。后来，在表达的过程中，又改变了看法，"后悔"于原来的"反感"，② 同样出于真诚。

王元化意识到自己以往错误的观点，就毫不犹豫、不留情面地予以公开改正与申明。他在《思辨发微·序》中写道，"这里我要订正本书中的一个错误观点。……"③ 充分显示了追求真理的勇气与境界。

著名学者许志英直白，他自己的许多文章，都是经历了长时间的推敲，反复的打磨（即修改、深化），直到较为满意为止。④

文学批评表达的深化，是批评家整体认识过程的趋向，也是批评家个体追求和实现最大价值的原则。

6. 达到积极效果

文学批评应当追求积极的表达效果，防止产生消极的表达效果。积极效果，一方面是表达者获得积极的心理感受的效果，另一方面更应该是对于文学、文学批评有积极推动的良好影响。表达者的自我感受，只是其中的一个方面，对于文学、文学批评的积极促进，是不可忽视、更为重要的方面。作为学术活动的文学批评，其目的、价值在于学术探讨和学术功效，而不是商业宣传或者其他功效。那种"故做姿态的语惊四座"，没有充实内容的话语，没有积极的学术意义。

在学术表达的方式上，可以选择不同的声调。或者疾言厉色、高腔大调，或者温文尔雅、轻声细语；或者中性语量，不涩不火……多种声调，也形成了表达方式的丰富色彩和多样景观。需要特别指出的是，声调本身并不是学术内容评判的主要尺度，而是否为学术的严肃与平等的沟通，才是应当优先的选择。而某一种声调，都有可能具有不同甚至相反的效果。疾言厉色，可能醍醐灌顶，让人清醒，也有可能冷水浇身，让人反感。轻声细语，可能细雨润物，直达要点，也有可能温吞无热，

---

① 废名：《新诗十二讲——废名的老北大讲义》，北京大学出版社 2006 年版，第 202 页。

② 同上书，第 217 页。

③ 王元化：《思辨随笔》，上海文艺出版社 1994 年版，第 371 页。

④ 许志英：《中国现代文学论集》，南京大学出版社 2008 年版，第 336 页。

不疼不痒。中性的语言与声调，也并非一定是不偏不倚的公正，可能清明如镜，也可能模糊不清。表达方式与表达内容，会综合地发挥作用。这里所强调的是，各种不同的表达都有可能形成与表达者的愿望、动机相反的效果。以为忠言不论逆耳还是顺耳必然会达奇效，以为良药不管是苦还是甜都能药到病除，在现实中并非行得通。实际发生的表达与接受，是非常复杂的。良言并非一定有人喝彩，甚至可能引来怨声；尖刻并不是深刻的同一语，倒有可能是伤害学术及接受者的利刃。良药苦口利于病，是没有错的，主要是指良药与驱病的关系，忽略或者淡化了苦口的程序。而苦口难以下咽，便常常成为驱病的阻碍。良药甜口，是现代药业的以人为本。文学批评的深刻见解，并不排斥温和的表达，促成易于接受的积极效果。委婉，并不就是虚与蛇尾；温和，不是没有力量；真理的宣示，不一定非要厉声；否定性的批评，也可能以"文（明）"取胜。作为学术的表达者，既应当坚持己见、于心无愧，进行严肃的思考和表达，又需要注意积极的学术效果。毕竟，学术是以理服人，而不是以声调定胜负。关注表达的接受效果，把独立、深刻的思考与有效的积极影响结合起来，应当是表达者的重要策略。

在批评表达的完整过程中，追求积极的表达效果，并不是要缩手缩脚，而是要批评家更加自觉地推动文学的发展与发挥自身的优势，发挥文学批评的实践功能。

文学批评的表达，不仅与表达主体与接受主体密切相关，也与文学批评的表达环境，密切相关。后者，也具有重要的意义，甚至更重要的意义。王元化曾经指出："坚持独立思考坚持批判精神是要付出巨大代价的。"顾准的学术勇气，理直气壮，追求真理，义无反顾。顾准的学术创造，在当时，不准备发表，也没有条件。然而却留下了思想的光辉。① 这提示我们，学术内容需要好的表达环境和表达方式。但是，表达的内容重于表达的形式。

顾准的学术研究、探索，为我们树立了光辉的榜样，值得我们认真地学习。现在，我们已经有了顾准当年不具备的条件，我们理应做出无愧于时代的积极的学术成果。

---

① 罗银胜：《王元化和他的朋友们》，湖北人民出版社 2009 年版，第 104、151、143 页。

二十八　文学批评的快乐原则

文学艺术本身，具有娱乐和愉悦的功能。许多读者喜欢那些能够带来健康的愉悦和快乐的作品。

文学批评的快乐原则，是指批评要理所当然地肯定文学的快乐；同时，让批评给人们带来思考的同时，也享受文学、文学批评的快乐。

批评是审美活动。"审美活动的特性总的说来可以归为两点：一是能够使人产生愉悦感，二是没有直接的功利目的。"① 蔡镇楚指出：文学批评，不应该是沉重的、痛苦的，而应该是优游不迫的，生动、形象、活泼，给人以理性的思考，亦给人以无穷的审美享受。② 这"生动、形象、活泼""无穷的审美享受"，自然包括审美快乐——愉悦。

审美具有愉悦性，几乎是所有美学家的认识和理论主张。只是在审美愉悦与生理快感是否同一，审美愉悦是否有高低的层次区分方面，认识存在分歧。③ 愉悦不完全等于快乐，但是包括了快乐。以审美为核心、为基础的文学创造、文学批评，就不能不涉及愉悦——快乐的原则。

快乐，不是人生的全部。但却是重要的部分。同时，我们当然不能忘记也不否认，微笑、快乐的另一面：痛苦和沉思。

（一）文学批评快乐的基础

文学批评的快乐，有其合理的基础。

1. 快乐是人的心灵需求

人有一个心灵的需要，就是需要快乐。④ 中国古代哲人说：仁者乐山，智者乐水。西方哲人也有关于快乐的理论，如古希腊哲学家伊壁鸠

---

① 王峰、王茜：《艺术美学教程》，华东师范大学出版社 2011 年版，第 20 页。
② 蔡镇楚：《中国文学批评史》，中华书局 2005 年版，第 175 页。
③ 叶朗主编：《现代美学体系》第四章第三节，北京大学出版社 1988 年版。
④ 张信刚：《让昨天和明天相遇在今天》，陆挺、徐宏：《人文通识讲演录·文化卷》，文化艺术出版社 2012 年版，第 20 页。

鲁就指出，快乐是善良，是身体没有痛苦、心灵没有悲伤。

不论个别或者更多数量的理论家以及其他的家，如何否定人、人类快乐的权利和品格，快乐都与人类的绝大多数相伴相随。文学批评没有理由忽视这个重要方面。

2. 批评之乐，来自审美

美学理论认为：审美，高层次的精神享受，创造性更高、更突出，是深层的愉悦和快感。①

审美快乐，是人的审美达到无比愉快的精神境界。审美快乐高于日常的其他普通的快乐，是一种极其丰富和生动的愉悦体验。审美快乐，高级而复杂，离不开感情和想象。②

文学批评作为审美活动，审美者从中获得愉悦、快乐，是自然的事，合理的事。

3. 批评之乐，来自文学

吴苄认为：文学并非仅仅与从事文学的人有关，而是跟每个人，我们所有的人有关。在包括文学在内的艺术里，权利、尊严、自由、人格以及爱不是空洞而快乐的煽情字词，它们甚尔提示的倒是为理想承受的负担和苦难。当然，还有喜悦和从容。（在原文中，文学是人文学。是包括了文学、艺术在内的人文科学的表述。）③

批评家谢冕认为："文学是多功能的。而且更重要的，文学执行自己的使命时，用的是自己的方式，形象的、使人愉悦的，并充溢着激情的。"（《文学曾经自由》，1998 年 7 月）……文学除了教化人以外，还应该有让人愉悦的东西，让人轻松起来的东西。（《我们在秋风秋雨中度过》，2006 年 12 月）……作家也有微笑的时候，人们从作家的微笑中看到了生活的希望。但即使作家在微笑，我们也能从他们的笑容中看到深刻与沉重。（《文学的纪念（1949—1999）》，1999 年 1 月）④

批评家张炯专门撰文《论文学的审美愉悦性》，认为：从文学与艺

---

① 王世声等：《银幕面对的世界——电影观众学研究》，中国电影出版社 1990 年版，第 51 页。

② 滕守尧：《审美心理描述》第 9 章，四川人民出版社 1998 年版。

③ 吴苄：《艺术，让人成为人》，《光明日报》2007 年 4 月 10 日。

④ 谢冕：《回望百年》，作家出版社 2009 年版，第 173、206、9 页。

术中，人们要得到的是审美愉悦性的感受。虽然在文学中也会得到某种哲学、政治、法律、道德、宗教的一定认知。那毕竟不是主要的。而且这些方面的认知也是通过审美感受而得到的。……文学的审美愉悦性，由情真、意善、象美而构成。①

一个作者进行写作，总有称快之笔，也一定有挥泪之笔。② 称快之笔，即令人称快，感受快乐，肯定快乐的笔墨、描写。挥泪之笔，是让人流泪，受到感动的笔墨、描写。

显然，文学既让人流泪，让人思考，也让人快乐。

（二）快乐的区分与评价

关于文学和文学批评的快乐，西方学者有明确的论述。有世界影响的法国大批评家蒂博代指出，有浅薄而乏味的文学快乐，痛苦而隽永的快乐。③ 美国学者哈罗德布鲁姆指出，在西方经典的阐释中，有一种重视"欣赏审美感悟中艰辛的愉悦，但拒绝轻易得来的快乐"。……而批评家讨论作家的作品，重要原因之一是让人愉快。④

中国学者王元骧认为：快乐有两种方式，精神的愉悦和感官的快适。审美方式的重要特征，不仅仅只是感官的享受，更是精神的愉悦和提升。⑤

总结起来，快乐可以分为：理性之乐与感性之乐。文学所带来的，有理性之乐与感性之乐。文学批评所带来的，应该是理性之乐，以及对于文学的健康的感性之乐的肯定。

王元骧先生关于快乐有两种方式之论，很有代表性。是中国美学、文学中比较普遍的论点。不过，一般论者只是说到此为止。应当说，这种区分具有必要性。将认识对象加以区分，反映了认识的深化。有积极意义。

---

① 张炯：《论文学的审美愉悦性》，《文艺报》2013 年 10 月 21 日。

② 宁宗一：《心灵投影》，商务印书馆 2013 年版，第 383 页。

③ ［法］蒂博代：《六说文学批评》，赵坚译，生活·读书·新知三联书店 2002 年版，第 163 页。

④ ［美］哈罗德·布鲁姆：《西方正典》，江宁康译，译林出版社 2011 年版，第 28、409 页。

⑤ 王元骧：《文艺理论的现状与未来之我见》，《汕头大学学报》（人文社会科学版）2004 年第 5 期。

同时，这种论说在区分之后的停止，或者没有完全停止，在有意无意地暗示、明确：感官的快适是低级的，精神的愉悦才是高尚的。感官的快适具有不少的负面作用。这还没有结束。有些论者，还进一步以此为起点，从否定感官的快适，到贬低精神的愉悦，进而否定整个快乐的基础。

对于此，我们可以进一步区分：感官的快适是有低级的与高尚的之别，精神的愉悦也是有低级与高尚之分。并不一定要将"精神的愉悦"高于"感官的快适"。而应该分清"愉悦"与"快适"的具体内容。并非"精神的愉悦"一定高尚，"感官的快适"一定低级。我们以这样的分类做探讨。由高级到低级至少可分为：①正向"精神的愉悦"；②正向"感官的快适"；③负向"精神的愉悦"；④负向"感官的快适"。

正向的"精神愉悦"应当得到肯定；正向的"感官快适"也不宜笼统否定。而盲目地不分正负方向，简单地肯定"精神愉悦"、否定"感官快适"，并不一定会产生积极作用。应当明确，文学批评的功能，不仅区分审美与欲望、精神与感官，还应当辨明精神与文明的走向。

马克思主义创始人恩格斯指出：德国无产阶级第一个和最重要的诗人维尔特，所擅长的，就在于表现自然的、健康的肉感和肉欲。而一读某德国诗人的诗，的确就会想到，人们完全是没有生殖器的。……不过，维尔特也写了一些不那么粗野的东西。[①] 恩格斯在文学批评实践中，所肯定和倡导的"自然的、健康的肉感和肉欲"，就是我们所说的正向的"感官快适"。

（三）　文学批评快乐的构成

文学批评在功能上，具有愉悦功能，能够"激活他人，启发他人，又反过来启发自己"，使批评主体和批评成果的接受客体，都有可能获得非常大的乐趣。[②]

---

① 恩格斯：《格奥尔格·维尔特的帮工之歌》（1846 年），《马克思、恩格斯、列宁、斯大林论文艺》，1980 年版，第 125 页。

② 文学批评不是简单的教育活动。这里借鉴了教育学理论成果。李森认为：教学具有愉悦功能，教育的最大乐趣，在于激活他人，启发他人，又反过来启发自己。可以直接促进学生乐于学习，多方面影响学习效果。见李森《现代教学论纲要》，人民教育出版社 2005 年版，第 101—102 页。

1. 批评家自得之乐

批评家充分感受文学批评本身之乐。这些快乐，一方面来自文学—批评对象；另一方面来自批评自身，欣赏过程、思考过程、批评成果的形成及获得。

在批评的具体过程，尽管不是每个批评家、每个批评阶段，都一定、必然获得快乐。但是，毫无疑问，许多批评家是能够获得快乐的。这种快乐，并不丢人，无须忌讳。反而应当肯定，应当研究，应当是高级的审美享受。

思考，并不总是痛苦，也有可能获得认知的快乐。批评使人思考，也能使人快乐。发现评论对象的乐趣，也能使自己获得快乐。

批评的积极成果，在实现、形成之后，也能够使思想者、批评家感受、体验创造的快乐。这是劳动的快乐，是耕耘的收获。而这些成果在发布、传播以后，也能够使批评家获得知音，获得赞誉，就更加放大了快乐。

2. 批评带给读者乐趣

文学批评，可以是批评家与其他读者一起分享阅读乐趣，并且带给读者文学的乐趣。作为批评家，可以把自己的理解包括快乐传递给读者，共享快乐。

批评是批评家与读者分享阅读乐趣，并带给读者乐趣。

英国批评家弗吉尼亚·伍尔夫在谈及读书时，曾经说："快乐若无人分享，便缺少滋味。"（《读书时光》）①

周作人认为：批评不应当败读者的兴。② 就包含让批评给读者带来快乐的内涵。

创作和评论都是智力劳动，都是可以获得快乐的。王蒙认为，没有哪个作家不需要从好的评论中得到启发，得到激励，得到精神生活、智力劳动的快乐，至少也能得到某种安慰和友谊。③

---

① 陆建德：《高悬的画布：不带理论的旅行》，生活·读书·新知三联书店 2011 年版，序言第 2 页。

② 周作人：《批评的问题》（1921 年），见《谈虎集》，北新书局 1936 年版，第 35 页。

③ 王蒙：《读评论文章偶记》（1985 年），《王蒙文存》第 23 卷，人民文学出版社 2003 年版，第 117 页。

如果文学批评在整体效果上，让读者感受不到乐趣，特别是文学的乐趣，感受不到审美的愉悦（包含快乐，也包含痛苦、忧伤、悲愤等），文学批评就是失败的，不能传导文学的积极内涵的，也不能胜任批评的职能，必须及时予以调整。

3. 获得知音之乐

在文学创作、文学批评中，获得知音之乐，是精神上的享受。

诗人郑敏曾说：当我有了独立思考的条件，我解放了自己，在无拘无束中写了不少自由自在的诗。……（在经历了误解、粗暴以后）我希望对任何人都不要抱感情上的苛求与偏见。我渴望有知音，能听到智慧的谈话。① 获得知音之乐，是正当的合理的需求，也是不应被粗暴剥夺的权益。

4. 肯定健康之乐

在文学批评中，肯定积极健康的审美快乐，是文学批评的重要职责。

在文学批评中，对于文学创作中健康的审美快乐，文学批评应当善于发现，热情鼓励，并且予以积极肯定。而对于那些不健康且低级的乐趣，断然予以明确的否定，则是对于健康审美快乐的积极有效的补充。

5. 享受事业之乐

先秦时期的《老子》有"安其居，乐其业"之言。汇集秦汉以前礼仪论著的选集《礼记》，有"敬业乐群"之语。足以说明从古代起就有许多哲人对于职业精神、职业快乐的关注。

文学批评家能够享受文学事业所带来的快乐。梁启超认为：敬业，是职业责任。乐业，是职业态度。"凡职业都是有趣味的。"（《饮冰室合集》）应当感受职业的专业性快乐。

林非认为：不管是什么枯燥乏味的知识，只要真正懂得了它，就会产生出浓厚的兴趣。许多大科学家终生都孜孜不倦，钻研自己专业的学问。这些知识在外行看来，很可能是莫名其妙和毫无乐趣的，可是到了内行的面前，却会从中获得无穷的欢乐，而且这是一种纯粹和圣洁的欢乐，不像在追求金钱和权力的快乐中，还包含着耍弄计谋和钩心斗角时

---

① 郑敏：《闷葫芦之旅》，《作家》1993 年第 4 期。

的忐忑不安，具有内心的紧张与恐惧。①

批评，对于批评家有自身的乐趣。同时，他的天职是，把这种美学、文学乐趣普及，传达给其他需要的人。可能是同代人，也可能是未来的文学批评的需求者。

批评家要保持和创造文学批评的快乐，还要克服职业倦怠。在文学批评中，由于作品的大量阅读，佳作、劣品会同时感受；由于文学现象的复杂存在，令人欣喜的和使人苦恼的会一齐获得。批评家的职业倦怠，就可能形成。例如，丧失作品的敏锐审美感受，对于文学阅读产生倦怠；缺少对于新作家、新创造的热情关切，等等。克服倦怠，不断追求文学创新的感受，不断追求批评理论、方法的创新，是批评家保持事业快乐的重要方式。

（四）消除对于文学及文学批评快乐的误解

有句格言："人们需要欢笑，也需要深沉的思索。"我们也可以反过来说，人们需要深沉的思索，也需要欢笑。我们可以这样分析：不能以欢笑代替思索，也不能在欢笑中忘记思索。作为提醒，这是对的。但是，在现实中这往往成为否定、贬低欢笑的理由，则实在是简单化了。因为，在欢笑中也可以思索。即便是欢笑本身，停止片刻思索，也是人生、人类的精神需要，更不是过失甚至罪恶。

一位作家在创作谈中说道：文学让人思考，思考就不快乐。……所谓"温暖叙事，盛赞生活的美好"，确实是蔚藉心灵的方式。可是这温暖绝不是逃避痛苦和苦难，掩盖罪恶和欲望。……文学，绝不可以简单。在文学里，简单就意味着粗暴。② 文学（及文学批评），"绝不可以简单"。这是对的。既然不简单，包含了美好和苦难，就不能以痛苦的部分作为全部。况且，苦难经过审美，并不简单地消解苦难，而是可能让审美主体获得美感（包含愉悦）。

史铁生在 2002 年被评为"华语文学传媒大奖·年度杰出成就奖"，授奖辞称：他用残缺的身体，说出了最为健全而丰满的思想。他体验到

---

① 林非：《读书心态录》，中国言实出版社 2002 年版，第 35 页。
② 孙惠芬：《由"革命"失败开始》，《人民日报》2013 年 3 月 22 日。

的是生命的苦难，表达的却是存在的明朗和欢乐。① 这个事例，足够说明许许多多。

"健康的娱乐性，非但不会损害影片艺术作品的思想性，反而能够寓教于乐，收到发人深省的艺术效果，在潜移默化中净化了观众的心灵。"② 对于其他门类的艺术，也都是这样。娱乐导致读者、观众的健康性质的快乐，不但不是罪，而且是人的精神营养品。有价值的文学批评，有境界的文学批评家，不宜有所误解和误判，而且应当自觉地肯定健康性质的快乐。

同时，我们也要申明："在理论上，认识文学的愉悦功能，有历史的合理性。但是应该警惕，不能把媚俗的提供感官刺激和快乐，当作文学唯一的功能。同时，也不宜放大纯粹形式带来的审美快乐。"③ 学者杜书瀛的提醒，是有道理的。即，不能由一个方面的极端，走向另外一个方面的极端。肯定健康的快乐，但是快乐并不是一切。

二十九　文学批评的争鸣原则

文学批评的争鸣，具有特别的重要性。没有争鸣，就没有辨析。整个文学批评都在于探求对象的特征与意义。法国大批评家蒂博代曾经论述：不同流派、阵线、不同观点的批评家之间的斗争（即争鸣），是批评的生命与健康源泉。④ 这是非常深刻和有价值的。

（一）　争鸣的意义

争鸣有积极与消极之分。积极的争鸣，是尊重学理、遵守规则的文明讨论，有利于文学和文学批评的健康发展；消极的争鸣，是离开了学术转换成谩骂或者人身攻击的喧闹，不利于文学和文学批评的健康发展。早在大约一个世纪之前，新文学作家周作人就倡导积极的争鸣：现

---

① 《中国青年报》2007 年 9 月 5 日。

② 李泱等：《电影学原理》，文化艺术出版社 1989 年版，第 57 页。

③ 杜书瀛：《新时期文艺学前沿扫描》，中国社会科学出版社 2012 年版，第 35—36 页。

④ ［法］蒂博代：《六说文学批评》，赵坚译，生活·读书·新知三联书店 2002 年版，第 47 页。

在从事于文学的人们，应该积极进行，互相批评，大家都有批评别人的勇气与容受别人批评的度量。(《批评的问题》，1920 年)

争鸣的意义在于——

1. 促进认识发展

提供平等机会的争鸣，使不同的意见能够展开讨论。相互交流、补充，使各自的意见完善，促进认识的深化、发展。於可训指出：在历史上文艺理论的争鸣，各家通过争论和辩难，激发了各自对于讨论问题的活性思维，使他们自己或他们的后学，逐步完善和发展了他们的理论主张。……人对于客观事物的认识，既有合理性，又有局限性。这种合理性和局限性，只有在相互的争鸣和争论中，才能得到补充和修正，获得创造和发展。同时也给后人留下可资比较和甄别，赖以创造和发展的前提条件和思想资料。①

熊元义提出：文艺争鸣，应当是在辩诘中更上一层楼。一是，发现对方的缺陷，超越局限，达到一个新的境界；二是，吸收对方的智慧和有益部分，丰富和提升自我；三是，推动双方思考得更加深入和缜密。②

罗振亚总结道：朦胧诗论争的意义不可估量，虽然留下了以政治裁判取代学术争鸣的沉痛教训，也在深化诗歌理论、触及以往很少讨论和模糊的理论课题、反思和发展诗歌观念、激活诗坛的热烈民主气氛等方面，有所促进。③

2. 活跃思想，发现真理

俄罗斯作家陀思妥耶夫斯基认为，在辩论中可以明确自己的观点，求得真理。……辩论是求得真理的好方法。辩论是对话的一种形式。④真理的认识不可能一次完成。争鸣不见得能立即争出真理。争鸣带来的是活跃与争议。活跃与争议。本身不等于真理也不等于发现了真理。但是，给发现真理创造了条件。理想的争鸣，对问题深入探讨，使一些不成熟的理论见解、艺术探索更加完善，具有科学性和建设性。⑤

---

① 於可训：《批评的视界》，中国文学出版社 1994 年版，第 353、354 页。
② 熊元义：《文艺批评的理论反思》，学苑出版社 2013 年版，第 144 页。
③ 罗振亚：《中国现代主义诗歌流派史》，北方文艺出版社 1993 年版，第 183 页。
④ 冯增义：《陀思妥耶夫斯基论稿》，上海文艺出版社 2011 年版，第 146 页。
⑤ 参见《王蒙文存》第 23 卷，第 378、488 页。

3. 展示批评家的素养

积极的争鸣，能够展示真正的批评家的气质和素养。批评家雷达曾经指出：争论的勇气、反驳的机智、否定的冲动，对真理和善良的挚爱，对虚假和丑恶的仇恨，对自由和尊严的敏感，是真正的批评家的气质和素养。[①]

（二）争鸣的要素

争鸣的要素是多方面的。这里谈其中的几个方面。

1. 争鸣的主体

争鸣的主体，是参与探讨真相、真理的研究者。

在争鸣中，主体平等，学术以外的因素不应该成为干扰讨论的条件。争鸣中应当尊重论敌。论敌是论点之相错驳，而不是人间之相仇视。真理追求没有专利。任何人都有可能是真理的发现者。而任何人都不可能是真理发现的垄断者。已经认识和发现了以往的真相和真理的智者，不能保证后来在问题讨论中一定会是站立在真理一边。以往的讨论曾经出错，未必就一定会在后来的问题讨论时，继续出错。

2. 争鸣的目的

争鸣的目的是辨别是非、真伪。是金是铜，是鱼目还是珍珠，需要分辨。对于学术问题有不同的看法，需要争鸣。

通过争鸣，指明缺陷，辨明是非。真理并非一定在一方手中，也未必是在多数人那里。

争鸣是求理胜而不是求人胜。

3. 争鸣的关系

争鸣，是关于同一问题的不同意见的讨论与交锋。同一的意见，不是争鸣。不同问题的各自表达，不是争鸣。

古有"文人相轻"之说。曹丕批评：各以所长，相轻所短（《典论·论文》）。批评文人相轻，反对文人之间相互敌视，轻视他人、贬低他人。

那么，在历史与现实中，文人之间的关系，除"相轻"以外，还可

---

① 雷达：《当前文学症候分析》，作家出版社 2009 年版，第 63 页。

能有什么呢？

一是"文人相重"。"文人相轻"对应的"文人相重"。可以理解为文人之间的相互理解与尊重。这是理想的状态。也是曾经有过的局部状态。同时，这种"重"，应该是有原则的。不是没有学术尺度的互相吹捧，把"不重"的"轻"说成"重"。

二是"文人相争"。"文人相争"，是文人之间不同意见的相互论争。文人有各自的知识与文化，以及特殊的性格特征。有知识创造、探寻目的之相异，有性格、心理之不同。文人有差异，"相异"是自然的。有意见之不同，应当在现代文明精神的指引下，按照现代文明规则的，展开积极的讨论，即争鸣。"文人相争"，可能引起"文人相轻"。因为意见不同，而瞧不起他人的"相轻"，是落后和愚昧的，是不文明的历史印记和不健康的现实投影。"文人相争"，可能引起"文人相重"。在文明的讨论和争鸣中，共同认识真相和真理，相互敬仰、爱慕、理解、感动，认识互补、境界提升，是雅事，亦是佳话。可以相遇，也需要共同创造。

鲁迅于 1935 年 5—10 月，一连写了七论"文人相轻"，表达了自己关于"文人相轻"与相争论的见解。这可以视为鲁迅论争观的集中看法。不能人身攻击；不能没有是非标准；明确是非好恶；态度不含糊；敢于论争和否定性批评；不因为讲交情而牺牲真理；评价准确；不摆资格（特殊身份），等等。总结起来，就是真正的知识者既能保持思想的独立和人格的尊严，对于社会问题敢于论争和争辩，同时又能尊重其他知识者的人格和个性。换言之，就是知识分子既要对问题敢于相争，勇于相争，又能保持知识者之间的相亲、相重而不相轻。①

4. 争鸣的内容

争鸣的内容应当是学术问题，不是学术以外的问题。争鸣中讨论的是"问题"，而不是"谁讨论问题"或者"讨论有问题的人"。现实中，许多学术争鸣的扭曲，就在于将"讨论问题"，转换成"讨论提出（或者回答）问题的人"。"讨论人的身份问题（或者人的问题）"一旦成为讨论的中心，学术讨论便马上终止，人身攻击会立刻开始。争鸣应当求

---

① 参见周泉根、梁伟《京派文学群落研究》，上海三联书店 2012 年版，第 251—253 页。

的是理。向别人头上、身上泼污水，不是争鸣。为了掩盖真相，做狡辩，不是争鸣。

真理不是纯金。不可能无一点瑕疵。对于真理的认识和表达，也不是一蹴而就完成的。因此，从另外一方面来说，任何一种意见、观点，都可以是被讨论、受质疑的。俗语说：理越辩越明。是对于认识真理的方式的概括理解。

争鸣中，应当讨论有价值的重要问题，否则就会浪费资源，花费不必要的时间和精力。

5. 争鸣的表达

争鸣，既要争，争真理之见，还要"鸣"，发出自己的声音，还要"明"——讲清楚、讲明白道理。讲明白，论题集中，自圆其说，不似是而非、模棱两可。不讲明白，就会越来越乱。观点的差异——见仁见智，可以自由讨论。如果话语不明，因为表达的逻辑问题或者漏洞，就会引起不必要的讨论。如果将错就错，维护脸面，百般辩解，就会丧失讨论的意义。

辩论、求解，可以深入，并无终极解。如果争鸣的内容不能深入，就应该停止。反复在原有的层面论争，就没有必要继续下去了。

6. 争鸣的态度

争鸣的态度，应该是以善促其成。

（1）主体平等，尊重对方

不求声调的高低，不做人身攻击。

（2）反对极端和偏激

反对和克服极端观念和偏激情绪是长期必要的任务。急于用自己一厢情愿的良方，否定与自己不同的一切意见。不论其良方如何，都显示其简单化、排他性、专横性。[①]

孔子曾经明确表示对于四种态度的弃绝：毋意（臆测）；毋必（武断）；毋固（固执）；毋我（自以为是）。（《论语·子罕》）这也应当是争鸣活动应有的态度。

---

① 王蒙：《我国社会主义初级阶段的文化》（1989 年），《王蒙文存》第 23 卷，人民文学出版社 2003 年版，第 499 页。

（三） 争鸣的规则

周作人早在 1920 年就指出：从事于文学的人们，应该积极进行，互相批评，大家都有批评别人的勇气与容受别人批评的度量。这第一要件，是批评只限于文字上的错误，切不可涉及被批评者的人格。中国的各种批评每易涉及人身攻击，这是极卑劣的事。批评文章，往往推论他的无学与不通，将他嘲骂一通，差不多因了一字的错误，便将他的人格侮辱尽了。（《批评的问题》，1920 年）这些论述，实际牵涉争鸣的一些规则。

文学批评的争鸣，是学术争鸣。应该在严格总结争鸣实践的基础上，按照人文理想，由学术工作者集体讨论，确立文学批评的争鸣规则，并不断完善。这里只想提出参考性的意见。

1. 争鸣的规则

（1）平等对话，不意气用事。

（2）学术内容，不人身攻击。

（3）论证规范，不违背逻辑。

（4）容许异议，听不同声音。

（5）是非结论，不单方确定。

2. 争鸣注意事项

在争鸣中，有一些明显违背争鸣规则的现象，值得注意。

（1）给对手抹黑，嘲笑或者讽刺，缺少风度和科学性。

（2）仅仅一方的民主。不能尊重对自己所不同意的那些观点，不能实现双方的民主。

（3）是无谓的纠纷或者小圈子的纠纷，而不是"健康、积极、有价值"。①

（4）做出违背对方原意的概括，再将这概括的帽子戴在别人头上，加以驳斥。或者不引论敌原文，加以批评。②

---

① 争鸣注意事项（1）（2）（3）参见《王蒙文存》第 23 卷，第 449、487 页，王蒙对于争鸣不良现象的批评。

② 参见夏中义《新潮学案》（上海三联书店 1996 年版）第 174 页对于争鸣不良现象的批评。

（5）争鸣应该针锋相对，有针对性地讨论问题，而不应该回避实质问题，顾左右而言他。

文史研究专家宁宗一提示：批评家之间的对峙，其实是一种必然，但不一定必然转化为对立。在彼此都在坚持从自己的思维角度、立场发表见解时，应当努力倾听对方的声音，并从中汲取对自身有益的东西。……争鸣中可能一时难分难解，最好不要简单下结论，不要急于一锤定音，不宜采用非此即彼的选择。① 值得参与争鸣的批评家倾听、思考。

鲁迅的争鸣，具有典范性。第一，他不对论敌进行人身攻击。而常常被人身攻击。他从衣着到身体（甚至牙齿的颜色），曾经多处被论敌谩骂。他反唇相讥，只从论题及社会问题的性质着手。第二，他在否定部分问题时候，注意所关联的整体。比如，他反击"革命文学"论者的缺陷，并不反对整个"革命文学"。体现了严正的论战精神。②

（四）争鸣的署名与点名

争鸣的点名与署名，是文学批评争鸣必然遇到的问题。是否点名、怎样署名，是值得批评家注意和深思的，但是专门的讨论比较少。

周作人说：批评只限于文字上的错误，切不可涉及被批评者的人格。是批评的第一要件。涉及人身攻击，是极卑劣的事，应当改正。……批评虽然应该严密，但也不可过于吹求。至于译者（即被批评者）的名字，尽可不说，因为这原来不是人的问题，没有表明的必要。倘若议论公平，态度宽宏，那时便是匿名发表也无不可，但或恐因此不免会有流弊，还不如署一个名号以明责任。③

此话已经说过了近百年的时间，于今仍然有积极的启示。

1. 点名与不点名

点名，即直接点出被评论者以及文章（著作）的名字。不点名，则仅仅指出观点，不点出文章（著作）及作者的名字。

---

① 宁宗一：《倾听民间心灵回声》，山西古籍出版社2003年版，第93页。
② 参见许道明《中国现代文学批评史新编》，复旦大学出版社2002年版，第74页。
③ 周作人：《翻译与批评》（1920年），见《谈虎集》，北新书局1936年版，第29—33页。

（1）点名

点名的优点是，有针对性。可以使讨论能够具体、深入。点名的缺点是，被点名的论点如果没有代表性，则讨论的广泛性会大大降低。如果被点名者的心胸狭窄、没有气度，往往引起学术以外的纠纷。但是，作为有理想追求和敢于负责的批评家，为了探索真知，为人类文明的根本问题，则不必有所顾虑。不同观点的讨论，是正常的。发表意见，就会有不同的意见。争鸣中行得端，走得正，应当敢于点名，不怕被点名。

（2）不点名

不点名的优点是，可以使讨论的广泛性能够大大提高。因为泛指，增加问题的普遍性。不点名的缺点是，讨论降低了针对性。因为没有直接点名，被评论的论点可能不被特别注意，也影响到争鸣各方的直接交流。

在一篇评论中，讨论某类作品的成绩与不足。在成绩方面，以"鲜活丰富的审美融合"为小标题，赞扬了十余部作品。而谈到不足，以"舍本逐末的精神偏失"为小标题，指出了三种值得注意的不良现象，却没有指出一部作品的名字。这种评论的效能与产生的原因及时代特点，是值得总结的。

（3）点名与不点名的比较

点名与不点名，都是评论者的权利，它们各自都有优缺点。不论使用点名还是不点名的方式，都应当考虑，如何使讨论能够深入。这不仅仅是策略，更是要考虑如何处理好具体所面临的问题。

2. 署真名与署笔名

署真名（即在社会交往的本名），署笔名（写作时候特别使用的署名），都要负起责任。同时，不论署真名，还是署笔名，都有同样的责任。

（1）署真名

署真名，是直接向社会表明表达者这个人的本名。它的特点是人与文同时在现。署比较固定的笔名，与署真名的效果相同。它的方式是突出批评者自身的存在与独特性。

（2）署笔名

署不常用的笔名，并非是逃避责任。可以理解为对于争鸣中表达者的淡化，同时是希望读者对于讨论的问题及其观点的注意。常常有讨论者与观察者，过于重视讨论者，而忽略讨论的问题。署不常用的笔名，则是一种提示与奉告：别过多关注讨论者，而应重视讨论的问题。

（3）署真名与署笔名的比较

署真名（及常用的笔名），与署不常用的笔名，都是作者的自由和权利。

在不同的条件下署不常用的笔名，常常能够活跃气氛，说明参与者的众多。雷达说：网络写作，作家可以藏在网络深处，具有隐匿性，没有什么不好意思说的，文风就泼辣直率。[①]

但是，在同一场讨论中，如果一个人用两个以上的不常用的笔名，可能会扰乱视线，不能循守公共原则，不能担当责任，有逃避批评之嫌疑。

三十　文学批评的历史原则

文学批评是一种历史选择。选择什么，不选择什么，有其偶然性，更有批评家的自主性。

文学批评是对于当前文学的评价与总结。文学发展、文学创作的经验与教训，成就与失误，只有在文学史的框架下，才能得以充分、明确的认识，才能得到科学、全面的总结。文学批评树立起文学的标准。在文学史发展过程中，那些伟大的、渺小的；崇高的、卑劣的；流行的、经典的；流传的、淹没的；被不断地变动着的时间大潮淘洗、确认。文学批评历史过程的结果，使人清醒而明晰地看到历史对文学的选择与淘汰，对作品的历史性评价，从而影响人们在文学创造中的追求，在文学鉴赏中的感受。

南帆认为："在很大程度上，文学作品本身不是一个自足的领域。评论作品意韵的意义必须引进新的关系：社会和历史。"[②]

文学批评中的历史原则，即是提醒批评家注重主体的历史视野、历

---

① 雷达：《当前文学症候分析》，作家出版社 2009 年版，第 45 页。
② 南帆：《关系与结构》，吉林出版集团 2009 年版，第 186 页。

史方法，坚持正确的历史观和发展观；强调把对批评对象的历史认识与把握，放在历史发展中来看待（这可以看作是一种特殊的整体观），追求对批评对象的历史总结、历史评价，注重客体的历史过程、历史变化、历史规律。使批评家提高自觉的历史意识，使自己的批评成果经得起历史的检验。

（一）文学批评与历史研究的联系

文学批评与文学史研究，自然有所区别。但是，有学者的论说提醒我们应当注意两者的联系。孔范今认为：文学批评和文学史研究应该是互有兼容，相得益彰。没有史识的文学批评，难得有深刻的意蕴；而缺乏批评之敏感与新锐的治史，也不会有氤氲其间的生命活力。[①]

钱理群以王瑶和樊骏的文学研究说明，历史原则的重要性：王瑶先生重申马克思主义关于要把问题置于一定的历史范围内加以考察的历史主义原则，明确提出研究问题要有历史感的命题。樊骏也一再指出，现代文学研究应当有历史眼光、历史高度，自觉的史学意识、严格的历史品格。……立论要服从历史发展的整体客观史实。……在樊骏看来，坚守秉笔直书（无所顾忌、畅所欲言）的史家风范、品格，客观、公正而无情的史笔传统，不容任何让步，更不能有任何苟且马虎。他认为：如果说历史无情，史家和史书同样应该是无情的！[②] 蒋寅认为，从学术史的角度看："一种观念或学说，仅仅从它自身平面地、孤立地看，经常是不能充分认识其理论内涵和现实意义的。其理论内涵和现实意义，只有在一定的历史过程、历史情境中才浮现出来。……许多理论问题，都是在历时性的过程中展开的，不厘清历史线索，还原历史语境，孤立地看问题，就抓不住问题的实质。"[③]

作家汪曾祺也赞成从历史的角度评价一个作家的方法："只有从现代文学史和比较文学史的角度来衡量，才能测出一个作家的分量。否则评论文章就是一杆无星秤，一个没有砝码的天平。一般评论家不是不知

① 孔范今：《治史者的角色定位》，《近百年中国文学史论》，人民文学出版社 2008 年版，第 217 页。

② 钱理群：《樊骏参与建构的中国现代文学研究传统》，《文学评论》2011 年第 1 期。

③ 蒋寅：《关于清代诗学史的研究方法》，《江苏行政学院学报》2003 年第 4 期。

道这种方法，但是他们缺乏胆识。他们不敢对活人进行论断，甚至对死人也不敢直言。……现在的评论大都缺乏科学性和鲜明性，淡而无味，像一瓶跑了气的啤酒。……希望评论文章写得客观一点，准确一点，而且要留有余地（如拟发表，尤其不能说得过头）。"①

批评家施战军也曾经论证文学批评中历史意识、历史原则的重要性："史识，是文学批评的资质之一。……史识就是要有在扎实的文学史资质前提下的敏锐的文学史意识。在看一部作品时要把它放在文学史的参照系里，有一个文学史的经纬度。这样才能看到它的好与不足。知道一部作品的价值定位，它的传承和创新。……对作品的评价如此，对作家以及其他文学现象的评价也是如此。当然，我们所说的批评的历史原则，还不止于此，作家自身的历史、社会发展的历史，等等。……历史，是最大的空间和时间，它所蕴含的丰富性和复杂性，是一个片断、独体，无法相比的。而历史原则，是眼界、是思维、是方法，也是境界。②

吴志忠等人认为：历史是定位仪，能够认清历史方位，知源、知本，明确责任使命，把握正确方向；是平面镜，能够知兴替、知荣辱、知进退，清醒客观看待自己；是教科书，能够拓宽思维、开阔心胸、汲取力量，获取深邃的历史智慧。③ 这提示我们，充分发挥历史的文化资源，开拓历史视野，获取历史智慧。

（二）文学批评历史原则的内涵

1. 历史发展观

历史发展的理论观念，有多种。诸如历史循环论（认为历史不过是在大的周期中不断循环，阶段重复、变化很小）；历史发展论（认为历史是不断发展、变化的）；历史混沌论（认为历史一团模糊，难以认知）；历史系统论（认为历史是有序可知的系统）；历史辩证发展论（认为历史辩证发展的），等等。不同的历史观，使不同的批评家，具

① 汪曾祺：《致汪家明信》（1982 年 3 月 27 日），《人民日报》2013 年 4 月 29 日。
② 施战军：《活文学之魅》，吉林出版集团 2009 年版，第 22 页。
③ 吴志忠等：《革命历史是传承红色基因的正能量》，《光明日报》2013 年 10 月 5 日。

有不同的关于历史发展的见解。换言之，不同的历史观制约着不同批评家在历史问题上的各自认识。

南帆认为：历史的发展过程，并非是"进化论"的线性历史观念。而具有其复杂性：历史的不连续——历史的断裂、重复、差异、再现、转型。①

2. 历史视野

历史原则，重要的是打开视野，看到人类文化的历史发展与进程。历史学家认为，历史有其内在的关联性。② 文学批评家的历史视野，不能忽视人类的进步历程，社会思想文化的进步历程；各类艺术发展的共同趋向；各门艺术共同存在和内部具有的多样性、丰富性、包容性。

批评家的历史眼光，在古代已经出现。明代的批评家高秉在《唐诗品汇》，已经"能够用历史的眼光来观察诗歌的流变"，在文学批评史上很有意义。③ 在中国当代批评家的视野中，文学（特别是叙事文学），往往构成"历史镜像"，既表现相应的历史内容和艺术画卷，还反映着创作者具体的历史观念和历史展望。历史观念的变更，引发了文学话语内涵的变化。文学在与历史的角力、相遇中，完成蜕变，不断展开。④

朱寨指出：对于一个作家，不仅应当看到他的代表作，还应当看到他以往的创作，不能有遗漏。特别不能有重要遗漏。否则，就不能做历史的了解，不能认识作家前后相承的艺术个性。⑤

对于一个作家是这样，对于整个文学现象也是这样。只有在历史眼光中，才有可能获得全面、客观的认识和评价。

3. 历史真相

历史真相，是历史之真实。

复原历史真相，探究历史规律，寻觅历史启迪，这是绝大多数历史

---

① 南帆：《敞开与囚禁》，山东教育出版社1999年版，第285页。

② 黄仁宇：《现代中国的历程》，中华书局2011年版。

③ 张葆全：《诗话和词话》，上海古籍出版社1983年版，第53页。

④ 周新民：《"人"的出场与嬗变：近三十年中国小说中的人的话语研究》第二章、第五章，中国社会科学出版社2008年版。

⑤ 朱寨：《感悟与沉思》，人民文学出版社1995年版，第56页。

工作者的使命。……没有对历史现象与历史真相的说明，历史学便失去了存在的意义；没有对历史经验和历史智慧的借鉴，历史学便丧失了存在的价值。①

朱寨主编的《中国当代文学思潮史》②朱寨执笔的第五章"对胡风文艺思想的批判运动"，对这场运动作出了历史的分析与评价。其中，为胡风社会活动、文艺思想的辩诬，所做中肯的评价，以及对于胡风文化、文学活动及理论批评的历史贡献所做的追述，是在当时历史条件下，最为客观、公正的。显示了批评家探求历史真相的可贵品质。

4. 历史流变

历史流变，是在历史的变化、发展中，认识历史发展过程中的作家、作品，同时把历史看作运动、变化的复杂过程。

崔子恩在《李渔小说论稿》③中，力求从中国小说发展史上来观照李渔，又从李渔小说的角度考察中国小说的历史。在研究中，既有冯梦龙对李渔的影响，又有李渔对于同时代人的影响，既有冯梦龙与李渔小说的比较，还突出了李渔小说的特异与创新。在中国小说史的背景上，在中国小说与欧洲小说比较的历史发展中，认识和评价李渔小说。其中的成功之处，获得一些评审专家的积极肯定。

屠岸在评价享誉世界的著名英国诗人约翰·济慈时，将其放在英国19世纪浪漫主义的历史时期来认识，又将19世纪浪漫主义运动与前一个英国的文学的黄金时期——莎士比亚时期联系起来。以本时期出现的五位重要诗人华兹华斯、柯尔律治、拜伦、雪莱和济慈作为一组，比较他们的各自特点、地位，来认识济慈在英国和世界文学史上的地位。（《承前启后的浪漫派诗人济慈》）④

5. 史家风范

文学批评应当如优秀、可靠的历史学家，以实录的精神和方式，做出经得起历史验证的客观结论和真实记录。

在樊骏看来，坚守秉笔直书（无所顾忌、畅所欲言）的史家风范、

①　黄朴民：《历史的第三种读法》，《光明日报》2007 年 5 月 18 日。

②　人民文学出版社 1987 年版。

③　中国社会科学出版社 1989 年版。

④　屠岸编选：《济慈诗选》，时代文艺出版社 2012 年版。

品格，客观、公正而无情的史笔传统，不容任何让步，更不能有任何苟且马虎。他认为：如果说历史无情，史家和史书同样应该是无情的！①

前面所述朱寨主编的《中国当代文学思潮史》，因为坚持对于历史真相的探询，堪称史家笔法，可谓范例。

6. 历史评价

文学批评的最高价值，是批评能够引起历史的关注，得到历史证明——具有真实、客观、公正的分析和评价。

历史评价，不仅在于历史存在，还在于历史中的位置和传播方式。

黎巴嫩诗人纪伯伦，以《两首诗》说明历史的传播与评价，引人深思。

两位诗人，诗人乙："我刚刚完成了一首杰作，或许是希腊的史诗以来最伟大的诗歌。这是一首赞美至高的宙斯神的颂歌。"

这是一首长诗。

诗人甲："我写得很少，只有八行短诗，怀念一位在花园嬉游的童孩。"

两千年过去了。现在，诗人甲的八行短诗已经妇孺皆知，深受人们的喜爱和珍视。

另一首长诗，在图书馆里、在学者的书阁里保存了下来，但却无人喜爱，无人诵读。②

批评家应该自觉意识到：批评主体的活动与对批评客体的创造成果，都要受到历史的检验。因此，不仅仅面对现实，更要面对历史。

7. 历史记录

文学批评，也是历史记录的一种方式。

批评家朱寨认为：不论作者是否有意，评论文章在客观上记录了那一段文学创作的一些轨迹，使读者同时获得那一时期文学创作某一方面的认识。③

---

① 钱理群：《樊骏参与建构的中国现代文学研究传统》，《文学评论》2011年第1期。

② ［黎巴嫩］纪伯伦：《人子耶稣》，《纪伯伦全集》第五卷，薛庆国译，中央编译出版社2011年版，第233页。

③ 朱寨：《感悟与沉思》，人民文学出版社1995年版，第77页。

白朗的小说《为了幸福的明天》，出版后受到读者广泛的欢迎，自1951 年初版到 1956 年，重印了 14 次，发行 20 余万册。后来因为作者政治上遭遇不幸，牵连作品也下了图书馆的书架。……经过历史的磨难和筛选，它又重新进入读者的视野，入选了《中国新文艺大系·1949—1966 中篇小说集》。路翎的《洼地上的"战役"》曾受到不公正的批判，主要是受所谓"胡风集团"政治冤案的株连。在此之前，它曾得到过广大读者和文艺界的称赞。① 这些评论，也记录了历史。

8. 确认历史价值

《关于"文革"时期的手抄本问题》，则从"文革"时期手抄本的历史阶段性、历史继承性、在历史视野中的分类等方面予以分析，确认其在中国文学史乃至 20 世纪人类文化史上的特殊地位与价值。《"文革"十年文学探微》，对于"文革"文学，从历史的整体性、历史的基本特点，历史的独特性等方面展开分析，便于从历史发展和历史特点与历史整体等角度，予以认识和评价。②

9. 探索历史规律

文学批评，不仅是局部的作家、作品评论，还包括一定历史时期文学现象的总体认知。不仅认识外部的表象，还要认识、发现隐藏在内部深处的历史规律。

文学史家陈伯海认为：文学的历史运动有一定的逻辑性与规律性可寻，有一些带有普遍性的法则在起作用，同时又存在大量偶发、随机因素的存在。有识见的史家无不以求索历史的内在逻辑为自己工作的鹄的。……历史的逻辑，就是历史的内在联系。但是，历史的进程是复杂的。一种理论概括只能说明一方面的逻辑。因而，不能无限制地推广特定的理论模式，将特殊经验夸大为普遍真理。③ 历史中出现大量的非逻辑因素，以随机和偶发的形式破坏逻辑的"完美"，却赋予历史运动无比生动而丰富的景观。

通过研究，陈伯海认为："五四"之前整个中国文学史的进程，有

---

①　朱寨：《感悟与沉思》，人民文学出版社 1995 年版，第 20、23 页。

②　高有鹏：《文化视野》，中国文联出版社 2004 年版。

③　陈伯海：《文学史与文学史学》，北京大学出版社 2012 年版，第 400—401 页。

三个大的周期：分别是上古至楚汉、汉魏至唐、宋至清。有三次大的高潮：周秦之交、唐宋之交、明清之交。有三个主要的社会力量：贵族、寒士、市民。大的周期之内有小的周期。大的高潮之外有小的高潮。主要的社会力量之外有其他的社会力量。① 这是对于历史规律的概括。将历史的复杂性，通过创新性思考，化为简明的认识，看到历史发展的周期性。

无论古代文学研究，还是当代文学批评，关于历史批评的方法和原则，都值得批评家重视和实践。

文学批评，应当坚持历史原则，还应注重把历史原则和美学原则结合起来。"新时期的文学批评，越来越注重把历史的分析和美学的分析结合起来。例如，既注重把王蒙的近作放到广阔的社会历史背景下加以考察，同其人生道路、性格气质联系起来进行分析，还认识其作品在现实主义基础上，吸取某些现代派的手法，积极的创新精神。"② 这种实践已经成为宝贵的经验。

三十一　　文学批评的局限原则

这里主要讨论：如何认识文学和文学批评中的局限，怎样在文学批评中对待自己和他人的局限。

局限与缺陷，有很多人在很多时候认为是一回事。我认为，在广义上可以相通，在语义上可能有些差异。缺陷，是所有性质的不足和弱点、失败。局限是缺陷的一种，是因为条件所限制，而产生的特殊缺陷。条件的局限，可能因为自己意识不到，或者难以认识到；时代性质的局限，一般人难以超越；方法和理论造成的局限，则必须跳跃出那一理论框架才可能改变或者调整。

提出局限原则，有重要的意义。是对于文学批评理论与实践的清醒和自觉。

---

① 陈伯海：《中国文学史之宏观》，中国社会科学出版社1995年版。

② 张炯、蒋守谦等：《新时期文学六年（1976.10—1982.9）》，中国社会科学出版社1985年版，第64页。

（一）认识局限存在的必然性

在古希腊神话中有一位英雄，叫阿喀琉斯。他力大无比，刀枪不入。却有一个秘密，就是脚踵（脚后跟）经不起伤害。原来是在他出生时，母亲海洋女神忒提斯握住他的脚踵，倒浸在冥河之中，只有这个没有浸入的部分，不能刀枪不入。后来，正是因为这个脚踝受伤，而导致失败。这反映了人类早期的智慧，已经认识到人（甚至神的）的局限，很了不起。

人类的不同民族，以各种方式表现他们的文化智慧。中国先秦时期的墨子与公输般，演绎争城攻守战，也是利用对方的漏洞，千方百计击准其局限而取胜。

人是具有理性的，这是人区别于其他动物的根本要素。作为人类认识世界和改造世界的有力工具，理性是人类行为的基本前提。当然，理性也是有限的。表现为认识能力的有限，认识内容的有限。[①] 人的认识活动，总是受到历史条件的限定，形成历史的局限。[②] 对于局限性的认识，与客观条件、认识对象有关，也与主体准备有关。人们不能完全超越历史限制，却有可能以历史的智慧，为现实的谜局，提供思考的路径，力求达到尽可能深入的认知。而局限是不可能完全排除的。

局限，是不能十全十美的必然结果，具有必然性。绝对完美的不存在，就形成局限的普遍性。

认识文学批评的局限，有积极的意义。谭学纯、朱玲认为，学术著作有局限是必然，零局限是虚幻。……此处的局限可能蕴涵着学术研究的生长点，蕴涵着下一次的思想喷发。……价值和局限同在，是学术著作难以逃离的宿命。发掘价值和发现局限，是学术批评的双重使命。[③]

文学批评的局限，源于人的局限、方法的局限和学科的局限。

人的局限，是不可避免的。整个人类社会、自然界、宇宙空间的万

---

　① 参见武宸、洪成文《异地高考制度风险分析及规避机制研究》，《清华大学教育研究》2013 年第 3 期。

　② 李思孝：《马克思恩格斯美学思想浅说》，上海文艺出版社 1981 年版，第 273 页。

　③ 谭学纯、朱玲：《修辞研究：走出技巧论》，安徽大学出版社 2004 年版，第 267、269 页。

事万物，都是有其自然生长的特长，也有不可避免的局限。没有相应的局限，就是各自的无限——无限制，将是混乱的无秩序。

方法的局限，同样是不可避免的。没有一种方法可以解决一切的问题。没有一种方法是可以解决全部问题的百分百的神丹妙药。视角、立足点如果不当，都有可能出现失误，形成缺陷。

学科的局限，是指每一个学科，只能相应地解决本学科的部分问题，不可能解决一切问题。而每一个作者，也有自身难以完全摆脱的局限。

（二）文学批评局限的分类

我们把文学批评的局限分为三个方面：批评整体的局限、批评家的局限、批评对象的局限。

1. 批评整体的局限

在教育学方面，"忽视教育的负面影响是教育学的重大理论失误"，研究教育的负面影响，具有重大的理论意义和现实意义。[①]

在文学理论方面，忽视文学批评的负面影响也是重大的理论欠缺。研究批评的负面影响，具有重大的理论意义和现实意义。以往的文学理论，很少直接提出文学批评的负面作用（或者影响）的问题。而实质上，批评的问题并不能仅仅归咎于个别批评家的无能与失误，批评的整体本身，也包含着与生俱来的局限。

批评的这种与生俱来的天然的局限，就在于：批评只能解决部分具体的问题。批评总是分散的、松散的，无数批评成果的总体，才可能接近整体、接近本质、接近全面。对于所有的文学、评论问题的一揽子解决，它总是力不胜任。而批评的生命力就在于，它总是积极地面对文学的问题，总是从批评家各自的侧面，去探寻文学现象的各种奥秘与机巧。它是探险，总有失误。它是反应，总有不足。正因为，主流的文学理论从来不谈及批评的局限，所以许许多多的人总是不满批评，不能认识和理解批评的内在的基本性质。

---

① 季银泉：《论教育对儿童身心发展的负面影响》，《南通大学学报》（教育科学版）2006年第3期。

王蒙谈道：有人不满批评，有过这样的抱怨，本来一篇挺不错的作品，经过评论的干巴巴的褒扬以后，大倒读者的胃口，使你再不想去接触它。①

这种大倒读者胃口的批评、蹩脚的批评，就是批评的局限。有局限的批评是不可避免的存在着的。

周作人指出：有害的评论，妨碍我们阅读（古文学）的享乐。把诗（文学）的真意完全抹杀。②

2. 批评家的局限

批评家的局限，也是批评局限的重要构成。

批评家无论大小，总难免出错。……即使是那些大批评家也不例外。③

法国批评家蒂博代认为，每个批评家都有他的局限，而且是必然存在的：每个批评家所独具的错误是他素质的组成部分，同时控制着他的生命和死亡。④

李健吾也充分注意到批评家的局限：不幸是一个批评者又有他的限制。若干作家，由于伟大、由于隐晦、由于特殊生活、由于地方色彩、由于种种原因，例如心性不投，超出他的理解之外，他虽欲执笔论列，每苦无以应命。尤其是同代作家，无名有名，日新月异，批评者生命无多，不是他的快马所能追及，我们还不谈那些左右爱恶的情感成分，时时出而破坏公平的考虑。钟嵘并不因为贬黜陶渊明而减色，他有他的限制：他是自己的限制。⑤

3. 批评对象的局限

文学批评的对象：作品、作家、文学发展、批评现象等，都有一定的局限。在文学批评中，要认识、理解、谅解文学的局限。

---

① 王蒙：《读评论文章偶记》（1985 年），《王蒙文存》第 23 卷，人民文学出版社 2003 年版，第 118 页。

② 周作人：《古文学》，见《自己的园地》，转引自张明高、范桥编《周作人散文》（第二集），中国广播电视出版社 1992 年版，第 191—193 页。

③ ［美］哈罗德布鲁姆：《西方正典》，江宁康译，译林出版社 2011 年版，第 148 页。

④ ［法］蒂博代：《六说文学批评》，赵坚译，生活·读书·新知三联书店 2002 年版，第 63 页。

⑤ 李健吾：《咀华二集·跋》（1942 年），《咀华集·咀华二集》，复旦大学出版社 2005 年版，第 184—186 页。

王蒙认为：文学是诉诸形象和情感的——它缺乏逻辑思维的确定性与可论证性；文学又是诉诸虚构的——它缺乏历史、新闻的那种不可更易性与可考证性；文学的魅力、文学的力量常常和它的弱点，局限性（常常是可悲的局限性）、甚至是荒谬性纠结在一起。……只有既懂得文学的魅力也懂得文学的短处，既理解一篇作品的匠心独运又理解同一篇作品的缺憾不足的人，才算真的读懂了作品。①

张海迪（创作了许多感人作品，如小说《绝顶》）对于文学创作的局限，是这样谈论的：写作的困境，还在于超越以往写作的局限。这就增加了写作的难度和高度。②

这表明作家对于自身局限的清醒认识和积极看法。认识局限，才能超越局限。而一旦超越以往局限，增加了难度，就跃上了新的高度。

批评家有个体局限，也有特定群体的时代、历史局限。而开放的由古至今的加入进来、不断补充、无限扩大的批评家群体，是各有自身局限，而又不断认识局限、超越局限的批评的希望所在。

4. 时代、历史对于批评的局限

客观条件，一定的时代原因、历史条件对于文学批评所造成的局限，也是巨大的甚至是惨痛的。

在总结对丁玲小说《在医院中》70 余年的评论过程时，有论者认为，20 世纪 40 年代在延安的一些批评和否定，是站立在当时的政治立场上，遵从政治性、功利性、现实性的批评标准来审视作品的，认为作品不恰当地表现了抗日根据地的落后、消极一面。这种批评认识的局限主要是时代的局限。当年丁玲对作品《在医院中》所做的检讨，也有对于那些批评的部分认同，同样反映了作家当时的时代局限。……严家炎在 20 世纪 80 年代的《现代文学史上的一桩公案——重评丁玲小说〈在医院中〉》③，对于《在医院中》的评论，有对丁玲作品《在医院中》在当时历史上受到粗暴批评而辩诬的成分，更有新

---

① 王蒙：《对于当代新作的爱与知（代序）》，曾镇南：《泥土与蒺藜》，百花文艺出版社 1983 年版。

② 张海迪：《文学的光亮与温暖》，《文艺报》2007 年 8 月 9 日。

③ 严家炎：《现代文学史上的一桩公案——重评丁玲小说〈在医院中〉》，《钟山》 1980 年第 1 期。

的时代条件下，对于丁玲作品的重新阐释，被认为是历史上"第一次做出的较全面、较深入、较符合实际的评价"。所论的作品主人公陆萍与周围环境的矛盾，是"和高度的革命责任感相联系着的现代科学文化要求，与小生产者的愚昧无知、偏狭保守、自私苟安等思想习气所形成的尖锐对立"。① 严家炎在新的历史条件下对于丁玲小说《在医院中》的评论，当然有学者自身的智力、勇气和思考，同时，也借助了新的历史际遇的赐予。在当时，"文革"结束之后对于封建文化残余的认识和警惕，对于现代观念和现实矛盾的冲突与纠葛的探问和考察，是一些先觉思想者反思的课题。严先生对于 20 世纪 40 年代历史条件下批评局限的超越，反映了时代变化的新成果。也成为一个实例，帮助我们认识批评的历史局限与对于局限的超越。

文学史家樊骏对自己学术的局限性，看得清楚，有更自觉的反省。但是，在经历了一段的历史发展之后，同样还有他所没有认识到的部分。按照钱理群的分析、总结，主要体现于：对时代、历史发展的曲折，对学科的复杂性，认识不足。这有历史形成的个人的知识结构有关，和时代的精神氛围有关。更与历史发展的变化在当时没有明晰，或者还没有发展到特别突出的显现，有重要的关系。既是善良、天真的人们无法预料，也与思考者对于自己所生活的时代的复杂性不能真正把握，对于历史发展的曲折性缺乏足够的思想准备，大有关系。随着时间的推移，历史发展的内在矛盾及其后果逐渐显露出来，我们在今天就看得很清楚。②

认识局限、理解局限，是为了克服局限、超越局限。也应当认识到，某些历史条件限制的难以突破。"时代的局限，只能随着时代的发展而得到克服和完善。"③ 这是批评家总结的深刻的历史经验，极其珍贵。

---

① 参见王卫平、徐立平《〈在医院中〉：评说七十年的是非曲直》，《辽宁师范大学学报》（社会科学版）2013 年第 2 期。

② 钱理群：《樊骏参与建构的中国现代文学研究传统》，《文学评论》2011 年第 1 期。

③ 冯牧、缪俊杰：《时代的潮汐与历史的回声——"共和国长篇小说经典丛书"·序》，杜鹏程著《保卫延安》，花山文艺出版社 1995 年版。

（三）在文学批评中正确对待局限

以往的一些文学批评，对于局限常常不予理解，在批评态度上甚至充满了敌意、恶意。这是需要加以认识和调整、改变的。

1. 正视局限

在文学批评中正确对待局限，首先要正视局限、理解局限。

正视局限，认识具体局限的性质、程度和范围。不夸大、不缩小、不回避局限，辩证看待局限。局限，既要克服，又难以完全消除。我们寄希望于不断地超越与逐步地减少。这也是研究批评局限的重要原因。

理解局限，要认识局限的必然和普遍，对于批评对象的局限，给以具体的分析和判断。分析局限的原因，判断局限的作用。

2. 善待局限

善待局限，包括以"善"对待局限，和"善于"对待局限。以"善"对待局限，即陈寅恪所说的对研究对象的"同情之理解"。"善于"对待局限，是采用妥善的方式恰当地对待局限。

（1）不因局限而放弃鼓励

对于批评对象的创新探索，因为失败所形成的局限，批评家不仅不应该简单否定，还应该积极鼓励。使作家不因局限而放弃探索。而是鼓励作家在探索的路上继续前行。老舍曾经谈及：作者以一成不变的风格，去应付不同的内容与形式，难免有成有败。适者成功，不适者失败，这便是局限。……不应当因局限而放弃风格，或轻视风格。……即使承认风格有所局限，作家也不该不去多方面尝试。①

（2）不因局限而否定整体

陈思和在评价批评家的局限时，这样看："批评家并不因为有其局限而影响自身的创造与成就。有些批评家（如成仿吾、茅盾）在20世纪20年代，有时见解异常精彩，有时笨拙无力，这种情况并没有损害批评家的威望，恰恰以此确定了他们在现代批评史上的地位。"②

---

① 老舍：《风格与局限》（1961年），张桂兴编注，《老舍文艺论集》，山东大学出版社1999年版，第502页。

② 陈思和：《从批评的实践性看当代的发展趋向》，郭小东等：《我的批评观》，漓江出版社1987年版，第53页。

（3）不因局限而放弃批评

小说大师，也有局限之处。

纳博科夫被称为小说艺术大师，也是眼光独到、格调严肃的批评家。他写作的《尼古拉果戈理》（英文原作出版于 1944 年，中文译本刘佳林译，广西师范大学 2010 年版），是一本写得很精彩的著作。只挑选了果戈理的四个作品来写，通过《钦差大臣》、《死魂灵》、《外套》介绍、评价果戈理的创作成就，通过《与友人书》阐释其悲剧和人格，略去有关艺术风格演变的深入细致的分析，未能成为一幅全景式画像。未免让人有些遗憾。[①] 小说艺术大师纳博科夫，为另一位小说艺术大师果戈理立传，本身就令人期待。通过果戈理的四个作品来评价他的小说艺术，写他的人生，自然有其匠心妙思。所以有"写得很精彩"之评语。而果戈理创作、思想、人生的复杂性，很难由四部作品能够概括，难免有局限，又有"让人有些遗憾"之叹。这是正确的态度、方法：不因局限而放弃批评，不因局限而否定整体。

（4）认真看待自身局限

正确对待局限，不仅要正确对待他人的局限，也包括正确对待自己的局限。宁宗一认为："认识自己的局限是一种明智，而故意把自己表现得毫无局限，才是真正的局限。"[②]

说得非常好！愿批评家理性更明智，心灵更纯净，有一面心灵的镜子经常照照自我。能够自省局限，克服局限，而不是掩藏局限，陷入泥潭。

三十二　文学批评的效益原则

效益的本义，是一个活动所引起的后果或者影响。我们这里提出文学批评的效益问题，就在于希望批评家重视整个批评群体和个体自身的活动，所能够引出什么样的后果或者影响，并能够自觉地扩大正面的、积极的、重要的影响。

---

① 许志强：《纳博科夫镜中的果戈理》，《书城》2011 年第 11 期。

② 宁宗一：《倾听民间心灵回声》，山西古籍出版社 2003 年 4 月，第 93 页。

一说到效益，很多人就单一地理解为经济效益。这是对效益片面的理解。的确，"经济建设一般推崇效益原则"，而文化建设有其特殊的规律，强调意义生产、价值叩问、情感慰藉和人性关怀。① 但是，效益并非是经济领域独家垄断的专属，就像"经济"含有效率和成本的意义，可以在任何领域通用一样。效益，即"用"。不仅是经济之"用"，还有精神之"用"。人文精神、人文学科、艺术、文学，可能在社会中为某些人获得物质利益，但是更主要、更重要的是，为整个社会、全人类获得精神效益。人文精神、人文学科、艺术、文学，更多体现的是，价值、理想、思想、信念在社会实践中的巨大作用，是促进人的精神的自由和解放。②

对于文学批评的效益来说，在文化效益上就是通过对于文学现象和文学批评状况的评价、分析、介绍、奖励，通过文学批评理论建设，对文学的生产和发展，对文学批评的学科发展，追求具有正面的积极的重要的影响。

在文学批评效益的问题上，有几个问题需要注意：一是，忽视文学批评效益的观念，将效益看得可有可无，忽视其存在的重要性；二是，将文学批评效益的文化效益等同于实用、实利和功利主义；三是，追求何种效益，如何评价。

（一）文学批评效益的重要

没有看到谁说"文学批评效益不重要"，却很少看到批评家直接论述"文学批评效益的重要"。谢玉振著文，名为《关注学者的学术论著及其影响力》，③ 实质上涉及学术的效益问题。

杨志认为，如果学者不能充分对社会传播他的研究成果，仅仅沉浸在发表学术论文，是一种文化资源的浪费。④

---

① 薛晋文：《文化强国建设应克服盲目性》，《光明日报》2013 年 7 月 20 日。
② 参见刘福森《哲学的"根"与"用"——哲学与现实的双重关系》，《光明日报》2012 年 2 月 14 日。崔树强：《艺术也需"无用之用"》，《光明日报》2013 年 4 月 18 日（第12 版）。
③ 《文汇读书周报》2006 年 7 月 28 日。
④ 李春雨：《密码背后的"密码"》，《中国教育报》2006 年 6 月 15 日。

批评效益值得重视，我们从以下几个方面来讨论。

1. 明确效益，增强批评的自觉性

效益意识的有无，自觉与否。

有意识的效益追求，是自省与自觉，是责任的承担和目的的实现，是明确的选择。

无意识的效益观念，则可能使批评活动变得随意，难以突出社会责任的承担，难以凸显批评的文化力量，理想追求；难以发挥文学批评的积极作用。

批评家南帆谈到，面对一种理论学说，我们必须知道，这种理论，这种知识的有效程度如何。……围绕对话有许多问题值得研究。其中之一是，怎样使对话更为简明有效？[①]

张奎志指出：批评应有实效，应切近作品或者文学现实。可是，有些批评家只关心批评方法的创新，不关心批评的实效，忽略批评的实际功用。[②]

文学批评，同样需要它的积极功能的实现，这就是效益。

2. 提高效益，增强批评的有效性

提高文学批评的效益，可以增强批评的功能，使文学批评具有的更突出、强力的效果。

批评论著的发表，并不是批评活动的结束，而是另一个阶段的开始。批评的目的，是为了达到特定目的，引起特定效果，发挥一定的效益。那种批评论著发表，仅仅限于作者及其单位的某些简单功利，并不是文学批评功能的本义，至少不是文学批评的文化意义和学术意义。

我们这里提出这一原则，就是希望恢复和增强文学批评的文化功能，使具有文化意味和思想力量、文明功能的文学批评，变得更加有力和有效，使文学批评能够获得自身的内部健康、充满活力，也使文学批评能够满足社会公众的文化期待。

3. 开发效益，实现批评的最大值

开发文学批评的效益，进而实现文学批评的最大值。这是从"经

---

① 南帆：《冲突的文学》，江苏大学出版社 2010 年版，第 304、253 页。

② 张奎志：《体验批评：一种新的文学批评观》，黑龙江大学出版社 2008 年版，第 2—4 页。

济"的角度，提醒批评家们：重视文学批评的积极的效益，并把它们的潜力充分挖掘，达到全面的深刻的良好影响。

（二）文学批评效益的内容

我们这里讨论的文学批评效益的内容，包括以下方面。

1. 文学批评效益的核心

文学批评效益的核心词，是价值、效用、成本、收益。

语言具有效益，甚至经济效益。"语言经济学"的创始人经济学家雅各布马尔沙克，在分析语言的经济效益时说：语言和其他资源一样，具有价值、效用、成本、收益等经济特性。[①] 如果放开眼界，扩大效益的经济功能，而从社会效益的角度看，文学批评同样具有语言这样的一些特征：它是一种资源，具有价值、效用、成本、收益等特性。从这一前提出发，认识和重视文学批评的效益问题，就显得可以充分理解。当然，收益并非仅仅是经济收益和物质好处以及个人的自我便利。

文学批评效益的核心，是创造自身价值，扩大文学批评的效用，降低生产价值的成本，获得批评的最大收益。

2. 主导：精神效益

文学批评是一种精神活动，它主要地作用于人们的精神世界，更在于精神效益的影响。温儒敏认为：人文学科具有"无用之用"，在文化积累和民族精神建设中具有重要作用。[②]

在商品社会，文学批评的成果，也会产生物质效益，不可忽视。同文学一样，文学批评的效益，主要是精神文化的效益。至于一部分成果所引出的物质效益，既不应一概否定，也不能一概肯定，作为衡量批评效益的唯一标准。王元化关于人文精神和社会效益、经济（物质）效益的思考，值得我们注意。王元化认为：人文精神不能转化为生产力，更不能直接产生经济效益。但一个社会如果缺乏由人文精神所培养的责任伦理、公民意识、职业道德、敬业精神，形成精神世界的偏枯，使人的素质越来越低下，那么，纵使消费发达，物品繁茂，也不能算是一个

---

① 杨惠媛：《语言与经济博弈》，《光明日报》2013 年 11 月 26 日。
② 温儒敏：《文学史的视野》，人民文学出版社 2004 年版，第 327 页。

文明社会，而且必将一天一天衰败下去（为东南大学"人文教育高层论坛"的题词，2003年11月27日）。[①]

人、人类的存在与整体发展，是最高价值。个体的物质享乐，不能危害社会群体的健康发展。绝不能以个体及少部分人的消极享乐，作为人文精神、人文学科、精神成果的衡量标准，从而放弃人类文明发展的历史责任。

王蒙认为：文学的价值就是精神价值。是对于人的思想、感情、灵魂的影响。其中有正面的影响，也有负面的影响；可能有助于人们身心健康，也可能破坏人们的身心健康。[②]

总的说来，文学批评效益的主导，是一种精神效益。它主要地作用于人们的精神世界，更在于促进文学创作、文学欣赏、文学批评的丰富和提高，促进人与社会的审美、文明进入更高的境界和阶段，而不是相反。

3. 多样效益

在不完善的商品经济社会的现在阶段，文学批评可能产生多样的效益。

批评家因为批评成果，可以扬名，产生荣誉。

批评家因为批评成果获得的利益，可以是金钱，待遇。有名副其实的盛名，也有金钱炒作的虚名。有正当的物质利益，也有沽名钓誉的低下操作，牟取私利。

文学批评的效益，有公共的，也有私人的。有个人的，群体的；也有学科（文学学科、文学批评学科）的，社会的。有精神的、物质的；有商业的、学术的；历史的，现实的，种种。是多样的，也是需要认真区分和具体评价的。

4. 正面效益

正面效益有多种体现。

周来祥认为：艺术批评的功能，是推动艺术创造和艺术欣赏水平的

---

① 王元化：《清园近作集》，文汇出版社2004年版，第204页。
② 王蒙：《文学是必要的吗》，《汕头大学学报》（人文社会科学版）2002年第2期。

进步。① 这实际表明，艺术批评的功能（效益）突出体现于两个方面：提高艺术创造的水平，提高艺术欣赏的水平。一是对于作家，二是对于读者。

批评效益之一，阐释作品的意义，推广作家的知名。批评家的慧眼，使一些新作家、无名作家可能迅速崭露头角，很快为世人所知。美国作家福克纳，早期的作品未能被读者赏识，由于著名批评家考利和其他批评家的推荐、研究，福克纳很快扬名，并获得了包括诺贝尔文学奖在内的许多赞誉。② 这在中外文学史上的例子不胜枚举。当然，这里的前提是，福克纳的作品确实有内在的文学、美学品质。否则，文学垃圾品即使用金子包装，也难以在文学史上获得文学地位。而许多年轻或者不年轻的作家，仅仅看到某些获得批评家推荐、研究的作品，扩大影响、受到赞誉的后果，却忽略了其文学作品的内在品质。

批评效益之二，提升读者、提醒作家，关注人的灵魂。批评不仅关注作品，更关注人的灵魂——作家、读者的灵魂。批评不仅是批评家的个人体验，更是与社会性普遍体验的沟通。单元认为：尽管对文学的作用有多种说法，但有一点可以肯定，即文学是人写的，是写人的，是关注人的精神与心灵并且为人服务的。对民族与国家未来前途的关注，对人类命运的终极关怀和憧憬，对人的精神和心灵的抚慰与引领，是文学之所以存在的根本理由。③

批评效益之三，选择优劣，宣传优秀。形成显在或者潜在的批评——评价标准。

批评的效益之四，推动文学理论（包括批评理论）建设，促进学科发展。

批评效益之五，参与文化建设，促进社会发展。（参见"文学批评的责任原则"。）

5. 负面效益

批评也具有负面效益，反而使批评对象向消极方面发展，同时也丧

---

① 周来祥：《文艺美学》，人民文学出版社 2003 年版，第 419 页。

② 南帆主编：《文学理论新读本》，浙江文艺出版社 2002 年版，第 241 页。

③ 单元：《文学之用与作家的情感立场》，王肇基、肖向东主编：《底层文学论集》，人民日报出版社 2008 年版，第 251 页。

失了自身的公共信誉，失去公信力。

不当的批评，破坏了作家的创作积极性，使作家丧失自信。美国作家海明威（1899—1962）说到，有的批评家的批评使作家丧失自信。他就知道有两位作家是因为阅读了一些批评家的文章而不再继续写作，从而离开了创作。① 中国作家孙犁也曾经指出：庸俗的吹捧，只能助长作家的轻浮，产生哗众取宠的作品。它不能动摇严肃作家的冷静的创作态度。（《读作品记（三）》，1980 年 12 月）②

批评可以使作家变得自傲或者自卑。海明威说：作家获得的奖赏如果来得太快，常常会毁掉一个作家；如果奖赏迟迟不至，也常常会使作家愤懑。（《作家和战争》，1937 年)③

不实的批评，使批评失信。假大空的批评，败坏的不仅是个别批评家的自身名誉，一旦这种批评成为一定的症候，会使整个批评都信誉下降。有批评家惊呼：批评失去了公信力！实质上，就是文学批评效益的负值。

（三）文学批评效益的实现

文学批评效益的实现，这里主要指如何充分发挥积极效益，大力克服消极效益，使正面效益获得最大限度的实现。

文学批评的效益有积极的，也有消极的。这只能是从大体而言。在现实中，具体的文学批评有些可能具有复杂性。在积极中，可能含有消极的部分。在消极中，可能含有积极的部分。

重视文学批评的积极效益，自觉发挥文学批评的最大、最佳的效益，应该成为有责任的批评家的明确认识和认真实践。

1. 解决现实问题

有成就的文史大家总是有创造思想和介入现实的双重使命。④ "介

① ［美］海明威：《非洲的青山》（1935 年），惠特曼等著：《美国作家论文学》，刘宝瑞等译，生活·读书·新知三联书店 1984 年版，第 345—346 页。

② 孙犁著，金梅、李蒙英编：《孙犁文论集》，人民文学出版社 1983 年版，第 351 页。

③ ［美］惠特曼等著：《美国作家论文学》，刘宝瑞等译，生活·读书·新知三联书店1984 年版，第 348 页。

④ 宁宗一：《教书人手记》，大象出版社 2002 年版，第 205 页。

入现实"才能发挥思想的效益，反过来，现实也触发思想的发展与创造。

面对现实问题，认真思考和解决问题，既有历史传承，又考虑未来发展，承担文学批评的时代责任，是文学批评效益的最佳路径。

2. 具有真实性

真实性是批评的基础。批评真实的对象，分析、评价符合对象实际的结论，才可能有效益。口吐莲花，张冠李戴，纵是把死人说活，也不能令拙劣的作品、作家进入真正的历史。假话假货只有负效益。真实才有力量，才能发挥正常的积极效能。

3. 具有针对性

有针对性的批评，才是有效益的批评。

有效益的批评，不仅是指向具体的作品、作家及具体现象的评论，也包含有针对现实、针对具体理论探讨的理论建构。

4. 具有准确性

只有准确性的批评，才能直接有效。没有准确性的批评，或者大而无当、空泛无边，或者张冠李戴、李代桃僵，看似有内容，实则无意义。不关苦痛，只有搔痒。汉代思想家扬雄有言："君子不言，言必有中。"强调准确的评价是最好的评价。显然，准确的评价才能实现最好的效益。

5. 具有深刻性

只有深刻性的批评，才能直接有效。鞭辟入里，不是专门解决皮毛问题，而要深入事物的本质，探索内在的规律。

6. 具有可信性

信誉是最根本的保证。通过论证以理服人的批评，说理的而不是蛮横的，持久的而不是一时的，令人信服，童叟无欺，具有社会良知而又经得起历史检验。不是无错误，而是知道错了就勇于改正。有"向生活质疑的勇气，对抗专制轨范的人格力量和道德激情"，① 才能获得尊重和信任。

---

① 参见李建军《时代及其文学的敌人》，中国工人出版社 2004 年版，第 361 页。

7. 较大影响性

有力量，产生积极影响的批评，才更加有效。

正面的影响越大，越有更大的效益。当然，这种影响是实在的，而不是虚空的；是实际发生作用的，而不是自欺欺人、欺骗他人的。

（四）文学批评效益的评价

什么是批评的好效益，可以从这样几方面来看。

1. 选题的重要性

选择有普遍性、重要性的论题和对象。

肩负批评家推进社会的文化的文学的进步责任。

2. 实践的有效性

理论的有效，在于提出真正的有价值的问题。并且能够解决实践中的问题。实践的有效，在于真正的有效果，在文学批评实践中真正地发挥作用。

文学批评的效益，应当在理论和实践中同时产生，相互促进、相互推动，共同促进文学和文学批评的发展、繁荣。

3. 效益的公义性

效益的公义性，是把效益是否有利于公众、社会、人类文明发展，作为重要衡量标准。我们不反对个人的效益。但是，在个人和社会之间，要选择更有利于社会进步的方面。这不是以人数来衡量，而是以本质内容来取舍。有些看似个人的意见，可能是人类文明的方向。有些团体的主张，名义为大众，实际是宗派。所以，不能以口号本身作为主要根据。

4. 效益的时间性

效益的时间性，有两个维度，一是及时性，二是长久性。

及时性评价，能够产生立竿见影的效益。王干认为：对当代文学研究来说，"更好"意味着更及时、更学术。[①] 及时的批评，可以迅速地抵达接受对象，排除了更久的等待。最近时段的反馈，往往成为最佳时机的交流。当然，时间距离的近，本身并不是唯一的能量，最根本的，

---

① 王干：《在追踪中升华（〈真实的力量〉代序）》，张学昕：《真实的力量》，山东文艺出版社 2004 年版，第 145 页。

还需要批评内容、结论的可靠。但是，有同样质量的批评，最先到达者，效益更大。

长久性效益，更是许多有远大志向的批评家的追求。短期效益值得珍视。长期效益，更为难得。好的效益，并非一定是立竿见影的短期效益。坐冷板凳精神的提倡，并非鼓励苦行，而在尊重对于学术研究的潜心、专心和恒心的敬重，更是对于坐冷板凳之后获得的珍贵的重要的劳动成果的尊重和期盼。

5. 评价的科学性

评价标准的科学性，是实现效益的重要元素。

商业活动的效益，不应该冒充为文化（狭义的、精神的）的。文化的精神的效益，也不能用金钱的商业的价值来衡量。应当正确对待和细致分析。

无毁他人，遵守规则的商业宣传，应该宽容。但是，在评价其学术价值和精神文化价值时，不应该以其商业影响认作学术本身的影响。

6. 效益的隐含与显在

文学批评的效益，还有隐含与显在的不同。

显在效益是那些可以在短时间直接了解、明显感受到的效益。隐含效益，则是要在更长的时段慢慢显示的效益。

隐含效益的例子：在文学史上，批评家的大部分倡导都未能得到响应。但是，只要人们对于这些倡导有所反应，就已经对文学的发展产生了意义。即使某种倡导遭到众口一词的反对，它也将产生一种反作用力，使文学朝着一个相反的方向驰去。① 这里包含了对于效益的乐观、豁达，也是对于隐含效益的发掘、证明。

文学批评对于文学创作、文学欣赏产生影响，即效益。同时，批评对于文学批评、文学理论、文化建设也产生效益。请读者参阅本书的"责任原则"来共同思考。与责任相关，正面效益的完全、充分实现，也是批评家的责任。两者相互联系在一起。责任，更多地偏重于外界赋予和主体承担。效益，则侧重于批评功能的实现，获取最大价值，使目的充分达到，是批评过程的最后的真正的完成。那些没有效益或者效益

---

① 南帆主编：《文学理论新读本》，浙江文艺出版社 2002 年版，第 240 页。

低微的批评，往往成为批评成果制造者的自娱自乐，仅此而已。

三十三　文学批评的价值原则

从事文学批评的参与者，自然而然、自觉不自觉地要用一定的价值原则，来规范、影响自己的批评活动。"文学批评价值原则"的提出，在于提请批评家在批评活动中，增强对于文学价值（"文学价值"、"文学批评价值"）问题的自觉性。

（一）增强文学批评中价值问题的自觉性

张荣翼认为：批评标准的设立，在很大程度上就是为了满足人们对文学价值评判的需要。……在社会中每个人都可能有自己不同的人生观、价值观，就要求对于文学以一个统一的标准来规范，使文学批评作为一种价值评判的工作来施行。[①]

李春青的专论《文学价值学引论》，是对于文学价值的专门论述。在上篇"文学价值的哲学思考"中，提出"个体价值与社会价值的双重变奏"和"伦理价值与历史价值的相互消解"，论证对于"文学价值的评价具有二重性"，一是个体价值，二是社会价值。"文学价值的实现过程具有潜能、评价和效应，三个基本环节。"在中篇"文学价值的心理学阐释"中，除"文学的个体价值与社会价值"以外，还有"悲剧价值""喜剧价值"等命题的论证。他认为，马克思主义文学理论对于文学评价应该用"美学和历史的观点"，是文学批评的价值标准。[②]

以上两位批评理论家的研究，是对于批评家在批评活动中充分认识文学价值的提示，值得批评家予以注意。

（二）文学价值和文学批评价值

"价值"的一般理解，是"意义"。有时它们是同一语。很多人解释为"满足人的某种需求"。某事物（或者抽象的精神、或者具体的实

---

① 张荣翼：《文学批评学论稿》，云南人民出版社1995年版，第212、214页。
② 李春青：《文学价值学引论》，云南人民出版社1995年版，第33页。

物）"满足人的某种需求"，就对于"有需求"的"满足者"有意义。

广义的"文学价值"，包括（狭义的）"文学价值"和"文学批评价值"。"文学批评价值"是广义的"文学价值"的一部分。由于文学批评研究的深入与细化，"文学批评价值"就不能不单独予以提出和使用。

"文学价值"，是对于有文学需求的人们的某种满足。由于文学产品（商品）的丰富性和多样性，以及文学的丰富功能，"文学"能够给不同的人带来不同的价值［审美、文化、政治、宗教、心理、教育、娱乐（游戏）、消闲，等等］。我们这里主张的"文学价值"，主要是从审美、文体的意义限定"文学"（当然包括相应的社会、文化、历史内容，不排除它们，但是不做专门的社会、文化、历史体验，而着重关注审美、情感、文体的体验）。

"文学批评价值"，是对于有文学批评需求的人们的某种满足。它既包含了文学批评具体成果对于需求者的直接满足（求真相、获真知、寻交流等），也包含了文学批评具体成果对于研究者在文学批评研究过程中的满足（衡量、选择最有代表性、独特性和历史性的存在）。

（三）文学批评的价值选择

文学批评的价值选择，需要自觉注意批评主体的选择、批评对象的选择、价值内容的选择。

批评主体的选择，是批评家自觉或者不自觉地选择何种批评观念、批评方法，做出什么样的含有何种价值的批评活动及其结果。

批评对象的选择，是批评家自觉或者不自觉地选择哪些方面作为阐发的主要方面。

价值内容的选择，是批评家自觉或者不自觉地选择哪一类别的价值。例如，审美价值、文化价值、商业价值、历史价值、教育价值、娱乐价值，等等。

（四）文学批评的价值实现

文学批评的价值实现，根本的问题是通过批评活动及其成果创造价值。

文学批评的新价值，核心在于提出新观点、创造（或者体现）新方法。（参见本书"文学批评的创新原则"）

（五）文学批评的价值评价

价值评价是判断价值的大小、有无、种类、层次等各种功能。

对于人类文明和社会进步，对于人类、民族的文学和文学批评的繁荣（水平提高、认识深刻、肯定多样化和个性化）有积极促进作用的批评，应该是具有根本性的价值。

文学批评的价值，最核心、最本质的是审美价值。

文学批评的价值，其大小、有无、种类、层次，最终的评价还要有历史的时间沉淀，还要依靠各个历史阶段的不同人群来分析、确认。不是一时一事的简单衡量。

三十四　文学批评的互补原则

文学批评的互补原则，是批评家应该自觉地增强从批评对象、论战对方，从无直接关系的他人那里，获得积极的借鉴和补益，以更努力地丰富自己、提升自己。

文学批评的互补原则，有两个重要的基础性前提。一是批评既有长处，也有局限。通过互补可以扬长补短。存在各种各样的批评，如审美批评、政治批评、文化批评、道德批评、心理批评、人类学批评，等等。每个批评家都有其选择的自由。每个批评家、批评方法、批评流派，都可能获得自己的创造，满足作家和读者的一些积极的需求。同时，每个批评家、批评方法、批评流派，都可能有自己的局限。（参见本书的"文学批评的局限原则"。）二是批评对象，特别是内涵复杂、意义丰厚的文学作品及现象，有不断阐释的空间。欧洲有"说不尽的莎士比亚"，中国有"无法穷尽的《红楼梦》之谜"。单单依靠几个批评家、某一个流派，是无法完成对于复杂现象的认识和评价的。通过互补可以使认知有所增益。

不同观点、方法、流派、历史阶段的文学批评探索，它们的互补，可以在一定程度上推动文学批评的进步和丰富，帮助有需求者满足对于文学的认知。

（一）互补，趋向全面

个体的、单独的、单一的批评无法全面。

文学批评中各种各类成果的互补，可以使批评接近全面。

文学批评的整体和全面，是一种积极的追求。但是，在具体操作实践、实施完成的过程中，确实无法达到全面。在某个人、某个群体、某个阶段看来，似乎很全面的批评，一旦有了新的批评方式、角度的成果出现，就会改变人们以往的相对全面的格局。这种无法绝对全面的绝对性，实在是无奈的处境，又是必然的结果。客观地看待，也是人类不能不接受的现实。人类既然做不了全知全能的"上帝"，就不用去追求"上帝"的全知全能。而依照认识的规律，由少到多、由简向繁、由浅入深，仍然不失为认识问题、解决问题的积极努力，正确选择。

文学批评中各种各类成果的互补，同样是认识解决各种批评问题、认识评价批评对象的积极选择和有益方式。

（二）互补，走向完善

文学批评中的互补，能够促使批评家更自觉地自我完善、取长补短。

个体的批评家是这样，群体的批评家也是这样。只要承认每一个人、方法、流派的批评，都是有一定局限的。那么，追求相对的完善，在他人、他派的批评成果和批评方法中，获得借鉴，不但是一种可能，还是可以实践的积极选择。如果批评家自省到自身有一定的局限，那并不是坏事，而是可能更客观地看待自己、看待他人，促进自己的批评活动更加努力，更自觉地调整批评方式，在一定程度上限制局限、冲破局限。提高自身和群体批评家的能力和水平。

（三）互补，需要尊重

文学批评中的互补，需要批评家互相尊重，在尊重他人和他人成果的基础上自觉地自我完善、取长补短。（参见本书的"文学批评的尊重原则"。）

（四）互补，是为求知

文学批评中的互补，是为求知。不能一团和气，不辨是非。

文学批评中的互补，并不是一味地对于他人赞誉和吸收，当然也包括另外的方面，在学理范畴中的讨论与争鸣，包括辨明真相和获得真知。对于不同观点的交锋，应该欢迎。正是不同观点的严肃探讨，才为参与各方提供了深入思考的机会和条件。而真相和真知，并不害怕辨明。经不起辩驳的观点，很难说有真正的价值。（参见本书的"文学批评的争鸣原则"。）

三十五　文学批评的评价原则

在文学批评史上，对如何评价文学的批评标准研究较多。而对如何评价文学批评的标准，则涉及很少，基本上难以见到。这有两个方面的可能。一是文学批评的主要方面，在于评价文学，重点在如何批评文学的标准。二是批评文章要么不被重视，如果去专门研究它，似属多余；要么被视为天然合理，不必再予以评价。

在实践中，文学批评的自觉与成熟，一方面体现于有了比较合理的观念、方法来看待、评价文学现象，另一方面则体现于对文学批评自身的理性评判与深切自省。因而，如何评价文学批评成果，以什么样的标准来衡量文学批评，也就变得切实与必要了。

（一）评价文学批评的具体标准

评价文学批评的标准，即是以什么原则作为评价的尺度。

文学批评的本质，是对于文学形象的评价、阐释（说明），它的最佳效果，是促进文学的丰富、提高。

评价文学批评的标准，与评价文学的根本标准——真善美，是一致的。在这个基础上，我们提出评价文学批评的具体标准，应该是真实、准确、创新和群体认可。

1. 真实

真实，是对批评的原初要求。

（1）真实对象

批评家所批评的是真实的作品本身，也应该是作品的真实状况。由于批评活动的主观性较强，将批评者的情感因素、理性参与融于其中，又加上需要完成形象转换（由作家书写的文字形象经批评者的阅读之后创造为本人所内视的精神形象），因而批评家所感受到的文学形象，有时与实际存在的文学读本相去甚远，有时甚至会完全相反地感受到作家的褒贬态度。因此，批评家要注意到自身的阅读，能否直切的对准作品的本身，而不是经过自我意识渗入其中后在很大程度上变形的另一个形象。普通读者的阅读感受，往往会与某些批评家所表述出来的作品面貌，截然相反。这种情况并不能简单地说明谁对谁错。有时，批评家的创造性认识会赋予作品以新的意义，使作品被发掘出全新的意义。批评家的失误，也可能难以真实地解释、评判作品。但是，衡量对作品的解读，不能离开作品本身的实际状况，是我们应该首先注意的前提。

（2）真实情感

批评家是一个普通读者。这是就根本意义说的。当然，批评家也是一个特殊读者。这里的特殊，是指批评家可以将自己的阅读感受以批评成果的方式表达出来，或者说，创造性的表达比一般的其他读者更有独特性。但是，这丝毫不意味着批评家有某种特权，可以拿腔拿调，不顾及阅读时的真实体验，抛弃阅读时所获得的审美情感，而以评判官的身份、冷漠的语意宣判或者以宣传家的身份给其他读者奉上甜美的商标。

批评，是每一个读者在现代社会的权利。阅读，是获得批评资格的前提。不以作品的真实存在为基础的批评，不可能达到积极的效果。不能针对具体作品发言的批评家，他是在卖弄自己，也是在嘲弄大众。

（3）真实结论

批评，要做出判断，应当是没有疑问的。

批评的结论要真实，根本的是要符合对象的实际情况。

凌晨光指出：批评家应该从批评对象的事实出发，用一种宽容、体谅、同情、理解的眼光看待批评对象，不对它做出超出实际的要求。这是对恩格斯在《卡尔·格律恩〈从人的观点论歌德〉》一文的理解。①

_____

① 凌晨光：《当代文学批评学》，山东大学出版社 2001 年版，第 116 页。

2. 准确

准确，是对批评的基本要求。

艾略特指出，要提防过高地评价作品的危险。《美国文学与美国语言》（1953 年）① 过高地评价作品和过低地评价作品，都是不准确的。前者，有扰乱视线之嫌，含吹捧作家之意。后者，能够破坏审美创造，客观打击创作情绪。

作家需要一语中的、堪称知音的品评。② 一语中的，就是准确。

准确的批评，是要求批评的分析材料、结论，符合作品的实际，能够准确地反映作品的实际状况。

准确，虽然说是对批评的基本要求，却不易于一次达到。这既可以从认识论的角度说明，认识的完成并非一蹴而就。也可以从批评过程的复杂性来看，认识作品特别是有着复杂内涵或者瑕瑜互见的作品，相当困难。

准确的批评，包括以下方面。

（1）符合实际

符合实际，包括以下几个方面。

①对象的实际。结论与对象一致。

②整体的实际。符合评价对象在全局的位置。

③发展的实际。评价符合文学、文学批评的发展状态。

④类别的实际。是审美批评，还是伦理批评？是政治批评，还是商业批评？不宜混淆，也不宜以甲类别批评衡量乙类别批评。

（2）不夸大其词

衡量一个批评成果的优劣，不在于其把作品（或文学现象）说得多么好，或者多么差，而在于说得是否合于作品的实际。我们看到，有的批评家对作品的评价，好像是对作品吹捧的才艺展示，一股脑的、不遗余力地送上一顶顶纸糊的桂冠。批评的结论与作品的实际状况相去甚远。那些批评家的人格，被自己廉价地践踏了。

---

① ［美］惠特曼等著：《美国作家论文学》，刘宝瑞等译，生活·读书·新知三联书店 1984 年版，第 178 页。

② 王蒙：《对于当代新作的爱与知》，曾镇南：《泥土与蒺藜》，百花文艺出版社 1983 年版。

有问题的批评，都是不准确的批评。夸大作品的成就，是不准确的。商业化的美丽包装或严厉酷评，其要害不在于结论本身，而在于脱离了作品的本来面目，太离谱了。将一部新作——大多数人还未看到，说得天花乱坠，夸大了其成绩。将一部名作或无名作品，说得一无是处，耸人听闻，夸大了其问题，都是不准确的批评。

（3）勇于改错

我们要求批评是准确的。却并不可能在现实中要求批评家的每一次批评都必然准确。读者会谅解批评家的失误，就像每个方面的人都会有失误一样。但是，有责任心的批评家都必须重视自己的失误，并时时反省自己的批评有无失误。批评家的荣誉与威信，是靠一次又一次具体的批评建立起来的。读者不能信任一个不断产生批评成果的批评家，会是一个不断出错的批评家。批评家信誉的丢失，也许几次或仅仅一次具体批评的失误，就会造成的。重视每一次的批评，自觉地防止不准确的批评，应作为批评家的内在伦理。

批评家是以批评成果来展示自身的。放大作品的问题，把小失误说成大问题，把局部问题说成是整体问题，把可以谅解的探索看成失信天下的恶德。同样也是不足取的。

我们寄希望于批评家的，是宽容而又严格的出于对文学繁荣的挚爱的批评。宽容，意味着对作家的尊重与友善。严格，是不放任那些缺点，并将作品放置于当下的社会视野与文坛整体来予以评价。

只有准确的批评，才有助于对文学作品的认识和评价，有助于文学的繁荣。夸大成绩的不准确批评，使作家昏头，读者摇头。夸大问题的不准确批评，使作家生怒，读者生疑。对文学的繁荣有百害而无一益。

3. 创新

创新，是对文学批评的较高要求。文学批评应该具有创新精神，具有独创性。

文学批评成果可以是严谨的学术论文，也可以是轻松的随笔。但总要以作者的真知灼见为核心。

创新，可以理解为人无我有，人有我精。对于批评的体验，能言人之所未言，具有原创性。或者对人已言者更有所新见与深论。

真实与准确，是创新的基础。创新，则是在真实与准确基础上的含有创造性的识见及其论证。一般地说，面对真实状况的作品，作出准确评判的批评，已具备了一定的创造性。把对文学作品（及文学现象）的感知转换成理性的评判，是要有一定的创造性的。人们常说批评是一种创造性的审美活动，就包含了对文学批评这种将审美感知转换（或曰提升）为审美判断的创造性劳动的确认。但是，进一步地说，要认识和评价文学批评成果，仅有真与准，还是远远不够的。它更不能突出地作为衡量批评成果的主要尺度。

因为真实和准确的批评，也可能是创新含量不高的批评（譬如，在原有的传统审美意识批评方法的框架下，做出的一种关于新作品的新论断），也可能是创新含量更高的批评（在尊重传统的基础上，突破了传统的某些局限，又加入了批评者的新意识、新方法的论断）。显然，如果没有创新的因素作为衡量尺度，就无法积极评价高质量文学批评所带来的新贡献、新创造。

从学术评价的角度来说，创新应该成为对文学批评成果进行评判的主要依据。而从读者来看，也更欢迎那些带来更多新创造、新思想、新创意的优秀的文学批评。

创新，是文学批评的较高标准。这已为许多批评家所注意，并付诸实践。张均指出：评价一个作家，从文学史的角度，重要的是较之他的前辈提供了怎样的新的生存境遇或叙述技术，而不是他未曾做到的东西。[①] 作品以外的，永远大于作品之内的。用作家"未曾做到的"来要求作家，往往流于苛求。对于作家的最恰当的批评，是他已经做出了什么，有无个性创造和具体价值。没有个性创造和具体价值的作家、作品，不必评论。

创新无错。创新是提高与发展的必由之路。但是，创新必须以真实和准确为基础。没有真实、准确做基础，声势再大的创新也无异于在浮沙上建造通天塔，勇气再大也难以建成。不讲真实状态和准确评判的新说，只能流于打着创新旗号的胡说，无根无据。有些批评失误的原因之一，是不能正确处理批评创新与准确评判的关系。这启示我们，没有创

---

① 张均：《底层的诗学》，王肇基、肖向东主编：《底层文学论集》，人民日报出版社2008年版，第163页。

新的要求，文学批评就不能提高与发展。没有真实、准确的要求，文学批评就不能积极与有效，不能健康地存在，不能有厚重的基础和明确的方向。

4. 群体认可

群体认可，是对批评的更高要求。

批评既是一种个人行为，又是一种社会行为。个性化的批评体现了批评家的创造，更应该是代表、集中了民族精神、时代智慧、人性光辉、哲学情怀的精华，而获得了群体的认可。

群体，不是一时的简单的数量之多，不仅指批评成果出现的当时，指批评家生存的当世，更应是不同时期的不同学术派别的更多类别，更指融入批评史、文学史的更大的空间。应该超越封建社会的江湖之气，而应带有现代民主的学术气氛，使理论成果经得起反复的诘问与检验。

诚然，批评家的创造成果打着批评家的个人印记。但评价其成果，还看其能否推动社会与文学繁荣而被认可，赢得人类的尊重，从而进入历史。这时，优秀的批评成果，已不再单纯是批评成果创造者的个人所属，已构成了群体、民族、人类对文学现象认识、评判的一部分，是其突出代表。

批评是一种认识活动，以审美为核心的判断。这些判断的结果，能否为群体所接受，是一个由个人到群体、到社会的转变过程。也许，在以个体为最高价值标准的人的眼里，真理的存在总是可疑的。而我认为，人类历史的光华与荣耀，正在于那些为群体作出了贡献的优秀者。他们以其努力，汇成了人类精神的天河，照耀着我们的精神与心灵。人类在延续和发展的过程中，总会选择、认识、称颂那些发现真理、推动人类文明进步的先驱者们。在文学史、文学批评史的领域内，那些有幸进入的贤者，正是文学批评家的崇高典范。他们是以创造力和判断力为基础，对文学、文学批评所作的生命投入、情感凝结、理论创造，获得了我们的尊重。我们便应以对他们的尊重，作为评价现实的、具体的文学批评成果的一种标准。

在对文学批评史的认识中，批评家可以得到历史的参照：什么样的批评能够超越时空，进入历史，得到更为广泛的群体的普遍认可。粗读文学批评史就会知道，面对真实批评对象，表达真情实感，具有真知灼见和创新意义的批评成果，有益于社会进步与文学发展，更容易进入批评史。进入批评史不是标准，也无法成为目的。因为不同史学家有不同的选择。但进入批评史的，多是有创造性的批评成果，是不应忽略的。

（二）文学批评评价的判定

1. 是否出于公心

这个公心，应当是为了文学、文明发展的公心。

艾略特认为，批评家应当尽量抑制私人的偏见和个人的好恶（谁能没有私人的偏见和个人的好恶呢？），对作品做出正确的评论。（《批评的功能》，1923 年）①

美国批评家豪威尔斯（1837—1920）指出，一些评论主要依据的不是作品的优点和缺陷，而是作家个人的性质；不是根据原则，而是根据个人的癖好。（《批评和散文》，1891 年）②

以个人目的、派别小圈子的利益、观念，作为评价尺度，是很难对人类、民族的文学，做出客观、公正的评价。

批评突破了共性的制约而一味走向个性的极端，理论上的绝境将随之而来。如同王晓明担心的那样：当相对主义以绝对面目出现之后，任何批评判断都将失去意义。人人都只能独白，天才的远见与粗暴的臆断将因为无从识别而成为等值。批评的基本职能将陷于混乱。③

2. 是否合理使用标准

美国作家诺曼·梅勒（1923—），批评有些批评家像希腊神话中的普罗克鲁斯特床那样，将文学作品的各自特点，放到上面，截长补短一番。（《诗歌的社会功能》，1945 年，④ 参见本书"上编"文学批评的标准。）

---

① ［美］惠特曼等著：《美国作家论文学》，刘宝瑞等译，生活·读书·新知三联书店1984 年版，第 170 页。

② 同上书，第 64—65 页。

③ 南帆：《冲突的文学》，江苏大学出版社 2009 年版，第 262 页。

④ ［美］惠特曼等著：《美国作家论文学》，刘宝瑞等译，生活·读书·新知三联书店1984 年版，第 392 页。

在某些教育评价、学校评价中，有时会产生"一把尺子量天下"的现象。① 文学批评中，也存在这样的问题。

有法国批评家强调：商业标准和艺术标准不可混淆。② 中国批评家也在呼吁，市场不是衡量艺术的唯一标尺。③

3. 是否正确看待作家与作品的关系

评价作品，作家名气与作品质量水平并无必然关系。

在现实和历史上，都曾经存在以作家的名气、地位作为评价作家成就前提的现象。郁达夫曾经讽刺有些作家的文学道路：文学作家先要有名，然后才能够有好文学，所以做文学家的最大修养，是在如何把名声弄大这一点上。④

从现代的民主精神而言，身份不能作为衡量作品的依据，同时，也不以作品作为衡量人的唯一依据。谢望新指出：以人论诗或以诗论人，难免偏颇。⑤ 即便在封建专制社会，也并不是所有的批评家都把皇帝的作品奉为上品。在皇权时代有民主精神的作家，甚至在作品中直接讽刺、抨击皇帝，如元代睢景臣创作套曲《高祖还乡》，既有见识，又有勇气。而这样的作品能够流传，应该是批评的积极作用。

评价中的名实一致与名实背离，都是可能的。作家忽培元指出，中国当代文艺界有两种现象值得研究：一种是作家名气很大，但作品质量不见得多高；另一种是在社会上名气并不很大，作品却是质量高、数量多。（《黑土沃野上的不朽丰碑》）⑥ 质量低而评价高，质量高而评价低，这种名实背离的存在，是批评的不完善，显示真正批评精神的稀缺，也提示人们需要积极的改善。

---

① 参见《高等工程教育研究》2012 年第 3 期，第 131 页。

② 宫宝荣：《法国戏剧百年（1880—1980）》，生活·读书·新知三联书店 2001 年版，第 84 页。

③ 赵宇：《让文艺回归心灵——来自北京文艺论坛的声音》，《光明日报》2011 年 8 月 5 日。

④ 郁达夫：《批评家与酒》（1932 年 12 月），《郁达夫文集》（第六卷·文论），花城出版社、三联书店香港分店 1983 年版，第 134 页。

⑤ 谢望新：《立足审美，独立发见》，《文艺报》2007 年 9 月 11 日。

⑥ 熊元义：《文艺批评的理论反思》，学苑出版社 2013 年版，第 358 页。

4. 是否正确看待评价者与评价对象的关系

衡量一个评价对象，主要的、基本的还是要看评价对象本身的价值、水平及内涵等内在因素。对于文学批评成果的评价，归根结底还是由于成果本身的价值、水平、内涵所决定的。价值、水平、内涵。陆侃如、牟世金认为：刘勰的《文心雕龙》写作之初受到当时的大官僚、大学者沈约的赞赏，对于其在当时社会的影响具有积极的重大作用。但是其为后代所推重，则主要由于它自身的价值。[①] 这个重要事实，应该是难以推翻，也带有普遍的意义。可遗憾的是，在 21 世纪初仍然有人看不清或者不承认这一点。或者评价者自以为身价高、权位重，便以为可以一言九鼎，评语不二；或者被评价者请托身价高、权位重者，以为高重者的评价就可以百世不易，得以增值。在严格的经过筛选的历史（不是历史书）面前，无论自欺还是欺人，都不能落实。

因此，对于文学批评成果的评价，不在于什么人评价，评价什么人的成果，而在于被评价成果的历史价值、学术价值和社会价值的存在与否、大小与否。

5. 是否处理好批评活动中的关系

坚持学理研究，开展学术化批评，一方面，要增强评价批评的基础标准的自觉意识；另一方面，要加强对批评评价进行理论建设。一些批评家未能处理好批评活动中真、准、新的关系，或者单纯求新，对于真、准置之不顾，或者有真、有新，却失准（放大问题或将局部问题作为整体问题），都使他们在批评中结论有些失当，自然引起批评的失效或者低效。

在多元化批评的背景下，批评家往往使用不同的标准。对批评的评价，就不能粗疏地简单地加以剪裁，而应以根本标准为指导（这对于具体批评家来说，是不可避免的自然选择。或者自觉，或者不自觉），予以具体的分析与评价。这就使评价批评的基础标准变得很有必要，有助于认识与评价失范的文学批评现象。

附注：本节吸收了作者《评价文学批评的基础标准》（《湖南社会科学》2006 年第 3 期）一文的重要观点。

---

① 陆侃如、牟世金：《刘勰和文心雕龙》，上海古籍出版社 1978 年版，第 10 页。

三十六　文学批评的主体原则

发挥批评的积极作用，就不能不确认和坚持文学批评的主体原则。

文学批评的主体原则，强调在批评活动中，自觉发挥批评家自身主体的积极作用（自主性、自觉性和主动性），自觉认识和理解各种主体的存在并且予以尊重。

（一）文学批评的相关主体

主体，往往指具有自觉意识、能动创造的人类群体及个体。人类在逐步脱离动物界以后，获得了认知自然、社会等人类以外世界和人类自身的明确的、系统的方法、手段和知识体系，就具有了主体性。通常认为，人的主体具有自主性、能动性和创造性的基本特征。

人与人以外的世界的区分，使人具有地球上的特殊主体的性质。这是指人与人的认识对象和改造对象而言的主体性。另外，人类群体在不同的相互关系中，也有主体与客体之分。在传统的修辞活动中，话语的发出者（演讲者）是表达主体，话语的接受者（听众）是接受客体。而在现代修辞学看来，话语的发出者（演讲者）固然是表达主体，而话语的接受者（听众）是接受客体，同时也是接受主体——同样具有自觉的活动和意识，作为主体而存在。①。

按照现代修辞学，批评活动中的批评家、读者、作家、作品，是可以主体、客体相互转换的。关键在于主体的自觉和参与。

在文学批评活动中，有各种不同的主客体关系。

在文学批评活动中，最活跃最积极的主体因素是批评家。当其他主体（作家、作品、其他批评家和读者）作为批评对象成为批评家的批评客体时，批评家不能忽视他们同时具有的主体内涵和身份。

批评主体/客体。批评家，作为主体是对于作品客体、作家客体的认识和评价；也作为客体来接受作家主体、作品主体的衡量；还有与作家主体的交流、互动。

---

① 参见谭学纯《文学和语言：广义修辞学的学术空间》，上海三联书店 2008 年版。

创作主体/客体。作家，是文学作品的主体创造者；又是批评家、读者的欣赏、批评客体。

作品主体/客体。文学作品，是作家主体创造的凝结。在作品的背后（或者深处），站立着创作主体；又是批评家、读者的欣赏、批评客体。

读者主体/客体。读者主体对于作品客体的体验、感受和评价，也是与作家主体的交流。阅读文学作品，既是读者客体对于作家主体的接受，也可能是作为读者主体对于作品客体的控制和把握。

（二）批评家应该尊重各个主体

在文学批评活动中，批评家应该尊重各个主体。

文学作品，既是批评的对象——客体，同时也有其主体意义——是作家主体创造的凝结。在作品的背后是作为作家的创作主体。清醒的现代意义的批评家，绝不能将作品仅仅作为"物"来对待，而忽略了"它"具有作家情感和主体创造的主体内涵。许多批评实践表明，一些批评家对于作品的粗暴态度，既有不能尊重作家创造的辛勤劳动的方面，更有忽略作品作为批评客体——同时具有主体存在的重要意义。

作家，作为批评家的批评客体，这没有疑义。同时不应该有疑义的是，作家主体不仅仅是作为批评客体来存在的，他（们）主要地是为了创作、为了读者而存在的。当然，任何具体作家，无论其地位如何，都无法回避、逃避批评，也无法免除历史的评价。但是，他（们）的人格精神、创造力都该获得尊重，而不应该被歧视和歪曲。

同理，批评家对于读者、其他批评家等批评客体，也应该重视他们作为主体存在的方面。

批评家尊重各个批评客体的主体存在，才有益于批评活动的健康展开。

当然，尊重并不意味着只能说好话——单纯的赞同，不能说否定的意见。根本问题在于批评家不能将作品仅仅作为"物"来对待，不能忽视对于批评客体（主体）的尊重，不能忽视批评客体也同时作为主体的存在。

（三）文学批评要积极发挥主体的作用

只有积极、充分发挥文学批评主体的作用，才能使批评在实际上产生活力，这里的关键——是批评家的主体创造和积极参与。

这里有两个方面的问题值得认真对待。一是，如何对待批评环境乃至社会环境。二是，批评家如何对待自己的主体发挥。

如何对待批评环境乃至社会环境，是批评家不能不面对的基本问题。有些批评家往往抱怨环境，称这是不能充分、自由发挥主体的根本原因。这确实有些偏激。有健康、自由的批评环境和社会环境，当然是好事。但是，批评环境和社会环境的不如意，并不是批评质量低劣的唯一理由。况且，批评环境和社会环境是否健康、自由，在何种程度上健康、自由，也是相对的。批评家不能忘记，即使在极其恶劣的环境下，也会有优秀批评家的产生！例如，别林斯基、鲁迅，等等。

批评家如何对待自己的主体发挥，更是特别重要的。能否具有自觉的主体意识，并且在实际中努力地充分发挥，是批评家主体的重要体现。批评家不能充分发挥自身的主体作用，不仅是其本人的悲哀，更是批评的悲哀、社会的悲哀。

无论怎样强调文学的重要，强调文学批评的重要，或者采取一定的措施发展文学和文学批评，如果不能使批评家的主体作用充分发挥，许多关于文学的美好期望，都会落空。

（四）自觉提升文学批评主体的能力

提升文学批评主体的能力，有两个方面需要注意。

1. 批评家具有博厚专深的修养

刘勰的《文心雕龙·神思》，在探讨提升文学家创作艺术的修养时，提出了"养术"的四个方面：学、理、阅、致，强调要把知识当作宝贝一样在平时不断积累；明辨事理以充实才能；参照以往经历以认清真相；培养自己的情致以准确运用文辞（原文为："积学以储宝，酌理以富才，研阅以穷照，驯致以怿辞")。① 批评家的修养也应该如此。所不同或者特别注意的是：认识文学与文学批评的相通与相异。许多批评家曾经在这个重要的问题上出现偏差，值得特别注意。

2. 批评家具有坚定而远大的理想、意志

有了一定的修养，没有坚定而远大的理想、意志，批评家就不敢实践，不能实践，并落在实处。许多批评家有专业修养，却缺少理想、意志及高尚人格。艺术涵养常常成为媚俗、媚权势、求不当收入的工具。缺少自主性、自觉性和主动性，批评家只能成为金钱的奴隶、人情的工具和权势的应声虫。

（五）善待文学批评主体

文学批评主体在文学批评活动中具有重要作用。应该得到社会的善待。包括政治宽容、生活保障和人格尊重与自由探索，等等。不仅仅是批评界、文学界，而包括整个社会，都应当尊重批评家的人格地位和精神探索。把严肃的批评家看作是关系文学发展的一支重要生力军。

同时，文学批评的主体也应当自我尊重，善待自己。保持较高的道德水准，有相当高的自律能力。有大境界的批评家，才能出批评的大成果。

---

① 白话译文参见陆侃如、牟世金《刘勰和文心雕龙》，上海古籍出版社 1978 年版，第47 页。

结　语

以上所论，不是文学批评原则的全部，也不可能是全部。这些只是我本人到现在为止所理解和意识到的，认为特别有必要予以重视的基本部分。它们能否作为真正的体系为批评理论界认可，还需要批评理论参与者的补充、发现和共同创造。

在对于文学批评原则的体系及具体原则做了以上论述之后，我希望关注文学批评、思考文学批评原则的朋友，注意以下这些方面。

一　关于文学批评原则

（一）文学批评原则体系具有开放性

文学批评原则的体系，不是封闭的，而是开放的。根据现实发展的需要和不同研究者的认识，而变化、发展、丰富、深化。

原则的认识、梳理和论证，反映了研究者对于文学批评原则的认识范围、论证能力和表达方式。既然是从文学批评的现状出发，概括、总结自己的认识与理解，也就包含了具体条件的选择与提炼。

因此，同其他方面的认识一样，具有认识对象的客观性，也有认识结果的主观性。

这样说来，不同的研究者，就会有不同的文学批评原则的认识和表述。而获得公认的部分，则积累和稳定下来。在认识、理解、丰富和选择的动态变化中，文学批评原则，则不断得到扩大与简化。只要人们的认识没有停止，文学批评原则的研究就不会停止，它的研究的结果，它的体系，就是开放的过程。

一个研究者，可能会有他自己的若干原则。同一原则，在不同的研究者那里，肯定会有不同的理解、相异的论证。王向峰论述文学批评的科学性原则，是以实事求是作为原则的核心①，与我所理解的真实原则，有共识之处。

（二）文学批评原则体系的核心

文学批评原则体系具有开放性。同时，也具有向心性。这个核心，在我的认识中，就是审美、自由、真实和公正的统一。它们也是文学批评总原则。

1. 审美

审美是文学、文学批评的基础。文学的创造、文学的批评，都需要把握审美方式和审美特征。审美原则作为核心，是由文学批评的学科性质所决定的。没有审美，就没有文学，也无法认识、体验、评价文学，也就没有了"文学"的批评和对"文学"的批评。

审美是文学批评性质的规定、限定。以此来判定批评的文学与非文学，以及如何对待文学。

2. 自由

自由，是人的内在需求和永恒追求，是人类的最高核心价值。文学和文学批评，反映人的自由的心灵、自由的理想。没有自由和对于自由的追求，优质的文学无从谈起，文学批评的创造也不能充分发挥。

自由是文学批评的最高境界。

3. 真实

许多批评家指出，批评要说真话和求真理。当然，这种求真，不是等同于自然科学，而是尊重文学的审美特征，更注重人的精神自由、尊重人的历史、人性的内涵。

4. 公正

公正，是公平、正义的总称。公正，既是评价的尺度，也是社会要求的结果。文学批评，既要顾及公正地评判对象，公正对待作家、读者和其他批评家，还要不忘以正义的标准，来认识和评价批评对象及其所

---

① 王向峰：《坚持文学批评的科学性原则》，《文艺报》2009年1月6日。

处的社会、人生。

文学批评，既包括"批"（解剖，批示和评点），也包括"评"（判断和评价）。没有"公"，就会出现个人的偏狭。没有"正"，就会出现立场、价值的失衡。

公正，既是文学批评的自由，也是追求的效果，评判的依据。批评如果是从批评者的角度看，不看结果，就难以立得住、信得过。公正，作为评判尺度，绝不能缺。

我们甚至可以说，所有的文学批评原则，都可以指向这四个方面。

如果背离这四个方面，不能统一起来运用，就不可能是优质的文明的文学批评。

（三）　各项原则是相互关联的

各项文学批评原则的相互关联，一方面与居于核心的审美、自由、真实和公正原则相互交织；另一方面与具体的实际运用的需要而联系。

何西来在评价刘锋杰的《中国现代六大批评家》时，提及作者既有学术智慧，又有长期的思想积累和辛勤劳作。将研究对象放在复杂的参照系中进行比较和考察。[①]。这说明，认识复杂性需要智慧，智慧有利于对于复杂的认识。智慧原则与复杂原则，是密切地相互关联，不能单独地存在，不能人为地割裂。

萧莎认为：在儿童文学创作和评价方面，快乐固然宝贵，它背后有一个重要问题，什么是儿童的利益所在？这实质是作家与批评家的严肃的社会责任问题。[②] 这样，快乐原则与责任原则，也不无关系。不能单独仅仅只考虑问题的一个侧面，忽视了问题的完整性和复杂性。

（四）　各项原则可以在实践中不同组合

在自然科学和理论方面，数学思想和方法是数学知识在高层次上的抽象、概括和提炼。同一试题涉及了不同的数学思想和方法，同一种数

---

① 何西来：《刘锋杰〈中国现代六大批评家〉序》，刘锋杰：《中国现代六大批评家》，安徽文艺出版社 1995 年版。

② 萧莎：《英国：那些写给儿童的故事》，《光明日报》2012 年 5 月 28 日。

学思想和方法在不同的试题中有不同层次的要求（运用和体现）。①

同理，在一个具体的批评实践中可以涉及不同的批评原则，同一种批评原则可以涉及不同的批评实践。例如，在评价一个具体的批评对象是，可以按照对象的特点和批评主体的特长，选择相应的批评原则，并且不止一个批评原则。同样，同一个批评原则，可以按照批评主体的特长和批评对象的特点，在不同的批评实践中予以实施、运用。

（五）各项文学批评原则是不断发展的

我们所讨论的这些文学批评原则，并非是静止的、停滞的，而是不断发展、丰富、完善的。

优秀的富于思考的批评家，在自觉不自觉运用某一项具体的文学批评原则时，都不可能是僵化、教条地生搬硬套，将理论条文和丰富的研究（批评）对象简单对应，马马虎虎地敷衍了事。在生动的批评对象面前，简单的教条无可奈何。有丰厚意蕴的批评对象，不是被动的、凝固的，而完全可能激发批评家的思考与创造，这就有了我们能够见到的：批评家或者创造性地运用已有的批评原则，或者使已有的批评原则获得创造性的发展。

二　关于文学批评实践

（一）文学批评实践呼唤文学批评原则

在 21 世纪中国文学批评实践活动中，对于文学批评原则的讨论（或者呼声）越来越多。仅举几例。

1. "文学批评要敢于真批评"

《文艺报》和中国作协创作研究部联合召开的"加强文学批评，积极引导创作"座谈会上，作家、批评家提到"有些批评流于空洞的理论性"（李小雨），"缺少科学理性精神，没有对作品全面掌握"（汪守

---

①　湖南省教育考试院高考数学命题组：《高考数学命题需处理好的几个关系》，《中国教育报》2007 年 1 月 17 日。

德），"批评家要有良知，表达出对社会美学的评价"（王泉根），"资本和权势的侵入，对文学批评造成了一种压迫，既破坏了批评的准则和道义，也破坏了批评的客观性和公正性"（韩小蕙）。①

这至少涉及本书论及的理性、整体、审美、公正、权利等原则。

2. "文学批评需要智慧，需要真性情"

在 2012 年 6 月 2 日上海《文学报》召开的"如何提升文学批评公众影响力"的座谈会上，作家、批评家纷纷提到"生活智慧"（陈冲），"如何对待'异己'的声音"（任芙康），"讲真话、真性情、与人为善"（王必胜），"在坚持理性的基础上要有使命感和良知"（肖鹰）。②

这至少涉及本书论及的智慧、宽容、真实、情感、善意、理性、责任等原则。

需要说明的是，尽管越来越多的作家、批评家呼唤关于批评的各种原则性的要求，但是，在实际的理论建设中，关于文学批评原则的实践总结和理论建构，还是相当稀缺。我们知道，理论的任务不仅仅是说出"实然"，更要说出"所以然"。因此，关于文学批评原则的实践总结和理论建构，就显得更为需要和迫切。也需要更多的批评家、理论家、作家的参与和支持、推动。

（二）文学批评实践是文学批评原则研究的基础

重视批评原则与批评实践的联系，是我们考虑问题的重要方面。我们认识、研究"文学批评原则"，不是为了学术而学术，不是为了理论而理论。我们的根本目的，是通过学术研究和理论创造，达到认识文学批评规律，提高文学批评的实践能力和水平。说到底，文学批评原则的研究与理论建构，是为了解决文学批评实践中的问题，是为了文学批评实践的提高和发展。文学批评实践是文学批评原则研究的基础，为原则及理论的研究提供了源泉和动力。没有付诸实践的原则，等于悬空漂浮。实践不仅可以提炼理论，还能检验理论，推动理论的发展。在批评

---

① 赵玫：《文学批评要敢于真批评——文学界座谈"加强文学批评，积极引导创作"》，《光明日报》2011 年 8 月 3 日。

② 王国平：《文学批评需要智慧，需要真性情——专家纵论文艺批评如何提升影响力》，《光明日报》2012 年 6 月 7 日。

实践活动中，即便正确的理论、原则也未必一定获得积极的效果，还有一个如何运用、运用是否得当的问题。

缺少理论思维，没有理论建设——合于现实、具有活力的理论（而不是教条），就不可能促进文学批评实践活动和学科的建设和发展，不可能改进和提升实践的水平。这是经验、教训，也是常识。忽略常识，往往受到常识的戏弄和现实的惩罚。

在并不人为、任意的前提下，应该追求和保证理论研究与具体评论实践的相应平衡。有文学史家认为，在 20 世纪下半叶的女性主义批评中，美国的女性主义批评初期重视文本评论而刻意避免涉及理论，法国的女性主义批评则不同，自始至终注重理论建设而轻视文本评论。① 理论建设和文本评论的轻重是在实践中形成的。但是，在观念的自觉方面，批评主体还是应该有所注意，从实际出发而力求不至于有过分的倾斜，影响到整体的文学批评的需求和建设。

不论理论建设还是评论实践，"避免过分的空洞和笼统的概括"，美国女性批评家黛博拉的提醒，② 都是值得批评家予以充分注意和自警的。

三　足够重视文学批评原则

讲原则，是一个人，一个群体，一个机构达到高品位的文明标志。不讲原则，常常被看作是出尔反尔、不讲信用、是非不明、主旨不清的代名词。

原则，在社会中不可缺失。社会学、伦理学认为，一个有适当规则（广义的原则，引者注）的社会，比没有这些规则的社会为优。因为这些规则乃为社群的益处而刻意制定。③

在学科建设中，讲究原则，并且有意识地建构一些重要的原则，在

① 刘涓：《"从边缘到中心"：美、法女性主义批评与理论》，鲍晓兰主编：《西方女性主义研究评介》，生活·读书·知识三联书店 1995 年版，第 122 页。

② 同上书，第 119 页。

③ 盛庆琜：《突然/应然鸿沟：自然主义和效用主义》，《华南师范大学学报》（社会科学版）2002 年第 3 期。

理论上应该没有疑义（分歧的可能和建构的困难在于，确立什么原则和由什么人来建构和确认）。

而在现实中，对于文学批评原则往往有三种态度。一是，无视原则。或者不明确，或者不自觉、或者不坚持。二是，有原则，却没有论证。限于简单提出，缺乏系统和条理。三是，不仅确认、论证一些重要原则，还辩证地看待和运用原则（包括自己提出和他人提出的）。本书作者不无缺陷的论证，是对于第三种态度的认可与追求。是否获得了一定的成绩，还需要读者的评价。

本书作者全面提出的"文学批评原则"36条，是对于中外文学批评史上许许多多批评家的理论和实践的总结。在这以前，许多中外批评家曾经或者以实践的方式，或者以明确的理论概括，涉及某些具体的部分的"文学批评原则"，为文学批评的发展和理论建设做出了重要贡献。但是，客观地看，具体的某个批评家用力较少，涉及的方面不够广泛，因而有所不足。特别是缺乏自觉性和体现性。这36条"文学批评原则"，有我积极的认识，努力的思考，艰辛的探索，带有粗浅痕迹的概括与论证。更重要的，它们是人类文学批评史创造成果在理论和实践方面的结晶。我在概括认识和整理、论证本书这些文学批评的原则时，阅读了一些资料，引用了一些资料。尽管很有可能在理解他人的原意方面有误差，但是我仍然觉得：是我和我的同代人以及前辈，共同建构、表达对于文学批评原则的看法。这其中，有我的劳动，更有他人的创造成果的引导和启发。我愿以本书中所体现出的这些努力，为文学批评原则的理论总结和体系构建，做基础性的工作，做出创造性贡献。

主要参考文献

老子：《道德经》。

孔子：《论语》。

陆机：《文赋》。

刘勰：《文心雕龙》。

刘义庆：《世说新语》。

严羽：《沧浪诗话》。

郭绍虞主编：《中国历代文论选》，上海古籍出版社1979年版。

王运熙主编：《中国文论选·现代卷》，江苏文艺出版社1996年版。

北京大学哲学系美学教研室编：《中国美学史资料选编》（上册、下册），中华书局1981年版。

北京大学中文系文艺理论教研室编：《马克思、恩格斯、列宁、斯大林论文艺》，人民文学出版社1980年版。

《邓小平论文艺》，人民文学出版社1989年版。

［英］艾·阿·瑞恰慈：《文学批评原理》（1924年），杨自武译，百花洲文艺出版社1989年版。

［法］蒂博代：《六说文学批评》，赵坚译，生活·读书·新知三联书店2002年版。

［美］韦勒克、沃克：《文学理论》（修订译本），刘象愚等译，江苏教育出版社2005年版。

温儒敏：《中国现代文学批评史》，北京大学出版社1993年版。

蔡镇楚：《中国文学批评史》，中华书局2005年版。

许道明：《中国现代文学批评史新编》，复旦大学出版社2002年版。

凌晨光：《当代文学批评学》，山东大学出版社2001年版。

马新国主编：《西方文论史》（修订版），高等教育出版社2002

年版。

孟庆枢、杨守森主编：《西方文论》，高等教育出版社2007年版。

［美］韦勒克：《近代文学批评史（1750—1950）》（修订版）第1—8卷，杨自武译，上海译文出版社2009年版。

侯维瑞：《现代英国小说史》，上海外语教育出版社1985年版。

刘宁主编：《俄国文学批评史》，上海译文出版社1999年版。

李壮鹰、李春青主编：《中国古代文论教程》，高等教育山版社2005年版。

游国恩等：《中国文学史》（修订本），人民文学出版社2004年版。

陶尔夫、刘敬圻：《南宋词史》，黑龙江人民出版社1992年版。

陶尔夫、诸葛忆兵：《北宋词史》，黑龙江教育出版社2002年版。

张炯、蒋守谦等：《新时期文学六年（1976.10—1982.9）》，中国社会科学出版社1985年版。

朱寨主编：《中国当代文学思潮史》，人民文学出版社1987年版。

洪子诚：《中国当代文学史》，北京大学山版社1999年版。

於可训：《中国当代文学概论》，武汉大学出版社1999年版。

洪子诚、刘登翰：《中国当代诗歌史》（修订版），北京大学出版社2005年版。

孟繁华：《中国当代文学通论》，辽宁人民出版社2009年版。

孟繁华、程光炜：《中国当代文学发展史》（第二版），中国人民大学出版社2009年版。

秦弓：《二十世纪中国翻译文学史》（五四时期卷），百花文艺出版社2009年版。

杨春时主编：《中国现代文学思潮史》，南京大学出版社2011年版。

鲁迅：《鲁迅全集》（第6、7、8卷），人民文学出版社1981年版。

周作人：《周作人散文》，张明高、范桥编，中国广播电视出版社1992年版。

李健吾：《咀华集》（1939年），《咀华二集》（1942年），《咀华集·咀华二集》，复旦大学出版社2005年版。

茅盾：《茅盾评论文集》（上），人民文学出版社1978年版。

茅盾：《茅盾评论文集》（下），人民文学出版社1978年版。

朱光潜：《谈美书简》，上海文艺出版社 1980 年版。

朱光潜：《艺文杂谈》，安徽人民出版社 1981 年版。

郁达夫：《郁达夫文集》（第六卷·文论），（广州）花城出版社、三联书店香港分店联合出版 1983 年版。

废名：《新诗十二讲——废名的老北大讲义》，北京大学出版社 2006 年版。

《沈从文全集》，（第 16、17 卷），北岳文艺出版社 2009 年第 2 版。

艾青：《诗论》（写于 1938—1939 年），人民文学出版社 1980 年版。

胡风：《胡风评论集》（上），人民文学出版社 1984 年版。

孙犁著，金梅、李蒙英编：《孙犁文论集》，人民文学出版社 1983 年版。

孙犁著，杨联芬编：《孙犁作品新编》，人民文学出版社 2011 年版。

《老舍文艺论集》张桂兴编注，山东大学出版社 1999 年版。

《王蒙文存》（第 20、23 卷），人民文学出版社 2003 年版。

《程文超文存》（第 1—8 卷），中国社会科学出版社 2009 年版。

周来祥：《文艺美学》，人民文学出版社 2003 年版。

朱立元主编：《美学》，高等教育出版社 2006 年版。

童庆炳主编：《文学理论要略》，人民文学出版社 1995 年版。

童庆炳主编：《文学理论教程》，高等教育出版社 1998—2004 年版。

南帆主编：《文学理论新读本》，浙江文艺出版社 2002 年版。

吴中杰：《文艺学导论（第三版）》，复旦大学出版社 2008 年版。

钱谷融、鲁枢元主编：《文学心理学教程》，华东师范大学出版社 1987 年版。

王先霈、范明华：《文学评论教程》，华中工学院出版社 1988 年版。

王先霈主编：《文学批评原理》，华中师范大学出版社 1999 年版。

张利群主编：《文学批评原理》，广西师范大学出版社 2004 年版。

张利群主编：《文艺学教程》，广西师范大学出版社 2005 年版。

蒋述卓、洪治纲主编：《文学批评教程》，武汉大学出版社 2010 年版。

陈伯海：《文学史与文学史学》，北京大学出版社 2012 年版。

陆侃如、牟世金：《刘勰和文心雕龙》，上海古籍出版社 1978 年版。

李思孝：《马克思恩格斯美学思想浅说》，上海文艺出版社 1981 年版。

张葆全：《诗话和词话》，上海古籍出版社 1983 年版。

曾镇南：《泥土与蒺藜》，百花文艺出版社 1983 年版。

栾勋：《中国古代美学概观》，漓江出版社 1984 年版。

惠特曼等著：《美国作家论文学》，刘宝端等译，生活·读书·新知三联书店 1984 年版。

杨江柱：《西方文海一勺》，长江文艺出版社 1984 年版。

龙协涛编：《鉴赏文存》，人民文学出版社 1984 年版。

波斯彼洛夫：《文学原理》（1978 年），王忠琪等译，生活·读书·新知三联书店 1985 年版。

房龙：《宽容》，连卫、靳翠微译，生活·读书·新知三联书店 1985 年版。

江西省文联文艺理论研究室等编：《外国现代文艺批评方法论》，江西人民出版社 1985 年版。

徐复观：《中国艺术精神》，春风文艺出版社 1987 年版。

郭小东等：《我的批评观》，漓江出版社 1987 年版。

吴亮：《批评的发现》，漓江出版社 1988 年版。

叶朗主编：《现代美学体系》，北京大学出版社 1988 年版。

於可训：《小说的新变》，长江文艺出版社 1988 年版。

王德进：《岁月的回忆》，对外贸易大学出版社 1988 年版。

马德俊：《当代诗歌艺术》，河北人民出版社 1989 年版。

陆贵山、王先霈主编：《中国当代文艺思潮概论》，中国人民大学出版社 1989 年版。

陈剑晖：《新时期文学思潮》，广东高等教育出版社 1989 年版。

杨海明：《张炎词研究》（齐鲁书社 1989 年），收入《杨海明词学文集》（第一册），江苏大学出版社 2010 年版。

崔子恩：《李渔小说论稿》，中国社会科学出版社 1989 年版。

贺兴安：《评论：独立的艺术世界》，长江文艺出版社 1990 年版。

黄展人：《文学批评学》，暨南大学出版社 1990 年版。

李珺平：《创作动力学》，百花文艺出版社 1992 年版。

罗振亚：《中国现代主义诗歌流派史》，北方文艺出版社 1993 年版。

刘延年：《当代中国文学丛论》，黑龙江教育出版社 1993 年版。

王元化：《思辨随笔》，上海文艺出版社 1994 年版。

张岱年、方克立主编：《中国文化概论》（修订版），北京师范大学出版社 1994 年版。

於可训：《批评的视界》，中国文学出版社 1994 年版。

王先霈：《圆形批评论》，华中师范大学出版社 1994 年版。

李福亮：《一个自由的精灵在歌唱》，黑龙江人民出版社 1994 年版。

蒋原伦、潘凯雄：《历史描述与逻辑演绎：文学批评文体论》，云南人民出版社 1994 年版。

陈伯海：《中国文学史之宏观》，中国社会科学出版社 1995 年版。

朱寨：《感悟与沉思》，人民文学出版社 1995 年版。

刘锋杰：《中国现代六大批评家》，安徽文艺出版社 1995 年版。

楼昔勇：《美学导论》，华东师范大学出版社 1996 年版。

夏中义：《新潮学案》，上海三联书店 1996 年版。

夏冠洲：《用笔思考的作家——王蒙》，新疆大学出版社 1996 年版。

愚士选编：《以笔为旗——世纪末文化批判》，湖南文艺出版社 1997 年版。

敏泽、党圣元著：《文学价值论》，社会科学文献出版社 1997 年版。

於可训：《新诗史论与小说批评》，国际文化出版公司 1997 年版。

罗振亚：《中国三十年代现代派诗歌研究》，国际文化出版公司 1997 年版。

朱寨：《中国现代文化名人纪实》，海南出版社 1997 年版。

滕守尧：《审美心理描述》，四川人民出版社 1998 年版。

南帆：《敞开与囚禁》，山东教育出版社 1999 年版。

张利群：《批评重构——现代批评学引论》，广西师范大学出版社 1999 年版。

乔·艾略特等：《小说的艺术》，张玲等译，社会科学文献出版社 1999 年版。

吕汉东：《思维创造学》，中国文联出版社 1999 年版。

李笑野、张晶：《中国诗学》（第一卷），东方出版中心 1999 年版。

徐型：《丰子恺文学创作研究》，伊犁人民出版社 1999 年版。

许苏民：《人文精神论》，湖北人民出版社 2000 年版。

杨春时：《百年文心——20 世纪中国文学思想史》，黑龙江教育出版社 2000 年版。

童庆炳：《文学审美特征论》，华中师范大学出版社 2000 年版。

工彬彬：《为批评正名》，时代文艺出版社 2000 年版。

彭放：《彭放文论选》，北方文艺出版社 2000 年版。

宗元：《魂断人生——路遥论》，上海文艺出版社 2000 年版。

李建军：《宁静的丰收——陈忠实论》，华夏出版社 2000 年版。

刘川鄂：《小市民、名作家——池莉论》，湖北人民出版社 2000 年版。

苏涵：《民族心灵的幻象——中国小说审美理想》，人民文学出版社 2000 年版。

黄任远等：《鄂温克文学》，北方文艺出版社 2000 年版。

黄书泉：《文学批评新论》，安徽文艺出版社 2001 年版。

吕汉东：《审美思维学》，中国文联出版社 2001 年版。

吕汉东：《心灵的旋律：对巴金心灵与文本的解读》，中国文联出版社 2001 年版。

宫宝荣：《法国戏剧百年（1880—1980）》，生活·读书·新知三联书店 2001 年版。

谭学纯、朱玲：《广义修辞学》，安徽教育出版社 2001 年版。

谢有顺：《活在真实中》，中国电影出版社 2001 年版。

徐岱：《边缘叙事——20 世纪中国女性小说个案批评》，学林出版社 2002 年版。

蓝棣之：《现代诗的情感与形式》，人民文学出版社 2002 年版。

宁宗一：《教书人手记》，大象出版社 2002 年版。

哈迎飞：《"五四"作家与佛教文化》，上海三联书店 2002 年版。

林非：《读书心态录》，中国言实出版社 2002 年版。

谢有顺：《话语的德性》，海南出版社 2002 年版。

景国劲：《20 世纪中国文学批评形态》，当代中国出版社 2002

年版。

何怀宏：《伦理学是什么》，北京大学出版社 2002 年版。

宁宗一：《倾听民间心灵回声》，山西古籍出版社 2003 年版。

杨文虎主编：《文学鉴赏新编》，文汇出版社 2003 年版。

张庆利：《文学的研究与研究的历史》，吉林文史出版社 2003 年版。

陈旋波：《时与光——20 世纪中国文学史格局中的徐圩研究》，百花洲文艺出版社 2003 年版。

李辉：《胡风集团冤案始末》，湖北人民出版社 2003 年版。

李建军：《小说修辞研究》，中国人民大学出版社 2003 年版。

祖国颂：《叙事的诗学》，安徽大学出版社 2003 年版。

郑杭生主编：《社会学概论新修》，中国人民大学出版社 2003 年版。

李国文：《大雅村言》，东方出版中心 2004 年版。

李建军：《时代及其文学的敌人》，中国工人出版社 2004 年版。

阎晶明：《独白与对话》，山东文艺出版社 2004 年版。

张学昕：《真实的力量》，山东文艺出版社 2004 年版。

胡金望：《人生喜剧与喜剧人生——阮大铖研究》，中国社会科学出版社 2004 年版。

高有鹏：《文化视野》，中国文联出版社 2004 年版。

［美］艾布拉姆斯：《镜与灯——浪漫主义文论及批评传统》，郦稚牛等译，北京大学出版社 2004 年版。

温儒敏：《文学史的视野》，人民文学出版社 2004 年版。

杨联芬：《中国现代小说导论》，四川大学出版社 2004 年版。

周介人：《周介人文集》，蔡翔、杨斌华编，广西师范大学出版社 2004 年版。

张岱年、方克立主编：《中国文化概论》（修订版），北京师范大学出版社 2004 年版。

张晶：《辽金诗学思想研究》，辽海出版社 2004 年版。

谭学纯、朱玲：《修辞研究：走出技巧论》，安徽大学出版社 2004 年版。

王予霞：《苏珊·桑塔格纵论》，民族出版社 2004 年版。

胡建次：《归趣难求——中国古代文论"趣"范畴研究》，百花洲文艺出版社 2005 年版。

曾纪鑫：《没有终点的涅磐：中国戏剧发展与反思》，山东文艺出版社 2005 年版。

张健：《中国喜剧观念的现代生成》，北京大学出版社 2005 年版。

王安忆：《小说家的十三堂课》，上海文艺出版社、文汇出版社 2005 年版。

范培松：《重塑"自我"灵魂的狂欢》，江苏人民出版社 2005 年版。

孙德喜：《20 世纪后 20 年的小说语言文化透视》，长江文艺出版社 2005 年版。

江震龙：《解放区散文研究》，上海三联书店 2005 年版。

高波：《现代诗人和现代诗》，云南人民出版社 2005 年版。

王烨：《二十年代革命小说的叙事形式》，云南人民出版社 2005 年版。

李蜀人：《道德工国的重建》，中国社会科学出版社 2005 年版。

裴娣娜主编：《现代教学论》，人民教育出版社 2005 年版。

李森：《现代教学论纲要》，人民教育出版社 2005 年版。

万平近：《新文学比较研究》，新加坡文艺协会 2006 年版。

俞兆平：《中国现代文学三大思潮新论》，人民文学出版社 2006 年版。

王元骧：《审美超越与艺术精神》，浙江大学出版社 2006 年版。

马振方：《在历史与虚构之间》，北京大学出版社 2006 年版。

［法］孔特—斯蓬维尔著：《人类的 18 种美德：小爱大德》（巴黎，1995 年），吴岳添译，中央编译出版社 2006 年版。

解志熙：《摩登与现代——中国现代文学的实存分析》，清华大学出版社 2006 年版。

姚文放：《现代文艺社会学》，社会科学文献出版社 2007 年版。

艾晓明：《中国左翼文学思潮探源》，北京大学出版社 2007 年版。

路文彬：《视觉时代的听觉细语——20 世纪中国文学伦理问题研究》，安徽教育出版社 2007 年版。

吴俊：《遮蔽与发现》，上海文艺出版社 2007 年版。

李德顺：《价值论》，中国人民大学出版社 2007 年第 2 版。

梁向阳：《当代散文流变研究》，中国社会科学出版社 2007 年版。

贺昌盛：《象征：符号与隐喻——汉语象征诗学的基本结构》，南京大学出版社 2007 年版。

丁玉柱、张鹏翔：《王蒙玄思录》，青岛出版社 2007 年版。

王剑冰：《散文时代》，河南文艺出版社 2008 年版。

许志英：《中国现代文学论集》，南京大学出版社 2008 年版。

孔范今：《近百年中国文学史论》，人民文学出版社 2008 年版。

张奎志：《体验批评——一种新的文学批评观》，黑龙江大学出版社 2008 年版。

周新民：《“人”的出场与嬗变：近三十年中国小说中的人的话语研究》，中国社会科学出版社 2008 年版。

谭学纯：《文学和语言：广义修辞学的学术空间》，上海三联书店 2008 年版。

王肇基、肖向东主编：《底层文学论集》，人民日报出版社 2008 年版。

王一川主编：《文学批评教程》，高等教育出版社 2009 年版。

谢冕：《回望百年》，作家出版社 2009 年版。

雷达：《当前文学症候分析》，作家出版社 2009 年版。

李建军：《文学因何而伟大》，中国人民大学出版社 2009 年版。

南帆：《文学的维度》，中国人民大学出版社 2009 年版。

南帆：《关系与结构》，吉林出版集团 2009 年版。

郜元宝：《不够破碎》，吉林出版集团 2009 年版。

施战军：《活文学之魅》，吉林出版集团 2009 年版。

贺绍俊：《重构宏大叙述》，吉林出版集团 2009 年版。

吴俊：《向着无穷之远》，吉林出版集团 2009 年版。

张新颖：《无能文学的力量》，吉林出版集团 2009 年版。

谢有顺：《被忽视的精神》，吉林出版集团 2009 年版。

程光炜：《文学的今天和过去》，吉林出版集团 2009 年版。

张学昕：《话语生活中的真相》，吉林出版集团 2009 年版。

陈雪虎、赵勇：《反思文艺学》，北京师范大学出版社 2009 年版。

贺昌盛：《想象的互塑——中美叙事文学因缘》，南京大学出版社
2009 年版。

吴义勤：《中国新时期文学的文化反思》，江苏文艺出版社 2009
年版。

黄科安：《延安文学研究》，文化艺术出版社 2009 年版。

叶舒宪：《文学与人类学——知识全球化时代的文学研究》，社会科
学文献出版社 2009 年版。

席扬：《文学思潮：理论、方法、实践》，上海三联书店 2009 年版。

樊星：《中国当代文学与美国文学》，中国社会科学出版社 2009
年版。

罗银胜：《王元化和他的朋友们》，湖北人民出版社 2009 年版。

贺昌盛主编：《中国现代文学基础理论与批评著译辑要（1912—
1949）》，厦门大学出版社 2009 年版。

何永康：《文艺鉴赏写作要义》，南京大学出版社 2009 年版。

李振：《社会宽容论》，社会科学文献出版社 2009 年版。

朱德发：《现代文学史书写的理论探索》，山东人民出版社 2010
年版。

南帆：《冲突的文学》，江苏大学出版社 2010 年（初版 1991 年）。

袁行霈：《燕园论诗——中国古代诗歌论集》，北京大学出版社
2010 年版。

南帆：《当代文学与文化批评书系·南帆卷》，北京师范大学出版
社 2010 年版。

李建军：《文学因何而伟大》，华夏出版社 2010 年版。

孙玉石：《带向绿色世界的歌》，北京大学出版社 2010 年版。

孙玉石：《诗人与解诗者如是说》，北京大学出版社 2010 年版。

陈新：《历史认识——从现代到后现代》，北京大学出版社 2010
年版。

［美］克利福德著：《智慧文学》，祝帅译，华东师范大学出版社
2010 年版。

林贤治：《孤独的异邦人》，江苏文艺出版社 2011 年版。

［美］乔治·斯坦纳：《托尔斯泰或陀思妥耶夫斯基》，严忠志译，

浙江大学出版社 2011 年版。

[美] 哈罗德布鲁姆：《西方正典》，江宁康译，译林出版社 2011 年第 2 版。

俞兆平：《浪漫主义在中国的四种模式》，广西师范大学出版社 2011 年版。

彭修银等：《现代艺术学引论》，中国社会科学出版社 2011 年版。

胡良桂：《文学主流的多维空间》，人民出版社 2011 年版。

杨颉：《普通小说学——把握小说的公开或隐秘的特质》，江苏文艺出版社 2011 年版。

王峰、王茜：《艺术美学教程》，华东师范大学出版社 2011 年版。

陆建德：《高悬的画布：不带理论的旅行》，生活·读书·新知三联书店 2011 年版。

文学武：《风雨中的野百合——中国现代文人的悲剧命运》，湖北人民出版社 2011 年版。

杜书瀛：《新时期文艺学前沿扫描》，中国社会科学出版社 2012 年版。

卢燕新等编：《傅璇琮先生学术研究文集》，商务印书馆 2012 年版。

王安忆：《小说课堂》，商务印书馆 2012 年版。

耿占春：《书的挽歌与阅读礼赞》，北京大学出版社 2012 年版。

贺昌盛：《晚清民初文学学科的学术谱系》，中国社会科学出版社 2012 年版。

孙德喜：《历史的误会——现代文坛上的人和事》，青岛出版社 2012 年版。

张新颖：《有情：现代中国的这些人、文、事》，上海书店出版社 2012 年版。

林清玄：《心美，一切皆美》，国际文化出版公司 2012 年版。

曾纪鑫：《晚明风骨：袁宏道传》，陕西人民出版社 2012 年版。

宁殿弼：《新时期探索戏剧研究》，中国戏剧出版社 2012 年版。

陆挺、徐宏主编：《人文通识讲演录·文学卷（一）》，文化艺术出版社 2012 年版。

宁宗一：《心灵投影》，商务印书馆 2013 年版。

熊元义：《文艺批评的理论反思》，学苑出版社 2013 年版。

贺昌盛：《现代性与"国学"思潮》，广西师范大学出版社 2013 年版。

毕光明、姜岚：《纯文学的历史批判》，北京大学出版社 2013 年版。

蔡尚思：《中国思想研究方法》（1939 年初版），上海古籍出版社 2013 年版。

蔡尚思：《孔子思想体系　孔子哲学之真面目》，上海古籍出版社 2013 年版。

蔡尚思：《中国古代学术思想史论》，上海古籍出版社 2013 年版。

邵燕祥：《邵燕祥集》（中国杂文百部），吉林出版集团 2013 年版。

朱健国：《朱健国集》（中国杂文百部），吉林出版集团 2013 年版。

王利明：《人民的福祉是最高的法律》，北京大学出版社 2013 年版。

作者主要学术成果

一　论文部分：

1. 《光彩照人的当代军属形象——〈兵嫂〉读后》，《解放军报》1983 年 9 月 22 日，第 3 版。

2. 《五度春秋，两次高峰：1978—1982 年国内获奖的军事题材中短篇小说漫谈》，《佳木斯师专学报》1984 年第 1 期。

3. 《他带着自己的特色跃入文坛——阿城小说漫评》，《青年评论家》（《文论报》）1985 年 1 月 25 日，第 2 版。

4. 《文学思潮：当代文学研究的薄弱环节》，《佳木斯师专学报》1987 年第 1 期。

5. 《鲁迅小说的对比艺术》，《佳木斯师专学报》1987 年第 4 期。

6. 《人生旅途的一次变向体验——评〈中途下车〉》，《北方文学》1988 年第 8 期。

7. 《文学思潮新探》，《北方论丛》1988 年增刊第 2 期。

8. 《对社会流行病的冷观和热讽——〈流行病〉读解》，《北方文学》1989 年第 1 期。

9. 《商品经济对文学的正面效应》，《北方文学》1989 年第 1 期。

10. 《中国当代文学发展的三个论题》，《文学论丛》（北方论丛丛书1989年）。

11. 《文学批评实践论纲》，《佳木斯师专学报》1989年第5期。

12. 《一种特殊人性群落的报告——评〈红房子，黑十字〉》，《鸭绿江》1990年第10期。

13. 《省略：公安文学的一条美学原则》，《文艺报》1990年11月10日，第5版。

14. 《好一组罂粟花！——张抗抗罂粟系列小说的意象分析》，《佳木斯师专学报》1991年第1期。收入《张抗抗作品评论集》，骆寒超、胡志毅主编，春风文艺出版社1999年版。

15. 《苦难与文学——东北沦陷区文学的一个角度》，（合作、执笔）《东北沦陷期文学国际学术研讨会论文集》，沈阳出版社1992年版。

16. 《对自然、社会和人的整体观照》，《文艺评论》1992年第2期。

17. 《"文化大革命"时期的小说创作队伍》，《佳木斯师专学报》1996年第4期。中国人民大学报刊复印中心《中国现代、当代文学研究》1998年第3期全文转载。《高等学校文科学报文摘》1998年第2期摘要。

18. 《学者化——编辑素质提高的方向》，《广西大学学报》（社会科学版）1997年第1期。

19. 《毛泽东诗词研究的现状与展望》，《牡丹江师范学院学报》1998年第1期。中国人民大学报刊复印中心《中国现代、当代文学研究》1998年第5期全文转载。收入《毛泽东的诗词世界》，孙成坤主编，北方文艺出版社1998年版。

20. 《少数民族文学史著作浅识》，《民族文学研究》1998年第1期。

21. 《当代性、文学性、戏曲性——评〈中国当代戏曲文学史〉》，《文艺报》1998年2月17日，第1版。

22. 《"文学史学"学科问题简论》，《佳木斯大学社会科学学报》1998年第2期。《高等学校文科学报文摘》1998年第4期摘要。

23. 《"文化大革命"时期文学的新资料》，《松辽学刊》1998年第2期。

24. 《文学史规律问题》，《佳木斯大学社会科学学报》2000年第2期。

（以上为署名佳木斯大学及佳木斯师范专科学校；以下为署名集美
大学）

25. 《满把主：一个生动而独特的小人物》，《剧本》2003 年第 2 期。

26. 《政治批评：风平浪不静》，《文艺评论》2003 年第 4 期。中国人民
大学报刊复印中心《文艺理论》2003 年第 10 期全文转载。

27. 《历史感的重与轻》，《淮北煤炭师范学院学报》（哲学社会科学版）
2003 年第 5 期。

28. 《完美批评：炎热和严厉的求全》，《南方文坛》2004 年第 3 期。中
国人民大学报刊复印中心《中国现代当代文学研究》2004 年第 7 期
全文转载。《新华文摘》2004 年第 20 期全文转载。《中国社会科学
文摘》2004 年第 5 期全文转载。《2004 年文学评论》，人民文学出
版社 2005 年版，第 118—131 页。《福建文艺创作 60 年选——文学
评论卷》，海峡文艺出版社 2009 年版，第 292—301 页。

29. 《酷评：一种反调的文学批评时尚》，《文艺评论》2004 年第 4 期。
中国人民大学报刊复印中心《文艺理论》2005 年第 2 期全文转载。

30. 《浅论 20 世纪中国文学史学科建设》，《学术研究》2004 年第 5 期。
中国人民大学报刊复印中心《文艺理论》2004 年第 10 期全文
转载。

31. 《作品论——文学批评之重》，《文艺报》2004 年 12 月 28 日，第
2 版。

32. 《文学批评：现实的严峻与希望的生长——2005 年的文学批评景
观》，《淮北煤炭师范学院学报》（哲学社会科学社版）2006 年第
3 期。

33. 《评价文学批评的基础标准》，《湖南社会科学》2006 年第 3 期。

34. 《论对中国 20 世纪 50、60 年代小说的历史叙述》，《湖南社会科
学》2007 年第 5 期。

35. 《新世纪中国文学批评需要学术权威》，《福建论坛》（人文社会科
学版）2008 年第 1 期。中国人民大学报刊复印中心《文艺理论文摘
卡》2008 年第 2 期论点转载。

36. 《论文学批评的学术权威》，《河北大学学报》（哲学社会科学版）
2008 年第 1 期。

37. 《论文学批评的审美趣味》，《河北大学学报》（哲学社会科学版）2010 年第 6 期。

38. 《文学批评与修辞学》，《福建师范大学学报》（哲学社会科学版）2010 年第 6 期。中国人民大学报刊复印中心《文艺理论》2011 年第 3 期全文转载。

39. 《论高云览〈小城春秋〉的创作艺术》，《集美大学学报》（哲学社会科学版）2011 年第 2 期。

40. 《论文学批评的表达原则》，《文艺评论》2011 年第 7 期。

41. 《文学批评的理解原则》，《河北大学学报》（哲学社会科学版）2013 年第 1 期。

二　著作部分：

1. 《影视艺术观赏指南》（与邸力争合著），河北大学出版社 1993 年版。

2. 《远离孤独》（与邸力争合著），河北大学出版社 1995 年版。

3. 《文学史学探索》，中国文联出版社 1999 年版。

4. 《中国当代文学批评论》，中国社会科学出版社 2012 年版。

后　记

本书的构思能够拓展成书并最终出版，首先感谢我所工作的集美大学及文学院，并感谢中国社会科学出版社的精心编辑。

集美大学文学院负责同志积极努力，在财力不足的条件下，仍然努力创建的良好学术环境，组织、推动学术著作的出版。在我面临走向退休之际，帮助、推动我将关于文学批评的学术思考，总结形成了由系列论文而扩展为比较系统、全面阐述文学批评原则的专著。如果没有文学院苏涵、梁振坤、王予霞、夏敏、杨一青、张克锋、付义荣等领导以及"学术基金"管理委员会负责人员的辛勤工作、积极努力和热心支持，我的理论设想只能停留在几篇零散的论文上面，难以形成系统性的形态和集束力的影响。

感谢集美大学文学院的领导和同事们的榜样鼓舞和日常相助。

感谢集美大学文学院的全力资助。感谢集美大学学术著作出版资助。

回顾自己的学习道路，北京师范大学中文系是我学术生命的孕育之所。有幸得到了珍贵的教诲，使我终身受益。

也常常想起指导、帮助过我的老师、专家。特别是近年一直保持联系并给予支持和指点的宁宗一、刘敬圻、於可训、王会、李福亮、罗振亚、韦健伟、李正荣等先生。常常想起各个阶段学习、工作的老师和同窗以及关心我的朋友们。我的同学范小天、温大勇、杨志光、邹红、汤小青、吴小穗等，也给予特别支持。

不能不提的是，许多师长和朋友（如朱寨、林非、马德俊、万平近、刘延年、徐型、於可训、杨春时、南帆、俞兆平、谭学纯、郑蓉芳、高光复、闫笑非、李珺平、李福亮、罗振亚、张中良、王彬彬、张学昕、张晶、李建军、刘川鄂、范培松、胡金望、张桂兴、贺昌盛、黄科安、江震龙、陈仲义、陈元麟、朱水涌、刘岸、王烨、丁玉柱、曾纪鑫、孙德喜、马泽、卫绍生、徐潜、刘琦、王德进、宗元、鄢烈山、吕汉东、高波、高有鹏、崔子恩、毕光明、陈璇波、周新民、李树华、高茹、王晓丹等）、同事（如王人恩、王予霞、夏敏、景国劲、田彩仙、张瑷、罗关德、张克锋、李时学、陈光田、房占红、张建英、黄云霞、谢慧英、金文伟、肖仕平等）先后赠送的签名大著，开拓了我的视野，补充了我学识的不足。集美大学图书馆、集美大学文学院资料室、《集美大学学报》编辑部资料室等老师，提供了图书、资料借阅的方便。还有许多师长、学友、同事们的指导和帮助，我将永远铭记在心！

在此，也特别表达对于两位批评家曾镇南和南帆的敬意。我自大学学习期间和毕业到黑龙江工作（1978—2000年），经常读到曾镇南的评论文章，非常喜欢和佩服他的评论特色。当时，我还曾经私下立了心愿，成为那样的批评家。1984年遇到刚刚出版的曾镇南所著《泥土与蒺藜》，就马上买到手。当年读后记下了对他的认识：其批评特色是：①敏感和迅速的反应。重要的小说，他几乎都予以涉及，并提出自己富有特色的见解。②善于表达，富有激情和文采。③小说评论，作品评论。④坚持在社会批评的领域里耕耘。（1984年记，30年后又抄记在这里。）直到我2000年10月来到福建厦门工作和生活以后，在2004年漳州师范学院主办的学术会议上，才有机会与他相见。得知他闽籍的身份，还听到他的当面指教。另外，在黑龙江工作时的20世纪90年代，就在《北方文学》上看到南帆与众不同的随笔，非常喜欢读。而后，这位闽籍评论家的学术著作和散文作品不断进入我的阅读视野。除了不断地读他著述，我有幸在2006年福州的一次文学理论会议上，见到了他，并且听到他的会议发言。可以说，这是两位让我内心折服的评论家。我从心底明白，我与他们在学术创造上的博大和高远，距离相当遥远。不敢奢望，我这个"楠"，与这两位"南"能够并立。细心的读者能够看出，这两位有全国影响的杰出的"闽"（福建籍）"南"（名字带南）批评家，对我的启迪和影响。这里写下来，表达敬意。

此书出版，还有父母的养育之恩，亲人的鼓励、支持。

我的父亲姚鸿章（1928—1988）、母亲董雨臻（1930—　），影响了我积极努力、勤奋学习、谦和待人的一生。

　　我的岳父邸洪学（1920—2013）和岳母冯国媛（1922—2009），在我的工作、生活中创造了积极的条件。

　　我的妻子邸力争，给予我最大限度的全力支持，超越了通常意义的理解和奉献。她还是我们俩共同出版的理论著作《影视艺术观赏指南》和《远离孤独》的合作者。我因为和她相遇、相爱而自满、自乐。更重要的，她的鼓励和支持，是我的学术追求得以前行的推动和保证。

　　我的女儿姚怡宁，她的生活自立，使我的学术思考不用分心。

　　我的弟弟姚佳、弟妹张建华，照顾我的母亲，使我的精力更多的用于学术思考和书稿写作。

　　这几年，有几个假期在北京度过。我和妻子住在大哥邸力、大嫂尚慧珠及侄女邸欣、侄女婿韩涛家。不仅享有生活的便利，我还在那里利用电脑和网络，使写作获得了积极的进展。

　　我的女儿怡宁曾租住的房子在北京亚运村新华书店附近，在租住房和北京亚运村新华书店，获得了学习、工作的环境和重要资料。

　　2013年8月去看望岳父，他在生命的最后时光，以微弱的身体抵抗病魔的同时，还关心我这本书的写作。在二哥邸柱、二嫂田淑霞家，与岳父、兄嫂共同度过的那些日子，本书的写作也在继续，有时候还是在岳父的病榻旁边。

　　2010年8月去看望舅父董雨平、舅母朱爱华，得到他们和表弟董劲松、弟妹刘晓霞，表弟董劲民、弟妹赵宏伟对我写作的大力支持和帮助。

　　由于写作的难度、时间的要求和笔者的水平等条件限制，这本书能否按期写作完成？在写作的过程中我几度没有信心。现在，我终于能够以事实来说明了。

　　从心底里，感谢你们，已经提到和没有提到的人们！

　　感谢你们，尊敬的读者！

　　欢迎提出各种意见。

姚　楠

2014年5月初稿，2015年7月定稿